suhrkamp taschenbuch 2042

D1872681

Mit dem vorliegenden Band gehen die Materialien-Bände zu Brecht erstmals über die mit seinem Namen am meisten verbundene Gattung hinaus und unternehmen den Versuch, den durchaus vielgelesenen und zu seiner Zeit, besonders beim *Dreigroschenroman*, auch anerkannten Romancier vorzustellen. Dieser beginnt bereits 1920 mit eigenen Arbeiten auf diesem Gebiet; wenn jedoch seine Projekte nicht zu Ende geführt werden, so ist dies nicht in der Gattung Roman begründet, sondern in Brechts Arbeitsweise und seinem Verständnis von realistischer Literatur, deren Stoffe er nicht durch Gattungsnormen beschneiden will und deshalb lieber auf eine Ausführung verzichtet, wenn sie das, was gezeigt werden soll, nicht zu leisten vermag. – Da sich aus der vorliegenden Forschung zu den veröffentlichten Romanen und Roman-Projekten in sich geschlossene Teiluntersuchungen schwer extrahieren lassen, wurde hier auf solche Auszüge verzichtet; durch die Heranziehung jeweils erster Reaktionen nach der Veröffentlichung der Romane läßt sich andererseits die Diskrepanz zwischen der Anerkennung des Romanciers Brecht bei Lesern und Kritik auf der einen und der relativ langen Unterschätzung und Nichtberücksichtigung in der Forschung auf der anderen Seite zeigen. Erstmals werden hier Roman-Projekte aus den zwanziger Jahren mit der Wiedergabe der vorliegenden Texte im Zusammenhang vorgestellt.

Brechts Romane

Herausgegeben von Wolfgang Jeske

suhrkamp taschenbuch
materialien

Suhrkamp

suhrkamp taschenbuch 2042
Erste Auflage 1984
© Suhrkamp Verlag Frankfurt am Main 1984
Suhrkamp Taschenbuch Verlag
Erstausgabe
Alle Rechte vorbehalten, insbesondere
das der Übersetzung, des öffentlichen Vortrags
sowie der Übertragung durch
Rundfunk und Fernsehen, auch einzelner Teile.
Satz: Philipp Hümmer, Waldbüttelbrunn
Druck: Nomos Verlagsgesellschaft, Baden-Baden
Umschlag nach Entwürfen von
Willy Fleckhaus und Rolf Staudt
Printed in Germany

1 2 3 4 5 6 – 89 88 87 86 85 84

Inhalt

I. Vorwort

Vom Schüler Brecht ist nicht nur bekannt, daß er wußte, wie man durch das Anstreichen von angeblichen Fehlern zu besseren Noten kommt, vom Schüler Brecht ist auch bekannt, daß er ein begeisterter Karl-May-Leser war, daß es ihm Heftchen-Romanserien angetan hatten (die vom *Räuberhauptmann Fetzer* zum Beispiel), daß er aber auch die Romane eines Emile Zola las, die er dann gleich weiterempfahl, im November 1914 beispielsweise an Freund Caspar Neher. Und solche Lektüre, die in allen Fällen nicht gerade zum Lehrstoff eines Augsburger Mittelschülers zählte, nutzte der 16jährige auch für die eigene Prosa und leitete etwa seine Geschichte *Turmwacht* ein mit der Bemerkung: »Gestern nacht, als die Perlachturmuhr die 12. Stunde verkündete und (wie ich mir aus einem Roman gemerkt habe) düstere Wolken am Himmel den Mond zeitweise verdeckten...« In seinen Tagebuch-Aufzeichnungen und in seinen Briefen, in ausführlicheren theoretischen Texten und Rezensionen, in seinen Stücken und bei Gedichten läßt sich die Auseinandersetzung mit dem Roman weiterverfolgen: nicht nur Alfred Döblin und Thomas Mann, nicht nur Rudyard Kipling und Upton Sinclair sind dabei interessant und wichtig für Brecht, auch die Kriminalromane eines Gilbert Keith Chesterton oder eines Edgar Wallace, auch die Romane einer Hedwig Courths-Mahler, auch Balzac und Tolstoi. Von allen ist Brecht bemüht zu lernen und lernt, setzt bestimmte Darstellungsverfahren usw. ein, vorausgesetzt eine entscheidende Bedingung ist erfüllt: das, was er inhaltlich vermitteln will, wird durch den Einsatz der vorgegebenen literarischen Muster, den ›Gesetzen‹ der herkömmlichen Gattung nicht eingeschränkt oder gar verfälscht.

Außerdem beobachtet Brecht die anderen Kunstmittel seiner Zeit sowie die Massenmedien und fragt danach, inwieweit diese für eine moderne Literatur von Nutzen sein können. Schon 1920 notiert er sich in ein Notizbuch die Aufforderung: »Filme als Bücher schreiben!« Er deutet damit ebenfalls schon sehr früh an, was er dann ab Mitte der zwanziger Jahre mehrfach theoretisch formulieren und schließlich auch in seinen eigenen Prosaarbeiten einsetzen wird: im Roman mit literarischen Mitteln das zu zeigen, was der Film mit seinen Mitteln zu leisten vermag; etwa durch den Einsatz von Schnitt-Techniken, das Ausnutzen der Montagemöglichkeiten usw. Genauso gehört in diesen Zusammenhang aber auch die Erarbeitung eines Romans im Team und – beinahe noch mehr als bei den Stücken – die Heranziehung von ganz unterschiedlichem Quellenmaterial.

Gerade die Stoffe – sowohl zeitgenössische wie auch geschichtliche – sind es ja, die ihn interessieren und die er mit seinen Mitteln anderen bewußt machen möchte: am Anfang steht jeweils die ausgiebige Material-Suche, danach beginnen die Versuche, dieses Material literarisch umzusetzen. Und dabei zeigt sich, daß Brecht, der Stückeschreiber, nicht nur beim Roman Schwierigkeiten oder Probleme hat, sondern genauso bei Stücken; die *Flucht Karls des Kühnen nach der Schlacht bei Murten* beispielsweise bleibt sowohl als Stück wie als Roman unvollendet, und das liegt nicht an der Unfähigkeit des Autors, sondern an seinem Beharren auf realistischer Literatur.

Von den frühen Roman-Projekten können in diesem Rahmen nur drei vorgestellt werden, zu denen jeweils auch längere Texte vorliegen. Die Auswahl ist vor allem davon bestimmt gewesen, die Beispiele heranzuziehen, die für die folgenden großen Arbeiten von besonderer Bedeutung sind: in bezug auf das Problematisieren des Individuums zum Beispiel oder in bezug auf neue Erzählsituationen: etwa den ›mitlaufenden Erzähler‹ bei *Flucht Karls des Kühnen,* vergleichbar der fahrenden Kamera beim Film.

Bei den großen Romanen bzw. Projekten konnten neben dem Überblick zur Entstehung, den Äußerungen Brechts und anderer zu diesen Arbeiten sowie der Übersicht zu den Fassungen und einer Auswahl der wichtigsten Materialien (Pläne, Entwürfe zu einzelnen Handlungsteilen, Notizen zu bestimmten Sachverhalten, Bruchstücke usw.) bei den Quellen und Vorlagen sowie bei den Bezügen zur Zeitgeschichte nur die bedeutendsten mit den Originaltexten wiedergegeben werden. Speziell beim *Caesar*-Roman und der Vielzahl der antiken und historiographischen Quellen konnten jeweils nur in Stichworten die Übernahmen angegeben werden. Eine vollständige Wiedergabe der Texte hätte den Rahmen eines solchen Bandes bei weitem gesprengt. Dies gilt in gleichem Maße für die im Laufe der Jahrzehnte angesammelten Quellen, Bezüge und Anspielungen des *Tui-Romans.* Die Aufnahme jeweils erster Reaktionen auf das Erscheinen der Brechtschen Romane dürfte zeigen, daß die Rede der letzten Zeit vom ›unbekannten‹, und das heißt: zu entdeckenden Erzähler Brecht nicht ganz richtig ist.

Brechts Texte werden zitiert nach:
Gesammelte Werke in 20 Bänden und IV Supplementbänden, Frankfurt 1967ff. (jeweils mit Band- und Seitenzahl).
Tagebücher 1920-1922. Autobiographische Aufzeichnungen 1920-1954, Hg. v. Herta Ramthun, Frankfurt 1975 (zitiert als Tb. bzw. AA.).
Arbeitsjournal 1938-1955, 3 Bde., Hg. v. Werner Hecht, Frankfurt 1973 (zitiert als AJ).
Briefe, 2 Bde., Hg. v. Günter Glaeser, Frankfurt 1982 (zitiert als Briefe bzw. Glaeser).
Bertolt-Brecht-Archiv (BBA; zitiert mit Mappen- und Blattzahl). Vgl. auch *Bestandsverzeichnis des literarischen Nachlasses*, 4 Bde., Bearbeitet von Herta Ramthun, Berlin und Weimar 1969/73 (zitiert als BV).

Brechts Prosa haben sich bisher besonders folgende Arbeiten gewidmet:
Nadeshda Dakowa, *Die erzählerische Prosa Bertolt Brechts 1913-1934*, Leipzig 1962 (Diss. Masch.).
Kirsten Boie-Grotz, *Brecht – der unbekannte Erzähler. Die Prosa 1913-1934*, Stuttgart 1978.
Klaus-Detlef Müller, *Brecht-Kommentar zur erzählenden Prosa*, München 1980.
Wolfgang Jeske, *Bertolt Brechts Poetik des Romans*, Frankfurt 1984.

II. Frühe Roman-Projekte

1. Die Rothaut

Textauswahl

BBA 437/11-14

Die Rothaut

1

Samuel Wasserschleiche, der unter der Abneigung seiner Mitschüler gegen rote Haare zu leiden gehabt hatte, bezieht in seinem 26. Lebensjahr eine Tapetenmansarde in einem alten Holzbau. Er wählte sich dieses Milieu hauptsächlich, weil es seiner *abschrekkenden* Häßlichkeit stand. Knorplige und abstehende Ohren seiner Art verstaut man füglichst hinter Tapetenholzwänden. usw.

2

Kapitelüberschriften

3

Gesperrt gedruckt die stehenden Redensarten. ⟨Teiche⟩.
Der wahnsinnige Reporter –

4

Das Chaos wird alle ...
Die Tragödie seiner Häßlichkeit abgespielt.
»Ein *Mißgeschick*«. Die Fehler der andern.
Geschöpfe.
Die Erfolge.

5

Und er erinnert sich an Peter Müller, der als Regisseur nach Amerika verpflichtet worden war, zu einer ungeheuren Gage. Als er die Bauten sah, die sie dort aufgebaut hatten für ihn, schien es ihm, es stimme etwas in den Proportionen nicht, er bekam Angst und erschoß sich in dem Auto.

Die Erwägungen P[eter] M[üllers], die dieser in den Nächten vor den Aufnahmen angestellt haben mußte, überkamen ihn mitunter. Freilich lag all dem eine Überschätzung des Begriffs Masse zu Grunde, die Folgerungen blieben konsequent. Hier arbeiteten viele für einen und dieser für viele. Aber es schien, als könne ein Mann diese Verantwortung nicht mehr ertragen.

*

Es hatte sich für P[eter] M[üller] darum gehandelt, Einnahme und Ausgabe zu ballancieren [!]. Nicht, weil er daran finanziell interessiert gewesen wäre – das war anderes Interesse. Aber der Wert seiner Arbeit dünkte ihm schon davon abzuhängen. Es gab einen Punkt, wo die gefingerte Ausgabe jede mögliche Einnahme überstieg.

Die Kinos konnten gefüllt werden bis zum Platzen, aber dann nicht weiter. Einmal waren sie voll, und in der Kasse war, was hineinging. Aber dies war dann weniger als der Film kosten würde. Trotzdem lief der durch den Start, der weiter steigerte: es gab immer mehr Kinos als alle Kinos. Wozu gab es Maurer? Und man konnte die Platzpreise ins Unabsehbare steigern. Es gab keine äußerste Möglichkeit, außer für einen Menschen. Dieser konnte eines Tages ahnen, daß zwischen dem Lustbaren und dem Erforderlichen gewisse Zwischenräume lagen, auf die es ankam. Und der ihm drohenden Aufklärung des Schwindels zuvorzukommen [!], indem er sich einen Revolver kaufte. Es war nichts als Platzfurcht, aber sie war tödlich.

Zu diesem Projekt

An Texten zu diesem Projekt gibt es den vorstehenden, im Original vier Seiten umfassenden Entwurf sowie drei kurze Notizen, die jeweils nur den Namen der Hauptfigur oder den Titel des Projekts nennen.

Aufgrund der Notizen im Notizbuch von 1921 und Verbindungen, die zur in diesem Jahr entstandenen Geschichte *Der Javameier* bestehen, läßt sich 1921 als Entstehungsjahr für dieses Projekt angeben. Voraus ging ein Stückplan *Manuel Wasserschleiche*, zu dem ein erster Fabelentwurf auf »Um 1919« datiert wird (BBA 460/64-66); Brecht erwähnt dieses Stück-Projekt nochmals 1922 (Tb., 186). Auch hierzu gibt es keine zusätzlichen Zeugnisse von Brecht oder anderen. Der in der einen Notiz genannte Name

Reimann könnte sich auf Hans Reimann beziehen (vgl. auch Tb., 176); ein Zusammenhang mit Reimanns Werken oder seiner Biographie konnte jedoch nicht hergestellt werden. Auch eine Verbindung zu dem im Entwurf zum Stück genannten Georg Kaiser und z. B. dessen *Von morgens bis mitternachts* muß aufgrund des Textbestandes zu diesem Roman-Projekt Spekulation bleiben (BBA 460/64). Andererseits bringt Brecht gerade bei diesem Stationendrama den Film ins Gespräch, wenn er es charakterisiert als »die letzte und äußerste Anstrengung des Wortes [...], das zu erreichen, was der Film *ohne* es erreicht« (Tb., 139). Nicht formal, aber inhaltlich sollte der Film auch in *Die Rothaut* eine Rolle spielen. – Verbindungen gibt es zum gleichzeitig begonnenen Stück *Im Dickicht*, später *Im Dickicht der Städte*.

Literatur: Boie-Grotz, 37; Jeske, 71-75.

2. Flucht Karls des Kühnen nach der Schlacht bei Murten

Textauswahl

BBA 424/15

FLUCHT KARLS DES KÜHNEN NACH DER SCHLACHT BEI MURTEN

ROMAN

ein geschlagener heereszug auf der flucht beobachtet von abends neun bis nachts drei uhr von einem ununterrichteten mann:

von karl selber nur so viel als ein neben ihm laufender sehen und hören kann
da er mehrere »ihn verändernde« erlebnisse hat und gerecht das heisst ohne vorstellung geschildert wird kann die aneinanderreihung aller einzelzüge kein vorstellbares karakterbild ergeben
seine begleiter ohne namen
nichts darüber in welchem verhältnis sie zu ihm stehen
seine ermordung physikalisch

der stil: tazitus annalen zug des germanikus (?) die episode im flusstal das eine meeresbucht ist karl: am anfang tut er mehr am schluss weniger er wird weise jedoch lernt er sehr schwer anfängliche hoffnung scheint er auf zu geben aber zuletzt scheint es wieder als habe er doch gehofft
täuschungen: ein mann im gefolge anfänglich willens ihm zu helfen dann nicht mehr zufälle eintreffen vorhergesehener schrecknisse
ausbleiben der vom leser ersehnten (!) harmonie nicht das gehobene plateau historischer katastrofen sondern der geruch eines eisenbahnunglücks
35 seiten weitgeschrieben

BBA 424/09

KARL DER KÜHNE

Wird gemeiner. Aber man kennt ihn raus, weil er nicht wie die andern sein Brot isst.

Zwei Frauen Hand in Hand oder: eine Frau, die im zweiten Kapitel verschwindet.

Weiss genau was er sich noch leisten darf, kein Befehl, wo er unsicher ist, dass er nicht befolgt wird. Duldet Vergewaltigung.

Er geht zu Fuss, hinkt, damit man ihn nicht erkennt. Aber es ist unnötig, sein Gang hat sich schon verändert wie sein Gesicht.

Besieht seine Hände. Wird geschlagen. Er lacht.

BBA 424/3-5,7

Karl der Kühne

An einer Biegung d. Chaussee erblickt
er in dem aufkommenden Licht des Mondes
Franz Hanemkutter an einem Hügel
und einen Wald. Er erinnert sich
an die Landkarten + an einen
Befehl, den er der Reiterei gegeben
hatte. Zwischen dem Wald,
dem Hügel lagen die Sumpf [!]
Er wurde in die Sumpf getrieben [!].

Besser d. Sumpf als d. Menschheit.

Das Zerschlagen d. Kühnheit

rasch entschwanden aus seinem Kopf die
Gedanken der Kühnheit –

[...]

um 3 Uhr: erkennt man
den [d]er die Hoffn[ung] aufgegeb[en]
hat. trotzdem er [...]
um 12. hat er die Loire erreicht

phys[isch] müde. [...]
unbeschäftigt. Die Zeit für ihn
Begreift nicht.
[...]
Nancy erstklassig?
das Beste reicht nicht aus.

1. Weiss, dass er geschlagen
2. alles aufgeben – es hat ≈ ausgereicht
3. Gewalt hilft nicht
4. er bemüht sich doch ein für allemal zu vergessen

3-4 Stunde[n] der Heiterkeit? Frost Mond

Schluss: er wurde in die Sümpfe getrieben

BBA 462/82-85

Das Porträt des Beschauers

Zu dieser Zeit fing er an, Historie zu treiben. Er las zuerst ganze Bände Geschichte durch, dickleibige Schmöker, in denen zu viel und zu wenig drinnen stand, unglaublich viel Material und nur die falsche Anordnung war vom Verfasser besorgt, der eine niederträchtige Freude am Aufschreiben hatte. Das war die Historie der Schule. Das war das, was auf Jahrmärkten und in Theatern das Volk entzückte. Dicke und bis zum Platzen aufgetriebene Worte, die die Wassersucht im Kopf hatten, gewaltige, mißzuverstehende Gebärden, der Triumph des Guten (im Hintergrund). Es war die lehrreiche Geschichte, die Geschichte für die reifere Jugend, über die kein Mensch hinauskam, denn nach ihr hatte jeder Mensch ein Bedürfnis!

Dann fielen ihm einige dünnere Bändchen in die Hände, direkt für die reifere Jugend geschrieben, in denen er den geistigen Extrakt der gelehrten Wälzer fand. Hier fand sich immerhin etwas Lebendes, Bilder für die Fantasie, flammende Schreie, Kraft für tausendundeinen Leser. Hannibal war darin beschrieben, wie er nie aus seiner Uniform herauskam und Elefanten kaufte für Rom und in den Apenninen sein Auge verlor für Rom und Ansichten hatte, die jeder reifere Jüngling durchaus billigte. Dann das Gottvertrauen Bismarcks auf den Ruin des blühenden Frankreich und die erhabene Szene auf irgendeiner Landstraße bei Sedan, wo Napoleon zu Fuß, einen unsympathischen Eindruck hervorrufend, bettelnd vor Bismarck im Staub steht, Bismarck, der auf einem Schimmel reitet. Alle diese Bilder sorgten nachdrücklich für die geistige Erziehung des zukünftigen Bürgers.

Sie gefielen Gorge, eben dieses Zweckes wegen, ausgezeichnet. Er versuchte, sie auf die Leinwand zu bringen. Es schien ihm, die Malerei müsse vom Genuß an der eigenen Eitelkeit zum Genuß an der des Beschauers übergehen: Es sei an der Zeit, die mühsam erarbeitete Psychologie statt immer wieder auf das dargestellte Sujet endlich einmal auf den Beschauer anzuwenden. Seine Bedürfnisse sollten befriedigt werden. Der Beschauer war es, der gemalt werden mußte.

Er malte eine Art Plakat für die Schaubuden, die auf Jahrmärkten ausstellen. Dazu benützte er ein Gemälde auf einem Wanderpanoptikum: Flucht Karls des Kühnen nach der Schlacht bei Murten. Er tat dies, weil er Rilkes Fantasie über diesen Kerl gelesen hatte, die ihm sichtlich von dem bekannten Jahrmarktsgemälde beeinflußt schien. Er fertigte von dem Gemälde nach dem Gedächtnis eine einfache, möglichst getreue Kopie an.

Es war klar, daß das fragliche Gemälde selbst eine Kopie war. Gorge erinnerte sich undeutlich, dieselbe Komposition schon einmal als Kunstdruck gesehen zu haben, sie enthielt gute Ideen, die auch noch auf dem Jahrmarktsbild Wirkung hatten, aber alles in allem, was die Wirkung betrifft, war das letztere vorzuziehen, es enthielt mehr Pathos und Schicksal, es war eine Weltkatastrophe abgebildet. Es war sozusagen kein gewöhnlicher Tag, sondern der Tag eines ganz großen Unglücksfalls, die Erde erbebte und fürchtete sich, es gab zu viel Kugeln in der Luft, jeder Baum konnte getroffen werden. Der Herzog hatte einen käsigen Teint und saß kerzensteil auf seinem Roß, das in panischem Schrecken gerade auf die Beschauer einraste. Er hatte auch einen steifen Hals und große Hände.

Gorge malte das alles möglichst sorgfältig. Es handelte sich für ihn um die genaue Fixierung aller Momente, die der Beschauer einer Weltkatastrophe erwarten kann, er sollte zu allen seinen Erschütterungen kommen, nichts vermissen und befriedigt sich dem geliebten Schauer hingeben dürfen.

Als der Karton fertig war (der Eindruck einer Kopie, einer möglichst getreuen, natürlichen war darin eifrig festgehalten), begann Gorge mit dem Entwurf des zweiten, der eine mehr originale Arbeit werden sollte. Der aufgeklärte Beschauer des Bildes, Bürger des 19. und gar 20. Jahrhunderts, würde bei der Betrachtung dieses geschichtlichen Gegenstandes nach kurzer Zeit längstens, noch gewissen anderen Bedürfnissen in sich Raum gewähren. Es mußte ihm die Möglichkeit verschafft werden, zu dem Inhalt des Kartons kritisch Stellung zu nehmen. (Nur indem man diese Bedürfnisse lebhaft nachempfand und nach Wissen und Gewissen befriedigte, konnte man ihn von einer Kritik des Malers, des Stils der Darstellung, also einem unheilvollen Zerwürfnis mit diesem abhalten und ihn auf den Gegenstand festlegen, zu seinem eigenen Nutzen...)

Natürlich war der fragliche Tag ein Tag wie andere, deren es 365 oder 366 im Jahr gab, gewissen meteorologischen Gesetzen unterworfen, unabhängig von den Geschicken der Menschen darinnen. Es würde den Bäumen nicht einfallen, zu erschrecken, oder dem Gras, sich zu ängstigen, weswegen wohl auch? Da ritt ein Herzog, der eine Schlacht verloren hatte, also eine zumindest ethisch sehr verschieden bewertbare Spekulation, vielleicht durch eigene Schuld, meinetwegen aber auch dadurch, daß seine Soldaten den Staub im Gesicht gehabt hatten; dann hätte es auch anders gehen können. Aber was weiter dann? Übrigens sind Gefühle mehr noch denn Gedanken zollfrei in einem aufgeklärten Zeitalter. Dem Beschauer war durchaus Befriedigung erlaubt darüber, daß die Welt sich auch einem gestürzten Herzog zuliebe nicht verändert, daß weder die Bäume noch er selbst dadurch im Gleichgewicht gestört wurden. Freilich stand ihm auch frei, falls er ein Bedürfnis nach Poesie hatte, die große Unbekümmertheit der Natur um ihre Kinder, ausgedrückt in der gleichgültigen Sonne, die auf dem fliehenden Gaul mitritt, nach Gebühr tragisch zu finden. Das war alles Sache des Beschauers, was kümmerte es den Maler, der einen historischen Vorgang darzustellen hatte, mittels Pappe und Farben, aufgrund historischer Detailstudien!

Auf diesem Karton malte Gorge dem Herzog ein mehr unsympathisches, etwas verquollenes Gesicht, das Gesicht eines heimlichen Schlemmers und im Ausdruck hatte es lediglich Unbehagen, gepaart mit etwas Furcht. Auch war die Haltung gedrückter, da anzunehmen war, daß der Verlust einer Schlacht ungünstig auf die Physis wirkt und der Herzog sicheren Berichten nach an Dyspepsie laborierte. Auch lag auf diesem Bild Schnee, denn die Schlacht hatte im Januar stattgefunden.

Nachdem er die beiden Kartons fertig hatte, stellte er sie nebeneinander und malte den dritten.

Aus einem dunklen, schmutzigen Schlund heraus kommt auf einem sterbenden Tier ein Mann. Die Landschaft besteht aus ein paar Bäumen, die ein immerwährender Wind aus dem Hintergrund heraus auf den Beschauer zustößt. Die Bäume scheinen erfroren in ihrer letzten Haltung, die sie angenommen hatten, um sich dem Wind anzupassen. Der Herzog ist ohne Gefolge. Er reitet ganz allein. Bei näherem Zusehen wird es erschreckend klar, daß ihn sein Pferd trägt wie einen Leichnam, vor dem es Angst hat. Er selbst macht einen unvorteilhaften Eindruck. Er ist grünlich und durchsichtig. Durch seinen vorgebeugten Körper hindurch sieht man die hintere Landschaft, starre zerbrochene Bäume, die sich ebenfalls vorbeugen und einen entzündlich veränderten Himmel. Seine Hände sind merkwürdig angeschwollen, die eines Mörders, sie erwürgen den Zügel noch, sie, die Hände, sind das Hervorstechendste an ihm außer dem Herzen, da er kein Gesicht mehr hat. Das Herz, in schönem gelbem Zinnober, sitzt etwas einsam mitten in der gehöhlten Brust. Der Unterleib ist mit Würmern gefüllt, dazu aufgetrieben und schlecht vom Sattel zu unterscheiden.

An diesem Bild arbeitete Gorge drei Nächte durch, unter Aufbietung aller Kräfte. In einer Dämmerung warf er die Pinsel weg, zu müd, um grinsen zu können und legte sich zu Bett. Später gegen Abend stellte er die drei Kartons in eine Ecke und zog einen braunen Rupfen über sie. Er hätte erbrochen, wenn er sie länger hätte anschauen müssen.

(Später in den Roman einzufügen.)

Im Oktober las Gorge in den Zeitungen, daß ein dreiteiliger Karton »Flucht Karls des Kühnen nach der Schlacht bei Murten« von ihm bei Perls ausgestellt sei. Eine Kritik füllte das Feuilleton.

Der Karton stellte die Entwicklung der Malerei dar, und zwar der historischen Malerei. Zweifellos habe der Maler zeigen wollen, aus wie primitiven Versuchen seine Kunst anstieg. Das Werk des großen Künstlers habe also mehr experimentellen Wert, um so mehr als das wahre Kunstwerk durch seine Einmaligkeit bedingt sei. Die Entwicklung, die der Liebling der Mode nehme, scheine nicht unbedenklich. Technik und Virtuosentum seien das Ende der Kunst.

Zeugnisse

Pläne:

Flucht Karls des Kühnen	?
Galgei	Regie
Gösta [Berling]	Geld
Mortimer Fleischhacker	Studium
Dickicht	Position
Film	lernen

[...]

[Tb., 202; Juli 1924]

Über Weihnachten [1925] hat B[recht] etwas weiter an »Karl dem Kühnen« gearbeitet. Das jammervolle Ende in dem überfrorenen Drecktümpel, Gesicht nach unten. Keiner, der mit ihm gesiegt hat, erkennt ihn mehr. Sie erkennen ihn wirklich nicht, so unkenntlich ist er.

[Elisabeth Hauptmann; 3. 1. 1926]

[Zum Panorama »Flucht Karls des Kühnen nach der Schlacht bei Murten«]

Der Versuch, dem Publikum die darzustellenden Vorgänge zu verfremden, kann auf primitiver Stufe schon bei theatralischen und bildnerischen Veranstaltungen der alten Volksjahrmärkte angetroffen werden. Die Sprechweise der Zirkusclowns und die Malweise der Panoramen wenden den Verfremdungsakt an. Die Malweise etwa der auf vielen deutschen Jahrmärkten gezeigten Reproduktion des Bildes »Flucht Karls des Kühnen nach der Schlacht bei Murten« ist gewiß unzulänglich, jedoch verdankt der Verfremdungsakt, der hier erzielt wird (und den das Original nicht erzielt), keineswegs der Unzulänglichkeit des Reproduzenten sein Zustandekommen. Ganz bewußt ist der fliehende Feldherr, sein Pferd, sein Gefolge und die Landschaft so gemalt, daß der Eindruck eines *außer*ordentlichen Ereignisses, einer befremdenden Katastrophe entsteht. Der Maler bringt trotz seiner Unzulänglichkeit ausgezeichnet das Unerwartete zur Wirkung. Staunen führt ihm den Pinsel. Auch die alte chinesische Schauspielkunst kennt den Verfremdungseffekt, sie wendet ihn in sehr raffinierter Weise an.

[16, 619; 1937]

Die Einflüsse der Augsburger Vorstadt müssen wohl auch erwähnt werden. Ich besuchte häufig den alljährlichen Herbstplärrer, einen Schaubudenjahrmarkt auf dem »kleinen Exerzierplatz« mit der Musik vieler Karusselle und Panoramen, die krude Bilder zeigten wie »Die Erschießung des Anarchisten Ferrer zu Madrid« oder »Nero betrachtet den Brand Roms« oder »Die Bayrischen Löwen erstürmen die Düppeler Schanzen« oder »Flucht Karls des Kühnen nach der Schlacht bei Murten«. Ich erinnere mich an das Pferd Karls des Kühnen. Es hatte enorme, erschrockene Augen, als fühle es die Schrecken der historischen Situation.
[17, 950; März 1954]

Zu diesem Projekt

Die Texte zu diesem Projekt – zusammen mit den zu diesem Thema insgesamt vorliegenden Texten – geben mehr Aufschluß über Inhalt und Form, als es bei den vorangegangenen der Fall war. – Zunächst wollte Brecht die *Flucht Karls des Kühnen nach der Schlacht bei Murten* in einem Stück thematisieren, wie Eintragungen in zwei Notizbüchern aus dem Jahre 1920 belegen (BBA 813/22, 85, 128-129; BBA 1504/30). Um 1922 greift er nochmals auf dieses Stück-Projekt zurück (BBA 424/10). Auch schon um 1920/21 entsteht *Das Porträt des Beschauers* um das Gemälde »Flucht Karls des Kühnen nach der Schlacht bei Murten«. Erst 1924 greift Brecht das Thema wieder auf und nun in der Form eines Romans: Davon zeugt sein Tagebucheintrag über »Pläne« im »Juli 24« (Tb., 202) sowie ein zweiseitiger Entwurf (BBA 461/42, 41). Erst in Zusammenarbeit mit Elisabeth Hauptmann, die Brecht im November kennengelernt hat, kommt es dann 1925 zu einer intensiveren Arbeitsphase an diesem Projekt, wie Hauptmann in der Tagebuchaufzeichnung vom 3. 1. 1926, bezogen auf Weihnachten 1925, bestätigt. Dieses Projekt ist somit auch das erste auf dem Gebiet des Romans, das in Zusammenarbeit entsteht: der genannte Entwurf (BBA 461/42, 41) wurde von Elisabeth Hauptmann fixiert.

Die Anregung zu diesem Projekt stammt von ganz ›unliterarischer‹ Seite, wie Brecht an mehreren Stellen indirekt bestätigt (16, 619 und 17, 950): von Jahrmarkts-Panoramen, die Brecht auf dem Augsburger Plärrer gesehen hatte.

Wichtig an diesem Projekt, insbesondere im Hinblick auf Brechts künftiges Romanschreiben, ist neben der hier erstmals praktizierten Teamarbeit die geplante Darstellungsweise: es geht nicht um den Helden und sieggewohnten Feldherrn Karl den Kühnen, sondern um den ›geschlagenen heereszug‹ und dessen Anführer, die sich auf der Flucht befinden, »beobachtet von abends neun bis nachts drei uhr von einem ununterrichteten mann«, der auch von Karl nur so viel wiedergeben kann, »als ein neben ihm laufender sehen und hören kann«, so daß »kein vorstellbares karakterbild« entsteht und somit das »ausbleiben der vom leser ersehnten (!) harmonie« gesichert ist. »das gehobene plateau historischer katastrofen« soll vermieden werden, statt dessen nur der »geruch eines eisenbahnunglücks« entstehen können (BBA 424/15).

Literatur:
Zu Brechts Projekt:
Boie-Grotz, 130; Müller, 18; Jeske, 75-82.

Zu Karl dem Kühnen:
Calmette, Joseph [Louis Antoine], *Die großen Herzöge von Burgund*, A. d. Frz. übertr. v. Eleonore Seitz u. Hermann Rinn, München 1963.
Huizinga, J[ohan], *Herbst des Mittelalters. Studien über Lebens- und Geistesformen des 14. und 15. Jahrhunderts in Frankreich und in den Niederlanden*, Dt. v. T. Wolff-Mönckeberg, München ²1928.
Schelle, Klaus, *Karl der Kühne. Burgund zwischen Lilienbanner und Reichsadler*, Stuttgart 1977.

Zum Panorama:
Oettermann, Stephan, *Das Panorama. Die Geschichte eines Massenmediums*, Frankfurt 1981.
Das große Rundbild »Die Schlacht bei Murten am 22. Juni 1476«, o. O., o. J. [Besucher-Broschüre für das bis 1930 in einer Rotunde auf dem Züricher Bellvue-Platz zu besichtigende ca. 1000 m^2 große Panorama, mit einer *Erklärung des Bildes* von V. Tobler und einem Beitrag zur *Geschichte der Schlacht bei Murten* von E. Bär (Stadtbibliothek Zürich: 1894/27).]

3. Das Renommee. Ein Boxerroman

Textauswahl

BBA 424/21 = BBA 448/65

DIE BOXER AUF KUBA

I

nach dem gewinn der europameisterschaft versucht geo[r]ge capaqua einen kampf mit einem mittleren mann zu managen und plötzlich ist es ein kam[p]f um die w[elt]meisterschaft der schöne geo[r]ge w[e]iss genau dass er nur ein gehirnb[o]xer ist ein talent das den endkampf nur fürchten lassen darf seine chance ist kaltblütigkeit seine gefahr ist s[p]ortsgeist

2

er geht immer zurück die andern hetzen ihn dann hat er einen moment des sportes und von jetzt ab bringt er seinen kopf nicht mehr heraus seine sekretärin kid frisch frech kameradschaftlich will heuraten [!] da sie in – verliebt alles umsonst macht sie verlangt für das dableiben ein riesenhonorar.
die frau des veranstalters

3

plötzlich steckte er seinen kopf in kuba zum fenster heraus die nacht vo[r] dem kampf lich[t]reklame angstanfälle er trinkt scheinbar

4

der kampf er insceniert inmitten von presse der kampf der weiter er nim[mt] die gelder seiner freunde die auf ihn setzen zurück er ist ganz gross und kühn wird am schluss unter riesentrubel in bandagen über die bühne getragen

5

nächster tag er muss allen tragödie vormimen ist aber unter seinen bandagen glücklich raucht trinkt heiratet kid tröstet freunde diktiert berichte

BBA 424/22

DAS RENOM[M]EE
Ein Boxerroman

Der Roman »Das Renom[m]ee« behandelt das merkwürdige Bestreben aller Leute, einen guten Mann immer noch besser haben zu wollen, als er ist und ihn mit allen Mitteln in einen Rekord hineinzutreiben, bei dem er am Ende versagen muß. Ein solcher Mann ist dann immer umgeben von einer Sorte von Leuten, die ihrerseits alles tun, um ihr eigenes Renom[m]ee noch zu pumpen oder, was noch viel schlimmer und schädlicher ist, ihr Renom[m]ee nicht zu verlieren.

Der Roman lehnt sich in seinen Tatsachen an an den Weltmeisterschaftskampf Dempsey/Carpentier.

George Carras, der Held des Romans, ist ein Mann wie Carpentier: ein großer Boxer, aber nicht erste Klasse. Er hat eine natürliche Eleganz, einen Haufen gesunden Menschenverstand und alle Eigenschaften, die einen Mann populär machen können. Alle Welt setzt auf ihn, mit Ausnahme der Boxer. Seine Stärke ist, daß er seine Grenzen genau kennt und als kluger Geschäftsmann so viel als möglich aus sich herausholt, als er kann. Typischerweise rettet ihn das aber nicht davor, durch den öffentlichen Klamauk und die oben erwähnten Bestrebungen seiner Anhänger, sich in einen Kampf um die Weltmeisterschaft hineintreiben zu lassen. Eines schönen Tages sieht er [sich] ganz gegen seinen Willen unter dem Jubel von 30000 Menschen in einer Arena auf Cuba und muß sich k. o. schlagen lassen. Immerhin ist George gesund genug, um den Tag nach seiner Niederlage als einen der besten seines Lebens zu empfinden. Er hat es hinter sich.

BBA 424/33, 18

BOXERROMAN

Bei diesem Boxerroman ist das Boxen nicht die Hauptsache, obwohl daraus ein paar spannende Druckseiten herauszuholen sind. Aber interessanter ist schon zu sehen, wie ein Mann durch Boxen Geld und Ruhm verdient, und wie er es macht, daß er dann den Ruhm noch einmal zu Geld macht. Und was die Zeitungen oder einzelne Leute darin treiben, wenn sie aus einem Mann einen Helden machen müssen. Mich interessiert zum Beispiel, wie der Manager aus seinem Mann einen anständigen Kampf herausholt, denn sein Mann ist sein Kapital, und wenn der Boxer schlecht boxt, dann werden für den Manager die Rumpsteaks rar. Und dasselbe geschieht sogar, wenn sein Mann heiratet, denn dann wird er schlecht boxen. Also verhindert zum Beispiel der Manager (aber wie?), daß sein Mann heiratet. Damit fängt übrigens der Roman an. Er fängt in New York an zu einer Zeit, wo der Hauptheld noch als Matrose zwischen Marseille und Aden herumpendelt. Der Manager des Weltchampions (gedacht ist an Dempsey) sucht für seinen Mann einen passenden Gegner, den sein Mann kaputt schlagen kann, der aber gut genug ist, daß man mit diesem Sieg den Zeitungen das Maul stopfen kann. Der Champion ist in schlechter Form, da er eine hübsche Frau geheiratet und sein Training an den Nagel gehängt hat. Es ist nicht ganz leicht, diesen passenden Gegner aufzutreiben (und dabei wird schon, vor man ihn hat, von einigen weitblickenden Leuten hastig eine 30000-Mann-Arena auf Kuba, wo der Weltmeisterschaftskampf stattfinden soll, aufgebaut). Aber der Manager treibt ihn auf: es ist der Franzose George Carras (gedacht ist an den schönen Carpentier). So kommt »der schöne George« zunächst wie der Pontius ins Credo in einen Weltmeisterschaftskampf mit dem gefürchteten Jack. George Carras wird (im zweiten Kapitel des Romans) bei einer Keilerei in einer Hafenkneipe von Marseille als Boxer entdeckt. Der Untersuchungsrichter, der ihn zu der Höchst[st]rafe von drei Wochen Haft wegen eines erstklassigen Schlages verurteilen muß, ist selbst ein engagierter Freund des Boxsports und läßt George nach Abbüßung der Haft auf seine Kosten ausbilden. Nach Verlauf eines Jahres voll sensationeller Erfolge weiß ein ganzer Erdteil, daß »der schöne George« ein Gentleman erster Klasse ist, aber nur George weiß, daß er kein Boxer erster Klasse ist. Dies ist sein Geschäftsgeheimnis und Georges Existenz hängt davon ab, daß niemand erfährt, daß ihn, als er schon längst die Europameisterschaft in der Tasche hat, ein Pariser Amateur von nur halb so großem Gewicht, Jean Lacque, im übrigen sein Freund, im Hinterzimmer einer Bar in einem kleinen Zank durch überlegene Technik ausgeknockt hatte. Denn von nun an beginnt das Kesseltreiben zweier Kontinente, die mit Zeitungsartikeln, Privatwetten und gesellschaftlichen Repressalien den »schönen George« in einen Kampf um die Weltmeisterschaft hineintreiben. Der Roman steuert in jeder Szene von Anfang bis zu[m] Ende, auf dessen Weltmeisterschaftskampf in Kuba zu, an dem die Interessen aller Romanfiguren mehr oder weniger hängen.

BBA 424/23-32

Einige Punkte aus dem Boxer-Roman (Auszüge)

I

Bei diesem Boxer-Roman ist das Boxen nicht die Hauptsache, obwohl auch daraus, alle verstreuten Stellen zusammengenommen, einige spannende Druckseiten herausgeholt werden. Aber interessanter ist es schon zu sehen, wie ein Mann durch Boxen Geld und Ruhm verdient und wie er es anfängt, daß er dann den Ruhm noch einmal zu Geld macht, kurz: wie ein Mann »sich macht« [...] [und] wie ein Mann »gemacht wird«.

[Es folgt ein Hinweis auf die Entwicklung von der primitiven Keilerei zur raffinierten Boxkunst, die George Carrare, »der außerhalb aller Gesellschaftsklassen steht«, durchläuft.]

II

Der Roman folgt in einigen Zügen dem Weltmeisterschaftskampf Dempsey/Carpentier.

[Der Held George Carrare ist dabei ein Typ wie Carpentier. Im zweiten Kapitel wird die Entdeckung in einer Marseiller Hafenkneipe geschildert: eine Keilerei hat ein gerichtliches Nachspiel; der Richter ist jedoch ein Boxfreund und läßt George ausbilden. Es folgt ein Jahr großer Erfolge, doch ist klar, daß er kein Boxer erster Klasse ist, was sich spätestens bei einem K. o.-Schlag im Hinterzimmer einer Pariser Bar zeigt; dies muß soweit möglich geheim bleiben.]

[George wird das »Opfer« von] Billie Mike [...], der [...] ab und zu zu einem Hauptspaß einen »gewöhnlichen« Boxer in elegante Gesellschaften einschmuggelte [...].

[George lernt dabei Gloria Lagrange kennen:]

[...] dieses zigarrenrauchende und freigeistige, aber im Grund konservative Mädchen.

[Er heiratet sie heimlich, da er für das Geschäft und wegen der Werbewirksamkeit nicht verheiratet sein darf; Gloria gibt sich als seine Schwester aus.]

Mit seinem ganzen gesunden Menschenverstand nützt er seine Fähigkeit, Leute zu behandeln, und seinen natürlichen Charme [...] aus, sich ein gesundes gutbürgerliches Bankkonto anzulegen [...], er weiß, was er tut, wenn er für eine Modefirma die Creierung eines Frühjahrsstrohhuts gegen die Verpflichtung der Firma übernimmt, unter sämtliche Fotos den Satz: »Auch der Tiger kann elegant sein!« zu setzen.

Und nun beginnt das Kesseltreiben zweier Kontinente, die mit Zeitungsartikeln, Privatwetten, gesellschaftlichen Repressalien den schönen George in einen Kampf um die Weltmeisterschaft hineintreiben. Er tut alles dagegen, mit dem gefürchteten Jack antreten zu müssen, aber sein eigener Manager [...] sucht seine Ehre darin, den Kampfvertrag zustande zu bringen.

[George darf nicht zeigen, daß der Gegner Jack stärker ist. Er fährt nach New York und beginnt mit dem Training; das Renommee muß erhalten bleiben. Gloria will George für sich haben und versucht, ihn mit Billie eifersüchtig zu machen.

George unternimmt nichts dagegen. Er weiß, daß selbst Billie besser boxt. Er wirft ihn erst hinaus, als Billie seinen gleichzeitig mit Georges Kampf stattfindenden Boxkampf absagt, um bei Gloria zu sein.

Aus Rache verrät Billie Gloria, wie es um Georges Boxkunst steht. Ihr ist das gleichgültig; sie ist aber verärgert, daß ihr George das nicht selbst gesagt hat, und läuft weg. George fährt – nicht freiwillig – nach Kuba, wo sein Kampf stattfinden soll. Gloria erkennt seine »besondere Sorte Mut« und folgt ihm.]

Für den Manager ist der Mann sein Kapital, und wenn der Boxer schlecht boxt, dann werden für den Manager die Rumpsteaks rar.

[Gloria sieht George kurz vor dem Kampf; sie meint, er solle sich nicht die Nase kaputtschlagen lassen, da er sonst nicht mehr zum Film gehen könne. Der Kampf findet statt; George verliert und ist erleichtert.]

III

Die Technik des Romans ist so gedacht: Verflechtung sehr vieler möglichst scharfer Detailszenen, ähnlich wie im Film. So beginnt der Roman in einem Managerbüro in New York, wo Aron B. Mazzles, Manager des großen Jack, des Weltmeisters im Schwergewicht, über einer Flasche Whisky brütet. [...]

[...]

Zweites Kapitel: Ein Matrose, namens George Carrare schlägt in Marseille einen Kohlentrimmer zu Boden und kommt vor Gericht.

Oder: Geraume Zeit, bevor der Kontrakt zwischen Jack und George geschlossen ist, wird auf Kuba von weitblickenden Spekulanten eine 30000-Mann-Arena ausschließlich für diesen Kampf errichtet. Der Roman steuert in jeder Szene, vom Anfang bis zum Ende, auf den Weltmeisterschaftskampf auf Kuba zu, an dem die Interessen aller Romanfiguren mehr oder weniger hängen.

IV

Milieu: Marseille. Paris. New York. Kuba. Bars. Salons. Trainingsquartiere. Schiff. Managerbüros. Zeitungsredaktionen.

Einen großen Teil der Handlung machen aus Zeitungsaktionen und Schiebungen in bezug auf die Kampfbörse.

[Beispiele für Zeitungsaktionen: zunächst sind alle Zeitungen für George, dann ist plötzlich die wichtigste gegen ihn.
Es gibt Schiebungen und Bestechungen bei Boxmeisterschaften.]

Diese Schiebungen sind dann natürlich immer noch reichlich mit Privatangelegenheiten durchsetzt. Die Verflechtung von Zeitung, Gesellschaft und Sport zu zeigen, ist ein Hauptmotiv des Romans,

V

dessen Moral etwa die ist, daß es für einen Mann nichts Gefährlicheres gibt als ein allzu hartnäckiges Kleben an seinem Renom[m]ee. Solch ein Mann ist immer umgeben von einer Sorte von Leuten, die ihrerseits alles tun, um ihr eigenes Renom[m]ee durch ihn hochzupumpen oder, was noch viel schädlicher ist, das seine zu benützen, das ihres [!] nicht zu verlieren, und kommt dadurch in einen ganz unnatürlichen Rekord hinein, dem er gar nicht gewachsen ist und der ihn nur ruiniert. Dies soll aber an einem Mann gezeigt werden, der gesund genug ist, daß er all diese Treibereien, die auf jeden Erfolg ebenso so sicher folgen wie Bauchweh auf zuviel Eskimoeis, ohne Schaden zu nehmen, übersteht.

BBA 424/38

Boxer

George, Jimmy, Gloria
George kommt nach 3 Wochen wieder nach N[ew] Y[ork], kann nicht in sein Zimmer, weil Jimmy drin wohnt. G[eorge] hört J[immy] das Dienstmädchen entlassen. Gl[oria] strahlt. Gl[oria] zu J[immy]: G[eorge] hält es einfach für selbstverständlich daß ich mit keinem and[eren] Mann etwas habe. J[immy]: wie kann man etwas so Unnatürliches für selbstverständlich halten. –

Gl[oria] geht zum Film. G[eorge] ist empört, wie intim Gl[oria] mit den Männern dort ist.

Frau des Zeitungsmannes.

Zu diesem Projekt

Zu diesem meist als *Boxerroman* bezeichneten Romanprojekt liegt im Vergleich zu den übrigen das umfangreichste Textmaterial vor. Hinzu kommen, bedingt durch Brechts Vorliebe für dieses Thema, eine Reihe sowohl literarischer wie theoretischer Arbeiten, die zusätzlich Aufschluß über diese schon eher als Fragment denn nur als Projekt zu bezeichnende Arbeit geben. Zu diesen Texten, die neben *Das Renommee* entstanden, gehören beispielsweise das Gedicht *Gedenktafel für 12 Weltmeister* (8, 307-310 von 1927), die Geschichte *Der Kinnhaken* (11, 116-120 von 1925) und der als Fortsetzungsroman geplante *Lebenslauf des Boxers Samson-Körner* (11, 121-144 von 1925/26).

Entstanden sind die Aufzeichnungen zu *Das Renommee* in unmittelbarer Nachbarschaft zu den genannten anderen Texten; wenn auch hier exakte Daten nicht bekannt sind, so läßt sich die Entstehungszeit doch in etwa auf die erste Jahreshälfte 1926 eingrenzen. Vorlage für dieses Projekt bildet der Weltmeisterschaftskampf zwischen dem Amerikaner Jack Dempsey und dem Franzosen Georges Carpentier im Jahre 1921. Selbst Einzelheiten dieses Kampfes zwischen dem amerikanischen »Mankiller« und dem »eleganten Franzosen« bzw. dessen Vorgeschichte, so die eigens dafür erbaute Arena u. a., gehen in das Projekt ein (vgl. Hess, 115 ff.). Die Informationen darüber hat Brecht Zeitungsartikeln entnommen bzw. durch seine Bekanntschaft mit dem Boxer Paul Samson-Körner aus berufenem Munde erfahren. – Als literarische Vorlage könnte Bernard Shaws Boxerroman *Cashel Byrons Beruf* in Frage kommen, der 1924 in deutscher Übersetzung erschienen war. Die Aktualität des Themas – »die Zeitungen waren voll davon« (Schoeps, 82) – und der persönliche Kontakt zu einem Boxer machen es allerdings wenig wahrscheinlich, daß Brecht diese Möglichkeit genutzt hat.

Im Vergleich zu dem Projekt über die *Flucht Karls des Kühnen* ist das Arbeitsteam beim *Boxerroman* vergrößert: An den Materialien läßt sich zwar auch hier nur die Mitarbeit Elisabeth Hauptmanns nachweisen, doch ist, durch das Thema bedingt, auch die Beteiligung von Paul Samson-Körner und von dessen Assistenten Emil [Hesse-]Burri wahrscheinlich.

Aus den vorliegenden Materialien lassen sich insgesamt vier Stufen für die Arbeit an diesem Projekt unterscheiden: Für die erste steht der von Brecht selbst geschriebene Fabelentwurf *Die Boxer auf Kuba* (BBA 424/21), der bereits auf die reale Vorlage verweist. Die zweite Stufe wird repräsentiert durch den Entwurf *Das Renom[m]ee. Ein Boxerroman* (BBA 424/22), der – wie man trotz verschiedener anderer Überschriften annehmen darf – erstmals den endgültigen Titel trägt. Die dritte Stufe ist durch den *Boxerroman* überschriebenen Entwurf dokumentiert (BBA 424/33, 18), der den thematischen Schwerpunkt gleich im Einleitungssatz zurechtrückt: »Bei diesem Boxerroman ist das Boxen nicht die Hauptsache *[...]*« (BBA 424/33). Die vierte und letzte Stufe bildet schließlich der zehnseitige Fabelentwurf *Einige Punkte aus dem Boxerroman* (BBA 424/23-32).

Darüber hinaus gibt es verschiedene Notizen und einen Dialog, der zusammen mit der Notierung von Akten (BBA 424/36) auf ein möglicherweise erwogenes Stück-Projekt, das aber nicht sehr intensiv verfolgt wurde, hindeutet.

Wichtig an diesem *Boxerroman,* im Zusammenhang mit Brechts Romanschreiben insgesamt, ist, daß es auch hier wiederum nicht um den siegreichen ›Helden‹, ja nicht einmal – wie der Titel zunächst vorgibt – in erster Linie um den Sport geht, sondern um das Geschäft, das der Boxer dabei macht, und mehr noch um das Geschäft, das andere mit ihm und durch ihn machen. – Bereits hier unterlegt Brecht für die Liebesgeschichte das Muster des Trivialromans, das dann aber nicht eingelöst wird. Weiter ausgebaut werden hier außerdem die schon bei *Flucht Karls des Kühnen* angedeuteten filmischen Elemente: häufige Ortswechsel und Wechsel im »Milieu«, Rückblenden, eine Vielzahl von »Detailszenen«, bei denen aber dennoch von Beginn an deutlich bleibt, wohin das Ganze »steuert«: »auf den Weltmeisterschaftskampf auf Kuba [...], an dem die Interessen aller Romanfiguren mehr oder weniger hängen« (BBA 424/30).

Literatur:
Zu Brechts Projekt:

Dakowa, 95-98 (zu *Der Kinnhaken*), 102-107 (zu *Lebenslauf des Boxers Samson Körner*); Seliger, Helfried W., *Das Amerikabild Bertolt Brechts,* Bonn 1974, S. 53-56; Schoeps, Karl-Heinz, *Bertolt Brecht und Bernard Shaw,* Bonn 1974, S. 67-85; Boie-Grotz, 125f. (vgl. 123-127); Müller, 18f., 76; 74-78 (zu *Kinnhaken* und *Lebenslauf*); Jeske, 82-98.

Zum Thema Boxen:

Guillemin, Bernard, *Was arbeiten Sie? Gespräch mit Bert Brecht*, in: Die literarische Welt 2, 1926, Nr. 31, 30. 7. 1926, S. 1-2.

Tasiemka, Hans, *Samson-Körner schreibt mit Bert Brecht ein Buch »Der Meisterboxer«*, in: Die literarische Welt 2, 1926, Nr. 31, 30. 7. 1926, S. 2.

Meisl, Willy, *Der Sport am Scheidewege,* Mit einem Vorwort von Egon Erwin Kisch und Beiträgen von Frank Thieß, Arnolt Bronnen, Bert Brecht [*Die Krise des Sportes*; 20, 26-28], Heinz Landmann, Carl Diem, Heidelberg: Iris 1928.

Hess, Robert, *Sie kommen nie wieder. Die abenteuerliche Geschichte des Boxsports*, Frankfurt 1963.

III. Dreigroschenroman

1. Zeittafel zu Entstehung und Wirkung

1933

Februar: Nach Operation und anschließendem Klinikaufenthalt in Berlin verläßt Brecht Deutschland am 28. 2., dem Tag nach dem Reichstagsbrand.

März/April: Aufenthalt in der Schweiz.

Mai: Helene Weigel folgt der Einladung von Karin Michaelis nach Thurö, Dänemark. Brecht fährt nach Paris: Arbeit mit Kurt Weill an *Die sieben Todsünden der Kleinbürger* (Uraufführung am 7. 6. 1933).

Juni: Brecht trifft sich mit Hermann Kesten, dem Lektor der in diesem Monat eingerichteten ›deutschen Abteilung‹ des Amsterdamer Verlags Allert de Lange: erste Gespräche über den Roman und den dafür zu schließenden Vertrag (vgl. Kesten, S. 436). Brecht folgt Helene Weigel Ende des Monats nach Dänemark.

Juli: Am 7. 7. wird eine erste Fassung des Vertrags formuliert (Glaeser, 937; vgl. *Briefe*, Nr. 180). Die ersten datierbaren Notizen zum *Dreigroschenroman* stammen aus diesem Monat (BBA 809/01–03).

August: Der endgültige Vertrag mit Allert de Lange wird abgeschlossen (Glaeser, S. 937). Mit Hilfe der Honorar-Vorauszahlung kann sich Brecht das Haus in Skovsbostrand kaufen. Nach Unterzeichnung des Vertrages teilt der Verlag mit (Brief vom 25. 8.), daß er »keine gegen die deutsche Regierung gerichteten Schriften publiziere« (Glaeser, S. 939).

September: Brecht berichtet von Fortschritten bei der Arbeit und von Änderungen im ersten Teil im Hinblick auf den Schluß (*Briefe*, Nr. 184). Daneben wird die Publikation von *Lieder Gedichte Chöre* vorbereitet; Brecht fährt dazu zu Margarete Steffin nach Paris.

Oktober: In seiner Antwort an den Verlag bezüglich des Zensurversuchs meldet Brecht außerdem, daß die Arbeit voraussichtlich vor dem geplanten Termin beendet werden könne (*Briefe*, Nr. 186).

Oktober/November: In einem undatierten, in diese Zeit fallenden Brief an Helene Weigel schreibt Brecht, daß der Roman »fast fertig [ist] (im Rohbau)« (*Briefe*, Nr. 189).

Dezember: Gespräche und Briefwechsel in ›gespannter Atmosphäre‹ zwischen Brecht, Hermann Kesten und Walter Landauer, dem Leiter der ›deutschen Abteilung‹ bei Allert de Lange, über einen möglichen Vertrag zu dem noch nicht vorliegenden

Tui-Roman (*Briefe*, Nr. 192; Glaeser, S. 941). Rückblickend bemerkt Brecht, daß er Kesten »den einblick in den plan zum dreigroschenroman verweigert habe«: »wegen seiner feindlichen einstellung« (*AJ*, S. 465 vom 8. 6. 1942).

1934

Januar: Telegraphisch bittet der Verlag um einen Textauszug aus dem *Dreigroschenroman* für Werbezwecke (10. 1.; Glaeser, S. 944). Brecht schickt am 15. 1. das »Einleitungskapitel« (*Briefe*, Nr. 199); im 1934 erscheinenden *Jahrbuch 1934/35* des Verlags Allert de Lange wird der Text der *Bleibe* abgedruckt, zusammen mit einer Kurzbiographie Brechts. In seinem Brief vom 15. 1. berichtet Brecht, daß die »erste Fassung des Romans«, aus drei Büchern und dem beigelegten Einleitungskapitel bestehend und rund 250 Seiten umfassend, fertig sei; er macht Vorschläge zum Schriftbild und zur Gestaltung des Schutzumschlags (*Briefe*, Nr. 199).

März: Mit Datum vom 17. 3. schreibt Karl Korsch einen ausführlichen Brief an Brecht, liefert ihm eine Reihe von Informationen zu Abtreibungspraktiken, englischer Justiz etc. (Korsch, 123–126).

April/Mai: Brecht steckt »in schwerer Arbeit an den ›Spitzköpfen‹«, die zum Abschluß gebracht werden muß, bevor er am Roman weiterarbeiten kann (*Briefe*, Nr. 206).

Mai: Ein weiterer Brief Karl Korschs datiert vom 14. 5.; er enthält Bemerkungen zur Wirtschaftshandlung des *Dreigroschenromans* und gibt Lektüreempfehlungen (BBA 295/44-48).

Juni: Am 23. 6. schickt Brecht das Manuskript des ersten Buchs an den Verlag; beigefügt sind detaillierte Vorstellungen über den Satz. Brecht bittet den Verlag, Illustrationen für den Roman zu erwägen, und schlägt dafür Caspar Neher bzw. Th. Th. Heine vor (*Briefe*, Nr. 212). In seinem Antwortschreiben vom 29. 6. lehnt der Verlag Abbildungen insbesondere wegen erhöhter Herstellungskosten ab (Glaeser, S. 950).

Juli: Die ersten Fahnen des *Dreigroschenromans* tragen den Datumsstempel vom 15. 7. Brecht bestätigt den Eingang der »ersten Bogen« am 20. 7. und bittet darum, ihm statt des Umbruchs Fahnen zu schicken, bei denen Korrekturen »weniger Mühe« machten. Er ist »unglücklich über den Satz« und fügt seinem Brief als beispielhaft den »schönen Inseldruck des ›Malte Laurids Brigge‹« bei (*Briefe*, Nr. 217). Am 23. 7. wiederholt er sein ›Entsetzen über die Schrift‹ gegenüber Walter Landauer. Zu diesem Zeitpunkt sind auch schon Übersetzungen des Romans im Gespräch (*Briefe*, Nr. 218; Glaeser, S. 952). Am gleichen Tag (23. 7.) schickt Brecht erste Korrekturen zurück; außerdem das zweite Buch und »Material« für den Verlagsprospekt (*Briefe*, Nr. 219); der nochmalige Hinweis auf das »Muster« der Rilke-Ausgabe bleibt erfolglos. Der Verlag lehnt eine solche Gestaltung am 26. 7. wegen des Romanumfangs ab (Glaeser, S. 952).

August: Am 3. 8. schickt Brecht das dritte Buch an Allert de Lange (*Briefe*, Nr. 220) und kündigt das Schlußkapitel an. Am 15. 8. versichert er, daß die Korrekturen kontinuierlich gelesen werden (*Briefe*, Nr. 221), und äußert sich zufriedener über die geänderte Schrift. Weitere Korrekturen gehen am 18., 23. und 26. 8. an den Verlag (*Briefe*, Nr. 222–224) in Erwartung neuer Fahnen für einen zweiten Korrekturgang (*Briefe*, Nr. 224). Immer wieder hebt Brecht die Bedeutung der Kursivpassagen hervor, was den Verlag zu einer Änderung des Schrifttyps veranlaßt hatte (Glaeser, 953; Brief des Verlags vom 21. 8.). Der letzte Datumsstempel des Verlags auf den Fahnen lautet auf den 30. 8. (BBA 289/169, 186).

September: In einem Brief vom 1. 9. geht es wiederum um die Kursivteile des *Dreigroschenromans* (*Briefe*, Nr. 225). – Die in dieser Situation nicht minder wichtige finanzielle Seite des Projekts charakterisiert Brecht in einem Brief vom 2. 9. an George Grosz (*Briefe*, Nr. 226). Trotz des ›guten Handelsvertrags‹ müssen die Gelder erst angemahnt werden (*Briefe*, Nr. 227); de Lange sichert eine Überweisung am 19. 9. zu (Glaeser, S. 954).

Oktober: Eine erneute Anfrage nach dem Geld (*Briefe*, Nr. 229) ergibt, daß eine Überweisung »auf Grund eines Mißverständnisses« noch nicht erfolgt ist (Glaeser, S. 954). Daß Brecht auf das Geld angewiesen ist, verdeutlicht seine Anfrage aus London bei Helene Weigel, ihm »wenigstens 200 Kronen« zu schicken (*Briefe*, 230). – Die *Europäischen Hefte* in Prag veröffentlichen in ihrer Ausgabe vom 25. 10. Teile des dritten Buchs.

November: Neben dem Vorabdruck von *Das Pfund der Armen* mit einer Zusammenfassung des dritten Buchs in Heft 1 (Okt./Nov.) der *Neuen Deutschen Blätter* in Prag erscheint in diesem Monat auch die Erstausgabe bei Allert de Lange in Amsterdam. Bereits am 3. 11. äußert sich A. M. Frey in einem Brief an Brecht lobend über den Roman (Glaeser, S. 955), Brecht dankt dafür am 8. 11. (*Briefe*, Nr. 232). Eine Rezension von Frey erscheint am 25. 11. in der *Basler National-Zeitung*; seine ausführliche Besprechung über *Brechts Hauptwerk* im Januar 1935 in *Neue Deutsche Blätter*.

Dezember: In der Dezember-Nummer von *Unsere Zeit* bespricht A.

Kantorowicz den *Dreigroschenroman* und stuft ihn als unrealistisch ein.

1935

Januar: Wegen der Kantorowicz-Kritik schreibt Brecht an Johannes R. Becher (*Briefe*, Nr. 239) und Bernard von Brentano (*Briefe*, Nr. 240, 241). Es folgen Entschuldigungsschreiben von Michael Tschesno (9. 1.) und Becher (16. 1.), Antwortbriefe und Bestätigungen von B. v. Brentano (9. und 14. 1.) (Glaeser, S. 958f.). – Die dänische Übersetzung wird vorbereitet, für die R. Storm Petersen die Umschlaggestaltung übernehmen möchte (*Briefe*, Nr. 246; vgl. Nr. 249).

April: In der April-Ausgabe von *Unsere Zeit* erscheinen die *Dreigroschenroman*-Besprechungen von P. Haland und B. Uhse als ›offizielle‹ ›Wiedergutmachung‹ für die Kantorowicz-Kritik.

Dezember: Brecht verhandelt in New York über die englische Übersetzung des Romans (*Briefe*, Nr. 284). – 1935 erscheint die zweite deutschsprachige Ausgabe des *Dreigroschenromans* bei der »Verlagsgenossenschaft ausländischer Arbeiter in der Sowjetunion« (VEGAAR) in Moskau (vgl. *Briefe*, Nr. 297, 301).

1937

März: Die englische Übersetzung erscheint am 1. 3.

2. Selbstzeugnisse und Zeugnisse

Aus den *Briefen*

Mit de Lange habe ich nur einen Vertrag über einen Roman [...].
[Thurö, 20. 7. 1933; an Hermann Kesten (Nr. 180)]

Mit dem Roman komme ich vorwärts, ich habe in der ersten Hälfte noch allerhand geändert wegen des Schlusses.
[Sanary, September 1933; an Helene Weigel (Nr. 184)]

Ich muß Ihnen gestehen, daß er [der Brief] mir nicht verständlich ist. Er scheint unseren Vertrag dahin abändern zu wollen, daß für den Verlag ein politisches Zensurrecht in Anspruch genommen wird. Ein solches Zensurrecht über die geistig-politische Haltung einer meiner Arbeiten kann ich natürlich unter keinen Umständen zugestehen – so wenig wie irgendein anderer Autor von Gesinnung. Ganz abgesehen davon, daß ich eine in unserem Vertrag nicht enthaltene weitere Verpflichtung nicht mehr anerkennen kann, glaube ich nicht einmal, daß sie mir aufzuerlegen für den Verlag wertvoll sein könnte: eine dichterische Produktion unter Zensur versucht jetzt das Hitler-Regime in Deutschland in Gang zu bringen; der Mißerfolg eines solchen Versuches kann nicht ausbleiben.

Im übrigen kann ich Ihnen mitteilen, daß die Arbeit an dem Roman gut vorwärtsgeht und ich hoffen kann, ihn geraume Zeit vor dem vereinbarten Endtermin abliefern zu können.
[Sanary, 9. 10. 1933; an Gerard de Lange (Nr. 186)]

Der Roman ist fast fertig (im Rohbau).
[Paris, Oktober/November 1933; an Helene Weigel (Nr. 189)]

Ihre Bestätigung unseres Gesprächs von neulich enthält allerhand Mißverständnisse.

Ich ging davon aus, daß es für mich vielleicht ungünstig sein könnte, meine weiteren Beziehungen zum Verlag Allert de Lange (»weiteren« in dem Sinne, als sie etwa die Veröffentlichung weiterer Werke in diesem Verlag ermöglichen) schlankweg von der Be-

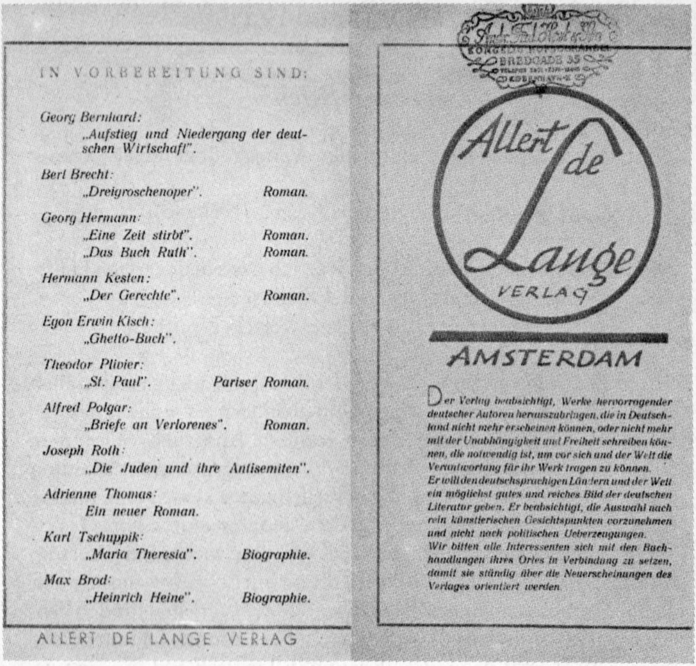

IN VORBEREITUNG SIND:

Georg Bernhard:
„Aufstieg und Niedergang der deutschen Wirtschaft".

Bert Brecht:
„Dreigroschenoper". Roman.

Georg Hermann:
„Eine Zeit stirbt". Roman.
„Das Buch Ruth". Roman.

Hermann Kesten:
„Der Gerechte". Roman.

Egon Erwin Kisch:
„Ghetto-Buch".

Theodor Plivier:
„St. Paul". Pariser Roman.

Alfred Polgar:
„Briefe an Verlorenes". Roman.

Joseph Roth:
„Die Juden und ihre Antisemiten".

Adrienne Thomas:
Ein neuer Roman.

Karl Tschuppik:
„Maria Theresia". Biographie.

Max Brod:
„Heinrich Heine". Biographie.

ALLERT DE LANGE VERLAG

Allert de Lange
VERLAG
AMSTERDAM

Der Verlag beabsichtigt, Werke hervorragender deutscher Autoren herauszubringen, die in Deutschland nicht mehr erscheinen können, oder nicht mehr mit der Unabhängigkeit und Freiheit schreiben können, die notwendig ist, um vor sich und der Welt die Verantwortung für ihr Werk tragen zu können.
Er will den deutschsprachigen Ländern und der Welt ein möglichst gutes und reiches Bild der deutschen Literatur geben. Er beabsichtigt, die Auswahl nach rein künstlerischen Gesichtspunkten vorzunehmen und nicht nach politischen Ueberzeugungen.
Wir bitten alle Interessenten sich mit den Buchhandlungen ihres Ortes in Verbindung zu setzen, damit sie ständig über die Neuerscheinungen des Verlages orientiert werden.

Prospekt des Allert de Lange Verlags mit der Ankündigung *»Dreigroschenoper«. Roman* von Bert Brecht, vermutlich Herbst 1933.

gutachtung solcher Werke durch Sie abhängig zu machen. Sie hatten mir mehrmals angedeutet, daß Allert de Lange, den ich persönlich nicht kenne, in der Beurteilung der Literatur auf Sie angewiesen sei, da er selber z. B. meinen Namen vor Abschluß des Vertrags über den »Dreigroschenroman« nicht gekannt habe. Sie selber aber wußten ja nicht, ob ich überhaupt Romane schreiben könnte. Da für mich die Möglichkeit besteht, über Romane, ebenso wie das beim »Dreigroschenroman« der Fall war, *ohne* vorherige Prüfung abzuschließen, wie das ja auch für andere Autoren meines Ranges möglich ist (eine der Möglichkeiten nannte ich Ihnen), schied für mich nach dieser Ihrer Erklärung eigentlich die Möglichkeit, mit de Lange zu weiteren Abschlüssen zu kommen, aus. Aus der Lektüre von zweien Ihrer Bücher und aus einigen Diskussionen ergab sich für mich eine große Differenz unserer Anschauungen über

Zwecke und damit über Maßstäbe literarischer Arbeiten. Ich mußte befürchten, daß die Arbeiten, die ich Ihnen als dem Lektor vorlegen würde, von Ihnen als dem Romanautor begutachtet würden. [...] Sie konnten dem Verlag sagen, was Sie mir gesagt haben, nämlich daß meine literarische Person im allgemeinen es rechtfertige, Arbeiten von mir herauszubringen. Sie konnten Ihrem Verlag etwa mitteilen, daß Sie ein Kapitel gelesen hätten und daß es allgemein lesbar sei [...], oder Sie konnten sich von mir, was ich vom »Dreigroschenroman« schon geschrieben habe, zeigen lassen und die Besorgnis des Verlags zerstreuen, es sei *nichts* geschrieben. Sie konnten sagen: Brecht hat eine eigene Auffassung von Literatur, der ich mich nicht anschließe, die ich sogar bekämpfe, aber was er schreibt, ist jedenfalls Literatur; ich will nicht seine einzelnen Werke beurteilen, da sie nicht meinen eigenen Auffassungen entsprechen, daß er ein Schriftsteller von einigem Rang und kein Dilettant ist, erkenne ich aber an. Ich sagte Ihnen, daß ich selber, wäre ich Lektor, so etwa mit Döblin oder Feuchtwanger verfahren würde, deren einzelne Werke nicht eben meinen Auffassungen entsprechen, die ich aber in ihrer Gesamtheit so weit akzeptiere, daß ich immer sagen würde, man muß sie drucken und zur Diskussion stellen, und zwar alles, was sie schreiben. Da ist kein Geschäftspakt, es ist eine stillschweigende Gepflogenheit unter Fachleuten, die sich nicht gegen Verlage richtet.
[Paris, Dezember 1933; an Hermann Kesten (Nr. 192)]

[...] auf Ihren Wunsch schicke ich Ihnen das Einleitungskapitel des »Dreigroschenromans« für den Vorverkauf. Es ist mir sehr schwer, es Ihnen zu überlassen, bevor der ganze Roman endgültig fertig ist. Ich hoffe sehr, bin aber nicht ganz sicher, daß die endgültige Redaktion keine Änderung mehr nötig macht.

Die erste Fassung des Romans habe ich fertig, so daß Sie, was die Einhaltung des Termins betrifft, keine Sorge zu haben brauchen. Die erste Fassung besteht aus etwa 250 Seiten–280 Seiten der Art, wie ich sie Ihnen hier schicke. Die endgültige Fassung wird vielleicht länger, aber keinesfalls kürzer werden. Dies schreibe ich, damit Sie sich mit der Wahl der Schrift und des Formats einrichten können. Es wäre gut, für eine möglichst *bequeme* Lesbarkeit zu sorgen, da der Roman eine Anzahl kompakter Partien enthält. Für die Zusendung einer Druckprobe wäre ich Ihnen ganz besonders dankbar.

Carola Neher als Polly; Zeichnung von Caspar Neher (1929), die für den Schutzumschlag der Erstausgabe benutzt wurde.

Wie Ihnen Herr Doktor Landshoff mitgeteilt haben wird, habe ich für den Umschlag eine sehr schöne kleine Fotografie der Carola Neher als Polly Peachum. Ich bin gerade dabei, sie mir aus Berlin zu beschaffen. Würde es Ihnen *sehr* eilen, müßte ich Ihnen etwas anderes schicken, nämlich ein Aquarell von Caspar Neher, das ich hier habe. Die Fotografie wäre allerdings noch besser.

Als Titel bitte ich *nur* »Dreigroschenroman« zu setzen, also keinen Artikel! Das Kapitel, das ich schicke, ist ein Einleitungskapitel, d.h., es geht dem Ersten Buch voraus; der Roman ist in 3 Bücher eingeteilt.
[Skovsbostrand, 15. 1. 1934; an den Verlag Allert de Lange (Nr. 199)]

Ich stecke immer noch in schwerer Arbeit an den »Spitzköpfen«, und wenn ich da herauskomme, beginnt wieder die am Roman.
[Skovsbostrand, April/Mai 1934; an Karl Korsch (Nr. 206)]

[...] ich sende Ihnen mit gleicher Post das erste der 3 Bücher des »3 Groschen Romans«. Die Ablieferung hat sich etwas verzögert, weil mich eine schmerzhafte Nierenerkrankung zwang, die Klinik aufzusuchen.

Der heute übersandte Teil macht ungefähr [Zahl fehlt in der Vorlage] des ganzen Romans aus. Die beiden weiteren Teile unterwerfe ich, ein wenig gehemmt durch meine Krankheit, eben noch einer letzten Korrektur. Sie können darauf aber laufend rechnen.

Für sehr gut fände ich es, wenn Sie eine Illustrierung erwögen. Diese könnte von Caspar *Neher*, der meines Wissens zur Zeit in Essen am Stadttheater arbeitet, oder von Th. Th. *Heine* in Prag ausgeführt werden. Sie müßte meines Erachtens aus ganzseitigen Blättern bestehen mit einem Satz aus dem Roman darunter, wie das in Büchern der 90er Jahre üblich!

Einige Angaben für den Setzer, die ich Sie zu prüfen bitte, lege ich auf einem eigenen Blatt bei.
[Svendborg, 23. 6. 1934; an den Verlag Allert de Lange (Nr. 212)]

Ich erhielt heute die ersten Bogen des »Dreigroschenromans«. Ich bin etwas unglücklich über den Satz. Meine dänischen Freunde, denen ich die Bogen zeigte und die gut Deutsch können, versichern mir, die Schrift sei für sie fast unlesbar. Dabei kommt es gegenwärtig doch auf die Auslandsleser sehr an. In Kopenhagen zum Beispiel sind meine »Versuche«, obwohl nur schwer erhältlich, überraschend gut gekauft worden. Tatsächlich ist es auch für deutsche Leser ein wenig schwierig, die sehr kleine Schrift auf den verhältnismäßig breiten Zeilen zu verfolgen. Ich sehe natürlich, daß Sie dem Roman eine aparte Note geben wollen. Das Satzbild sieht ja sehr seriös aus. Aber die Schrift ist *sehr* klein, und durch die fetten

Typen wirkt sie sehr schwer. Der kleine Charakter der Erzählung leidet etwas darunter. Natürlich weiß ich nicht, ob Sie es überhaupt noch ermöglichen können, eine andere Schrift zu wählen, aber wenn die Kosten nicht *sehr* groß wären, würde ich es Ihnen unbedingt empfehlen. Ich schicke Ihnen als Beispiel eines Satzes, der mir ganz besonders für den »Dreigroschenroman« gefiele, den schönen Inseldruck des »Malte Laurids Brigge« mit.

Sehr verbunden wäre ich Ihnen auch, wenn Sie mir statt der umbrochenen Seiten die Fahnen schickten. Hier und da ergeben sich doch noch Änderungen, die, in den Fahnen angebracht, viel weniger Mühe machen.

[Skovsbostrand, 20. 7. 1934; an den Verlag Allert de Lange (Nr. 217)]

[...] ich habe jetzt die ersten Bogen des »Dreigroschenromans« bekommen, und bin, unter uns, recht entsetzt über die Schrift. Ich muß zugeben, daß sie an sich schön ist und daß man sie, von einem bestimmten Standpunkt aus, für richtig halten kann. Aber die Schrift unterstreicht doch recht unpassend das Ernsthafte des Romans. Der Leser wird sozusagen noch vor der Lektüre gewarnt. Es ist ein so feierlicher, langbärtiger, würdevoll wandelnder Satz. Natürlich bin ich auch sehr dafür, der Erzählung einen »distinguierten« Charakter zu verleihen. Ich habe als Muster Rilkes »Malte Laurids Brigge«, Inselverlag, geschickt. Das wäre das richtige. Kann man nicht noch umsetzen? Es würde wirklich etwas ausmachen für den Verkauf (aber nicht nur für diesen).

Was die Übersetzungsrechte betrifft, so habe ich doch, wie ich Ihnen schon sagte, Alexander gegenüber gewisse Verpflichtungen. Und in Frankreich hat mir schon damals in Paris ein großer Verlag die Herausgabe angeboten. In beiden Richtungen habe ich noch nichts Eigentliches unternommen.

[Skovsbostrand, 23. 7. 1934; an den Verlag Allert de Lange, Walter Landauer (Nr. 218)]

Anbei die ersten Korrekturen zurück. Dadurch, daß der Abschnittbeginn nicht eingerückt ist, entsteht zwar ein geschlossenes Satzbild, aber leider auch eine Verwischung der Abschnitte. Da nämlich, wo ein Abschnitt mit einer vollen Zeile schließt, ist der nächste nicht als eigener Abschnitt erkenntlich. Es liegt mir aber viel daran, daß die Abschnitte klar abgeteilt erscheinen. Bitte rükken Sie also bei jedem neuen Abschnitt ein.

Was die kursiv gesetzten Partien betrifft: Dadurch, daß die gewöhnliche Schrift fett ist, erscheinen sie als zu klein; sie sind schlecht lesbar, und vor allem wirken sie so als mehr oder weniger unwichtige Einschiebsel. Es müßte aber das Gegenteil der Fall sein. Vielleicht versuchen Sie es mit einem Grad größer. Hoffentlich springt [das] nicht wieder zu sehr aus dem Satzbild heraus!

Sie werden inzwischen das kleine Muster erhalten haben, das ich an Sie schickte, nämlich die Inselausgabe des Rilkeschen Romans. Die Vorteile, die dieses Format und diese Schrift böten, wären meiner Ansicht nach sehr groß.

Das zweite Buch und das Material für Ihren Prospekt geht heute ebenfalls an Sie ab.

[Skovsbostrand, 23. 7. 1934; an den Verlag Allert de Lange (Nr. 219)]

[...] mit gleicher Post geht als Einschreiben an Sie der dritte Teil des »Dreigroschenromans« ab. Es fehlt nun nur noch das Schlußkapitel, das ich Ihnen in den nächsten Tagen senden werde.

Ich danke Ihnen, daß Sie die Abschnitte einräumen und die kursiv gesetzten Stellen durch anderen Satz noch mehr hervorheben wollen. Vielleicht können Sie mir bald eine Probe schicken?

Vor allem bitte ich Sie um den Schutzumschlag. Vielleicht wird es mir bei seinem Anblick leichter, eine Einführung zu finden.

Bis wann brauchen Sie das Foto?

[Skovsbostrand, 3. 8. 1934; an den Verlag Allert de Lange (Nr. 220)]

Die Korrekturen kommen von nun an laufend, Sie brauchen keine Sorgen zu haben.

Einige Dinge sind mir noch aufgefallen:

Die Zahlen im kursiv gedruckten Text knallen so heraus, an einer Stelle, wo auch die Zahl kursiv gedruckt ist, ist die Wirkung eine viel bessere.

Die Abstände zwischen den Unterkapiteln (siehe z. B. Seite 112 und 118) scheinen mir erheblich zu klein, da hier die Erzählung meistens auf einen ganz anderen Schauplatz überspringt.

Die Abkürzungen für die Gesellschaften »TSV« und »ZEG«

dürften nicht gesperrt gedruckt sein. (Sie sind jetzt einmal normal, einmal gesperrt.) Hinter den Nummern der Kapitel bitte keinen Punkt! Auch nicht hinter den Überschriften.

Die neue Kursivschrift ist sehr schön, wie denn überhaupt der Druck sehr schön und sorgfältig aussieht.

Für die Rücksendung des »Rilke« und des Polly-Bildes meinen besten Dank. (Haben Sie das letztere für den Umschlag benützen können?)

[Skovsbostrand, 15. 8. 1934; an den Verlag Allert de Lange (Nr. 221)]

[...] bei der Korrektur sehe ich, daß die Absätze des Manuskriptes vom Setzer immer noch nicht beachtet werden. Diese Angelegenheit ist mir von großer Wichtigkeit. Natürlich gehören die Absätze genauso zum Roman wie Titel und Motti [!]; sie sind noch wichtiger. Bitte veranlassen Sie doch den Setzer unbedingt, sich genau an die Absätze zu halten.

Noch etwas für den Setzer: Im Manuskript habe ich den Namen »Bloomsbury« zu Beginn nur »Blumsbury« geschrieben. Ich bitte Sie, die Namensschreibung zu vereinheitlichen, und zwar so, wie es Ihnen am wenigsten Mühe macht.

Mit gleicher Post gehen an Sie wieder Korrekturen ab, den Rest dessen, was ich hier habe, schicke ich Montag.

[Skovsbostrand, 18. 8. 1934; an den Verlag Allert de Lange (Nr. 222)]

Mit gleicher Post alles, was ich an Korrekturbogen noch hatte. Es ist schade, daß Sie nicht weitere Bogen geschickt haben, da dadurch ein Aufenthalt entsteht und ich die Arbeit gern bald abgeschlossen hätte.

[...]

Ich möchte gern, daß vorn, da, wo das Copyright steht, vor diesem noch die Bemerkung aufgenommen wird: »Dem Roman liegt das Theaterstück ›Die Dreigroschenoper‹ und John Gays ›Beggar's Opera‹ zugrunde.«

Der Titel »Dreigroschenroman« würde vielleicht besser wirken, wenn er auf eine Zeile gebracht würde.

[Skovsbostrand, 23. 8. 1934; an den Verlag Allert de Lange (Nr. 223)]

Besten Dank für den letzten Teil der Korrekturen.

Die neue Kursivschrift finde ich nicht gut. Rein ästhetisch betrachtet, ist sie hübsch, aber daß sie sich so gut ins Satzbild einfügt, ist ein großer Fehler. Es entsteht nicht so der Eindruck, daß hier etwas *zitiert* wird, daß hier bestimmte Sprüche und Redereien *ausgestellt* werden wie bei der Kursivschrift im zweiten Buch, zum Beispiel auf Seite 306.

Ich bitte Sie dringend, die Kursivschrift zu belassen wie im zweiten Buch, sie ist ausgezeichnet und genau zweckentsprechend. Das Buch sieht sehr schön aus und kann den kleinen Schönheitsfehler, oder besser, das ein wenig Unkonventionelle der Zitate durchaus ertragen. Die neue Kursivschrift ist eine halbe Lösung. Man fragt sich bei ihr viel leichter: warum das? Der Satzspiegel ist besonders schön; hoffentlich muß man nur ganz wenig beschneiden!

Schon morgen werde ich den ganzen Rest der Korrekturen an Sie abschicken. Von den letzten (zweiten) Korrekturen bitte ich Sie mir unbedingt 5 Exemplare abziehen zu lassen, da ich dann, indem ich mehrere Personen gleichzeitig lesen lasse, die Arbeit viel schneller bewältigen kann. Die erste Korrektur bitte ich Sie mir mitzuschicken.

[...]

Ich bin sehr gespannt auf den Umschlag!

[Skovsbostrand, 26. 8. 1934; an den Verlag Allert de Lange (Nr. 224)]

[...] ich fände es sehr bedauerlich, wenn Sie tatsächlich zu dem Entschluß kämen, für die Kursivstellen des Romans die neuerdings gewählte Fettschrift zu nehmen. Die Kursivstellen müssen Zitatcharakter haben, das heißt, der Leser muß die Assoziation »Zitat« haben. Die Fettschrift kommt dieser Absicht nicht nach. Sie paßt sich zwar dem Satzbild ein, wirkt aber gerade dadurch ganz und gar willkürlich. Der Leser muß denken: Warum plötzlich eine andere Schrift? Bei der dünnen Kursivschrift war die Absicht klar. Bei der neuen hätte ich absolut das Gefühl, daß die Hauptaufgabe, die das Satzbild zu leisten hätte, verfehlt ist. Die Frage darf man nicht von rein ästhetischen Gesichtspunkten aus stellen, d. h. vom Standpunkt aus, daß der Spiegel absolut harmonisch sein muß. Es genügt nicht, daß die Schrift schön, und nicht einmal, daß sie deutlich ist. Sie muß Zitatcharakter haben. Außerdem *darf* sie nicht kleiner sein als die andere, sonst entsteht der Eindruck, es handele sich um Zusätze von untergeordneter Bedeutung. Es ist doch nicht richtig, z. B. in einem Witz die Pointe *kleiner* zu drucken!

Glauben Sie mir, bitte, daß ich nicht so lange bei dieser Frage verharren würde, wenn sie nicht wichtig wäre; ich zeige mich sehr ungern so hartnäckig, nachdem der Verlag so sichtbar Mühe und Sorgfalt hat walten lassen.
[Skovsbostrand, 1. 9. 1934; an den Verlag Allert de Lange (Nr. 225)]

[...] die Insel Fünen wird der Garten Dänemarks genannt. So weit man blickt, ist alles grün, und, was wichtiger ist, die Leute haben gute Handelsverträge mit England. Die Obstbäume müssen mit Hölzern gestützt werden, und die Fischer stechen mit Lanzen in das Sundwasser und holen in einigen Stunden Dutzende von Aalen heraus. Ich kann gut leben, habe einen 500 Seiten langen Roman geschrieben, und, was wichtiger ist, ich habe einen guten Handelsvertrag mit einem holländischen Verlag. Dennoch plane ich fortwährend Schläge gegen die Verbrecher, die im Süden hausen, verstehst Du? Ich höre jeden ihrer Vorträge im Radio, lese ihre Gesetzentwürfe und sammle ihre Fotografien.
[Skovsbostrand, 2. 9. 1934; an George Grosz (Nr. 226)]

Was Sie mir schreiben, ist das erste, was ich über meinen Roman höre, und es ist so sehr freundlich. Die Art meiner Arbeiten bringt es mit sich, daß man mir im allgemeinen mit einiger Kälte begegnet.
[London, 8. 11. 1934; an Alexander Moritz Frey (Nr. 232)]

[...] vielen Dank für die erfrischende kleine Beschimpfung zum Jahreswechsel! Die Ausführungen unseres strengen Freundes Kantorowicz über den »Dreigroschenroman« habe ich noch nicht zu Gesicht bekommen; es scheint, daß er sich zu eng mit den Kesten und Roth verbündet hat, wie? Nun, er wohnt wohl im gleichen Hotel. Es ist ein wenig hart, wenn Sie annehmen, ich glaubte, jedes Würstchen könne durch die bloße Zugehörigkeit zu dem alten kleinen Verein davor bewahrt bleiben, Quatsch zu äußern. Es ist eben schade, daß sich der Verein mit solchen Kräften begnügen muß – ein wenig nicht hingesehn, und schon ist der Schlamassel fertig! Wie gut, daß die Leute wenigstens nur infolge von Fehlern der Aufsicht ihre freie Meinung äußern können und nicht etwa prinzipiell. Sie sehen aus dem Vorfall deutlich, wie streng die Aufsicht sein muß.

Nun ist ja der revolutionäre Charakter dieses Buches anscheinend wirklich nicht so ganz leicht zu erkennen für Leute, die zu sehr auf eine bestimmte Ausdrucksweise eingestellt sind. Nicht wenige sollen unzufrieden sein. Ich gestehe, daß ich einen Augenblick lang sogar Ihre kleine Beschimpfung auch als auf den Roman ausdehnbar aufzufassen geneigt war. Aber das kann doch nicht sein, wie? [Skovsbostrand, Anfang Januar 1935; an Bernard von Brentano (Nr. 240)]

[...] ich höre, daß Kantorowicz, der in »Unsere Zeit« meinen »Dreigroschenroman« als ein idealistisches Buch charakterisiert hat, das »nicht den Forderungen des Realismus entspricht«, Dein Sekretär ist. Damit bekommt dieser Angriff eine sehr offizielle Note.

Der Angriff erfolgt in einer repräsentativen Zeitschrift und in der schärfsten Form, denn die schleimige Freundlichkeit drum rum ist ganz uninteressant angesichts des zentralen Vorwurfs, der Roman sei nicht realistisch und er sei idealistisch.

Der Angriff erfolgt in der schlampigsten, leichtfertigsten Weise. Die, unter Marxisten erledigenden, Vorwürfe werden nicht im geringsten bewiesen; man wählte die schöne Mischung von apodiktisch und schlampig, die man in Bagatellfällen verantworten zu können glaubt. Das gegenüber einem Werk, an dem ich lange und intensiv gearbeitet habe.

Vorausgesetzt wird, daß alle Romane, die nicht realistisch sind, damit idealistisch sind; darüber ließe sich vielleicht reden, wenn nicht dann als realistisch nur Romane gelten sollten, die ohne Erfindung sind. So daß also etwa die ganze Gattung der Satire ausfällt, weil nicht realistisch. Ich habe der Parole Realismus zugestimmt, da ich glaubte, auch Swift und Cervantes realistische Autoren nennen zu können. Und ich dachte, idealistisch sei dann ein Werk, wenn das Bewußtsein als bestimmender Faktor für die jeweilige Realität der gesellschaftlichen Einrichtungen hingestellt wird. Da ich in meinem Roman den bestimmenden Einfluß der ökonomischen Lage und Klassenzugehörigkeit auf das Bewußtsein der Personen darstellte, glaubte ich, einen materialistischen Roman geschrieben zu haben. Da ich, da es keinen Sinn hat, die Welt zu interpretieren, sondern man sie verändern muß, die Realität so dargestellt habe, daß man Ursachen und Wirkungen deutlich sieht, also eingreifen kann, glaubte ich einen Roman für Realisten geschrieben zu haben, nicht nur einen Roman, in dem Realität vorkommt.

Nun, Ihr belehrt mich.

Ich wünschte nur, es geschähe auf eine weniger oberflächliche und hochmütige Rappweise.

[Anfang 1935; an Johannes R. Becher (Nr. 239)]

[...] ich erfahre mit großer Freude, daß Sie die Umschlagszeichnung für meinen Roman machen werden. Ohne Sie im geringsten festlegen zu wollen, möchte ich Ihnen kurz referieren, was ich mir dachte.

Der Roman soll in seiner dänischen Ausgabe »Nur wer im Wohlstand lebt, lebt angenehm« heißen. Dies, denke ich, müßte der dänischen Mentalität im allgemeinen liegen. Auf dem Umschlag könnte man die Figur des Jonathan Jeremiah Peachum darstellen, einen kahlköpfigen Mann mit steifem schwarzem Hut im Genick, in Hemdärmeln, beide Hände vorgestreckt, auf der einen ein kleines Segelschiff, auf der andern seine Tochter Polly, beides gleichsam zum Verkauf bietend. Die beiden Artikel könnten Preisschildchen tragen. Der Preis des (sehr alten) Segelkastens beträgt 15000 Pfund, der der (hübschen) Tochter 7000 Pfund.

Ich weiß nicht, ob Ihnen der Einfall gefällt, vielleicht wählen Sie etwas anderes, aber der Inhalt des Romans ist jedenfalls in einem solchen kleinen Bild ganz gut enthalten.

Ich lege Ihnen eine kleine Charakteristik des Herrn Peachum bei.

[Anlage zum Brief an Robert Storm Petersen]

Der Charakter des Jonathan Peachum darf nicht auf die gewöhnliche Formel »Geizhals« gebracht werden. Er hält nichts von Geld. Ihm, der alles bezweifelt, was Hoffnung erwecken könnte, erscheint auch das Geld als ein ganz unzulängliches Verteidigungsmittel. Er ist zweifellos ein Schurke, und zwar ein Schurke im Sinn älteren Theaters. Sein Verbrechen besteht in seinem Weltbild. Dieses Weltbild ist in seiner Scheußlichkeit würdig, neben die Leistungen irgendeines anderen der großen Verbrecher gestellt zu werden, und doch folgt er nur dem »Zug der Zeit«, wenn er Elend als Ware betrachtet. Praktisch gesprochen: Peachum wird etwa das Geld, das er Filch in der ersten Szene [der Oper] abnimmt, durchaus

Robert Storm Petersens Zeichnung für den Umschlag der dänischen Ausgabe des *Dreigroschenromans;* sie wurde nicht dafür verwendet, sondern erschien auf der dem Innentitel gegenüberliegenden Seite.

nicht in einer Kassette verschließen, sondern es einfach in die Hosentasche stecken: er kann weder durch dieses Geld noch durch anderes gerettet werden. Es ist Gewissenhaftigkeit von ihm und beweist seine allgemeine Hoffnungslosigkeit, daß er es nicht einfach wegwirft, er kann nicht das Geringste wegwerfen. Über eine Million Schillinge würde er nicht anders denken. Nach seiner Meinung reicht weder sein Geld (auch nicht alles Geld der Welt) noch sein Kopf aus. (Und auch alle Köpfe der Welt reichen nicht aus.) Dies ist auch der Grund, weshalb er nicht arbeitet, sondern mit einem Hut auf dem Kopf und die Hände in den Hosentaschen durch sein Geschäft läuft, lediglich kontrollierend, daß nichts wegkommt. Kein wirklich Geängstigter arbeitet. Es ist nicht kleinlich von ihm, wenn er die Bibel auf seinem Pult an eine Kette schließt aus Furcht, sie könnte gestohlen werden. Er betrachtet seinen Schwiegersohn niemals, vor er ihn an den Galgen gebracht hat, da kein persönlicher Wert irgendeiner Art denkbar wäre, der ihn zu einer andern Haltung gegenüber einem Manne verlocken könnte, der ihm seine Tochter wegnimmt. Die sonstigen Verbrechen des Mackie Messer [!] sind ihm nur insofern interessant, als sie ihm eine Handhabe für seine Erledigung bieten. Was seine Tochter betrifft, so ist sie wie die Bibel, nichts als eine Hilfsquelle. Dies wirkt weniger abstoßend als erschütternd, wenn man jenen Grad der Ver-

zweiflung erwägt, bei dem von den Dingen der Welt nur mehr jener kleinste Teil verwendbar wird, der einen Untergehenden retten könnte.
[Skovsbostrand, Januar 1935; an Robert Storm Petersen (Nr. 246)]

[...] vielen Dank für die Übersendung des neuen Umschlagbildes von Storm Petersen. Ich finde es bezaubernd. Es enthält die ganze Kümmerlichkeit der Dreigroschenwelt und ist doch nicht ohne Größe. Und, was die Hauptsache ist, es bereitet den Leser auf einen satirischen Roman vor! Auf einem Pergamentpapier mit gelblicher Färbung stelle ich mir die köstliche Zeichnung sehr wirkungsvoll vor.

[...]

Eine Kleinigkeit: Könnte [man] hinter den Ziffern noch das englische Pfundzeichen anbringen?
[Skovsbostrand, Februar 1935; an den Verlag Steen Hasselbalch (Nr. 249)]

[...] ich habe *alle* Anstrengungen gemacht, hier wegzukommen, aber es wäre eine *zu* große Dummheit gewesen, da noch einige Verhandlungen über Roman und »Rundköpfe« »schweben«.
[New York, Dezember 1935; an Helene Weigel (Nr. 284)]

Ich danke Ihnen sehr für die nochmalige Übersendung der »Dreigroschenromane«. Der Roman ist wunderschön gedruckt, weit besser als beim holländischen Verlag.
[Skovsbostrand, 30. 11. 1936; an Otto Bork von der Verlagsgenossenschaft ausländischer Arbeiter in der Sowjetunion (Nr. 301)]

[...] der Verlag Hale ersuchte mich, ihm zu bestätigen, daß in der englischen Ausgabe des »Dreigroschenromans« keine Passagen von politischer Wichtigkeit ausgelassen sind. Ich tat dies gern in der beiliegenden Erklärung, die ich abschriftlich an Sie schicke, damit Sie auf dem laufenden bleiben.
[Skovsbostrand, 19. 3. 1937; an James B. Pinker (Nr. 319)]

[...] ich weiß nicht, auf was die Gerüchte, Ihre englische Ausgabe des »Dreigroschenromans« sei verstümmelt, sich gründen. Selbstverständlich bestätige ich Ihnen gerne, daß Sie seinerzeit ohne weiteres Ihr vertragliches Einverständnis erklärt haben, ohne meine

Schutzumschlag der Ausgabe Moskau 1935 nach einem Entwurf von W. Leistikow.

Zustimmung keine Veränderungen an meinem Buch vorzunehmen. Tatsächlich ist auch nichts verändert und nichts politisch Wichtiges in der englischen Ausgabe ausgelassen worden.
[Skovsbostrand, März 1937; an den Verlag Robert Hale & Co. (Nr. 320)]

Habe ich Ihnen übrigens geschrieben, daß der »Dreigroschenroman« in England eine erstaunlich gute Presse hatte? Man verglich es an mehreren Stellen mit Swiftschen Dingen, aber ich glaube, der Verkauf ist sehr schlecht, sie scheinen Swift nicht zu lesen. Allerdings hieß es in den Kritiken, das Buch sei recht unangenehm, und

die Engländer lieben anscheinend das Unangenehme nicht so sehr wie die Deutschen.
[Svendborg, August 1937; an Lion Feuchtwanger (Nr. 334)]

Mich freut sehr, daß Sie den »Dreigroschenroman« mit einigem Vergnügen gelesen haben. Mein Agent, der das Buch in London placiert hat, ist James B. Pinker & Son, Talbot House, Arundel Street, London. Er hat bisher keine amerikanische Edition zustande gebracht.
[Skovsbostrand, 2. 12. 1938; an Ferdinand Reyher (Nr. 373)]

Brecht an Margarete Steffin

Ich bin neugierig, was Du über den Roman schreiben wirst. Ich möchte so schnell wie möglich mit ihm fertigwerden, um mich dann etwas Interessanterem zuwenden zu können. Doch beim Schluß (egal, wie lang er wird) und bei den Korrekturen mußt Du mir helfen [...].
[Undatierter Brief von etwa Anfang 1934]

Liebe Grete,
die Kritik ist richtig, doch viel zu kurz und wenig ausgeführt. (Ebenso wie dem Roman fehlt ihr eine gewisse Solidität.) Du mußt noch auf alle meine Fragen eingehen. Und laß nichts aus, was Dir nicht gefällt! Schick nach und nach alles zurück, und kennzeichne insbesondere die Stellen, die Dir schludrig erscheinen, Kraftausdrücke und gewollte Spitzfindigkeiten. Am besten, Du legst Zettel hinein, die Notizen können flüchtig sein, sollen nur einen Eindruck vermitteln. Übrigens brauchst Du nur die Seiten zu schikken, auf denen es solche Stellen gibt, es sei denn, es gibt sie auf allen Seiten. Sende das Fertige gleich ab, damit ich bald etwas bekomme und mit der Durchsicht beginnen kann. Ich schicke es Dir dann sofort zurück, korrigiert oder endgültig formuliert [...].
[Undatierter Brief von etwa Anfang 1934]

Überhaupt hat es den Anschein, als hättest Du ein Meisterwerk geschaffen, alter Muck. Insbesondere wird Deine klare Sprache gepriesen [...].
[Undatierter Brief von etwa Anfang 1935]

Margarete Steffin

Er [Brecht] war fertig, der arme, jetzt habe ich ihm wieder Flöhe ins Ohr gesetzt, so daß er still die letzten Kapitel, die ich noch abschreiben sollte, wieder anpackte.
[Undatierter Brief an Walter Benjamin von etwa Anfang 1934]

Karl Korsch

[...]
2. Ich habe hier in eine alte *offiziell* für die hiesige Kirche gültige Bibel hineingesehen u. gefunden, daß es nicht ›pound‹ heißt, sonder *›talent‹*. Das ist auch viel schöner. Ihr Titel muß also unbedingt heißen *man is man's talent* (und: the poor man's talent). Der Doppelsinn ist im heutigen Englisch ebenso vorhanden wie im Deutschen, aber das schadet in Ihrem Fall nach meiner Meinung garnichts! Ich habe auch Proben mit gebildeten, aber einfachen englischen Männern u. Frauen gemacht und gefunden, daß sie
1) bei ›pound‹ nur verkehrte Dinge dachten,
2) bei ›talent‹ zwar a) auch nicht direkt an die Bibelstelle dachten, aber doch b) durch die Überschrift hinreichend und in der gewünschten Richtung angereizt und interessiert wurden. Der etwas dunkel bleibende Titel ist also nicht schlecht!

Damit will ich garnichts über die Frage entscheiden, ob nicht als Gesamttitel am Ende doch ›The Threepence Novel‹ oder etwas ähnliches vorzuziehen wäre. Ich will Ihnen nur das Ergebnis meiner Experimente mitteilen!

Ich erwähne noch die tiefsinnige Übereinstimmung zwischen Bibel u. »Kapital«, daß der Kapitalcharakter einer Geldsumme auch in der Bibel *von der Größe der Summe* (von der Zahl der Talente!) abhängig ist. 5 Talente u. 2 Talente wuchern, 1 Talent wuchert nicht. Die Stelle, wo Marx darüber spricht, finden Sie in meiner Einführung zum Kapital I zitiert an der Stelle, wo ich am Ende der Erörterung über die »Dialektik im Kapital« den Begriff des »Umschlagens« erwähne.

Die Ladenbesitzerin bei Ihnen hat es u. a. darum garnicht erst richtig mit den Nähmädchen versucht, weil es sich mit dem wenigen Geld, das auch anderweitig gebraucht wurde, garnicht lohnte.

3) Ich schicke Ihnen voraussichtlich morgen ein den hiesigen Verhältnissen angepaßtes Exposé über relativ beste u. billigste Abtreibungsmittel. Ich habe versucht die Leute, die es niederschreiben, so zu beeinflussen, daß sie es in der richtigen Weise tun; medizinisch werde ich es vor der Absendung noch von Herbert Levi prüfen lassen.

Die Leute selbst waren mehr für Verhütungsmittel. Ich habe ihnen gesagt, das sollen sie auch hineinschreiben. Und ich bin der Meinung, Sie könnten das auch mit hineinbringen, weil es einerseits auch nützlich ist für die Praxis, andrerseits könnten Sie witzige Sachen dazu sagen, insofern als Polly mit *diesen Ratschlägen* zu dieser Zeit nicht mehr gedient ist! Das ist ja sehr typisch, daß man sie und grade sie dann nachher kriegt, wenn einem nur noch andere helfen können.

Die Leute meinen auch, daß keins der Mittel (außer dem hier sehr schwer erreichbaren ärztlichen Eingriff!) sicher und keins ohne Nachteile u. Gefahren für die Mutter ist. Ich habe ihnen gesagt, wenn es keine guten Ratschläge gibt, sollen sie die relativ besten schlechten geben und dazu sagen, daß und warum sie schlecht sind. – Ich hoffe, daß etwas Brauchbares dabei herauskommt.

[...]

Sollten Sie die Stelle einfügen, so müssen Sie noch gewisse Verschleierungen, konkreten Einbau in die Handlung usw. hinzufügen. Sonst riskieren Sie bei der Strenge der hiesigen Gesetze nicht nur eine Strafverfolgung (die könnte, wenn sie nicht zu früh einsetzte, als Reklame mehr nützen, als sie Sachschaden bringt!), sondern auch schon die Zensur Ihres Verlegers.

Es erscheint mir nicht ganz ausgeschlossen, daß schon der Ratschlag mit der Zwiebel solche Folgen hat!

Ich bin sehr dafür, daß Sie Ihre Absicht, zugleich als praktischer Ratgeber zu fungieren, unbedingt doch ausführen.

5) Ich habe alles Juristische noch mal nachgesehen. Es bleibt also dabei: *erste Phase* Coroner's Inquisition (mit Geschworenen, u. zwar 7-11), kann in ziemlich gerichtlichen Formen vor sich gehen: Coroner vernimmt eidlich alle Personen, die freiwillig ihre Aussagen über mit dem Todesfall zusammenhängende Tatsachen anbieten, und auch alle andern, die etwas darüber wissen können, nach seinem freien Ermessen. Er kann die Zeugen auch zwingen, zu erscheinen u. auszusagen. Darnach geben die Geschworenen ihren Wahrspruch (verdict) ab darüber

wer der Tote war,
wie, wann u. wo er gestorben ist,
und ob durch Mord oder Totschlag, und die etwa
von den Geschworenen als schuldig oder mitschuldig
erfundenen Personen.

An sich kann der Coroner dann die betreffenden Personen gleich selbst 1) verhaften lassen bzw. ihre Verhaftung anordnen (dies *muß* er im Falle eines Mordes tun, sofern es nicht schon geschehen ist); 2) mit den Protokollen über Zeugenaussagen u. Wahrspruch dem für die Hauptverhandlung zuständigen Gericht überantworten.

Dann fiele also scheinbar die zweite Phase weg, weil die coroner's inquisition schon den Charakter einer Anklage (indictment) hat. Ich habe aber genau festgestellt, daß es bei *Mord* (auch bei Totschlag und bei Kindesmord) nicht nur möglich, sondern *üblich* ist, daß, ehe die Sache vor die Assisen (d. h. praktisch den Central Criminal Court, also die Old Bailey!) kommt, sie dann vorher noch vor die Anklagebank (Grand Jury) kommt, obwohl schon eine coroner's inquisition stattgefunden hat, die an sich ausreichen würde.

Also:

Zweite Phase: Verfahren vor der Grand Jury (mindestens 12, es können mehr sein, z. B. 30, aber wichtig ist, daß 12 für die Anklage sein müssen!). Die *Grand Jury* tritt, ebenso wie nachher die Geschworenenbank bei der Hauptverhandlung (trial) bei den *Assisen* (d. h. praktisch auch schon in der Old Bailey, wie ich nach den Büchern vermute, Sie brauchen ja darüber nichts Bestimmtes zu sagen!) zusammen. Das Verfahren ist aber insofern anders, als bei der Hauptverhandlung, als

1) die Grand Jury sich, nachdem sie in öffentlicher Gerichtssitzung aufgerufen, geschworen u. vom Richter mit der Prüfung bestimmter Anklagen beauftragt ist, nun in einen andern Raum zurückzieht, wo sie in *nicht öffentlicher* Sitzung die Beweise erhebt u. sich darüber entscheidet, ob sie die Anklage für eine *gute* erklärt oder ablehnt. Ein *Anwalt* (solicitor) für die Anklagebehörde (prosecution) wird in schwierigen Fällen zugelassen

2) in erster Linie nur das Material für die Begründung der Anklage (Zeugen) in gerichtlicher Form (ähnlich wie in der Hauptverhandlung) durchgenommen wird. Die Grand Jury prüft also nur, ob eine plausible Begründung der Anklage vorliegt. Wenn dies bejaht wird, so kehrt sie in die öffentliche Gerichtssitzung zurück, und

dort wird der Angeklagte vom Richter gefragt, ob er sich für schuldig bekennt, oder nicht.

Dann wird, manchmal noch in derselben Sitzung, öfter aber erst später, jedoch noch in derselben Sitzungsperiode (bei Ihnen etwa 8 Tage später)

Dritte Phase: die ganze Sache in der Hauptverhandlung vor 1 Richter u. 12 Geschworenen entschieden. Der Gang ist folgender:

1) Der Vertreter der Anklage (counsel for the prosecution) hält eine Ansprache an die Geschworenen, erklärt die erhobene Beschuldigung und die vorzubringenden Beweismittel.

Dann ruft er (nicht der Richter) die Belastungszeugen auf u. *verhört* sie unter Eid.

Auf jede Zeugenvernehmung durch ihn folgt sofort das *Kreuzverhör* desselben Zeugen durch den Vertreter der Verteidigung, nun ein *nochmaliges* Verhör durch d. Vertr[eter] d. Anklage.

2) Dasselbe umgekehrt, unter Führung des Vertreters der Verteidigung (counsel for the defence)

3) zusammenfassende Ansprache des Richters an die jury

4) Wahrspruch (einstimmig!)

5) Urteil gemäß dem Wahrspruch

So, ich glaube, das war genug, und mehr als ich wollte und Sie wollten.

Sollte trotzdem noch etwas unklar sein, so bin ich jetzt in der Lage, hier alles genau zu klären.

[...]

[London, 17. 3. 1934; an Brecht]

Kennen Sie übrigens schon den Dreigroschenroman von Bertolt Brecht? Er wird Ihnen bestimmt, wie mir, als ein wichtigstes Buch auch für unsere speziellen Tendenzen erscheinen. Ich könnte es mir sehr schön vorstellen, wenn Sie ihn irgendwo in einer amerikanischen Zeitschrift besprechen könnten. Vielleicht scheint es Ihnen auch zweckmäßig, in einem Ihrer eigenen Organe darauf hinzuweisen. Ich nenne Ihnen den Verlag für eine etwaige Anforderung des Rezensionsexemplars: Allert de Lange, Amsterdam.

[Skovsbostrand, 15. 3. 1935; an Paul Mattick]

Hier ist es im übrigen recht passabel was die äußeren Umstände angeht. Dagegen übersteigt die Isolierung – von Menschen, von Informationen, von Arbeitsmitteln – oft das Erträgliche.

Da haben Sie es in England anders gehabt. Gern wüßte ich näher, wie? Auch was über die Stücke und den [Dreigroschen-]Roman dort entschieden wurde?

Den Roman habe ich nun im Druck gelesen, und zwar mit immer wieder erneutem Vergnügen an vielen Stellen. Diesmal habe ich Walley besonders ins Herz geschlossen. – Das Buch scheint mir sehr dauerhaft. Ich hörte auch von G., daß es ihm vollkommen gelungen erscheint.

Klaus Mann hatte ich gebeten, mir für die Anzeige die bisherigen Pressestimmen zu schicken. Es kann nützlich sein zu wissen, welchen Vers die Leute sich auf das Buch gemacht haben. Er schrieb, [Walter] Landauer habe alles an Sie geschickt. Könnten Sie mir vielleicht die Ausschnitte auf acht Tage überlassen? Sie würden sie eingeschrieben zurückerhalten.

[San Remo, 9. 1. 1935; an Brecht]

[Klaus] Mann hat das Manuscript meiner Besprechung schon in der ersten Februarhälfte bekommen, bringt sie aber erst im April. – Ihnen und Heli danke ich vielmals für die Abschrift der Rezensionen.

Wäre das hier nicht ein so verlorner Winkel, so hätte ich die Überlegungen über den Dreigroschenroman zum Anlaß genommen, einmal Swift zu studieren. Nun werde ich das in Paris nachholen.

[San Remo, 5. 3. 1935; an Brecht]

Wenn ich Anfang Oktober nach Paris zurückkomme, werde ich mit meinem Übersetzer, [Pierre] Klossowski, über den Dreigroschenroman sprechen.

[San Remo, Ende September 1936; an Brecht]

Ich würde Ihnen gern etwas Vernünftiges über den Stand der französischen Ausgabe des »Dreigroschenromans« berichten. Aber es sieht ziemlich betrüblich aus.

Klossowski hat mit [Léon] Moussinac gesprochen; aber man ist zu keinem Ergebnis gekommen. Die ESI wollen für die Übertragung Frs. 2500,– aussetzen. Klossowski seinerseits glaubt, unter dreieinhalb Monaten die Arbeit nicht bewältigen zu können und, auf dieser Grundlage errechnet, ist die Bezahlung dürftig.

Es gibt sicher in Frankreich nur ganz wenige Leute, die dieser Übersetzung gewachsen sind. (Ich selbst kenne persönlich außer K. niemanden.) Ob man von den wenigen in Betracht kommenden zu diesen Bedingungen Jemanden wird haben können, ist leider ganz zweifelhaft. Ehe ich bei Moussinac vorbeigehe, wüßte ich gern wie Sie über die Sache denken. Ich meine, es wäre das chancenreichste, einen anderen Verlag zu suchen, der mit etwas mehr Mitteln und vor allem mit mehr Initiative an die Sache heranginge.

Schreiben Sie mir bitte ein Wort darüber.

[Paris, 20. 12. 1936; an Brecht]

Betrachtung über die Unaufrichtigkeit des Schönheitsideals; Kriterien die auf den Sexus keinerlei Schlüsse zulassen; Überlegenheit des Altertums auf diesem Gebiet; Brecht gibt mir Rechenschaft über sein Verfahren bei der Gestaltung der Polly Peachum [im Dreigroschenroman]. Ihre Unfähigkeit dem Scheusal Coax zu widerstehen, läßt auf ihre Rentabilität für Macheath schließen. Die Andeutungen in ihrem Spitznamen.

[Svendborg, vermutlich 1936; Notiz über Gespräche mit Brecht]

3. Die Texte

Es sind hier zu unterscheiden einmal die Fassungen des Romans und daneben eine Vielzahl von Materialien, d.h. Pläne, Entwürfe, Bruchstücke, Notizen etc. Bei einem Umfang von rund 2000 Seiten (im Brecht-Archiv) können sie in diesem Rahmen nur im Überblick berücksichtigt werden: die Fassungen durch eine kurze Vorstellung, insbesondere im Hinblick auf den Grad ihrer Ausarbeitung im Vergleich zum endgültigen Roman; die Materialien durch Wiedergabe einzelner Pläne, Entwürfe und Notizen, die für die Entwicklung bis zum fertigen Roman von Bedeutung sind bzw. typisch für Brechts Arbeitsweise. Auf die große Zahl von Bruchstücken zu einzelnen Textpassagen, die im einzelnen zugeordnet werden könnten, Verfeinerungen im Detail, rückwirkende Veränderungen u. a. vorführen könnten, mußte hier ganz verzichtet werden.

Die Fassungen

BBA 269-271 (»1. grosse Fassung«)

Aus dieser ersten Fassung des *Dreigroschenromans* geht hervor, daß sich Brecht schon sehr früh über eine Einteilung in drei Bücher im klaren war: Bereits hier sind auch die endgültigen Titel dieser drei Bücher genannt. Einsetzen sollte der Roman zu diesem Zeitpunkt jedoch erst mit der Vorstellung von *bettlers freund* (BBA 269/02), der spätere Einleitungsabschnitt *Die Bleibe* (13, 731-741) fehlt hier ganz. Hingegen ist gerade das erste Buch (BBA 269) schon sehr ausführlich fixiert, hat jedoch noch nicht den gesamten Umfang der Endfassung. Es ist in sechs numerierte Kapitel unterteilt: Sie tragen größtenteils schon die endgültigen Überschriften und kennen die Zwischenüberschriften innerhalb der einzelnen Kapitel: Während das sechste Kapitel noch keinen Titel hat (BBA 269/84 u. ff.), tragen die beiden letzten Abschnitte des fünften Kapitels die zusätzlichen Zwischenüberschriften *blick in den abgrund* (BBA 269/73 u. ff.; vgl. 13, 828 u. ff.) und *das ende einer hochzeitsreise* (BBA 269/79 u. ff.; vgl. 13, 833 u. ff.); sie wurden später gestrichen, die Abschnitte jeweils nur durch eine Leerzeile im Druck vom vorangegangenen abgesetzt. Aus der Numerierung der Kapitel von 1 bis 6 geht außerdem hervor, daß Brecht zu Beginn der Arbeit die Reihenfolge geplant hat, wie sie in der endgültigen Fassung erscheint. Zwischenzeitlich hat er jedoch erwogen, nicht mit der Peachum-Handlung zu beginnen, sondern mit der Vorstellung der »B.-Läden«: Nachträglich vorgenommene, handschriftliche Änderungen der Kapitelzählung zeigen, daß anstelle der Reihenfolge 1-4 – wie sie dann doch in der Endfassung vorliegt – die Kapitel umgestellt werden sollten zu der Abfolge: *Die Billigkeitsläden* (3), *Ernste Besprechungen* (4), *Bettlers Freund* (1), *Ein Wunsch [...]* (2). Das zweite Buch ist in dieser Fassung (BBA 270) noch wesentlich weniger weit ausgeführt: Es ist in sechs Abschnitte unterteilt, die wohl zu drei Kapiteln zusammengestellt werden sollten; dies geht aus der Kennzeichnung des Kapitels hervor, das hier das dritte Buch bildet; es trägt die Ziffer »10« (BBA 271/02). Während die Abschnitte des zweiten Buchs nicht durchgehend numeriert sind, läßt sich auch hier aus den handschriftlich nachgetragenen Ziffern »4« beim ersten und »1« beim fünften Abschnitt die ›Unsicherheit‹ über die Abfolge erschließen. Es wurde anscheinend erwogen, den ebenfalls mit *die ermordung der kleingewerbetreibenden mary swayer* überschriebenen Beginn des zweiten Buchs in dieser Fassung erst als vierten Abschnitt einzubauen (BBA 270/02 u. ff.). Dagegen sollte das Buch einsetzen mit dem *ein schwitzbad* betitelten Abschnitt (BBA 270/65 u. ff.), der den ›Empfang‹ Pollys durch ihre Eltern darstellt (vgl. 13, 836ff.; in der Endfassung wird diese Passage noch in das 5. Kapitel des ersten Buchs verlegt). Zur relativen Kürze dieser Fassung im Vergleich zum fertigen Roman kommen eine Reihe von Passagen hinzu, die später wieder verworfen werden.

Das dritte Buch dieser Fassung (BBA 271) besteht, wie gesagt, nur aus einem zehnten Kapitel, das in etwa dem 13. Kapitel der Endfassung entspricht (13, 1031 ff.); d.h. die wichtigen Kapitel 14 und 15 sowie *Das Pfund der Armen* fehlen noch ganz (13, 1069-1165). – Während hier schon verschiedene Einzelworte durch das Schriftbild hervorgehoben werden (z.B. BBA 269/36: »selbständigkeit« etc.; vgl. 13, 778f.: dort kursiv), sind die später kursiv gesetzten Passagen, die zumindest zum Teil bereits hier enthalten sind (z.B. BBA 269/10: Pollys ›Seufzer‹ über sich bzw. Elvira; vgl. 13, 753f.), noch nicht als hervorzuhebende gekennzeichnet.

BBA 272-273

Eine zweite – und wohl auch *die* zweite – Fassung des *Dreigroschenromans* ist in zwei große Teile gegliedert (BBA 272, 273): Dafür, daß diese Fassung im Vergleich zur »1. grossen Fassung« als die zweite anzusehen ist, spricht einmal der hier erstmals enthaltene und ziemlich vollständig ausgeführte Einleitungsabschnitt *Die Bleibe* (BBA 272/02-10). Hinzu kommt, daß die nun auch deutlich als solche gekennzeichneten und durchnumerierten Kapitel I-VI des ersten Buches weiter ausgebaut worden sind, ihre Reihenfolge nicht mehr in Frage gestellt ist; andererseits ist besonders der Abschnitt *Sorgen, von denen sich der Alltagsmensch nichts träumen läßt* (13, 765-771) hier noch wesentlich kürzer (BBA 272/32-34) als in der Endfassung. Eingesetzt sind hier erstmals die Mottos zu den einzelnen Kapiteln.

Außerdem sind in dieser Fassung schon die meisten der später mit Kursivdruck hervorgehobenen Passagen durch Randstriche markiert (z. B. Smithys ›Aufforderung‹; BBA 272/06, vgl. 13, 736), und zwar in deutlicher Abgrenzung zu den weiteren betonten Einzelworten, die gesperrt geschrieben sind (z. B. bei Coax' Suche nach »möglichst alten schiffen« (BBA 272/27); vgl. dagegen 13, 760: *»möglichst alten Schiffen«*). Die durchgängige, übliche Groß- und Kleinschreibung bei diesem ersten Teil, der schon ziemlich der Einleitung und dem ersten Buch der Endfassung entspricht (13, 731-859), deutet darauf hin, daß er nicht von Brecht selbst ›getippt‹ wurde, sondern anhand der entsprechenden Teile der ersten Fassung zusammen mit den angegebenen Einschüben, dem neuen Anfang etc. von anderer Hand, d. h. von Margarete Steffin, zusammengestellt wurde.

Der zweite Teil dieser Fassung weist dagegen im Vergleich mit der Endfassung sehr große Lücken auf: Als *Zweites Buch* betitelt (BBA 273/01), umfaßt er die auch so bezeichneten Kapitel VII (BBA 273/03-31) und VIII (BBA 273/32-46) mit den Überschriften *Herr Machieth* bzw. *Napoleonische Pläne* und den entsprechenden Zwischentiteln *Ein Fehlschlag* und *Eines Freundes Hand*. Nicht nur aus diesem Grund kann dieser erste Teil (des zweiten Teils) als deutliche Entsprechung zu den Kapiteln 7 und 8 der Endfassung (13, 863-908) angesehen werden. Aufbauend auf den Vorarbeiten in der ersten Fassung, kommen auch hier zusätzlich die Mottos und die Markierungen für die späteren Kursivpassagen hinzu; das Schriftbild (Groß- und Kleinschreibung) entspricht hier noch dem des ersten Teils dieser Fassung.

Ohne daß dies auf irgendeine Weise gekennzeichnet und damit sofort äußerlich sichtbar wäre, weist dieser zweite Teil der zweiten Fassung nach den Kapiteln VII und VIII eine große inhaltliche Lücke auf, die in der Endfassung durch die Kapitel 9-13, also den zweiten Teil des zweiten Buches und den Anfang des dritten, gefüllt werden wird (13, 909-1068). Statt dessen schließt sich unmittelbar an das achte Kapitel ein mit der Ziffer »12« gezähltes und *Arbeiten und nicht verzweifeln* überschriebenes Kapitel an (BBA 273/47-76). Es entspricht in groben Zügen dem endgültigen 14. Kapitel des Romans und ist als Fortsetzung des in der ersten Fassung dem dritten Buch zugewiesenen 10. Kapitels zu betrachten (vgl. BBA 271). Der Titel dieses Kapitels wird dann später geändert in *Der starke Mann ficht* (13, 1069), dient aber noch als Motto des fünften Abschnitts (13, 1100); anstelle der Zwischenüberschrift *Säuberungsaktion* (13, 1094) heißt es hier noch: *Der Krug geht zum Brunnen* (BBA 273/60). Wichtig ist jedoch, daß die Reihenfolge der Abschnitte 3 und 4, *Säuberungsaktion* und *Eine nationale Katastrophe* (13, 1094-1099 und 1088-1093), hier gerade umgekehrt ist, ohne daß aus nachgetragenen Ziffern schon eine geplante Umstellung in die endgültige Abfolge ersichtlich wäre: BBA 273/60-63 = 13, 1094-1099, BBA 273/63-67 = 13, 1088-1093).

Ohne als selbständiges Kapitel ausgewiesen zu sein, sind daran die Abschnitte angeschlossen, die später das 15. Kapitel bilden (BBA 273/77-108). Es fehlt aber auch hier noch der Schlußabschnitt *Das Pfund der Armen* (13, 1149-1165). – Die Angaben, daß diese Fassung lediglich das erste und zweite Buch des *Dreigroschenromans* beinhalte (Bestandsverzeichnis, Nr. 11209), sind also zu berichtigen: Vielmehr handelt es sich bei dieser Fassung insgesamt um eine weitere Ausarbeitung des ersten Buchs (BBA 272/11-114), dem die Einleitung *Die Bleibe* vorangestellt wird (BBA 272/02-10), und um eine Erweiterung des ersten Teils des zweiten Buchs (BBA 273/01-46); ohne daß die Schlußteile der ersten Fassung ebenfalls weiter ausgebaut würden, enthält diese zweite Fassung nun erstmals deren Fortführung, nämlich den wichtigen zweiten Teil des dritten Buches (BBA 273/47-108). Dieser ist auch wiederum eindeutig von Brecht selbst geschrieben: Nach der genannten inhaltlichen Lücke ist der Text durchgängig in Kleinschreibung gehalten; die fehlende Seitenzählung, die bei den vorhergehenden Blättern vorgenommen wurde, und die fehlenden Markierungen der späteren Kursivpassagen sind zusätzliche Indizien dafür, daß es sich dabei um die erste Fixierung dieses Romanteils handelt.

BBA 291-293

Die dritte Fassung des *Dreigroschenromans* ist im Vergleich zu den beiden vorhergehenden wesentlich umfangreicher und im Vergleich zur Endfassung schon ziemlich vollständig. Aus der Bezeichnung der Mappen, in denen sie vorliegt, als »Abschrift und Fassungen« geht hervor, daß sie als eine Art Zusammenfassung der beiden vorangegangenen Fassungen verstanden werden kann, die jedoch nicht einfach wörtlich übernommen, sondern weiter bearbeitet wurden, wobei auch hier noch keineswegs Klarheit in allen Punkten über das endgültige Aussehen bestanden hat. Dies wird schon deutlich bei der ersten Mappe, die zunächst fortlaufend die Einleitung *die bleibe* (BBA 291/04-13) und die ersten sechs Kapitel, das erste Buch also (BBA 291/14-130), enthält: Dabei tragen nun plötzlich die Kapitel zwei und drei keine Titel mehr, sind sie, zusammen mit Kapitel vier, nicht durch Zwischenüberschriften weiter gegliedert. Der zweite Teil dieser Mappe enthält aber gerade zu diesen Kapiteln zwei (BBA 291/131-149), drei (BBA 291/150-165) und vier (BBA 291/166-189) jeweils eine weitere Fassung mit der Angabe des Titels und neuen, nachträglich vorgenommenen Einfügungen; Kapitel zwei ist dabei auch in Abschnitte mit den jeweiligen Überschriften eingeteilt (vgl. 13, 759; 765; 771). Die späteren Kursivpassagen sind in diesem Teil nicht markiert. Der Name der Zeitung »Correspondent« wird hier in den endgültigen geändert: »Spiegel«. Der Text auf der Innenseite des Mappenumschlags – »die haifische um den fleischbrocken: machieth und coax. vaterliebe und vaterlandsliebe als fallen« (BBA 291/02) –

kann jedoch nicht als Titel des ersten Buchs betrachtet werden, da dieser – wie bei den anderen Fassungen – auch hier mit *Liebe und Heirat der Polly Peachum* angegeben ist (BBA 291/14). – Die zweite Mappe dieser Fassung mit den Kapiteln sieben bis zwölf, dem zweiten Buch des Romans, erscheint im Vergleich zur ersten schon endgültiger, wenn auch besonders das neunte Kapitel hier nur aus zwei Teilen besteht, das elfte für den ersten Teil noch keinen Titel hat (*Die Blätter werden gelb*; 13, 980), die Überschrift des zwölften erst nachträglich mit Hand von: *Herr Macheath und der Tod der Mary Swayer* in: *Hat Herr Macheath Mary Swayer auf dem Gewissen?* abgeändert wird (BBA 292/146). In den maschinenschriftlichen Text werden auch längere handschriftliche Passagen direkt eingefügt, während andere der Fassung nur am Ende beigelegt werden, ihr Einbau also nicht von vorneherein feststeht. In diesem Teil finden sich wieder Kennzeichnungen für die späteren Kursivabschnitte (z. B. BBA 292/127 entspricht 13, 988). – Die dritte Mappe schließlich mit den Kapiteln dreizehn bis fünfzehn (BBA 293/03-43, 44-96, 101-134) und dem Schluß des Romans (*das pfund des armen mannes*, BBA 293/135-147, und die kurze Variante *fewkoombeys traum*, BBA 293/148-150) enthält zwischen diesen ausformulierten Teilen des dritten Buchs wiederum verschiedene Ergänzungen hierzu, aber auch Einfügungen zu den früheren Teilen; hinzu kommen verschiedene Notizen. Wichtig an dieser Fassung ist vor allem, daß sie zwar im 14. Kapitel noch die Überschrift *arbeiten und nicht verzweifeln* (BBA 293/44) und den Zwischentitel *der krug geht zum brunnen* (BBA 293/76) beibehält – sie waren erstmals in der zweiten Fassung mit der Formulierung dieses Kapitels insgesamt eingeführt worden –, daß aber die Abschnitte *Der Krug geht zum Brunnen* (BBA 273/60-63), später *Säuberungsaktion,* und *eine nationale katastrophe* (BBA 273/53-59) hier nun in umgekehrter Reihenfolge, d. h. in der Reihenfolge der Endfassung eingearbeitet sind. Dies ist auch ein wichtiges Indiz für die entstehungsgeschichtliche Einordnung als dritte Fassung. – Das 13. Kapitel, bisher nur in der ersten Fassung skizziert, wird nach wie vor ohne die Unterteilung in zwei Abschnitte mit entsprechender Zwischenüberschrift vorgestellt (BBA 293/03-43).

Satzvorlage

Die hier angedeuteten Unterschiede zur Endfassung zeigen, daß über die drei vorgestellten und erhaltenen Fassungen des *Dreigroschenromans* hinaus von einer vierten Fassung auszugehen ist, die die unmittelbare Druckvorlage für den Satz und damit für die Korrekturfahnen bzw. den provisorischen Umbruch gebildet hat. Da nur dieser provisorische Umbruch erhalten ist (BBA 288-290), repräsentiert er genaugenommen zwei Fassungen: ohne die letzten Korrekturen die vierte, mit diesen die fünfte und endgültige der Erstausgabe. In der vierten Fassung wird vor allem die

Aufteilung des Romans bzw. seiner Kapitel endgültig festgelegt, über die Einsetzung der einzelnen – teils schon zuvor benutzten, teils neu gefundenen – Mottos zu den Büchern und Kapiteln entschieden. Der Text insgesamt erfährt noch in allen Teilen Erweiterungen.

BBA 288-290

Die fünfte Fassung, der korrigierte und ergänzte provisorische Umbruch, d. h. der endgültige Umbruch, der gleichzeitig der Fassung der Erstausgabe entspricht, unterscheidet sich nicht mehr sehr stark von der vierten Fassung. In erster Linie betreffen die Änderungen die Ausschaltung von Druckfehlern, andererseits wird aber doch auch durch Ergänzungen noch in diesem Stadium die ursprüngliche Seitenzahl der vierten Fassung von 482 um zehn Seiten vergrößert auf 492: dies betrifft besonders die Kapitel 3, 9 und 11 mit insgesamt 5 ganzseitigen Einfügungen (BBA 288/59 = Erstausgabe, 61; BBA 289/60, 81, 152, 157), während die restlichen 11 Zusätze auf eingelegten Blättern meist nur einige Zeilen ausmachen. – Bemerkenswert an dieser letzten Fassung ist noch, daß erst hier aus dem »Probst«, der die Trauerfeier leitet, ein »Bischof« gemacht wird.

Erläuterungen zur Übersicht auf S. 69:
Römische Ziffern = Bücher des Romans. Große arabische Ziffern = Kapitel. Kleine arabische Ziffern = Abschnitte innerhalb der Kapitel. Runde Klammern: Zählung von Brecht, ohne direkte Entsprechung zur Endfassung. Eckige Klammern ⟨ ⟩: Ergänzungen bei der Numerierung. Eckige Klammern [ ]: Entsprechungen zur Endfassung; sind mit ≡ gekennzeichnet, letzte Erweiterungen mit +.

Übersicht zu den Fassungen des Dreigroschenromans

1. Fassung Okt./Nov. 1933		2. Fassung Dez. 1933/Jan. 1934		3. Fassung Febr./März 1934		4. Fassung Juni/Juli 1934	5. Fassung Juli/Aug. 1934
BBA 269-271		BBA 272-273		BBA 291-293		Satzvorlage unkorr. Fahnen/≡ prov. Umbruch	Korr. endgültiger Umbruch EA
a.	b.	a.	b.	a.	b.		
		BBA 272 *Bleibe*		BBA 291 *Bleibe*		*Bleibe*	*Bleibe*
BBA 269							
I, (1)	(3)	I, 1		I, 1		I, 1	I, 1
(2)	(4)	2		2	2	2	2
(3)	(1)	3		3	3	3+	3
(4)	(2)	4		4	4	4	4
(5)	(5)	5		5		5	5
(6)	(6)	6		6		6	6
BBA 270		BBA 273		BBA 292			
II, ⟨7⟩$^{1}_{2}$	⟨7⟩$^{5}_{2}$	II, 7		II, 7		II, 7	II, 7
⟨8⟩$^{3}_{4}$	⟨8⟩$^{3}_{1}$	8		8		8	8
⟨9⟩$^{5}_{6}$	⟨9⟩$^{4}_{6}$			9		9+	9
				10		10	10
				11		11+	11
				12		12	12
BBA 271				BBA 293			
III, »10« [≡ 13]				III, 13		III, 13	III, 13
		»12« $^{1}_{2}$ [≡ 14]$^{3}_{4}$	»12« $^{1}_{2}$ [≡ 14]$^{4}_{3}$	14$^{1}_{2}$ $^{3}_{4}$		14	14
		⟨13⟩		15		15	15
				Pfund		*Pfund*	*Pfund*

Materialien

Grundsätzliches zum Gesamtroman

BBA 295/11
DEMONSTRANDUM eines DREIGROSCHENROMANS

die kleinen verbrecher sind ebenso bürgerlich wie die kleinen bürger
die grossen bürger sind ebenso verbrecherisch wie die kleinen verbrecher

auch die hilfe, die den ausgebeuteten geleistet wird ist ausbeutung und zwar ausbeutung der kleinen direkt und erpressung der grossen indirekt.

kampf des machieth gegen den peachum: beraubung des schwächeren
,, ,, peachum ,, ,, machieth: erpressung einer gewinnbeteiligung

BBA 294/40
die fäden

der soldat
das geschäft des herrn peachum
polly und machieth
die B.-läden
die transportschiffegesellschaft
herr coax
der staatssekretär
die national depositbank
der krieg
herr brown von scotland yard
die schwangerschaft

BBA 295/19
grundfabel

machieth braucht in seinem B.ladengeschäft pollys mitgift. peachum kann seine tochter nicht en[t]behren, da er für sein schiffegeschäft seine tochter für den makler coax braucht.

am ende klappt das B.ladengeschäft des machieth tatsächlich dadurch, dass er peachums geld in form einer mitgift (mit hilfe pollys) in die wa[a]gschale werfen kann.
auch peachum kommt aus dem schiffegeschäft heraus durch machieth.

BBA 295/20
zur grundfabel

peachum, der vertreter der ärmsten, der eigentlichen opfer der gesellschaft, fordert, hinter sich die dunkle und mächtige drohung mit der sozialen gewissenspein, dem eckel[!], dem geheimen solidaritätsgefühl, der nackten furcht, die bestrafung (hinrichtung) des räubers machieth.

delikt des räubers machieth:
ermordung der mary swayer.

fewkoombey als (unbewußter) hauptzeuge gegen machieth. der mord an coax wegen des unterzeichneten dokuments. oder wegen der scheidung

Pläne zum Gesamtroman

BBA 295/14
1) buch:
heirat der polly peachum
2) buch:
machieth
3) buch:
prozeß und verurteilung
4) buch:
die erzwungene hinrichtung.

BBA 295/65
Einleitung: fewkoombeys eintritt in peachums dienst

erstes buch

1. kapitel: polly lernt beckett kennen.
2. kapitel: peachums geschäfte mit h. coax.
3. kapitel: schwierigkeiten des herrn machiet[h] und schwierigkeiten des herrn peachum.

4. kapitel: peachum rationalisiert. polly verspürt die folgen der liebe und wünscht zu heiraten. polly erzählt mac, daß sie coax heiraten soll und dieser legt für coax eine bombe.
5. kapitel: hochzeit. hochzeitsreise. peachums übereinkunft mit coax. die schreckensnachricht.
6. kapitel: das schiffegeschäft verschlimmert sich. pollys verführung durch coax.

zweites buch

7. kapitel: laufbahn machieth. die swayer. die ZEG.
8. kapitel: tod der swayer. abschied macs von polly. besuch der lager. gefängnis.
9. kapitel: erpressung hale. der prozeß. polly bei der bank. 2. prozeß.

drittes buch

10. kapitel: peachum liquidiert die T.S.V. mac willigt in scheidung. polly wieder beim arzt und im kino. coax als zeuge genannt. fewkoombeys anmusterung. pollys befehl an o'hara. tod des coax. fewkoombeys mörder.

BBA 295/50-54
[50:]
1
herrn peachums bettlergarderoben
pfirsichblüte (smiles, beckett)
picknick an der themse
polly erwählt herrn becket[t] (elvira)

2
herr coax sieht sich nach schiffen um
ein wunsch der regierung und sieben herren der city
gründung der TSV
die TSV besichtigt und kauft 3 alte kähne
die TSV (herr peachum besonders) ahnt etwas
coax lernt polly kennen

3
b.-läden des herrn machieth
machieth alias beckett wirbt bei frau peachum um polly
herr peachum dehnt seine kalkulationen auf polly aus
herrn coax sagen die von der TSV gekauften schiffe nicht zu

peachum schickt seine tochter zu coax
coax fordert ankauf neuer schiffe

4
peachum erkennt, dass sein betrieb nicht mehr zu rationalisieren ist
der pfirsich hat pech gehabt

es fehlen 15 pfund

polly gesteht ihrer mutter, dass sie becket[t] heiraten will, herr peachum tobt
polly hilft bei der werbung des herrn machieth nach
machieth sammelt material gegen coax

[51:]
5
national deposit bank

hochzeit und hochzeitsreise

peachum und coax fahren nach southampton
machieth besicht[igt] b.-läden in liverpool
herr peachum sieht seinen untergang: seine tochter hat sich bereits verheiratet

6
feathers wannenbäder

peachum plant scheidung seiner tochter und forscht seinem schwiegersohn nach. beery droht machieth mit repressalien
polly opfert sich für die eltern herrn coax – ohne die brosche zu erhalten
fewkoomb[e]y wird ins laufen gebracht

7
laufbahn des herrn machieth

herr machieth besucht miller

die eineinhalb jahrhunderte verraten machieth an c[h]reston
der spiegel

mary ~~und fanny bei polly~~ bekommt einen schreck

einbruch in die kriminalausstellung
eines freundes hand

die bande wird fest angestellt. das geldangebot wo?

8
ZEG wird gegründet

herr machieth erweckt hoffnungen bei der IDB und aaron
herr mule lädt nach warborn castle ein
vorbereitungen zur werbewoche

rede vor den b.-läden
polly kommt zu ihrem mann
machieth erfährt, dass er vater wird, und plant grosses
preissenkungen

die bande wird wieder selbständig
historische sitzung der ZEG am 20.9.
peachum demonstriert vor den b.-läden

[52:]
8

9
noch einmal der 20. september
tod der mary swayer ←
peachum greift den fall auf
o'hara am blacksmithsquare
verhaftung
brown[s] angst vor herr[n] peachum

10
chreston
peachum entdeckt den wochenplan / coax-hale

prozeß machieth

[53:]
11
scheidung
tod des william coax

12
~~die schlacht bei den westindiadocks~~
rundgang peachums und besuch peachums bei walley
die schlacht bei den westindiadocks
untergang o'haras
eine nationale katastrophe

13
das alibi
nebel

[54:]
14
armen mannes pfund

Pläne zu den Handlungssträngen

BBA 295/27
buch II und III
freuden und leiden der polly peachum

A von ihrem vater seines schiffegeschäfts wegen ermutigt besucht polly den makler coax der versprochenen brosche wegen. sie bekommt diesselbe nicht und gibt sich des vergnügens wegen hin. der gedanke, dass sie ihrem mann untreu ist, raubt ihr das vergnügen.
B machieth führt sie in sein geschäft ein, weiht sie jedoch nicht in das geheimnis der ZEG ein.
C vor der verhaftung fliehend übergibt er ihr das geschäft und sie selber seinem unterführer o'hara. in der nacht vor seinem weggang gesteht sie ihm, dass [sie] im traum mit diesem geschlafen hat und bittet ihn um hilfe.
D eifersucht auf fanny crysler entreisst sie der liebe o'haras. die ZEG verhandelt durch machieth mit c[h]reston.
E machieth, freigesprochen, beantragt scheidung gegen seine frau wegen – ihres verhältnisses zu dem makler coax.
F sie läßt den makler ermorden.
G gemeinsam mit ihrem mann geht sie zur ND bank und droht mit zurückziehung des peachumschen depots.
H ihre nieder kunft[!] vereint sie wieder mit ihrem gatten.
I gemeinsam mit ihm sucht sie ihren vater auf und bezichtigt ihn des mordes an coax.
K vereint fürs leben überschreibt ihr machieth eine bedeutende summe.

BBA 295/12
8-11
kurve peachum

p[eachum] braucht scheidung, weil er coax braucht.
fall hale.
man kann die alten schiffe verwenden.

durch macs schachzug, den coax als zeugen zu nennen, wird die scheidung unerheblich. (coax weiss jetzt von der heirat.)
er muß zahlen

er kann nicht zahlen, da mac seine bank ruiniert hat. er muß also unterschreiben, dass er versucht hat, alte schiffe zu liefern.

BBA 295/26
buch II und III
schwierigkeiten und massnahmen des herrn peachum

a um ihre verheiratung mit machieth zu verheimlichen wird polly gefangen gehalten. es ist unmöglich.
b gegen machieth werden schritte bei der polizei unternommen. sie bleiben fruchtlos.
c bei den mitgliedern der TSV stimmt peachum für den schleunigen ankauf der neuen schiffe. ausscheiden des baronets.
d die verbindung zwischen polly und coax wird aufrecht erhalten. dabei entrinnt polly aber ihrem gefängnis.
e der restaurator geht bankrott. gründung der liquidationsgesellschaft für die TSV. vorsitz: coax und peachum.
f ausnutzung des freitods der mary swayer gegen machieth.
g der skandal um den sekretär im marineamt hale. peachum liefert infolgedessen der regierung die alten schiffe.
h peachum versucht, coax ko zu schlagen. er tritt als bettlerkönig auf.
i machieth wird freigesprochen. er klagt gegen polly auf scheidung. coax fordert peachums schuld ein.
k george fewkoombeys beule.
l der TSV skandal.
m ermordung des maklers coax durch sendlinge des pfirsichs. coax darf nicht vor dem scheidungsgericht aussagen.
n peachum wird von seiner tochter des mordes an seinem kompagnon coax angeklagt.

BBA 294/33
die geschäfte des herrn coax

1
gründung der gesellschaft zur verwertung 3er schiffe.
kampf um die anteile.

2
besichtigung der 3 schiffe. zwischenfall.

3
kauf und ausschaltung des herrn coax.

4
der regierungsvertrag und die anzahlung.

5
die bedenken der regierung.

6
kauf neuer schiffe.

7
herr coax kauft die alten zu einem spottpreiss[!].

8
und liefert sie an die regierung ab.

BBA 295/28
das schiffegeschäft

zunächst handelt es sich um die neuen schiffe. coax ist misstrauisch. solange peachum das geld für die neuen schiffe nicht vorzeigt, ist er in der hand des coax. er selber hat vorgeschlagen, dass die ausscheidenden ein geständnis unterschreiben müssen. jetzt müsste er ebenfalls unterschreiben.
scheidung für peachum nötig, damit der die alten sch[iffe] verkaufen kann.
scheitern der scheidung.
er erkennt, dass er, der jetzt wieder die neuen verkaufen müsste, das geld nicht mehr hat dazu.

BBA 294/120
IV
das transportschiffegeschäft

I. gründung der TSV
II. besichtigung und ankauf alter schiffe ohne den makler coax

III. anzahlung der regierung, sowie erste bedenken

IV. ankauf neuer schiffe nötig. er wird eingeleitet

V. entmündigung des baronets, bankerott des restaurateurs. *gründung der liquidationsgesellschaft der TSV.* vorsitz: coax und peachum.

VI. ankauf der neuen schiffe

VII. finey, moon und eastman werden geknebelt. skandal um hale. plan, die alten schiffe abzuliefern.

VIII. entzweiung peachum – coax

IX. peachums zahlungsunfähigkeit. (bedrohte lage der ND Bank) zögern des coax, in dieser situation die wra[c]ks zu liefern. *streik der dockarbeiter.*

X. tod des coax. peachum liefert die alten schiffe.

BBA 295/24
II. und III. Buch
historischer besitzwechsel der ND bank und gründung des ABC-ladensyndikats durch machieth

1 machieth ersucht die ND bank um finanzierung der B.-läden. er verfügt über einen vertrag mit der ZEG.

2 die ND bank finanziert den c[h]reston warenhauskonzern

3 machieth wendet sich an die ID bank, welche den aaronschen warenhauskonzern finanziert. er stellt seinen vertrag mit der ZEG zur verfügung auch für den aaronkonzern, wenn seine B.-läden mit hereingenommen werden.

4 mit schleuderpreisen wird der c[h]restonkonzern niederkonkurriert.

5 der c[h]restonkonzern muss ebenfalls die preisse[!] senken und höhlt seine bank, die ND bank, aus.

6 die lieferungen der ZEG stocken. B.-läden und aaronconzern[!] geraten in schwierigkeiten.

7 machieth sucht die ND bank auf. er droht mit abzug der peachumschen depots.

8 geschäftsführender direktor der liquidationsgesellschaft der ND bank: machieth

9 geschäftsführender direktor der ABC läden: machieth, bankdirektor.

BBA 295/31-32
kombination des transportschiffegeschäfts und des besitzwechsels der NDB

1 machieth interessiert die NDB für seine B.-läden. er hört von einem herrn peachum als einem der grössten kunden der bank.
I herr peachum tritt in die neugegründete TSV ein.
II ankauf alter schiffe
III anzahlung und erste bedenken der regierung
IV vorverhandlungen über den ankauf neuer schiffe. peachum und coax gehen eine enge verbindung ein. sie verabreden eine heirat. die übrigen mitglieder der TSV sollen gemeinsam ausgenommen werden.

heirat machieth – polly peachum

V der baronet und der restaurateur scheiden wegen zahlungsunfähigkeit aus. coax und peachum übernehmen den vorsitz der liquidationsgesellschaft für die TSV.
2 die NDB finanziert den c[h]restonkonzern.
3 machieth wendet sich an die IDB. gründung des AB syndikats.
4 niederkonkurrierung des c[h]restonkonzerns.
5 aushöhlung der NDB
7[!] drohung mit dem abzug der peachumschen depots bei der NDB
6[!] lieferungsstockung der ZEG
VI ankauf der neuen schiffe durch die TSV.
VII skandal um hale. knebelung der TSV mitglieder. plan, doch die alten schiffe abzuliefern.

einwilligung des machieth in die scheidung

VIII entzweiung peachum – machieth
IX peachums zahlungsunfähigkeit.

Pläne zu Teilen des Romans

BBA 294/39
IV, b
Peachum und coax. coax und pfirsich. pfirsich und mac.
1
drohende untersuchungskommission

2
der pfirsich bei herrn coax
3
polly und mac
4
die reise der herrn peachum und coax wird fällig
5
polly erzählt mac von einem picknick
6
die hochzeit

BBA 295/25
8
scheidung
9
ermordung des coax
10
auslaufen der alten schiffe
11
trauerfeier
12
tod des fewkoombey

BBA 295/16
DGO[!]

9) peachum erpresst mac, der noch sitzt, der NDB das geld zurückzuzahlen. das kann mac nicht, solang er die ZEG-sache nicht zum erfolg geführt hat. (noch handelt es sich um die *neuen* schiffe!)
kampf im dampfbad
hale, peachum, coax
10) nach dem freispruch erfolgt die freilassung nicht gleich, peachum protestiert noch.
11) erst nach dem untergang des »optimist« kann peachum nichts mehr machen und kommt machhieth[!] frei.
auslieferung des fewco[o]mbey
er trifft peachum in der NDB, wo er ihm das bett als direktor gemacht hat. das ist ja die zeit, wo der zug der demonstranten zusammengehauen wird. die liquid[ation] der NDB in schwarzen auszügen, da dann trauerfeier.

BBA 295/34

9

a razzia nach fewk[oombey]. rückkehr pollys ins elternhaus.

b peachum erledigt halesache. die alten schiffe.
↘ Prozeß

c mac erfährt [von] selbstmord crowl[s] und peachs lage

d er schickt polly zur national deposit.

e erste vereinbarung mit derselben.

f zwei ziele: prozess erledigen, um geschäft zu beschließen, und [in] scheidung einwilligen, damit geschäft möglich.

10

a peachum macht TSV sturmreif.

b ermöglicht scheidung durch abtreibung.

c krach mit coax wegen scheidung

d peach findet sein depot angegriffen

e auftrag an fewk[oombey]

Notizen

Zeitpläne

BBA 294/95

Dienstag Crowl †

Mittwoch

früh

Zeitung für Mac

Mittwoch

mittag

Jenny[?] bei Mac

Mittwoch

nachm[ittag]

Scheidungsangebot

Mittwoch

abend

Polly bei Mac

BBA 294/106
donnerstag

vormittag
machieth eintritt in die national
nachmittags
polly und ihre mutter beim arzt
nachmittag
machieth nennt coax als zeuge
im ehescheidungsprozess.
abends
fanny und withe[!] bei peachum

BBA 294/107
freitag

früh
coax bei peachum. krach.
vormittag
peachum in der national
vormittag
peachum bei coax.
mittags
peachum instruiert fewkoombey.
mittags
polly bei o'hara
nachmittags
polly bei machieth
machieth instruiert ready
abends
tod des coax.

BBA 294/01

Vorstellungen der Vertragspartner bei Vertragsschluß im Restaurant

coax rechnet vor

8 200 Schiffe		
1 000 Reparatur		
2 500 Bestechung		zusam[men] 25.550.–
12250 Provision		fürPeachum:2/7=7300.–
23450[!]	49000 Reg. Preiß[!]	

~~2~~ Phase	bei coax' Tod
Schiffskosten	8 200
Wirkl[iche] Reparatur	(5 800)
Bestechung	8 200 ⎤ ?
plus	2 100 ⎦
Provision	12250
	36550

~~3~~ ~~Phase~~

(Nach Southampton ⟨Schiffskosten!⟩)

Ersatzschiffe	38 500
alte Kosten	8 200
abzüglich	– 4 000 Erlös der alten kasten
	42700

Verlustliste für alle	
Schiffskosten	42700
Reparaturkosten	(4 000)
Bestechungsgelder	13 500
Provision coax	12250
	72450
abzüglich Regier[ungs]-Zahlung	49000
	23450

Davon für Peachum zwei siebentel	6700
Durch Erhöhung der Reparaturkosten rund	7000
Peachums Gewinn	

BBA 294/32
die geschäfte der T.S.V.

preiss[!] der drei alten schiffe	8400 pf[und]
renovierungskosten	1400 pf.
einzahlung der T.S.V.	9800 pf.

kaufsumme für die regierung	42000 pf.
vorgesehener abgang für den regierungsmann	7000 pf.
provision für coax 25 %	10500 pf.
errechneter gewinn	14700 pf.

kaufsumme für die neuen schiffe	31500 pf.

erlös für die alten schiffe	2100 pf.
gesammtverlust[!] für die T.S.V.	56700 pf.
verlust pro mitglied 1/7	8100 pf.
verlust für peachum 2 anteile	16200 pf.

gewinn des coax: die neuen schiffe	31500 pf.
gewinn des coax aus den alten schiffen	32900 pf.
gesamtgewinn des coax	64400 pf.

Justiz

BBA 294/63

coronersitzung	grand jury
örtlichkeit	vorstrafen
verkehr der toten	kampf der anwälte
wer zuletzt gesehen	die hosenknöpfe
nachbarn	verweigerung des alibi[s]
polizei über schauerleute	verweissung[!] zum trial
few[koombey], er bringt mich um.	
schauerleute weg	
wirtschaftliche gründe für s m [mary swayer]	
fanny entlastet wirtschaftl[ich]	
fanny belastet durch schilderung der erpressung	

sie hat mietschulden mit
scheck macs bezahlt, musste
herausgeben
fanny gibt zu
messer? presse

BBA 294/62
1.
leichenschau

vorstrafen machieth
die bettler: machieth der begleiter B
»die geschenke des herrn machieth«
polizei über die schauerleute: swayer allein E
haben die schauerleute andere frau gesehen?
die prostituierte
Rigger: mord durch konkurrenz?
fewkoombey. keine körperliche furcht vor mac. auch
keine ekonomische[!]? wohl B
mac: zettel der bestellung von ihm.
fanny crysler: die erpressung. schlechte lage der
M[ary] S[wayer]. B
spiegelredakteur: die messerlegende B
machieth über die gründe der drohungen gegen ihn.
warum er ihnen nachgab? er ging nicht hin.
wo war er?
wirt des bratfisch: machieth [hat] M[ary] S[wayer] nicht
getroffen. vielleicht doch. E
nachbar: M[ary] S[wayer] über die herkunft der
B.-lädenwaren. dies die drohung? B

BBA 294/81
2.
grand jury

B.-ladenbesitzer über ihre verzweifelte lage.
Selbstmord? E
nachbarn: schlechte geschäftsfrau E
alte frau: laden geschenkt, kein vermögen. E
ladenbesitzer: der neue laden E

BBA 295/18
kritik

1–9 zu breit, dabei hauptzweck, peachumorganisation nicht da. (G[rete])
11 einführung beckett zu schwach. nötig hinweis auf seine unscheinbarkeit und grosse rolle für polly.
12 macs grundmotiv: das geld?
13 schilderung des mühsamen gesprächs auf der heimfahrt
[...]

BBA 294/09
polly: kann kein 5 monatskind kriegen

*

peachum: warum steigt er ins schiffsgeschäft ein

*

polly: verliebt in smiles

*

peachums krankheit = schiffsgeschäft

BBA 294/90
chreston schärfer!
um auszubeuten braucht er kapital. er muß die konkurrenz versorgen!
die einbrecher als lohnarbeiter

4. Quellen und Vorlagen

Geschichte

Insbesondere drei Ebenen sind für den Bereich der historischen Vorlagen zu nennen: der Burenkrieg (1899-1902), das Viktorianische England und Napoleon I. Exakte Quellen lassen sich zu diesem Bereich nicht angeben; da der *Dreigroschenroman* kein historischer Roman werden sollte, sind die Angaben zu den drei Ebenen auch sehr allgemein gehalten. Aus dem Zusammenhang mit der Entstehungszeit des Romans ergeben sich zusätzliche Gründe für die Wahl dieser Ebenen. (Die Seitenverweise beziehen sich jeweils auf Band 13 der *Werkausgabe.*)

Burenkrieg; Spielzeit des Romans im Jahre 1902

Im Entwurf zu einem geplanten Vorwort schreibt Brecht selbst:

»[...] eine gründliche geschichte des burenkriegs ersetzt der vorliegende roman nicht. aber auch so wie er ist enthält er nach auffassung des autors im grossen und ganzen alles, was man über den burenkrieg und überhaupt über kriege wissen muss [...].« (BBA 294/137)

Entsprechend bleiben die Anspielungen auf den Burenkrieg beschränkt auf Ortsnamen und einige historische Personen:

Kapstadt (z.B. 731, 760).

Mafeking (z.B. 763, 1087): Als Beispiel für den »westlichen Kriegsschauplatz«.

Kitchener (864). Lord Horatio Kitchener (1850-1916) war britischer Feldmarschall; beteiligt an der Rückeroberung des Sudan (1896-1898), als Oberbefehlshaber des britischen Heers im Burenkrieg (1900-1902) trägt er bei zur Verwirklichung der imperialistischen Träume Englands von einem zusammenhängenden Kolonialgebiet in Afrika »vom Kap [der guten Hoffnung] bis Kairo«. 1902-1909 ist er Oberbefehlshaber der britischen Truppen in Indien, zur Zeit des 1. Weltkriegs britischer Kriegsminister.

Gladstone (950). William Ewart Gladstone (1809-1898) war britischer Finanzminister, dreimaliger Premierminister, Schöpfer des Beamtentums im Civil Service, Verfechter der irischen ›Homerule‹ (›Selbstverwaltung‹), zeichnete für Besetzung und ›Schutzherrschaft‹ in Ägypten zur Sicherung des Seeweges von England über Gibraltar, Malta, Zypern, Aden etc. nach Indien (1882). Vgl. die Notiz, die auf diese Stelle (950) zu beziehen ist: »P' Rede. Gladstone« (BBA 295/82).

»Als der deutsche Kaiser an den Präsidenten Krüger telegraphierte [...]« (916). Angespielt wird hier auf die sog. Krügerdepesche von Anfang 1896, die Sympathieerklärung Wilhelms II. an den Präsidenten von Transvaal, Paul (»Ohm«) Krüger, nach dem gescheiterten Angriff auf dieses Land auf Grund des Plans von Cecil Rhodes, Ende 1895.

Ein Zusammenhang zwischen Handlungszeit und Entstehungszeit ergibt sich durch folgende zeitgenössische Erinnerungen:

»Ich habe das Wort [Konzentrationslager] nur als Junge gehört, und damals hatte es einen durchaus exotisch-kolonialen und ganz undeutschen Klang für mich: während des Burenkrieges war viel die Rede von den Compounds oder Konzentrationslagern, in denen die gefangenen Buren von den Engländern überwacht wurden. Das Wort verschwand dann gänzlich aus dem deutschen Sprachgebrauch. Und jetzt bezeichnet es, plötzlich neu auftauchend, eine deutsche Institution, eine Friedenseinrichtung, die sich auf europäischem Boden gegen Deutsche richtet, eine dauernde Einrichtung und keine vorübergehende Kriegsmaßnahme gegen Feinde. Ich glaube, wo künftig das Wort Konzentrationslager fallen wird, da wird man an Hitlerdeutschland denken und nur an Hitlerdeutschland ...«
(Victor Klemperer, 29. Oktober 1933)

»Ich verbrachte ungefähr einen Monat in Kapstadt, und durch einen glücklichen Zufall lernte ich Jan Hofmeyr kennen, der mir einen Begriff von der Anständigkeit der Buren vermittelte und mir erzählte, wie sie den englischen Premierminister Gladstone schätzten, als er ihnen nach Majuba ihre Freiheit gab. ›Wir sehen in ihm mit Ehrfurcht das verkörperte Gewissen Englands.‹ Aber leider konnte England Majuba nicht verdauen und mußte später Blut und Geld verschwenden, um der Welt die Mannhaftigkeit der Buren zu beweisen. Aber dann hat England, Gott sei Dank, Südafrika Freiheit und Selbstverwaltungsrecht wiedergegeben und so für seine schändlichen Konzentrationslager gesühnt. Dank Jan Hofmeyr habe ich den südafrikanischen Buren schon nach dieser ersten kurzen Begegnung kennen und schätzen gelernt.«
(Frank Harris, 1926)

Das Viktorianische England

Der Bezug zu dieser erweiterten Zeitebene stellt sich insbesondere durch die Stichworte Queen Victoria, Thomas Carlyle und Jack the Ripper her. Auch hier bleiben die Angaben allgemein.

Queen Victoria. Ein »Bild der Königin Victoria« (984) schmückt »sogar« Macheath' Zelle; die Tatsache, daß die Queen zur Spielzeit des Romans im Jahre 1902 bereits ein Jahr tot ist, eigentlich ein Bild Eduards VII. aufgehängt sein müßte, zeigt, daß es Brecht nicht um die Wiedergabe exakter historischer Daten geht; seine diesbezügliche ›Laxheit‹ ergibt sich auch daraus, daß er – bezogen auf das Jahr 1895 – vom »Tod der Kitchener und Kreuger« in den »allerletzten Jahren« spricht (864): die ›richtigen‹ Daten müßten lauten: 1850-1916 für Kitchener, 1880-1932 für Kreuger. Auch *»Herr von Bismarck«* (1815-1898) kann 1902 eigentlich keine Geschäfte mehr machen (915). – In diesem Zusammenhang könnte in der Hosenknopf-Episode bei Macheath' Verhandlung (1012, 1015) auch eine Anspielung auf den Helgoland-Sansibar-Vertrag von 1890 gesehen werden, bei dem der »Hosenknopf« Helgoland gegen die Rieseninsel Sansibar eingetauscht wurde.

Thomas Carlyle (1100). Sein ›geflügeltes Wort‹ – hier als Motto eingesetzt, ursprünglich einmal als Überschrift dienend (vgl. BBA 273/47 und BBA 293/44) – stammt aus seiner Antrittsrede als Rektor der Universität Edinburgh (1865). Daß die Wahl dieses Mottos auch Zeitbezug hat, zeigt ein Auswahlband Carlylescher Schriften, der diesen Titel trägt (Königstein i. T. und Leipzig: Langewiesche; = die blauen Bücher) und 1936 eine Auflage von 296000 erreicht hat! – Carlyle (1795-1881), der schottische Schriftsteller, Historiker, Goetheübersetzer und Schillerbiograph, verfocht unter anderem auch die aristokratische Geschichtsauffassung, wonach nur große Persönlichkeiten die Geschichte tragen; insbesondere gilt er als Mitbegründer des englischen Weltmissionsgedankens, den er mit der Überlegenheit der ›englischen Rasse‹, des ›auserwählten Volkes‹ begründete. – Wenn nicht durch weitverbreitete Schriften Carlyles selbst, wie die genannte über *Arbeiten und nicht verzweifeln*, so wurde Brecht auf Carlyle möglicherweise durch Frank Harris' Autobiographie aufmerksam; Harris nennt Carlyle »meinen Helden« (Frank Harris, *Mein Leben. Selbstbiographie*, Berlin 1926, S. 225).

Jack the Ripper (863). Er war eine reale Figur, die von August bis November 1888 besonders in den Londoner Stadtteilen Whitechapel (vgl. 863), Spitalsfield und Stepney eine Serie von Prostituierten-Morden beging, aber nie gefaßt und zur Verantwortung gezogen werden konnte. Entsprechend wurde sein ›Name‹ zum Schreckenswort; der Londoner Polizeipräsident, zur damaligen Zeit »ein alter Haudegen aus Südafrika [!]«, mußte deshalb zurücktreten (vgl. Jürgen Thorwald, *Das Jahrhundert der Detektive*, Zürich 1965, S. 58f.).

Napoleon I.

Die Bezüge zu dieser Zeitschicht werden hergestellt durch die mehrfachen Namensnennungen Napoleons, die sich alle auf Napoleon I. (1769-1821) beziehen. Der »B.-Laden-Napoleon« Macheath (897, 949, 1018) muß zur Durchsetzung seiner Ziele »Pläne von napoleonischem Ausmaß« (891) schmieden; entsprechend ist das Kapitel, in dem es um den Ausbau seiner Organisationen und um die Einbeziehung der Banken geht, mit *Napoleonische Pläne* überschrieben und unter ein Napoleon-Wort als Motto gestellt (892).

Hinzu kommt der Hinweis auf Napoleons Staatsstreich, d.h. den 18. Brumaire (9. 11. 1799) und damit die Ablösung des Direktoriums durch Napoleon als Ersten Konsul. Eine Notiz in den Materialien zum *Dreigroschenroman* besagt: »machieth' angst vor dem staatsstreich. napoleon« (BBA 294/110).

Mit der Feststellung, daß der Kampf um Pollys Mitgift »nur durch die Vernichtung des Gegners gewonnen« werden könne (903), wird die napoleonische Strategie aufgenommen.

Außerdem gibt es die Hinweise auf zwei Sieger über Napoleon: auf Lord Nelson, aus dessen Tagen die alten Schiffe stammen (767) und den Polly mit ihrer Stickerei ›verewigt‹ (1036); auf Wellington (1092), der zu den Siegern von Waterloo gehört und dessen Armeen von den Rothschilds finanziert wurden beim Guerillakrieg Spaniens gegen Napoleon.

Der Bezug zu dieser Zeitschicht wird auch durch Peachum hergestellt, wenn er den Mord an Coax als *»Fortführung eines Geschäfts mit anderen Mitteln«* bezeichnet (1056), frei nach Clausewitz, dem ›größten Kriegstheoretiker der napoleonischen Epoche‹, der den Krieg als »eine bloße Fortsetzung der Politik mit anderen Mitteln« bezeichnet hatte, die wiederum am besten mit dem Handel zu vergleichen sei.

Wirtschaft und Wirtschaftsgeschichte

Gustavus Myers *»Geschichte der großen amerikanischen Vermögen«*

Entstehung und Entwicklung des Vanderbilt-Vermögens

[...] sogar die ernst zu nehmenden Schriftsteller, denen man keine Anbetung des Reichtums oder eigenmächtige Entstellung des Tatbestandes vorwerfen kann, haben sämtlich, ohne Ausnahme, ihre Angaben über Vanderbilts Laufbahn der erdichteten Darstellung seiner literarischen Anbeter entnommen. So kommt es, daß überall die Überzeugung herrscht, daß Vanderbilt, wie betrügerische Manipulationen er auch in seiner späteren Laufbahn vornahm, im wesentlichen doch ein ehrenhafter, aufrichtiger Mann gewesen ist, den nur der Selbsterhaltungstrieb zwang, gewissenlose Konkurrenten oder Widersacher zu bekämpfen, und der eine angeborene Abneigung gegen Intrigen und jegliche Betrügereien hatte. Überall wird Vanderbilt als ein geistig äußerst hochstehender Mann geschildert, der niemals zu Listen, Täuschungen und Verrätereien seine Zuflucht nahm und dessen erste Millionen jedenfalls auf die damals übliche Art erworben wurden.

[...]

In Wahrheit sind Vanderbilts erste Millionen in der Hauptsache das Ergebnis von Erpressung, Betrug und Diebstahl.

[...] Die Regierung hatte damals vor mehr als einem Jahrzehnt die Politik eingeschlagen, den Dampfschiffgesellschaften große Subsidien für die Beförderung der Post zu bezahlen. Doch waren diese Subsidien nicht die einzige Bezahlung, welche die Schiffseigentümer erhielten. Hinzu kam noch das »Porto« – d.h. der Vollertrag der Portobelastung der beförderten Briefe. In damaliger Zeit war das Überseeporto ungeheuer hoch und lastete besonders schwer auf einer Klasse von Menschen, die am wenigsten imstande war, es zu tragen. Etwa drei Viertel aller mittels der Dampfer beförderten Briefe war von Auswanderern geschrieben. Sie mußten für einen einzelnen Brief 24 oder 29 Cent bezahlen. 1851 betrug das Überseeporto nicht weniger als eine Million Dollar; drei Viertel dieser Summe stammen direkt von der arbeitenden Klasse.

[...]

Um ihre Subsidien außer dem »Porto« zu bekommen, bestachen die Schiffseigentümer die Postbeamten und die Kongreßmitglieder auf mancherlei Art. »Ich habe konstatiert«, sagte Senator Toombs in einer Rede im Senat der Vereinigten Staaten am 9. Juni 1858, »daß niemals eine Verwaltung Energie genug gehabt hat, die Dampferverträge abzulehnen ... Ich könnte mehr als ein Dutzend solcher Kontrakte anführen ... Eine Million Dollar jährlich ist ein Faktor, der sich bemerkbar machen wird. In zehn Jahren sind es zehn Millionen Dollar, und dann wird es sich bemerkbar gemacht haben. Ich weiß, die Gesetzgebung wird dadurch demoralisiert. Ich habe gesehen, wie die Staatskasse mit Hilfe dieser Gelder geplündert wurde ...«

Mit Hilfe dieser systematischen Bestechung erlangten die Schiffseigentümer viele Millionen Dollar aus Staatsmitteln. Und was wurde aus diesen erbeuteten Millionen? Zum Teil betrachteten die Schiffseigentümer sie als Verdienst, zum Teil wurden sie als privates Kapital zur Erbauung neuer Schiffe verwendet. Vanderbilts Schiffe kosteten ihn in Wirklichkeit keinen Pfennig; sie wurden auf Staatskosten erbaut. Tatsächlich beweist eine genaue Betrachtung der Geschichte all der staatlich unterstützten Dampfschiffgesellschaften, daß die vom Staate erbeuteten Summen mehr als hinreichend waren, ihre ganzen Dampfer zu bauen und auszurüsten. [270-272]

Nach Ausbruch des Bürgerkrieges, als die See den Kaperschiffen preisgegeben war, hatten die amerikanischen Reeder auf einmal eine Menge überflüssiger Schiffe. Da sie sich gezwungenermaßen vom Seehandel zurückziehen mußten, sahen sie sich nach zwei Auswegen um, erstens nach einer Verwendung für ihre Schiffe, zweitens nach einer neuen und sicheren Methode, Millionen zu erwerben.

Die meisten ihrer Schiffe waren so miserabel gebaut, daß ausländische Kapitalisten sie zu keinem Preise kaufen wollten. Viele dieser Dampfer, die in dem kurzen Zeitraum von neunzig Tagen in aller Eile gebaut waren, nur in Hinblick auf sofortigen Gewinn und ohne sonderliche Rücksicht auf ihre Leistungsfähigkeit, waren in besorgniserregendem Zustande. Daß sie überhaupt Reisen überstanden, war reine Glückssache; Jahr für Jahr ging eins dieser so gebauten Schiffe nach dem anderen unter. [...] Die Chronik der Seereisen war eine lange, grauenvolle Kette von Tragödien; alle Augenblicke kamen Berichte über untergegangene oder vermißte Schiffe. Tausende von Einwanderern, die im Zwischendeck einfach eingeschlossen wurden, kamen um, ohne auch nur um ihr Leben kämpfen zu können. Die Kajütenpassagiere hatten es besser; ihnen war die Möglichkeit gegeben, die Rettungsboote zu benutzen, falls Zeit und Raum es gestatteten. [279f.]

Als einer der bedeutendsten Kapitalisten seiner Zeit ist Cornelius Vanderbilt immer als ein großer und vorbildlicher Patriot hingestellt worden. Genau wie Croffut Vanderbilts Beteiligung an den Postschwindeleien nicht erwähnt, sondern im Gegenteil ihm bei seiner Postbeförderung den leuchtendsten Patriotismus nachrühmt, so heben er und andere Autoren die patriotischen Taten des alten Magnaten während des Bürgerkrieges rühmend hervor. Auf diese Weise ist manches erdichtet worden, obwohl die wirklichen Tatsachen feststellbar waren. Diese Tatsachen beweisen, daß Vanderbilt während des Bürgerkrieges die umfangreichen Betrügereien fortsetzte, die er seit langem betrieben hatte.

Als das Kabinett Lincoln 1862 beschloß, eine große Heeres- und Flottenmacht unter General Bank nach New Orleans zu entsenden, war eine der ersten Erwägungen, ob für den Transport die erforderlichen Schiffe in der Eile aufzutreiben wären. An wen wandte sich die Regierung in dieser Notlage? An dieselbe kaufmännische Klasse, die seit Gründung der Vereinigten Staaten unaufhörlich den Staatsschatz geplündert hatte. Die Eigentümer der Schiffe hatten sehnlich auf eine Gelegenheit gewartet, sie zu hohen Preisen an die Regierung zu verkaufen oder zu verpachten. Und wem fiel das Amt zu, sie anzukaufen, auszurüsten und zu inspizieren? Keinem andern als Cornelius Vanderbilt.

Jeder Staatsmann mußte wissen, daß Vanderbilt viele Millionen durch seine betrügerischen Kontrakte mit verschiedenen subventionierten Postdampferlinien erbeutet hatte. Er war als gewinnsüchtig und gewissenlos bekannt. Trotzdem wurde er vom Kriegsminister Stanton als Bevollmächtigter der Regierung ausersehen. In dieser Zeit posierte Vanderbilt als glühender Patriot. Sehr ostentativ hatte er der Regierung für Flottenzwecke eines seiner Schiffe geliehen, ein Schiff, für das er selbst keine Verwendung hatte und das tatsächlich mit gestohlenem staatlichen Gelde erbaut worden war. Durch dies Geschenk kam er billig in den Ruf, ein begeisterter Patriot zu sein. [283 f.]

Die von Vanderbilt akzeptierten und zu hohen Preisen angekauften Schiffe waren in einem unglaublich schlechten Zustande. Vanderbilt war einer von den wenigen, welche in die Zwecke der Bankschen Expedition eingeweiht waren; er wußte, daß die Schiffe eine Ozeanfahrt machen sollten. Trotzdem kaufte er für 10000 Dollar den Niagara, ein altes Boot, das vor fast zwanzig Jahren für den Verkehr auf dem Ontariosee gebaut worden war. »Bei völlig stillem Wetter«, berichtete Senator Grimes (Jowa) »und ruhiger See wurden Planken losgerissen, und die entsetzten Soldaten sahen zu ihrem Erstaunen, daß das Holz verfault war. Die Kommission hat in ihrem Sitzungszimmer ein großes Stück von einem der Stützbalken dieser Schiffe aufbewahrt, an welchem man sehen kann, daß nicht einmal mehr ein Nagel darin haften konnte.« Senator Grimes fährt fort:

»Wenn die Senatoren Seite 18 dieses Berichtes einsehen, werden sie finden, daß Vanderbilt für den Dampfer Eastern Queen 900 Dollar täglich für die ersten dreißig und 800 Dollar für die übrigen Tage bezahlt hat, während dieser von der Regierung für die Burnside Expedition für 500 Dollar täglich gechartert war, was einen Unterschied von 300–400 Dollar täglich ausmacht. Er bezahlte für die Quinebang 250 Dollar täglich, während dieser Dampfer von der Regierung bei einer anderen Gelegenheit für 130 Dollar täglich gechartert war. Für den Shetucket, der früher für 150 Dollar täglich in Regierungsdiensten war, bezahlte er 250 Dollar täglich usw. usw.«

Dies waren einzelne von den vielen Schiffen, die von Vanderbilt durch Southard für die Regierung gechartert wurden. Für die käuflich erworbenen Schiffe wurden ungewöhnliche Summen bezahlt. Ambrose Snow, ein bekannter Reeder, sagt aus, daß »alle, die zu Kommodore Vanderbilt kamen, an Southard verwiesen wurden; allen, die zu Southard kamen, wurde mitgeteilt, daß sie an ihn eine Provision von fünf Prozent entrichten müßten«.

Andere Reeder bestätigten diese Aussagen. Die Methoden und die Ausdehnung dieser Betrügereien lagen klar am Tage. Wenn die Schiffseigentümer sich bereit erklärten, Southard fünf Prozent – sehr oft forderte er auch zehn Prozent [nach den Angaben von Senator Hale] – abzugeben, bezahlte Vanderbilt ihnen enorme Summen. In seiner eigenen Aussage suchte Vanderbilt zu beweisen, daß er von den patriotischsten Motiven geleitet wäre. Aber es war außer allem Zweifel, daß er mit Southard im Einvernehmen stand und den größten Teil des Raubes bekam. [285f.]

Machte nun die Regierung auch nur im geringsten Miene, Vanderbilt und seine Werkzeuge zu verhaften, unter Anklage zu stellen und zu bestrafen? Nein. Das komödienhafte Ergebnis war, daß dem Senat der Vereinigten Staaten eine Resolution vorgelegt wurde, auf Fahrlässigkeit zu erkennen.

Vanderbilt ließ sofort seine Drähte spielen, und als die Resolution zur Abstimmung kam, sprangen zahlreiche Senatoren unter Führung von Senator Hale auf, um Vanderbilts Namen zurückzuziehen. [...] – Vanderbilts Name wurde gestrichen [...]. [287f.]

Vanderbilt verkörperte in sich die Eigenschaften, die die kapitalistische Gesellschaft im ganzen übte und schätzte. »Starke Männer«, sagte Croffut, »liebte und schätzte er, nicht Schwächlinge; Leute, die sich zu helfen wußten, nicht die Hilflosen. Er hatte das Empfinden, daß alle Bittsteller Faulpelze oder Trunkenbolde waren, die von der Ausplünderung der Nüchternen und Fleißigen zu leben versuchten.« Dies schlimme Mißtrauen gegen die Mitmenschen, dieser beißende Zynismus, dies Unterschieben schlechter Absichten war charakteristisch für die kapitalistische Klasse als Ganzes. Da sie selbst die gemeinsten und unedelsten Methoden verfolgte, von den niedrigsten Motiven geleitet, und selbst überall auf Raub auszog, sah sie jedes Mitglied ihrer eigenen Klasse mit Argwohn und Raubgier an. Dann ging sie weiter und legte all ihre eigenen Laster und Verbrechen den armen Schichten zur Last, die in Amerika wie überall durch ihr eigenes System entstanden waren. [312]

Aus der Geschichte des Morgan-Vermögens

Das erste feststellbare Geschäftsunternehmen J. Pierpont Morgans war einer dieser Armeekontrakte; und wenn es auch nicht in so großem Maßstabe gehalten war wie die älterer Kapitalisten, so war es doch (nach der herrschenden kapitalistischen Auffassung beurteilt) ein sehr tüchtiger Streich für einen jungen Mann von vierundzwanzig Jahren. Sein Erfolg ließ in Zukunft viel größere Dinge erwarten, und in dieser Beziehung wurden Morgans Bewunderer nicht enttäuscht.

Im Jahre 1857 bezeichneten die Armeeinspektoren eine große Anzahl Hallscher Karabiner als durchaus unbrauchbar und als ein veraltetes und gefährliches Muster. Die Regierung verauktionierte daraufhin von Zeit zu Zeit große Mengen davon zum Preise von je 1 bis 2 Dollar; fünftausend davon blieben jedoch in dem in New York befindlichen Armeearsenal und lagen noch dort, als der Bürgerkrieg ausbrach.

Am 28. Mai 1861 machte ein gewisser Arthur M. Eastman aus Manchester, New Hampshire, der Regierung das Angebot, diese Flinten zu 3 Dollar das Stück zu kaufen. Die Regierungsbeamten hätten, da sie die bei den Armeelieferungen herrschenden großen Betrügereien kannten, bei diesem Angebot wohl Verdacht schöpfen können, zogen aber augenscheinlich seine Ehrlichkeit nicht in

Frage. Die Flinten wurden zu je 3,50 Dollar an Eastman verkauft. Aber entweder fehlte Eastman das Geld zur Bezahlung, oder er war von einer im Hintergrund stehenden Hauptperson als Strohmann vorgeschoben worden. Ein gewisser Simon Stevens erschien jetzt auf dem Schauplatz und willigte ein, für Eastman bis zur Höhe von 20000 Dollar zu bürgen; diese Summe sollte zur Bezahlung der Flinten verwandt werden; als doppelte Sicherheit nahm Stevens ein Pfandrecht auf die Flinten. Aber von wem erhielt Stevens das Kapital? Aus den amtlichen und gerichtlichen Aufzeichnungen geht hervor: von J. Pierpont Morgan.

[...]

Der nächste Schritt in diesem Geschäft bestand darin, daß Stevens am 5. August 1861 dem General Fremont, der in St. Louis kommandierte, telegraphisch mitteilte, daß er fünftausend neue Karabiner von tadelloser Verfassung habe und anfrage, ob Fremont sie nehmen wolle. Aus Fremonts Hauptquartier kam die Order, sie sofort nach dem Hauptquartier der Armee in St. Louis zu verschiffen. Während der ganzen Zeit waren die Karabiner in dem in New York befindlichen Arsenal geblieben. Als Fremonts Auftrag eintraf, bezahlte Morgan der Regierung die Summe von 17486 Dollar – 3,50 Dollar für den Karabiner. Die Flinten wurden direkt von dem Arsenal nach St. Louis verschifft. Und welches war die Summe, die die Regierung dafür bezahlen mußte? Die Fremont aufgemachte Rechnung lautete auf den Betrag von 22 Dollar für das Stück der Sendung.

Dies war einer der vielen Armeekontrakte, die öffentlich und amtlich als höchst skandalös angesehen wurden; eine der besonderen Kongreßkommissionen des Jahres 1862 ging unverzüglich an die Untersuchung der Sache. Nachdem sie umfassende Nachforschungen angestellt hatte, berichtete diese Kommission:

So wurde tatsächlich der Vorschlag gemacht, der Regierung fünftausend ihrer eigenen Flinten zu je 22 Dollar zu verkaufen, wobei, falls das Anerbieten angenommen wurde, die Absicht bestand, diese Flinten von der Regierung für je 3,50 Dollar zu erlangen... Es ist sehr klar, daß sogar das Kapital, mit dem der Erwerb ausgeführt wurde, im Vertrauen auf die vorher getroffene Abmachung, wieder zu verkaufen, geborgt wurde. Die Regierung verkaufte nicht nur an einem Tage für 17486 Dollar Waffen, die sie sich am Tage vorher verpflichtet hatte, für 109912 Dollar zurückzukaufen – wobei die Vereinigten Staaten 92426 Dollar verloren –, sondern sie lieferte tatsächlich das Geld, um selbst die 17486 Dollar zu bezahlen, die sie empfing.

Die Regierung weigerte sich, die für jeden der fünftausend Karabiner verlangten 22 Dollar an Morgan zu bezahlen, worauf Morgan auf die Erfüllung seiner Ansprüche drang. So kam der Prozeß J. Pierpont Morgan gegen die Regierung der Vereinigten Staaten in die gerichtlichen Protokolle. Er steht dort als Fall Nr. 97. Um über diese Ansprüche, wie über viele andere ähnliche, zu einer Entscheidung zu kommen, ernannte der Kriegsminister eine Kommission, die von J. Holt und Robert Dale Owen, dem Sohne des berühmten Robert Owen, gebildet wurde.

In diesem Bericht vom 1. Juli 1862 stellt diese Kommission fest, daß ihr 104 Fälle von Forderungen an den Staatsschatz bis zur Höhe von 50 Millionen Dollar zugewiesen worden seien und daß sie 17 Millionen Dollar davon als übertrieben und betrügerisch ausgeschaltet habe. In bezug auf Morgans Anspruch erklärte sie, daß General Fremont nicht das Recht gehabt habe, den Kontrakt für die Lieferung der Flinten abzuschließen, daß sie aber aus der Tatsache, daß die Waffen in den Dienst der Armee übergegangen seien, eine rechtliche Verpflichtung der Regierung anerkenne. Als besten Ausweg aus dem schlimmen Handel bestimmte sie, daß Morgan mit 13,31 Dollar für den Karabiner bezahlt werden solle, und sie wies darauf hin, daß selbst bei diesem Preis Morgan und Stevens so ständen, daß sie 49000 Dollar über den Preis erhielten, für den ihnen von den Vereinigten Staaten die Flinten verkauft worden waren. Nach dieser Entscheidung wurden von der Regierung im ganzen 55550 Dollar an Morgan gezahlt, was nur als Abschlagssumme angenommen wurde.

Diese Regelung entsprach nicht den Ansprüchen. Das ganze Pfund Fleisch wurde verlangt. Eine Klage auf Zahlung von weiteren 58000 Dollar wurde beim Beschwerdehof in Washington eingebracht. Dieses Mal wurde der Fall als Simon Stevens gegen die Regierung der Vereinigten Staaten bezeichnet. In der Darlegung des Falles vor Gericht wurde Nachdruck auf die Tatsache gelegt, daß nach Aussage der Regierung die Karabiner von dem von der Regierung beauftragten Artillerieoffizier untersucht und für unbrauchbar erklärt worden seien. Richter Peck sagte, als er die Entscheidung aussprach: »Nach einer Vereinbarung zwischen Stevens und einem gewissen J. Pierpont Morgan sollte die Zahlungsanweisung für die ersten 2500 gelieferten Karabiner auf den Namen

Morgan ausgestellt werden, was auch geschah; die besagte Anweisung wurde von dem Artilleriehauptmann der Armee der Vereinigten Staaten F. D. Cadwallader unterzeichnet und lautete auf die Summe von 55550 Dollar. Nach einer weiteren Vereinbarung kam diese Anweisung in die Hände der Herren Ketchum, Sohn & Co.« Diese Zahlungsanweisung wurde ungefähr am 10. September 1861 honoriert. Die anderen 2500 Flinten, sagte der Gerichtshof, waren von Fremont ebenfalls in Empfang genommen worden.*

[...]

Erhielten Morgan und seine Genossen von der Regierung alles, was sie verlangten? Ja, sie erhielten es. Richter Peck war der Ansicht, daß Fremont, wenn er eingewilligt habe, die Flinten zu kaufen, einen für die Regierung bindenden Kontrakt abgeschlossen habe, und Kontrakt sei Kontrakt. Der Gerichtshof nahm keine Kenntnis von der Tatsache, daß die wertlosen, für untauglich erklärten Flinten als neu bezeichnet worden waren, zog auch nicht in Betracht, daß das Geld, mit dem sie von der Regierung gekauft worden waren, tatsächlich Regierungsgeld gewesen war. Er sprach Stevens in dem Urteil gegen die Regierung 58175 Dollar zu.

Infolge dieser besonderen Entscheidung konnte die Regierung jetzt geltend machen, daß sie gegen die Horde der Kontrahenten schutzlos sei, die die Beamten durch Bestechung dazu gebracht hätten, beschädigte Schiffe und mangelhafte Panzerung, wertlose Gewehre und Kleider aus Lumpenwolle, dünne Zelte, Decken und Schuhe und Futterbeutel, die in Stücke zerfielen, verdorbene Nahrung und ähnliche Ausrüstungsgegenstände und Vorräte anzunehmen. Kein einziger dieser Betrüger kam ins Gefängnis oder wurde auch nur damit bedroht.

Dies war in Wahrheit der Beginn von J. Pierpont Morgans geschäftlicher Laufbahn; die Tatsachen finden sich unverrückbar und unangreifbar in den gerichtlichen Protokollen. Von dieser Art waren die »Patrioten«, zu denen er und seine kapitalistischen Genossen gehörten; doch füttern seitdem und heute mehr als je Geist-

* Für die Regierung der Vereinigten Staaten eintretend, sagte der Hilfsanwalt der Vereinigten Staaten vor dem Gerichtshof: »Die Waffen wurden von Arthur M. Eastman von den Vereinigten Staaten für 3 1/2 Dollar das Stück gekauft, weil sie von dem Artillerieoffizier untersucht und für unbrauchbar erklärt worden waren. Sie wurden von Eastman an den Kläger für 12 1/2 Dollar das Stück verkauft, und der Kläger verkaufte sie sofort an General Fremont für 22 Dollar das Stück. Der Regierungspreis für neue Waffen dieser Art, sofern sie von guter Qualität und für den Gebrauch geeignet sind, betrug 17 1/2 Dollar.«

lichkeit und Politiker und seichte, kriecherische Schriftsteller das Publikum beständig mit Fabeln, die sämtlich Morgans schrankenlose Wohltätigkeit und seinen erhabenen Patriotismus dartun sollen. [535-540]

(Aus: Gustavus Myers, *Geschichte der großen amerikanischen Vermögen*, Berlin 1916. Fotomechanischer Nachdruck u. d. T. *Money. Die großen amerikanischen Vermögen*, Frankfurt 1979)

Herbert George Wells
»Arbeit, Wohlstand und das Glück der Menschheit«

Die Rothschilds waren jüdische Kaufleute, die in ihrem Laden im Frankfurter Ghetto mit allerlei Waren handelten. Bis zur Zeit Meyer Anselm Rothschilds in der zweiten Hälfte des achtzehnten Jahrhunderts war die Familie wohlhabend, aber nicht auffallend reich. Meyer Anselm Rothschild interessierte sich für Münzen; unter anderem war er sachverständiger Händler mit Medaillen und Juwelen. In jener Zeit der Kleinstaaterei und mannigfaltiger Münzen waren sein Wissen und sein Rat seinem Zeitgenossen, dem Grafen von Hanau, der später Landgraf von Hessen-Kassel wurde, sehr nützlich. Dieser Landgraf war ein Händler mit Menschen, Menschenfleisch war einer der wichtigsten Exportartikel von Hessen-Kassel. Er nahm seine Untertanen, machte Soldaten aus ihnen und verkaufte sie regimenterweise an verschiedene fremde Mächte, namentlich an die englische Regierung, die damals mit ihren nordamerikanischen Kolonien im Streite lag. Fiel ein solcher Soldat oder wurde er zum Krüppel, so erhielt der Landgraf von der Regierung, die ihn gemietet hatte, eine Entschädigung. Daß solche Zahlungen jemals an die kriegsbeschädigten Soldaten oder an die Familie der Gefallenen weitergegeben worden wären, ist nirgends aufgezeichnet. Der Landgraf hatte ein nach damaligen Begriffen sehr bedeutendes Vermögen geerbt, war unsinnig geizig und zeigte eine ausgesprochene finanzielle Begabung. Rothschild, der immer mehr sein Vertrauen gewann, wurde sein »Generalagent« und Verbündeter, in manchen Transaktionen sogar sein Sozius. Den Fürsten von Dänemark, Hessen-Darmstadt und Baden wurden Anleihen gewährt. Bei Beginn des napoleonischen Zeitalters besaß Rothschild bereits ein ansehnliches Vermögen. Als der Landgraf

1806 vor Napoleon fliehen mußte, konnte ihm Rothschild im Verein mit befreundeten Frankfurter Bankiers den größten Teil seines Vermögens retten. [9f.]

Vielleicht das dramatischste Beispiel dieser internationalen Zusammenarbeit war das System, durch das Nathan und Jakob in London und Paris Wellington auf der Pyrenäen-Halbinsel mit Geld für seine Armeen versorgten. Nathan hatte durch gewöhnliche Handelsgeschäfte bereits ein ansehnliches Vermögen erworben, als er durch den Einfluß seines Vaters mit gewissen bedeutenden englischen Investitionen des Kurfürsten betraut wurde. Dieser Umstand verhalf ihm zur Verfügung über große Summen Geldes, wenn auch nur für kurze Zeitabschnitte, und er machte sie sich zunutze, indem er Gold und Silber kaufte und es über den Kanal nach Frankreich schmuggelte. Das war schon an sich außerordentlich gewinnbringend, solange er sicher sein konnte, daß die Franzosen seine Sendungen passieren lassen würden. Um sich dieses Einverständnis zu sichern, vereinbarte er mit Jakob, daß dieser nach Paris gehen und sich mit den zuständigen Stellen ins Einvernehmen setzen sollte. Die Kontinentalsperre war zwar in Kraft, aber Napoleon war zu der Einsicht gekommen, daß er seinen Bundesgenossen in gewissem Umfange Schmuggel von und nach England gestatten oder sie als Verbündete verlieren müsse; und da Jakob die Sache so darstellte, als wären die Engländer sehr ängstlich darauf bedacht, das Hinausfließen von Edelmetallen aus ihrem Lande zu verhindern, gelang es ihm, die Erlaubnis zur Entgegennahme der Sendungen Nathans zu erwirken. In Wirklichkeit waren die Engländer außerordentlich darauf erpicht, Geld für Wellington durchzubekommen, und Jakob konnte das ermöglichen, indem er die Rothschildschen Verbindungen zum Ankauf von Wechseln südeuropäischer Bankhäuser benutzte. [12]

Die auf Waterloo folgenden finanziellen Umschichtungen boten den Rothschilds erst die richtigen Gelegenheiten. [...] Die Abwicklung dieses Geschäfts ging so glatt vonstatten, daß der Kaiser, nachdem er sich erst nicht wenig hatte bitten lassen, allen Brüdern mit Ausnahme Nathans Adelsprädikate verlieh. Ja noch mehr, die österreichischen Minister fanden den Verkehr mit dieser Familie, die ihre Verpflichtungen einhielt, die Geschäfte mit einem Minimum an Störungen abwickelte und es sich angelegen sein ließ, ihre

Briefe mit einer Handschrift, die auch Minister lesen, und in einer Sprache, die auch Laien verstehen konnten, schreiben zu lassen, so bequem und angenehm, daß sie, in krassem Widerspruch zu ihrem ehemaligen streng katholischen Standpunkt, Salomon Rothschild aufforderten, sich in Wien niederzulassen, und ihn mit der Emission einer Lotterieanleihe von zwanzig Millionen Gulden betrauten. [14 f.]

Die französischen Rothschilds kauften Ölfelder in Rußland, verkauften sie aber 1911 wieder an die Royal Dutch-Shell-Gruppe. Nie sind die Rothschilds etwas anderes gewesen als Händler mit Geld. [...] Der Frankfurter Seniorchef der Firma führte ein einfaches, bürgerliches Leben, und wenn Jakob in Paris sein Geld zum Fenster hinauswarf, tat er das nicht zu seinem Vergnügen, sondern als Mittel zum Zweck. Ihre Nachkommen haben den Reichtum übernommen, aber keinen einzigen neuen Gedanken über dessen Verwendung hervorgebracht. [16]

Man muß ihnen aber zugute halten, daß sie ehrlich waren. Sie wandten wohl alle zu ihrer Zeit üblichen Mittel an, um zum Ziele zu gelangen, aber was sie versprachen, das hielten sie. Es war vor ihnen noch keiner in so großem Maßstabe und bei Transaktionen, die in so unruhigen Zeiten durch so viele Hände gingen, je ehrlich gewesen. Sie kamen nicht nur den eigenen Verpflichtungen nach, sondern führten auch finanzielle Integrität und gesunde Finanzmethoden bei den Höfen und an anderen Stellen ein, bei denen man bis dahin nicht daran gedacht hatte. Die Unehrlichkeit ist eines der zerstörendsten sozialen Laster, und das Prestige, das die Rothschilds der Rechtschaffenheit in finanziellen Dingen verliehen, war ein sehr bedeutender Faktor in der wirtschaftlichen Entwicklung der neuen Zeit. Ob die Einführung dieses Faktors die Allgemeinheit auch weniger hätte kosten können, die Frage ist heute eine müßige geschichtliche Spekulation. Alles, was die Rothschilds taten, war nach den damaligen Begriffen richtig und berechtigt. [18]

(Aus: Herbert George Wells, *Arbeit, Wohlstand und das Glück der Menschheit*, Übers. u. hg. v. H. M. Reifft, E. Eccius u. O. Mandl, 2 Bde., Berlin/Wien/Zürich 1932, hier: Bd. 2) in den tagen und nächten, wo er seinen grossen schlag gegen die polizei vorbereitet, hängt er seinen näherinnen einen leitartikel der times in die stuben, der vom heldentod einer kleinen näherin berichtet, die sich für die königin zu tode arbeitet. (marx, kapital, VIII)

Karl Marx/Friedrich Engels *»Das Kapital«*

Die industriellen Kapitalisten, diese neuen Potentaten, mußten ihrerseits nicht nur die zünftigen Handwerksmeister verdrängen, sondern auch die im Besitz der Reichtumsquellen befindlichen Feudalherren. Von dieser Seite stellt sich ihr Emporkommen dar als Frucht eines siegreichen Kampfes gegen die Feudalmacht und ihre empörenden Vorrechte sowie gegen die Zünfte und die Fesseln, die diese der freien Entwicklung der Produktion und der freien Ausbeutung des Menschen durch den Menschen angelegt. Die Ritter von der Industrie brachten es jedoch nur fertig, die Ritter vom Degen zu verdrängen, dadurch, daß sie Ereignisse ausbeuteten, an denen sie ganz unschuldig waren. Sie haben sich emporgeschwungen durch Mittel, ebenso gemein wie die, wodurch der römische Freigelassene sich einst zum Herrn seines patronus gemacht hat. [23, 743]

Aus dem buntscheckigen Haufen der Arbeiter von allen Professionen, Altern, Geschlechtern, die eifriger auf uns andrängen als die Seelen der Erschlagnen auf den Odysseus, und denen man, ohne die Blaubücher unter ihren Armen, auf den ersten Blick die Überarbeit ansieht, greifen wir noch zwei Figuren heraus, deren frappanter Kontrast beweist, daß vor dem Kapital alle Menschen gleich sind, – eine Putzmacherin und einen Grobschmied.

In den letzten Wochen vom Juni 1863 brachten alle Londoner Tagesblätter einen Paragraph mit dem »sensational« Aushängeschild: »Death from simple Overwork« (Tod von einfacher Überarbeit). Es handelte sich um den Tod der Putzmacherin Mary Anne Walkley, zwanzigjährig, beschäftigt in einer sehr respektablen Hofputzmanufaktur, exploitiert von einer Dame mit dem gemütlichen

Namen Elise. Die alte oft erzählte Geschichte ward nun neu entdeckt, daß diese Mädchen durchschnittlich $16^1/_2$ Stunden, während der Saison aber oft 30 Stunden ununterbrochen arbeiten, indem ihre versagende »Arbeitskraft« durch gelegentliche Zufuhr von Sherry, Portwein oder Kaffee flüssig erhalten wird. Und es war grade die Höhe der Saison. Es galt, die Prachtkleider edler Ladies für den Huldigungsball bei der frisch importierten Prinzessin von Wales im Umsehn fertigzuzaubern. Mary Anne Walkley hatte $26^1/_2$ Stunden ohne Unterlaß gearbeitet zusammen mit 60 andren Mädchen, je 30 in einem Zimmer, das kaum ein Drittel der nötigen Kubikzolle Luft gewährte, während sie nachts zwei zu zwei ein Bett teilten in einem der Sticklöcher, worin ein Schlafzimmer durch verschiedne Bretterwände abgepfercht ist. Und dies war eine der besseren Putzmachereien Londons. Mary Anne Walkley erkrankte am Freitag und starb am Sonntag, ohne, zum Erstaunen von Frau Elise, auch nur vorher das letzte Putzstück fertigzumachen. Der zu spät ans Sterbebett gerufne Arzt, Herr Keys, bezeugte vor der »Coroner's Jury« in dürren Worten:

»Mary Anne Walkley sei gestorben an langen Arbeitsstunden in einem überfüllten Arbeitszimmer und überengem, schlechtventiliertem Schlafgemach.«

Um dem Arzt eine Lektion in guter Lebensart zu geben, erklärte dagegen die »Coroner's Jury«:

»Die Hingeschiedne sei gestorben an der Apoplexie, aber es sei Grund, zu fürchten, daß ihr Tod durch Überarbeit in einer überfüllten Werkstatt usw. beschleunigt worden sei.«

Unsre »weißen Sklaven«, rief der »Morning Star«, das Organ der Freihandelsherrn Cobden und Bright, »unsere weißen Sklaven werden in das Grab hineingearbeitet und verderben und sterben ohne Sang und Klang«.*

* Marx merkt dazu an: »Morning Star«, 23. Juni 1863. Die »Times« benutzte den Vorfall zur Verteidigung der amerikanischen Sklavenhalter gegen Bright usw. »Sehr viele von uns«, sagt sie, »meinen, daß solange wir unsre eignen jungen Frauenzimmer zu Tode arbeiten, mit der Geißel des Hungers statt dem Knall der Peitsche, wir kaum das Recht haben, Feuer und Schwert auf Familien zu hetzen, die als Sklavenhalter geboren waren und ihre Sklaven mindestens gut nähren und mäßig arbeiten lassen.« (»Times«, 2. Juli 1863.) In derselben Weise kanzelte der »Standard«, ein Toryblatt, den Rev. Newman Hall ab: »Er exkommuniziere die Sklavenhalter, bete aber mit den braven Leuten, die Kutscher und Omnibusführer von London usw. nur 16 Stunden täglich für einen Hundelohn arbeiten ließen.« Endlich sprach das Orakel, Herr Thomas Carlyle, von dem ich schon 1850 drucken ließ: »Zum Teufel

»Zu Tod arbeiten ist die Tagesordnung, nicht nur in der Werkstätte der Putzmacherinnen, sondern in tausend Plätzen, ja an jedem Platz, wo das Geschäft im Zug ist... Laßt uns den Grobschmied als Beispiel nehmen. Wenn man den Dichtern glauben darf, gibt es keinen so lebenskräftigen, lustigen Mann als den Grobschmied. Er erhebt sich früh und schlägt Funken vor der Sonne; er ißt und trinkt und schläft wie kein anderer Mensch. Rein physisch betrachtet, befindet er sich, bei mäßiger Arbeit, in der Tat in einer der besten menschlichen Stellungen. Aber wir folgen ihm in die Stadt und sehn die Arbeitslast, die auf den starken Mann gewälzt wird, und welchen Rang nimmt er ein in den Sterblichkeitslisten unsres Landes? In Marylebone« (einem der größten Stadtviertel Londons) »sterben Grobschmiede in dem Verhältnis von 31 per 1000 jährlich, oder 11 über der Durchschnittssterblichkeit erwachsner Männer in England. Die Beschäftigung, eine fast instinktive Kunst der Menschheit, an und für sich tadellos, wird durch bloße Übertreibung der Arbeit der Zerstörer des Mannes. Er kann so viel Hammerschläge täglich schlagen, so viel Schritte gehn, so viel Atemzüge holen, so viel Werk verrichten, und durchschnittlich sage 50 Jahre leben. Man zwingt ihn, so viel mehr Schläge zu schlagen, so viel mehr Schritte zu gehn, so viel öfter des Tags zu atmen, und alles zusammen seine Lebensausgabe täglich um ein Viertel zu vermehren. Er macht den Versuch, und das Resultat ist, daß er für eine beschränkte Periode ein Viertel mehr Werk verrichtet und im 37. Jahre statt im 50. stirbt.« [23, 268 ff.]

(Aus: Karl Marx / Friedrich Engels, *Werke* [MEW], Bd. 23, Berlin 1962/64)

Zum Bereich Wirtschaft und Wirtschaftsgeschichte sind daneben folgende Titel zu nennen:

Ferdinand Lundberg, *Amerikas 60 Familien*, Dt. v. Norbert Mühlen, Amsterdam 1938.

ist der Genius, der Kultus ist geblieben.« In einer kurzen Parabel reduziert er das einzig großartige Ereignis der Zeitgeschichte, den Amerikanischen Bürgerkrieg, darauf, daß der Peter vom Norden dem Paul vom Süden mit aller Gewalt den Hirnschädel einschlagen will, weil der Peter vom Norden seinen Arbeiter »täglich« und der Paul vom Süden ihn für »Lebzeit mietet«. (»Macmillan's Magazine«. Ilias Americana in nuce. Augustheft 1863.) So ist endlich die Schaumblase der Torysympathie für den städtischen – beileibe nicht den ländlichen! – Lohnarbeiter geplatzt. Der Kern heißt – Sklaverei!

Morus [d.i. Richard Lewinsohn], *Wie sie groß und reich wurden. Lebensbilder erfolgreicher Männer*, Berlin 1927.

Friedrich Engels, *Die Lage der arbeitenden Klasse in England. Nach eigener Anschauung und authentischen Quellen,* Stuttgart 1919.
W. I. Lenin, *Der Imperialismus als höchstes Stadium des Kapitalismus*, in: W. I. L., *Ausgewählte Werke*, Bd. 1, Berlin 1970.
Fritz Sternberg, *Der Imperialismus*, Berlin 1926.
Fritz Sternberg, *»Der Imperialismus« und seine Kritiker*, Berlin 1929.

Bouck White, *Das Buch des Daniel Drew. Leben und Meinungen eines amerikanischen Börsenmannes*, M. e. Einführung v. Hanns Heinz Ewers, München 1922.
George Horace Lorimer, *Briefe eines Dollar-Königs an seinen Sohn*, Übers. v. O. von Oppen, Berlin 1904 (7. Aufl.).

Literatur

Zu den Vorbildern aus den ›Gattungen‹ Kriminalroman und trivialer Liebesroman (bzw. ›Frauenroman‹) lassen sich beim gegenwärtigen Stand leider keine konkreten Beispiele nennen: Es kann lediglich auf Namen wie Chesterton, Doyle, Wallace bzw. Courths-Mahler hingewiesen werden, die Brecht selbst mehrfach erwähnt:

BBA 294/137

der schauplatz des vorliegenden romans ist london, die zeit die der burenkriege. der autor hat sich das studium londons, das er selbst nicht gesehen hat, angelegen sein lassen. er hat eine reihe englischer kriminalromane sorgfältig durchgearbeitet. selbstverständlich kann man für drei groschen nicht eine bis ins einzelne genaue schilderung einer so grossen stadt verlangen. es gibt immer leser, welche glauben, für ihre paar groschen, die sie für einen roman zahlen, sich den ankauf eines bädekers für 7 mark ersparen zu können. das ist nichts weiter als unverschämtheit! auch eine gründliche geschichte des burenkriegs ersetzt der vorliegende roman nicht. aber auch so wie er ist enthält er nach auffassung des autors im grossen und ganzen alles, was man über den burenkrieg und überhaupt über kriege wissen muss – und das ist mehr als für drei groschen verlangt werden kann!

BBA 294/136

die vorliegende geschichte enthält eine darstellung des gefühlslebens und der sitten der hefe der bevölkerung. der verfasser geht davon aus, dass ein verhalten wie etwa das der polly peachum oder die gedankengänge solcher trauriger individuen wie der herrn peachum, coax und machieth seinem publikum neu sind. männer und frauen, die in der lage sind, romane zu kaufen, können nie und nimmer im stande sein, sich eine vorstellung davon zu machen, wie weit die verwilderung der sitten und die niedrigkeit der gesinnung in den unteren schichten der bevölkerung vorgeschritten sind. sie benötigen, um sich eine kenntnis von den schattenseiten der menschlichen natur zu machen, eben solche romane wie den vorliegenden.

das pfund stand zur zeit der niederschrift dieses romans recht niedrig, die gefühle englischer leser konnten daher kaum einen anspruch darauf erheben, besonders berücksichtigt zu werden. sollte das pfund inzwischen wieder steigen, können die englischen leser überzeugt sein, dass der verfasser es lebhaft bedauert, den schauplatz seines romans gerade nach england verlegt zu haben. der verfasser bedauert auch, dass, wie ihm englische freunde versichern, seine studien englischer gebräuche und des londoner kolorits, die er an der hand verbürgt englischer kriminalromane vornahm, ihm wenig genützt haben. es wird ihm glaubhaft versichert, dass seine schilderung londons nicht ganz mit der wirklichkeit übereinstimmt. nun, dann stimmt sie mit der schilderung englischer autoren überein.

Rudyard Kipling

Drei Freunde legten den vierten ins Grab,
Moder im Mund und Staub im Gesicht,
Und zogen nach Süden und Osten und Nord –
Der kranke Mann stirbt, der starke Mann ficht.

Drei Freunde sprachen vom toten Freund –
Der kranke Mann stirbt, der starke Mann ficht.
»Und wär' er hier bei uns«, sagten sie,
»Wind in den Augen und Sonn' im Gesicht.«

Ballade

(Rudyard Kipling, *Das Licht erlosch*, in: R. K., *Gesammelte Werke [in 3 Bänden]*, München 1978, Bd. 3, S. 679-907; hier: S. 833; zu 13, 906; vgl. 13, 932; 941; 1134; 1148; auch 13, 983; 991; 1025 etc.; als Überschrift: 13, 1060; 1069. Vgl. auch 2, 796; 802; 807)

Shakespeare

HAMLET: Sein oder Nichtsein, das ist hier die Frage:
Ob's edler im Gemüt, die Pfeil' und Schleudern
Des wütenden Geschicks erdulden, oder,
Sich waffnend gegen eine See von Plagen,
Im Widerstand zu enden.

(*Hamlet*, Dritter Akt, Szene 1; zu 13, 996)

Goethe

Schauten nicht alle Völker in jenen drängenden Tagen
Nach der Hauptstadt der Welt, die es schon so lange gewesen,
Und jetzt mehr als je den herrlichen Namen verdiente?

(*Hermann und Dorothea*, Sechster Gesang, Verse 14-16; zu 13, 732; 734)

Die Königin verfolgte ihren Weg; das Landvolk verlief sich, und die Stadt war bald ruhig wie vorher. Vor Ankunft der Königin hatte man die ganz vernünftige Anordnung gemacht, daß sich keine mißgestalteten Personen, keine Krüppel und ekelhaften Kranken auf ihrem Wege zeigen sollten. Man scherzte hierüber, und ich machte eine kleines französisches Gedicht, worin ich die Ankunft Christi, welcher besonders der Kranken und Lahmen wegen auf der Welt zu wandeln schien, und die Ankunft der Königin, welche diese Unglücklichen verscheuchte, in Vergleichung brachte. Meine Freunde ließen es passieren; ein Franzose hingegen, der mit uns lebte, kritisierte sehr unbarmherzig Sprache und Versmaß, obgleich, wie es schien, nur allzugründlich, und ich erinnere mich nicht, nachher je wieder ein französisches Gedicht gemacht zu haben.

Kaum erscholl aus der Hauptstadt die Nachricht von der glücklichen Ankunft der Königin, als eine Schreckenspost ihr folgte, bei dem festlichen Feuerwerke sei, durch ein Polizeiversehen, in einer von Baumaterialien versperrten Straße eine Unzahl von Menschen mit Pferden und Wagen zu Grunde gegangen, und die Stadt bei diesen Hochzeitfeierlichkeiten in Trauer und Leid versetzt worden. Die Größe des Unglücks suchte man sowohl dem jungen königlichen Paare als der Welt zu verbergen, indem man die umgekommenen Personen heimlich begrub, so daß viele Familien nur durch das völlige Außenbleiben der Ihrigen überzeugt wurden, daß auch diese von dem schrecklichen Ereignis mit hingerafft seien. Daß mir lebhaft bei dieser Gelegenheit jene gräßlichen Bilder des Hauptsaales wieder vor die Seele traten, brauche ich kaum zu erwähnen: denn jedem ist bekannt, wie mächtig gewisse sittliche Eindrücke sind, wenn sie sich an sinnlichen gleichsam verkörpern.

(*Dichtung und Wahrheit*, Zweiter Teil, Neuntes Buch; zu 13, 975 ff.)

Schiller

Denn wo das Strenge mit dem Zarten,
Wo Starkes sich und Mildes paarten,
Da gibt es einen guten Klang.
Drum prüfe, wer sich ewig bindet,
Ob sich das Herz zum Herzen findet!
Der Wahn ist kurz, die Reu ist lang.

(*Das Lied von der Glocke*, Verse 88-93; zu 13, 1001)

Horaz

Nam si ratio et prudentia curas,
non locus effusi late maris arbiter, aufert,
coelum non animum mutant qui trans mare currunt.

[Denn wofern
Vernunft und Klugheit, nicht ein Ort der weit umher
das Meer beherrscht, die Sorgen von uns nimmt,
so ändern jene nur die Luft, nicht ihren Sinn,
die über Meer der Langeweil' entlaufen.]

(*Episteln I*, 11, 25-27, an Bullatius; zu 13, 863)

Franz Kafka

Soweit von Kafka – als dessen treuen Schüler ich zu meinem Erstaunen Deinen Freund Brecht entdeckte, im Schlußkapitel des »Dreigroschenromans«, den ich in der Schweiz gelesen habe. (Scholem, 286)

PS: Was meint dein den Schluß des Dreigroschenromans betreffender Hinweis auf Kafka? (Benjamin, 294)

Wir (meine Frau und ich) finden, daß der Schluß des Dreigroschenromans eine materialistische Imitation von dem Kapitel »Im Dom« im Prozeß ist. Ist das nicht sehr naheliegend? (Scholem, 299)

(Walter Benjamin/Gershom Scholem, *Briefwechsel 1933-1940*, Hg. v. G. S., Frankfurt 1980.)

Bildende Kunst und Film

Pieter Brueghel der Ältere, »Der Zug der Blinden« (1568)

Brueghels Gemälde ist entstanden nach dem biblischen Gleichnis: »Laßt sie! Sie sind blinde Führer von Blinden. Wenn aber ein Blinder einen Blinden führt, so werden beide in die Grube fallen.« (Matthäus, 15, 14; vgl. Lukas, 6, 39; zu 13, 1061-1063)

Charles Chaplin

»das badehaus (holzzuber, bademädchen, bademeister, dick
chaplin, tücher, dampf, sinnlichkeit, billet,
moorbäder,
gleichzeitig der gesundheit dienend.)«

(BBA 294/146; vgl. 13, 839f.)

»Mutter, dein Kind ruft!«

Stummfilm von 1923, Uraufführung am 23. 9. 1923 im Marmorhaus, Berlin. Buch: Hanns Janowitz (nach der Novelle *Das brennende Geheimnis* von Stefan Zweig). Regie: Rochus Gliese. Darsteller: Peter Eysoldt, Jenny Hasselqvist, Gertrud Eysoldt, Ernst Deutsch, Otto Gebühr u. a. (Vgl. Gerhard Lamprecht, *Deutsche Stummfilme 1923-1926*, Hg. v. d. Dt. Kinemathek, Berlin o. J., S. 143 [= Deutsche Stummfilme, Bd. 8]; zu 13, 1047-1049)

Griechischer Mythos

Peachum: Vergleich mit Ödipus: 13, 831 f.; vgl. 786.
Macheath: »geradezu griechische« Pläne: 13, 901.
Jacques Opper: Biographie des Lykurgus: 13, 899; 901.
die »Gedanken des griechischen Wettkampfes«: 13, 922;
»Wagenrennen«: 13, 901;
»Lorbeer, der dem Besseren winkt«: 13, 901;
»Olympiade: 13, 925, 931;
»die alten Griechen im Wettkampf«: 13, 932.

Alkibiades: 13, 902.
Die »spartanische Mutter«: 13, 935.

»Kollokakadia« (13, 902): eine Verballhornung des Begriffs der Kalokagathia.

Die Substantivierung *Καλοκἀγαθία* des Hendiadyoin *καλὸς χαὶ ἀγαθός* ist seit Homers *Ilias* (XXIV, 52) ein griechisches Wertprädikat des Edlen und Guten. In der Adelsethik stand die Kalokagathia zunächst für das der Norm Entsprechende und Angemessene, bevor es zum Begriff für das Treffliche im allgemeinen wurde; bei der sophistischen Erziehung steht der Begriff für das Ziel des Bessermachens, bis er dann bei Aristoteles zum alle Tugenden umfassenden Inbegriff wird: Tugend ist in der Kalokagathia vollendet, wenn die *ἀγαθά*, die äußeren Güter wie Reichtum und Gesundheit, für das Tugendhafte *(καλά)* eingesetzt werden. Bei Cicero steht dafür das »bonum et honestum«. (Vgl. Bubner, R./Grosse, W., *Kalokagathia*, in: *Historisches Wörterbuch der Philosophie*, Hg. v. Joachim Ritter u. Karlfried Gründer [...], Bd. 4, Darmstadt 1976, Sp. 681-684.)

Die Bibel

Altes Testament

Im Schweiß deines Angesichts sollst du dein Brot essen, bis daß du wieder zur Erde werdest, davon du genommen bist.
(1 Moses 3, 19; zu 13, 878)

Ich begehre nicht mehr zu leben. Höre auf von mir; denn meine Tage sind eitel gewesen.
Was ist der Mensch, daß du ihn groß achtest, und bekümmerst dich mit ihm!
Du suchst ihn täglich heim, und versuchest ihn alle Stunden.

Habe ich gesündiget; was soll ich dir thun, o du Menschenhüter!
Warum machst du mich, daß ich auf dich stoße, und bin mir selbst eine Last!
Und warum vergiebst du mir meine Missethat nicht, und nimmst nicht weg meine Sünde! Denn nun werde ich mich in die Erde legen; und wenn man mich morgen suchet, werde ich nicht da seyn.
(Das Buch Hiob 7, 16-18, 20-21; zu 13, 839)

Neues Testament

Denn Stückwerk ist unser Erkennen und Stückwerk unser Prophezeien.
(1. Korintherbrief 13, 9; zu 13, 1102)

Und ich sah einen Thron, groß und weiß, und den, der darauf saß. Vor seinem Angesicht flohen die Erde und der Himmel, und keine Stätte wurde (mehr) für sie gefunden. Und ich sah die Toten, die Großen und die Kleinen, vor dem Throne stehen, und Bücher wurden aufgeschlagen. Und noch ein Buch wurde aufgeschlagen, das ist das Buch des Lebens; und die Toten wurden gerichtet nach dem, was in den Büchern geschrieben stand, nach ihren Werken.
(Die Offenbarung des Johannes 20, 11-12; zu 13, 844)

Alle gingen hin, sich aufzeichnen zu lassen, ein jeder in seine Stadt.
(Lukas 2, 3; zu 13, 765)

Er sagte ihnen aber ein Gleichnis: »Kann ein Blinder einen Blinden führen? Werden nicht beide in die Grube fallen? [...]«
(Lukas 6, 39; zu 13, 1062)

Das Gleichnis von den Minen [auch: Pfunden]

Als sie aber dies hörten, fuhr er fort und erzählte ein Gleichnis, weil er nahe bei Jerusalem war und weil sie meinten, das Reich Gottes werde gleich erscheinen. Er sprach also: »Ein Mann von edler Abkunft reiste in ein fernes Land, um für sich das Königtum zu erlangen und zurückzukehren. Er rief nun zehn seiner Knechte zu sich und gab ihnen zehn Minen und sprach zu ihnen: ›Machet damit Geschäfte, bis ich komme!‹ Seine Mitbürger aber haßten ihn und schickten eine Gesandtschaft hinter ihm her und ließen sagen: ›Wir wollen nicht, daß dieser König über uns sei.‹

Und es begab sich, als er nach Erwerb des Königtums zurückkehrte, ließ er die Knechte rufen, denen er das Geld gegeben hatte, um zu erfahren, was ein jeder erhandelt hätte. Es kam der erste und sagte: ›Herr, deine Mine hat zehn Minen dazugebracht.‹ Und er sprach zu ihm: ›Recht so, du guter Knecht. Weil du in Geringem treu gewesen bist, sollst du die Herrschaft über zehn Städte haben.‹ Der zweite kam und sagte: ›Herr, deine Mine hat fünf Minen eingetragen.‹ Auch zu diesem sprach er: ›Auch du sollst über fünf Städte gebieten.‹

Und der andere kam und sagte: ›Herr, sieh, da ist deine Mine, die ich in einem Schweißtuch verwahrt habe, denn ich fürchtete dich, weil du ein harter Mann bist. Du nimmst, was du nicht angelegt, und erntest, was du nicht gesät hast.‹ Er sprach zu ihm: ›Aus deinem Munde richte ich dich, du schlechter Knecht! Du wußtest, daß ich ein harter Mann bin, nehme, was ich nicht angelegt, und ernte, was ich nicht gesät habe. Warum hast du mein Geld nicht auf die Bank gegeben; dann hätte ich es bei meiner Rückkehr mit Zinsen abgehoben.‹ Und zu den Umstehenden sprach er: ›Nehmt ihm die Mine und gebt es dem, der die zehn Minen hat‹, und sie sagten zu ihm: ›Herr, er hat zehn Minen.‹ Ich sage euch aber, jedem, der hat, wird gegeben werden; dem aber, welcher nicht hat, wird auch, was er hat, genommen werden.

Diese meine Feinde aber, die nicht wollten, daß ich König sei über sie, bringet sie hierher und macht sie vor meinen Augen nieder!«
(Lukas 19, 11-27; zu 13, 1141 ff.)

Laßt sie! Sie sind blinde Führer von Blinden. Wenn aber ein Blinder einen Blinden führt, so werden beide in die Grube fallen.
(Matthäus 15, 14; zu 13, 1062)

Und der König wird ihnen antworten und sprechen: »Wahrlich, ich sage euch, was immer ihr einem dieser meiner geringsten Brüder angetan habt, das habt ihr mir angetan.«
(Matthäus 25, 40; zu 13, 941, 1077)

Das Gleichnis von den Talenten [auch: Zentnern]

Denn es ist wie bei einem Mann, der, als er verreisen wollte, seine Knechte rief und ihnen sein Vermögen übergab. Dem einen gab er fünf Talente, dem andern zwei, dem dritten eines, jedem nach seiner Fähigkeit. Dann reiste er ab. Sogleich ging der, der fünf Talente erhalten hatte, hin und arbeitete mit ihnen und gewann fünf andere dazu. Ebenso gewann der mit den zweien zwei andere dazu. Der aber das eine erhalten hatte, ging hin, grub ein Loch in die Erde und verbarg das Geld seines Herrn. Nach langer Zeit nun kam der Herr jener Knechte und rechnete mit ihnen ab. Da trat der, der die fünf Talente erhalten hatte, herzu, brachte fünf weitere Talente und sagte: »Herr, fünf Talente hast du mir gegeben. Siehe, noch fünf weitere Talente habe ich gewonnen.« Da sprach sein Herr zu ihm: »Recht so, du guter und getreuer Knecht, du bist über weniges treu gewesen, ich will dich über vieles setzen. Geh ein in die Freude deines Herrn!« Auch der mit den zwei Talenten trat herzu und sagte: »Herr, zwei Talente hast du mir übergeben. Siehe, noch zwei weitere Talente habe ich gewonnen.« Da sprach sein Herr zu ihm: »Recht so, du guter und getreuer Knecht, du bist über weniges treu gewesen, ich will dich über vieles setzen. Geh ein in die Freude deines Herrn!« Da trat auch der herzu, der das eine Talent erhalten hatte, und sagte: »Herr, ich wußte, daß du ein harter Mann bist; du erntest, wo du nicht gesät, und sammelst, wo du nicht ausgestreut hast. Und ich fürchtete mich, ging hin und verbarg dein Talent in der Erde. Da hast du, was dir gehört.« Sein Herr aber antwortete und sprach zu ihm: »Du schlechter und fauler Knecht. Du wußtest, daß ich ernte, wo ich nicht gesät, und sammle, wo ich nicht ausgestreut habe? Dann hättest du mein Geld auf der Bank anlegen sollen, und ich hätte bei meinem Kommen das Meine mit Zins zurückerhalten. Nehmt ihm also das Talent und gebt es dem, der die

zehn Talente hat. Denn jedem, der hat, wird gegeben werden, und er wird Überfluß haben. Wer aber nicht hat, dem wird auch das, was er hat, genommen werden. Und den unnützen Knecht werft hinaus in die Finsternis draußen; da wird Heulen und Zähneknirschen sein.«
(Matthäus 25, 14-30; zu 13, 1141 ff.)

Selbstzitate

Auf eine Auflistung der zahlreichen Selbstzitate Brechts, insbesondere aus der *Dreigroschenoper*, wird hier absichtlich verzichtet, da auf sie bereits mehrfach eingegangen worden ist; es soll jedoch vor allem vermieden werden, der gängigen Formel von der Behandlung des sogenannten ›Dreigroschenstoffes‹ in Oper, Film und Roman durch eine solche Zusammenstellung indirekt zuzustimmen, da sie so nicht zutrifft.
Dennoch ein paar Beispiele:
Lied der Polly Peachum (13, 734 f. = 2, 423 ff.);
Dreigroschenfinale (13, 777 = 2, 458);
Lied von der Unzulänglichkeit menschlichen Strebens (13, 909 = 2, 465);
Träume eines Küchenmädchens bzw. *Seeräuber-Jenny* (13, 945 f. bzw. 2, 415 f.);
Lied des Polizeichefs (13, 980 = II, 335);
Dreigroschenfilm (13, 1115 = II, 345);
Was ist ein Dietrich ... (13, 998 = 2, 482);
usw.

5. Anregungen aus der Zeitgeschichte und Bezüge

Politik

BBA 294/126 (entspricht BBA 294/42)

Rede über die Friedenssehnsucht (Hitler)

die zwei spaziergänge durch die B.-läden.
hoffnungen. werden sies schaffen? die starken werden. am ende hoffen nur mehr die ganz starken.

Adolf Hitler
Rede vor dem »Industrieklub« in Düsseldorf, 27. 1. 1932 (Auszüge)

[...] Was ist der Friedensvertrag von Versailles anderes als ein Menschenwerk? Es ist nicht etwas von der Vorsehung uns Aufgebürdetes oder Aufgeladenes. Es ist ein Menschenwerk, für das selbstverständlich auch wieder Menschen mit ihren Vorzügen oder mit ihren Fehlern verantwortlich gemacht werden müssen. Wäre es anders, wie sollten dann Menschen dieses Werk überhaupt wieder beseitigen können! Ich bin der Meinung, daß es keinen durch menschliches Wollen veranlaßten Vorgang gibt, der nicht auch wieder durch ein anderes menschliches Wollen zu ändern wäre. [...]

Wenn mir jemand sagt, daß die Außenpolitik in erster Linie entscheidend sei für das Leben eines Volkes, dann muß ich vorher die Frage stellen: Was heißt denn überhaupt »Politik«? Es gibt eine Reihe von Definitionen: Friedrich der Große sagt: »Politik ist die Kunst, seinem Staat mit allen Mitteln zu dienen.« Bismarck erklärt: »Politik ist die Kunst des Möglichen« – ausgehend von dem Gedanken, daß im Bereiche des Möglichen alles geschehen soll, um dem Staat und – in der späteren Umwandlung zum Nationalitätenbegriff – der Nation zu dienen. Wieder ein anderer meint, daß dieser Dienst am Volke sich sowohl mit friedlichen als auch mit kriegerischen Mitteln vollziehen kann. Denn Clausewitz sagt: »Der

Krieg ist die Fortsetzung der Politik, wenn auch mit anderen Mitteln.« Umgekehrt meint Clemenceau, daß der Friede heute nichts anderes sei als die Fortsetzung des Kampfes und die Verfolgung des Kampfzieles, wenn auch wiederum mit anderen Mitteln. Kurz: Die Politik ist nichts anderes und kann nichts anderes sein als die Wahrnehmung der Lebensinteressen eines Volkes und die praktische Durchführung seines Lebenskampfes mit allen Mitteln. [...]

Wenn das Schicksal die weiße Rasse einen anderen Weg gehen ließ, dann nur deshalb, weil diese weiße Rasse überzeugt war, ein Recht zu besitzen, die übrige Welt zu organisieren. Ganz gleichgültig, wie sich im einzelnen dieses Recht nach außen vertarnte – in der Praxis war es die Ausübung eines außerordentlich brutalen Herrenrechtes. Aus dieser politischen Auffassung heraus erwuchs der Boden für die wirtschaftliche Besitzergreifung der anderen Welt.

Ein berühmter Engländer schrieb einmal, das Charakteristische der englischen Politik sei diese wunderbare Vermählung von wirtschaftlichen Erwerbungen mit politischer Machtbefestigung, und umgekehrt der politischen Machterweiterung mit sofortiger wirtschaftlicher Inbesitznahme. Ein Zusammenspiel, das in dem Moment undenkbar ist, in dem einer der beiden Faktoren fehlt. Ich weiß allerdings, daß die Auffassung besteht, man könne auch wirtschaftlich die Welt erobern. Das aber ist einer der größten und grimmigsten Trugschlüsse, die es gibt. Lassen Sie den Engländer seinen Kampf um Indien nur mehr wirtschaftlich führen, lassen Sie England endgültig Verzicht leisten auf die Gesinnung, die ihm einst Indien gebracht hat, auf eine Gesinnung, die ihm in den vielen Aufständen und den langen blutigen Kämpfen um die Mitte des vergangenen Jahrhunderts Indien bewahrt hat, und Sie werden sehen: die englischen Fabriken behalten Indien nicht – sie werden stillstehen, weil der alte Geist Englands, der Geist, der einst die Voraussetzung für diese Fabriken geschaffen hat, verlorenging!

Wir stehen heute vor einer Weltlage, die für die weiße Rasse überhaupt nur dann verständlich ist, wenn man die Vermählung von Herrensinn im politischen Wollen und Herrensinn in der wirtschaftlichen Betätigung als unbedingt anerkennt, eine wunderbare Übereinstimmung, die dem ganzen vergangenen Jahrhundert ihren Stempel aufgedrückt hat und unter deren Folgen die weißen Völker zum Teil eine bemerkenswerte Entwicklung genommen haben: Statt sich raummäßig zu erweitern, statt Menschen zu exportieren, haben sie Waren exportiert, haben ein wirtschaftliches Weltsystem aufgebaut, das seinen charakteristischen Ausdruck darin findet, daß – unter Voraussetzung verschiedener Lebensstandarde auf der Erde – in Europa und in der neuesten Zeit auch in Amerika gigantische Welt-Zentralfabriken und in der übrigen Welt riesige Absatzmärkte und Rohstoffquellen bestehen. Die weiße Rasse kann aber ihre Stellung nur dann praktisch aufrecht erhalten, wenn die Verschiedenartigkeit des Lebensstandards in der Welt aufrecht erhalten bleibt. Geben Sie heute unseren sogenannten Absatzmärkten den gleichen Lebensstandard, wie wir ihn haben, und Sie werden erleben, daß die nicht nur in der politischen Macht der Nation, sondern auch in der wirtschaftlichen Stellung des einzelnen sich ausdrückende Vormachtstellung der weißen Rasse nicht mehr gehalten werden kann.

Die verschiedenen Nationen haben sich nun – entsprechend ihrer inneren Veranlagung – diese Vormachtstellung verschieden gesichert; vielleicht am genialsten England, das sich immer neue Märkte erschloß und sie sofort politisch verankerte, so daß es unbedingt denkbar ist, daß Großbritannien – gleichbleibende geistige Einstellung vorausgesetzt – sich ein eigenes von der Welt mehr oder weniger unabhängiges Wirtschaftsleben aufbaut. Andere Völker haben dieses Ziel nicht erreicht, weil sie ihre geistigen Kräfte in inneren weltanschaulichen – früher religiösen – Kämpfen verzehrten. Sie haben in der großen Periode der Weltverteilung wohl im Inneren ihre Fähigkeiten entwickelt, haben auch später versucht, an dieser Weltwirtschaft Anteil zu nehmen; aber sie haben sich nicht selbst Absatzmärkte geschaffen und diese Absatzmärkte vollständig gesichert.

Als Deutschland beispielsweise dazu überging, Kolonien zu begründen, da war der innere Gedankengang, dieser ganz kühle nüchterne englische Gedankengang der Kolonialgründung, zum Teil schon abgelöst von mehr oder weniger romantischen Vorstellungen: deutsche Kultur der Welt zu vermitteln, deutsche Zivilisation zu verbreiten – Dinge, die dem Engländer in der Kolonialzeit absolut fern lagen. Daher mußten die praktischen Ergebnisse bei uns hinter den Erwartungen zurückbleiben – abgesehen davon, daß die Objekte zum Teil die hohen, romantischen Hoffnungen gar nicht mehr erfüllen konnten.

Zumal die weiße Rasse sich langsam ziffernmäßig so vermehrt, daß eine Erhaltung der gigantischen Volkszahlen nur dann garantiert erscheint, wenn die wirtschaftlichen Absatzmöglichkeiten in der Welt gewährleistet sind. Es ist also so, daß eigentlich ein Teil der Welt unbedingt von der Aufrechterhaltung eines Zustandes abhängig ist, den wir Deutsche als Demokraten und internationale Völkerbundsmenschen geistig längst abgelehnt haben. Das Ergebnis liegt auf der Hand: Die Konkurrenz zwang die europäischen Völker zu einer immer steigenden Verbesserung der Produktion, und die steigende Verbesserung der Produktion führte zu einem dauernden Einsparen von Menschen. Solange eine immer neu folgende Erschließung neuer Weltabsatzmärkte damit Schritt hielt, konnten die in der Produktion der Landwirtschaft und später des Handwerks eingesparten Menschen ohne weiteres immer wieder in neue Produktionen überführt werden, so daß wir das Charakteristische des vergangenen Jahrhunderts darin sehen, daß erst aus der Landwirtschaft Menschen eingespart werden und in das Handwerk kommen, später im Handwerk selbst durch die Rationalisierung der Produktionsmethoden immer mehr Menschen der Einsparung verfallen und ihrerseits wieder neue Lebensmöglichkeiten in einer Erweiterung der Produktionszweige finden. Aber dieser Prozeß war nur so lange denkbar, solange eine dauernd steigende Abnahmemöglichkeit geschaffen wurde, eine Abnahmemöglichkeit, die so groß wie die Steigerung der Produktion sein mußte.

Heute ist die Weltlage kurz folgende: Deutschland, England, Frankreich, und außerdem – aus nicht zwingenden Gründen – die amerikanische Union und eine ganze Reihe von Kleinstaaten sind Industrienationen, angewiesen auf Export. Nach Beendigung des Krieges haben alle diese Völker einen von Gebrauchsartikeln ziemlich geleerten Weltmarkt vorgefunden. Nun stürzten sich die durch den Krieg besonders wissenschaftlich-theoretisch genialisierten Industrie- und Fabrikationsmethoden auf diese große Leere, begannen die Betriebe umzustellen, Kapitalien zu investieren und unter dem Zwang der investierten Kapitalien die Produktion auf das äußerste zu steigern. Dieser Prozeß konnte zwei, drei, vier, fünf Jahre gut gehen. Er konnte weiter gut gehen, wenn entsprechend der rapiden Steigerung und Verbesserung der Produktion und ihrer Methoden neue Absatzmöglichkeiten geschaffen wurden. Eine Frage von eminentester Bedeutung, denn die Rationalisierung der Wirtschaft führt, vom Beginn der Rationalisierung der Grundwirtschaft angefangen, zu einer Einsparung der menschlichen Arbeitskraft, eine Einsparung, die nur dann nützlich ist, wenn die eingesparten Kräfte ohne weiteres wieder in neue Wirtschaftszweige überführt werden können. Wir sehen aber, daß seit dem Weltkriege eine wesentliche Erweiterung der Absatzmärkte nicht mehr stattfand [...].

Adolf Hitler
Rundfunkrede vom 14. 10. 1933 (Auszüge)

Als im November 1918 in vertrauensvoller Gläubigkeit auf die in den 14 Punkten des Präsidenten Wilson niedergelegten Zusicherungen das deutsche Volk die Waffen senkte, fand ein unseliges Ringen sein Ende, für das wohl einzelne Staatsmänner, aber sicher nicht die Völker verantwortlich gemacht werden konnten. Das deutsche Volk hat nur deshalb so heldenmütig gefochten, weil es heilig überzeugt war, zu unrecht angegriffen und damit zu recht im Kampfe zu sein. Von der Größe der Opfer, die es damals – fast nur auf sich allein gestellt – bringen mußte, hatten die anderen Nationen kaum eine Vorstellung. Hätte in diesen Monaten die Welt in fairer Weise dem niedergesunkenen Gegner die Hand gegeben, so würde vieles Leid und zahlreiche Enttäuschungen der Menschheit erspart geblieben sein.

[...]

Das deutsche Volk hat seine Waffen zerstört! Bauend auf die Vertragstreue seiner ehemaligen Kriegsgegner hat es selbst die Verträge in geradezu fanatischer Treue erfüllt. Zu Wasser, zu Lande und in der Luft wurde ein unermeßliches Kriegsmaterial abgerüstet, zerstört und verschrottet. An die Stelle einer einstigen Millionenarmee trat nach dem Wunsche der Diktatmächte ein kleines Berufsheer mit militärisch gänzlich belangloser Ausrüstung. Die politische Führung der Nation aber lag zu dieser Zeit in den Händen von Männern, die geistig nur in der Welt der Siegerstaaten wurzelten.

Mit Recht konnte das deutsche Volk erwarten, daß schon aus diesem Grunde die übrige Welt ihr Versprechen so einlösen würde, wie das deutsche Volk im Schweiße seiner Arbeit unter tausendfältiger Not und unter unsagbaren Entbehrungen an der Einlösung der eigenen Vertragspflicht tätig war.

Kein Krieg kann Dauerzustand der Menschheit werden. Kein Friede kann die Verewigung des Krieges sein. Einmal müssen Sieger und Besiegte den Weg in die Gemeinschaft des gegenseitigen

Verständnisses und Vertrauens wieder finden. Anderthalb Jahrzehnte lang hat das deutsche Volk gehofft und gewartet, daß das Ende des Krieges endlich auch das Ende des Hasses und der Feindschaft werde. Allein der Zweck des Friedensvertrages von Versailles schien nicht der zu sein, der Menschheit den endlichen Frieden zu geben, als vielmehr sie in unendlichem Hasse zu erhalten.

[...]

Das deutsche Volk ist zutiefst überzeugt von seiner Schuldlosigkeit am Kriege. Es mögen die anderen Teilnehmer an diesem tragischen Unglück ohne weiteres die gleiche Überzeugung hegen. Um wieviel notwendiger aber ist es dann, sich überall zu bemühen, daß aus einer solchen überzeugten Schuldlosigkeit aller nicht erst recht eine dauernde Feindschaft für immer wird, und daß die Erinnerungen an die Katastrophe der Völker zu dem Zwecke nicht auch noch künstlich konserviert werden. Daß nicht durch eine unnatürliche Verewigung der Begriffe ›Sieger‹ und ›Besiegte‹ eine ewige Rechtsungleichheit entsteht, die die einen mit begreiflichem Hochmut, die anderen aber mit bitterem Grimm erfüllt.

Es ist kein Zufall, daß nach einer auf so lange Zeit künstlich hinausgezogenen Erkrankung der Menschheit gewisse Folgen in Erscheinung treten müssen.

Einem erschütternden Verfall des wirtschaftlichen Lebens folgte ein nicht minder bedrohlicher allgemeinpolitischer.

Was hatte der Weltkrieg aber überhaupt für einen Sinn, wenn die Folgen nicht nur für die Besiegten, sondern auch für die Sieger nur in einer endlosen Reihe wirtschaftlicher Katastrophen in Erscheinung treten? Die Wohlfahrt der Völker ist nicht größer und ihr politisches Bild und ihre menschliche Zufriedenheit sind wirklich nicht inniger und tiefer geworden! Erwerbslosen-Armeen entwikkelten sich zu einem neuen Stande der Gesellschaft. Und so wie das wirtschaftliche Gefüge der Nationen erschüttert wird, beginnt sich auch ihr gesellschaftliches allmählich zu lockern.

Unter diesen Auswirkungen des Friedensvertrages und der dadurch bedingten allgemeinen Unsicherheit hatte am meisten Deutschland zu leiden. Die Zahl der Erwerbslosen stieg auf ein Drittel der normal im Erwerbsleben der Nation stehenden Menschen. Das heißt aber: daß in Deutschland unter Einrechnung der Familienmitglieder rund 20 Millionen Menschen von 65 Millionen ohne jede Existenz einer aussichtslosen Zukunft entgegensteuerten. Es war nur eine Frage der Zeit, wann dieses Heer der wirtschaftlich Enterbten zu einer Armee politisch und gesellschaftlich der Welt entfremdeter Fanatiker werden mußte.

Eines der ältesten Kulturländer der heutigen Menschheit stand mit über sechs Millionen Kommunisten am Rande einer Katastrophe, über die nur der blasierte Unverstand hinwegzugehen vermag. Wäre erst der rote Aufruhr als Feuerbrand über Deutschland hinweggerast, so würde man wohl auch in den westlichen Kulturländern Europas einsehen gelernt haben, daß es nicht gleichgültig ist, ob am Rhein und an der Nordsee die Vorposten eines geistig-revolutionär-expansiven asiatischen Weltreiches Wache stehen oder friedliche deutsche Bauern und Arbeiter in aufrichtiger Verbundenheit mit den übrigen Völkern unserer europäischen Kultur in redlicher Arbeit sich ihr Brot verdienen wollen.

Indem die nationalsozialistische Bewegung Deutschland vor dieser drohenden Katastrophe zurückgerissen hat, rettete sie nicht nur das deutsche Volk, sondern erwarb sich auch ein geschichtliches Verdienst um das übrige Europa.

Und diese nationalsozialistische Revolution verfolgt nur ein Ziel:

Wiederherstellung der Ordnung in unserem eigenen Volk, Schaffung von Arbeit und Brot für unsere hungernden Massen, Proklamation der Begriffe von Ehre, Treue und Anständigkeit als Elemente einer sittlichen Moral, die anderen Völkern keinen Schaden zufügen kann, sondern höchstens allgemeinen Nutzen. Wenn die nationalsozialistische Bewegung nicht die Repräsentantin eines idealen Ideengutes wäre, hätte es ihr nicht gelingen können, unser Volk vor der letzten Katastrophe zu retten. Sie ist in diesem Ideengut nicht nur in der Zeit ihres Kampfes um die Macht, sondern auch in der Zeit des Besitzes der Macht treu geblieben!

Was immer sich an Verworfenheit, ehrloser Gesinnung, an Betrug und Korruption in unserem Volke seit dem unseligen Vertrage von Versailles angesammelt hatte, wurde von uns angegriffen und bekämpft.

Diese Bewegung verpflichtete sich der Aufgabe, ohne Ansehen der Person Treue, Glauben und Anständigkeit wieder in ihre Rechte einzusetzen. Seit acht Monaten führen wir einen heroischen Kampf gegen die kommunistische Bedrohung unseres Volkes, die Verrottung unserer Kultur, Zersetzung unserer Kunst und Vergiftung unserer öffentlichen Moral. Der Leugnung von Gott, der Beschimpfung der Religion haben wir ein Ende gesetzt. Wir sind der Vorsehung zu demütigem Danke verpflichtet, daß sie unseren Kampf gegen die Not der Arbeitslosigkeit, für die Rettung der deutschen Bauern nicht erfolglos sein ließ. Im Zuge eines Programms, für dessen Durchführung wir vier Jahre errechneten, sind in knapp acht Monaten von sechs Millionen Arbeitslosen über 2 1/4 Millionen wieder einer nützlichen Produktion zugeführt worden.

Der beste Zeuge für diese ungeheure Leistung ist das deutsche Volk selbst.

Es wird der Welt beweisen, wie sehr es hinter einem Regiment steht, das kein anderes Ziel kennt, als mit Werken friedlicher Arbeit und gesitteter Kultur mitzuhelfen am Wiederaufbau einer heute seelisch unglücklichen Welt.

Diese Welt aber, der wir nichts zuleide tun und von der wir nur eines wünschen, daß sie uns friedlich arbeiten lassen möge, verfolgt uns seit Monaten mit einer Flut von Lügen und Verleumdungen. Während sich in Deutschland eine Revolution vollzog, die nicht wie die französische oder russische Hekatomben an Menschen abschlachtete, die nicht Geiseln ermordete, die nicht wie der Kommunarden-Aufstand in Paris oder die Räterevolution in Bayern und Ungarn Kulturbauten und Kunstwerke durch Petroleusen vernichtete, sondern bei der im Gegenteil nicht ein einziges Schaufenster zertrümmert, kein Geschäft geplündert und kein Haus beschädigt wurde, verbreiten gewissenlose Hetzer eine Flut von Greuelnachrichten, die nur verglichen werden können mit den von den gleichen Elementen fabrizierten Lügen zu Beginn des Krieges!

Zehntausende Amerikaner, Engländer und Franzosen sind in diesen Monaten in Deutschland gewesen und konnten mit eigenen Augen die Feststellung treffen, daß es kein Land der Welt gibt mit mehr Ruhe und mehr Ordnung, als das heutige Deutschland, daß in keinem Lande der Welt die Person und das Eigentum höher respektiert werden können, als in Deutschland, daß allerdings auch vielleicht in keinem Lande der Welt ein schärferer Kampf geführt wird gegen diejenigen, die als verbrecherische Elemente glauben, ihre niedrigen Instinkte zu ungunsten ihrer Mitmenschen frei austoben lassen zu können. Diese und ihre kommunistischen Helfershelfer sind es, die sich heute als Emigranten bemühen, ehrliche und anständige Völker gegeneinander zu hetzen.

Das deutsche Volk hat keine Veranlassung, die übrige Welt um diesen Gewinn zu beneiden. Wir sind überzeugt, daß wenige Jahre genügen werden, um den ehrliebenden Angehörigen der anderen Völker gründlich die Augen zu öffnen über den inneren Wert jener unwürdigen Elemente, die unter der wirksamen Flagge des politischen Flüchtlings die Gebiete ihrer mehr oder weniger großen wirtschaftlichen Skrupellosigkeit räumten!

Was würde aber diese Welt wohl über Deutschland sagen, wenn wir hier etwa zugunsten eines Subjektes, das das britische Parlament in Brand zu stecken versucht hätte, eine Untersuchungskomödie aufführen ließen, deren einziger Sinn nur der sein könnte, die britische Justiz und ihre Richter unter den Wert eines solchen Halunken zu stellen? Als Deutscher und Nationalsozialist hätte ich kein Interesse daran, in Deutschland für einen Ausländer einzutreten, der in England den Staat und die dortigen Gesetze zu unterminieren versucht oder gar der baulichen Repräsentation der englischen Verfassung mit Feuer zu Leibe geht. Und selbst wenn dieses Subjekt dann – welche Schande uns Gott ersparen möge – ein Deutscher wäre, würden wir es nicht decken, sondern nur auf das Tiefste bedauern, daß uns ein solches Unglück treffen mußte und nur den einen Wunsch hegen, daß die britische Justiz die Menschheit unbarmherzig von einem solchen Schädling befreien möge.

Wir besitzen aber auch umgekehrt Ehre genug, um empört zu sein über das Schauspiel, das von obskuren Elementen angeregt, der Beschämung und Entwürdigung des obersten deutschen Gerichtshofes dienen soll. Und wir sind tieftraurig bei dem Gedanken, daß durch solche Methoden Völker verhetzt und entfremdet werden, von denen wir wissen, daß sie innerlich turmhoch über diesen Elementen stehen. Völker, die wir achten sollen und mit denen wir in aufrichtiger Freundschaft zusammenleben möchten.

Es ist diesen verderblichen und minderwertigen Subjekten gelungen, in der Welt eine Psychose hervorzubringen, deren innere krankhafte hysterische Zwiespältigkeit geradezu plastisch aufgezeigt werden kann. Denn dieselben Elemente, die auf der einen Seite über die ›Unterdrückung‹ und ›Tyrannisierung‹ des ›armen‹ deutschen Volkes durch die nationalsozialistischen Machthaber jammern, erklären auf der anderen mit unverfrorener Unbekümmertheit, daß die Beteuerungen der Friedensliebe in Deutschland deshalb belanglos seien, weil sie nur ein paar nationalsozialistische Minister oder der Reichskanzler aussprächen, während im Volk der wilde Kriegsgeist tobe. So ist es: Nach Bedarf wird das deutsche Volk bald als bedauernswert unglücklich und unterdrückt, bald wieder als brutal und angriffswütig der Welt vorgestellt.

Ich fasse es als Zeichen eines edleren Gerechtigkeitssinnes auf, daß der französische Ministerpräsident Daladier in seiner letzten Rede Worte des Geistes eines versöhnlichen Verstehens gefunden hat, für die ihm unzählige Millionen Deutsche innerlich dankbar sind. Das nationalsozialistische Deutschland hat keinen anderen Wunsch, als den Wettlauf der europäischen Völker wieder auf die Gebiete hinzulenken, auf denen sie der ganzen Menschheit in der edelsten gegenseitigen Rivalität jene unerhörten Güter der Zivilisation, der Kultur und Kunst gegeben haben, die das Bild der Welt heute bereichern und verschönern.

[...]

Die früheren deutschen Regierungen sind einst vertrauensvoll in den Völkerbund eingetreten in der Hoffnung, in ihm ein Forum zu finden für einen gerechten Ausgleich der Völkerinteressen, der aufrichtigen Versöhnung vor allem aber der früheren Gegner. Dies setzte aber voraus die Anerkennung der endlichen Wiedergleichberechtigung des deutschen Volkes.

Unter derselben Voraussetzung erfolgte auch ihre Teilnahme an der Abrüstungskonferenz. Die Deklassierung zu einem nicht gleichberechtigten Mitglied einer solchen Institution oder Konferenz ist für eine ehrliebende Nation von 65 Millionen Menschen und eine nicht minder ehrliebende Regierung eine unerträgliche Demütigung! Das deutsche Volk hat seine Abrüstungsverpflichtungen bis zum Übermaß erfüllt. Die aufgerüsteten Staaten wären nunmehr an der Reihe, die analogen Verpflichtungen nicht minder einzulösen.

Die deutsche Regierung nimmt an dieser Konferenz nicht teil, um für das deutsche Volk einzelne Kanonen oder Maschinengewehre herauszuhandeln, sondern um als gleichberechtigter Faktor an der allgemeinen Weltbefriedung mitzuwirken. Die Sicherheit Deutschlands ist kein geringeres Recht als die Sicherheit der anderen Nationen.

Wenn der englische Minister Baldwin es als selbstverständlich hinstellt, daß England unter Abrüstung nur die Abrüstung der höher gerüsteten Staaten gleichlaufend mit der Aufrüstung Englands bis zu einem gemeinsamen Niveau verstehen kann, dann wäre es unfair, Deutschland mit Vorwürfen zu überhäufen, wenn es am Ende als gleichberechtigtes Mitglied in der Konferenz dieselbe

Auffassung auch für sich vertritt. Es kann aber in dieser Forderung Deutschlands überhaupt keine Bedrohung der übrigen Mächte liegen. Denn die Verteidigungsanlagen der anderen Völker sind ja gegen schwerste Angriffswaffen gebaut, während Deutschland keine Angriffswaffen, sondern nur jene Verteidigungswaffen fordert, die auch in Zukunft nicht verboten, sondern sämtlichen Nationen gestattet sind. Und auch hier ist Deutschland von vornherein bereit, sich zahlenmäßig mit einem Minimum zu begnügen, das in keinem Verhältnis steht zur gigantischen Rüstung der Angriffs- und Verteidigungswaffen unserer früheren Gegner.

Die bewußte Deklassierung aber unseres Volkes, die darin liegt, daß man jedem Volke der Welt ein selbstverständliches Recht zubilligt, das nur uns allein vorenthalten wird, empfinden wir als die Verewigung einer Diskriminierung, die für uns unerträglich ist.

Ich habe schon in meiner Friedensrede im Mai erklärt, daß unter solchen Voraussetzungen wir zu unserem Leidwesen auch nicht mehr in der Lage sein würden, dem Völkerbund anzugehören oder an internationalen Konfrenzen teilzunehmen.

Die Männer, die heute Deutschland führen, haben nichts gemein mit den besoldeten Landesverrätern des November 1918. Wir alle haben einst genau so wie der anständige Engländer und jeder anständige Franzose unserm Vaterland mit Einsatz unseres Lebens unsere Pflicht erfüllt. Wir sind nicht verantwortlich für den Krieg, sind nicht verantwortlich für das, was in ihm geschah, sondern fühlen uns nur verantwortlich für das, was jeder Ehrenmann in dieser Not seines Volkes tun müßte und was wir auch getan haben.

Wir hängen in genau so grenzenloser Liebe an unserem Volke wie wir aus dieser Liebe heraus von ganzem Herzen eine Verständigung mit den anderen Völkern wünschen und, wo es uns nur überhaupt möglich wird, auch zu erreichen versuchen. Es ist für uns damit aber als Vertreter eines ehrlichen Volkes und eines eigenen Ichs unmöglich, an Institutionen teilzunehmen in der Voraussetzung, die nur für einen Unehrlichen erträglich sind. Es konnte unseretwegen einst Männer geben, die auch unter einer solchen Belastung glauben mochten, an internationalen Abmachungen teilnehmen zu können.

Es ist belanglos, zu prüfen, ob sie selbst die Besten unseres Volkes waren, aber sicher ist, daß hinter ihnen nicht das Beste unseres Volkes stand. Die Welt kann aber nur ein Interesse besitzen, mit den Ehrenmännern und nicht mit den Strafwürdigen eines Volkes zu verhandeln, mit jenen und nicht mit anderen Verträge abzuschließen, sie muß dann aber auch ihrerseits dem Ehrgefühl und Empfinden eines solchen Regimentes Rechnung tragen, so wie auch wir dankbar sind, mit Ehrenmännern verkehren zu können.

Es ist dies aber um so notwendiger, als nur aus einer solchen Atmosphäre heraus die Maßnahmen zu finden sind, die zu einer wirklichen Befriedung der Völker führen. Denn der Geist einer solchen Konferenz kann nur der einer aufrichtigen Verständigung sein, oder der Ausgang all dieser Versuche ist von vornherein zum Scheitern bestimmt.

Indem wir aus den Erklärungen der offiziellen Vertreter einer Reihe von Großstaaten entnommen haben, daß von ihnen an eine wirkliche Gleichberechtigung Deutschlands zur Zeit nicht gedacht wird, ist es diesem Deutschland zur Zeit auch nicht möglich, sich weiterhin in einer so unwürdigen Stellung anderen Völkern aufzudrängen.

Die Drohungen mit Gewalt könnten in ihrer Verwirklichung nur Rechtsbrüche sein. Die deutsche Regierung ist zutiefst erfüllt von der Überzeugung, daß ihr Appell an die ganze deutsche Nation der Welt beweisen wird, daß die Friedensliebe der Regierung genau so wie ihre Ehrauffassung Friedenssehnsucht und Ehrbegriff des ganzen Volkes ist.

Ich habe mich entschlossen, zur Dokumentierung dieser Behauptung den Herrn Reichspräsidenten zu bitten, den deutschen Reichstag aufzulösen und in einer Neuwahl, verbunden mit einer Volksabstimmung, dem deutschen Volke die Möglichkeit zu bieten, ein geschichtliches Bekenntnis abzulegen, nicht nur im Sinne der Billigung der Regierungsgrundsätze, sondern auch in einer bedingungslosen Verbindung mit ihnen. Möge die Welt aus diesem Bekenntnis die Überzeugung entnehmen, daß das deutsche Volk sich in diesem Kampf um seine Gleichberechtigung und Ehre restlos verbunden erklärt mit seiner Regierung, daß aber beide im tiefsten Grunde von keinem anderen Wunsche erfüllt sind als mitzuhelfen, eine menschliche Epoche tragischer Verirrungen, bedauerlichen Haders und Kampfes zwischen denen zu beenden, die als Bewohner des kulturell bedeutungsvollsten Kontinents der ganzen Menschheit gegenüber auch in Zukunft eine gemeinsame Mission zu erfüllen haben.

Möge es dieser gewaltigen Friedens- und Ehrkundgebung unseres Volkes gelingen, dem inneren Verhältnis der europäischen Staaten untereinander jene Voraussetzung zu geben, die zur Beendigung nicht nur eines jahrhundertelangen Haders und Streites, sondern auch zum Neuaufbau einer besseren Gemeinschaft erforderlich sind: der Erkenntnis einer höheren gemeinsamen Pflicht aus gemeinsamen, gleichen Rechten!

Wirtschaft und Handel

Gottfried Feder (1934)

Die ständische Organisierung der deutschen Wirtschaft ist aus zweierlei Gründen ganz besonders wichtig:

Erstens beseitigt eine Zusammenfassung aller in einem Wirtschaftszweig tätigen Unternehmungen den wüsten und sinnlosen Konkurrenzkampf und verhütet eine sinnlose Übersteigerung der Kapazität.

Zweitens ist diese Organisierung der Wirtschaft notwendig, damit der Wirtschaftsführer selbst – wie ein Feldherr seine Regimenter – die Instrumente zur Wirtschaftsführung erhält, mit denen er zu wirken vermag. Der Wirtschaftsführer bedarf dieser Zusammenfassungen, denn so sehr das Reich als Wirtschaftsführer die großen Gesamtrichtlinien der Wirtschaftspolitik festzulegen hat, so wenig kann und soll es sich selbst in die einzelnen Produktionszweige einmischen oder gar selbst Wirtschaft treiben.

Pius XI., »Quadrigesimo anno« (1931)

Am auffallendsten ist heute die geradezu ungeheure Zusammenballung nicht nur an Kapital, sondern an Macht und wirtschaftlicher Herrschgewalt in den Händen einzelner [...].

Zur Ungeheuerlichkeit wächst diese Vermachtung der Wirtschaft sich aus bei denjenigen, die als Beherrscher und Lenker des Finanzkapitals unbeschränkte Verfügung haben über den Kredit und seine Verteilung nach ihrem Willen bestimmen. Mit dem Kredit beherrschen sie den Blutkreislauf des ganzen Wirtschaftskörpers; das Lebenselement der Wirtschaft ist derart unter ihrer Faust, daß niemand gegen ihr Geheiß auch nur zu atmen wagen kann.

Diese Zusammenballung von Macht, das natürliche Ergebnis einer grundsätzlich zügellosen Konkurrenzfreiheit, die nicht anders als mit dem Überleben des Stärkeren, d. i. allzu oft des Gewalttätigeren und Gewissenloseren, enden kann, ist das Eigentümliche der jüngsten wirtschaftlichen Entwicklung.

Solche gehäufte Macht führt ihrerseits wieder zum Kampf, zu einem dreifachen Kampf: zum Kampf um die Macht innerhalb der Wirtschaft selbst; zum Kampf sodann um die Macht über den Staat, der selbst als Machtfaktor in den wirtschaftlichen Interessenkämpfen eingesetzt werden soll; zum Machtkampf endlich der Staaten untereinander, die mit Mitteln staatlicher Macht wirtschaftliche Interessen ihrer Angehörigen durchzusetzen suchen und wieder umgekehrt zum Austrag zwischenstaatlicher Streithändel wirtschaftliche Macht als Kampfmittel einsetzen.

Höhere und edlere Kräfte müssen es sein, die die wirtschaftliche Macht in strenge und weise Zucht nehmen: die soziale Gerechtigkeit und die soziale Liebe! Darum müssen die staatlichen und gesellschaftlichen Einrichtungen ganz und gar von dieser Gerechtigkeit durchwaltet sein; vor allem aber tut es not, daß sie zur gesellschaftspolitischen Auswirkung kommt, d. h. eine Rechts- und Gesellschaftsordnung herbeiführt, die der Wirtschaft ganz und gar das Gepräge gibt.

Thomas Bata

BBA 294/36

mit der national deposit bank steht er in verhandlung wegen der läden. auf der hochzeitsreise etabliert er eine filiale in southampton. system bata.

Eugen Erdély
»Bata. Ein Schuster erobert die Welt« (Auszüge)

Zehn Jahre vor dem [ersten] Weltkrieg war Bata in Fachkreisen Europas schon ein bekannter Großerzeuger von Leinenschuhen, seine Reisenden brachten diese Schuhe auf den Balkan und bis nach Kleinasien. Beim Ausbruch des Weltkrieges war der Betrieb schon stark auf Maschinen eingestellt.

Der Kriegsbeginn bedeutete für den Betrieb eine schwere Erschütterung und machte seine Weiterführung problematisch. Die zweitausend Arbeiter, die Bata damals beschäftigte, erzeugten nur Leinenschuhe, und Leinenschuhe konnte man den Soldaten nicht gut ins Feld ober in die Etappe mitgeben. Bata bemühte sich, Aufträge für Kriegslieferungen zu erhalten. Am Tage der Mobilmachung fuhr er nach Wien [...]. [47]

Das Unternehmen dehnte sich im Krieg schnell und gewaltig aus. Im Jahre 1917 beschäftigte es bereits 4000 Arbeiter, die täglich 10000 Paar Militärschuhe anfertigten. [...] [49]

So hat man es in den Batawerken erreicht, daß Schuhe angefertigt werden, bei denen vom Herstellungspreis nur 20% auf Arbeitslohn und allgemeine Regie entfallen, während die übrigen 80% reine Materialkosten sind. So wird auch verständlich, warum die Bataschuhe – »batovky« nennt man sie in der Tschechoslowakei – eine Preisrevolution auf dem Weltmarkt hervorgerufen haben und die Arbeiter Batas doch absolut höher entlohnt sind als die sonstigen Schuharbeiter in der Tschechoslowakei und den benachbarten Ländern [...]. [56]

Es liegt etwas Berauschendes in der Massenerzeugung von Waren. Man kann verstehen, wenn einer trunken wird von dem Lärm der Maschinen, vom Anblick der Unmengen gleichmäßig erzeugter Produkte einer gewerblichen oder industriellen Tätigkeit. Die Maschine selbst zwingt ihren Herrn zur Mehrerzeugung. Dabei ist es, um bei unserem Thema zu bleiben, gar nicht so einfach, Schuhe in Massen zu erzeugen. Da haben schon Fords am laufenden Band erzeugte Automobile es viel leichter. So wie die Schuhe Batas sind auch die Automobile Fords ein Artikel des laufenden Bedarfs und schaffen neue Kundschaft, doch haben sie den Vorteil, daß sie für jeden Besteller und überall in der Welt von gleicher Beschaffenheit sein können.

Anders verhält es sich bei Schuhen. Nicht jeder Fuß ist gleich groß, es müssen Schuhe verschiedener Größe für Männer, Frauen und Kinder hergestellt werden. Ja, die Schuhform ändert sich nicht nur nach der Mode, sondern auch die einzelnen Völker verlangen verschieden geformte Schuhe. Die Schuhleisten, von denen in Zlín die größte Sammlung der Welt existiert, weisen die mannigfachsten Gestalten auf. [58]

Es ist nicht leicht, die angefertigten Schuhe zu verkaufen, besonders in jenem Stadium der Verkaufsorganisation, in welchem der Erzeuger vom Verkäufer abhängig ist. [59]

Bata, der sich in Amerika viel kaufmännisches Geschick angeeignet hatte, gewann schließlich die Überzeugung, daß er nicht nur seine Gewinne beträchtlich erhöhen, sondern auch seinen Schuhvertrieb bedeutend regelmäßiger gestalten könnte, wenn er den unmittelbaren Verkauf an den Verbraucher organisierte und die Preise vereinheitlichte. Er begann also mit der Errichtung von eigenen Verkaufsstellen, und bis zum Jahre 1922 besaß er deren mehr als hundert.

Diese Nachkriegsjahre waren für die tschechoslowakische Republik eine Periode schwerer wirtschaftlicher, hauptsächlich finanzpolitischer Sorgen. Die Währung des neuen Staates war noch nicht stabilisiert und ununterbrochen Schwankungen ausgesetzt, die jede reelle Kalkulation auf längere Sicht verhinderten, da das Verhältnis der tschechischen Krone zu den Währungen jener Staaten, aus denen man Maschinen und Rohstoffe bezog, sich ständig änderte. Dazu kam noch der Währungssturz in einigen benachbarten Staaten mit seinen Dumping-Erscheinungen. Besonders arg wurde die Lage im Sommer 1922. In der Tschechoslowakei kämpfte Finanzminister Dr. Rašín gegen die Inflation und setzte in Zürich binnen einiger Wochen die Erholung der Krone von 6 auf 18 Centimes durch. [67]

Er entschloß sich, die dreifache Werterhöhung der tschechoslowakischen Krone dadurch auszugleichen, daß er die Preise seiner Fabrikate auf die Hälfte reduzierte. Diese Preisherabsetzung war bereits zu einem äußerst dringenden Gebot der Stunde geworden, denn in Deutschland machte der Verfall der Markwährung rapide Fortschritte, und deutsche Waren, gegen tschechische Kronen zu einem Spottpreis erhältlich, begannen den tschechoslowakischen Markt, besonders aber den Schuhmarkt zu überfluten. [68]

Aber genau so, wie Dr. Rašín sein gewagtes finanzpolitisches Experiment gewonnen hatte, war auch Batas Vorgehen von Erfolg begleitet. Das Publikum veranstaltete einen Run auf die Geschäfte und kaufte die Lager vollständig aus. Diese Preisermäßigung war nicht allein der beste Dienst am Kunden, sondern auch die beste

Reklame für Bata, und alle Preisermäßigungen, die seither, allerdings nicht in solchem Ausmaße, vorgenommen wurden, hatten ausgezeichnete propagandistische Wirkungen. Bilanzmäßig gesehen, bedeutete selbstverständlich die Preisreduktion einen fürchterlichen Verlust für die Firma, aber es kam frisches Geld ein, Geld, das die dreifache Kaufkraft hatte und somit die Anschaffung von dreimal so viel Rohstoffen gestattete. Da gleichzeitig die Löhne um etwa 40% herabgesetzt werden konnten, war die Möglichkeit gegeben, eine größere Anzahl von Arbeitern zu beschäftigen. Und in der Tat hatte die Reorganisation des Betriebes und der Verkaufspolitik ein gewaltiges Ansteigen der Produktion zur Folge. Während Bata im Jahre 1923 nur noch 1800 Arbeiter beschäftigen konnte und täglich 8000 Paar Schuhe erzeugte, stieg die Erzeugung im folgenden Jahre auf 14000 Paar täglich bei 3000 Arbeitern, im Jahre 1925 gab es schon eine Tagesproduktion von 35000 Paar bei 6000 Arbeitern, im Jahre 1926 endlich 55000 Paar Schuhe täglich und 8000 Arbeiter. Auch die Zahl der Verkaufsstellen vermehrte sich rasch. [68 f.]

Die Bataschen Verkaufsstellen, die bis dahin nur ganz einfache, für ein wenig kaufkräftiges Publikum berechnete Waren hielten (denn bis dahin waren die Prager Erlebnisse des sechzehnjährigen Geschäftsreisenden Th[omas] B[ata] maßgebend gewesen für Produktion und Absatz der Firma), begannen, sich auch an andere Käuferschichten zu wenden. Bata zog aus dem Zulauf des Publikums in seine Verkaufsstellen ganz andere Konsequenzen als etwa ein durchschnittlicher Kaufmann. Batas Liebe gehörte dem Schuh, der Erzeugung von Schuhen; der Verkauf war stets nur ein Mittel, um die Erzeugung zu beherrschen und zu vervollkommnen. Alles Geld, das ihm durch seine Verkaufspolitik zufloß, teilte er sofort wieder auf zwischen seinen Mitarbeitern, deren Lohn er ständig erhöhen konnte, und zwischen seinem Betrieb, den er fortwährend erweiterte und verbesserte; außerdem kamen seine Gewinne auch dem Verbraucher zugute, denn die Preise wurden stets weiter herabgesetzt, da der vervollkommnete Betrieb immer billiger und billiger herstellen konnte. [70]

Der Batasche Dienst an der Öffentlichkeit besteht darin, daß er überall, sowohl in der Tschechoslowakei wie im Ausland, feste Preise hat. Die Kalkulationsabteilung seiner Werke gibt alle halben

Jahre eine Preisliste heraus, die genau so verbindlich ist für den Verkauf eines einzigen Paares Schuhe wie für den Verkauf von einer Million Paaren. [71 f.]

Eine mehr psychologische als materielle Art des Dienstes am Kunden ist auch die Festsetzung der Preise für die Bataschen Fabrikate. Vom Jahre 1922 bis zum Jahre 1932 endeten alle Schuhpreise mit der Ziffer 9. Diese vorletzte Ziffer des Dezimalsystems suggeriert dem Käufer, daß er die Ware um zehn Währungseinheiten billiger erhält, als es tatsächlich der Fall ist. Will man sich ein Paar Schuhe für 99 Kronen kaufen, so hat man noch nicht das Gefühl, daß man eine Banknote mit dreistelliger Ziffer opfern muß – und erst wenn es ans Bezahlen geht, wird dem Käufer klar, daß er von seiner so schönen Hundertkronennote nur eine einzige Kronenmünze zurückerhält. In den außereuropäischen Ländern bleibt der Preis der Bataschuhe immer unter zwei Dollar. [72]

Außer diesem materiellen erwies Bata der Öffentlichkeit durch sein System auch einen moralischen Dienst.

Die Batasche Verkaufsorganisation machte der Anarchie auf dem Gebiete des Zwischenhandels ein Ende. Durch die Massenerzeugung seiner Ware brachte es Bata so weit, daß der Schuh nicht mehr ein teures Gut ist, an dem der Zwischenhandel 100% des Wertes zu verdienen berechtigt ist. Durch Schaffung seiner Verkaufsorganisation, die allein in der Tschechoslowakei auf 1960 Verkaufsstellen angewachsen ist, trat Bata als Regulator des kaufmännischen Zwischengewinnes überhaupt auf. [73]

Es war nicht leicht, diese Verkaufsorganisation zu schaffen, dieses Netz von 2500 Festungen des Dienstes an der Öffentlichkeit in der ganzen Welt auszubauen. [73 f.]

Den Leitern der Bataschen Verkaufshäuser, die einheitlich den Namen »Haus des Dienstes«, nämlich des Dienstes an der Öffentlichkeit, tragen, obliegt es nicht nur, möglichst viele Schuhe zu verkaufen, sondern auch eine Art kommerziellen Dienstes aufrechtzuerhalten, wie im Mittelalter die Fugger und andere große Kaufherren es taten. Die Bataschen Filialleiter müssen vor allem die Einwohner ihres Rayons und deren Bedürfnisse kennen. Der Geschmack in einer Agrargegend ist ganz anders als in Industriegebieten, und arme Bergbewohner haben andere Wünsche als die Bevölkerung des reichen Tieflandes. Wünsche, Bedürfnisse und Kaufkraft der Bevölkerung variieren sehr stark, und die Kommandanten dieser Bataschen Festungen des Dienstes an der Öffentlichkeit müssen diese Fakten statistisch verfolgen, weil sie für den Verkauf und auch für die Produktion von entscheidender Bedeutung sind. Die Verkaufsstellen führen genaue Statistik über jeden Käufer und haben seit dem Jahre 1931 Kartotheken eingeführt, aus denen nicht nur die soziale Struktur der Käuferschaft, sondern auch ihr Geschmack und ihr Bedarf an den verschiedenen Schuhgrößen und -formen ersichtlich ist. Die Bataschen Verkaufsläden betätigen sich auch als Werbestellen für den in der Zlíner Fabrik und den Verkaufsstellen benötigten Nachwuchs, sie stellen gewissermaßen eine Art von Rekrutierungsbüros dar. [74f.]

Es ist Bata gelungen, den Zufall soweit nur irgend möglich aus dem Betrieb auszuschalten. Sämtliche Abteilungen arbeiten heute auf Grund gewisser Voraussetzungen planmäßig.

Den ersten großzügigen Plan in ihrem Betrieb stellten Bata und seine Mitarbeiter 1924 auf, und zwar für zehn Jahre. Damals erzeugten die Werke nur 14000 Paar Schuhe täglich. Doch Bata sah bereits die Entwicklung in der maschinellen Produktion voraus, er hatte bereits sein Arbeitssystem eingeführt, und so konnte er einen Zehnjahrplan aufstellen, in dem für das Endjahr 1934 die tägliche Erzeugung von nur 100000 Paar Schuhen vorgesehen war. Im Rahmen dieses Zehnjahrplanes wird für jedes Jahr ein Jahresplan im voraus ausgearbeitet.

Dieser Gesamtplan besteht aus einer großen Anzahl von Spezialplänen, Angaben über Arbeitsvoraussetzungen der verschiedenen Abteilungen u.ä. Es gibt einen Arbeitsplan, einen Produktionsplan, einen Plan für den Verkauf, Pläne für die Erschließung neuer und Bearbeitung alter Absatzgebiete, für Investitionen, für Rohmaterialankauf.

Der Jahresplan ist in Wochenpläne unterteilt, diese wieder in Tagespläne, durch welche die an einem Kalendertag zu leistenden Arbeiten festgelegt werden. Bei der fünftägigen Arbeitswoche zählt der Werkkalender 253 Arbeitstage, für welche 253 Tagespläne existieren. Bei dieser Arbeitseinteilung gibt es im Jahre 113 freie Tage, die in den Beginn des Monats Juli fallende bezahlte Urlaubswoche eingerechnet.

Die Aufstellung der Detailpläne für die einzelnen Betriebe ist Pflicht der Betriebsleiter. Jeder Abteilungsleiter hat einen Plan für seine Abteilung zu entwerfen, der der Leistungsfähigkeit der betreffenden Abteilung angepaßt ist. Der Produktionsplan eines Tages setzt sich also zusammen aus mehreren hundert Plänen der einzelnen Abteilungen und weit über tausend Plänen für einzelne Personen und Maschinen. [79f.]

Die Prinzipien, die die Batawerke bei der Planaufstellung befolgen, sind: 1. Niemals so arbeiten, daß der Gewinn ein bestimmtes Minimum unterschreitet, 2. niemals die Lagerbestände so anwachsen lassen, daß die Verkaufsaussichten hoffnungslos werden. [81]

Achtzehn Jahre hatte Bata nach diesem Grundsatz gehandelt, da zwang ihn die Stabilisierung der tschechoslowakischen Währung und die deutsche Dumping-Konkurrenz im Jahre 1922 zugleich mit den Preisen seiner Schuhe auch die Löhne zu reduzieren. Während heute Arbeitslohn zu sonstigen Gestehungsunkosten sich wie 2 : 8 verhält, bildete damals der Arbeitslohn einen viel größeren Teil der Gestehungsunkosten der Bataschuhe. [...]

In sämtlichen Betrieben der Firma Bata wurden damals Stücklöhne gezahlt, die für jede Schuhgattung speziell berechnet wurden und deren Höhe von der Wichtigkeit und Kompliziertheit der Arbeit abhing. Im Laufe der weiteren Entwicklung bildeten sich vier hauptsächliche Lohnformen heraus: 1. der individuelle Akkordlohn, 2. der kollektive Akkordlohn, 3. Wochenlohn, 4. Löhne mit Gewinnbeteiligung. [87f.]

Die vierte und interessanteste Lohnform ist die Gewinnbeteiligung des Arbeiters am Ertrag seiner Tätigkeit. Sie wurde von Bata im April 1924 [...] eingeführt [...]. [89]

Das System der Gewinnbeteiligung, das im Grunde nur ein Gruppenakkordsystem ist, kann man nicht verstehen, wenn man nicht das von Bata erdachte Prinzip der Werkstättenselbstverwaltung kennt. Gerade die Schuherzeugung war das günstigste Gebiet für die Durchführung dieses Prinzips bis zur äußersten Konsequenz. [90]

Nach dem Prinzip der Werkstättenselbstverwaltung werden Ankauf, Erzeugung und Verkauf durchgeführt, es zieht sich wie ein roter Faden durch den ganzen Produktionsprozeß. Der Betrieb ist eine Vereinigung von Hunderten von selbständig arbeitenden Abteilungen, deren jede einzelne ziemliche bedeutende wirtschaftliche Unabhängigkeit und große Initiativmöglichkeiten hat. Jede kann ihren Verdienst erhöhen, gleichgültig, ob die anderen Abteilungen mit Gewinn oder Verlust arbeiten.

Die Selbständigkeit der Abteilungen äußert sich in folgenden Merkmalen: 1. Jede Abteilung hat ihren Leiter, der für die Arbeit, Gewinn oder Verlust der Abteilung verantwortlich ist. 2. Jede Abteilung hat eine eigene Gewinn- und Verlustrechnung, die wöchentlich bekanntgegeben wird. 3. Der Werkmeister und eine Reihe von Arbeitern partizipieren am Gewinn der Abteilung. 4. Jeder Arbeiter der Abteilung ist persönlich für die Qualität seiner Leistung verantwortlich. 5. Die Abteilung hat das kollektive Bestreben, die ihr zugewiesene Arbeit absolut einwandfrei auszuführen, weil davon der Gesamtgewinn der Abteilung abhängt.

Jede Abteilung und jeder Betrieb kauft im wahren Sinne des Wortes der im Produktionsprozeß vorangehenden Abteilung die Ware ab und verkauft sie nach der Bearbeitung an die nächstfolgende Abteilung.

Das System der Selbständigkeit der Werkstätten wird heute in Zlín nicht nur in den Schuhfabriken, sondern mit entsprechenden Abänderungen auch in den Nebenbetrieben und sogar in den Wohlfahrtseinrichtungen angewendet. Selbständig sind die Verkaufsabteilungen, die Einkaufsabteilungen, die Restaurants, das Kino, das Krankenhaus und die Presseabteilung, die außer den täglichen Mitteilungen an sämtliche Filialen eine wöchentlich dreimal erscheinende Zeitung in tschechischer und ein Wochenblatt in deutscher Sprache herausgibt. Ebenso sind die Magazine selbständig, die für die Gebäude Miete zahlen müssen und für Verluste infolge unsachgemäßer Aufbewahrung verantwortlich sind. [91 f.]

Wie sieht nun diese Selbständigkeit der Werkstätten in der Praxis aus? Nehmen wir eine der zahlreichen Konfektionswerkstätten, das sind die Werkstätten, in denen aus Sohlenleder, Oberteil, Leinen, Gummi, Holz und anderen Materialien ein Paar Schuhe fertiggestellt wird. Die Firma Bata gibt jeder Werkstätte eine feste Summe für jedes Paar Schuhe. Die Arbeiter erhalten einen festen

Lohn, über dessen Höhe Anschlagzettel in den Werkstätten Auskunft geben. Der Werkstattleiter dagegen muß auf Rechnung seiner Werkstatt die laufenden Kosten für elektrischen Strom (etwa 800 Kč), Wasser (etwa 50 Kč), notwendig gewordene Reparaturen an den Maschinen (etwa 150 Kč), Entlohnung des mit der Schuhherstellung nicht unmittelbar beschäftigten Ergänzungspersonals (etwa 2000 Kč) wöchentlich bestreiten und für den Einnahmenentgang wegen fehlerhafter und daher zurückgewiesener Arbeit (ebenfalls etwa 2000 Kč wöchentlich) aufkommen. Er muß daher rund 5000 Kč in der Woche von den ihm zustehenden Einnahmen in Abzug bringen. Bei einer täglichen Erzeugung von 1000 Paar Schuhen (gegenwärtig also 5000 Paar wöchentlich) sind gerade die Unkosten gedeckt. Die Werkstatt muß also bedeutend mehr als 1000 Paar täglich anfertigen. Je mehr sie herstellt, um so geringer werden verhältnismäßig die Unkosten, um so höher der Gewinn des Werkstattleiters. Dieser Gewinn hängt von schwer berechenbaren Faktoren ab:

1. von der Menge der erzeugten Schuhe,
2. von dem Prozentsatz der wegen fehlerhafter Ausführung zurückgewiesenen Schuhe,
3. von der Zahl des beschäftigten Ergänzungspersonals,
4. vom Umfang der notwendigen Maschinenreparaturen. [94 f.]

Bata versuchte, eine Gewinnbeteiligung zu schaffen, die organisch mit der Autonomie der Werkstätten verwachsen ist. Die Vorbedingungen hierzu sind:

1. Die Abrechnung des erzielten Gewinns soll möglichst rasch, also wöchentlich erfolgen.
2. Jeder Beteiligte soll imstande sein, selbst seinen Gewinnanteil zu berechnen.
3. Die Abteilung, innerhalb der sich ein Angestellter am Gewinn beteiligt, soll so klein sein, daß er auf die Verwaltung seiner Abteilung einen spürbaren Einfluß ausüben kann.

Die Gewinnbeteiligung hat je nach Art der Arbeit verschiedene Formen. In den Verkaufsabteilungen ist sie eine Kommissionsprämie, in den Werkstätten eine Produktionsprämie.

Die Höhe des Anteils der leitenden Personen hängt ab vom Grade ihrer Verantwortlichkeit und von der Bedeutung ihrer Arbeit für das Zustandekommen des Gewinns. Werkführer, Meister und Arbeiter sind nur am *Gewinn* beteiligt, Gebäudeverwalter und Mitglieder der Direktion müssen auch eventuelle *Verluste* mittragen. [100f.]

Der Gewinnanteil der Arbeiter und Vorarbeiter wird wöchentlich nur zur Hälfte in bar ausgezahlt, die andere Hälfte wird zugunsten des Betreffenden verbucht und mit 10% jährlich verzinst. Diese zwangsweise Deponierung wurde im Jahre 1922 eingeführt. Zuerst hatte sich Bata damit begnügt, einen Zinssatz von 10% für freiwillig von seinen Arbeitern ihm übergebene Sparguthaben zu zahlen. (Die Sparkassen zahlten durchschnittlich 5% Jahreszinsen.) Ursprünglich war die Höhe des freiwillig eingezahlten Betrages auf 10000 Kč pro Arbeiter begrenzt. Mit 10% wurden an freiwilligen und obligatorischen Einlagen von Bata 6 Millionen Kč im Jahre 1922 verzinst, im Jahre 1923 waren es 9 Millionen, 1924: 12 Millionen, 1925: 17 Millionen, 1926: 29 Millionen, 1927: 40 Millionen, 1928: 53 Millionen, 1929: 61 Millionen, 1930: 74 Millionen, 1931: 101 Millionen, 1932: 136 Millionen Kč.

Über die Bedeutung dieser Rücklagen der Angestellten für die Finanzierung des Betriebes sind ganz falsche Ansichten verbreitet. Der Umsatz der Firma geht weit über eine Milliarde Kč im Jahre hinaus, so daß die Angestellteneinlagen als Betriebskapital gar nicht ins Gewicht fallen. Außerdem müssen diese Rücklagen laut dem Sparkassengesetz ständig zur sofortigen Auszahlung bereitgehalten werden. Vom finanziellen Standpunkte bedeuten die Angestellteneinlagen eine Belastung für die Firma; dafür aber stellen sie eine feste moralische Bindung zwischen Firma und Arbeiterschaft dar. Sie verkörpern die tatsächliche Interessengemeinschaft. Psychologisch hat dieses System zur Folge, daß der Angestellte, der Einlagen bei der Firma hat, sich hüten wird diese zu schädigen, weil doch sich die Firma von der Einlage immer schadlos halten kann. [102f.]

(Aus: Eugen Erdély, *Bata. Ein Schuster erobert die Welt*, Leipzig: Kahler o. J. [1932].)

Vgl. zu diesem Thema auch:

Devinat, Paul, *Die Arbeitsbedingungen in einem rationalisierten Betrieb. Das System Bat'a und seine sozialen Auswirkungen*, Teil I u. II, in: Internationale Rundschau der Arbeit [Publikationsorgan des Internationalen Arbeitsamtes, Genf], 1930, S. 101-121, 228-247.

Zinner, Hedda, *Schuhe aus der ČSR*, in: Die Weltbühne 5, 1950, H. 44, S. 1377-1380; H. 45, S. 1415-1417; H. 47, S. 1505-1507; H. 48, S. 1528-1530.

Kleinhandel gegen Warenhaus
Die Einheitspreisgeschäfte

Zur Strategie der Nazis als Garant der Mittelstandsinteressen gehörte die Polemik gegen die »Warenhausseuche«, die gleichzeitig mit der Judenhetze verbunden wurde; so fordert schon das Parteiprogramm der NSDAP in Punkt 16:

»Wir fordern die Schaffung eines gesunden Mittelstandes und seine Erhaltung, sofortige Kommunalisierung der Groß-Warenhäuser und ihre Vermietung zu billigen Preisen an kleine Gewerbetreibende, schärfste Berücksichtigung aller kleinen Gewerbetreibenden bei Lieferung an den Staat, die Länder oder Gemeinden.«

1928 heißt es auf Ankündigungsplakaten zu »Öffentlichen Volks-Versammlungen« (s. Abb., S. 139) – »Juden ist der Zutritt verboten!« – u. a.: »Das Wort *Mittelstand* hatte einmal Klang und Farbe [...].« »Es kam der *Jude* und setzte dem deutschen *Kaufmann* die Warenhäuser vor die Nase.«

1931 heißt es zum Thema *Warenhauspolitik und Nationalsozialismus* u. a.:

Vor einiger Zeit erschien eine Jubiläumsschrift des Verbandes der Warenhäuser. Eine Mustergalerie von Charakterköpfen zeigte die dabei angefügte Photosammlung der Warenhauskönige. Da findet man sie beisammen, wie wenn sie einem Rasseforscher die Arbeit erleichtern wollten: die teils reinrassigen Typen der Schocken, Grünbaum, Knopf, Hirsch und die halben Talmiköpfe der Tietz, Wronker, Joske, Ury und wie sie alle heißen, die aus Birnbaum und von weiter östlich herkamen; von dort, wo der Kaftan und die Hängelocke bis auf diesen Tag zu unentbehrlichen Requisiten der Volkszugehörigkeit zählen, wo der Smoking und der steife Hut dem Händlergenie noch nicht den börsengerechten Nimbus der Burgstraße verleihen. Sie haben in wenigen Jahrzehnten verstanden durch ein sorgsam vertarntes Ramschsystem reich zu werden, den ehrlichen Kaufmann mit Schleuderpreisen zu schlagen, Handwerk und Gewerbe im weiten Umkreis an die Wand zu drük-

Öffentliche Volks-Versammlung

Am Freitag, den 30. März 1928, abends 8.30 Uhr spricht im Weilforsaale der Nationalsozialist

Karl Kaufmann, Elberfeld

über

Bauern- und Mittelstands-Elend Warenhausseuche!

Freie Aussprache!

Eintritt 30 Pfg. **Juden ist der Zutritt verboten!**

Arbeiter und **Bauer,** in ihrer großen Masse heute noch verführt und verleitet von volksfremden Hetzern sind in ihrem tiefstem Kern gesund. Noch werden sie mißbraucht **noch kennen sie ihre wahren Feinde nicht,** aber haben sie die einmal erkannt, wird einmal diese ungeheure Summe von Energie und Lebenswillen zusammengeballt und eingesetzt gegen den einzigen und allen gemeinsamen Feind **das internationale Judentum, dann ist der Tag der Freiheit des deutschen Volkes gekommen.**

Das Wort **Mittelstand** hatte einmal Klang und Farbe das bezeichnete einmal einen Stand, der das Rückgrat des Staates bildete das war einmal der Inbegriff aller staatsbürgerlichen Tugenden das bedeutete einst Fleiß, Tüchtigkeit Rechtlichkeit Wohlstand, Kraft, u Lebenskraft das bedeutet **heute**

Elend, Niedergang, Armut, Feigheit!

Es kam der **Jude** und setzte dem deutschen **Kaufmann** die Warenhäuser vor die Nase, er vernichtete ihm mit der marktschreierischsten Reklame die Existenz er nahm dem **Handwerker** das Brot er zog jedem Gewerbetreibenden den Hals zu, alle bisher geltenden Begriffe von Treu und Glauben, von Rechtlichkeit und Leistung wurden über den Haufen geworfen und ins Gegenteil verkehrt.

Jetzt ist das Ende da!

Arbeiter und Bauer stehen auf und wehren sich, **weil sie leben wollen,** eisern schließt sich die Front der Schaffenden gegen die Raffenden **Arbeiter und Bauer in einer Front,** und der **Bürger?**

Kommt in die oben angekündigte Versammlung und laßt Euch aufklären!

Nationalsozialistische Deutsche Arbeiter-Partei Ortsgruppe Hattingen.

Buchdruckerei E. Ballmann Hattingen-Winz

ken, eine Inflation von Stapel- und Kellerwaren ins Werk zu setzen, die der breiten Masse [...] oft die letzten Notpfennige aus der Tasche holt.

Da stehen in den Großstädten die Prunkpaläste des halbwegs seßhaft gewordenen Hausierergeistes, die ebenso wie der Wanderjude in seinem Trödelkasten einen bunten, mit Kaufreiz spekulierenden

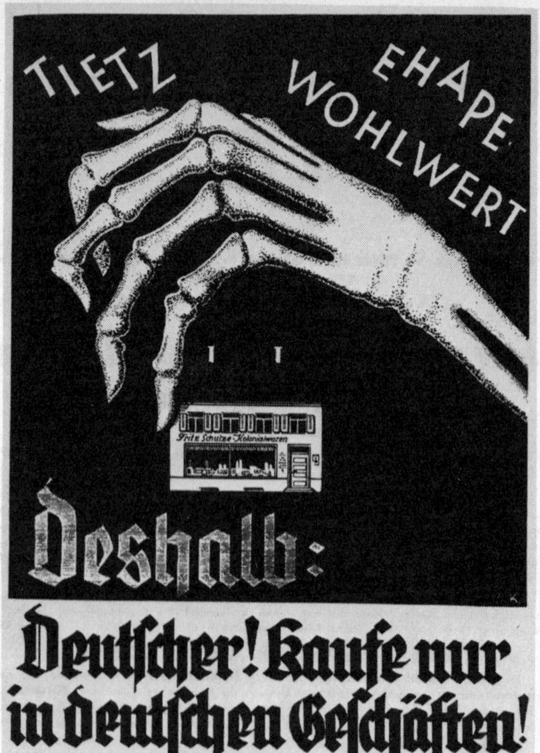

Antisemitisches Flugblatt aus den 20er Jahren
„Herausgegeben vom Kampfbund des gewerblichen Mittelstandes, Gaurheinpfalz"

Krimskrams enthalten. Dutzende von Zentralstellen legen ein Netz von Hunderten von Filialen über das flache Land; überall feiert die Verführung zum Kauf überflüssiger, minderwertiger oder wertloser Sachen wahre Orgien. Das vornehme Kaufhaus des Westens befriedigt alle Wünsche verwöhntester Damen, vom Boudoir bis zum Pelzstiefel, während für den Arbeiter und das Tippfräulein der Bazar des Nordens Strümpfe, Puderdosen und Gummikragen liefert. Scharen von Schau- und Kauflustigen drängen sich durch die Pforten der Prunkbauten, die das Zauberland der Kaufgier und Kaufverleitung aufschließen, aber auch als Kinderrummelplätze, Wärmestuben und Operationsgebiete für Taschendiebe eine große

»volkswirtschaftliche und sozialpolitische Bedeutung« nachweisen können. Saisonausverkauf, Inventur, Weihnacht, Ostern, Pfingsten, weiße, grüne, gelbe Wochen, ja fast Regen und Sonnenschein sind fabelhaft ausgenützte Gelegenheiten, dem Asphaltproleten die vom Wochenlohn oder Monatsgehalt erübrigten Notgroschen abzulocken.

Die Gewinne der Warenhäuser sind ungeheuer. Die Umsätze einzelner dieser Mammutunternehmungen gehen in die Hunderte von Millionen. Sie ziehen wie eine Krebsgeschwulst alle Kraft aus den umliegenden Organen, der Zirkulationsprozeß des Geldes staut sich hier zu katastrophalen Entartungsgebilden an.

Zu den angegriffenen Großhandelsunternehmen gehörten auch deren Sonderformen, die Einheitspreisgeschäfte: »Epa« (Einheitspreis AG) von Rudolf Karstadt und »Ehape« von Leonhard Tietz (heute: Kaufhof). Unter den Materialien zum *Dreigroschenroman* findet sich Brechts Notiz:

BBA 294/105
die waren sind zu »unsauber«
nur die Idee der Epa!
das andere auf Warborn Castle

Heinrich Uhlig
Die Warenhäuser im Dritten Reich

Kleinwarenhaus »Einheitspreisgeschäft«

1926 ist das eigentliche Entstehungsjahr der deutschen Einheitspreisgeschäfte. Waren im Ursprungsland, in den USA, selbständige Firmen die Träger des Einheitspreisgeschäftes, allen voran sein Erfinder F. W. Woolworth, so haben in Deutschland zwei Warenhauskonzerne durch raschen erfolgreichen Zugriff die in der Luft liegende Konkurrenz unschädlich gemacht. Leonhard Tietz (Ehape) und R. Karstadt (Epa) kamen der Gründung der Woolworth-Tochtergesellschaft zuvor. Zu dieser Zeit verfügte die Ehape bereits über elf Filialen. Im Jahre 1927 existierten in Deutschland 68, im Jahre 1928 125 Filialen von vier großen Einheitspreisgesellschaften. Das Experiment war gelungen.

Das Einheitspreisgeschäft bildete eine Art Extrakt aus dem Warenhaus – zugeschnitten auf Artikel des täglichen Bedarfs in sehr niedrigen einheitlichen Preisstufen und auf den Konsumenten mit geringer Kaufkraft. Das Einheitspreisgeschäft blieb auf Verkaufsräume im Erdgeschoß beschränkt, zumeist auf einen einzigen durchgehenden Raum. Die auf Tischen und Gestellen offen gestapelte Ware konnte zwanglos besichtigt werden.

In der Loslösung aus den traditionellen Handelsformen ging das Einheitspreisgeschäft noch einen wesentlichen Schritt über das Warenhaus hinaus. Es bot nicht nur Waren verschiedenster Gattungen, sondern in einer völlig neuen Ordnung – nach festen Preisstufen. Das klein gehaltene Sortiment beschränkte sich auf ausgesprochen gängige Massenprodukte.

Die übersichtliche Gliederung in wenige Preisstufen (10, 25, 50 Pfennig und 1 Mark) vereinfachte den Verkaufsvorgang und damit den gesamten Geschäftsbetrieb. Hohe Verkaufsleistungen, rascher Lagerumschlag und relativ geringe Verwaltungskosten kennzeichnen diese durch und durch rationalisierte Betriebsform, die bis dahin die reinste Verkörperung des Prinzips »Großer Umsatz, kleiner Nutzen!« darstellte. Das schmale Sortiment gestattete die Vergebung von Großaufträgen an teilweise speziell für Einheitspreisgeschäfte arbeitende Fabriken. Auf der Suche nach »Verkaufsschlagern« haben die Einheitspreisgeschäfte verschiedentlich mit großem Erfolg die Herstellung wichtiger Gebrauchsgüter in bis dahin untragbar gehaltenen Preisstufen angeregt. Die ausgesprochen konsumorientierte Einstellung auf den kleinen, den eiligen Verbraucher war ihre besondere Stärke und der Alpdruck für die Konkurrenz.

Die Bindung an ein so starres Preisschema erwies sich später nicht mehr als zweckmäßig. In Deutschland wurden unter dem Druck der Preisstopverordnungen die Einheitspreis- in sogenannte Kleinpreisgeschäfte umgewandelt. In den USA setzte etwa um die gleiche Zeit eine ähnliche Entwicklung ein.

Die Umsatzziffern beweisen übrigens, daß die Tochtergesellschaften der deutschen Unternehmen sich besser als Woolworth auf die Besonderheiten des deutschen Marktes einzustellen verstanden.

In der Krise bewährten sich die Einheitspreis-Tochtergesellschaften wiederum als wertvolle Stützen für die notleidend gewordenen Konzerne.

Aber gerade diese Verflechtung der neuen Vertriebsform mit großen Warenhausgruppen wurde ihr von Konkurrenz und politischen Gegnern verübelt. Die öffentliche Diskussion setzte schon zu einem Zeitpunkt ein, in dem die Einheitspreisgeschäfte über relativ sehr geringfügige Umsätze verfügten. Vorerst durften die Einheitspreisunternehmen mit dieser ungebetenen Werbe-Unterstützung recht zufrieden sein. Sie sorgte rasch für hohe Publizität. Die mehr oder minder berechtigte Identifikation der beiden Großbetriebsformen machte aber das Warenhausproblem noch prekärer, denn sie lud neue Ressentiments zu den alten.

Einheitspreisgeschäfte und Fachhandel

Eine Reihe von Fachgeschäften begegnete der neuen Konkurrenz mit deren eigenen Waffen, indem sie – ebenfalls nach amerikanischem Vorbild – freiwillige Ketten bildeten, sich zu zentralem Einkauf zusammenschlossen, ihre Betriebe zu Einheitspreisgeschäften umbildeten oder Einheitspreisabteilungen einrichteten. Die freiwillige Kette von Wohlwert entstand bereits 1927. Schon ihr Name deutet auf die Absicht, den Wettbewerb mit den Großfirmen mit allen verfügbaren Mitteln aufzunehmen. Als sich ab 1930 die Expansion der Einheitspreisgesellschaften Ehape, Epa und Woolworth verlangsamte, standen ihren rd. 240 Filialen im Jahre 1932 fast 200 selbständige Einheitspreisgeschäfte mittelständischer Herkunft gegenüber. [27f.]

Die nationalsozialistische Propaganda gegen die Warenhäuser und Einheitspreisgeschäfte setzte genau in dem Augenblick ein, als während des verlangsamten Konjunkturanstiegs der Wettbewerb härtere Formen annahm. Bis dahin »ruhte« die Warenhausfrage. [31]

Die NSDAP [...] stellte auch einen Index auf. Er erfaßte als »unerwünschte Betriebsformen« in Übereinstimmung mit der mittelständischen Verbandspolitik nur Warenhäuser, Einheitspreisgeschäfte und Konsumvereine. Kaufhäuser wurden als »Großspezialgeschäfte« toleriert. [...] Die NSDAP griff die Warenhausfrage erst dann auf, als die Stimmung in dem umworbenen »mittelständischen« Lager die erstrebte politische Resonanz ermöglichte. [32f.]

[...] Tatsache [ist], daß die NSDAP bei ihrem Feldzug gegen die Einzelhandelsgroßbetriebe eine bereits längst begonnene Entwicklung nur weiterzuführen brauchte, daß sie also mit den bösen Worten der Warenhausgegner Ernst machte und ihnen böse Taten folgen ließ. [...] In dürren Worten ausgedrückt heißt das: Warenhäuser und Einheitspreisgeschäfte haben als Handelsform keine Existenzberechtigung, weil sie eine »jüdische Erfindung« darstellen und angeblich durchweg von Juden geführt werden. [33 f.]

Das spezifisch nationalsozialistische Leitmotiv bildete die Diffamierung der Warenhäuser als »jüdische Erfindung« und »jüdischer Ramschhandel«. Jede Skandalmeldung endete mit dem Aufruf: »Deutsche, kauft deutsche Waren! Kauft sie in deutschen Geschäften!«

Im September 1927 und besonders in der Vorweihnachtszeit unternahm die NSDAP »Aufklärungsfeldzüge« gegen die unerwünschten Großbetriebe. Das waren die ersten organisierten Boykottaktionen. Sie sollten am Höhepunkt der Verkaufstätigkeit das Geschäft der Großbetriebe stören und dem Fachhandel Kunden zutreiben. Dieses wiederholte sich dann mit wenigen Ausnahmen Jahr für Jahr. [35]

(Aus: Heinrich Uhlig, *Die Warenhäuser im Dritten Reich*, Köln/Opladen 1956.)

Weitere Literatur:

Geiger, Theodor, *Die soziale Schichtung des deutschen Volkes. Soziographischer Versuch auf statistischer Grundlage*, Stuttgart 1967 [= Nachdruck der Ausgabe Stuttgart 1932 (= Soziologische Gegenwartsfragen, 1. Heft)].

Kühnl, Reinhard, *Formen bürgerlicher Herrschaft [I]. Liberalismus – Faschismus*, Reinbek bei Hamburg 1977 (= rororo aktuell. 1342).

Leppert-Fögen, Annette, *Die deklassierte Klasse. Studien zur Geschichte und Ideologie des Kleinbürgertums*, Frankfurt 1974 (= Texte zur politischen Theorie und Praxis) (= Fischer Tb. 6523).

Schweitzer, Artur, *Die Nazifizierung des Mittelstandes*, A. d. Amerik. v. Modeste zur Nedden Pferdekamp, M. e. Vorw. v. G. Eisermann, Stuttgart 1970 (= Bonner Beiträge zur Soziologie, 9).

Strohmeyer, Klaus, *Warenhäuser. Geschichte, Blüte und Untergang im Warenmeer*, Berlin 1980 (= WAT 70).

Winkler, Heinrich August, *Mittelstand, Demokratie und Nationalsozialismus. Die politische Entwicklung von Handwerk und Kleinhandel in der Weimarer Republik*, Köln 1972.

Sonstiges

Diskussion um den § 218

Wie oft kamen gerade ländliche Fabrikarbeiterinnen, Sechzehn- und Siebzehnjährige, in meine Sprechstunde und flehten unter Tränen: »Herr Doktor, es ist bestimmt keine Sünde, nehmen Sie mir's doch weg! Ich kann nicht mehr in die Fabrik! Der Vater schlägt mich tot!« Jeder Arzt kennt schon beim Eintreten diese Verzweifelten. Jeder Arzt wird sich bemühen, diese Hilflosen über die erste Verzweiflung hinwegzubringen. Doch da es dem Arzt laut § 218 des Strafgesetzbuches bei Zuchthausstrafe verboten ist, hier zu helfen, gehen diese Verzweifelten zu einer anderen *sachunkundigen* Person, die ihnen hilft. In den schmutzigen Hinterstuben der Abtreiber geschieht zu Hunderttausenden diese Selbsthilfe.

Auf dem 45. Deutschen Ärztetag in Eisenach 1926 wurde die Zahl der jährlichen verbotenen Abtreibungen in Deutschland auf eine halbe Million bis 800000 (!) geschätzt, trotz der hohen Strafen, die darauf stehen! Jährlich sterben in Deutschland 10000 junge Mütter an unsachgemäßer Abtreibung durch Nichtärzte! 50000 schwere Erkrankungsfälle nach solchen »Fehlgeburten« kommen jährlich zur Kenntnis! Das sind aber nur die bekannten Fälle.

Wenn jährlich eine Million Mütter sich in unserem Lande in so schwerer Weise gegen das Gesetz vergehen muß, da wird auch der Härteste sich sagen, daß hier ein riesiger Notstand vorliegt, daß in irgendeiner Einrichtung etwas nicht stimmt. Zweitausend Gerichtsverhandlungen finden jährlich in Deutschland wegen Abtreibung statt.

In Rußland ist von dem Gesichtspunkt, daß jeder Mensch das Recht auf seinen Körper hat und sich durch Gesetz und Strafe die Abtreibungsseuche nicht verbieten läßt, die Entfernung unerwünschter Leibesfrucht erlaubt; aber *nur* in den staatlichen Kliniken und von *fachkundigen Ärzten*. Und nun zeigt sich zweierlei: einmal, daß gar nicht so viel Gebrauch von dieser Freiheit gemacht wird, wie man bei uns befürchtet. Sodann aber, daß die Sterblichkeit an Kindbettfieber in Leningrad eine erheblich geringere ist im Vergleich zu der von Berlin. [...]

(Aus: Leo Klauber, *Klassenkampf gegen Hungertod*, Rede vom November 1922)

Artikel III

Straffreiheit bei Unterbrechung der Schwangerschaft

1. Die §§ 184, Abs. 3/28, und 218 des Strafgesetzbuches werden aufgehoben.
2. Alle auf Grund der bisherigen §§ 218 und 219/29 verurteilten Personen werden amnestiert. Alle schwebenden Verfahren werden eingestellt.
3. Der § 182 der Reichsversicherungsordnung wird dahin abgeändert, daß als Krankenhilfe auch die vom Arzte vorgenommene Unterbrechung der Schwangerschaft sowie die Verabfolgung und Anbringung von Mitteln zur Verhütung der Schwangerschaft gilt.
4. Der § 184 der Reichsversicherungsordnung wird dahin abgeändert, daß Krankenhauspflege zum Zwecke der Unterbrechung der Schwangerschaft sowie auch bei anderen Operationen als Pflichtleistung der Krankenkassen gilt.
5. Die Gemeinden oder Gemeindeverbände sind verpflichtet, kostenlose Ausführung der Unterbrechung der Schwangerschaft in einem Krankenhause zu gewähren, wenn die Schwangere keinen Anspruch auf Hilfe nach § 182 der RVO/30 hat.
6. Die Leistungen unterliegen keiner Kosten- oder Rückerstattungspflicht.

(Aus: Gesetzentwurf der Reichstagsfraktion der KPD vom 30. 6. 1928 zum Schutze für Mutter und Kind)

Jeder Gebrauch der Ehe, bei dessen Vollzug der Akt durch die Willkür des Menschen seiner natürlichen Kraft zur Weckung neuen Lebens beraubt wird, verstößt gegen das Gesetz Gottes und der Natur, und die solches tun, beflecken ihr Gewissen mit schwerer Schuld. Die Staatenlenker und Gesetzesgeber dürfen endlich nicht vergessen, daß es Sache der staatlichen Autorität ist, durch zweckmäßige Gesetze und Strafen das Leben der Unschuldigen zu schützen, und zwar um so mehr, je weniger das gefährdete Leben sich selber schützen kann. Und hier stehen doch an erster Stelle die Kinder, die die Mutter noch unter dem Herzen trägt. Sollte jedoch die öffentliche Gewalt diesen Kleinen nicht allein den Schutz versagen, sie vielmehr durch ihre Gesetze und Verordnungen den Händen der Ärzte und anderer zur Tötung überlassen oder ausliefern, dann mögen sie sich erinnern, daß Gott der Richter und Rächer unschuldigen Blutes ist, das von der Erde zum Himmel schreit [...].

(Aus: Pius XI., *casti connubii*, 31. 12. 1930)

Beispiele für die literarische Behandlung des Themas aus den zwanziger Jahren:

Credé-Hörder, Carl, *§ 218. Gequälte Menschen. Drama in 3 Akten*, [Mit Kennzeichnung der Veränderungen für die Piscator-Bühne], Berlin: Dietz 1930.

Henel, Hans Otto, *Die Kellnerin Molly*, Berlin: Fackelreiter. – Vgl. den Verlagsprospekt mit Rezensionsausschnitten, den Brecht aufbewahrt hat (BBA 387/94-96).

Velde, Th. H. van de, *Ananke. Schauspiel in drei Aufzügen*, Leipzig/Zürich: Grethlein 1929 [entstanden: 1922/23].

Wolf, Friedrich, *Cyankali. § 218*, Berlin/Wien/Zürich: Internationaler Arbeiterverlag 1929. (Wiederabdruck in: *»Cyankali« von Friedrich Wolf. Eine Dokumentation*, Hg. v. Emmi Wolf u. Klaus Hammer, Berlin/Weimar 1978, S. 5-69).

Zum Streit von heute:

Paczensky, Susanne von (Hg.), *Wir sind keine Mörderinnen! Streitschrift gegen eine Einschüchterungskampagne*, Reinbek bei Hamburg 1980 (= rororo 4635).

Zwerenz, Ingrid, *Frauen. Die Geschichte des § 218*, Frankfurt 1980 (= Fischer Tb. 7505).

Zeitungsmeldungen über originelle Gangstermethoden

Prokops listiger Plan

Man erzählt sich, es gebe in Deutschland außer den »politischen Bösewichten« ab und zu auch noch solche, wie man sie von altersher gewohnt ist, also Schieber z. B., Diebe, Geldschrankknacker, Totschläger. Ein Schieber- und Gaunerkonsortium stand in diesen Tagen, da der politische Moloch gieriger denn je seine Opfer verschlingt, ausnahmsweise wieder mal vor Gericht. Der Ausnahmefall wirkte befreiend. Da war ein *Autodieb*, der sich vor seinen

Richtern aufs lebhafteste über die ständig sinkenden Preise gestohlener Waren beklagte. Wenn schon nicht gemauste Autos um bald nicht viel mehr als um den Preis eines besseren Beefsteaks zu haben seien, wie viel weniger schlage man erst aus den gemausten heraus...

Aber fangen wir besser von vorne an. Vor einigen Monaten entstand im Restaurant einer Kleinstadt ein Riesenkrach. In Begleitung des Gerichtsvollziehers war nämlich ein Herr in der Gaststube erschienen und hatte auf einen andern Herrn gezeigt und ausgerufen: »Dieser Mann, der dort am Tisch gemütlich ißt, verfrißt mein Geld. Mein Name ist Gerlach und mein Schuldner heißt Hahn. Hier, Herr Gerichtsvollzieher, überzeugen Sie sich selbst! Auf diesem Schuldtitel, den mir das Gericht ausstellte, steht, daß ich von diesem Mann dort rechtens 2000 Mark zu fordern habe. Das Urteil ist sofort vollstreckbar. Bitte. Mein Schuldner frißt sich von meinem Geld nicht nur einen Bauch an, nein, er hat sich auch ein Auto gekauft. Der Wagen steht drüben in der Garage!« Der Schuldner, hochroten Kopfes, schnellt vom Sitz auf, tobt, will sich auf den Gläubiger stürzen, aber das Personal wirft sich dazwischen, indessen sich der Mann des Gerichtes in die Remise begibt und den Wagen pfändet. Das Auto wird mit sehr anständigem Erlös zuhanden des Gläubigers versteigert.

Eine Woche vergeht. Da greift auf einmal der Staatsanwalt ein und erklärt: Halt, Gerlach war nicht Gerlach und Hahn war nicht Hahn. Gerlach hieß Erban und Hahn hieß Cohn, das Auto hatten die beiden in Stettin gestohlen und die Versteigerung war nichts anderes als eine Komödie: für den gemausten Wagen sollte ein Versteigerungspreis eingebracht werden, der immer noch höher liegt als der Hehlerpreis. Ein ganzer Käfig von Galgenvogelgesichtern stand dafür also vor Gericht. Mittäter, Zutreiber, Hehler, nur der Haupttäter und Ideenaushecker fehlte, der ehemalige Cafetier Prokop Erban, der sich beizeiten ins Ausland verzogen hat und unauffindbar ist. Gefängnisstrafen von mehreren Jahren wurden verhängt. Das hinderte Cohn alias Hahn nicht, in vergnügtem Sinnen vor sich hinzulächeln. »Was lachen Sie, Cohn?« fragte der Vorsitzende. Darauf Cohn: »Die Strafe ist gewiß hart. Aber entschuldigen Sie, das Theater damals im pommerschen Wirtshaus war so köstlich und machte mir selbst so viel Spaß, daß ich das Lachen heute noch nicht verkneifen kann!« (BBA 295/37; zu 13, 865 f.)

Diebesbande stiehlt Pflastersteine

In den letzten Monaten wurden von Steinlagerplätzen der Gemeinde Wien und der Bundesstraßenverwaltung ungefähr 10000 Stück Pflastersteine im Werte von etwa 20000 S gestohlen. Der Polizei gelang es, die Diebe auszuforschen und die gestohlenen Pflastersteine zustande zu bringen[!].

Als Haupttäter wurde der 36jährige Fuhrwerksunternehmer Franz Mifek, Strombachstraße 241, verhaftet. Mifek, der sich mit dem Handel von Pflastersteinen befaßte, kaufte bei Häuserdemolierungen alte Pflastersteine, um dadurch in den Besitz von Rechnungsbelegen zu gelangen. Diese Belege wies er dann beim Verkaufe der gestohlenen Steine den Käufern vor.

Mifek ließ durch seine Komplicen die Gelegenheiten zu Diebstählen in Wien und Umgebung ausforschen. War dies gelungen, ließ er die Steine durch verschiedene Kleinfuhrwerker wegführen.

Als Mittäter wurden verhaftet: der 33jährige unterstandslose Sattlergehilfe Stephan Mrasna, der 36jährige unterstandslose Handelsagent Karl Ackermann, der 37jährige Pflastergehilfe Otto Baldauf, der 40jährige Bäckergehilfe Franz Böck, Denisgasse 54, der 32jährige Hilfsarbeiter Rudolf Wanek, Raucherstraße 14, der 42jährige Fuhrwerksbesitzer Rudolf Zuba, Burghardgasse 1, und der 46jährige unterstandslose Kutscher Josef Puhane.

Stephan Mrasna, der gemeinsam mit Ackermann landesverwiesen ist, wurde außerdem noch ein Einbruch nachgewiesen, den er in der Nacht vom 12. auf den 13. d. M. in einer Bauhütte verübt hatte. Hier fielen ihm als Beute ein Lederrock und eine Herrenuhr im Werte von 350 S in die Hände. Auch Otto Flicker wurde noch ein Diebstahl nachgewiesen. Er hatte in der Krottenbachstraße etwa 3000 Stück Ziegel im Werte von 300 S entwendet. Mifek, Mrasna, Wanek, Puhane, Ackermann, Baldauf, Zuba, Flicker und Böck wurden wegen Gesellschaftsdiebstahls dem Landesgerichte eingeliefert, fünfzehn weitere Mitschuldige auf freiem Fuß belassen und der Staatsanwaltschaft angezeigt.

Mifek und seine Komplicen führten die Pflasterdiebstähle in der Weise durch, daß sie zu Steinlagerplätzen der Gemeinde Wien oder zu Straßen, wo Reparaturarbeiten durchgeführt wurden und die neuen Pflastersteine schon aufgestapelt waren, mit ihren Fuhrwerken hinfuhren, dort ruhig die neuen Pflastersteine aufluden und davonfuhren. Die Rechnungsbelege von den gekauften Pflastersteinen wollte Mifek im Falle einer Beanständigung vorweisen, um so vorzutäuschen, als ob er die Pflastersteine rechtmäßig erworben habe. (BBA 294/142; zu 13, 866f.)

Diebe mit Phantasie

wpr. Haben Sie schon davon gehört, daß eine Straße gestohlen werden kann? In Warschau ist dies im vorigen Jahr geschehen. Eine Diebesbande erschien eines Abends mit Lastauto und Geräten in einer der Warschauer Vorstadtstraßen, die mit Holz gepflastert war. Sie hatten sich die Uniformen der städtischen Arbeiter angelegt und begannen in aller Gemütsruhe das Holzpflaster aufzureißen und die Holzwürfel auf das Lastauto aufzuladen. Keiner der Passanten, auch die Schutzleute nicht, kam auf den Gedanken, daß die Arbeiten nicht rechtmäßig erfolgten, und so konnten die Diebe ihre Arbeit in aller Ruhe vollenden und mit ihrem Raub davon fahren. Erst einige Tage später erhielt die Straßenverwaltung Mitteilung von dem Streich, aber da hatten die Diebe das Holz bereits verkauft und waren mit dem Erlös verschwunden.

Eine ähnliche Geschichte, die noch toller ist, hat der bekannte polnische Hochstapler Zynjan fertiggebracht. Beim Bau einer Eisenbahnstrecke in einer östlichen Stadt war einmal das Geld ausgegangen, so daß die Arbeiten vorübergehend eingestellt werden mußten. Zynjan hörte davon, engagierte Arbeiter und befahl diesen, am hellichten Tage die Schienen und Schwellen abzumontieren und sie auf Lastautos zu laden. Er selbst gab sich als Ingenieur aus und überwachte die Arbeiten. Auch dieser Streich gelang glänzend. Zynjan verkaufte das Material und verschwand dann über die Grenze. (BBA 295/37; zu 13, 867)

City-Office im Zuchthaus

Der einst bedeutende englische Finanzmann Clarence Hatry, einer der gewaltigsten der Londoner City, befindet sich zur Zeit – wegen betrügerischer Unternehmungen zu 14 Jahren Zuchthaus verurteilt – im Zuchthaus von Maidstone. Obwohl er erst einen Teil seiner Strafe verbüßt hat, arbeitet er doch wieder in seinem alten Beruf. Ein seltsamer Anblick, diesen Sträfling an einem Schreibtisch arbeiten zu sehen, ein ganzes City-Office um ihn aufgebaut...

Dabei sitzen sein früherer Teilhaber Mr. Daniel – auch Sträfling, denn auch er wurde wegen Beihilfe verurteilt – und die Vertreter eines großen Syndikats. Wie wurde dies möglich? Hatry, der immer die kühnsten geschäftlichen Transaktionen tätigte, hatte eine riesenhafte Holdinggesellschaft für die Stahlindustrie gegründet. Und obwohl die einzigen Aktionen dieser Gesellschaft in Aktien einer anderen Gesellschaft bestanden, hatte sie die größten Erfolge und drohte erst zusammenzubrechen, als Hatry ins Gefängnis wandern mußte. Da aber der Zusammenbruch der Gesellschaft, bei deren Unternehmungen natürlich Riesenvermögen auf dem Spiel standen, auch verschiedene andere Gesellschaften in Mitleidenschaft gezogen hätte, andererseits aber gerade diese Gründung außerordentlich prosperierte, entschloß sich ein mächtiges Syndikat, eben dieses, dessen Vertreter zur Zeit in dem improvisierten Office in Maidstone mit dem Sträfling Hatry zusammenarbeiten, das Aktienpaket dieser Gesellschaft und damit ihre Weiterführung zu übernehmen. Nur Hatry selbst konnte den Wirrwarr, dessen Fäden er in zielbewußten Händen gehalten hatte, lösen. Das Syndikat wandte sich deshalb an das Innenministerium mit der Bitte, Hatry zur Mitarbeit heranziehen zu dürfen. Dieses wurde auch im Hinblick auf die *großen Interessen*, die auf dem Spiel standen, gewährt. So ist denn Clarence Hatry, der Sträfling, wieder der Leiter eines City-Office, das sich nun zwar nicht in der City, sondern im Zuchthaus von Maidstone befindet. (BBA 367/29; vgl. 13, 984 ff.)

6. Der *Dreigroschenroman* im Spiegel der Kritik 1934/35

Wilhelm Stefan
Brechts Lehrbuch der Gegenwart

Sollte es im deutschen Sprachbereich noch einmal die Gelegenheit einer fundamentalen Schulreform geben, dann wäre Bert Brechts »Dreigroschenroman« in den Unterrichtsanstalten als Lehrbuch einzuführen. Eine unbelogene, skeptischere und darum glücklichere Jugend könnte aus diesem Roman Geschichte und Nationalökonomie, Soziologie und Psychologie erlernen. Und vor allem auch ihre Muttersprache, deren zulänglicher Unterricht – wie an Brechts Buch überzeugend klar wird – wahrscheinlich die sicherste Prophylaxe gegen die Berufskrankheit des heutigen Intellektuellen ist, nämlich gegen die fascistische Infektion. Brecht gibt einem technischen Begriff der Syntax sinnvolles Leben: Er schreibt reine, einfache Sätze; in reinen und einfachen Sätzen kann man aber nur die Wahrheit sagen. Aller Lügendunst stieg in die Intellektuellengehirne seit je aus den Schmuckwörtern und den Schmocknebensätzen. Jene Soziologie, die den deutschen Studenten das Gehirn verschnitten hat, ist einmal überzeugend so definiert worden: »Soziologie ist die Anwendung eines Jargons, der zu diesem Zweck erfunden wurde.« Brecht schrieb seinen »Dreigroschenroman« in keinem Jargon sondern in deutscher Sprache. Deshalb wird eine Jugend, die in Hitlers Reich und also außerhalb der deutschen Sprache aufwächst, ihn sehr bald nicht mehr lesen können; aus dem gleichen Grund – neben vielen andern – halte ich Bert Brechts »Dreigroschenroman« für die wesentlichste Erscheinung der zeitgenössischen deutschen Literatur. Wer daran glaubt, daß die Sprache nicht ein Reizmittel sondern schlechthin der Stoff jeglichen geistigen Lebens ist, wird verstehn, warum dieser Hinweis auf Brechts Roman mit dem Hinweis auf dessen Sprache begann; es ist eine gute Sprache, es ist die Sprache selbst, und also ist es die Sprache der Wahrheit.

Die These ist nicht umkehrbar: Was schlecht geschrieben ist, muß nicht unwahr sein; leider ist ein übergroßer Teil der deutschen antifaschistischen Literatur schlecht geschrieben – ihre Aussagen sind trotzdem wahr. Hingegen gilt durchaus der allgemeine Satz, daß die Unwahrheit keine andre Ausdrucksform finden kann als die sprachfeindliche. Man kann sich freilich auf den Standpunkt stellen, daß es auf geistige (also sprachliche) und künstlerische (also formale) Maßstäbe überhaupt nicht mehr ankommt, weil von den mannigfaltigen ehemals überzeugenden Argumenten nur noch die Pistole Wert behalten hat. Für diese Auffassung spricht unleugbar sehr viel; sie hat jedoch eine zwingende Konsequenz: Wer diese Auffassung teilt, muß für sich selbst sowohl auf geistigen Konsum wie auch vor allem auf geistige Produktion verzichten. Wer aber noch liest und schreibt – gewiß nicht aus Genußsucht sondern weil er sich davon menschlich wirksamen Effekt verspricht –, ist einfach ein Tölpel, wenn er das Wesentliche der künstlerischen Schöpfung – das, was sie von andern Aussagen begrifflich unterscheidet –, nämlich ihre Formwerte für unwichtig erklärt. Es ist kein Zufall, daß Brechts Roman der bestgeschriebene und zugleich der im wahren Wortsinn radikalste in der deutschen sozialistischen Literatur ist; es ist das ebensowenig ein Zufall wie die eingestandene Tatsache, daß diese unsre Reflexion durch einen charakteristischen Vorgang ausgelöst wurde, über den gleich berichtet werden soll.

Von einer Zeitschrift, die eine ordentliche Zukunft hinter sich, heute aber die besondre Note hat, frohgemut und »keß« zu sein, wurde anläßlich der Rezension eines Bändchens kabarettistischer Lyrik von Walter Mehring Bert Brecht ins Gerede gebracht. Das war absolut unnötig, geschah aber trotzdem zwanghaft und wirkte enthüllend. In jener Zeitschrift wird neuerdings der Wert eines Buchs im allgemeinen erst nach Einblick in das Parteibüchel seines Autors taxiert; was ja auch eine denkbare und in sich geschlossene Methode der Kritik wäre – würde sie nur konsequent eingehalten. Was aber geschah im Falle Brecht? Brecht ist Kommunist, steht – soviel wir wissen – durchaus »auf der Linie«, brächte also alle Voraussetzungen mit, in jener Zeitschrift eine gute Presse zu finden: Walter Mehring hingegen ist kein Kommunist sondern etwas, was diese Zeitschrift jetzt knorrig verachtet: »ein Eigenbrödler«. In jedem andern, ähnlich gegliederten Fall wäre der »richtig eingestellte« Kommunist gegenüber dem »Eigenbrödler« für den größeren Künstler erklärt worden; anders im Fall Brecht. Denn er ist der tatsächlich größere Künstler, und das hat ihn jener Zeitschrift substantiell verdächtig gemacht. Was hat sie davon, daß Brecht »auf der Linie« steht, wenn er andrerseits mit der asketischen Strenge eines Dichters schreibt? Und also entschied der kommunistische Rezensent in diesem einzigen Fall, in dem er mit gutem Gewissen ein emphatisch rückhaltloses »Ja!« zu einem parteigenössischen Dichter hätte sagen können, gegen Bert Brecht: »Der bessere Musikant ist Walter Mehring.« Eine böswillige Geschichtsschreibung der französischen Revolution behauptet, das pariser Volk hätte nach der Parole gehandelt: »An die Laterne! Er hat ein sauberes Taschentuch!« Das ist natürlich erlogen. Es scheint aber wahr zu sein, daß es – besonders im deutschsprachigen Sektor – eine Sorte von Linksliteraten gibt, die nach der Maxime handeln: »Vorsicht und Mißtrauen! Er hat einen sauberen Stil!« Diesen Leuten ist schnoddriges Libertinertum ganz am Ende ja doch wichtiger und wesensnäher als die eigne, viel zu seriöse Gesinnung.

*

Brecht hingegen hat einen sozialistischen Roman geschrieben, der diese Zeit überdauern wird; neben Silones »Fontamara« und Malraux' »La condition humaine« die erste künstlerische Bewältigung des Bilds, das der Sozialismus von der kapitalistischen Welt empfängt und wiederzugeben hat.

Der »Dreigroschenroman« hat mit der »Dreigroschenoper« sehr wenig gemeinsam, vor allem nicht den Stoff. Was im Theaterstück spärlicher Schatten der sozialen Wirklichkeit über die wundervoll verspielte Romantik einer asozialen Outsiderwelt war, wurde im Roman Problematik und Handlung zugleich. Es sind grade noch die Figuren geblieben, aber selbst der Personalbestand hat nicht mehr gelangt; der Roman forderte die Schöpfung zweier neuer und so wesentlicher Handlungs- und Ideenträger wie des Soldaten Fewkoombey und des Faiseurs Coax. Die uns allen unvergeßlichen alten Helden und Unhelden sind inzwischen um genau so viel älter und reifer geworden wie Brecht selbst: Wer Mac[h]eath auf der Bühne und im Film gesehen hat, wird ihn im Roman zunächst nicht erkennen; das liebenswerte Mädchen Polly Peachum ist eine vernünftige Geschäftsfrau und im übrigen trotzdem so nebensächlich geworden wie das letzte Stück Natur in der kapitalistischen Zivilisation; Jenny ist so gut wie verschwunden, weil ja nicht mehr ein Sonderfall aus der gesellschaftlichen Peripherie sondern die Gesellschaft selbst darzustellen war. Kurz, aus einem wunderbaren, nervösen Traum, aus der »Dreigroschenoper«, entstand ein Lehrbuch der menschlichen Beziehungen, der »Dreigroschenroman«.

Sein Autor muß in den letzten Jahren ganze Bibliotheken nationalökonomischer, soziologischer und geschichtlicher Literatur studiert haben; oder aber – und das ist sogar wahrscheinlicher – er denkt mit der Haut tausendmal scharfsinniger und logischer als ein Dutzend Universitätsprofessoren mit dem Hirn.

Daß der Roman die Verbrecher-Sphäre des Dramas behielt, versteht sich von selbst, da ja die menschlichen Beziehungen zu zeigen waren. Ihr materielles Substrat – die Ausbeutung, das Geschäft, der Betrug, der Meuchelmord, die Bank, das Warenhaus, der Kettenladen, die Kriegslieferung, die Presse, die Ehe, der Kredit, das Aktienwesen, die Verführung, der Trust, die Polizei, die Fusion, die Bestechung, die Politik, das Untersuchungsgefängnis, die Armee, der Richter, der Henker, die Prozentrechnung, die Umsatzquote, Lohn, Preis und Profit – das Substrat ist als Tatsachenmaterial aus einer Anzahl guter volkswirtschaftlicher und soziologischer Bücher und aus der miterlebten Gegenwart bekannt. Brecht hat diese objektiven Tatbestände aber in menschliche Beziehungen aufgelöst und in ihnen gesammelt. Was im recht groben »Dreigroschenfilm« gegenüber der subtilen »Dreigroschenoper« ein sehr fragwürdiges Anhängsel war (die Übersiedlung aus der Verbrecher- in die Bankwelt), ist im »Dreigroschenroman« der künstlerisch völlig legitime Ausdruck des Gestaltungswillens geworden: Da war ja nicht mehr eine Oper zu schreiben sondern der Bericht über den Kulturgehalt einer Epoche; was ja ungefähr die Definition der Kunstgattung »Roman« ist. Der Kulturgehalt unsrer Epoche ist eben in den Banktresors und in den Gefängnissen eingesperrt, tatsachenmäßig also Gegenstand der Nationalökonomie und der Kriminalistik, welche wissenschaftlich als »Soziologie« betrieben wird.

Der große Künstler Bert Brecht hat uns nun alle diese Tatbestände am Schicksal, in der Erlebnistemperatur, an der unterschiedlichen Denkart einiger Menschen erleben lassen. Erst dadurch sind sie wahr geworden. Ein baufälliges Schiff ist an sich absolut uninteressant. Zu zeigen war, wie und von wem und wofür es gebraucht wird; warum honette Geschäftsleute es liefern, ein Staatssekretär es kauft, und was sie alle sich dabei denken; was in den Köpfen der zum Transport bestimmten Soldaten und der bei den Reparaturen beschäftigten Arbeiter vorgeht; wie das Liebesschicksal eines sinnlichen Mädchens von solchen Geschäften abhängt; warum die lächerlich demütige Masse demütig und Masse bleibt; weshalb der einbeinige Soldat Fewkoombey einen Mord nicht begeht und eben deshalb gehängt wird; warum der Faiseur Coax sterben muß; wie der umsichtige, gesetzte Großhändler Mac[h]eath überdurchschnittlichen Erfolg hat und warum er sich trotzdem gar nicht glücklich fühlt; woher der Patriotismus kommt und woher die Einheitspreise; wie der Kaufmann Peachum Verbrechen nicht aus Charakterschwäche sondern aus familiärem Pflichtgefühl begeht; warum der Hinrichtung des armen Einbeinigen höchst interessiert und neugierig ebenso arme Soldaten, Kleingewerbetreibende und Bettler beiwohnen; woher das Mitleid kommt und woher der Reingewinn; wie es möglich ist, daß »Blinde von Leuten geführt werden, die zu sehn glauben«. Das alles erzählt der emigrierte deutsche Schriftsteller Bert Brecht deshalb mit so zwingender Überzeugungskraft, weil er nicht die Tatsachen sondern ihre Wirkung auf Menschen und darum erst die Wahrheit erzählt.

Er hat sich mit seinem Stoff viele Jahre lang und in vielen Variationen beschäftigt; so entstand für Deutschland zum erstenmal etwas, worauf die deutsche Kunsttheorie seit jeher gierig ist: ein Gesamtkunstwerk. Und grade diesmal wird sie es nicht merken dürfen; denn da es eben universell ist, einer Gesamtheit der Aspekte zustrebt, ist es sozialistisch geworden; die universelle Betrachtung eines gesellschaftlichen Zustands kann nämlich gar nicht anders als sozialistisch sein. Aus den Erfahrungen eines harten londoner Kaufmannslebens in der Zeit der Burenkriege findet Mac[h]eath völlig organisch zum Wortlaut von Sätzen, die ein deutscher Reichskanzler 1934 dann auch tatsächlich ausgesprochen hat; das ist hier keine aufgep[f]ropfte Aktualität sondern innerlich absolut nötig. So ist alles in diesem Buch: innerlich nötig.

Mag sein, daß auch jene Linkskritik, die wir in einem Sonderfall vorgeführt haben, an Brechts Roman sehr viel auszusetzen haben wird: auch das ist wohl innerlich nötig. Sie wird dem »Dreigroschenroman« wahrscheinlich vorwerfen: Er sei skeptisch; er zeige nicht den »Aufmarsch der Gegenkräfte« und nicht die revolutionäre Sammlung des Proletariats; er »psychologisiere«; kurz, Brecht habe sich offenbar »noch immer nicht durchgerungen«. Alles in allem wäre es der Vorwurf, hier sei ein wahres Buch geschrieben worden. »Vorsicht! Er hat einen sauberen Stil!«

Ein zwingender Grund mehr, dieses Buch einer wahrhaft sozialistischen Jugend als Pflichtlektüre zu empfehlen. Und es aufzuheben für eine Zeit, die es als Lehrbuch in die Unterrichtsanstalten eines von Würdelosigkeit und Blindheit befreiten Volks tragen wird.

Alexander Moritz Frey
Bertolt Brecht: Dreigroschenroman

Man könnte argwöhnen, der ungeheure Erfolg der Brecht-Weillschen Dreigroschenoper habe den Autor veranlasst, den Stoff nun noch einmal und episch auszubeuten. So ist es nicht. So ist es durchaus nicht. Freilich die tragenden Figuren der Oper sind im Roman dieselben geblieben, aber es kommen etliche wichtige neu hinzu. Und alle haben eine Weite und Tiefe der Ausgestaltung erfahren, wie die Oper sie niemals geben konnte. Erst hier im Roman kann Brecht in voller Entfaltung zeigen, was in dem Stoff steckt – und was in ihm selber steckt: im Stoff die Möglichkeit zur Schilderung eines wirtschaftlich und gesellschaftlich ausschlaggebenden Zeitabschnittes; in ihm ein Epiker von hohen Graden, der stark und gezügelt, anscheinend kalt und zynisch, in Wahrheit mit brennender Intensität und Anteilnahme zu erzählen weiss. Seine Prosa hat etwas Faszinierendes, er formuliert seine Unerbittlichkeiten mit grösster Treffsicherheit. Die Art wie er Lüge, Heuchelei, Mordlust im Konkurrenzkampf, Korruption, Ausbeutungen und Erniedrigungen an seinen Menschen schreiend deutlich werden lässt, hat etwas Groteskes, manchmal etwas verzweifelt Lustiges – dennoch immer etwas im tiefsten Ernstes. – Der Roman spielt um 1900 in England, um die Zeit des Burenkrieges. Macheath, den wir aus der Oper als den romantisch-fragwürdigen Helden Mackie Messer kennen, erlebt seinen Aufstieg aus der Region eines Diebsbandenführers in die der grossen Kaufleute. Er geht über die Leichen von Männern, durch die Betten von Frauen, durch die Büros von Behörden und Banken – und bei all dem nimmt er zu an verruchter Klugheit, an skrupelloser Tatkraft, an geldraffender Umsicht. Seine Mit- und Gegenspieler bilden ein kleines Heer menschlicher Unzulänglichkeiten: sentimentale Rohlinge, Geschlechtshungrige, feige Ausbeuter, kameradschaftlich-bestechbare Beamte, würdevolle Halsabschneider sind so ineinander verflochten und verfilzt, dass keiner den andern aufgeben, abgeben, ausliefern und damit liefern könnte. Man muss nur einmal richtig drin sein, in dem infernalischen Reigen, dann ist man geldlich gerettet, wenn auch seelisch verloren. Dem Macheath gelingt es, in Satans Palast wohnhaft zu werden. Das wird von Brecht gezeigt, dieses Aufsteigen und Einsteigen des kleinen Verbrechers Mackie Messer zu den Machthabern und grossen Verbrechern. Und immer wieder muss betont werden, wie glänzend und einmalig wichtige Erkenntnisse umschrieben sind. Ein Beispiel für viele Stellen des umfangreichen Buches: »dass sie« (die Armen) »nichts kaufen können, was ihren Hunger stillt, bemerkt man nicht, weil sie nicht in den Läden erscheinen, um nichts zu kaufen«. Hier ist der ganze Reiz und der ganze Wert Brecht'schen Denkens und seiner Formulierung gegeben. Man bleibt, wenn man das liest, in einem Lachen stecken und erschrickt. Das anscheinend Witzige ist äusserster Ernst. Der Ernst dieses Buches (das seine Verwandtschaft mit dem berühmten Roman des Franzosen Céline: »Voyage au bout de la nuit« hat, aber ruhiger, kälter, knapper und schlagender wirkt) ist unüberhörbar. Die Welt täte gut, Brecht aufmerksam zuzuhören.

Dreigroschen=Roman. Das neue Buch Bertolt Brechts

Herbst 1928. In Berlin, im Theater am Schiffbauerdamm, gab man ein seltsames Stück, ein Gemisch von Oper und Schauspiel, die »Dreigroschenoper«. Der Text stammte von Bert Brecht, die Musik von Kurt Weill. Es war ein Erfolg, wie ihn die Theaterstadt Berlin seit Shaws »Heiliger Johanna« nicht mehr erlebt hatte. Jeden Abend sah man im ausverkauften Hause allerfeinstes Publikum mit leuchtenden Hemdbrüsten, die der Smoking umrahmte, mit Roben von den teuersten Schneidern.

Was gab es oben auf der Bühne? Eine Bettleroper, die unter Londons niederstem Volke spielte, mit Figuren aus dem Schattenreiche der Großstadt, nachgedichtet einer alten englischen Oper, die für Bettler bestimmt war. Von der Bühne her wurden wilde und anklägerische Verse ins Parkett geschleudert. Peitschenhiebe ins Gesicht der herrschenden Klassen aller Zeiten, grimmer Witz und beißender Hohn: »Nur wer im Wohlstand lebt – – lebt angenehm.« Im Parterre und auf den Rängen saßen die Angeklagten. Statt zu pfeifen, klatschen sie, als gelte es, das schlechte soziale Gewissen durch ein Bekenntnis zu den im Grunde so lieben Armen zu verscheuchen.

Der Dichter half ihnen dabei etwas mit. Denn zuletzt erschien »der reitende Bote des Königs« und rettete den kühnen und amoralischen Helden vor dem würgenden Strick. Das war nun freilich die beißendste Satire auf die täglich erlebte Wirklichkeit. Aber da war die handfest gezimmerte Handlung, im Hintergrund der Bühne saß die Kapelle, die nach den Rhythmen Kurt Weills über sie hinwirbelte, und man sang und man spielte in Kürze überall die Songs aus der Dreigroschenoper, die später zum Wahrzeichen des allerschlimmsten Kulturbolschewismus avancierte. Es gab nur wenige deutsche Bühnen, die in den Jahren 1929 und 1930 nicht im Dreigroschen-Tempo nachexerzierten. Auch ein Film wurde gedreht, der freilich die Wirkung der atmenden Gestalten auf der Bühne nicht zu erreichen vermochte.

*

Wir wissen es alle noch. Inzwischen ist etwas eingetreten, was Bert Brecht und Kurt Weill nebst ihrer Hauptdarstellerin Karola Neher, die inzwischen durch Entziehung der Staatsangehörigkeit geadelt wurde, zu Emigranten machte. Es erschien ein Gedichtband Bert Brechts (Editions du Carrefour, Paris), und nun sein bisher größtes und bisher stärktes Werk: *»Drei-Groschen-Roman«* (Verlag: Allert de Lange, Amsterdam). Wer nur den Namen des Buches kennt, wird einen Augenblick versucht sein, zu glauben, daß Bert Brecht den Welterfolg des Theaters im Reiche des Epos fortsetzen wollte. Aber wer sich das Buch mit seinen fast 500 Seiten vornimmt und liest und nicht mehr aufhört zu lesen, der bittet Bert Brecht solche Gedanken ab.

Er findet die alten Gestalten wieder. Macheath, Peachum, Polly und den Polizeiinspektor Brown, aber sie haben inzwischen Karriere gemacht. Bettlerkönig Peachum, der einst mit Almosen hervorlockenden Lumpen, Prothesen und Instrumenten handelte, nun steht er als Kapitalist von hohen Graden wieder auf, dessen Millionen von scharfem Stavisky-Hauch umwittert sind. Er gelangt, als der große Coup mit dem Staat geglückt ist, zu den höchsten Ehren, die das Bürgertum zu vergeben hat. Wie lange hat er sich gewehrt, Macheath – Mackie Messer als Schwiegersohn in den Schoß seiner reputierlichen Familie aufzunehmen! Macheath – der einstige Held dunkler Kaschemmen, hat gelernt, großkaufmännisch mit dem Geld in der Hosentasche zu klimpern. Seine Polly gewinnt er für immer, als er Peachum von seiner stabilisierten Lebenstüchtigkeit hinreißend überzeugt. Zwar sitzt er eines düsteren Verbrechens wegen im Gefängnis, aber seine Genialität durchschlüpft nicht nur die Gitterstäbe, sondern es glückt ihm gleichzeitig eine siegreiche geschäftliche Transaktion. Den Herren Großkonfektionären und den Bankiers mitsamt dem Schwiegervater bringt er den höchsten Psalm des kapitalistischen Profits so überzeugend bei, daß die selige Harmonie ein von grausamer Ironie erfülltes Ende bestrahlt.

*

Es ist schwer, das Tatsächliche dieses dreifingerdicken Buches in wenigen Sätzen zusammenzudrängen. Schließlich ist es auch nicht wesentlich. Die Gestalten sind Objekte, die von der Zeit geformt und getrieben werden. Denn spielt der Roman auch um die Jahrhundertwende, im England des Burenkrieges, so steht doch alles, was uns Heutige betrifft, auf jeder Seite und fast zwischen jedem Satz. Bert Brecht findet Parallelen, die wir grimmig belächeln, weil sie allesamt unter uns sind. Auch die heldischen Gestalten des »dritten« Reiches gucken dauernd aus etwas altväterlichen Rockschößen und Hemdkrägen hervor.

Makheath [!], woher kennen wir dich eigentlich so gut? Was für Sätze kommen aus deinem Munde, du, der *»geborene Führer«*, der weinend vor Entschlüssen zusammenbricht? Dieser Makheath [!] spricht von der »Schicksalsverbundenheit zwischen Führern und Geführten« – wir kennen ihn nur zu gut, obwohl ihm kein schmales Bärtchen unter der Nase wächst. All die andern: wir begegnen ihnen jeden Tag in den Hofberichten des »dritten Reiches«, unter den Treuhändern und Wirtschaftsführern, die beim Geschäftemachen, am liebsten mit korrupten Staatsbeamten, den Phrasenbrei rühren. Wir geben nachstehend einige markante Stellen aus dem Buche wieder. Sie ersparen uns jede Erläuterung, unübertrefflich, unerbittlich in ihrer Konzentration auf das Wesentliche, auf die Anklage wider den Kapitalismus, der seine Garden honoriert und sich seine Monumente errichtet.

*

Ein großartiges Buch. Es ist ohne Pathos geschrieben und darum viel pathetischer als einige der heftigen Thesenromane, die in der Emigration erschienen. Bert Brecht, der mit den »Trommeln in der Nacht« begann, beweist mit seinem Buche, daß er mehr als ein Trommler für den kommenden Tag ist. Sein »Drei-Groschen-Roman« überzeugt durch die geistige Leistung eines leidenschaftlichen Mitkämpfers, dessen Stärke in dem Mangel an Illusionen besteht.

Leo Lania
Brechts Dreigroschen-Roman

Als mir Brecht im vorigen Jahre erzählte, er habe die Absicht, einen Roman auf der Grundlage der Drei-Groschen-Oper zu schreiben, nahm ich diese Mitteilung mit etwas zwiespältigem Gefühl auf. Nach Stück und Film hielt ich das Thema für hinreichend erschöpft. Es würde ein amüsantes und leichtes Buch werden, tröstete mich Brecht, ein Nebenwerk, eine kleine Erzählung.

Nun liegt diese kleine Erzählung vor. Sie ist ein umfangreicher Roman von über vierhundert Seiten, das Gegenteil von leicht, auch die Bezeichnung »amüsant« trifft nicht darauf zu; dagegen ist das Werk eine der wesentlichsten Leistungen Brechts. Im Rahmen seines Gesamtschaffens kommt diesem Roman eine entscheidende Bedeutung zu.

Der Dramatiker und Lyriker Brecht hat seinen ersten Versuch auf dem Gebiete des Romans gewagt und schlüssig bewiesen, dass er auch diese Kunstform beherrscht. Wie auf der Bühne, so schlägt Brecht auch im Roman einen neuen, seinen eigenen Weg ein. Das Buch, die Linie der Lehrstücke fortsetzend, ist in jeder Zeile eigenwillig, spröde, suggestiv in seiner Sprache, blendend in den Formulierungen, kompromisslos in seiner Anklage und – dies das Überraschendste – ich möchte fast sagen trotz seiner Qualitäten ein spannender Roman. Man liest das Buch, immer wieder stockend, oft verwirrt, in einem Zug wie einen Kriminalroman. Und dann beginnt man sofort wieder von vorne; erst bei der zweiten Lektüre, nachdem man die komplizierten Geschäfte und finanziellen Intrigen in ihrem Mechanismus begriffen hat, kommt man zum wahren Genuss des Werkes.

Mit der Drei-Groschen-Oper hat der Roman kaum noch etwas zu tun, von der ursprünglichen Beggar-Opera sind nur noch die Namen der Hauptfiguren beibehalten. Macheath ist kein simpler Verbrecher, sondern der arrivierte Besitzer einer das ganze Land umfassenden Organisation von Einheitspreisgeschäften, der kapitalistische Unternehmer grossen Stils; Peachum, Herr der

Bettlerzunft, ein Kriegslieferant, der mit der Unterstützung korrupter Staatssekretäre morsche Frachtschiffe an die Regierung verschachert. Die Handlung spielt zur Zeit des Burenkrieges und vor diesem Hintergrund tobt der Konkurrenzkampf Macheath-Peachum. Kirche, Polizei, Banken, kleine Schieber und grosse Verbrecher, Soldaten, Krüppel und Kriegswitwen, Huren und Bürgerinnen wirbeln durcheinander.

Macheath – oder wie er jetzt heisst Becket[t] – will mit Fräulein Polly einen Hausstand begründen, Peachum aber möchte seine Tochter an einen Geschäftsfreund verkuppeln, die privaten und geschäftlichen Interessen kreuzen sich und siehe da, auf der Ebene des Geschäfts findet man sich. Da sind aber schon ein paar Frachtschiffe mit Soldaten untergegangen, einige hundert Existenzen im Dreck verkommen, ein Unschuldiger gehängt – happy end. »Und so kommt zum guten Ende alles unter einen Hut, ist das nötige Geld vorhanden, ist das Ende meistens gut.«

Dieser Roman hat die Bitterkeit und Schärfe Swifts, Szenen wie die Gedenkfeier für die untergegangenen Soldaten, bei der die Festgäste – die Schuldigen an diesem Massenmord – sich im Nebel so verirren, dass der Geistliche im Schlachthof landet, die Gerichtsverhandlung gegen Macheath, der Traum des Kriegskrüppels vor seiner Hinrichtung, eine Parabel über die kapitalistische Ausbeutung des Menschen, haben klassisches Format.

Dieses Zeitdokument ist im Grund überzeitlich, es spiegelt die ganze Epoche der kapitalistischen Aera. Es durchleuchtet ebenso »das Dickicht der grossen Städte« wie das der modernen Zivilisation, es sagt ebensoviel über die Gefühle und Leidenschaften der Menschen aus wie über den Profit – und führt den Nachweis, dass jene von diesem bestimmt werden.

Der Roman ist ebenso unreal wie der Gulliver und der Don Quichot[t]e und ebenso realistisch. Das Werk eines Dichters und – eines seiner Verantwortung bewussten Kämpfers für eine neue Welt.

Alfred Kantorowicz
Brechts »Dreigroschenroman«

Bertolt Brecht – den vorzustellen in einer Zeitschrift, die von Antifaschisten gelesen wird, unnötig ist – hat seinen ersten Roman im Verlag Allert de Lange in Amsterdam erscheinen lassen. Er nennt ihn: *»Dreigroschenroman«*; es ist die epische Verbreiterung und Abwandelung von Motiv und Handlung, die bekannt geworden sind durch die »Dreigroschenoper« und den »Dreigroschenfilm«. Die *theoretischen Anweisungen*, die Brecht in seinen Regiebemerkungen zur »Dreigroschenoper« gegeben hat, sind die Vorlage zur soziologischen Einordnung und Charakterisierung der Personen geworden, die im »Dreigroschenroman« handeln.

Die von Bühne und Film operettenhaft abgewandelten Figuren des Räubers Macheath und des Bettlerkönigs Peachum mit ihren Frauen und ihrem Gefolge erhalten hier Gesicht, Gehaben und Weltanschauung von Selfmademen des 20. Jahrhunderts. »Der Räuber Macheath«, so weist Brecht schon in seinen »Versuchen« den Schauspieler und Regisseur an, »ist darzustellen als *bürgerliche Erscheinung*. Er sieht streng darauf, dass sämtliche kühnen oder zumindest schreckeneinflössenden Taten seiner Untergebenen ihm selber zugeschrieben werden, und duldet so wenig wie ein Hochschulprofessor, dass seine Assistenten eine Arbeit selbst zeichnen. Frauen gegenüber wirkt er weniger als der schöne Mann, weit mehr als der gutsituierte Mann ... Er ist durchaus gesetzt, hat überhaupt keinen Humor, und seine Solidität spricht sich schon dadurch aus, dass er sein geschäftliches Augenmerk, mehr noch als auf die Beraubung Fremder, auf die *Ausbeutung seiner Angestellten richtet*.« Der »Dreigroschenroman« entspricht vollkommen dieser Vorschrift; er ist, so gesehen, nicht etwas völlig anderes, etwas der »Dreigroschenoper« Unvergleichliches, sondern die episch weitläufige Interpretation des unverfälschten Gehalts von Brechts erfolgreichem Schauspiel.

Im Roman überschreitet Macheath (alias Beckett) jene imaginäre Linie, auf der sich der altmodische Strassenräuber in den modernen Bankier verwandelt. Es ist kein Unterschied in der Person, einzig in der Methode der Ausplünderung (insbesondere der eigenen Untergebenen). Auch Herr Jonathan Peachum, der Organisator des Elends, folgt nur dem »Zug der Zeit«, wenn er das Elend als Ware betrachtet. Sie haben beide beträchtliches Lehrgeld zu zahlen, bis sie die Zeichen der Zeit begriffen, die Methoden der Zeit erlernt haben. Ihre Unbedenklichkeit, ihr Organisationstalent, ihre Unerschrockenheit nützen ihnen wenig; wo immer sie auf einen zeitgenössischen Unternehmer stossen, ziehen sie den Kürzeren. Bis sie das gelernt haben: mit dem Gesetzbuch in der Hand ihre Mitmenschen auszurauben. Im Besitz der zeitgemässen Technik steht ihnen, den gelernten Räubern, der Weg zu hohem bürgerlichen Ansehen und Reichtum offen. »Ja, wie kommt der Mensch zu Zaster – Im Kontore kühl wie Eis – Sitzt der Bankier Mackie Messer, den – man nicht fragt und der es weiss.«

Die Erzählung vom Konkurrenzkampf des Räubers Macheath mit dem Organisator des Elends, Peachum, die sich später als Bankdirektor und Hauptaktionär vereinigen, liest sich unterhaltsam. Diese Tatsache sei nebenbei erwähnt; sie ist von keiner entscheidenden Bedeutung; vor allem will die Unterhaltsamkeit hier niemals Zweck, stets nur Mittel sein. Brecht will nicht *erbauen*, sondern *erziehen*; seine Schriften sind nicht Genuss – sondern *Lehrmittel*. Er will zum Nachdenken anregen. Er versetzt seine Leser, wie seine Zuschauer nicht in die handelnden Figuren hinein, er stellt sie ihnen als Betrachter *gegenüber*. Die Thesen, die, in hervorgehobenem Druck, die Weltanschauung der mit modernen Mitteln arbeitenden Räuber (lies: Kapitalisten) enthalten, eine bürgerliche Weltanschauung, versetzen den Leser in die Situation des Opponenten: denn niemand identifiziert sich gerne mit der Meinung von Leuten, die hier *gleichnishaft* als Banditen gesetzt sind. Brecht führt hier durch, was in seinen theoretischen Bemühungen in den »Versuchen«, die ihm ein Mittel zur Selbstverständigung waren, immer wieder zum Durchbruch kommt: seine Pädagogik. Die ihn für einen *Zyniker* halten, werden jetzt merken, dass er ein *Moralist* ist; immerhin ein Moralist mit revolutionären Konsequenzen.

Den (auch sehr weit gefassten) Forderungen des *Realismus* entspricht der Roman von Brecht nicht. Man darf, ohne zu schematisieren sagen, daß es ein *idealistisches* Buch ist. Es ist ein Buch, das Diskussionen sehr fruchtbarer Art anregen wird.

Alexander Moritz Frey
Brechts Hauptwerk

Bertolt Brecht hat den Stoff der Brecht-Weill'schen »Dreigroschenoper« ausgebaut zu einem umfangreichen Roman. Das Räuberhaft-Romantische, das Ironisch-Verspielte der Oper, aus der einzelne Songs und Sätze stahlhart und ganz unromantisch aufblitzten, hat einen Welterfolg gehabt. Wenn Brecht jetzt vor diese Welt mit seinem »Dreigroschenroman« tritt, hat er, scheint mir, etwas ungleich Wichtigeres, etwas, das kühl und stark in die Tiefe und Weite greift, geschaffen. Die Oper war wie eine tönende Abart, wie ein Vorläufer des Hauptwerkes.

Auf tut sich das London um 1900, ein London, wie man es zu sehen nicht gewohnt ist. Es gleicht im Grunde aufs Haar dem von heute. Nichts hat sich verändert in den Ländern der bürgerlichen Macht. Niemand stoße sich an der Jahreszahl 1900; da wird nichts »Veraltetes« abgehandelt; es will nichts Überholtes besagen, daß es die Jahre des schmählichen Burenkrieges sind. Sie vermählen sich mit den Jahren rücksichtslosester gesellschaftlicher Kämpfe und geschäftlicher Räubereien. Da ist Macheath – der Dieb und Räuber Mackie Messer der Oper –, der vom bescheidenen Verbrecher zum üppigen Verbrecher aufsteigt und schließlich wohlbehalten in der Corona der Großgauner sitzt. Er hat es nicht leicht auf seinem Weg, er muß schwitzen und sich tummeln, ein begabtes und denkendes Köpfchen, das zulernt, eisern im Willen, hart gegen sich, noch härter gegen andere, weich in den familiären Belangen, ein guter Mensch für die wenigen, denen er nicht gerade die Kehle zuzudrücken sich veranlaßt sieht. Er, Mittelpunkt des Romans wie der Oper, setzt Viele und Vieles in Bewegung: seinen Schwiegervater wider Willen, Peachum, der die Londoner Bettler, unter hemmungsloser Ausnutzung seiner und ihrer Talente, ein begnadeter Menschenkenner, zu einem glänzenden Geschäft organisiert und monopolisiert; verschiedene Bankleute, mit denen er arbeiten muß und will, und die er, nach zähem Ringen und abgefeimtem Versteckspiel, unterzukriegen weiß; seinen lieben Kameraden aus indischen Felderlebnissen, Brown, den hohen Beamten von Scotland Yard, mit dem zusammen er nicht weniger ersprießlich arbeitet, ersprießlich beiderseits; die Subjekte, die für ihn stehlen, hehlen und morden, diese Trabanten um die Sonne seiner biederen Verruchtheit; die Menschen, die in den Entsetzlichkeiten ihres ausgehungerten Daseins durch ihn ihr Leben fristen: eine kleine Armee von Lädcheninhabern, den »Billigen Läden«, die mit erramschten, erstohlenen, ergaunerten Waren gefüllt werden, damit gerade der Ausgepowerte – welch ein Werk der Brüderlichkeit – zu seinen kümmerlichen Einkäufen, bei ebenso kümmerlichen Einkünften, kommt. Diese »Billigen Läden« aber, Macheaths geniale Schöpfung –: um sie hat er, natürlich nur den armen Angestellten wie den armen Käufern zuliebe, einen heroischen Kampf zu führen. Denn da gibt es eine aufsteigende, ihr keimendes Leben mit Zähnen und

Krallen fördernde Konkurrenz: Warenhausringe, Ladenkonzerne, die, mit köstlichem Kredit versehen, durch blendende Reklame, durch lockende Schleuderwochen das Publikum anzuziehen, wegzuziehen, wirksamer als er, Macheath, es dumm zu machen vermögen. In der Gefahr, tödlich in seinem Nerv getroffen zu werden, wird er zum Angriff auf Stellungen gedrängt, die, koste es, was es wolle, erobert werden müssen. Was er dabei zu sagen, zu tun, zu hintertreiben und vorzutreiben hat, schafft, in der Brechtschen Darstellungskraft und Darstellungskunst, dem Roman sein Gewicht, seine Einmaligkeit, sein unvergleichliches Dasein. Es kommen Episoden hinzu, die durchaus nicht episodenhaft »eingebaut« sind, sondern sich sehr natürlich, sehr aufschlußreich mit dem Ganzen verwachsen zeigen: Macheaths heiße Neigung zum »Pfirsich« und seine Ehe mit ihr, Polly, der Tochter des Bettel-Organisators, einer liebenswerten Schwindlerin, einer liebenden Schlange, einer Last, die ihn glücklich macht; dann der unaufgeklärte, unaufklärbare Tod der Mary Swayer, einer »Billigen Laden«-Inhaberin, von der man nicht weiß, ob sie sich selbst, ob Macheath aus guten und kalten Gründen sie erledigt hat, wobei Macheaths Verteidigung samt der Hilfe, die er durch den Anwalt erfährt, zu einem großartig-ironischen Bild aller erbärmlichen und ins Unkenntliche verzerrten Wahrheit und Gerechtigkeit wird. Schließlich das satanische Geschäft des Truppentransportes nach Afrika, hinüber zu den Buren, die ungeahnter- und unverschämterweise ihre Freiheit teuer verkaufen und nun endlich abgewürgt werden müssen, – Geschäft mit drei vermorschten, seeuntüchtigen Schiffen, auf die dennoch Mannschaften verladen werden, was bereits im Kanal für die Soldaten tödliche Folgen hat, in die nicht nur Vater Peachum, sondern auch der von ihm als finanziell unzulänglich die längste Zeit verachtete und gehaßte, zuletzt aber hochachtungsvoll geschätzte Schwiegersohn Macheath verwickelt sind. Sie wickeln sich beide heraus, andere bleiben hier und sonstwo hängen, anderen geht es schlecht, andere verrecken, verhungern, vernichten sich selbst oder müssen vernichtet werden. »Der schwache Mann fällt, und der starke Mann ficht.«

Das alles erzählt Brecht langsam und eindringlich, in einer epischen Ruhe, die unter der Haut seltsam und heftig vibriert. Fast könnte man ihn an einzelnen Stellen umständlich nennen. Aber diese scheinbare Pedanterie steht im wirkungsvollsten Gegensatz zu dem, was er aufzuzeigen hat. Solche Wirkung ist bei ihm nicht herbeigeführt um künstlerischer Sensationen, sondern einzig um der Sache willen. Der Motor der tödlich ernsten Ironie, der schon treibend in der Oper gewirkt hat – hier arbeitet er in einem harten unüberhörbaren, klar klingenden Takt. Bertolt Brechts Herz schlägt für die Mißhandelten und Erniedrigten wie je, es klagt nicht und jammert nicht, das hat es nie getan, es hämmert aus der Anklage ein Instrument zurecht, das den Schäden und Verlogenheiten, den feigen Brutalitäten und den getarnten Ausbeutungen wie ein scharfes und sicher geführtes Messer zu Leibe rückt. Das Messer legt die Pesthöhlen frei mit ruhigen, klaren Schnitten. Manchmal ist es, als eröffne es Harmloses. Das Harmlose zeigt hintergründig und in der Tiefe den schrecklichen Zustand der Verseuchung.

In einer vertrackten Weise erläutern und verteidigen die rhetorisch begabten Untäter durch Gespräche und Selbstgespräche ihre Handlungen, sie reinigen sich – und stehen um so beschmutzter da. Brecht hat die unheimliche Fähigkeit, den dicken Mantel der biederen Worte, der trefflichen Argumente, des, ach, so uneigennützigen Wollens transparent zu machen. Dahinter kriecht ein Gewürm, unermeßlich, aus sich selbst sich gebärend, anscheinend unerschöpfbar. Brecht hat die Fähigkeit, schneidende Formulierungen zu geben; sie schaffen eine Eiseskälte – gewollte Kälte, die dein Hirn wach ruft. Und er hat zum dritten die Gabe, aus der Sachlichkeit, aus der berichtenden Strenge, aus der Verhaltenheit, aus der ganz zugedeckten Inbrunst die Liebe aufspringen zu lassen. Sein »abstoßendes« Buch ist nichts als Liebe zur leidenden Kreatur. Das Unerbittliche seiner Aufrichtigkeit, die dichterische Kraft seiner Visionen, die sprachliche Kraft seiner Sätze, die unbeirrbaren Ziele seines reinen männlichen mutigen Geistes seien gepriesen.

Werner Türk
Der Dreigroschenroman

Es gab eine Dreigroschenoper, sie hatte einen Welterfolg. Hinterher kam noch ein Film. Dann griff Brecht den Stoff der Dreigroschenoper noch einmal auf, wandelte aber die Handlung bedeutungsvoll ab und mit ihr die Beweggründe und Zielsetzungen der Akteure. Die Figuren der Oper, die in sozialen Grenzsphären lebten, werden in dem Roman beträchtlich entroman[t]isiert und in das Zentrum der Gesellschaft gerückt, wo sie die Funktionen der Wirtschaftsgewaltigen im finanzkapitalistischen Zeitalter ausüben. Die Grundprobleme unserer Gesellschaftsepoche, die in Brechts Oper ironisch umspielt waren, werden jetzt mit Wissen und gereifter Darstellungskunst angepackt. Was im Musikwerk nur angedeutet ist, wird jetzt mit starker ruhiger Hand ergriffen, beklopft, seziert. All diese Operationen vollziehen sich in der Null-Grad-Temperatur eines grossen epischen Raumes, durch dessen harte, klare Luft auch nicht das kleinste Phrasenwölkchen fliegt.

Mackie Messer, der »Held« der Oper, ist auch die Hauptfigur des Romans. Er ist die Triebkraft des Geschehens, stösst die Menschen und Dinge vor sich her und ordnet sie ein in das System seines monomanischen Gewinnstrebens, das auf die Höhen der Plutokratie hinaufführt. Selbst aus dem Morast stammend, sucht Macheath – vormals Mackie Messer – mit schlauem Blick die einträglichen Wege durch den Sumpf der Gesellschaft. Rastlos sucht er, gleich seinen Partnern, die Sumpfpflanzen, die im fauligen Boden behördlicher Korruption verwurzelt sind, um aus ihnen Honig zu ziehen. Macheath war in seiner Jugend Strassenräuber. Er stach die Leute nieder und nahm ihr Geld. Das war ein einfaches, blutiges Erwerbsverfahren, das aber für den stechenden Geschäftsmann mit einem erheblichen Risiko verbunden war. Macheath erkennt: die blutige Ausraubung ist veraltet, man muss die Wissenschaft des legalen Raubs studieren, die kompliziert ist und das Hirn strapaziert. Man muss den Menschen nicht mehr das Messer sondern das Gesetzbuch in den Leib rennen.

Macheath stellt sich um. Er hat einen beweglichen Verstand, ein ungewöhnliches Organisationstalent und die skrupellosesten Ellbogen. Es gelingt ihm, einen Warenhausring der billigen Läden zu schaffen. Durch funkelnde Reklame-Einfälle pfeift er das Publikum herbei. Die Konkurrenz zermürbt er durch schamlose Preisunterbietung. Seine kleinen Ladenpächter presst und stranguliert er grausam. Hinter ihm bedeckt sich sein Weg mit Opfern. Doch er stampft vorwärts. Am Ziel gelandet, liiert er sich mit dem »Bettlerkönig« Peachum, dessen Tochter Polly, der Pfirsich genannt, er sich zur Gattin beibiegt.

Jonathan Peachum ist der Gegenspieler Macheath'. Die menschlichen und merkantilen Spannungen zwischen diesen beiden Männern durchziehen den ganzen Roman. Peachum, der durchtriebene Grossorganisator des Elends, der mit den Pauperisierten als Ausschussware einer erbarmungslosen Gesellschaft ein schwunghaftes Geschäft betreibt, ist wie Macheath auch an dem mörderischen Unternehmen einer Transportschiffe-Verwertungsgesellschaft beteiligt. Sie kaufen zu billigsten Preisen morsche Schiffe auf, schwimmende Särge, Travensche Totenschiffe, und verkaufen sie dank der Vermittlung eines bestochenen Staatssekretärs an das englische Marineministerium, das sie für einen Truppentransport nach Afrika verwendet, zur Verstärkung der mit den Buren kämpfenden englischen Truppenmacht. Schon im Kanal versinken die Schiffe mit der Mannschaft. Ein Nationaltrauertag wird angesetzt. Die Hingeopferten werden als Helden der Nation gefeiert. Die Räuber zählen im Hintergrund ihr Geld.

Erregend und unvergesslich die mit ruhig-sicherer Hand und kalten Farben gemalten Hohnbilder einer madig gewordenen Zivilisation.

Nicht, dass Brecht lehrt, ist das Besondere an diesem Buch. Sondern: dass er lehrt, indem er gestaltet. Dass er den Leser durch die Originalität und durch das plastische Vermögen seines Kunstschaffens zum Lernen zwingt. Dass er den Körper des kapitalistischen Riesen abklopft, ohne dabei die ernste Miene des Wissenschaftlers aufzusetzen, ohne bei der Erörterung seiner Befunde auch nur einmal im Abstrakten zu erstarren. Doch er lässt sich vom Ernst seiner Aufgabe nicht verfinstern. Er bewahrt sich eine Laune, die bis ins Burleske, Skurrile, ja fast Absurde springt, und die das geistig Gewichtige, die Klärung, Entschleierung und Deutung so amüsant macht. Man denke nur: Aktionärsitzungen in einer obskuren Badeanstalt.

Brecht vermengt Findung mit Erfindung. Typisches mit Ungewöhnlichem. Doch diese Vermischungen wirken im Gesamtrahmen immer künstlerisch überzeugend. Deshalb bedeutet es keinen Vorwurf gegen den Roman, dass Leser mit betont realistischer Denk- und Empfindungsweise Einwendungen haben werden; beispielsweise gegen die unrealistischen Gespräche und Selbstgespräche der Räuber. Diese Personen sind im bürgerlichen Sinne Emporkömmlinge. Aber so wie sie sprechen, reden keine Parvenüs. Brecht weiss das natürlich. Wenn er diese Gestalten nun mit Beredsamkeit, geschulter Logik und mit der Fähigkeit schärfster Selbstanalyse ausstattet, so geschieht das nur, um ihnen als Gleichnisfiguren bei der Preisgabe ihrer Hyänen-Gelüste, ihrer

Gedankenroheit und ihrer abgrundtiefen bürgerlichen Heuchelei zu »helfen«.

Der Dreigroschenroman (erschienen bei Allert de Lange) ist Brechts erste epische Arbeit. Es ist daher erstaunlich, mit welcher Sicherheit sich Brecht auf einem Kunstgebiet bewegt, das für ihn neu ist. Und es ist überraschend, dass der als Dramatiker und Lyriker bekannte Dichter mit der epischen Variierung eines schon mehrmals behandelten Themas ein Werk geschaffen hat, das man als sein wichtigstes und reifstes bezeichnen darf.

Bodo Uhse

Zu Brechts »Dreigroschenroman«

Das neue Werk Berthold Brechts hat eines mit seinen bisherigen Werken gemein, wie sie ist auch es umstritten. Dabei fällt die wütende Masse der kulturfeindlichen Kohorten, die gegen den Unmoraliker und Kulturbolschewisten mit Theaterskandalen zu Felde zog, aus der Reihe der Disputanten aus. Sie diskutieren selbst auf ihre Art nicht mehr mit Brecht. Da der Hintergrund dieser geifernden Meute die literarische Gestalt Brechts nicht mehr profiliert, da das Aufjaulen der von seinen Rutenhieben Gezüchtigten nicht mehr erklingt, Echo und Wirkung seiner Wortwaffen fürderhin nicht in einer mit Händen zu greifenden Deutlichkeit vor uns liegt, vernehmen wir umso lauter die Kritik, die Brecht aus dem befreundeten Lager entgegentönt. Diese Stärke ihrer Resonanz verführt die wohlmeinenden Kritiker zu Formulierungen, deren ehrliche Besorgtheit nicht in Zweifel gestellt werden kann, deren Proportionen aber – da sie das Fehlen des Hass-Schattens hinter Brecht vergessen, nicht stimmen, womit das Wesen der Kritik fällt, nämlich Werte mit Massen zu messen.

Das neue Werk Brechts besitzt eine Reihe literarischer Eigenschaften, die eine Literaturkritik zu werten nicht entraten kann, will sie sein, was sie sein soll.

Der grosse Lyriker, der kühne und erfolgreiche Dramatiker Brecht legt mit seinem Dreigroschenroman seine erste epische Arbeit vor.

Das Werk, das er in der Emigration schuf, reiht sich den grossen klassischen Prosaleistungen der deutschen Literatur ebenbürtig an. Die Sprache Brechts steht neben der Sprache Luthers, Kleists,

Büchners. Man hüte sich, diese notwendige Wertung mit dem Stempel »ästhetisch« abzuwerten. Schliesslich gehört es zum Wesen der Literatur, dass sie Literatur ist, schliesslich ist es nicht gleichgültig, welcher Form wir uns bedienen, schliesslich ist es doch nicht ohne Sinn, wenn wir feststellen, dass mit dieser Meisterschaft die deutsche Sprache nur in der Emigration gehandhabt wird, dass in den Grenzen des Reiches unter den Fittichen der Kulturkammer die deutsche Literatur auch nicht eine nur halbwegs den ästhetischen Werten des Brecht'schen Romans entsprechende Leistung zu gedeihen vermag.

Wem hiernach nun die Frage nicht müssig erscheint, warum Brecht in seinem Roman ein altes Thema – uns wohlbekannt durch Oper und Film – in einer neuen Form abwandelt, der muss zuvor prüfen, was aus ihm in der neuen Form geworden ist. Der Dreigroschenroman ist nicht nur formal etwas anderes als die Dreigroschenoper, er ist es auch inhaltlich. Das Dreigroschenthema ist eine altbekannte Melodie, der Autor singt sie, denn sie gefiel denen, die sie hörten, – aber er singt einen anderen Text dazu.

Dieser Text ist von höchster Aktualität. Nicht nur die Krise der bürgerlichen Moral, nicht nur die Krise der bürgerlichen Wirtschaft, mit Warenmangel und Warenüberfluss, mit Teuerung und Preissturz, auch die politische Krise des Bürgertums, mit Faschismus, 30. Juni und Wiederaufrüstung finden in diesem neuen Text ihren Platz.

Ist dieser Text richtig oder falsch? Möglich, dass dieser Frage Beantwortung Verwirrung hervorruft, dass im Streit die Melodie vergessen wird, deren neuer Text den Kritikern vor Augen steht, dass die Form Brechts, die dem Titel Roman im herkömmlichen Sinne beileibe nicht entspricht, Irrtümer auch für die Beurteilung des in dieser Form Ausgesagten hervorruft. Aber dieses ist nicht die Schuld Brechts, sondern die Schuld der Fragestellung. Nicht ob Brechts lehrhafte Aussagen bis aufs i-Tüpfelchen richtig sind – sie sind es nicht (und nicht nur das i-Tüpfelchen steht falsch) – ist die Frage, die wir uns vor seinem Buche vorlegen, sondern wem das Buch nützt und wem es schadet, wessen Schande es singt und wessen Ruhm, wen sein Spott vernichtet und wen er mit Ruten vorwärts treiben möchte.

Es kann keinen Zweifel über die Beantwortung dieser Fragen geben. Wir bejahen sie mit aller Freude an dieser unerhörten grossen Zeitsatire, die nicht so umfänglich, so gründlich und treffend hätte sein können, wäre sie nicht geschrieben von einem, dem die materialistische Betrachtung der Welt weder fremd noch eine Gewohnheit ist, sondern eine Methode, deren Anwendung immer wieder aufs neue erlernt werden will.

Paul Haland
Zu Brechts »Dreigroschenroman«

I.

Brecht gehört zu uns. Sein Weg zu uns führte ihn über die Gewinnung wertvollster Erkenntnisse: der Lehren des Marxismus-Leninismus. Jede Etappe dieser Entwicklung Brechts äusserte sich in den Dichtungen, die er in ihr hervorbrachte. Seit einigen Jahren singen die deutschen Proleten Lieder von Brecht. Es sind ihre eigenen Lieder. Es wäre denkbar, dass diese Lieder sozusagen ohne Autor wären, so sehr gelang es Brecht, in der Sprache des Proletariats zu dichten – in der Sprache, wie sie ist und wie sie sein soll.

Brecht hat Dramen geschrieben. Und niemand kann bezweifeln, dass er eine dramatische Begabung besonderer Art ist. Brecht hat eine Dramentheorie geschaffen. Er schuf sie mit der Absicht, zu einer wirkungsvolleren, propagandistisch besseren Dramatik zu gelangen. Seine Theorie ist bestreitbar, seine dichterische Begabung und die Bühnenwirkung seiner Dramen sind es nicht.

Brecht gehört zu uns. Wir sind stolz auf ihn und darauf, dass er zu uns gehört. Bert Brecht gehört zu uns und zur Zukunft der proletarischen Revolution.

II.

Der »Dreigroschenroman« ist ein fragloser Beweis dafür, dass Brecht, dessen ausserordentliche Qualitäten als Lyriker und Dramatiker sogar seine Feinde zugestehen mussten, ein Erzähler von Rang ist. Seine Diktion erzwingt auch dort das Interesse des Lesers, wo es vom Gegenstand vielleicht nicht oder nicht genügend angeregt würde. Wie in seinen anderen Werken ertönt im »Dreigroschenroman« die deutsche Sprache so voll und rein, wie es nur selten in einer Literatur geschehen konnte, die sich häufig, um der »gemeinen Misere« zu entgehen, zur »überschwenglichen Misere« geflüchtet hatte.

Brechts Roman ist im Jahre 1934 geschrieben. Er schildert einen kleinen Ausschnitt der englischen Gesellschaft am Beginn dieses Jahrhunderts. Das Thema ist aus der »Dreigroschenoper« bekannt und mit ihm sehr weitgehend identisch. Es braucht nicht aufgezählt zu werden, was alles sich inzwischen verändert hat. Es ist bekannt, auch Brecht hat sich verändert – in einem Sinne, den wir bejahen. Diese Veränderung ist im Roman verhältnismässig undeutlich geblieben. Die Undeutlichkeit beginnt mit der Themenwahl. Diese hat andere Undeutlichkeiten zur Folge. Der Roman konfrontiert die bürgerliche Praxis mit der bürgerlichen Ideologie, die der Bürger verbreitet. Die Konfrontation wird zu einer erbarmungslosen Kritik. Indes: diese Kritik beweist nur, dass diese Welt die schlechteste aller Welten ist. Das Proletariat als die Vollbringerin der historischen Kritik an der bürgerlichen Gesellschaftsordnung ist in Brechts Roman nicht vorhanden. Er konfrontiert auch nicht den Kapitalismus mit dem Sozialismus als Bewegung, sondern er liefert eine Kritik voller Satire, wie sie Stendhal z. B. in seinem »Lucien Leuwen« vor hundert Jahren geliefert hat. Stendhal kannte das Proletariat so gut wie gar nicht, Brecht kennt es. Er verrät in diesem Buch leider nichts von dieser Kenntnis. Es gibt in jedem Zweig unseres Lebens – natürlich auch in der Kunst – nur einen Antikapitalismus, der ernst zu nehmen ist, das ist der *sozialistische Antikapitalismus des Proletariats*. Alle andere Kritik läuft Gefahr, missbraucht zu werden und ist oft selber Missbrauch.

Brecht zeigt, dass Kapitalisten Räuber sind, indem er aufweist, wie Räuber Kapitalisten sind, bzw. es bei geringfügiger Umstellung werden. Seine Kapitalisten sind nicht die zentralen Figuren des modernen Kapitalismus, so wie seine Armen hauptsächlich Lumpenproletarier, Randfiguren des Kleinbürgertums und des Proletariats sind. Diese Themenwahl ist nicht sehr günstig, was nicht heissen soll, dass wir den Dichtern die Themen vorschreiben wollen. Indes: Brecht will lehren, und wer da mit dem Anspruch zu lehren auftritt, muss besonders aufrichtig und besonders aufmerksam kritisiert werden.

Die Lehren, die er erteilt, sind wie gesagt nicht eindeutig genug. Und dass er sie überdies in der verzwickten Art seiner Themenstellung illustriert, droht, ihren Wert zu vermindern.

Brecht glaubt nicht an die Wirkung des Appells an die Gefühle, er vermeidet den Weg der emotionalen Erschütterung. Dass sie ihm trotzdem gelingt, ist auf seine grosse Begabung zurückzuführen, die sich gegen seine Kunsttheorie durchsetzt.

Wir wollen vom Dichter in erster Linie keine politische Publizistik. Wir wollen seine *dichterische Kraft* eingesetzt sehen zur Erreichung unserer grossen Ziele. Wir wollen, dass die Dichter, die sich zu uns bekennen, ihre Themen in unmittelbarstem Zusammenhang mit der drängenden Wirklichkeit und mit den Forderungen, die sich aus ihr ergeben, wählen.

Wir sind nicht für Engherzigkeit auf diesem Gebiet; aber gerade von Brecht möchten wir besonders viel fordern, weil er besonders viel kann, weil wir seine Dichtung brauchen, dringend brauchen. Die Oekonomie des Einsatzes seiner Kraft muss sich richten nach der Oekonomie der planmässigen Dirigierung der Kräfte in unserem grossen Kampfe, in dem Brecht mit einem ausgezeichneten Bekennermut zum Proletariat steht.

Brecht wird unsere Forderungen verstehen, weil er die Sache versteht. Es ist die Sache, an die er denkt, wenn er schreibt.

7. Verzeichnisse

Vorabdrucke des *Dreigroschenromans*

Bert Brecht, *Aus dem Dreigroschenroman*, in: Europäische Hefte, Prag, 1, 1934, Nr. 28, 25. 10. 1934, S. 456-470. [Auszüge aus dem dritten Buch = 13, 1060-1063; 1065-1067; 1083-1088.]

»Brechts ›Dreigroschenroman‹ erscheint im November (Verlag Allert de Lange, Amsterdam). Dieses Buch wird mehr als irgendeines der letzten Jahre das Bewußtsein der Gegenwart verändern helfen. Sein Wert, seine Funktion und seine einmalige sprachliche Kraft, – all das wird Gegenstand einer eignen Betrachtung sein; hier folgen Bruchstücke, die jeden Leser zwingen sollten, aus diesem ›Dreigroschenroman‹, einem wahren Lehrbuch der menschlichen Beziehungen, die erregendste Gesamtbilanz der kapitalistischen Zivilisation zu ziehn.«

Bertolt Brecht, *Das Pfund der Armen*, in: Neue Deutsche Blätter, Prag, 2, 1934, H. 1, Okt./Nov. 1934, S. 5-15. [= 13, 1151-1165, ohne den ersten und letzten Abschnitt.]

Bertolt Brecht, *Dreigroschenroman*, in: Jahrbuch 1934/35 [des Verlags Allert de Lange], Amsterdam [1934], S. 153-164. [= 13, 731-741: Text von *Die Bleibe*, mit der *Ballade*; zu Beginn eine Kurzbiographie Brechts.]

»Bertolt Brecht wurde 1898 geboren in Augsburg. Studierte zunächst Naturwissenschaft und Medizin, wandte sich dann der Dramatik zu und veröffentlich[t]e u. a. die Stücke: ›Trommeln in der Nacht‹, ›Mann ist Mann‹, ›Mahagon[n]y‹, ›Dreigroschenoper‹ (nach John Gay), ›Die heilige Johanna der Schlachthöfe‹, ›Die Rundköpfe und die Spitzköpfe‹. Ab 1930 publizierte er unter dem Titel ›Versuche‹ Dramen, Lehrstücke, Bruchstücke einer Theorie des epischen Theaters und einer nichtaristotelischen Dramatik. Ausserdem unternahm er eine Reihe von theatralischen und pädagogischen Experimenten, so auf den Baden-Badener Musikfestspielen mit Hindemith und Weill im Theater am Schiffbauerdamm (Berlin) und zusammen mit Piscator an der Piscatorbühne.

Folgender Abschnitt ist aus dem soeben erschienenen Buch ›Dreigroschenroman‹ entnommen worden.«

Die deutschsprachigen Ausgaben

1934: *Dreigroschenroman*, Amsterdam: Allert de Lange [Erstausgabe].
1935: *Dreigroschenroman*, Moskau/Leningrad: Verlagsgenossenschaft ausländischer Arbeiter in der UdSSR [VEGAAR].

1943/44: *Dreigroschenroman*, Vorwort v. Robert Springer, Kiew: Verlag ausländischer Schriftsteller.
1949: *Der [!] Dreigroschenroman*, München: Desch.
1950: *Drei Groschen Roman [!]*, Amsterdam: Allert de Lange/Köln u. Berlin: Kiepenheuer [Sog. »zweite Auflage« der Erstausgabe von 1934].
1950: *Dreigroschenroman*, Berlin: Aufbau (9. Aufl. 1972).
1958: *Drei Groschen Roman [!]*, Reinbek bei Hamburg: Rowohlt (= rororo 263[/264]). (239. bis 244. Tsd. Sept. 1981).
1960: Der *Dreigroschenroman [!]*, in: *Bertolt Brechts Dreigroschenbuch. Texte, Materialien, Dokumente*, Hg. v. Siegfried Unseld, Frankfurt: Suhrkamp, S. 227–463. – Dass. in 2 Bänden, Frankfurt: Suhrkamp 1973 (= st 87), Bd. 2, S. 337-709.
1965: *Dreigroschenroman*, Frankfurt: Suhrkamp (= B. B., *Prosa. III*).
1967: *Dreigroschenroman*, in: B. B., *Gesammelte Werke [in 20 Bänden]*, Hg. v. Suhrkamp Verlag in Zusammenarbeit mit Elisabeth Hauptmann, Frankfurt (= werkausgabe edition suhrkamp), Bd. 13, S. 729-1165.
1967: *Dreigroschenroman*, Mit einem Aufsatz v. Walter Benjamin: *Acht Jahre* [d. i.: *Brechts »Dreigroschenroman«*, 1935], Leipzig: Reclam (= RUB 360).
1973: *Dreigroschenroman*, Redaktion: Herta Ramthun, Berlin u. Weimar: Aufbau (= B. B., *Prosa. 2*).
1978: *Dreigroschenroman*, Mit einer Einführung v. Richard Christ, Berlin: Neues Leben.
1980: *Dreigroschenroman*, in: B. B., *Prosa in vier Bänden*, Frankfurt: Suhrkamp (= es 184), Bd. 3, S. 729-1165.

Wichtige Übersetzungen

1935: *Tolvskillingsromanen* [dän.], Übers. v. Johannes Weltzer (Prosa) und Otto Gelsted (Gedichte), Kobenhavn: Steen Hasselbalch.
1937: *A Penny for the Poor* [engl.], Übers. v. Desmond I. Vesey (Prosa) und Christopher Isherwood (Gedichte), London: Robert Hale.
1937: *Trechgrošovyj roman* [russ.], Übers. v. Valentin Ossipowitsch Stenitsch [d. i. Smetanitsch], Moskau: Staatsverlag für schöngeistige Literatur.
1938: *A Penny for the Poor*, Translated from the German by Desmond I. Vesey, Verses translated by Christopher Isherwood, New York: Hillman-Curl.
1951: *Třigrošový Román* [tschech.], Übers. u. m. e. Nachw. v. Vápeník, Prag. – Dass.: Preßburg 1951.

1952: *Le Roman de quat'sous* [frz.], Traduit par Claude Vernier avec la collaboration de Paul Richez, Préface de Geneviève Serreau, Paris: Éditions Correa.
1956: *The Threepenny Novel* [engl.], Übers. v. Desmond Vesey (Prosa) u. Christopher Isherwood (Gedichte), New York: Evergreen Books.
1958: *Il Romanzo da tre soldi* [ital.], Übers. v. Franco Fortini u. Ruth Leiser, Vorwort v. F. Fortini, Turin: Einaudi.
1960: *Driestuiversroman* [niederländ.], Übers. v. A. E. Bayer, Amsterdam: Allert de Lange.
1962: *Trechgrošovyj roman* [russ.], Vorwort v. Ilja Fradkin, Moskau/Leningrad.
1977: *Trigrosa Romano* [Esperanto], Leipzig: Edition Leipzig.

Rezensionen

Zur Erstausgabe 1934

[Anonym,] *Dreigroschen=Roman. Das neue Buch Bertolt Brechts* [Mit Textauszügen], in: *Deutsche Stimmen. Beilage zur »Deutschen Freiheit«*, Saarbrücken, 29. 11. 1934.
Benjamin, Walter, *Brechts Dreigroschenroman* [1935], in: W. B., *Versuche über Brecht*, Hg. u. m. e. Nachw. vers. v. Rolf Tiedemann, Frankfurt 1971 (= es 172), S. 84-94. – Dass., *Brechts »Dreigroschenroman«* [1935], [Mit Anmerkungen und einer »Nachbemerkung« von Peter Weber], in: Weimarer Beiträge 12, 1966, S. 436-443; 443-445 [= Weber].
F[rey], A[lexander] M[oritz], *Bertolt Brecht: Dreigroschenroman*, in: [Basler] National-Zeitung, Nr. 546, 25. 11. 1934, Bücherseite der N. Z.
Frey, A[lexander] M[oritz], *Brechts Hauptwerk*, in: Neue Deutsche Blätter, Prag, 2, 1935, H. 3, Januar 1935, S. 178-180.
Haland, Paul, *Zu Brechts »Dreigroschenroman«*, in: Unsere Zeit, Paris, VIII, H. 2/3, April 1935, S. 66-67.
Kantorowicz, Alfred, *Brechts »Dreigroschenroman«*, in: Unsere Zeit, Paris, VII, 12, Dez. 1934, S. 61-62.
Lania, Leo, *Brechts Dreigroschen-Roman*, in: Pariser Tageblatt, 2. 12. 1934.
Merin, Peter [d. i. Oto Bihalji-Merin], *Das Werk des Bert Brecht*, in: Internationale Literatur 5, 1935, H. 7, S. 79-97.
Stefan, Wilhelm [d. i. Willy Siegfried bzw. William S. Schlamm], *Brechts Lehrbuch der Gegenwart*, in: Europäische Hefte, Prag, I, 30, 8. 11. 1934, S. 526-529.

Türk, Werner, *Der Dreigroschenroman*, in: Die neue Weltbühne, Paris, II, 12, 21. 3. 1935, S. 370-372.
Uhse, Bodo, *Zu Brechts »Dreigroschenroman«*, in: Unsere Zeit, Paris, VIII, 2/3, April 1935, S. 65-66.

Zur dänischen Übersetzung 1935

Borberg, Svend, *Kun i Velstand har man det rart. Bert Brechts nye Roman er et rystende satirisk Epos om Tidens og alle Tiders Elendighed*, in: Politiken, 25. 4. 1935.
Crassus [d. i. Knud Rasmussen bzw. Fredrik Martner], *En Digter i Landflygtighed*, in: Tyris Sveine Demokrat, 13. 9. 1935.
Nielsen, Bent B., *En satirisk Roman af den store tyske Emigrantforfatter Bert Brecht, der nu bor i Svendborg.* (= BBA 367/33: Zeitungsausschnitt; Name der Zeitung und Erscheinungsdatum konnten nicht ermittelt werden.)

Zur englischen Übersetzung 1937

[Anonym,] *Story of »The Beggar's Opera«*, in: Methodist Times and Lerder, 1. 4. 1937.
[Anonym,] *A Penny for the Poor. By Bertolt Brecht*, in: Birmingham Sunday Mercury, 28. 2. 1937.
[Anonym,] *»A Penny for the Poor«, by Bertolt Brecht*, in: Sunday Chronicle, 14. 3. 1937.
[Anonym,] *This Film was banned. A Penny for the Poor. By Bertolt Brecht*, in: Aherden Press & Journal, 9. 3. 1937.
[Anonym,] [Ohne Titel], in: Belfast Telegraph, 6. 4. 1937.
Bates, H. E., *New Fiction: »The Beggar's Opera«. Brought Brilliantly To-Date*, in: Morning Post, 5. 3. 1937.
Brophy, John, *New Novels,* in: Time and Tide, London, 3. April 1937, S. 436-438.
Massie, Chris, *Novels,* in: The New Leader, 12. 3. 1937.
Plomer, William, *Fiction,* in: The Spectator, London, 12. März 1937, S. 486.
Richardson, Maurice L., *New Novels. Satires and Pugs*, in: The Observer, Sunday, 14. März 1937.
S., J., *New Novels: Tyranny of Economics*, in: The Times, 5. 3. 1937.
Sherman, Beatrice, *Three Scoundrels*, in: The New York Times Book Review, 20. 11. 1938.

£100 REWARD

The rumour has been spread that certain passages in A PENNY FOR THE POOR* by Bertolt Brecht have been suppressed in the English Edition. The Publishers will pay the above sum to any person who can prove that politically important passages appearing in the standard Russian and Dutch editions of the novel have been omitted from the English Edition.

* A PENNY FOR THE POOR 7/6 by Bertolt Brecht
Published March 1st 1937

Anzeige aus einer englischen Zeitung (BBA 1396/39).

In BRD/DDR 1948/50 (Auswahl)

Elbin, Günther, *Brechts Dreigroschenroman*, in: Zeitung ohne Namen, Düsseldorf, Nr. 7, 30. 3. 1950.

H[auenstein], F[ritz], *Mackie Messer als Kapitalist*, in: Die Gegenwart, Freiburg i. Br., V, 9, 1. 5. 1950, S. 9-10.

Cwojdrak, Günther, *Dietrich oder Aktie? Zu Bertolt Brechts »Dreigroschenroman«*, in: Die Weltbühne 5, 1950, H. 33, S. 1021-1024.

Pollatschek, Walther, *Bert Brechts Dreigroschenroman*, in: Ost und West 2, 1948, H. 7, S. 79-80.

Stahl, Arthur, *Ein belletristisches Lehrbuch der politischen Ökonomie*, in: Berliner Zeitung [DDR], Nr. 187, 13. 8. 1950.

Zum »Dreigroschenbuch« 1960 (Auswahl)

Blöcker, Günter, *Musterfall einer Dokumentation*, in: Frankfurter Allgemeine Zeitung, 10. 12. 1960.

[Anonym], *Romane unserer Zeit*, in: Schwäbische Zeitung, Ravensburg, 4. 3. 1961.

Zimmer, Dieter E., *Ausblick aufs Dreigroschenpanorama. Ein inhaltsreicher Band zu Brechts wirksamstem Werk*, in: Die Zeit, 24. 3. 1961.
Berghahn, Wilfried, *Das Buch der Woche. Bert Brecht: »Dreigroschenbuch«*, Südwestfunk, Baden-Baden, 16. 4. 1961.
Friedrich, Heinz, *Begegnung mit einem Buch. Die Moritat von der Berechenbarkeit des Menschen. Anmerkungen zu Brechts »Dreigroschenbuch«*, Radio Bremen, 22. 4. 1961.
Nagel, Ivan, *Bertolt Brechts ›Dreigroschenbuch‹*, Hessischer Rundfunk, Frankfurt, 6. 9. 1961.

Literatur

Boie-Grotz, Kirsten, *Brecht – der unbekannte Erzähler. Die Prosa 1913-1934*, Stuttgart 1978 (= Literaturwissenschaft – Gesellschaftswissenschaft. LWG 38), S. 186-202.
Bunge, Hans, *Brecht i nordisk landsflykt*, in: Ord och bild 73, 1964, H. 1 [Brecht-Sonderheft], S. 6-13.
Buono, Franco, *Eine »Inquiry« Brechts: Der Dreigroschenroman*, in: F. B., *Zur Prosa Brechts*, Frankfurt 1973 (= st 88), S. 7-60.
Dakowa, Nadeshda, *Die erzählende Prosa Bertolt Brechts 1913-1934*, Leipzig: Diss. Masch. 1962, S. 192-245.
Engberg, Harald, *Brecht auf Fünen. Exil in Dänemark 1933-1939*, Wuppertal 1974, bes. S. 70f., 106.
Fischetti, Renate, *Bertolt Brecht: Die Gestaltung des Dreigroschenstoffes in Stück, Roman und Film*, University of Maryland: Phil. Diss. Masch. 1971.
Fischetti, Renate, *Über die Grenzen der List oder Der gescheiterte Dreigroschenfilm. Anmerkungen zu Brechts Exposé »Die Beule«*, in: *Brecht-Jahrbuch 1976*, Frankfurt 1976 (= es 853), S. 43-60.
Fortini, Franco, *Unterweisungen aus dem »Dreigroschenroman«*, in: F. F., *Die Vollmacht. Literatur von heute und ihr sozialer Auftrag*, Wien/Frankfurt/Zürich 1968 (= Europäische Perspektiven), S. 217-221.
Fradkin, Ilja, *Bertolt Brecht. Weg und Methode*, Frankfurt 1977, bes. S. 148-155.
Goebel, Rolf J., *Brechts »Dreigroschenroman« und die Tradition des Kriminalromans*, in: *Brecht-Jahrbuch 1979*, Frankfurt 1979 (= es 989), S. 67-81.
Hartung, Günter, *Bertolt Brecht und Thomas Mann. Über Alternativen in Kunst und Politik*, in: Weimarer Beiträge 12, 1966, H. 3, S. 407-435.
Heeg, Günter, *Die Wendung zur Geschichte. Konstitutionsprobleme antifaschistischer Literatur im Exil*, Stuttgart 1977, bes. S. 174-185.
Hermsdorf, Klaus, *Brechts Prosa im Exil*, in: Weimarer Beiträge 24, 1978, H. 2, S. 30-42.

Hoffmann, Ludwig, und Curt Trepte, *Exil in Skandinavien*, in: *Exil in der Tschechoslowakei, in Großbritannien, Skandinavien und Palästina*, Frankfurt 1981, bes. S. 482ff.
Jeske, Wolfgang, *Bertolt Brechts Poetik des Romans*, Frankfurt 1984, S. 104-200.
Keller, Otto, *Brecht und der moderne Roman. Auseinandersetzung Brechts mit den Strukturen der Romane Döblins und Kafkas*, Bern 1975, S. 36-84.
Kesten, Hermann, *Bert Brecht. »Haben Sie Hegel gelesen?«*, in: H. K., *Lauter Literaten. Portraits, Erinnerungen*, München [u.a.] 1963, S. 423-441.
Kocks, Klaus, *Brechts literarische Evolution. Studien zum ästhetisch-ideologischen Bruch in den Dreigroschen-Bearbeitungen*, München 1981, bes. S. 125-215.
Korsch, Karl, *Briefe an Paul Partos, Paul Mattick und Bert Brecht. 1934-1939*, Ausgewählt u. hg. v. Michael Buckmiller und Götz Langkau, in: *Jahrbuch Arbeiterbewegung*, Bd. 2: *Marxistische Revolutionstheorien* [...], Hg. v. Claudio Pozzoli, Frankfurt 1974 (= Fischer-Tb. 6606), S. 117-249.
Krawczyk, Irena, *Angloamerikanismen in Brechts »Dreigroschenroman«*, in: Germanica Wratislaviensia XXIV, 1977, S. 45-51 (= Acta Universitatis Wratislaviensis, No. 274).
Müller, Klaus-Detlef, *Die Funktion der Geschichte im Werk Bertolt Brechts. Studien zum Verhältnis von Marxismus und Ästhetik*, Tübingen 1972, bes. S. 72-76 u.ö.
Müller, Klaus-Detlef, *Brecht-Kommentar zur erzählenden Prosa*, München 1980 (= Brecht-Kommentar. II), S. 134-185.
Riege, Helga, *Studien zur Satire in Brechts »Dreigroschenroman«*, Jena: Diss. Masch. 1956.
Schäfer, Walter E., *Pieter Brueghel der Ältere und Bertolt Brecht. Notizen zum Dreigroschenroman*, in: arcadia 7, 1972, S. 260-271.
Schäfer, Walter E., *Der verfremdende Doppelpunkt Brechts*, in: Sprachkunst. Beiträge zur Literaturwissenschaft 3, 1972, S. 278-284.
Schlenstedt, Dieter, *Satirisches Modell im »Dreigroschenroman«*, in: Weimarer Beiträge. Brecht-Sonderheft 1968, S. 74-100.
Schlenstedt, Dieter, *Das Demonstrandum des Dreigroschenromans*, in: *Brechts Tui-Kritik. Aufsätze, Rezensionen, Geschichten*, Hg. v. Herbert Claas und Wolfgang Fritz Haug, Berlin/Karlsruhe 1976 (= AS 11), S. 150-174.
Seidel, Gerhard, *Sein Verbrechen besteht in seinem Weltbild. Bertolt Brecht über den Charakter des Jonathan Peachum*, in: notate 1978, H. 11, S. 6-7.
Singermann, Boris, *Brechts »Dreigroschenoper«. Zur Ästhetik der Montage*, in: *Brecht-Jahrbuch 1976*, Frankfurt 1976 (= es 853), S. 61-82.

Trampe, Wolfgang, *Untersuchungen zum Modellcharakter in der Epik (Brechts »Dreigroschenroman« und Kafkas »Der Prozeß«)*, Rostock: Diss. Masch. 1967.

Wirth, Andrzej, *Stufen des kritischen Realismus. Dargestellt an Bertolt Brechts »Dreigroschenroman«*, in: Neue Deutsche Literatur 5, 1957, H. 8, S. 121-131.

IV. Der Tui-Roman
Fragment

1. Zeittafel

1930/31: Aus diesen Jahren stammen die frühesten Belege zu diesem Projekt: um 1930 macht sich Brecht Notizen zu Berichten Hermann Borchardts (1888-1951), die als früheste datierbare Zeugnisse gelten können (BBA 351/20). Etwa 1931 entstehen die Texte um *Johann Gottlieb Denke und der Denkismus* (12, 612f.; BBA 328/30, BBA 434/12-14); Notizen dazu finden sich in einem Notizbuch von 1931 (BBA 826/15). Diese Texte gehen zurück auf Zeitungsartikel aus dem Jahre 1924; ob man daraus ableiten kann, daß der Beginn der Materialsammlung zu diesem Projekt schon in diesem Jahr anzusetzen ist, bleibt ungewiß. Auch schon etwa 1930 entwirft Brecht ein Stück *Turandot* mit einer Rolle für Carola Neher (5, 3*); der Name Gogher Gogh läßt sich sogar schon 1920 nachweisen (Tb., 34 vom 26. 8. 1920).

1933: Aus diesem Jahr gibt es verschiedene Notizbucheintragungen, die wahrscheinlich im Sommer (BBA 809/13, 17, 19) bzw. im Herbst dieses Jahres (BBA 806/08, 10) entstanden sind. Zu diesem Zeitpunkt steht offensichtlich bereits der Titel *Tui-Roman* fest, da Brecht die Notierungen meist mit »T« überschreibt. Um 1933 ist außerdem schon von »Tui-Geschichten« die Rede (BBA 560/122). Unter den Materialien befinden sich zusätzlich zwei Zeitungsartikel aus diesem Jahr: Auszüge aus einem Kommentar *Mitarbeiter* aus *Deutsche Allgemeine Zeitung* (Reichs-Ausgabe, Nr. 189/190, 25. 4. 1933), aufgeklebt neben dem Text *Große Linie* (BBA 560/08 = 12, 590), sowie ein Artikel *Erziehung im neuen Staat. Pädagogische Tagung in München* aus der *Vossischen Zeitung* (Berlin, 9. 8. 1933) (BBA 560/81). – Im Zusammenhang der Verlagsverhandlungen zum *Dreigroschenroman* versucht Brecht, auch eine Vereinbarung zu seinem »China-Roman«, d.h. dem *Tui-Roman* zustande zu bringen.

1934: Auch das Notizbuch dieses Jahres enthält Aufzeichnungen zum *Tui-Roman* (BBA 811/26, 42). Walter Benjamin, bei Brecht in Dänemark zu Besuch, notiert sich am 27. 9. 1934, daß Brecht am *Tui-Roman* arbeite, der »einen enzyklopädischen Überblick über die Torheiten der Tellektual-Ins« geben wolle.

1935-1937: Während sich die Texte der Vorjahre hauptsächlich auf die Weimarer Republik beziehen, kommt in diesen Jahren eine neue Thematik hinzu: das Verhalten der Exilanten gegenüber dem Faschismus. Brecht kann dies auf den verschiedenen Schriftstellerkongressen beobachten: 1935 in Paris – er berichtet Karl Korsch darüber (*Briefe*, Nr. 259) –, 1936 in London – wie sein Gedicht *Inselbriefe I* belegt (9, 565f.) – und 1937 wiederum in Paris.

Unter den Materialien lassen sich mehrere Texte auf 1935 und den Pariser Kongreß beziehen: BBA 560/80, 145, BBA 499/61, BBA 808/15-16, BBA 1284/16. Auf den Kongreß von 1937 gehen die Texte BBA 827/39 und BBA 827/40 zurück. In das Jahr 1935 fällt außerdem eine weitere Arbeitsphase an *Turandot*. Brecht bestätigt dies selbst in einem Interview (*Die Wirklichkeit übertrifft alles*, in: *Deutsche Zentral-Zeitung*, Moskau, 23. 5. 1935), bei dem er auch von seinem »satirischen Roman« spricht, in dem er diese Thematik ebenfalls behandeln will.

1938-1941: Die sporadischen Eintragungen zum *Tui-Roman*-Projekt im *Arbeitsjournal* (AJ, 23, 40, 213) belegen, daß sich Brecht in dieser Zeit kaum damit beschäftigt (er arbeitet insbesondere am *Cäsar*-Roman). Auch für 1941 gibt es fast keine Belege für die Arbeit am *Tui-Roman:* Nur gelegentlich taucht der Begriff Tui auf (AJ, 295, 299). Unter den Zeitungsausschnitten in der Material-Sammlung datiert einer aus diesem Jahr: Karl Arnold, *Vom Fühlen bei der Arbeit* (*Völkischer Beobachter*, Berlin, Nr. 47, 16. 2. 1941).

1942: Erst in Brechts neuem Exilland USA gewinnt die Tui-Thematik neue Aktualität und eine zusätzliche inhaltliche Komponente: Das Exilland selbst und das Verhalten der Emigranten in diesem Land, insbesondere die Arbeit des Frankfurter Instituts für Sozialforschung. Vergleichsweise zahlreich sind die *Arbeitsjournal*-Notierungen in diesem Jahr (AJ, 418 f., 443, 468, 498, 517, 595), und es entstehen auch wieder Texte, etwa *Die Tuis vom Stechpalmenwald* (zu englisch: Hollywood) (12, 673 f.) und *Die große Liebesgeschichte* (12, 674). Doch ist dies alles noch nicht einmal der Beginn des geplanten Romans, wie Brecht im folgenden Jahr selbst feststellt (AJ, 617).

1943/44: Nach der Wiederaufnahme des Projekts im Vorjahr bzw. der Material-Sammlung zu der neuen Thematik in Amerika gibt es in diesen Jahren wiederum nur Eintragungen im *Arbeitsjournal* über Material-Fundgruben (AJ, 632, vgl. 710, 711 f.). – Aus dem Jahre 1946 stammt ein Artikel von A. Cressy Morrison, *Man Does Not Stand Alone* aus *Reader's Digest* (Dez. 1946, S. 11-14).

1952-1954: Nachdem Brecht 1952 wieder einmal nur neues Material – »eine hübsche tuigeschichte« (AJ, 995) –, einen Zeitungsartikel über abergläubische Naturwissenschaftler am Beispiel Niels Bohr, entdeckt hat, nimmt Brecht in den Folgejahren 1953/54, das *Turandot*-Projekt der dreißiger Jahre auf und bringt es zum Abschluß, wobei er sich auf die thematischen Bezüge zur Weimarer Republik und die nun hinzugekommenen zur Deutschen Demokratischen Republik ›beschränkt‹. Aber er stellt das Stück in den Zusammenhang eines »umfangreichen literarischen Komplexes«, des Tui-Romans, der auch im August 1954 noch nicht über das Stadium von »Plänen und Skizzen« hinausgelangt ist (5, 2194, 3*).

2. Selbstzeugnisse und Zeugnisse

Aus den *Briefen*

Ich selbst war auf dem Schriftstellerkongreß und konnte viel für meinen »Tui-Roman« buchen. Heinrich Mann z.B. reichte seinen Vortrag über die menschliche Würde und die Freiheit des Geistes vorher der Sureté ein. Immer wieder stellt man niedergeschlagen fest, wie wenig einem einfällt!
[Skovsbostrand, Ende Juni/Anfang Juli 1935; an Karl Korsch (Nr. 259)]

Du solltest mal wieder nach Dänemark kommen. Ich selber sitze in meinem »Tui-Roman«. Im Herbst will ich nach Moskau. Wann bist Du wieder dort?
[Skovsbostrand, 24. 8. 1937; an Wieland Herzfelde (Nr. 336)]

Reichenbach wohnt nahe, und wir sehen uns mitunter. Außerdem sehe ich – mit sehr viel weniger Gewinn, außer für den »Tui-Roman« – Herbert Marcuse, Horkheimer und Pollock, die letzteren beiden nur auf Gesellschaften. Es wird in nächster Zeit ein Lourdesfilm gedreht, ich nehme an, sie spekulieren auf die Pfaffenrollen. Im hintersten Finnland war ich nicht so aus der Welt. Die Feindschaften gedeihen hier wie die Orangen und haben wie die keine Kerne. Die Juden werfen sich gegenseitig Antisemitismus vor, die arischen Deutschen beschuldigen sich des Philodeutschismus. – Döblin spricht mitunter von daheim und meint damit Frankreich. Leonhard Frank, der den Menschen, der gut ist, jetzt schon den zweiten Weltkrieg machen sieht, verkündet ernsthaft, man müsse den Ganghofern (*Ludwig Ganghofer*, gest. 1917, beliebter Romancier der Wilhelmperiode usw.) »gewisse sehr wichtige Gebiete«, die sie besetzt hätten, entreißen, und schreibt eine revolutionäre Boy-meets-Girl-Geschichte. Usw. usw.
[Santa Monica, Juli 1942; an Karl Korsch (Nr. 433)]

Ihre frühe Analyse der englischen Grundhaltung hat sich sehr bewährt, die Nichtinterventionspolitik ist ein Tuimeisterwerk erster Ordnung. Die nichtaristotelische Dramatik hätte alle Hände voll zu tun, wenn sie noch Hände hätte.
[Santa Monica, Oktober 1942; an Karl Korsch (Nr. 448)]

16. 8. 38 – [. . .] der gesamtplan für die produktion breitet sich allerdings immer mehr aus. und die einzelnen werke haben nur aussicht, wenn sie in einem solchen plan stehen. zu DIE GESCHÄFTE DES HERRN JULIUS CAESAR muß DER TUIROMAN treten. zu den dramen die lehrstücke.

19. 2. 39 – die emigration schläft, aber unruhig. da sind einige alpdrücke, daß hitler das kleingeld doch nicht ausgeht, daß der falsche papst gewählt wird, daß churchill schlappmachen könnte. das pferdchen, auf das man am liebsten setzt, der favorit, ist die ›friedenssehnsucht des deutschen volkes‹. chamberlain, der auch diesen traum hat, rüstet wenigstens (für alle fälle) kräftig auf dabei. nun besteht tatsächlich eine furcht vor dem krieg in deutschland, aber das ist für das regime doch nur eine psychische erscheinung ohne fundierung, durch propaganda zu überwinden. es hat da gute gründe und trümpfe in der hand. aus meinen CAESARstudien sehe ich, wie leicht die schnell verlumpende römische plebs in eroberungskriege zu bringen war. und die arbeiterschaft? sie hat viel geschluckt für die beseitigung der arbeitslosigkeit. *kein* krieg bedeutet arbeitslosigkeit, wird das regime sagen (mit recht). was dem regime, das sehe ich immer mehr als alter erforscher des *tuismus,* diesen anschein der intelligenz verleiht, ist der umstand, daß es konsequenter spätkapitalismus ist, indem es pariert, macht es konsequente politik, daher die ›nachtwandlerische sicherheit‹! die kritik hitlers an der sozialdemokratie und dem frankfurtismus (in seiner letzten rede) ist ausgezeichnet. ohne die produktion zu verändern, wollten die dummköpfe die konsumtion verändern! dann bauen sie eine riesige rationalisierte industrie auf in einem politisch entmachteten land und treiben friedenspolitik! und hitler ist nun konsequent: die grenzen, welche von den waren nicht überschritten werden können, werden von den tanks überschritten. welches auch waren sind (sowie die sie bedienenden arbeitskräfte). die tuis sind verstört.

15. 12. 40 – die goldene zeit der *tuis* ist die liberale republik, aber den gipfel erklimmt der tuismus im dritten reich. der idealismus, auf seiner niedersten stufe angelangt, feiert seine gigantischsten triumphe. philosophisch – und damit adäquat – ausgedrückt: das

bewußtsein zu dem zeitpunkt, wo es dem gesellschaftlichen sein am tiefsten versklavt ist, wirft sich auf, ihm in der herrischsten weise diktieren zu wollen, die ›idee‹ ist nichts mehr als ein reflex, und dieser reflex tritt in besonders gebieterischer und terroristischer form gegenüber der realität auf.

ein teilaspekt: streit der demokratischen tuis mit den autoritären tuis, die ersteren haben die verträge geheiligt, welche durch ökonomische druckmittel aufgezwungen und durch ökonomische schliche außer kraft gesetzt wurden. die letzteren benützen militärische mittel. in den demokratischen ländern ist der gewaltcharakter der ökonomie nicht enthüllt (dh verhüllt), in den autoritären ländern steht es so mit dem ökonomischen charakter der gewalt.

[august 41] – und nun zu den überlebenden! bei r[olf] nürnberg, auf einer gartenparty den doppelclown horkheimer und pollock getroffen, die zwei tuis vom frankfurter soziologischen institut. horkheimer ist millionär, pollock nur aus gutem hause, so kann nur h[orkheimer] sich an seinem jeweiligen aufenthaltsort eine professur kaufen ›zur deckung der revolutionären tätigkeit des instituts nach außenhin‹. diesmal ist es an der columbia, aber seit die großen redrazzias stattfinden, hat h[orkheimer] die lust verloren, ›seine seele zu verkaufen, was an einer universität doch immer mehr oder minder stattfindet‹, und sie ziehen in den paradiesischen westen. was sind akademische palmen! – mit ihrem geld halten sie etwa ein dutzend intellektuelle über wasser, die dafür alle ihre arbeiten abliefern müssen ohne die gewähr, daß die zeitschrift sie jemals druckt. so können sie behaupten, daß ›das geld des instituts zu retten, ihr hauptsächlichste revolutionäre pflicht durch all die jahre war‹.

18. 4. 42 – dieses land zerschlägt mir meinen TUIROMAN. hier kann man den verkauf der meinungen nicht enthüllen. er geht nackt herum. die große komik, daß sie zu führen meinen und geführt werden, die donquichoterie des bewußtseins, das vermeint, das gesellschaftliche sein zu bestimmen – das galt wohl nur für europa.

20. 4. 42 – eisler hier. er hat ein stipendium von der rockefeller-foundation (thema: filmmusik). ›15 arten, regen zu beschreiben‹ (filmstreifen mit regen, dazu strenge musik). vielleicht ist mein tuiroman doch nicht . . . eisler ganz der alte in witz und weisheit.

12. 5. 42 – mit eisler bei horkheimer zum lunch. danach schlägt eisler für den TUIROMAN als handlung vor: die geschichte des frankfurter soziologischen instituts. ein reicher alter mann (der weizenspekulant weil) stirbt, beunruhigt über das elend auf der welt. er stiftet in seinem testament eine große summe für die errichtung eines instituts, das die quelle des elends erforschen soll. das ist natürlich er selber. die tätigkeit des instituts fällt in eine zeit, wo auch der kaiser eine quelle der übel genannt haben will, da die empörung des volkes steigt. das institut nimmt am konzil teil.

16. 6. 42 – bei adorno beginnt das frankfurter institut ein seminar. adorno, horkheimer, nürnberg, eisler, l[udwig] + h[erbert] marcuse, pollock. horkheimer zitiert, in einer art von alarm, einen ausspruch des vizepräsidenten wallace, nach diesem krieg müsse jedes kind der welt 1 pint milch täglich bekommen. er bekam nahezu keine publicity für seinen slogan, der krieg sei eine revolution der völker, und es komme das jahrhundert des common man. aber das institut fragt sich schon, ob da nicht eine gigantische gefahr für die kultur heraufzieht, wenn der kapitalismus so viel milch (nicht nur der frommen denkungsart) verzapft (was er nach pollocks, des ökonomen, fachmeinung durchaus kann). ein einziger blick zeigt dem institut, daß wohlstand allein noch keine kultur erzeugt, denn herrscht hier nicht wohlstand und gibt es hier kultur?

27. 7. 42 – dieses journal zeigt allein durch die vielen eintragungen die bedrängte lage, in der ich bin, geworfen in das zentrum des weltrauschgifthandels unter die allerletzten der tuis dieses gewerbes.

was für ein unendlich trauriges gemächte dieser geiselfilm ist [»Hangmen Also Die«], mit dem ich mich etwa jetzt zu beschäftigen habe [. . .].

28. 7. 42 – daß hitler die generäle nicht dazu bringen konnte, den faschismus in italien zu verteidigen, beweist die zunehmende schwäche seiner position. andrerseits wird er wohl jetzt noch einmal kurz von den unruhen in italien profitieren. – bei eisler ergriff ich die gelegenheit, adorno und einen andern tui vom institut für sozialforschung zu fragen, was nunmehr mit ihrem ökonomen pollock geschehen würde, der ein faschistisches jahrhundert erwartete, an die planwirtschaft der deutschen bourgeoisie glaubte

usw. sie sagten, der sturz mussolinis beweise nichts. sie sind dabei alle erstaunt über die spielerische leichtigkeit, mit der die italienische bourgeoisie den ›diktator‹ entließ, all die ›tiefgreifenden‹ faschistischen institutionen auflöste usw. als ich vor einem jahr ihnen meine meinung entwickelte, daß es sich in deutschland um nichts als eine oberflächliche kriegswirtschaft handelt, mit sehr wenig echter koordination, sehr fahrigem eingriff des staats in die wirtschaft, zogen sie nur die augenbrauen hoch.

22. 8. 42 – bei den frankfurtisten. reichenbach ist besorgt wie alle sozialdemokraten, daß das ›erbe‹ auch unbeschädigt in die klassenlose gesellschaft geborgen werden kann. die rettung der kulturgüter hält ihn schlaflos, während sie mich einschläfert. vergeblich wird ihm erklärt, daß die kulturgüter dieselbe funktion bekommen haben wie alle andern güter, nämlich warencharakter angenommen haben. die beethovensymphonie unterwirft den proletarier lediglich der übrigen ›kultur‹, welche für ihn eine barbarei ist. natürlich werden nur die künste gerettet, die an der rettung der menschheit sich beteiligen. die kultur muß ihren gütercharakter aufgeben, um kultur zu werden. ›aber wie kann das verständnis für kunst bewahrt bleiben?‹ die künste bewahren (produzieren) es. die schönbergsche musik macht die beethovensche verständlich. die proletarier müssen zusammen mit der gesamten produktion eben auch die künstlerische von den fesseln befreien.

5. 9. 43 – was für eine vergeudung, dieses storyentwerfen für die pictures, die große roulette. und vor allem, daß man niemals längere zeitspannen vor sich gesichert sieht, materiell. ich habe den caesarroman nicht beenden können, den tuiroman nicht einmal beginnen. der messingkauf liegt in unordnung. und ich würde gern die REISE DES GLÜCKSGOTTS machen [...]

10. 10. 43 – ADORNO hier. dieses frankfurter institut ist eine fundgrube für den TUIROMAN. das gegenstück zu den ›freunden des bewaffneten aufstands‹ sind die ›uneigennützigen bewunderer der idee des materialismus‹. ›marx ist nicht interessiert an den dingen, nur an den beziehungen zwischen den menschen, die in den dingen verdinglicht sind.‹ lustig auch so was wie: ›robert walser ist sehr bedeutend, da er den verfall der bürgerlichen gesellschaft widerspiegelt.‹ schade nur, daß dieses bürgertum dann in panzerdivisionen und ss-verbände verfällt.

12. 12. 44 – eisler, kortner, henrieds, thörens, kaus. es wird über die stellung der emigrierten französischen künstler zu de gaulle und vichy gesprochen. von rené clair und renoir wird gesagt, sie seien antisemiten. eisler: ›keine antisemiten, sie können nur die juden nicht leiden.‹ diese unglücklichen intellektuellen! sind sie gefährlich? sie sind es, wie zigarren, die man in die suppe schneidet.

18. 12. 44 – brief an steff:
das frankfurter soziologische institut (das mich zu dem TUIROMAN inspirierte) hat jetzt seine brüchig gewordene finanzielle grundlage konsolidiert: die new yorker juden finanzieren ihnen ein umfassendes projekt der erforschung des antisemitismus. horkheimer und adorno haben bereits fragebogen ausgearbeitet, durch welche *der faschistische typus* festgestellt werden soll, methodisch und auf streng wissenschaftlicher grundlage. es ist dies der typus, der potentiell ein antisemit ist, und von nun an kann er schon im nichtvirulenten stadium diagnostiziert (und eventuell behandelt) werden. einzelne fragen: ›glauben Sie, daß an den weltkrieg sich naturkatastrophen anschließen, seuchen, erdbeben usw.?‹ – ›halten Sie syphilis für unheilbar?‹ ich brachte die rede auf die kleine schrift über die judenfrage von K[ARL] M[ARX] und erfuhr wieder einmal, daß die überholt ist (und überhaupt vom *jungen* m[arx] stammt). m[arx] soll auf die goebbelssche unterscheidung zwischen dem schaffenden und dem raffenden kapital hereingefallen sein. meine heimtückische frage, ob die new yorker seiner meinung nach den m[arxschen] standpunkt finanzieren würden, wenn m[arx] nicht unrecht gehabt hätte oder wenn das institut nachweisen könnte, daß er doch recht gehabt hat, fiel in ein taubes ohr. (ich bin beinahe sicher, daß adorno sie auch in seinen fragebogen nicht aufnehmen würde.) m[arx] nahm den juden, wie er historisch ›vorlag‹, geformt durch verfolgungen und widerstand, in seiner wirtschaftlichen spezialisierung, seiner angewiesenheit auf flüssiges geld (der notwendigkeit, sich frei- oder einzukaufen), seiner kultivierung uralten aberglaubens usw usw. und m[arx] riet ihm, sich zu emanzipieren (und machte ihm dies auch vor). adornos gesicht *kann* nicht lang werden, was ihm als einem theoretiker gut zustatten kommt. so mußte ich ein wenig weiter gehen. ich schlug ihm vor, den kapitalismus deswegen anzugreifen, weil er den schacher *liquidiert* hat. womit er all die phantasie, all den humor, all den amüsanten kampf, kurz, den geist aus dem handel ausgemerzt hat. ich schil-

derte adorno die verachtung, die der chinese (dem juden im schacher weit überlegen) dem westlichen händler zollt, der einfach den preis zahlt und mit der beute weggeht, ohne daß irgendein menschlicher vorgang, ein wettstreit der gehirne, vorgegangen ist. wenn die anwesenheit des verkäufers *so* überflüssig ist, warum dann nicht schon gleich einfach einbrechen?

17. 11. 52 – eine hübsche tuigeschichte:
Vorbehalte

Naturwissenschaftler sind bekanntlich nicht abergläubisch. In ihren Häusern spukt es nicht, und sie würden auch an einem Freitag, der auf den 13. fällt, ohne Bedenken eine Reise antreten.

Nichtsdestoweniger hängt über der Tür von Niels Bohr (Nobelpreis 1922) ein Hufeisen: ein ganz kommunes bäuerliches Stück, wie man es auf den Dorfstraßen in Dänemark finden kann.

Ein Besucher aus der Schweiz – es war die Jahreszeit der Kongresse – blieb unter dem Türzeichen stehen. »Sieh einer an!« staunte er. »Wie kommt denn das zu Ihnen?«

»Sehr einfach«, antwortete der Hausherr, »ich habe es auf einem Spaziergang gefunden und hier angenagelt. Es soll Glück bringen.«

»Pardon, lieber Kollege: Glauben Sie an den Humbug?«

»Nein«, sagte Niels Bohr, »natürlich nicht. Aber ich habe mir sagen lassen, es soll auch dann Glück bringen, wenn man nicht daran glaubt.«

No.

20. 8. 53 – buckow. TURANDOT. daneben die BUCKOWER ELEGIEN. der 17. Juni hat die ganze existenz verfremdet. in aller ihrer richtungslosigkeit und jämmerlicher hilflosigkeit zeigen die demonstrationen der arbeiterschaft immer noch, daß hier die aufsteigende klasse ist. nicht die kleinbürger handeln, sondern die arbeiter. ihre losungen sind verworren und kraftlos, eingeschleust durch den klassenfeind, und es zeigt sich keinerlei kraft der organisation, es entstehen keine räte, es formt sich kein plan. und doch hatten wir hier die klasse vor uns, in ihrem depraviertesten zustand, aber die klasse. alles kam darauf an, diese erste begegnung voll auszuwerten. das war der kontakt. er kam nicht in der form der umarmung, sondern in der form des faustschlags, aber es war doch der kontakt. – die partei hatte zu erschrecken, aber sie brauchte nicht zu verzweifeln. nach der ganzen geschichtlichen entwicklung konnte sie so-

wieso nicht auf die spontane zustimmung der arbeiterklasse hoffen. es gab aufgaben, die sie unter umständen, unter den gegebenen umständen, ohne zustimmung, ja gegen den widerstand der arbeiter durchführen mußte. aber nun, als große ungelegenheit, kam die große gelegenheit, die arbeiter zu gewinnen. deshalb empfand ich den schrecklichen 17. juni als nicht einfach negativ. in dem augenblick, wo ich das proletariat – nichts kann mich bewegen, da schlaue, beruhigende abstriche zu machen – wiederum ausgeliefert dem klassenfeind sah, dem wieder erstarkenden kapitalismus der faschistischen ära, sah ich die einzige kraft, die mit ihr fertig werden konnte.

12. 9. 53 – erkältet allein zurück in buckow, da weißenseer haus halbleer und unheizbar. gehe TURANDOT durch, skizziere chronik für courageaufführung kopenhagen.

13. 9. 53 – wenn ich mir TURANDOT jetzt ansehe – sie steht recht außerhalb der deutschen literatur und wirkt, wie alleinstehende personen oft, unsolide. wäre ich im ganzen ein komödienschreiber, was ich beinahe bin, aber eben nur beinahe, dann stünde um solch ein werk wenigstens die verwandtschaft, und der clan könnte sich behaupten.

mit der ›botschaft‹ des werks steht es auch nicht einfach. es ist ein wenig wie mit dem GEIZIGEN molières in dieser hinsicht. er verspottet den geiz zu einer zeit, wo das bürgertum das geld produktiv zu benutzen versteht, neuerdings. geiz ist ganz unpraktisch geworden, steht dem gelderwerb im wege, ist also lächerlich (und erntet auch noch das gelächter der feudalität, die großzügig ist und mit den arbeitsprodukten der unterdrückten klassen nicht geizt.) und doch bleibt er für lange zeit da, im grunde, als das raffen, als das ziel der produktivität, als die schlechte seite des kapitalismus durch seine ganze karriere. (und ist, zum rechten zeitpunkt ertappt, überhaupt eine tiefverwurzelte schlechte eigenschaft!) – das formulierende, das unproduktive denken wird in TURANDOT ertappt zu einem zeitpunkt, wo die (kapitalistische) produktionsweise es den produktivkräften nicht mehr erlaubt, sich weiterzuentwickeln; es stellt sich dar als unpraktisch, also lächerlich. und es wird eine zeitlang noch weitergehen, so lang bis die intellektuellen dem rest der bevölkerung nicht mehr gegenüberstehen, sondern die ganze bevölkerung intellektualisiert ist.

Weitere Selbstzeugnisse

[. . .] Überdies arbeite ich an einer Komödie, in der ich darstelle, wie die bürgerlichen Ideologen auf ihrem Markt der Ansichten die jeweils von der Bourgeoisie gewünschte Ideologie verkaufen. *Hanns Eisler* schreibt die Musik dazu. Dieses Thema werde ich auch in einem satirischen Roman behandeln.
[20, 6* f.; Interview in *Deutsche Zentral-Zeitung*, 23. 5. 1935]

[. . .] Über den zweiten Roman [den »Tui-Roman«], an dem ich schon lange arbeite, wage ich kaum zu sprechen, so kompliziert sind da die Probleme und so primitiv ist da das Vokabular, das mir die Ästhetik des Realismus, wie sie jetzt ist, liefert. Die formalen Schwierigkeiten sind außerordentlich, ich habe ständig Modelle zu bauen; wer mich bei dieser Arbeit sähe, würde mich für nur an Formfragen interessiert halten. Ich mache diese Modelle, weil ich die Wirklichkeit darstellen möchte. Was Lyrik betrifft, so gibt es ebenfalls in ihr einen realistischen Standpunkt. Ich fühle aber, daß man ganz außerordentlich vorsichtig vorgehen müßte, wenn man darüber schreiben wollte. Andrerseits gewönne man viel Aufschluß über Realismus in Roman und Dramatik.
[19, 300; etwa 1938]

Walter Benjamin

[. . .] Seine Planungen greifen weiter aus. Er steht dabei vor einer Alternative. Auf der einen Seite warten Prosavorwürfe. Der kleinere des Ui – eine Satire auf Hitler im Stile der Historiographen der Renaissance – und der große des Tui-Romans. Der Tui-Roman ist bestimmt, einen enzyklopädischen Überblick über die Torheiten der Tellektuall-Ins zu geben (der Intellektuellen); er wird wie es scheint zumindest zum Teil in China spielen. Ein kleines Modell für dies Werk ist fertig.
[Tagebuch, 27. 9. 1934]

Eisler: [. . .] Sie wissen ja, daß ein Universitätsprofessor in Amerika auch »research« machen muß, wenn er seine Position behalten will.

Bunge: Was ist das – »research«?

Eisler: »Researches« sind Studien.

Er darf also nicht nur unterrichten, sondern muß auch wissenschaftlich etwas beitragen [. . .].

Die »Vierzehn Arten den Regen zu beschreiben« ist eine dieser Studien, die ich sowohl theoretisch als auch praktisch abgeliefert habe.

Es ist klar, daß mein Freund Brecht sich darüber – in einer sehr herzlichen Weise – mokiert hat.

Denn die Welt war kompliziert. Es herrschte einer der entsetzlichsten Kriege der Menschheitsgeschichte.

Und Eisler wird angehalten, sich wissenschaftlich zu vervollkommnen – und schreibt dann gerade die Studie »Vierzehn Arten den Regen zu beschreiben«.

Wenn also Brecht Punkte macht nach seiner Tagebucheintragung: »So ist mein Tuiroman doch nicht . . .« – unrichtig konzipiert, hat er recht.

So die Autoritäten zu überlisten – das heißt, sein Leben zu machen, sich nicht prostituieren, weiterzuarbeiten, aber etwas Wertvolles abliefern –, war *a* die Tui-Haltung, und *b* war sie es wieder nicht. Der Satz, wie mich Brecht beschreibt, zeigt ja, daß ich kein »Tui« war.

Aber ich muß zugeben, es war . . . [14 f.]

Bunge: Unter den unvollendeten Arbeiten Brechts befinden sich die Entwürfe zu einem »Tui-Roman«. Die beziehungsreiche Fabel dafür hatte Hanns Eisler nach einem Lunch bei Max Horkheimer, dem Leiter des Frankfurter soziologischen Insituts, vorgeschlagen. Brecht notiert sie Mitte Mai 1942. Ich las sie Eisler in unserem Gespräch am 2. Mai 1958 vor:

»Ein reicher alter Mann (der Weizenspekulant Weill[!]) stirbt, beunruhigt über das Elend auf der Welt. Er stiftet in seinem Testament eine große Summe für die Errichtung eines Instituts, das die Quelle des Elends erforschen soll. Die Tätigkeit des Instituts fällt in eine Zeit, wo auch der Kaiser die[!] Quelle der Übel genannt haben will, da die Empörung des Volkes steigt. Das Institut nimmt am Konzil teil ...«

Eisler: ... und die Quelle des Übels ist der Getreidespekulant. Selbstverständlich können das die Gelehrten des Instituts nicht herausbringen.

Nun, Sie wissen ja, daß Horkheimer – heute, glaube ich, Rektor der Frankfurter Universität – der Leiter dieses seltsamen Instituts ist.

Das Institut für Sozialwissenschaft in Frankfurt hat eine Stiftung von einem großen Getreidehändler – ich würde sagen des größten des Getreidehandels – Weyl, Hermanus, also Brüder Weyl [!].

Bunge: Das ist ein echter Name?

Eisler: Ja. Mit Hauptsitz in Argentinien und in Frankfurt. Die großen Weizenleute.

Und tatsächlich hat der Vater am Ende seines Lebens eine riesige Stiftung gemacht: ein fulminantes Gebäude mit sehr vielen Zimmern.

Es ladet zur Gelehrsamkeit ein, und seit vierzig Jahren wird dort eifrig nachgedacht, wie das nun alles ist.

Selbstverständlich ist meine Formulierung eine plebejische. Die Gedanken, die dort gesponnen werden, sind ganz anders – aber wahrhaftig, glaube ich, so richtig zurückgeführt. Dieser Vorschlag machte Brecht großen Spaß. Sonst hätte er ihn nicht aufgeschrieben.

Ich kann nur immer mit Jammer ausrufen: hätte er nur den Roman geschrieben, es wäre ein enormer Beitrag gewesen. Sie werden übrigens unter seinen Skizzen ein paar Anfänge dieses Romans finden.

Bunge: Ja, es gibt dazu eine Menge Material.

Eisler: Auch wie der Getreidehändler Weyl [!] übers Land fährt und dort einige schattenhafte Wesen sieht und dann beschließt, dieses Institut zu gründen.

Das ist ein ganz erstaunliches Institut.

Und ich sehe, daß nach dem Tode von Brecht keiner die geistige Höhe haben wird, um die Niedrigkeit dort zu beschreiben. [186f.]

Bunge: Erinnern Sie sich, daß Brecht eine etwas eigenartige Beziehung zwischen dem »Tui«-Roman und Ihnen hergestellt hat, als er zur Kenntnis nahm, daß Sie mit Unterstützung der Rockefellerfoundation Ihr Buch »Komposition für den Film« verfaßt und

»Vierzehn Arten den Regen zu beschreiben« komponiert haben? Ich zitierte Ihnen schon einmal den unvollständigen Satz in seiner Notiz darüber: »Vielleicht ist mein Tuiroman doch nicht ...«

Eisler: Tui als Schutzfärbung.

Ich habe benommen mich wie ein Tui, um komponieren zu können. Denn – selbstverständlich – mit dem »Regen« habe ich mich höchstens einige Stunden am Tag beschäftigt, während die Kompositionszeit, die mir für andere Arbeiten blieb, eben bedeutend länger war. Das ist der interessante Fall: benehmen wir uns wie Tuis, dann können wir unsere Arbeiten retten, die gar nix mehr damit zu tun haben.

Das ist Mimikry. [190]

(Aus: Hans Bunge, *Fragen Sie mehr über Brecht. Hanns Eisler im Gespräch*, Frankfurt 1971.)

3. Die Texte

Der Gesamtkomplex

1954 schreibt Brecht zu dem fertiggestellten Stück *Turandot oder Der Kongreß der Weißwäscher:*

»Das Stück ›Turandot oder Der Kongreß der Weißwäscher‹ gehört zu einem umfangreichen literarischen Komplex, der zum größten Teil noch in Plänen und Skizzen besteht. Zu ihm gehören ein Roman ›Der Untergang der Tuis‹, ein Band Erzählungen ›Tuigeschichten‹, eine Folge kleiner Stücke ›Tuischwänke‹ und ein Bändchen von Traktaten ›Die Kunst der Speichelleckerei und andere Künste‹. – Alle diese Arbeiten, die den Verfasser seit Jahrzehnten beschäftigen, behandeln den Mißbrauch des Intellekts.« (5, 2194)

Nach den vorliegenden Materialien zu diesem Projekt lassen sich folgende Teile des Komplexes unterscheiden:

1. Das Stück *Turandot oder der Kongreß der Weißwäscher* (5, 2193-2270)
2. Die Erzählungen *Tui-Geschichten* (12, 685-723)
3. Die Sammlung *Tui-Traktate* (12, 677-683)
4. Verschiedene kurze Stücke *Tuischwänke* (Texte dazu sind nicht erhalten.)
5. Ein *Tui-Epos* (12, 724-727)
6. *Der Tui-Roman* (Zu ihm gibt es u.a. den Titel *Der Untergang der Tuis. Tui-Roman* ist gleichzeitig auch der ›Sammeltitel‹ des Gesamtkomplexes.)

Thematisch und damit indirekt auch zu diesem Komplex gehören die verschiedensten Texte Brechts: angefangen von Gedichten wie *Inselbriefe I* oder *Hollywood* über Stücke wie *Leben des Galilei* und *Der Hofmeister* sowie Prosaarbeiten wie *Me-ti/Buch der Wendungen* und *Flüchtlingsgespräche* bis hin zu einer Vielzahl von Schriften, z.B. den *Briefen an einen erwachsenen Amerikaner* oder *Musterung der Motive junger Intellektueller* u.a.m.

Materialien zu einem Roman

1930/31

In diese Jahre fallen Brechts Notizen zu Berichten von Hermann Borchardt: »borchardts vater III. roman« (BBA 351/20) und »borchardts geschichte von seinem vater und dem vorgetäuschten bankrott« (BBA 499/71).

Ausführlicher beschäftigt sich Brecht mit dem Thema Johann Gottlieb Denke; neben der »Ehrenrettung« *Johann Gottlieb Denke und der Denkismus* (12, 612f.), ihrer Einbeziehung in die *[Lehrstoffe]* (12, 611f.) und der Notiz (12, 613) gibt es zu diesem zunächst als Stück geplanten Material weitere Texte:

BBA 464/56
Johann Gottlieb Denke und der Denkismus
Einleitung
wenn man die bedeutung j g ds für die geschichte des weltkriegs seine stellung unter den grossen deutschen richtig verstehen will muss man von jeder moralischen haltung ihm gegenüber zunächst geraume zeit lang absehen. zweifellos unterschied er sich [Einfügung: »durch seine auffassungen«] in fragen der moral zunächst nicht unbeträchtlich von seinen zeitgenossen. aber bei genauerem hinsehen kann man bemerken dass diese zwar auf diese unterschiede einen ungeheuren fast krankhaften wert legten, in wirklichkeit aber keine rechten argumente gegen ihn vorbringen konnten, das heisst ihm handlungsweisen vorzuwerfen vermochten die sich von den ihren wesentlich unterschieden. so bleibt auch hier wieder die vermutung bestehen, dass sie sich entweder über den karakter ihrer eigenen oder den seiner handlungsweise täuschten. im grossen repressentierte[!] er durchaus den herrschenden typus des damaligen deutschen bürgers. auch jenen merkwürdigen zug der divergenz zwischen ansichten und handlungsweisen der ihnen allen eigen war findet man bei ihm; dieses phänomen dass er mit dem was er tat so gar nicht einverstanden war und das was er für allein richtig hielt so gar nicht tat, dass seine anschauungen also gar nichts zu tun hatten mit seiner handlungsweise, können wir gut an ihm studieren, allerdings nur in privaten dingen und nicht da wo er eben fachmann war. doch auch dies ist für ihn wie für sie karakteristisch. als fachmann auf seinem eigenen gebiet war er durchaus konsequent, im gegensatz zu ihnen ohne vorurteil, ein neuerer,

dennoch auch hierin ganz wie sie, ganz und gar in ihrem sinne tätig. was er vollführte waren ihre aufträge, er vollführte es zum nutzen des ganzen, er gab ihnen was ihnen fehlte, er übernahm die verantwortung für das was getan werden *musste.* noch die art seines selbstgewählten todes zeigte das hohe verantwortungsgefühl das die deutschen an ihren heroen so sehr lieben.

BBA 499/57
johann gottlieb denke. eine verteidigung des grossen nationalisten. seine lehre, welche durch die formel ausgedrückt wird: r – n (esser = essen) sein praktisches scheitern an der humanitätsduselei, am kleinbetrieb. sein theoretischer irrtum: notwendigkeit der reservearmee (formel). der nachweis rettet das proletariat.

BBA 424/57
denke
heute wo bis zu einem gewissen grade denkesche gedanken und denkesches fühlen unserm volke in fleisch und blut gegangen sind ist es nicht leicht sich von der grösse seines grundeinfalls ein bild zu machen. es war die alte geschichte vom ei des kolumbus. heute könnte man glauben dass die schlachtung von 2 millionen menschen natürlich zu dem vernünftigen zweck der nahrungsmittelfürsorge unternommen worden wäre. denn welch einen anderen zweck könnte man ihr unterschieben? es war aber nicht so: wie so oft verstand die menschheit nur zu siegen aber den sieg ausnützen verstand sie nicht ohne weiteres. diese grosse und einzigartige schlachtung scheint dem historiker tatsächlich weniger aus vernunft und mehr aus instinkt erfolgt zu sein. wie seltsam und befremdlich ist die aber! ist der schritt von der pflege des menschen wie man sie in den krankenhäusern beobachtet zu seiner schlachtung nicht ein unendlich weiterer als der von dieser schlachtung zum aufessen? ganz abgesehen davon dass der erste schritt ohne den zweiten doch unter umständen sogar unmoralisch genannt werden könnte. (er ist es auch von leuten die den zweiten sicher stürmisch begrüsst hätten in zeitungen und wahlversammlungen oft genannt worden!) tatsache ist jedenfalls dass der ungeheure gedanke des weltkriegs nur von einem einzigen mann unter ungünstigsten umständen in nur ganz kleinem masstabe[!] zu ende gedacht wurde: eben von denke. er erkannte den sinn des ganzen. er baute auf wo die anderen einrissen! es bedurfte seines kindlichen

und tapferen sinnes. und doch litten in dieser zeit tausende den bittersten hunger dadurch dass ihre ernährer an den grenzen kämpften und fielen und doch lagen eben diese ernährer zu tausenden gerade zu diesem zeitpunkt eben dort bereit sie zu ernähren – im essbarsten zustand! denn es handelte sich ja nicht um krankes sondern um völlig gesundes fleisch und die so notwendigen gesetze über higiene[!] in schlachthäusern wurden wohl selten so genau befolgt wie hier: keine kranken sondern nur geschlachtete tiere! wenn man einwendet dass es bei der verarbeitung dieses fleisches nicht ohne unreinlichkeit abgegangen wäre so gilt das jenen nicht als einwand die ahnen warum beinahe alle metzger nach dem zeugnis ihrer ehefrauen vegetarier sind. selbst wenn wir ein[i]ge exemplare des faust oder des zarathustra (die jeder zweite deutsche soldat im tornister hatte) ja sogar einige unserer liebesgaben die sie im magen hatten mitgegessen hätten was weiter? wenn man auch zugäbe dass die liebesgaben gelesen weniger schaden als gegessen – die bücher jedenfalls schaden mehr wenn man sie liest als wenn man sie isst. es berührt beinahe tragisch dass etwa von unseren zeitungen [d.h.: »daß man unsere Zeitungen«] die man nach anfänglichem zögern endlich doch zu leichenhemden für unsere soldaten verwendete besser ausgenutzt hat als die leichen selber.

Mittdreißiger Jahre

Die Mehrzahl der Texte entstand in den diesbezüglich ergiebigsten Jahren, etwa zwischen 1933 und 1937. Aus dem Konvolut der Archiv-Materialien lassen sich verschiedene Texte den bereits publizierten Plänen etc. zuordnen bzw. unter thematischen Gesichtspunkten in diese einreihen. Beispiele dafür im folgenden, auch solche, die im gegenwärtigen Stadium der Textsichtung und -aufbereitung zunächst einmal ohne eindeutige Zuordnungsmöglichkeit bleiben müssen.

Allgemein

BBA 560/31
DER TUI-ROMAN
in den mittelpunkt zu stellen menschliche menschen. die kleinen tuis und die niedern schüler, die lernenden, die steine vorgesetzt bekommen zum essen.

BBA 560/117

GESCHICHTE DER TUIREPUBLIK

1) die chimesische Revolution
2) die tuiverfassung
3) inflation und tod des hafners
4) der marschall wird gewählt
5) die teilung des kuchens
6) die pazifisten bauen die wirtschaft auf
7) der marschall rettet die republik
8) sieg des hu-ih

BBA 449/42; zu 12, 592

II,1

die urlauber und ihr empfang. die brotlaibe. die neuen bräute. schilderungen der bewillkommnung (der brotlaibe) in den zeitungen.
die schulfeier. die verlustlisten.
die volksvertreter reisen ab, um den geist der truppe zu heben. sie stossen auf den abgedankten kaiser und werden von der truppe als führer bewillkommt. die erzählung des dicken fu vom machtlosen kaiser.

BBA 560/14

I

die lage des volkes lernt man in den kaffeehäusern der tuis kennen. die nöte und irrtümer des kleinen mannes.
der direktor der tuischule,
[Es folgt 12, 611: »Ein Mann der Toleranz . . .«]
das liebesleben der zöglinge. korrektur der realität an den prinzipien, die billigen liebeskräfte. die prostitution im erwerbsleben. die wetter der knaben. das weib bekommt den brotlaib, da sie, vor zeugen, keine lust verspürte.
reise des kwan nach hause. der onkel, der gern sein anwesen anzünden möchte. schwierigkeiten mit der versicherung. die chemiker beschäftigt.
faust, von kwan und hung gesehen. der denker und erfinder, sein taedium vitae, sein kontrakt mit dem teufel, das gold, das junge

weib, das ihm frucht trägt, sein benehmen ihr gegenüber. heinrich, mir graust vor dir. seine unhinderbare aufwärtsentwicklung, entfaltung, teures wachstum des grossen tui.
2 *unglücksfälle* haben chima kürzlich getroffen. einige neue erfindungen zur ersparnis der arbeitskraft und einige rekordernten. (die erfindungen neuer maschinen zum einsparen von den hochgetriebenen löhnen, also nicht aus übermut).
abdankung des kaisers, von den tuis erzwungen.
die glücklichen monate der freiheit. die tuis führen, reden, schreiben. ihr historischer verrat.
begrüssung des geschlagenen feldherrn durch die tuis,
der ratgeber trifft ein, wenn der kaiser geflohen ist.

BBA 560/15
I,2
der zug des lebenden buddha wird zu beginn des zweiten jahres beinahe abgestoppt durch die nachricht vom verlust des krieges und der verjagung des kaisers. die revolutionäre regierung hält jedoch, nach einigem schwanken, die einladung aufrecht. allerdings steht, wenn der zug eintrifft, auch diese regierung schon vor ihrem sturz.

BBA 499/55
I
der krieg war notwendig, weil die wirtschaft ungeordnet war, als das alte mittel für die alten schwierigkeiten. wenn er verloren ging, so war er unpopulär, aber dadurch nicht weniger notwendig, da die alte wirtschaft ungeordnet und auf krieg angewiesen geblieben war.
für den frieden arbeiten hiess, ebenso wie für die kultur arbeiten den staat gefährden und das tun die tuis. sie halten den krieg für überwunden, weil die menschen ihn kennen gelernt haben und »dagegen« sind.
der krieg wird vorbereitet von den alten und zukünftigen gegnern dadurch, dass sie ihr kapital ins land pumpen, um es hoch zu verzinsen. so bauen sie eine sehr potente wirtschaft auf, die dann den krieg braucht (und ermöglicht).
der grosse skandal, der vertuscht werden muss und nicht kann.

BBA 560/16
II
kwan geht mit len fischen. die bedenken kwans, des vegetariers. len lacht. lens geständnis: er dürfte nicht fischen gehen, weil er die gesetze einhalten muss, als illegaler.

BBA 560/17
II
der erzähler der tui-geschichten der arzt ker-fi-er (friedrich kraus), ein geräuschvoller siebziger. skeptiker, sokratiker, vitaliker. sein freund len hört ihm zu, die hände gefaltet, das eine auge zuzwinkend, den kopf bequem zurückgelehnt, oft lachend.
len ist wirklich arm, im gegensatz zu taschi-lama.
kwan lernt den berüchtigten, blutdürstigen len kennen. den teiler, den frauenaufteiler, den klosterbrenner, den leugner der siebzig prinzipien. er hört ihn beweissen [!], warum die früheren aufstände nicht gegangen sind, er hört ihn die grossen alten tuis preissen [!]. die kaufleute der ersten zeit loben.
ist len ein tui?

BBA 560/18
II
die tuis machen sich lustig über den unwissenden hu-ih. sein werdegang. seine 53 000 sprachschnitzer in seinem buch »wie ich es schafftete«.
inzwischen siegt er draussen.
die tuis stellen die kulturschätze bei den niedrigen ein.
die kunst des speichelleckens
(natürliche anlage nötig?)

Das goldene Zeitalter

BBA 499/50
das goldene zeitalter der tuis
zug des papstes. der urgrund der verwirrung. später wieder aufgenommen von gogher gogh in der grossen umbenennung
geschichte der beiden knaben
kampf gegen das buch

Tui-Verfassung

BBA 148/06
die persönliche freiheit war nach der verfassung sehr gross, sie erlag jedoch gewissen beschränkungen. jeder chimese hatte (nach § 163) die sittliche pflicht, seine geistigen und körperlichen kräfte so zu betätigen, wie es das wohl der gesammtheit [!] erforderte. er durfte also seine kräfte zb nicht einfach verfallen lassen. er hatte nicht das recht, sich zb durch hungern zu schwächen, oder durch ständigen aufenthalt in feuchten kellerwohnungen seine gesundheit zu untergraben. es wurde natürlich gegen diese verpflichtung häufig verstossen, jedoch verletzte man dadurch die verfassung. eine weitere verpflichtung bestand in der vermehrung der nation, wie sie durch die (in § 119) geschützte ehe zustande kam. nach der definition des grossen tuistischen philosophen ka-an versteht man unter ehe eine vereinigung von mann und frau zwecks gegenseitiger überlassung der geschlechtsapparate.

Tuischule

BBA 560/06
1 der arbeiter, der seinen sohn in die tuischule gibt. 8 ein (oder ein halbes dutzend) [!] knaben lernen, dass das bewusstsein das sein bestimmt. 7 die tuis halten sich für die ursachen, wo sie die folgen sind. der hegelsche weltgeist schreibt die weltgeschichte: er hat alles gemacht. 3 eines mannes oder einer gemeinde oder einer gilde angelegenheit wird von tuis zu einem rechtsfall gemacht. sie helfen nicht den leuten, sondern der gerechtigkeit. die ideen und ideale mögen siegen, wenn die welt untergeht!

BBA 560/07
eine vereinigung von 1, 3, 7, 8, 10 würde sein: die TUIS erziehen den HU-JEH im geiste des satzes DAS BEWUSSTSEIN BESTIMMT DAS SEIN. sie erziehen einen bankerottör, aber es ist ihr bankerott. sie erziehen ihm auch seine opfer, seine auftraggeber, nutzniesser und erlediger. den klassenkampf hält der hu-jeh für eine idee und er versucht, sie auszumerzen. damit führt er den klassenkampf. hier taucht auch 9 auf.

BBA 560/97
das seminar der tellek-tuel-ins[!] bekommt einquartierung: die fürsorgeabteilung des taschi lama. freundschaft der sekretärschüler mit dem vorkauer der 7 hunde.
die fürsorgeabteilung umfasst die fürsorge für die hunde, die soldaten und die tellek-tuel-ins[!] des taschi lamas. sie pflegt die mildtätigkeit. sie pflegt sie übrigens ausgezeichnet. die ehe der turandot: vertrag über die zeitweilige gegenseitige überlassung der geschlechtsteile zu vorsichtiger benutzung (kant).

(Dieser Text gehört zu *[Lehrstoffe]* [12, 611 f.] und steht anstelle der dortigen zwei Schlußzeilen zu Denke.)

Beruf und Berufung der Tuis

BBA 148/41
der astrologische tui
bestimmt die geburtsstunden der rennpferde um bei den rennen setzen zu können. eventuell fragt er dann den astrologen nur nach fräulein X, ohne zu verraten, dass das ein pferd ist.

BBA 148/59
der bund der furzer
in der provinz tu herrscht vermahlungszwang. es gibt sehr schlechtes brot. blähungen sind die folgen. einige tun sich zusammen, gründen einen bund der furzer. sie bringen auf friedliche weise ihre missachtung der vornehmen zum ausdruck. ihr benehmen ist gesetzlich nicht belangbar. sie entwickeln eine kunst des furzens. aber der general tai jang überzieht die provinz mit krieg und rottet vermittels gasbomben unter anderem auch die furzer aus.

die historiker
die alten mythen. vom bauch und den gliedern. vom nolite tangere circulos meos. vom gold gab ich für eisen.

die missachtung des apparats.
die provinz tan behandelt ihre beamten als milchkühe (mit verachtung). da man aber alle funktionen den beamten lässt, nützt das nichts. wi[e]derherstellung auch der äußeren achtung (zum zweck der funktionsausübung). man muss nämlich die funktionen überflüssig machen.

BBA 148/61
TUI
die liga der kriegsverächter, deren mitglieder sich verpflichten, jedem soldaten im vorbeigehen »einen vorwurfsvollen blick zuzuwerfen«. es muss das im krieg und im frieden, im geschäft und in der liebe geschehen.

BBA 148/62
TUIROMAN
die pfaffen von chi, die ihren brotgebern nadelstiche versetzen wollen. zuerst geben sie sich fantastische mühe, zu stechen, dann, die stiche unwirksam zu machen (da sie ihr brot nicht verlieren wollen).

BBA 148/68
der philosoph ko, der einige wochen lang mit einem pass gefälschten[!], der ihn als beamten auswiess[!], minister in einer kleinen provinz war, erliess an seine beamten vorschriften, durch die eine ablehnung von bittschriften oder eine verurteilung unvergleichlich mehr arbeit verursachte als eine bewilligung oder freisprechung. die wohlfahrt der provinz hob sich in diesen wenigen wochen.

BBA 499/36
RELIGION
die barone haben den ureinwohnern die religion gebracht. diese hatten mühe, sie zu verstehen. die göttin hatte den gott durch die nase geboren. vier unsichtbare götter, die zugleich ein einziger waren. das glauben an mehr als einen gott verboten. wechselnde bedeutung der 4 götter. zuerst der patriarch rachsüchtig und mit einem lieblingsvolk. dann der junge, ein leidender. dann das gasförmige, durchdringende. durch feuer und schwert waren die urbewohner von der existenz des leidenden gottes überzeugt worden.

der tod des hafners inmitten der medizinischen tuis von peking.
ker-fi-er geht schach spielen, als er hört, der regierende hafner sei erkrankt. me-et bleibt zu hause und muss behandeln. er operiert nicht.

zwei mal schulfrei. am tag von kaisers geburtstag und am tag seiner abdankung. als sie am tag der niederlag frei bekommen, sagt einer, besser an siegestagen, davon gibt es mehr.

(Dieser Text folgt auf 12, 661: *Die Diplomaten*)

BBA 560/66
der verein der lügner für menschenrechte
der protestklüngel gegen das unrecht. sie kommen tag und nacht nicht aus den kleidern und lösen am ende wahre proteststürme aus, weil sie solchen gestank verbreiten.
lan-win hatte zum dritten mal in vier tagen versucht, auf ein kloset[t] zu gelangen, als ihn wieder ein justizmord auf der andern halbkugel zurückhielt. er schrieb, im stehen, von einem fuss auf den andern tretend: wer vermöchte seinen stürmischen protest zurückzuhalten, wenn er hört, dass leute nur ihrer überzeugung wegen verfolgt werden? er setzte in rasender eile seinen namen darunter und wollte eben um eine ecke biegen, als ihn schon andere leute mit frischen berichten von untaten verantwortungsloser regierungen einholten.
der sekretär, der ihm auf dem bauche kriechend, die erste unterschrift abgefordert hatte, gab ihm eine ohrfeige, schlug ihm dann mit dem, was er einen wisch nannte, um die ohren und trat ihm in den hintern. sein name stans[!] andern tages unter denen der schlimmsten verräter im blatt.

Verschiedenes

BBA 499/67
der general fand unter seinen eingängen ein wissenschaftliches buch, in dem von seiten der physik gegen alles philosophieren front gemacht wurde, bei dem sätze aufgestellt wurden, für deren richtigkeit oder falschheit es keinerlei nachprüfungsmöglichkeiten gab. in seinem schönen alten stuhl sitzend, las er, dass zur entwirrung des grotesken gestrüpps, metaphysik genannt, nur noch die aller schärfsten massnahmen aussicht auf einigen erfolg hatten.
revision der grammatik und syntax
der general schnitt mit einem breiten schlächtermesser sorgfältig die bögen auf. ab und zu sah er kühlen blickes ohne mienenspiel in

die luft. er erkannte, dass des[!] letzten tage der tellek-tuel-ins[!] hereingebrochen waren.

BBA 499/69

nicht nur durch das schwert kann das volk ausgebeutet werden nötig ist auch die moral: sie ist das oel, mit dem das schwert eingefettet wird, sonst setzt das schwert selber rost an.

INTELLEKT-UELL-IN die kaste
die es dem volke sagen
formulieren

das goldene zeitalter
die drei tage des mong ko
das grosse konzil endet mit jojo
diskussion der IUI
mit nur 17 wörtern
»der ist ein toter mann« usw.
die tochter will einen IUI heiraten
der 80jährige
der ein 18. wort vorschlug
und von mönchen versteckt wird
der dalai lama kam deshalb zum kaiser
er zog durch 4 hungersnöte (4 Jahre)
der vorkauer
ein junger mönch, der für die hunde zu sorgen hat
der alte weise stirbt, der junge will noch seine weisheit erfahren.
der alte ist aber inzwischen gestorben inzwischen stirbt auch der hund

mong ko: in einer regierung müssen die philosophen geehrt und angesehen werden. am besten ist, sie regieren mit. damit ist meistens das volk einverstanden. sind sie nicht angesehen und regieren sie nicht mit, machen sie stunk.

(ich habe den genauen text nicht zur hand, er stand in einer sehr genauen übersetzung in der neuen zeit, die ja nun in A ist)

BBA 499/70

beschreibung

eines kunstgegenstandes (teppichs, tisches, holzschnittwerkes, globus), der einem menschen dazu dient, seine gedanken zu ord-

nen, mass oder kühnheit in seine gedanken bringt, je nachdem
einer stadt, vom Standpunkt eines gemüseverkäufers
einer kriegslandschaft, die später nicht mehr erkannt wird
aller urteile eines richters. »alle diese urteile verhängte er im namen des rechtes und nicht in seinem eigenen. sie begannen mit: das gericht erkennt und stützten sich auf das gesetzbuch. vor diesem mann hätte[n] seine freunde, befragt, viel zu erzählen gewusst, was seinen charakter bewies, aber nichts von dem obigen.«
der mühe eines novellisten mit einer liebesgeschichte (ottwaltseefilm).
des rates eine[s] ITI[!] bei einer dunklen eheirrung

BBA 560/22
der e-weh setzte sich an die spitze der revolution wie der korken an die spitze der flasche.

BBA 560/36
die sieben wissenden, der kleine orden, das kleine geschäftliche unternehmen. sie ziehen herum und rufen ihre traktätchen aus: der urgrund der verwirrung! kauft das buch über die wurzel aller übel! ihr siebenter mann: der abtrünnige der fe-esch-anhänger! (oder der hui?)

BBA 560/61
der kleine tui, der am morgen, beinahe noch in der nacht, seinen wagen aus der remise zieht und auf den markt trottet. *der markt der tuis lag neben dem markt der kohlhändler.*

BBA 560/67
Das Haus des Ja-Oh-Da
der polizeimeister ja-oh-da lässt sich von gefangenen ein haus bauen, um sie durch arbeit seelisch zu heben. in die wände mauert er dossiers gegen die höchsten männer des staates ein; so sitzt er wie in einer festung. um zu den dossiers zu kommen lässt ni-en das haus niederreissen.
das haus des ja-oh-da könnte eines der wunderwerke des ni-en genannt werden. er lässt seinen polizeiminister darin wohnen, damit er es bewache.

BBA 560/68
Der Preiß [!] des Ruhms
pin scheer lässt sich in die parteigeschichte hinein schreiben er hat das bier geholt. das wird so ausgedrückt: er hat die verbindung zur brauereiindustrie hergestellt.
zuerst muss er jede formulierung bezahlen. dazu reichen bald seine, durch bestechungen sehr angeschwollenen, einkünfte nicht mehr aus. (um den ruhm des redlichen zu bezahlen, muss er 3 provinzen bis zum ausbluten pressen und dann schlägt ihm der tui vor, lieber den ruhm des unbeugsamen zu kaufen). schön der tag, wo er die spezifizierten rechnungen durchstreichen und als einzige belohnung verfügen kann, der tui könne auf freiem fuss bleiben.

BBA 560/71
der smoking. indem sie diesen anziehen, bringen sie sich dazu, einander nicht die flaschen ins gesicht zu schmeissen und den weibern unter die röcke zu fassen. »das hemd ist mackellos [!], jeder weinfleck darauf zu sehen, ich darf nicht trensen.« sie liessen ihn einmal weg. der hausherr vergewaltigte die servierende magd, die gastgeberin setzte sich dem hausarzt auf den schoos [!], der hauslehrer griff die regierung an.

BBA 560/90
der bennoide mensch im hutladen
kipling (ki pling) der eine mark pro zeile verlangt
die konzentrationslager der t-t-i s [!].

BBA 560/94
darauf trat er vor und hielt jene berühmteste seiner reden, die mit ihrem eigenen inhalt nicht das geringste zu tun hatte und also alle hinriss. hätte sie jemand wortwörtlich aufgezeichnet, so wäre seine arbeit als eine höchst jämmerliche karikatur von jedem hörer abgelehnt worden. den text einer solchen rede auszustellen wäre ebenso sinnlos gewesen wie wenn man nach einem unerhörten fussballspiel etwa den fussball ausstellen wollte. mit echt revolutionärem schwung verkündete der redner, er werde niemals dulden, dass das rad der geschichte vorwärts gedreht würde. nicht dafür hätten hunderttausende von mandschus ihr blut vergossen und unerhörte schmach erduldet, dass ihr los sich jetzt bessere. er würde diejeni-

gen zermalmen, die es wagten nicht für ihn zu sterben und denen etwas heiliger sei als die heilige sache. er befahl jedermann zu tun was er gerade vorhabe und sagte jenen feinden den schärfsten kampf an, die die unverfrorenheit besässen, am gleichen strang wie er zu ziehen. am schluss zählt er in riesigen r[h]etorischen stufen 20 gründe dafür auf, dass er recht habe wenn er sage, dass china china sei und zwar von anbeginn, durch natürliche bestimmung und also für alle zeiten, die es dauere. diese rede machte seinen ruhm als staatsmann. dass er alle jene morde verschwieg die er veranlasst und noch vor hatte, wurde als weisse[!] mässigung gerühmt. dass er durchblicken liess, es werde alles beim alten bleiben, als harter tatsachensinn. allgemein hiess es, er sei seinem programm treu geblieben, mit recht: er hatte nie eines besessen.

BBA 560/99
einführung einer neuen kleinsten münze, doppelt so gross als die bisherige.
die bewegung der kahnschlepper, die sklaven werden wollen. sie werden zu unregelmässig beschäftigt.
goger gogs[!] grosse idee: das gefühlsmässige. der antitellektualismus.
x – die grosse assoziale[!] einführung
x bringt kulis und bauern auseinander. x ist scheinbar sozial, dh die tuis behaupten und beweissen[!] es.

BBA 560/147
in luf-beh (zu deutsch heiligenschein) stand ein kloster, wo die verträge geheiligt wurden. alljährlich wurden wallfahrten veranstaltet und die wundertätigen verträge erfreuten sich grosser popularität.

BBA 560/159
hungersnöte, die das gewohnte ausmass überstiegen, bankerott der staatskassen, unordnung in weltlicher und geistlicher hinsicht, ja offener aufruhr in bestimmten provinzen hatten den bestand chimas erschüttert. die beratung der höchsten weltlichen mit der höchsten geistlichen macht sollten[!] der aufklärung des eigentlichen grundes dieses bei dem fleiss und der begabung der chimesen erstaunlichen elends dienen.

BBA 55/36
als der kornwucherer wei li, ein kleiner, schmächtiger herr, der seine guten 250 pfund wog, umgeben von seinen ärzten, anwälten, vorlesern, leibwächtern und astrologen, zu seiner jungen geliebten fuhr, um sich seinem monatlichen beischlaf zu unterziehen, verspürte er eine notdurft. angenehm überrascht liess er sich sogleich von einem konsilium seiner ärzte untersuchen und erfuhr, dass es vorne war. erwartungsvoll begab er sich auf den arm eines schnell desinfizierten dieners, der ihn ins gebüsch am wegrand trug, das einige gärtner in windeseile mit geeisten blüten versahen.
ein, zwei geschickte griffe des schneiders und der herr der 100000 äcker hörte, wie es plätscherte.
plötzlich jedoch unterbrach er sein diktat zum erstaunen des sekretärs

BBA 499/77
zunehmendes elend und verfall der staatsmacht veranlassen den kaiser, seine kulis zusammenzurufen. auf einer grossen konkurrenz wird der urgrund der verwirrung entdeckt: die wörter sind in unordnung geraten. der mensch muss gebessert werden, nunmehr wird der mensch gebessert. inzwischen geht die eigentliche geschichte natürlich weiter. sie besteht aus den massnahmen der klassen, ihre lage zu sichern oder zu verbessern.

(Am Rand dieser Notiz stehen die Bemerkungen »tuistisch: sein gewissen (schlechte träume)« und »klassenkämpferische ideologien«.)

BBA 560/140
der kaiser wünscht sein eigentum zu schützen (indem er es vermehrt). es soll dies aber nicht in der allerkrassesten form geschehen. die gewalt soll nicht angewendet, und wenn, so nicht erkannt werden. auch sollen die vorstellungen von der güte des väterlichen kaisers, der der hüter der kulturgüter und des weisen, bescheidenen benehmens ist, nicht beschädigt werden. man braucht freudige mitarbeit, zumindest der soldaten, die, wie man weiss, mit den andern untertanen verwandt sind.
erst wenn die tuis scheitern, wird die nackte gewalt angewendet.

1935–1937

Die Thematik der Schriftstellerkongresse dieser Jahre, die in Texten wie *Grundlinie* (12, 589), *Gesichtswinkel* (12, 591) angesprochen wird, beim *Sündenfall* und bei der *Schuld der Tuis* (12, 670) genannt ist und auch in den Plänen zum Roman bei den Stichworten zum zweiten Band bzw. Buch (12, 594), wird noch in verschiedenen Notizen und Entwürfen behandelt:

BBA 808/15
Tui – der kongreß
der redekampf barbusse – gide
gide gütig, barbusse gütiger, gide haßt barbusse deswegen und redet wie kristus [!].
barbusse geht hinaus auf die toilette und feilt seine zähne spitz mit einer feile mit [d]er er sonst seine sätze feilt.
[...]

BBA 499/61 = BBA 560/80
tuis retten die kultur
1
die grossen tuis erklären den mangel für natürlich und unbeseitigbar
2
tuis erklären den mangel für beseitigbar (ohne gefährdung des privateigentums)
3
verjagung der unfähigen tuis

1942

Neben den auf Hollywood bezogenen Texten *Die Tuis vom Stechpalmenwald* (12, 673 f.) und *Die große Liebesgeschichte* (12, 674) gibt es aus dieser Zeit weitere Texte zum Frankfurtismus bzw. dem Plan, die Geschichte des Instituts für Sozialforschung als Fabel für den Roman zu benutzen, wie er im *Arbeitsjournal* dokumentiert ist:

BBA 560/176
pollok [!] schafft felix die weiber, die dieser heiratet. dann nimmt er seinen zehnten.
das institut spekuliert; es muss leben.

die versöhnung hos, wenn er dem gast die kaffeehäuser der niedren tuis zeigt.
das institut muss immerfort finanziell gerettet werden. es ist die basis, ohne welche revolutionäre arbeit unmöglich ist.

1952-1954

BBA 559/01-03
vorwort zu TURANDOT
zu beginn des sommers, in dem ich das vorliegende stück schrieb, hatte ein schreckliches ereignis jeden denkenden menschen in der republik tief erschreckt. seit dem ende des hitlerkriegs, das zur besetzung dieses teils deutschlands durch die sowjets geführt hatte, hatten sozialistische massnahmen wie die vertreibung der kriegerischen junker, die übernahme vieler fabriken in die öffentliche hand und die zulassung der arbeiter- und bauernkinder zum studium eine gewaltige veränderung der lebensweise bewirkt. eine ebenso grosse veränderung der denkweise zu bewirken, war freilich nicht gelungen. dies hatte viele ursachen. erstens einmal musste die veränderung der wirtschaftsweise an einer durch den krieg geschwächten wirtschaft vorgenommen werden. das hitlerregime hatte die letzten reserven des nationalen wohlstands erschöpft und die wiederherstellung der wirtschaft, von den arbeitern und bauern sogleich fleissig und erfinderisch in angriff genommen, litt zunächst auch noch unter der notwendigkeit, wenigstens einige der ungeheuerlichen zerstörungen wiedergutzumachen, die das deutsche volk unter dem hitlerregime in der überfallenen sowjetunion verübt hatte: auch dieses land war an das ende seiner reserven gelangt.
zum anderen waren die sozialistischen massnahmen neu; die sie ins werk setzten hatten keine oder wenig erfahrung in derlei, jeder schritt war ein versuch auf unbegangenem gelände, auch wenn die russen ihn unterstützten. überall wurden fehler gemacht, menschen geschädigt oder gekränkt, kostspielige umwege oder kostspielige kürzeste wege begangen, immer wieder wurde verordnet anstatt überzeugt.
eine revolution hatte nicht stattgefunden; nicht einmal in den letzten tagen der kämpfe hatte die bevölkerung sich gegen ein regime erhoben, das sie in elend und verbrechen gestürzt hatte. was nun an

massnahmen des wiederaufbaus ins werk gesetzt wurde, wurde es für den grossteil der bevölkerung, aber nicht durch ihn.
es ist, zumal im chaos eines verlorenen krieges, in einem hochzivilisierten gemeinwesen mit hochgradiger arbeitsteilung unmöglich, auf einen staatsapparat zu verzichten, aber schwierig, einen völlig neuen aufzubauen. unter neuen befehlshabern setzte sich also der naziapparat wieder in bewegung. ein solcher apparat kann durch kontrolle von oben nicht mit neuem geist erfüllt werden; er benötigte kontrolle von unten. unüberzeugt aber feige, feindlich aber sich duckend begannen verknöcherte beamte wieder gegen die bevölkerung zu regieren.
das deutsche proletariat, uneinig, geschwächt durch arbeitslosigkeit, von einem militarisierten kleinbürgertum terrorisiert, stellte unterirdische kampftruppen, die übermenschliches leisteten, kam aber über passive resistenz nicht hinaus. viele seiner besten führer wurden ermordet. gegen ende des hitlerkriegs zu vernichteten noch die bombenangriffe auf die städte neue organisationen, die beim zusammenbruch die macht vielleicht hätten übernehmen können.

4. Quellen und Vorlagen (Auswahl)

Borchardts »geschichte« bzw. »roman«

Es handelt sich um mündliche Berichte von Hermann Borchardt (1888-1951), Schriftsteller und Mitarbeiter an der *Heiligen Johanna der Schlachthöfe,* über seinen Vater. Es entstehen dazu zwei Notizen (BBA 560/98, BBA 351/20) sowie ein einseitiges Bruchstück *Borchardts Geschichte von seinem Vater und dem vorgetäuschten Bankerott* (BBA 560/95).

Denke

Zugrunde liegen Zeitungsberichte bzw. Abschriften der Artikel aus dem Berliner *8 Uhr-Abendblatt,* den Ausgaben vom 24. 12. bis zum 31. 12. 1924: *Die Bluttaten des schlesischen Haarmann. Der Menschenfresser Denke in Münsterberg* (27. 12. 24), *Der Menschenfresser Denke in Münsterberg. Wie der Unhold lebte* (28. 12. 24), *Die Geheimnisse des Menschenfressers Denke. Täglich neue Funde* (31. 12. 24).

Die Texte sind abgedruckt in: *Brecht-Journal,* Hg. v. Jan Knopf, Frankfurt 1983 (es 1191), S. 62-73.

Zeitungsartikel

Mitarbeiter

Dr. F. K. Dr. Hugenbergs Aufruf, die Verhandlungen zwischen Nationalsozialisten und Stahlhelm, der kaum mehr erwartete Beschluß des Zentralvorstandes der Deutschen Volkspartei, keinen geschlossenen Übertritt zur NSDAP zu vollziehen – auf der anderen Seite des Reichskanzlers große Rede in München und die Kundgebung »Deutsche Presse« in Berlin, nach der Geburtstagsfeier Adolf Hitlers die Vorbereitungen für den 1. Mai: das politisierte deutsche Volk ist in stärkste innere Bewegung geraten. Wer ihm den Sinn dieser Wochen deuten und das nationale Gewissen schärfen möchte, braucht um Gegenstände und Anlässe nicht verlegen zu sein.

[Die Frage, wie sich das gebildete nationale Bürgertum zu dem »totalen Staat« verhalten soll, von dem wir gestern merkwürdigerweise in der dem Stahlhelm nahestehenden »Kreuzzeitung« lasen, kann nur richtig beantwortet werden, indem man von der Tatsache ausgeht, daß dieses Bürgertum zwar seit 1918 den Staat von Weimar bekämpft und sich für das nationale Ideal redlich bemüht hat, daß ihm aber der Erfolg versagt geblieben ist. *Hitler* erntete die Früchte seines Kampfes, weil er das unpolitische Vorurteil gegen das »Parteiwesen« niemals gehegt, sondern sich, zur Zertrümmerung des wesensfremden Parteienstaates, mit Fanatismus und Organisationstalent unter Einsetzung des ganzen protestierenden Idealismus der unterdrückten deutschen Jugend eine immer unüberwindlicher ansteigende Parteikraft geschaffen hatte, um zuletzt mit Hilfe des Generalfeldmarschalls und der noch nicht übergegangenen Reste des Bürgertums die Macht im glatten Anlauf zu nehmen.

Die bürgerlichen Rechtsparteien eiferten, mit Grund, gegen Parlamentarismus und Demokratie. In immer kürzeren Abständen aber forderten sie trotzdem die Wähler auf, für sie an die demokratische Urne zu treten. Wurden sie zur Mitregierung berufen, so stimmten sie im Fraktionszimmer »namentlich« über die Ministerkandidaten ab. Die staatsmännische Chance, daß dieses parlamentarische System die unwahrscheinliche Möglichkeit enthielt, *selbst* die Mittel zu seiner Vernichtung und Ausrottung zu bieten, erkannten sie nicht. Als Hitler in Leipzig den Eid der Legalität schwor, war bewiesen, daß der nationalsozialistische Führer seinerseits diesen Angelpunkt der deutschen Innenpolitik genau gesehen hatte. Er war den bürgerlichen Parteiführern nicht nur in der Massenagitation, in Propaganda und Werbung überlegen, sondern auch nach seinem politischen Instinkt. Die bürgerlichen Oppositionellen zerbrachen sich den Kopf über den »Präsidialgedanken«, die Kollektiv- und die Einzeldiktatur. Hitler aber stellte seine Machtorganisation im Lande auf die Beine, bewußt als Bewegung *und* Partei, und einer der bürgerlichen Anhänger nach dem anderen, Tausende, Hunderttausende, dann Millionen schlugen sich auf seine Seite, des Spintisierens müde, gepackt von der politischen Tat und dem Opfer, an Gut und Blut, für eine Idee.]

Dies ist, im Umriß, die Vorgeschichte des 30. Januar, wobei das Verhalten des *regierenden* Bürgertums als in diesem Zusammenhang unerheblich bei Seite gelassen werden kann. [...]

(Leitartikel aus: Deutsche Allgemeine Zeitung [DAZ], Reichsausgabe, Berlin, 72. Jg., Nr. 189/190, 25. 4. 1933, S. 1; die Abschnitte in [ ] sind aufgeklebt neben BBA 560/08 = 12, 590f.: *Große Linie.*)

Literatur

Komisches

1
In den »Wolken« [des Aristophanes] gibt ein Bauer seinen Sohn zu einem Tui in die Lehre. Er erfährt am eigenen Leibe, daß er für teuren Preis eine schlechte Ware verkauft bekommen hat, und verprügelt den Tui.

2
In den »Verliesen des Vatikans« [von A. Gide] reist ein Provinzler nach Rom und streift um den Vatikan herum, um die vermuteten Geheimnisse des Papstes aufzuspüren. Da ich den Inhalt vergessen habe, weiß ich nicht mehr, ob es in dem Buche so ist, daß die Verbrechen des Klerus ganz offenkundig, aber dem Provinzler nicht als solche erkennbar sind, wogegen die Verliese nicht existieren, so daß er beruhigt oder doch ohne Beweise wieder nach Hause zurückfährt.

3
Im »Michael Kohlhaas« [von H. v. Kleist] gäbe es einen Fall, für den ein Tui fehlt. So entsteht nur Chaos aus dem Gerechtigkeitssinn des Viehhändlers, sonst wäre es beim einfachen Unrecht geblieben.

4
In der »Odyssee« [von Homer] bereist ein Mann die ganze Welt auf der Heimfahrt. Seine Schlauheit hilft ihm aus jeder Lage, aber nicht in die Heimat.
Kolumbus sucht den Seeweg nach Westindien, findet ihn nicht, jedoch findet er Amerika. Er hat also Erfolg gehabt.

5
Im »Inferno« [in Dantes »Die göttliche Komödie«] zeigt der Dichter Vergil dem Dichter Dante dessen Feinde in der Hölle.

6
[T. Manns] »Joseph in Ägypten« kauft als Ratgeber des Pharao das Getreide auf, verursacht so eine Hungersnot und beseitigt sie wie-

der, indem er das Getreide zu hohen Preisen verkauft. Er wird als Wohltäter der Menschheit gefeiert.

7
Im »Don Quichote« [von Cervantes] liest ein Mann zu viele Ritterromane und beschließt, große Taten zu verrichten. Er findet keine Gelegenheiten. In seiner verdorbenen Phantasie hält er Mühlen und Hammelherden für seine Feinde.

8
Im »Candide« [von Voltaire] lernt ein Jüngling, alles, was sei, müsse so sein, und erfährt, daß diese Lehre nicht für alle gleich gut ist.

9
Die *Schildbürger* zertrampeln ein Saatfeld, damit nicht ein einziger es zertrampelt. Die große Zerstörung zur Vermeidung der kleinen Zerstörung. Die Aktion zur Vermeidung der Aktion.

10
Kolumbus ertrinkt in einer Waschschüssel, nachdem er das Weltmeer gemeistert hat. Es genügte: er kann nicht schwimmen. (Was zum Meistern des Weltmeeres nicht nötig ist.) Die Widerlegung.

11
»Der brave Soldat Schwejk« [von J. Hašek] marschiert begeistert in den Krieg, kommt aber nie dort an. Die Klugheit seiner Oberen scheitert an seiner »Dummheit«. Die großen Pläne werden zunichte über dem kleinen Plan des Kleinen, zu überleben.

12
Die *österreichischen Eisenbahner* setzen ihre Forderungen bei der Regierung nicht durch einen Streik durch, sondern indem sie alle Betriebsbestimmungen gewissenhaft ausführen (was sonst nie geschieht), so daß kein Zug mehr ankommt noch abfährt.

13
Im »Ulysses« [von J. Joyce] werden die Alltagserlebnisse eines Kleinbürgers als komplizierte und gefährliche Abenteuer (minutiös) dargestellt.

14
Die Eroberungen des französischen Imperialismus begeistern auch den Provinzler *Tartarin von Tarascon* zu allerlei Heldentaten.

15
Ein gewerbsmäßiger Beutelschneider wird von den sich die Taschen füllenden Beamten als *Revisor* betrachtet, und die Beute wird mit ihm geteilt.

16
Der *Hauptmann von Köpenick* benutzt Tonfall und Haltung (und Uniform) eines preußischen Hauptmanns, um eine Kasse zu plündern. Er ist Schuster und ungebildet, was unentdeckt bleibt, das heißt, was die Illusion vervollständigt.

17
Eulenspiegel macht seine Mitbürger durch Schaden klug.

18
Es bedarf großer Wunder, damit die *Pucelle* in der französischen Armee eine Jungfrau bleibt.

19
Im »Zerbrochenen Krug« [von H. v. Kleist] muß ein Richter ein Verbrechen entdecken, das er selbst begangen hat.

20
Nur mit Hilfe des Teufels gelingt es dem gelehrten *Faust*, ein deutsches Mädchen zu verführen.

21
In einer genauen Rechnung zeigt *Swift* [in: »Ein bescheidener Vorschlag, wie man die Kinder der Armen hindern kann, ihren Eltern oder dem Lande zur Last zu fallen, und wie sie vielmehr eine Wohltat für die Öffentlichkeit werden können«], daß man den Hunger des Volkes nur beseitigen kann, indem man seine Kinder zu Pökelfleisch verarbeitet.

22
Tschuang-tsi zeigt in den »Leiden der Brauchbarkeit«, daß die Unnützesten die Glücklichsten sind.

23
Dickens zeigt in »Bleak House«, wie die Prozesse um die Vermögen die Vermögen verschlingen.

24
Lenz im »Hofmeister«, daß die Lehrer nur Stellen bekommen können, wenn sie sich selber kastrieren.

25
Lysistrata organisiert gegen den Krieg den Ehestreik. Die Männer folgen eher als der Stimme der Vernunft der Stimme des Schwanzes.

26
Der *Fischer und seine Frau* erfahren, daß man, mehr wünschend, als Kaiser zu sein, wieder ins Elend kommt.

27
Ein Gangster in »Little Giants« kommt in die feine Gesellschaft und wird bis aufs Hemd ausgeplündert. Nur seine alten Methoden verschaffen ihm alles zurück.

28
In »Turandot« (meine Version) verspricht der Kaiser jedem die Hand seiner Tochter, der das Rätsel lösen kann, was an dem Elend des Landes schuld ist. Wer es nicht kann, es aber versucht, wird enthauptet. Der Kaiser selbst ist schuldig, was die Lösung der Aufgabe schwierig macht.

29
Die *Witwe von Ephesus*, deren Mann ermordet wurde, zieht ins Schauhaus, um ihre Treue zu zeigen. Dort wird sie von dem Henker verführt. Da während des Beischlafs der Gehenkte vom Galgen gestohlen wird, für den der Henker verantwortlich ist, muß sie den Leichnam ihres Mannes an den Galgen hängen.

30
Durch besondere Kasteiung wird der *Heilige Antonius* von besonders wollüstigen (und sündigen) Träumen heimgesucht.

31
Chaplin erscheint im »Goldrausch« sein bester Freund in einem Fieber, das von Hunger verursacht ist, als großes Huhn, das er schlachten möchte.

32
Der Herzbruder im »Simplizissimus« [von Grimmelshausen] zeigt im Frieden die Tapferkeit und Schläue, die ihn im Krieg zu einem großen Soldaten gemacht haben, und wird als schlechter Kerl hingerichtet.
[19, 458–464]

Frankfurter Institut für Sozialforschung

Die Arbeit des in die Vereinigten Staaten emigrierten Instituts für Sozialforschung und das Verhalten seiner Mitglieder beobachtet und kommentiert Brecht im *Arbeitsjournal* im Zusammenhang mit dem *Tui*-Projekt. Hanns Eisler machte den Vorschlag, die Geschichte dieses Instituts als Fabel für den geplanten Roman zu benutzen (AJ, 443).

Vgl. dazu insgesamt: Martin Jay, *Dialektische Phantasie. Die Geschichte der Frankfurter Schule und des Instituts für Sozialforschung 1923-1950*, Frankfurt 1976.

5. Bezüge zur Zeitgeschichte (Überblick)

Entsprechend der jahrzehntelangen Beschäftigung mit diesem Stoff und der Vielschichtigkeit der Thematik gibt es praktisch in jeder Arbeitsphase neue Bezüge: auf Einzelpersonen, auf Vorgänge usw. Einige wichtige seien hier in Stichworten angegeben.

Deutschland: Kaiserreich und Weimarer Republik

Kaiser Wi: Wilhelm I.
Kaiser Jü (12, 654): Wilhelm II.
Kaiser-Jen-Forschungsinstitut (12, 661): Kaiser-Wilhelm-Gesellschaft zur Förderung der Wissenschaften (gegründet 1911)
Das berühmte Buch eines linken Historikers der Tuis von Jü-nan (12, 654): Emil Ludwigs *Wilhelm der Zweite* (1926)
Jun-ki (12, 653): Junker
Bewaffnung der Stadt To-schau (12, 689): Münchner Räterepublik (1918/19)
Li-keh (12, 630): Karl Liebknecht
Ro (12, 630): Rosa Luxemburg
Fank Wi Heng (12, 607) oder Marschall (12, 592): Paul von Hindenburg
Hiu Fu oder General (12, 703): Erich Ludendorff
Sa-u-pröh (12, 633): Hugo Preuß
Wei-wei (12, 628) oder Wei-wi oder Hafner (12, 592): Friedrich Ebert
Schi-meh oder Drucker (12, 628): Philipp Scheidemann
Nauk oder Unteroffizier (12, 628): Gustav Noske
Prinz: Max von Baden.

Die Verfassung der Weimarer Republik:
[Einleitung] Das Deutsche Volk, einig in seinen Stämmen und von dem Willen beseelt, sein Reich in Freiheit und Gerechtigkeit zu erneuern und zu festigen, dem inneren und dem äußeren Frieden zu dienen und den gesellschaftlichen Fortschritt zu fördern, hat sich diese Verfassung gegeben (vgl. 12, 634).

Art. 1: Das Deutsche Reich ist eine Republik. Die Staatsgewalt geht vom Volke aus (vgl. 12, 638).

Art. 21: Die Abgeordneten sind Vertreter des ganzen Volkes. Sie sind nur ihrem Gewissen unterworfen und an Aufträge nicht gebunden (vgl. 12, 642).

Art. 102: Die Richter sind unabhängig und nur dem Gesetz unterworfen (vgl. 12, 643).

Art. 111: Alle Deutschen genießen Freizügigkeit im ganzen Reiche. Jeder hat das Recht, sich an beliebigem Orte des Reichs aufzuhalten und niederzulassen, Grundstücke zu erwerben und jeden Nahrungszweig zu betreiben. Einschränkungen bedürfen eines Reichsgesetzes (vgl. 12, 641).

Art. 114: Die Freiheit der Person ist unverletzlich. Eine Beeinträchtigung oder Entziehung der persönlichen Freiheit durch die öffentliche Gewalt ist nur auf Grund von Gesetzen zulässig.

Personen, denen die Freiheit entzogen wird, sind spätestens am darauffolgenden Tage in Kenntnis zu setzen, von welcher Behörde und aus welchen Gründen die Entziehung der Freiheit angeordnet worden ist; unverzüglich soll ihnen Gelegenheit gegeben werden, Einwendungen gegen ihre Freiheitsentziehung vorzubringen (vgl. 12, 640).

Art. 115: Die Wohnung jedes Deutschen ist für ihn eine Freistätte und unverletzlich. Ausnahmen sind nur auf Grund von Gesetzen zulässig (vgl. 12, 640).

Art. 118: Jeder Deutsche hat das Recht, innerhalb der Schranken der allgemeinen Gesetze seine Meinung durch Wort, Schrift, Druck, Bild oder in sonstiger Weise frei zu äußern. An diesem Rechte darf ihn kein Arbeits- oder Anstellungsverhältnis hindern, und niemand darf ihn benachteiligen, wenn er von diesem Rechte Gebrauch macht.

Eine Zensur findet nicht statt, doch können für Lichtspiele durch Gesetz abweichende Bestimmungen getroffen werden. Auch sind zur Bekämpfung der Schund- und Schmutzliteratur sowie zum Schutze der Jugend bei öffentlichen Schaustellungen und Darbietungen gesetzliche Maßnahmen zulässig (vgl. 12, 640f.)

Art. 123: Alle Deutschen haben das Recht, sich ohne Anmeldung oder besondere Erlaubnis friedlich und unbewaffnet zu versammeln.

Versammlungen unter freiem Himmel können durch Reichsgesetz anmeldepflichtig gemacht und bei unmittelbarer Gefahr für die öffentliche Sicherheit verboten werden (vgl. 12, 643).

Art. 126: Jeder Deutsche hat das Recht, sich schriftlich mit Bitten oder Beschwerden an die zuständige Behörde oder an die Volksvertretung zu wenden. Dieses Recht kann sowohl von einzelnen als auch von mehreren gemeinsam ausgeübt werden (vgl. 12, 644).

Art. 130: Die Beamten sind Diener der Gesamtheit, nicht einer Partei.

Allen Beamten wird die Freiheit ihrer politischen Gesinnung und die Vereinigungsfreiheit gewährleistet.

Die Beamten erhalten nach näherer reichsgesetzlicher Bestimmung besondere Beamtenvertretungen (vgl. 12, 641).

Art. 140: Den Angehörigen der Wehrmacht ist die nötige freie Zeit zur Erfüllung ihrer religiösen Pflichten zu gewähren (vgl. 12, 645 f.)

Art. 142: Die Kunst, die Wissenschaft und ihre Lehre sind frei. Der Staat gewährt ihnen Schutz und nimmt an ihrer Pflege teil (vgl. 12, 641).

Art. 148: In allen Schulen ist sittliche Bildung, staatsbürgerliche Gesinnung, persönliche und berufliche Tüchtigkeit im Geiste des deutschen Volkstums und der Völkerversöhnung zu erstreben.

Beim Unterricht in öffentlichen Schulen ist Bedacht zu nehmen, daß die Empfindungen Andersdenkender nicht verletzt werden.

Staatsbürgerkunde und Arbeitsunterricht sind Lehrfächer der Schulen. Jeder Schüler erhält bei Beendigung der Schulpflicht einen Abdruck der Verfassung.

Das Volksbildungswesen, einschließlich der Volkshochschulen, soll von Reich, Ländern und Gemeinden gefördert werden (vgl. 12, 645).

Art. 153: Das Eigentum wird von der Verfassung gewährleistet. Sein Inhalt und seine Schranken ergeben sich aus den Gesetzen.

Eine Enteignung kann nur zum Wohle der Allgemeinheit und auf gesetzlicher Grundlage vorgenommen werden. Sie erfolgt gegen angemessene Entschädigung, soweit nicht ein Reichsgesetz etwas anderes bestimmt. Wegen der Höhe der Entschädigung ist im Streitfalle der Rechtsweg bei den ordentlichen Gerichten offenzuhalten, soweit Reichsgesetze nichts anderes bestimmen. Enteignung durch das Reich gegenüber Ländern, Gemeinden und gemeinnützigen Verbänden kann nur gegen Entschädigung erfolgen.

Eigentum verpflichtet. Sein Gebrauch soll zugleich Dienst sein für das Gemeine, Beste (vgl. 12, 644).

Art. 154: Das Erbrecht wird nach Maßgabe des bürgerlichen Rechtes gewährleistet.

Der Anteil des Staates am Erbgut bestimmt sich nach den Gesetzen (vgl. 12, 644).

Art. 158: Die geistige Arbeit, das Recht der Urheber, der Erfinder und der Künstler genießt den Schutz und die Fürsorge des Reichs.

Den Schöpfungen deutscher Wissenschaft, Kunst und Technik ist durch zwischenstaatliche Vereinbarung auch im Ausland Geltung und Schutz zu verschaffen (vgl. 12, 636).

Art. 163: Jeder Deutsche hat unbeschadet seiner persönlichen Freiheit die sittliche Pflicht, seine geistigen und körperlichen Kräfte so zu betätigen, wie es das Wohl der Gesamtheit erfordert (vgl. 12, 637).

Deutschland: »Drittes Reich«

Bewegung der Fe-esch (12, 662): Nationalsozialisten
Gogher Gogh (12, 589) oder Hui-ih (12, 593) oder Ti-feh (12, 662) oder Feh (12, 663): Adolf Hitler
Gogher Gogh (12, 662): Joseph Goebbels
»Wie ich es schaffteté« (12, 663): Adolf Hitlers *Mein Kampf*.

Europa

Die Vierhandaffaire (12, 659): Affäre Dreyfuß (Aufgrund von durch Antisemiten gefälschten Dokumenten wird der jüdische Hauptmann Dreyfuß 1894 wegen Landesverrats angeklagt und verurteilt; Rehabilitierung 1906).

Stavisky-Affäre (BBA 560/75): Die Verwicklung von Ministern in die betrügerischen Finanzgeschäfte des Serge Alexandre Stavisky führen am 27. Januar 1934 zum Rücktritt der französischen Regierung.

Internationalität der Arbeiter (12, 661): Anspielung auf die Kommunistische Internationale (Komintern).

6. Erste Stimmen zum *Tui-Roman*

Klaus Völker
Das alte Neue

Anmerkungen zu den aus dem Nachlaß Brechts herausgegebenen Me-ti- und Tui-Texten

[...] Neben »Me-ti« beschäftigte Brecht auch der Plan, die Funktion der Intelligenz in kapitalistischen Staaten zu untersuchen. Im »Tuiroman« wollte er zeigen, wie die vorgegebene Demokratie der Weimarer Republik zum Faschismus führte. Auch für dieses Projekt wählte Brecht die chinesische Kulisse. Die Weimarer Republik, bzw. die bürgerliche Demokratie mit ihrem weiten Freiheitsbegriff, betrachtete er als das »Goldene Zeitalter der Tuis«. Tuis waren für Brecht Intellektuelle, die um die Wahrheit wissen, ihre gesellschaftliche Funktion aber nur als bloße Verkäufer von tragbaren Meinungen wahrnehmen. Über sie heißt es im »Me-ti«: »Die Kopfarbeiter sehen darauf, daß ihr Kopf sie ernährt. Ihr Kopf ernährt sie in unserer Zeit besser, wenn er für viele Schädliches ausheckt. Darum sagte Me-ti von ihnen: Ihr Fleiß macht mir Kummer.« Entsetzt muß Brecht feststellen, daß das Phänomen des Tuismus mit der Installierung einer sozialistischen Gesellschaftsordnung nicht verschwindet: »Auch Su, der Staat der Arbeiter und Bauern, geriet, einundeinhalb Jahrzehnte nach seiner Gründung, unter den Einfluß der Tuis.« Die Wortführer des Stalinismus und Trotzkismus erwiesen sich als mustergültige Schüler, die sich gegenseitig als Tuis beschimpften, »in der schlimmsten Bedeutung des Wortes«. Damit konnte Brecht beide Projekte nicht mehr entschieden genug auseinanderhalten. Neben dem »Tuiroman« entstanden einzelne Tuigeschichten, die viel Ähnlichkeiten mit den »Me-ti«-Texten haben. Er nannte sie »Chimesische Moralia, Sittengeschichtliches aus der Tuizeit«.

In Hollywood hauptsächlich sammelte Brecht Material für seinen »Tuiroman«. Er besprach das Projekt mit Hanns Eisler und er korrespondierte darüber mit Karl Korsch. In einem Brief an ihn bemerkte Brecht 1941: »Außerdem sehe ich – mit sehr viel weniger Gewinn, außer für den Tuiroman – Herbert Marcuse, Horkheimer und Pollock, die letzteren beiden nur auf Gesellschaften. Es wird in nächster Zeit ein Lourdesfilm gedreht, ich nehme an, sie spekulieren auf die Pfaffenrollen.« Die erwähnten Wissenschaftler waren Mitglieder des von Frankfurt am Main nach den USA verlegten »Instituts für Sozialforschung«, dessen Aktivitäten in Amerika Brecht sehr kritisch beobachtete: »Bei R. Nürnberg auf einer Gartenparty den Doppelclown Horkheimer und Pollock getroffen, die zwei Tuis vom Frankfurter Soziologischen Institut. Horkheimer ist Millionär, Pollock nur aus gutem Hause, so kann nur Horkheimer sich an seinem jeweiligen Aufenthaltsort eine Professur kaufen, zur Deckung der revolutionären Tätigkeit des Instituts nach außen hin.« Das Institut, das eine Stiftung des liberalen Großkaufmanns Weil war, der fortschrittliche Gelehrte in ihrer Bemühung unterstützen wollte, die Ursachen für die Unzulänglichkeiten der Welt zu erforschen (ein Phänomen, das auch heute noch die widerspruchsvolle Situation des sozialistisch engagierten Intellektuellen charakterisiert), hatte in Amerika viele Geldmittel zur Verfügung und entfaltete auch im Gastland eine rege publizistische Tätigkeit. Brecht warf dem Institut vor, daß es die wirklichen Ursachen für die faschistische Barbarei verschleierte, weil es sich sonst die eigene materielle Basis zerstört hätte. Die Vertreter des Instituts hätten wohl Angst gehabt, einer »Redrazzia« zum Opfer zu fallen, und sie hätten mit ihrem Geld ein Dutzend Intellektuelle über Wasser gehalten, unter diesen Benjamin und Korsch, »die dafür alle ihre Arbeiten abliefern müssen ohne die Gewähr, daß die Zeitschrift sie jemals druckt«. (Hans Mayer erinnert sich an die Wut Brechts noch nach dem Krieg über Horkheimer, von dem er sich damals eine Unterstützung auch für Ernst Bloch erhoffte, der in Amerika keine Publikationsmöglichkeiten hatte. Die von Brecht vermittelte Begegnung der beiden Wissenschaftler habe damit geendet, daß Frau Horkheimer Frau Bloch kalifornische Apfelsinen schenkte. Bloch war für das Institut zu verdächtig, Kommunist zu sein. – Brecht machte auch Thomas Mann den Vorwurf, er sei darauf bedacht, in Washington den Eindruck zu erwecken, daß er mit Kommunisten nichts zu tun habe.) Das wichtigste Anliegen dieser Tuis sei die Rettung des Institutsvermögens gewesen, darin hätten sie »ihre hauptsächlichste revolutionäre Pflicht durch all die Jahre« gesehen.

Übrigens war es Hanns Eisler, der Brecht nach einem Essen bei Max Horkheimer als Handlung für den »Tuiroman« die Geschichte des Frankfurter Soziologischen Instituts vorschlug: »Ein reicher alter Mann (der Weizenspekulant Weil) stirbt, beunruhigt über das Elend auf der Welt. Er stiftet in seinem Testament eine große Summe für die Errichtung eines Instituts, das die Quelle des Elends erforschen soll. Das ist natürlich er selber. Die Tätigkeit des Instituts fällt in eine Zeit, wo auch der Kaiser eine Quelle der Übel genannt haben will, da die Empörung des Volkes steigt. Das Institut nimmt am Konzil teil.«

Im »Tuiroman« führte Brecht diesen Vorschlag Hanns Eislers nicht aus. Die Behandlung des Themas erwies sich in Amerika als unmöglich, weil praktisch jeder irgendwo in die Situation der Tuis genötigt wurde. Der Gegenstand schien nur noch eine soziologische Untersuchung oder eine karikaturistische Behandlung zu erlauben. Es gab viel schlimmere Tuis als die, die Brecht treffen wollte. Er sah sich geworfen »unter die allerletzten der Tuis«, die Filmproduzenten Hollywoods. Brecht machte es Spaß und er hielt es für wichtig, sich mit Persönlichkeiten wie Horkheimer, Adorno und Pollock auseinanderzusetzen, aber er begriff auch, daß diese Auseinandersetzung erst unter anderen gesellschaftlichen Bedingungen erfolgen durfte.

1953 griff Brecht den alten Tui-Plan in dem Stück »Turandot oder Der Kongreß der Weißwäscher« wieder auf, das sich kritisch mit Intellektuellen auseinandersetzt, die die Solidarität mit den Massen der Arbeiter und Bauern zum geeigneten Zeitpunkt aus Feigheit ausschlagen.

Das Stück, das zunächst als »Turandot«-Bearbeitung geplant war (Käthe Reichel war die Titelrolle zugedacht), knüpft an den alten Einfall von Eisler an: Im Mittelpunkt der Handlung steht das vom Kaiser einberufene Konzil der Tuis, der »Kongreß der Weißwäscher«. Der Bauer Sen erläutert hier Begriff und Aufgabe der Tuis: »50 Jahre habe ich davon geträumt, selbst zu der großen Bruderschaft zu gehören, die sich die der Tuis nennt – nach den Anfangsbuchstaben von Tellekt-Uell-In. Denn nach ihren großen Gedanken geht alles vor sich im Staat, sie leiten die Menschheit«. Das Stück, das auch in China spielt, zeigt den Kaiser des Landes in großer Verlegenheit: Es ist ruchbar geworden, daß er die Baumwollernte in seinen Speichern auf die Seite gebracht hat, um die Preise hochzuhalten. Die revolutionäre Opposition, angeführt von dem früheren Tui Kai Ho, fordert vom Kaiser Rechenschaft. Der zur Rettung des Kaisers einberufene Tuikongreß soll bestätigen, daß alle Verdächtigungen unbegründet sind. Ein Theologe erklärt großzügig: »Je weniger Kleider, desto gesünder die Sonne«, und Munka Du geht es weniger um die Baumwolle als um die Freiheit der Meinung über die Baumwolle. Der beste Weißwäscher soll Turandot, die Tochter des Kaisers, zur Frau bekommen. Alle Redner machen aber Fehler und werden enthauptet. Die Tuis werden mitschuldig an der Machtergreifung des Faschisten Gogher Gogh (eine Mischung aus Ui und Mackie Messer), der die kaiserlichen Baumwollvorräte in Brand steckt und es dadurch möglich macht, daß der Rest zu höherem Preis verkauft werden kann. Bevor noch Gogh Turandot zur Heirat zwingen kann, dringen die Anhänger Kai Hos in die Stadt ein. Ein optimistischer Schluß also, der offen läßt, wie sich die Tuis nun verhalten werden. Im »Me-ti« aber hat Brecht schon darüber Klage geführt, daß die Tuis auch nach der Machtübernahme des Proletariats ihr Unwesen treiben.

Zwei aus dem Nachlaß Brechts veröffentlichte Prosaarbeiten und ein Stück zeigen auf eine andere, verfremdetere und zugleich auch wieder direktere Weise die Bedeutung, die die (von Lenin vermittelte) marxistische Theorie für Brecht hatte. Es sind Texte, die in ihrer Radikalität, in ihrer konsequenten Gedankenführung neue, für uns wichtige Herausforderungen enthalten. [...]
(Aus: *Kürbiskern*, 1966, H. 4, S. 157-166)

Urs Jenny
Kin-Jeh und der Tui-Komplex

[...] Das Wort »Tui«, eine Abkürzung von Tellekt-Uell-In, bezeichnet die käuflichen, opportunistischen Intellektuellen, die »Ausredner«, »Weißwäscher«, »Kopflanger« (als Gegensatz zu Handlanger), die im gewichtigsten Teil des bisher unveröffentlichten Nachlasses – der deshalb der »Tui-Komplex« genannt wird, bestehend aus einem Schauspiel und verschiedenen Romanbruchstücken – die Hauptrolle spielen. Dichterisch ungleich bedeutender sind gewiß die Stückfragmente aus den späten zwanziger Jahren (etwa »Der Brotladen«, der »Untergang des Egoisten Johann Fatzer« oder »Das wirkliche Leben des Jakob Geherda«), doch interessanter für die Figur Brecht ist dieser Tui-Komplex, weil er auf einmalige Art in Brechts Werk das Scheitern einer großen Konzeption zeigt.

Das Unentschiedene, ja scheinbar Müßige mancher großen Arbeiten, die Brecht im Exil unternahm und wieder liegenließ (etwa das weitschweifige »Lehrgedicht von der Natur der Menschen« mit der Bearbeitung des Kommunistischen Manifests in Hexametern), erklärt sich wohl aus seiner Ungewißheit, mit was für einem Publikum, einem bürgerlichen oder einem sozialistischen, er in Zukunft würde rechnen können; einen Künstler, der so entschieden nicht auf Genuß, sondern auf Wirkungen aus war, mußte diese Ungewißheit lähmen. Das gilt sicher auch für den halb satirischen Tui-Roman, der in chinesischer Einkleidung die Geschichte der Weimarer Republik darstellen und dabei (im Gegensatz zur Wirtschaftsgangsteroptik des »Arturo Ui«) die Schuld der Intellektuellen am Sieg des Faschismus betonen sollte – aber zur Belehrung welcher Leser?

Schon 1927 taucht in einem politischen Aufsatz die Formel vom »Warencharakter des Intellekts« auf; 1935 kündet Brecht in einem Interview in Moskau eine Komödie und einen Roman an, die zeigen sollen, »wie die bürgerlichen Ideologen auf ihrem Markt der Ansichten die jeweils von der Bourgeoisie gewünschte Ideologie verkaufen«, und etwa gleichzeitig erklärt er in seinen Reden zum I. und II. Internationalen Schriftstellerkongreß zur Verteidigung der Kultur, worin er das Versagen der Weimarer Intellektuellen sieht: Ursprung der faschistischen »Barbarei« sei der Privatbesitz an Produktionsmitteln, deshalb sei jeder Kampf für Kultur und Freiheit vergeblich, der nicht mit einer Kritik der Eigentumsverhältnisse beginnt. Die Tui-Komödie, die die uneinsichtige, also marktorientierte Haltung der Intellektuellen geißeln sollte, ist erst anfangs der fünfziger Jahre entstanden; und der Tui-Roman ist, weit von seinem Ziel abirrend, Fragment geblieben, weil sich zum Stoff keine Fabel fand.

Reichlich befremdet liest man nun also eine chinesisch drapierte Parodie deutschnationaler Geschichtsschreibung, liest, wie der Marschall Fank Wi Heng den Krieg verlieren mußte, wie die defaitistischen Volksführer Li-keh und Frau Ro von aufrechten Offizieren ermordet wurden, wie der Wei-Wei die Regierung übernahm und der Sa-u-pröh eine Verfassung ausarbeitete, usw. usw. Der mühselige Spaß liegt (wie bei »Me-ti«) allenfalls im Entschlüsseln der Namen; mit wachsendem Training erkennt man Goethe als Go-teh, den Autor der »Lady Chatterley« als Lo-reh und Napoleon als O-leh – doch der Zweck der Verschlüsselung gerät mehr und mehr außer Sicht. Zuletzt ist der Tui-Stil wie der Me-ti-Stil oder der Keuner-Stil eine Allwetterkleidung, in die Brecht auch die verschiedensten persönlichen Erfahrungen steckt: Als Keuner übt er sich in Selbsterkenntnis, als Kin-jeh in »Me-ti« treibt er Selbstkritik, als Tui leistet er in Hollywood Kopflangerdienste und mokiert sich über »die zwei großen Musiktuis« Strawinski und Schönberg . . .

Weit schwieriger liegen die Dinge bei »Turandot oder Der Kongress der Weißwäscher«, dem Tui-Schauspiel, Brechts letztem Bühnenwerk. Daß es bisher nicht publiziert wurde, obwohl ein ebenso »fertiges« Manuskript vorlag wie bei einigen anderen Stükken, hat zu allerlei Spekulationen geführt, und sie erweisen sich nun als nicht ganz falsch. Brecht hat ein – im Vergleich zum »Arturo Ui« und auch zu »Die Rundköpfe und die Spitzköpfe« recht kraftloses, unzeitgemäßes – Parabelstück über Hitler geschrieben, hat es aber auf sehr tuihafte Art so ambivalent angelegt, daß es von seinem Publikum zweifellos als Stück über den 17. Juni 1953 »mißverstanden« worden wäre.

Die Darstellung der Tui-Situation ist ganz witzig (Tuis bereden, wie ihr Geschäft mit Meinungen, Ausreden, Argumenten zu beleben wäre; ein Tui auf dem Strich spricht einen Kunden an: *Eine Meinung über die politische Lage, Alter? Es kostet nur drei Yen und geht im Stehen, Alter*), auch die Exposition der Fabel klingt verheißungsvoll: Im Land herrscht Aufruhr, weil es an Baumwolle fehlt; niemand anderer als der Kaiser hat als regelrechter Monopolkapitalist den Großteil der Ernte an sich gerissen und versteckt, um die Preise hochzutreiben; nun ruft er die Tuis zu einem Kongreß zusammen: Wer die beste das Volk besänftigende Erklärung für das »rätselhafte« Fehlen der Baumwolle findet (also die beste Lüge), soll die Kaisertochter Turandot erhalten. Leider erweisen sich auch die prominentesten Tuis als Dummköpfe (was dem Kongreß seinen theatralischen Reiz nimmt), der Aufruhr im Volk wächst – natürlich steckt ein Sozialrevolutionär dahinter, einer namens Kai Ho –, doch rechtzeitig kommt dem Kaiser ein erfolgreicher Straßenräuber namens Gogher Gogh zu Hilfe (wie Hitler ein gescheiterter Möchtegern-Tui; daß er beim Examen durchgefallen ist, erklärt er mit dem Satz: *Die Examinatoren haben nachgewiesenermaßen nicht verstanden, die korrekte Frage für meine Antwort zu stellen*). Gogher Gogh übernimmt auf Wunsch des Kaisers die Macht und löst das Baumwollproblem sehr energisch: Er läßt die Lagerhäuser, in denen die Wolle versteckt war, anzünden und schiebt die Schuld den verhaßten Tuis zu, um einen Notstand und den Anlaß zu ihrer Liquidation zu bekommen.

Spätestens hier gerät die Parabel aus der Bahn, denn die Tuis wären ja nun (nach dem Reichstagsbrandvorbild) nicht die bürgerlichen Intellektuellen, sondern die Kommunisten ... Doch das Stück stürzt dann ohnehin sehr abrupt in ein Happy-End, den Sieg des Kai Ho, hinein; interessant ist es nur durch die »Obertöne« im Dialog, die auf Brechts schwierige Situation in der DDR anspielen (etwa auf den Kampf um die Lukullus-Oper) und den »Irrtum« suggerieren, mit dem Volksaufruhr könnte der 17. Juni 1953 und mit Gogher Gogh die sowjetische Panzer-Intervention gemeint sein. Ob diese »Turandot« in nächster Zeit zur Uraufführung kommt, ist also höchst ungewiß; es wäre immerhin spannend, heute die Publikumsreaktion auf die berühmte, hier an den Kaiser gerichtete Brecht-Frage zu erleben: *Kann sich etwa das Regime sein Volk wählen? Es kann nicht. Würden Sie sich etwa gerade dieses Volk gewählt haben, wenn Sie die Wahl gehabt hätten?* (*Süddeutsche Zeitung*, Nr. 274, 16. 11. 1967, Beilage, S. 1f.)

7. Verzeichnisse

Textausgaben

1967: *Der Tui-Roman (Notizen, Stichwörter, Pläne, Entwürfe, fragmentarische und abgeschlossene Textteile)*, in: B. B., *Stücke XIV*, Frankfurt, S. 135-360.

1967: *Der Tui-Roman [Fragment]*, in B. B., *Gesammelte Werke [in 20 Bänden]*, Hg. v. Suhrkamp Verlag in Zusammenarbeit mit Elisabeth Hauptmann, Frankfurt (= werkausgabe edition suhrkamp), Bd. 12, S. 587-727.

1968: *Das Tui-Roman-Fragment*, in: B. B., *Stücke 14*, Berlin und Weimar.

1973: *Der Tui-Roman*, Frankfurt (= es 603).

1980: *Der Tui-Roman [Fragment]*, in: B. B., *Prosa in vier Bänden*, Frankfurt (= es 183), Bd. 2, S. 587-727.

1981: Thiele, Dieter, *Bertolt Brecht. Selbstverständnis, Tui-Kritik und politische Ästhetik*, Frankfurt/Bern (= Europäische Hochschulschriften I/465), bes. S. 360-375.

Verzeichnis der wichtigsten Archiv-Texte, die Thiele (1981) veröffentlicht hat (in der Reihenfolge der Archiv-Numerierung):

BBA	Thiele, S.	BBA	Thiele, S.
55/36	= 369	499/57	= 363
148/06	= 361	499/61	= 363
148/41	= 361	499/67	= 363
148/59	= 361	499/69	= 363 f.
148/61	= 361 f.	499/70	= 364
148/62	= 362	499/72	= 364
148/68	= 362	499/77	= 408
164/56	= 412	559/01-03	= 371 f.
424/57	= 369 f.	559/02	= 396
464/56	= 370 f.	559/09	= 416
499/01	= 374, 76	559/20	= 412
499/09	= 374, 413	559/23	= 414
499/17	= 374 f.	559/25	= 414 f.
499/22	= 414	559/59	= 372 f.
499/23	= 375	559/62	= 373
499/24	= 412 f.	559/63	= 373
499/36	= 362	559/67	= 373
499/42	= 362	559/68	= 415
[Druckfehler: »449«]		559/79	= 373 f.
499/50	= 363	559/89	= 371
499/55	= 366	559/102	= 408

BBA	Thiele, S.	BBA	Thiele, S.
560/06	= 364	560/68	= 367
560/07	= 364 f.	560/71	= 367
[Druckfehler: »506«]		560/90	= 367 f.
560/15	= 365	560/94	= 368
560/16	= 365	560/97	= 368
560/17	= 365 f., 409	560/99	= 368
560/18	= 366	560/117	= 130
560/22	= 366	560/140	= 408 f.
560/31	= 409	560/147	= 369
560/36	= 366	560/159	= 369
560/61	= 366	560/176	= 369
560/66	= 366 f.	602/88	= 375
560/67	= 367	909/29	= 374

Literatur

Benjamin, Walter, *Gespräche mit Brecht. Svendborger Notizen 1934; 1938,* in: W. B., *Versuche über Brecht,* Hg. u. mit einem Nachwort vers. v. Rolf Tiedemann, Frankfurt 1971 (= es 172), S. 117-127; 128-135.

Buono, Franco, *Die drei Kongresse der Tuis oder Brecht und die Intellektuellen,* in: *Brechts Tui-Kritik. Aufsätze, Rezensionen, Geschichten,* Hg. v. Herbert Claas und Wolfgang Fritz Haug, Berlin/Karlsruhe 1976 (= AS 11), S. 53-89.

Hammer, John C., *Brecht and the Intellectuals,* in: German Life & Letters 29, 1975, S. 382-388.

Haug, Wolfgang Fritz, *Zur Aktualität von Brechts Tui-Kritik,* in: *Brechts Tui-Kritik. Aufsätze, Rezensionen, Geschichten,* Hg. v. Herbert Claas u. W. F. H., Karlsruhe/Berlin 1976 (=AS 11), S. 7-16.

Hauptmann, Elisabeth, *Nachbemerkung des Herausgebers zum Tui-Roman,* in: Bertolt Brecht, *Stücke XIV,* Frankfurt 1967, S. 361-364.

Hermand, Jost, *Zwischen Tuismus und Tümlichkeit. Brechts Konzept eines ›klassischen‹ Stils,* in: *Brecht-Jahrbuch 1975,* Hg. v. John Fuegi, Reinhold Grimm u. Jost Hermand [. . .], Frankfurt 1975 (= es 797), S. 9-34.

Hermsdorf, Klaus/Müller-Waldeck, Gunnar, *Experimentelle Prosa im Exil. Bertolt Brecht: »Tui«-Roman,* in: *Erfahrung Exil. Antifaschistische Romane 1933-1945. Analysen,* Hg. v. Sigrid Bock u. Manfred Hahn, Berlin/Weimar 1979, S. 139-168.

Jacobs, Jürgen, *Brecht und die Intellektuellen,* in: Neue Rundschau 80, 1969, S. 241-258.

Jeske, Wolfgang, *Bertolt Brechts Poetik des Romans,* Frankfurt 1984, S. 201-217.

Kawa, Rainer, *Die Kopflanger der Feudalaristokratie. Miszelle zur Vorge-*

schichte der Erforschung des Tuismus, in: *Brechts Tui-Kritik. Aufsätze, Rezensionen, Geschichten,* Hg. v. Herbert Claas u. Wolfgang Fritz Haug, Berlin/Karlsruhe 1976 (= AS 11), S. 111-114.

Kostić, Predrag, *»Turandot« – Das letzte dramatische Werk Bertolt Brechts,* in: Weimarer Beiträge. Brecht-Sonderheft 1968, S. 185-194.

Knopf, Jan, *Brecht-Handbuch Theater. Eine Ästhetik der Widersprüche,* Stuttgart 1980, bes. S. 328-342.

Knopf, Jan, *Eingreifendes Denken als Realdialektik. Zu Bertolt Brechts philosophischen Schriften,* in: *Aktualisierung Brechts,* Hg. v. Wolfgang Fritz Haug, Klaus Pierwoß und Karen Ruoff, Berlin 1980 (= AS 50), S. 57-75.

Müller, Klaus-Detlef, *Brecht-Kommentar zur erzählenden Prosa,* München 1980 (= Brecht-Kommentar. II), S. 350-392.

Müller-Waldeck, Gunnar, *Vom »Tui«-Roman zu »Turandot«. Zur Entwicklung der Kritik und Gestaltung des Intellektuellen im Schaffen Bertolt Brechts,* Greifswald: Diss. Masch. 1978. – Überarbeitete Fassung: G. M.-W., *Vom »Tui«-Roman zu »Turandot«,* Berlin 1981 (= Brecht-Studien 2.).

Pickerodt, Gerhart, *Die Lehren der Tuis,* in: *Brechts Tui-Kritik. Aufsätze, Rezensionen, Geschichten,* Hg. v. Herbert Claas u. Wolfgang Fritz Haug, Berlin/Karlsruhe 1976 (= AS 11), S. 90-110.

Ruoff, Karen, *Tui oder Weiser? Zur Gestalt des Philosophen bei Brecht,* in: *Brechts Tui-Kritik. Aufsätze, Rezensionen, Geschichten,* Hg. v. Herbert Claas u. Wolfgang Fritz Haug, Berlin/Karlsruhe 1976 (= AS 11), S. 17-52.

Ruoff, Karen, *Das Denkbare und die Denkware. Zum Problem des eingreifenden Denkens,* in: *Aktualisierung Brechts,* Hg. v. Wolfgang Fritz Haug, Klaus Pierwoß und Karen Ruoff, Berlin 1980 (= AS 50), S. 75-84.

Thiele, Dieter, *Brecht als Tui oder Der Autor als Produzent?,* in: *Brechts Tui-Kritik. Aufsätze, Rezensionen, Geschichten,* Hg. v. Herbert Claas u. Wolfgang Fritz Haug, Berlin/Karlsruhe 1976 (= AS 11), S. 213-233.

Thiele, Dieter, *Von der Prosa zur Elegie. Brechts Exilerfahrung in Hollywood und ihre ästhetischen Folgen,* in: *Antifaschistische Literatur,* Bd. 3: *Prosaformen,* Hg. v. Lutz Winckler in Zusammenarbeit mit Christian Fritsch, Königstein/Ts. 1979 (= Literatur im historischen Prozeß. 12), S. 34-62.

Thiele, Dieter, *Bertolt Brecht. Selbstverständnis, Tui-Kritik und politische Ästhetik,* Frankfurt/Bern 1981 (= Europäische Hochschulschriften I/465).

Völker, Klaus, *Die Turandot-Story. Warum Brechts Stück geschrieben wurde,* in: Theater heute 10, 1969, H. 3, S. 22-26.

Völker, Klaus, *Bertolt Brecht. Eine Biographie,* München 1967, S. 398-408.

V. Die Geschäfte des Herrn Julius Caesar

1. Zeittafel zur Entstehungsgeschichte

1937

September: Brecht hält sich in Paris auf, um die Neuinszenierung der *Dreigroschenoper* zu beobachten (Premiere: 28. 9.). Er führt Gespräche mit Erwin Piscator über ein »cäsarenstück«, die möglicherweise an den Plan einer Inszenierung von Shakespeares *Julius Caesar* in den Jahren 1928/29 anknüpfen.

Oktober: Brecht besucht Lion Feuchtwanger in Sanary-sur-mer, kehrt dann wieder nach Paris zurück wegen der Proben zu *Die Gewehre der Frau Carrar* (Uraufführung: 16. 10.). Steffin schreibt an Benjamin (13. 10.), daß für die Arbeit am *Caesar*-Projekt Mommsens *Römische Geschichte* fehlt (Glaeser, 1001). Nach Skovsbostrand zurückgekehrt, bittet Brecht Helene Weigel, in Wien den Mommsen aufzutreiben (Völker, 70).

November: Brecht bittet Martin Domke am 9. 11. um Notizen (Stellungnahmen) zum *Caesar*-Projekt, will in der Zwischenzeit Plutarch, Sueton und Mommsen – den er nun offensichtlich hat – studieren (*Briefe*, Nr. 344). Zehn Tage später entwirft er in einem Brief an Domke eine »provisorische erste Stückskizze« (*Briefe*, Nr. 345), bittet wiederum um Stellungnahme und »Funde in der französischen Literatur«. Auch Korsch berichtet er von diesem Plan und erkundigt sich nach Literatur (*Briefe*, Nr. 347). Ende des Monats richtet er diese Frage an Lion Feuchtwanger, von dem er sich aufgrund der Arbeit an den *Josephus*-Romanen »Details aus dem täglichen Leben« erhofft (*Briefe*, Nr. 346).

Dezember: Brecht arbeitet am *Caesar*-Stück.

1938

Januar: Die Komplexität des Stoffs scheint dazu geführt zu haben, daß Brecht das Stück-Projekt aufgibt und statt dessen mit der Arbeit am Roman beginnt.

Februar: Margarete Steffin schreibt am 1. 2. an Walter Benjamin, daß Brecht aus dem Caesar-Stoff »einen kleinen Roman« begonnen hat zu schreiben (Völker, 70), den er im Frühjahr beendet haben will (Schumacher, 15, 382).

März: In einem Brief an Martin Andersen-Nexö vom 25. 3. berichtet Brecht erstmals selbst vom Roman-Projekt über Caesar (*Briefe*, Nr. 354). Der Malik Verlag, bei dem der Roman erscheinen soll, gibt eine Pressemitteilung heraus; die *Deutsche Volkszeitung* berichtet darüber am 13. 3.

April: In einem Brief an Karl Korsch deuten sich erstmals Schwierigkeiten an: der Roman wächst langsam (*Briefe*, Nr. 357). Martin Domke kündigt Brecht in diesem Monat die ersten beiden Kapitel (d. h. Bücher) des Romans an, die er in zwei Wochen fertig zu haben hofft, und dankt für die besorgte Literatur (*Briefe*, Nr. 361). – Daneben hat er inzwischen 27 Szenen zu *Furcht und Elend des Dritten Reiches* geschrieben (Völker, 71).

Mai: Brecht bittet die American Guild for German Cultural Freedom am 28. 5. um Verlängerung seines Stipendiums, da die Arbeit »viel Quellenstudium« erfordere, die Niederschrift des Romans fast ein Jahr beanspruchen werde (*Briefe*, Nr. 363). – Brecht fährt zur Inszenierung von *Furcht und Elend* nach Paris (Uraufführung: 21. 5.). – Am 30. 5. meldet Margarete Steffin an Benjamin, daß Brecht erst »bis zur zweiten Hälfte« des Romans gekommen sei (Schumacher, 15, 382). D. h., zu diesem Zeitpunkt liegen die ersten drei Bücher vor. – Im Mai-Heft von *Internacional'naja Literatura* (Moskau) wird die Meldung der *Deutschen Volkszeitung* aufgegriffen.

Juni: Benjamin kommt nach Skovsbostrand und bleibt bei Brecht bis Oktober. – Im Juni-Heft von *Internationale Literatur* nennt Brecht in einer *Autobibliographie* den *Caesar*-Roman als derzeitige Arbeit (Schumacher, 382).

Juli: Notierungen im *Arbeitsjournal* (AJ, 9, 11, 14f., 16) belegen die Arbeit an diesem Projekt und die ›Schwierigkeiten‹. Benjamin schreibt am 20. 7. an Gretel Adorno, daß der *Caesar*-Roman, den er noch nicht gelesen habe, »zur Hälfte vollendet« ist (Benjamin, 770). – In diesem Monat beginnen Brecht und Steffin die Arbeit an der Übersetzung von Martin Andersen-Nexös Erinnerungen.

August: Brecht notiert Gedanken über einen »gesamtplan« seiner Arbeiten, bei dem zum *Caesar*-Roman der *Tui-Roman* treten müsse (AJ, 23).

September: Brecht wiederholt die Bitte an die American Guild, sein Stipendium zu verlängern, und stellt ihr das Roman-Projekt nochmals kurz vor (*Briefe*, Nr. 369). Neben den Literaturstudien registriert Brecht tagespolitische Ereignisse, die die ›Rekonstruktion‹ der historischen deutlicher werden lassen (AJ, 32). – Für ein Preisausschreiben der American Guild schickt Brecht am 30. 9. die ersten drei fertigen Kapitel (= Bücher) ein und legt ein Exposé für die drei folgenden bei (*Briefe*, Nr. 370).

Oktober: Benjamin schreibt am 4. 10. an Theodor W. Adorno, daß die

	eigenen Arbeiten ihn bisher von der Lektüre des *Caesar*-Romans abgehalten haben (Benjamin, 778).
November:	Unter Hinweis auf die fertigen Romanteile, die der American Guild vorliegen, bittet Brecht nochmals um Verlängerung seines Stipendiums (*Briefe*, Nr. 371). Steffin berichtet Benjamin am 17. 11., daß der Caesar liegengeblieben sei, Brecht seit zehn Tagen den *Galilei* ›herunterdramatisiere‹ (Völker, 74). Brecht beendet am 23. 11. den »Ur-Galilei« (AJ, 35).
Dezember:	Als nicht eindeutig datierbar, aber noch in diesem Jahr entstanden, sind hier anzuführen das Filmexposé *Der Gallische Krieg oder Die Geschäfte des Herrn Julius Caesar* (II, 369-371) und die Einbringung von ›konkretem Material‹ in die Realismusdebatte (19, 299-301).
1939	
Januar:	Steffin schreibt am 1. 1. an Fredrik Martner, daß sie und Brecht mit der Übersetzung des letzten Teils der Nexö-Erinnerungen beginnen (*Exil in der Tschechoslowakei [...]*, 496). Brecht fordert den eingereichten Teil des Romans von der American Guild for German Cultural Freedom zurück (*Briefe*, Nr. 379).
Februar:	Am 12. 2. wird die Arbeit am Nexö beendet (AJ, 37). Die Caesar- und Tui-Studien schärfen Brechts Sicht der Zeitgeschichte (AJ, 40). Er liest Hegels *Philosophie der Geschichte* (AJ, 42). Herta Hanisch, Steffins Schwester, und Stefan Brecht haben den Roman gelesen und drängen auf die Weiterarbeit (AJ, 42).
März:	Brecht beginnt mit *Der gute Mensch von Sezuan*. Am 27. 3. kündigt die American Guild die Verlängerung des Stipendiums an (Glaeser, 1015).
April:	Ab 1. 4. erhält Brecht das Stipendium für sechs Monate (Glaeser, 1015). Korsch bestätigt am 17. 4. den Eingang des Caesar-Manuskripts, die Lektüre und Weiterleitung an Hanns Eisler (Korsch, 212).
Mai:	Brecht hält am 4. 5. den Vortrag *Über experimentelles Theater* in Stockholm, der die Möglichkeit bietet, ein Visum für Schweden zu erhalten. Die Brechts wohnen bei der Bildhauerin Ninnan Santesson auf Lidingö.
Juni:	Brecht schreibt die beiden Einakter *Dansen* und *Was kostet das Eisen?*, die am 2. 6. fertig sind. Korsch lobt in einem Brief vom 12. 6. den ersten Teil des *Caesar*-Romans (Korsch, 219).
Juli:	Brecht arbeitet weiter am *Sezuan*-Stück.
August:	Die Arbeit am *Sezuan*-Stück wird auch in diesem Monat fortgesetzt; erst nach dessen Fertigstellung will sich Brecht wieder an den *Caesar*-Roman machen und ihn möglicher-

weise »bis zur nächsten Krise« abschließen (*Briefe*, Nr. 397).

September: Die Arbeit am *Sezuan*-Stück kommt ins Stocken; Brecht beginnt mit der Niederschrift von *Mutter Courage und ihre Kinder*.

Oktober: Brecht arbeitet weiter an *Mutter Courage;* das Stück wird Anfang November fertiggestellt.

November: Brecht schreibt *Das Verhör des Lukullus.*

Dezember: Notizen im *Arbeitsjournal* belegen die Wiederaufnahme des *Caesar*-Projekts, die Weiterarbeit mit dem Beginn des vierten Buchs (AJ, 71 f., 76). Der erste Teil wird im Hinblick auf den »stil« durchgesehen (AJ, 72).

1940

Januar: Die American Guild for German Cultural Freedom prämiiert Arnold Benders Roman *Es ist später als ihr wißt* (Glaeser, 1013). Ein Brief Brechts an Fredrik Martner von Anfang des Monats bestätigt die Wiederaufnahme der Arbeit am Roman (*Briefe*, 400). Sie wird wahrscheinlich noch in diesem Monat unterbrochen (und damit endgültig abgebrochen).

April: Von einer Krankheit im März genesen, flieht Brecht am 17. 4. vor dem Einmarsch der Nazis in Dänemark und Norwegen nach Finnland.

August: Brecht bittet die American Guild am 1. 8. erneut um Verlängerung seiner Scholarship, die am 30. 9. ausläuft; die Arbeit am *Caesar*-Roman habe er unterbrechen müssen, »da er viel Bibliotheksarbeit verlangt« (*Briefe*, Nr. 415). – Diese ist in der Situation des Exils und bei der Vielzahl anderer Projekte nicht möglich und verhindert die Weiterarbeit (AJ, 151).

1941

Januar: Brecht beendet das *Sezuan*-Stück. In einer autobiographischen Notiz von 1941, in der er u. a. dies feststellt, heißt es dennoch: »Gegenwärtig arbeitet er an einem satirischen historischen Roman über das Ende der römischen Republik, *Die Geschäfte des Herrn Julius Cäsar.*« (AA, 229)

Februar: Stefan Brecht nutzt die Arbeit des Vaters für ein Referat (AJ, 241).

Juni: Margarete Steffin, die wichtigste Mitarbeiterin beim *Caesar*-Roman, stirbt auf der Flucht von Finnland über die UdSSR in die USA.

August: Brecht liest Benjamins *Geschichtsphilosophische Thesen* und vermutet, daß sie vom *Caesar*-Roman beeinflußt sein könnten (AJ, 294).

Oktober: Brecht streitet mit Lion Feuchtwanger über die »omnipotenz der geschichtsschreiber« am Beispiel der Caesar-Darstellungen von Mommsen und Machiavelli (AJ, 299).

1942

April: Auf Drängen von William Dieterle skizziert Brecht den Filmstoff *Cäsars letzte Tage* (AJ, 407; II, 372 ff.).

Juli: Gespräche über d'Annuncio (AJ, 495), dessen Biographie Brecht im *Caesar*-Roman wohl als Vorlage für Vastius Alder verwendet hatte.

1943

September: Brecht stellt fest, daß er aufgrund der Exilsituation den *Caesar*-Roman nicht habe beenden können (AJ, 617).

2. Selbstzeugnisse und Zeugnisse

Aus den *Briefen*

[. . .] Ich vermisse natürlich Ihre Notizen ein wenig, aber ich kann mir denken, daß Sie ungeheuer überlastet sind. Vergessen Sie übrigens ja nicht, daß Ihre Notizen absolut nicht in klassischem Stil sein müssen, flüchtig hingeworfene Punkte genügen vollständig. Und wie gesagt: auch die schicken Sie mir nur, wenn Sie die Muße dazu haben. Ich studiere inzwischen Plutarch, Sueton und Mommsen.
[Skovsbostrand, 9. 11. 1937; an Martin Domke (Nr. 344)]

Jetzt zum »Caesar«.

Ich habe eine provisorische erste Stückskizze der Szenenfolge gemacht. In dieser fange ich an mit dem Jahr 691. C. ist in die Catilinaverschwörung verwickelt. In der zweiten Szene ist er Prätor (692). In der dritten packt er die Koffer für Spanien. Fabel: C. unterstützt Catilina, den großen Schuldenvertilger. Er braucht weiteres Geld, um Prätor zu werden, und er muß Prätor werden, um die Untersuchung des Catilinafalls auf das »richtige Geleise« zu schieben. Der Richter C. spricht dann den angeschuldigten C. frei. Außerdem unterstützt er den in Asien kämpfenden Pompejus, einen (nach Catilina) zweiten möglichen Diktator. Je mehr der Senat Lust zeigt, C.s Rolle bei der Cat[ilinarischen] Verschwörung aufzudecken (alle wissen natürlich alles), desto mehr stützt sich C. (in [Szene] 2) auf Pompejus. Als dieser dann gegen alle Erwartung sein Heer entläßt (bei der Landung in Brindisium [!], Herbst 92), ist C. aufgeschmissen und flieht (3. Szene) in die spanische Gouvernorship. Crassus löst ihn bei seinen Gläubigern aus. Der zweite Akt hätte wieder 3 Szenen (4, 5, 6). C. kehrt zurück aus Spanien, hat etwas Geld, muß also nichts zurückzahlen, sondern kriegt das Doppelte seiner bisherigen Schulden gepumpt. Pompejus' Lage ist schlecht, da er keine Macht mehr hat und der Senat ihm nicht die Grundstücke für seine Veteranen bewilligt. C. und Crassus beschließen, diese Lage auszunützen. 5) Im Schwitzbad kommt das Triumvirat zustande. C. soll Konsul werden, um dann Gallien zu kriegen. Dafür soll er als Konsul dem Pompejus die Veteranenländereien durchsetzen, dem Crassus die Rittergerichte, durch die die

Provinzen unter die Finanzkontrolle der Hochfinanz kommen sollen (also auch Gallien . . .). C. kauft in aller Stille Grundbesitz. 6) ist die Wahl eines römischen Konsuls in einem Wahllokal der demokratischen Klubs. C. wird gewählt. Im dritten Akt setzt C. das Ackergesetz durch, und Pompejus und Crassus sollen in den nächsten Jahren die Grundstücke kaufen und verteilen. Dieses Geschäft bleibt über C. hängen (er hat Grundstücke) während des ganzen Gallischen Krieges. Denn jetzt (96) muß er nach Gallien, auch weil man schon wieder Untersuchungen wegen der Transaktionen in der Zeit seines Konsulats anstellt (2. Flucht). Dritter Akt: Gallien. Das Geschäft liegt zunächst in der Beteiligung an den Kriegsgewinnen und den Zwischengewinnen bei der Proviantierung. Dann gibt es Sklavenpreis (er schickt große Mengen heim) und Goldpreis auszunützen. Durch die Goldzuflüsse aus Gallien fällt der Goldpreis nach Mommsen um 25%. Der Krieg muß also nach den Erfordernissen der Goldspekulation sehr vorsichtig geführt werden. Die Niederlage bei Aduatuca, wo eine Legion untergeht, muß damit zusammenhängen. Luca ist ein großes Fragezeichen. Warum räumt C. dem Pompejus soviel ein? Er hat die Macht, Pompejus nicht, er gibt sie ihm. ??? Im übrigen: Sie glauben doch auch, daß C. (außer den Kuverts) nicht direkt an den Goldtributen, sondern durch Spekulation bei dem von ihm dirigierbaren Goldpreis verdienen soll? Er ist so streng gegen Korruption seiner Beamten! Akt IV und V spielen in Gallien (Ende von IV: Luca), und Akt V endet mit dem Überschreiten des Rubicon. In Gallien wird C. von dem Vertrauensmann seiner Gläubiger begleitet, der eigentlich alles dirigieren soll, wenn auch mitunter beschissen wird.

Nun Fragen. 1) brauche ich ein Geschäft für die erste Szene. Catilina wird erledigt, indem der Senat die Getreidespenden bewilligt, die Catilina versprochen hat. Wie konnte C. da spekulieren und *verlieren?* Er muß verlieren. Natürlich nimmt er an, daß Catilina siegt, und nimmt also Geld auf (das er ja hofft niemals zurückzahlen zu müssen). Immerhin teures Geld, da ja die Catilinaumtriebe in der Luft liegen. Er könnte nun logisch mit dem Geld in Korn à la baisse spekulieren (da die Kornspenden das Korn entwerten werden, wie ich denke). (?) Aber dann gewinnt er auch, wenn der Senat die Kornspenden bewilligt, und er darf nicht gewinnen, da ich ihn tiefverschuldet brauche (was er auch war). Er müßte durch den vorzeitigen Senatsbeschluß verlieren, und dabei muß alles einfach sein, sonst ist es unverständlich, und die Szene ist nicht lang (10 Minuten).

Von der Grundstücksspekulation in II und III hoffe ich, daß sie stimmt. Hier kann ich die finanzielle Ausbeutung demokratischer Maßnahmen zeigen.

Aber wie macht man den Gallischen Krieg als Geschäft auf (Gold und Sklavenpreis)? Für Frankreich könnte man überhaupt erst mit Szene 5 anfangen (Triumvirat) und dann den Gallischen Krieg als Hauptsache nehmen. Aber ich schreibe ab Szene 1. Das Stück wird sowieso lang.

Was halten Sie von der Skizze?

Der Grundgedanke politisch ist: Hochkommen der Diktaturen zwischen sich heftig bekämpfenden Klassen. Als Zünglein an der Waage. Und: Abhängigkeit der Diktaturen von der herrschenden Klasse. Die Ritter sind zuerst die führende Schicht des Bürgertums gegen den feudalen Senat (den Beamten- und Grundbesitzeradel). Dann wechseln sie zum Senat über, aus Furcht vor der Plebs und weil sie überhaupt interessemäßig mit den Patriziern verbandelt sind. (Reich und reich gesellt sich gern.) C. droht ihnen dauernd mit der Plebs, die er dauernd verkauft.

Für den Krieg brauche ich noch sehr unterstrichen die Unhaltbarkeit der sozialen Lage in Rom. Und man muß einfach und deutlich klarmachen, zugleich natürlich amüsant, wieso der Krieg da ein Ausweg sein soll (und natürlich nicht ist).

Für den Gallischen Krieg brauche ich die Art der Geschäfte zwischen C. und der gallischen Oberklasse, die zunächst doch seit alters Sklaven verkauft an die Römer. Dann gegen Rom mobilisiert, Krieg führt und verliert, wodurch die Unterklasse direkt in die Sklaverei kommt (auch der Teil, der zu Hause bleibt). Das römische Volk (Unterklasse) hat an den Sklaven kein Interesse, da diese die latinische Landwirtschaft unter die großen, mit Sklaven wirtschaftenden Ritter bringen. (Das sizilische Getreide ist konkurrenzlos billig.) Die Inflation durch die gallischen Goldtribute wiegt die Schuldstreichungen genau auf.

Diktieren Sie doch ein paar Zeilen darüber (auch über eventuelle Funde in der französischen Literatur), ganz formlos für mich.
[Skovsbostrand, 19. 11. 1937; an Martin Domke (Nr. 345)]

Ich arbeite an einem Stück über – Julius Caesar. Wissen Sie gute Bücher über ihn und seine Zeit? (Mommsen habe ich, er ist solch

ein Spießer!) Den Dio Cassius kann ich nirgends auftreiben in deutsch, und mein Latein ist sehr rissig geworden. Haben Sie sich jemals beim »Josephus« Details aus dem täglichen Leben, über das Finanzielle usw. ausgeschrieben? So was könnte ich gut brauchen. Schade, daß wir so weit auseinander wohnen. Das wäre ein Stoff für Zusammenarbeit wie am »Edward«. Den las ich neulich wieder. Wie gefällt er Ihnen heute?
[Svendborg, Ende November 1937; an Lion Feuchtwanger (Nr. 346)]

Und jetzt mache ich mich an ein – Caesarenstück: »Die Geschäfte des Herrn Julius Caesar« für Paris, wo eine Aufführungschance ist. Das ist schwer, und Sie fehlen beträchtlich. Ich will nicht ein Anspielungsstück machen, die Verhältnisse liegen so sehr anders in der Antike. Immerhin ist Caesar das große Vorbild, und zumindest zwei Dinge kann ich beleuchten: 1) wie der Diktator zwischen den Klassen pendelt und damit die Geschäfte einer Klasse führt (hier der Equites) und 2) daß Kriege (hier der Gallische) zur Ausbeutung des eigenen Volkes unternommen werden, nicht mehr des bekriegten. Für Frankreich hat die Sache eine pikante Note (der römische Caesar mit seinem neuen Imperium und Gallischen Krieg). Die Schwierigkeit: Caesar bedeutet immerhin einen Fortschritt, und die Anführungszeichnen zu Fortschritt sind riesig schwer zu dramatisieren. Man kann so schwer deutlich machen, daß dieses Fortschreiten für die neuen Diktatoren wegfällt! Es soll natürlich eine Dreigroschenhistorie werden. Wissen Sie Literatur? Ich habe: Plutarch, Dio, Sueton, Sallust, Mommsen, Max Weber, Fowler (einen Oxfordprofessor, sehr schwach). Ich brauchte was über die Klassenkämpfe und die Ökonomie.
[Skovsbostrand, November 1937; an Karl Korsch (Nr. 347)]

Ich selber bin an einem satirischen Roman über Julius Caesar, das Vorbild aller Diktatoren, der viel wissenschaftliche Vorarbeit verlangt und den ich, um den Vorschuß zu kriegen, möglichst bald fertig haben muß.
[Skovsbostrand, 25. 3. 1938; an Martin Andersen-Nexö (Nr. 354)]

»Die Geschäfte des Herrn Julius Caesar« wachsen langsam, langsamer als Hitlers Aufrüstung. Die gewisse »positive« Seite Caesars, die ich zunächst als Vorurteil einfach übersehen wollte, ist bei

fortgesetztem Studium bald in Rauch aufgegangen. Die Frage »für wen positiv?« hat alles geklärt. Seine angeblich dauernde Schöpfung dauerte ein paar Tage länger als er selber, und was vom Caesarismus weiterging, war: was die Sklavenwirtschaft erlaubte.
[Skovsbostrand, April 1938; an Karl Korsch (Nr. 357)]

In etwa zwei Wochen kann ich Ihnen die beiden ersten Kapitel des kleinen Romans über *Caesar* schicken, hoffe ich. Ihr Carcopino war (und ist) mir sehr nützlich.
[Svendborg, April 1938; an Martin Domke (Nr. 361)]

Im Augenblick arbeite ich an einem satirischen Roman »Die Geschäfte des Herrn Julius Caesar«, der sehr viel Quellenstudium fordert. Ich wäre Ihnen sehr dankbar, wenn es Ihnen möglich wäre, das Stipendium zu verlängern, da das Schreiben des Romans allein kaum weniger Zeit erfordern dürfte als ein Jahr.
[Skovsbostrand, 28. 5. 1938; an die American Guild for German Cultural Freedom (Nr. 363)]

Meine Hauptarbeit besteht in dem satirischen Roman »Die Geschäfte des Herrn Julius Caesar«, der große historische Studien beansprucht. Der Roman schildert die Gründung eines Imperiums und die Etablierung einer Diktatur, übrigens auf streng historischer Grundlage. Das Ganze ist keine verkleidete Hitler- oder Mussolini-Biographie. Für den heutigen Leser herauskommen wird, hoffe ich, außer einigem Wissenswerten über Kriege, Demokratie usw. ein Bild davon, wie die Aufrechterhaltung der Sklaverei zu einer Versklavung allgemeinster Art, d. h. aller Klassen der Gesellschaft, führt. Der Roman beginnt mit der Niederschlagung des Catilina-Aufstands und schließt (nach einer Beschreibung des Gallischen Kriegs) mit dem Marsch auf Rom, d. h. dem Übergang über den Rubikon.

Für diese Arbeiten ist mir Ihr Stipendium von großem Nutzen, da ich fast gar keine Einnahmen mehr aus meinen literarischen Arbeiten habe.
[Skovsbostrand, September 1938; an die American Guild for German Cultural Freedom (Nr. 369)]

[. . .] ich erlaube mir, Ihnen für Ihr Preisausschreiben meinen Roman »Die Geschäfte des Herrn Julius Caesar« einzureichen. Er

ist leider nicht ganz fertig, so daß ich gezwungen bin, Ihre Geduld in Anspruch zu nehmen, indem ich Ihnen von sechs Kapiteln nur drei schicke. Jedoch lege ich von den fehlenden drei Kapiteln ein Exposé bei und hoffe, daß Sie sich daraus ein Bild vom Ganzen machen können.
[Skovsbostrand, 30. 9. 1938; an die American Guild for German Cultural Freedom (Nr. 370)]

Wie Sie erfahren haben werden, habe ich, was von meinem Roman »Die Geschäfte des Herrn Julius Caesar« fertig ist, an die American Guild geschickt.

Ich wäre Ihnen aber dankbar, wenn Sie sich dafür einsetzten, daß mir das Stipendium verlängert wird, es ist mir eine wirkliche Hilfe.
[Skovsbostrand, November 1938; an die American Guild for German Cultural Freedom, Hubertus Prinz zu Löwenstein (Nr. 371)]

Bitte, veranlassen Sie doch, daß mir die drei ersten Bücher meines Romans »Die Geschäfte des Herrn Julius Caesar« zurückgeschickt werden. Ich benötige das Exemplar so sehr.
[Svendborg, Januar 1939; an die American Guild for German Cultural Freedom, Hubertus Prinz zu Löwenstein (Nr. 379)]

Ich schreibe eben ein Parabelstück »Der gute Mensch von Sezuan« (mit einer großen Doppelrolle für eine Frau) fertig und mache mich dann wieder an den »Caesar«. Vielleicht kann ich ihn dann bis zur nächsten Krise fertig haben. Man muß sich ja in dieser schweren und blutigen Friedenszeit unbedingt in die Arbeit stürzen. (Die Römer sagten: ins Schwert stürzen.)
[Lidingö, 27. 8. 1939; an Martin Domke (Nr. 397)]

[. . .] ich schulde Ihnen seit langem einen Brief, genauer gesagt bin ich nach allen Seiten tief und hoffnungslos verschuldet, was Briefe betrifft. Ich lese mit Vergnügen die Weihnachtskriminalromane, die Sie mir schickten, aber mit dem Bedanken lasse ich mir Zeit, das ist kein schöner Zug. Trost gegenüber diesen Enttäuschungen, die ich mir bereite, finde ich in den Enttäuschungen, welche die Welt mir und Ihnen und noch einigen anderen Menschen bereitet, und der Trost ist schwach.

Die Arbeit am »Caesar«-Roman habe ich wieder aufgenommen,

ermutigt durch das Interesse, das einige proletarische Leser hier gezeigt haben, denen Grete das halbe Buch lieh. Da ich aber noch geraume Zeit brauchen werde mit dem ganzen, würde ich Ihnen eher raten, die »Courage« vorzunehmen, wenn überhaupt Sie Zeit erübrigen können für Übersetzung. Freilich ist die Aussicht, daß sich die so kriegerischen Dänen ein so friedliches Stück ansehen, gering. Was, die kleinen Leute sollen nichts vom Krieg zu erhoffen haben? Auch hier sehe ich für das Stück schwarz im Augenblick, es geht hier ganz zu wie im »Dreigroschenroman«, wobei ich an das Kapitel »Liebesgaben« denke. Man kommt sich noch ein wenig mehr in der Fremde vor als gewöhnlich und tut gut, sich daheim an den Kamin zu halten, solange man noch einen solchen hat.
[Stockholm, Anfang Januar 1940; an Fredrik Martner (Nr. 400)]

Meine Arbeit an dem satirischen Roman »Die Geschäfte des Herrn Julius Caesar« mußte ich unterbrechen, da er viel Bibliotheksarbeit verlangt, die ich hier nicht machen kann. Ich habe außer dem Stück »Mutter Courage und ihre Kinder« ein großes Parabelstück »Der gute Mensch von Sezuan« geschrieben und arbeite jetzt an einem kleinen satirischen Roman mit einem zeitgenössischen Sujet. Ich bin mehr denn je überzeugt, daß diese schreckliche Zwischenzeit überwunden werden wird, und stelle mich in meiner Arbeit ganz darauf ein. Wenn es der *American Guild* möglich ist, mir die Scholarship zu verlängern, würde mir das eine weitere große Hilfe bedeuten.
[Helsingfors, 1. 8. 1940; an die American Guild for German Cultural Freedom (Nr. 415)]

Aus dem *Arbeitsjournal*

20. 7. 38 – CATILINA ist zweifellos der tiefste griff der plebs. eine üble erscheinung, auch wenn man den dreck wegkratzt, mit dem ihn die herrschende klasse bewarf. aber vielleicht konnte er eben deshalb, weil da gewisse hemmungen wegfielen, eben in seiner völligen unmoral, korruptheit, unbegrenztheit, vorurteilslosigkeit die herrschenden, auch bei der plebs herrschenden ideologischen vernebelungen durchdringen. da ist ein versuch, die sklaven zu mobilisieren, besser gesagt, eine bereitschaft dazu (welches eine bereitschaft zu *allem* war). die ganze ›caesarische konzeption‹ war ja da

schon drinnen, insofern sie die konzeption der city war, mit dem italischen programm, den siedlungsprojekten usw., aber auch noch, was sehr gegen die city war, die schuldenstreichung und eben der appell an die sklaven. damit offerierte die plebs dem zugreifenden abenteurer ihr programm. es war nicht zu verwirklichen ohne die sklaven. im praktischen verfiel dieser mann darauf. zweitausend jahre dreckschleuderei von seiten der herrschenden klassen war die folge.

23.7.38 – den CAESAR schreibend, das entdecke ich jetzt, darf ich keinen augenblick glauben, daß es so kommen mußte, wie es kam. daß etwa die sklaverei, welche eine politik der plebs so unmöglich machte, nicht aufzuheben war. die suche nach den gründen für alles geschehene macht die geschichtsschreiber zu fatalisten. überdies war die sklaverei in dieser epoche bereits ein hemmschuh für den weiteren ›fortschritt‹. all dies gerede davon, daß man sklaven brauchte, weil man keine maschinen hatte, ist ja so oberflächlich und unbegrenzt! man bekam schließlich auch keine maschinerie, weil man sklaven hatte. und wer ist ›man‹? brauchten die sklaven die sklaverei, weil sie keine maschinen hatten? sie machten zwei drittel der bevölkerung italiens aus. ich habe zu zeigen, wie bei dem versuch, die sklaverei aufrechtzuerhalten, die ganze gesellschaft in sklaverei versinkt. kein einziger senator oder bankier der caesarischen zeit besaß so viel persönliche sicherheit, möglichkeit zu politischer initiative, freizügigkeit, wie beinahe jeder zur zeit ciceros. sie bezahlten ihre fischteiche mit dem verlust jeder würde. und kein caesar hatte im grund die macht eines der vielen konsuln der republik!

juli-38 – [...] – schwierigkeiten im CAESAR. er muß doch noch mehr als einzelner herausgearbeitet werden. er muß zwischen den klassen heraufkommen. heraufgedrückt zwischen den kämpfenden klassen, sich heraufzwängend. hat doch selbst die proletarische revolution (in dem land, wo man nach dem sieg zwei kämpfende klassen, die arbeiter und die bauern, hatte) eine einzelherrschaft ermöglicht. die equites bekamen den c[aesar] über sich, als sie die patres und die plebs unter sich bekamen.

am schluß folgendes bild: die plebs, ständig erneuert aus dem sklaventum, heruntergedrückt auf den standard des sklaventums, stellt das reservoir für die armee, mit der die fremden nationen niedergeworfen und -gehalten werden, solange sie als nationen auftreten, sonst helfen die armeen den fremden herrschenden klassen ihre proletariate niederzuhalten. eine eigentliche klasse bildet die plebs unter den kaisern nicht mehr. equites und patres sind vermischt, auf der basis der equitablen geschäfte. die senatorialen politiker gehen in die verwaltung über. das proletariat, dh das sklaventum, ist international, wird als produktivkraft nicht mehr weiterentwickelt. die sklavenwirtschaft hat alles, was in ihr steckt, aus sich herausgestellt, ist fertig in dem doppelten sinn des wortes. die unterdrückung ist allgemein und hat alle schichten erfaßt.

kleine, besondere, rasch vergehende phase unter caesar: die bäuerliche plebs darf noch schnell, nachdem der übergang zur sklavenwirtschaft im getreidebau schon vollzogen ist, den übergang zur sklavenwirtschaft im wein- und ölbau vollziehen. hier die lex julia.

25.7.38 – die ganze c[aesar]-konzeption ist unmenschlich. andrerseits kann unmenschlichkeit nicht dargestellt werden, ohne daß eine vorstellung von menschlichkeit da ist. das gesellschaftliche system kann nicht dargestellt werden, ohne daß man ein anderes sieht. und ich kann nicht nur vom heute aus schreiben, ich muß sogar für die damalige zeit den andern weg als einen möglichen sehen. eine kalte welt, ein kaltes werk. und doch sehe ich, zwischen dem schreiben und beim schreiben, wie wir heruntergebracht sind menschlich.

16.8.38 – [...] der gesamtplan für die produktion breitet sich allerdings immer mehr aus. und die einzelnen werke haben nur aussicht, wenn sie in einem solchen plan stehen. zu DIE GESCHÄFTE DES HERRN JULIUS CAESAR muß DER TUIROMAN treten, zu den dramen die lehrstücke.

25.9.38 – sehr bemerkenswert für den CAESAR der umfall der herrschenden klasse frankreichs vor hitlers kriegsdrohung, der vertragsbruch, der die tschechoslowakei von der landkarte wischt und frankreichs großmachtstellung erledigt. sie führen nur raubkriege. sie verteidigen den raub nur, wenn es ihrer ist und bleibt. für das geschäft opfern sie jeden augenblick die politische macht, wenn wirklich diese erstaunliche alternative auftaucht. ein krieg mit vierzigstundenwoche? nicht zu machen. diese leute geben ein prächtiges beispiel von harter logik und immunität gegenüber von idolas. wie, ihr land verteidigen, wenn es nicht das ihre ist?

26. 2. 39 – die PHILOSOPHIE DER GESCHICHTE dieses hegel ist ein unheimliches werk. seine methode gestattet ihm nicht nur, das positive und negative jeder geschichtlichen erscheinung zu sehen, sondern auch diese polarität zur causa der entwicklung zu gestalten. ungeheuer die schilderung des formalismus der verfassung unter den kaisern, wo der reichtum ›nicht die frucht der industrie‹ war. wie großartig, auf ein paar gedrängten seiten, die drehpunkte erscheinen. etwa, wie die gracchen sich bemühen, ›italien, statt mit sklaven, mit bürgern zu bevölkern‹. unter den caesaren ist es *entvölkert*! und wie der innere gegensatz unter CAESAR nach außen verlegt wird, das reich gegründet wird, das ›dem druck der abgaben und der plünderung erlag‹! und man vergleiche in der EINLEITUNG die erwähnung caesars, des ›geschäftsführers des weltgeistes‹! in diesen ›seelenführern‹ treten den klassen, tritt hier in diesem seelenführer dem verlumpten senat und der verkommenen plebs unwiderstehlich ihr eigener innerer geist gegenüber! und nachdem ›aus der zerrüttung des staats diese kolossalen individualitäten hervorgegangen sind‹, werden die individuellen züge der caesaren derart unbedeutend, daß es heißt, ›unter dem rohesten und verabscheuungswürdigsten tyrannen (domitian) habe die römische welt ausgeruht‹. ich bin mit dem CAESAR nicht mehr weitergekommen, wollte ihn schon für unverständlich halten. jetzt bekomme ich zuzug: gretes schwester, frau eines metallarbeiters, ist aus deutschland hier. sie liest in einem einzigen abend das zweite buch und findet es hochinteressant. ausgefragt von grete zeigt sie, daß sie so ziemlich alles verstanden hat. BENJAMIN und STERNBERG, sehr hochqualifizierte intellektuelle, haben es nicht verstanden und dringend vorgeschlagen, doch mehr menschliches interesse hineinzubringen, mehr von altem roman! und dann ist noch steff da, der auf einer fortsetzung besteht, das sollte ausreichen.

7. 12. 39 – [. . .] – ich habe mich wieder an DIE GESCHÄFTE DES HERRN JULIUS CAESAR gesetzt, an das IV. buch. grete hat einigen deutschen arbeitern geliehen, was ich davon habe (3 bücher), und das resultat war recht ermutigend. es sind hauptsächlich syndikali-

sten, und sie verstanden alles, auch die details. ihr interesse hat mich eigentlich zur weiterführung veranlaßt.

um vom stil zu reden: die naruspartien erheischen einen schlechten stil, wenn man darunter uneleganz, schlampigkeit, unplastik versteht. die ›schönheiten‹ liegen auf der architektonischen linie. jedoch darf sich diese prosa *mitunter* zu gewissen höhen erheben, nämlich, wenn rarus beteiligt erscheinen darf oder wenn er sich verpflichtet fühlen kann, ›kabinettstücke‹ zu verfertigen. (beschreibung des schlachtfelds von pistoria und des triumphzugs des pompejus.) die spicerpartien erlauben bessere reflexionen, und das satirische wird direkter, dagegen verarmt das architektonische element. demnach ist das erste buch ›gut geschrieben‹ und das zweite buch ›schlecht geschrieben‹!

24. 12. 39 – es ist für den CAESARroman von der größten bedeutung, vom standpunkt der retroperspektive herunterzukommen. natürlich erscheint dem geschichtsforscher immer der abschluß als das ziel, und beim herbeischleppen der motive passiert es ihm, daß er den sektor des geplanten unwillkürlich vergrößert. [. . .].

19. 8. 40 – im augenblick kann ich nur diese kleinen epigramme schreiben, achtzeiler und jetzt nur noch vierzeiler. den CAESAR nehme ich nicht auf, weil der GUTE MENSCH nicht beendet ist. wenn ich zur abwechslung den MESSINGKAUF aufschlage, ist es mir, als werde mir eine staubwolke ins gesicht geblasen. [. . .] und es handelt sich nicht um hitlers augenblickliche siege, sondern ausschließlich um meine isolierung, was die produktion betrifft. [. . .] das ist die *inzwischenzeit.*

4. 2. 41 – steff arbeitet seit wochen an einem 40 seiten langen aufsatz über die englische revolution im 17. jahrhundert für die schule. er versucht die klassenkämpfe zu analysieren, auf grund sehr schlechter geschichtsbücher (das beste ist von buckle, die kulturgeschichte). er hat ein bißchen kautsky gelesen und den CAESAR. in einem schlußwort trägt er einen disput mit seinem rektor aus, indem er materialistische geschichtsauffassung mit etwas positivismus (der physikbücher) mixt, um gegen die metaphysischen bedürfnisse des pädagogen anzukommen. jede geschichte ist lediglich eine konstruktion, ob die wirklichkeit ihr entspricht, ist höchst unsicher, soweit die konstruktion logisch geschlossen ist und fakten

benutzt, ist sie wahr im alten sinn. die materialistische methode benutzt er, weil sie praktisch (und elegant) ist, für jetzt winke enthält, mit heute plastischem vokabular zu bedienen ist. das einzelne individuum folgt höchst unscharf (nur mit statistischer kurve versehbar) der bewegung seiner massenhaften formation. es fällt steff immerhin auf, daß er den könig dann als masse behandeln muß (wenn er mit klassen verhandelt, kämpft usw). das stört ihn aber nicht weiter, da ja die konstruktion, die das verlangt, hinreichend nutzen sichert. so stößt er auf die erfahrung, daß die dialektische methode es immer mit massen zu tun hat, alles in massen auflöst, das individuum nur als massenteil behandelt, wenn es dasselbe nicht ebenfalls in eine masse zerlegt. [...]

[august 41] – walter benjamin hat sich in einem kleinen spanischen grenzort vergiftet. die gendarmerie hatte den kleinen trupp, zu dem er gehörte, aufgehalten. als seine reisebegleiter am nächsten morgen ihm mitteilen wollten, daß die weiterreise gestattet sei, fanden sie ihn tot. ich lese die letzte arbeit, die er dem institut für sozialforschung eingeschickt hat. günther stern gibt sie mir mit der bemerkung, sie sei dunkel und verworren, ich glaube, auch das wort ›schon‹ kam darin vor. die kleine abhandlung behandelt die geschichtsforschung und könnte nach der lektüre meines CAESAR geschrieben sein (mit dem b[enjamin], als er ihn in svendborg las, nicht allzuviel anfangen konnte). b[enjamin] wendet sich gegen die vorstellungen von der geschichte als eines ablaufs, vom fortschritt als einer kraftvollen unternehmung ausgeruhter köpfe, von der arbeit als der quelle der sittlichkeit, von der arbeiterschaft als protegés der technik usw. er verspottet den oft gehörten satz, man müsse sich wundern, daß so was wie der faschismus ›noch in diesem jahrhundert‹ vorkommen könne (als ob er nicht die frucht aller jahrhunderte wäre). – kurz, die kleine arbeit ist klar und entwirrend (trotz aller metaphorik und judaismen), und man denkt mit schrecken daran, wie klein die anzahl derer ist, die bereit sind, so was wenigstens mißzuverstehen.

8. 10. 41 – mit feuchtwanger über die omnipotenz der geschichtsschreiber gestritten. er sagt, mit einem gemisch von staunen und triumph, er finde es merkwürdig, wie die beschreiber über die geschichte triumphieren, wie horaz den augustus ›gemacht‹ habe, die proheten der bibel die könige ›aufgebaut‹ hätten. das braucht er,

um zu der vorstellung zu gelangen, *er* werde ›am ende‹ die meinung der nachwelt über hitler bestimmen. ausgehen wir von dem nachruhm caesars. wenn ich das portrait machiavellis mit dem mommsens konfrontiere, sieht er lediglich schriftsteller, individuen, geschmäcker am werk. die ›qualität‹ ihrer formulierung entscheidet dann. daß machiavelli den kondottiere sieht, mommsen den aufgeklärten monarchen, der mit dem bürgerstand geht usw, interessiert f[euchtwanger] wenig, da es dem tui die allmacht nimmt.

8. 4. 42 – [...] – dieterle fragt immerzu nach dem filmstoff CAESARS LETZTE TAGE, den ich ihm einmal erzählt habe. ich skizziere ihn für ihn, obwohl keine chance besteht. die industrie macht keine kostümfilme. sie scheut die nachthemden, in welche die meininger alle römer kleideten. in wirklichkeit könnte man die tuniken dunkel färben und ihnen einen eleganten schnitt verleihen. das volk kann hosen tragen und blusen. das publikum würde sich sowas sicher ansehen, da ja jetzt der sinn für historie und große politik geweckt ist. aber vor dem publikum stehen seine besitzer, die filmverleiher und theaterbesitzer, welche das publikum ›kennen‹. jeder weiß, daß sie das krebsübel sind. es ist ein gutes beispiel für scheindemokratie, das.

18. 7. 42 – die sprache kommt auf d'annunzio. es ist mir unmöglich, ihn in der nachbarschaft der werfel, hecht, odets verächtlich nennen zu hören. schließlich war sein lebensziel nicht ein wochenscheck von l b mayer. er eroberte fiume, die duse und das besitztum am gardasee, nicht einen filmkredit. er war ein scharlatan, aber dieser scharlatan schrieb hirtengedichte, die kaum untergehen werden, und die charta der seeleutegewerkschaft wird längere zeit ein interessantes dokument bleiben. [...]

Aus: *Über den formalistischen Charakter der Realismustheorie*

[...] Gegenwärtig arbeite ich an zwei Romanen, einem Stück und einer Gedichtsammlung. Einer der Romane ist ein historischer, er benötigt umfangreiche Studien, die römische Geschichte betreffend. Er ist satirisch. Nun ist der Roman die Domäne unserer

Theoretiker. Aber es ist nicht Bosheit, wenn ich sage, daß ich für meine Arbeit an diesem Roman »Die Geschäfte des Herrn Julius Cäsar« von ihnen nicht den allergeringsten Fingerzeig bekommen kann. Für jene vom bürgerlichen Roman des vorigen Jahrhunderts dem Drama entlehnte Anballung von allerhand Konflikten persönlicher Art in langen, breit ausgemalten Szenen mit Interieur habe ich gar keine Verwendung. Ich benütze die Tagebuchform für große Teile. Es hat sich als nötig herausgestellt, daß ich für andere Teile den point of view wechseln muß. Meinen eigenen Standpunkt nehme ich ein in der Montage der beiden fiktiven Schreiberstandpunkte. Ich vermute, daß sich so etwas nicht als nötig hätte herausstellen dürfen? Irgendwie fällt es aus dem Schema, das vorgesehen ist. Als nötig hat sich jedoch diese Technik herausgestellt für eine gute Erfassung der Wirklichkeit, ich hatte rein realistische Motive. [. . .]

Während ich in einem Haufen historischer Wälzer blättere (sie sind in vier Sprachen verfaßt, dazu kommen Übersetzungen aus zwei antiken Sprachen) und einen bestimmten Sachverhalt zu ergründen suche, voll von Skepsis, mir sozusagen unausgesetzt den Sand aus den Augen wischend, habe ich Farbenvorstellungen vager Art im Hinterkopf, Eindrücke bestimmter Jahreszeiten, höre Tonfälle ohne Worte, sehe Gesten ohne Sinn, denke an wünschbare Gruppierungen von nicht benamten Gestalten und so weiter. Die Vorstellungen sind reichlich unbestimmt, keineswegs aufregend, ziemlich oberflächlich, wie mir scheint. Aber sie sind da. Der »Formalist« in mir arbeitet.

Während mir langsam die Bedeutung der Sterbekassenvereine des Clodius aufgeht und mich eine gewisse Entdeckerfreude erfaßt, denke ich: Wenn man einmal ein sehr langes, durchsichtig geschriebenes, herbstliches, glasklares Kapitel schreiben könnte, mit einer unregelmäßigen Kurve, einer Art roter Wellenlinie, die durchgeht! Die City bringt ihren Demokraten Cicero ins Konsulat, er verbietet die demokratischen bewaffneten Straßenklubs, sie verwandeln sich in friedliche Sterbekassenvereine, das Laub ist gelb im Herbst. Das Arbeitslosenbegräbnis kostet zehn Dollar, darauf wird eingezahlt, stirbt man zu spät, war es ein schlechtes Geschäft, aber wir haben die Wellenlinie, manchmal sind in diesen Vereinen plötzlich Waffen da, Herr Cicero wird aus der Stadt getrieben, er hat Verluste, seine Villa wird niedergebrannt, sie hat

Millionen gekostet, wie viele? Schlagen wir nach, nein, das gehört nicht hierher, wo waren die Straßenklubs am 9. November 91? »Meine Herrn, ich garantiere für nichts.« (Cäsar)
Ich bin in einem frühen Stadium meiner Arbeit.
[19, 298-301]

Margarete Steffin

Mein Russisch wird so, daß ich manchmal für eine Russin gehalten werde (von Ausländern). Und ich mache mich mit großem Spaß an Übersetzungen. In meinem Fünfjahresplan steht, daß ich bis Neujahr 1941 Englisch, Russisch und . . . Französisch kennen muß. Wenn ich den Plan vorher erfülle, darf ich zur Belohnung noch eine andere – am liebsten Latein, bitte lachen Sie nicht, tiefe Gründe! – Sprache lernen. Die einzelnen Etappen des Planes sind genau festgelegt.
[Moskau, 10. 5. 1936; an Walter Benjamin]

Übrigens (unoffiziell noch übrigens): Wie gefiele Ihnen, wenn Brecht aus dem *Cäsaren*-Stoff einen kleinen Roman machte? Im Vertrauen: Er hat damit bereits angefangen.
[Skovsbostrand[?], 1. 2. 1938; an Walter Benjamin]

Der »Caesar« liegt etwas, Brecht fing vor 10 Tagen an, den »Galilei«, der ihm ja schon länger im Kopf spukte, herunter zu dramatisieren, er hat von 14 Szenen bereits 9 fertig, sie sind sehr schön geworden.
[Skovsbostrand, 17. 11. 1938; an Walter Benjamin]

Er [Brecht] hat leider den »Caesar« immer noch nicht hervorgeholt, sondern ein neues, altes Stück herausgesucht: »Der gute Mensch von Sezuan«.
[Stockholm, ohne Datum (etwa Ende April 1939); an Walter Benjamin]

Karl Korsch

Auch mit Brecht habe ich fast gar nicht korrespondiert; ich hörte jetzt von Auerbach, daß er, Brecht, auch nach Amerika kommen wollte und werde ihm bald schreiben. Sage Herbert, daß ich das Manuskript über die *Geschäfte des Herrn Julius Cäsar* von ihm gekriegt, gelesen und auftragsgemäß an Eisler in N[ew] Y[ork] weitergeschickt habe. Es gefiel mir ganz ausgezeichnet!
[Boston, 17. 4. 1939; an Paul Partos]

Von Brecht sah ich kürzlich nicht nur einen guten Anfang zu einem Roman über *Die Geschäfte des Herrn Julius Cäsar*, sondern vor allem auch ein ausgezeichnetes neues Drama, völlig fertig, aber noch nicht gedruckt, über *Das Leben des Galilei* [!]
[Seattle, 12. 6. 1939; an Paul Partos]

Herr Julius Zäsar[!], den ich von Herbert geschickt kriegte, las u[nd] auftragsgemäß gleich an Eisler weiter dirigierte (als Briefträger diente der mitgenießende Auerbach, der mich gerade in Boston besuchte), hat mir auch viel Freude gemacht und ich warte mit Spannung auf die »Fortsetzung«.
[Seattle, 31. 7. 1939; an Brecht]

3. Vorgeschichte des Romans

Cäsar unter den Seeräubern

1922 notiert Brecht in sein Notizbuch: »lustspiel: cäsar unter den seeräubern« (BBA 1086/20).

Diese Notiz, die nicht weiter erläutert wird, ist aber doch ein Hinweis darauf, daß Brecht zu diesem Thema ein Stück schreiben wollte. Es ist nicht das einzige Stückprojekt, das er dann doch nicht ausgeführt hat. – Tagebucheintragungen aus dem Jahre 1920 deuten an, wie Brecht auf dieses Thema kam: angeregt durch Caspar Nehers Plutarch-Lektüre liest auch Brecht in dessen *Lebensbeschreibungen* (Tb., 11 f.); im Kapitel über *Cajus Julius Cäsar* konnte er die Seeräuber-Episode finden.

Die Geschäfte des Herrn Julius Cäsar

Textauswahl zum Stückprojekt von 1937

Pläne

BBA 187/65

DIE GESCHÄFTE DES HERRN JULIUS CAESAR

eine historie

sein hauptfeind: clodius, sein leutnant.
die verhandlungen während der schlacht.
nichtinterventionspolitik der gallischen grundbesitzer
zuerst das bündnis mit ariovist
hoffnung der gallier: C. und ariovist werden sich über gallien in die haare bekommen.
C.s angst, nach hause zu müssen
der gerichtsvollzieher stürzt sich in die schlacht. er nimmt C.s helm usw.
vor ihm stehend, die hand zum faschistischen gruss ausgestreckt, sagt er C.:
»Sie zahlen. wenn Sie nicht zahlen, mann, . . .«

BBA 188/44
DIE GESCHÄFTE DES HERRN JULIUS CAESAR

eroberung der welt auf der flucht vor dem gerichtsvollzieher

die erfindung des geschlossenen kouverts oder die gründung des römischen imperiums

letzte szene:
hinter dem kapitol. der gerichtsvollzieher vernimmt einen lärm aus der richtung des sitzungssaales.
LEUTE: caesar ist ermordet worden.
DER GERICHTSVOLLZIEHER: das ist eine kathastrofe[!]

gallia divisa est tres in partes. (die interessensphären)

der römische gruss. in den ausgestreckten händen halten sie die kouverts.

der gallische krieg: das proviantierungsgeschäft.

caesar sieht zum ersten mal ein kriegsgerät. er ist interessiert.

CAESAR: mein lieber labienus. ich denke mir immer wieder, dass die kriegskunst etwas überaus interessantes wäre. ich wollte, ich hätte zeit, mich damit abzugeben, aber wie soll ich den aufmarschplan gegen diesen vermingetorix[!] ...
LABIENUS: verzinggetorix[!]
CAESAR: verzinggetorix studieren, wenn ich den baumwolleboom in ägypten im kopf habe. da stehen andere interessen auf dem spiel, mein lieber.

anfang: nach einer durchschwärmten nacht der übernächtige caesar kann nicht in sein haus, da dort seine gläubiger warten. postus hat ihn eingeladen, da er hoffnung hat, gallien zu bekommen und ehrgeizig ist. er sträubt sich. postus hat die grossen gesichtspunkte aufgezählt, septius zählt die materiellen vorteile auf. »ach, postus, es wird mir nichts übrig bleiben, als gallien zu zivilisieren.«

er hat den tiber durchschwommen: seine gläubiger waren hinter ihm her.

er muss teure spiele als prätor geben, um sich an den bestechungen beteiligen zu können.

tantae molis erat...

BBA 187/56
C
der tragikomische held des stückes ist das bürgertum, das unter der führung seiner »creme«, der finanzhaifische, sich aus hass gegen den junker- und finanzadel und aus furcht vor den plebejern und sklaven dem demokratischen diktator an den hals wirft.

caesar ist demokrat, da er völlig von der hochfinanz abhängig geworden ist, als er, um die unterstützung der plebs zu bekommen, sich in schulden stürzte.

hauptrequisit: das verscglossene[!] kouvert. jeder bekommt es von jedem.

Entwurf zu einem Prolog

BBA 188/33
treten Sie ein, meine herrschaften in die betrachtung der laufbahn eines der grössten staatsmänner aller zeiten, des berühmten gaius julius caesar, welcher heute noch nach zweitausend jahren das vorbild einer reihe der grössten geister ist. Sie sehen ihn als feldherrn das unwirtliche gallien erobern und römische kultur zum segen seiner wilden bewohner dorthin verpflanzen. Sie sehen ihn als staatsmann eingreifen in die kämpfe seiner zeit. Sie wohnen bei, wenn er seine genialen gedanken verwirklicht! Sie erfahren seine tiefsten motive und Sie sehen den wahren grund seiner unsterblichen taten! vor Ihrem geistigen auge spielt sich die gründung eines weltreichs ab! Sie erfahren, warum kriege geführt und wozu wohltätige gesetze erlassen werden!

Sie sehen ihn als richter über seine mitbürger urteilen, als politiker seine wähler bezaubern. Sie sehen ihn als vater seiner soldaten. Sie sehen ihn tätig auf wirtschaftlichem gebiet ebenso wie im bezirk der musen! denn er ist nicht nur der grösste staatsmann, sondern auch der grösste künstler seiner zeit! zugleich erkennen Sie in ihm den grossen freund des volkes! milde und mässigung, weitblick und unerschrockenheit sind seine haupteigenschaften!

die zivilisation des westens erkennt in ihm dankbar ihren ersten pionier!

wenn es wahr ist, meine herrschaften, dass eine neue zeit der caesaren uns unmittelbar bevorsteht, so muss Sie, daran zweifeln wir nicht, das leben und treiben des grossen julius caesar aufs tiefste interessieren!

Szenen und Szenenteile

BBA 187/68-70
DER KONSUL JULIUS CAESAR BEREITET SEIN UNSTERBLICHES BODENGESETZ VOR. 695.

CAESARS HAUS AN DER VIA SACRA. ATRIUM. IN DER MITTE EIN KLEINER SPRINGBRUNNEN, UM DEN CAESAR SEINE BESUCHER ZU FÜHREN PFLEGT. NACH DIESER RUNDE GILT DIE AUDIENZ ALS BEENDET. ZEIT DER MORGENDLICHEN KLIENTELSTUNDE. EIN SKLAVE KEHRT DEN BODEN, EINER FUETTERT DIE GOLDFISCHE.

DER ERSTE SKLAVE: er ist schon wieder da.

DER ZWEITE: das einzig gute ist, dass er sich ganz auf uns konzentriert und seit jahren! sonst kännte [!] ihn [die] hälfte unserer besucher.

DURCH GEHT EIN GROSSER, PLEBEJISCH WIRKENDER MANN, DER SCHARFEN AUGES DIE STATUEN MUSTERT.

DER ZWEITE SKLAVE: guten morgen, herr spicer!

SPICER: eine tüte genügt für die fische. besser ihr ässt sie, als dass ihr sie füttert, eine schandwirtschaft! ER GEHT MISSMUTIG WEITER.

DER ERSTE SKLAVE: als ob ihm das haus schon gehörte! der konsul!

VON HINTEN KOMMT CAESAR, EINE DICHT VERSCHLEIERTE ROTHAARIGE DAME GELEITEND.

CAESAR: besorgt eine sänfte. nein, keine von den unsrigen! eine mietsänfte!

DER SKLAVE AB.

MUCIA: wenn mein mann nur nicht seine späher vor dem haus hat!

CAESAR: unsinn! nachdem er dir schon den scheidebrief zugeschickt hat! meinst du er ist immer noch eifersüchtig auf dich?

MUCIA: nein, aber sein liebhaber ist es auf ihn!

CAESAR: ich nehme also dann die grundstücke.

MUCIA: aber du weisst, dass ich nur noch zweieinhalb Millionen habe [. . .]! bist du wirklich sicher, dass alles glatt geht?

CAESAR: absolut sicher.

ER GELEITET SIE HINAUS, VON DER ANDERN SEITE KOMMT SPICER ZURUECK, ZUSAMMEN MIT RARUS, DEM CHEFSEKRETAR [!] CAESARS, DER ÜBERNÄCHTIG AUSSIEHT.

SPICER: wer ist die dame?

RARUS: das geht sie nichts an.

SPICER: immer ruhig blut bewahren, mein junge, mich geht hier alles was an. rote haare und mietsänfte! die frau des pompejus!

RARUS: warum fragen Sie[!] dann? die dame war mit uns gestern in der campagna in geschäften. wir kamen nachts zu spät zurück und da die dame noch unsern hercules kennen lernen wollte . . .

SPICER: was ist das?

RARUS: das kleine epos, das wir geschrieben haben.

SPICER: es ist für mich furchtbar, in diesem haus zu verkehren. ich bin ein anständiger mensch und familienvater. – ist das neue gesetz vorbereitet?

RARUS: ich habe mit 23 schreibern die ganze nacht daran gearbeitet, das grossartigste und demokratischste gesetz, das je in rom herauskam! für mindestens 20000 unbemittelte bürger grund und boden auf staatskosten! in zwei jahren gibt es hier keine arbeitslosigkeit mehr.

SPICER: es geht nur niemals durch. er muss doch wissen, dass er pompejus gegen sich hat. meint ihr, der mann ist sich nicht im klaren darüber, dass seine frau hier die nächte verbringt?

RARUS: er kann unmöglich gegen das bodengesetz stimmen. er hat seinen veteranen boden versprochen und jetzt bekommen sie boden.

SPICER: ja, aber nicht von ihm, sondern von caesar!

RARUS: das römische volk wird ihm niemals verzeihen, wenn er dagegenstimmt, dass ein teil der ungeheuren reichtümer, die er im osten erobert hat, für das volk selber verwendet werden!

EIN SKLAVE (KOMMT GELAUFEN): herr rarus! alexandra fiebert!

RARUS: was? das ist entsetzlich! sein lieblingspferd! was kann ihr fehlen? sie war doch gestern in der campagna so gut auf den beinen.

DER SKLAVE: sie muss sich ein fieber geholt haben! ALLE DREI AUFGEREGT NACH HINTEN AB.

CAESAR (kehrt zurück, er klatscht in die hände. zu zwei sekretären, die herbeieilen): ich empfange. (ein sekretär öffnet rechts eine tür)

DER SEKRETÄR: bankier oppius!

OPPIUS (herein, übernächtig): morgen, lieber caesar. wissen Sie, dass ich hier erst vor zwei stunden weggegangen bin? habe die ganze nacht mit ihren leuten gearbeitet. sind im prinzip fertig.

Sie werden staunen, wenn Sie Ihr gesetz zu gesicht bekommen. wenn das nicht demokratisch ist, bin ich kein geschäftsmann. die city wird auf dem kopf stehen. mit dem werbefeldzug beginnen wir übermorgen früh. ich zeige Ihnen die plakatentwürfe. eine weinrebe, die sich um ein schwert rankt, ausgeführt in silber und gratis verteilt. in den schankstätten ein plakat der kleinbetriebgesellschaft: veteran, einen weinstock pflanzend, kinder an seinen knieen[!], hinten aufgehende sonne.
und jetzt die losungen: jedem römer römischer boden! – eroberer asiens, erobert nun römisches ackerland! weg von der stadt steinigem pflaster, hinaus auf den fruchtbaren ackerboden! – ihr habt das schwert geführt, führt jetzt den spaten! – gut, wie?
CAESAR (der die runde mit oppius aufgenommen hat): sehr hübsch.
OPPIUS: gibt es eine schönere verwendung für die ungeheuren reichtümer des ostens? ich muss es nur noch schriftlich haben, lieber, dass sämmtliche[!] baumaterialien für den kleinbesitz, alles landwirtschaftliche gerät, weinstöcke und sklaven von oppius und co bezogen werden müssen.

BBA 188/24-26

CRASSUS:
sie machtens ab in einer nachtsitzung
ich selbst erfuhrs um elf uhr. schon im wandelgang
schrien einige mir entgegen, der senat
bewilligt kornspenden!
CAESAR:
's ist furchtbar, crassus!
CRASSUS:
aus ists mit catilina. korn fürs volk
war sein programm, jetzt hat es korn, wozu
dann catilina?
CAESAR:
das programm sah auch
noch aecker für die ackerlosen vor.
CRASSUS:
sie brauchen keine äcker, wenn sie korn haben.
wenn dieser narr jetzt noch losschlägt, wird er
nicht mehr herauskommen, aber wir hinein.
dann wäre es offener aufruhr. noch um zwölf nachts

schickt ich drei boten an ihn, er soll nicht losschlagen.
was schaust du so vernagelt drein? hast du auch
geld aufgenommen in der hoffnung
der schuldschein würde zerrissen, wenn der bursche
ans ruder käm. (ER LACHT SCHALLEND) ich werd nichts verlieren
[. . .]
ich habe für den fall, dass dieser bursche

CAESAR:
mit einmal nurmehr »dieser bursche!«

CRASSUS:
bursche
wirklich kornspenden auswürf, an der börse
auf billigen kornpreis spekuliert, und ob
ihn jener senket oder der senat
das ist dem kornpreis wurst und damit crassus.

CAESAR:
wir kämpfen also und du spekulierst!

CRASSUS:
jetzt hör mal, werde nicht auch noch moralisch!

CAESAR:
also
das ganze demokratische programm
dient dir zum spekulieren.

CRASSUS:
schrei nicht so.

CAESAR:
und warum hast du mich nicht wenigstens
verständigt?

CRASSUS:
zuviel arbeit! wozu bringst du
die nächte durch mit trinkgelagen.
wo warst du überhaupt? wie soll ichs wissen!
wenn einer einen staatsstreich vorbereitet
dann ist er eben nicht im puff, sondern auf
der börse! ich habe die ganze nacht geschuftet
mein lieber julius, und im schweisse meines angesichts
grundstücke verkauft!

CAESAR:
warum?

CRASSUS:

klar: weil der preis für
grundstücke fallen muss. der bursche wollte
doch äcker verteilen, also kauften einige
dummköpfe grundstücke. also stieg der preis für
grundstücke. konnt ich gut verkaufen. jetzt
wo jener aus ist und auch nichts mehr verteilen wird, außer
seine knochen vielleicht, wird doch der preis
für grundstücke fallen. ist das klar, mein julius?

CAESAR:

da bist du jedenfalls bei kasse, ich
brauch zehn millionen, wenn catilina fällt.

CRASSUS:

sonst nichts! nur zehn millionen, was?

CAESAR:

ich habe
ebenfalls spekuliert.

CRASSUS:

in korn? dann bist du
doch aus dem sumpf.

CAESAR:

nein. nicht in korn.
(pause)
in grundstücken.

CRASSUS:

nein?! (ER LACHT NOCH LAUTER)
in grundstücken hat er spekuliert! beim jupiter
das ist zu komisch. grundstücke kauft er! meine
grundstücke kauft er!

CAESAR:

jedenfalls willst du
nicht, dass mir die gerichtsvollzieher das haus stürmen.

CRASSUS:

warum nicht? lieber julius, diesmal bist du
ein wenig zu tief hineingestiegen. in aller freundschaft:
du kannst nicht wünschen, dass ich mein sauer verdientes
geld in ein sieb schmeiss. (ER FÄNGT WIEDER AN ZU LACHEN)
grundstücke kauft er! grundstücke!

BBA 187/57

caesar und caldaunius, auf dem forum auf und ab gehend

CAESAR: ja, ich habe eine sehr gute nachricht für Sie, mein lieber. ich bekomme gallien.

CALDAUNIUS: gallien? liegt das nicht irgendwo links oben? ganz unwirtschaftliche gegend! da hat man ihnen [!] wieder was rechtes angedreht. da ist doch nicht ein talent herauszuholen. das ist ja überhaupt noch nicht erobert.

CAESAR: eben.

CALDAUNIUS: eben! blicken Sie nur nicht so schlau. eine eroberung kostet doch nur.

CAESAR: aber doch nicht mich. mein lieber caldaunius spicer, wir wollen mal eine kleine rechnung aufmachen. zur verfügung habe ich 3 legionen. pro mann und tag bekomme ich verpflegungsgelder 10 sesterzien. da bleiben mir gut und gerne 8, oder sagen wir 7, sonst gibts wieder die anfragen wie nach spanien. mit 3 sesterzien kann der mann, wenn er sich noch nach ein bischen [!] brotbelag selber umsieht und sich mit der bevölkerung gut stellt, wie der herrgott in frankreich leben.

CALDAUNIUS: zwölftausend mal 7 macht 84 000 sesterzien im tag, ganz schön, aber für Sie ein tropfen auf den hohlen zahn. ich weiss nicht, ob ich Sie da abfahren lassen kann.

CAESAR: erstens, mein lieber, sind es nur am anfang 3 legionen, dann werden es mehr, weil die ohne reserven in die binsen gehen, wenn ich mal anfange, zu zivilisieren, zweitens dauert der krieg nicht 8 tage und auch nicht 8 wochen und auch nicht 8 monate.

CALDAUNIUS: das will ich hoffen, mein guter. mit 8 monaten sind Sie nicht heraussen. sie müssen erst ihre schulden bezahlen und dann müssen sie einen grundstock legen für weiteres. solch ein sümmchen will verdient sein.

DER GALLISCHE KRIEG DAUERTE 9 JAHRE

BBA 187/63

FULVIA ÜBER DIE POLITIKER UND DIE HUREN

FULVIA: uns sagt man ein lotterleben nach! ich weiss, wie es anstrengt, alle welt mit versprechungen zu füttern. diesem bankier müssen Sie im vorbeigehen tief in die augen blicken, jenen politiker anlächeln, als hindere Sie nur die anwesenheit anderer, ihn einfach zu vergewaltigen. und nicht immer genügen versprechungen, beileibe nicht, fast nie. da heisst es nicht nur ein bein zeigen, scheinbar zufällig, verzeihen Sie, einen staatsauftrag erwähnen; das geht ein, zwei mal, dann muss ausbezahlt werden. und diese schwierigkeiten: der darf nicht wissen, dass jener; jener wünscht, dass dieser weiss; das letzte darf nie gewährt werden, weil dann nichts mehr da ist, andrerseits dürfen keine vertraulichkeiten verweigert werden. cicero habe ich einmal hinter einer tuxbaumhecke einem lederhändler im ton der tiefsten konfidenz anvertrauen hören, dass er im bad mit papierschiffchen spielt. der mann scheint darauf bestanden zu haben, dass ihm cicero sein innerstes offenbare. ein höllenleben!

BBA 187/67
REDE UEBER DIE SCHWEIZER
wie alle wissen, sind die schweizer eine überaus kriegerische und blutdürstige rasse. ihr fremdenhass ist berüchtigt. sie plündern fremde aus bis aufs hemd, wenn sie sich in ihr land verirren. für gewöhnlich sperren sie die unglücklichen in eigene häuser, die sogenannten hotelli. die daraus entfliehen, verfolgen sie bis auf die höchsten berge. sie sollen den fremden sogar kleine glocken um den hals hängen, damit sie, wenn entkommen, immer wieder schnell entdeckt werden können. jetzt hat dieses Volk beschlossen, die welt zu erobern. ihre priester sollen träume gehabt haben, in denen die götter ihnen verkündigten, dass sie dazu ausersehen seien, die welt zu beherrschen. nur darum seien sie alle so stark, wild und klug geboren. so rotten sie sich denn jetzt unter der führung der besitzer der hotelli zusammen, bewaffnen sich, studieren kriegerische lieder ein und exerzieren tag und nacht. nach den geschichtsschreibern kommt ihr kriegerischer und blutdürdtiger[!] karakter daher, dass die götter ihn so geschaffen haben.

BBA 187/37
der träumende legionär V, 13
(nach dem blutbad)
und zum weinbau, oder wenn ich ein wenig öl baue, kann ich die allerbilligsten sklaven verwenden, das braucht nicht viel muskeln und ich kann sie fesseln beir[!] arbeit, was ich beim ackerbau nicht kann. dafür müssen sie mehr gehirn haben. man kann immer ein paar verbrecher kaufen, die haben meistens mehr gehirn als die an-

dern. lässt man sie genügend arbeiten, dann sind sie abends zu kaputt, um noch an umtriebe zu denken.
(weber, röm. agrargesch. ste. 227)

Die Filmprojekte

Noch 1938, wahrscheinlich in der zweiten Jahreshälfte, entsteht das Filmexposé *Der Gallische Krieg oder die Geschäfte des Herrn J. Cäsar* (II, 369-371).

Nachdem Brecht William Dieterle Ideen zu einem Cäsar-Film vorgetragen hat, drängt ihn dieser im April 1942 (AJ, 407) zu schriftlicher Fixierung. Es entsteht *Cäsars letzte Tage* (II, 372-400), ein Exposé, das die beiden Geschichten des Films, *Wie Cäsar starb* und *Cäsars Soldat*, skizziert und eine detaillierte Zeitaufstellung zu den Vorgängen des *13. März 44* enthält. Die Arbeit am Roman ist zu diesem Zeitpunkt längst abgebrochen; auch thematisch hat dieses Film-Projekt mit dem Roman nichts zu tun; diese Zeit sollte in ihm nie behandelt werden.

4. Die Texte

Vom Gesamtumfang her betrachtet, sind die Fassungen und Materialien zum *Cäsar*-Roman (ohne die Materialien zum Stück-Projekt) mit knapp 1400 Archiv-Blättern nicht ganz so vielfältig wie die Texte zum *Dreigroschenroman;* die Fassungen sind mit etwas über 700 Seiten zahlenmäßig nur etwa halb so lang, was natürlich damit zusammenhängt, daß der Roman nicht abgeschlossen wurde; dagegen sind die Materialien hier mit über 600 Blättern um einiges umfangreicher.

Die Fassungen

Insgesamt liegen sechs Fassungen zu den ausgeführten Büchern des Romans vor, die hier wiederum nur kurz entstehungsgeschichtlich eingeordnet und beschrieben werden können. Soweit dies in diesem Rahmen möglich ist, wird auf den gedruckten Text (14, 1167-1347) verwiesen; da es beim Fragment sozusagen keine Endfassung gibt, soll hierbei von der Druckfassung gesprochen werden.

BBA 186/1-21

Nur diese Fassung wurde von Herta Ramthun zeitlich festgelegt auf »Um 1937«; unter Berücksichtigung der Daten zur Entstehungsgeschichte des Romans insgesamt läßt sich auf sie die erste Stufe der Fassungsgeschichte festlegen. Somit wäre diese Fassung etwas genauer datierbar: ungefähr auf die Zeit des Jahreswechsels 1937/38, auf die Monate Dezember und Januar. Sie beinhaltet das erste Buch des Romans und darin bereits die erste Anmerkung des Biographen (BBA 186/08 = 14, 1177; der Verweis auf Rarus fehlt noch); sie ist von Brecht selbst mit Maschine geschrieben und handschriftlich ergänzt worden.

BBA 358/1-114 (mit BBA 359 und BBA 360)

Als zweite Stufe bei den Fassungen können wohl die *Aufzeichnungen des Rarus* gelten, eine Fassung des zweiten Buches also; sie umfassen schon den gesamten Zeitraum, über den dann auch in der gedruckten Fassung berichtet wird (14, 1211-1310: 11. 8. 691 bis Jahresende 691). Vom Text her sind jedoch größere Unterschiede festzustellen; hier ist Margarete Steffin sowohl beim Maschineschreiben als auch mit handschriftlichen Änderungen beteiligt; in den maschinegeschriebenen Text sind nachträglich verschiedene Blätter mit zum Teil längeren handschriftlichen Ergänzungen eingelegt worden. Mit zu dieser Stufe der Fassungsgeschichte gehört eine umfangreiche Bruchstücke-Sammlung, die in einer eigenen Mappe zusammengestellt ist und ebenfalls – aber mit größeren Lücken – den gesamten Zeitraum abdeckt (BBA 359/1–83); sie besteht teilweise aus Abschriften und ist insgesamt von Margarete Steffin geschrieben worden. Ebenso, zumindest in Teilen, gehört zu dieser zweiten Stufe eine weitere Bruchstükke-Sammlung (BBA 360), deren schriftliche Fixierung auf Steffin und Brecht selbst relativ gleichmäßig verteilt ist. Eine Zuordnung aller Bruchstücke, die nicht nach den Tagebuchdaten des Rarus geordnet sind, allein zu dieser zweiten Stufe ist aber nicht gesichert; die genaue Untersuchung dazu kann jedoch in diesem Rahmen nicht geleistet werden, wie auch entsprechende Verweise auf die Druckfassung im einzelnen nicht möglich sind. Als Beispiele für Entsprechungen zur Druckfassung seien genannt: BBA 360/04 entspricht 14, 1296 f., BBA 360/12 entspricht 14, 1251 f.

BBA 183/1-126 (mit BBA 465)

Die dritte Stufe ist gegeben durch eine ›Erster Band‹ genannte Fassung des ersten und zweiten Buches (BBA 183/1-126), die als Abschrift Margarete Steffins eine Zusammenfassung der beiden ersten Stufen der Fassungsgeschichte darstellt, in die wiederum Veränderungen, Zusätze etc. eingegangen sind, wie auch aus noch nachgetragenen handschriftlichen Notierungen Steffins und Brechts hervorgeht.

Wahrscheinlich zu dieser dritten *und* der vierten Stufe gehört eine dritte, hauptsächlich aus Bruchstücken zu allen drei Büchern bestehende Sammelmappe, die im Archiv unter der Bezeichnung »BLÄTTER DER 1. FASSUNG« vorliegt (BBA 465). Einen Hinweis darauf, daß sie zur dritten Stufe zu zählen ist, bieten Brechts Notizen über »Korrekturen« zum »I. Band« (BBA 465/01-02); nur die Fassung dieser Stufe ist so bezeichnet worden (BBA 183). Daß sie auch zur vierten Stufe zu rechnen ist, zeigen die Bruchstücke zum dritten Buch (z.B. BBA 465/90-103, 115-117), das dort erstmals ausformuliert wurde (BBA 184). Genauere Angaben sind beim gegenwärtigen Forschungsstand nicht möglich, wie auch in diesem Rahmen auf eine Zuordnung und Bewertung der einzelnen Texte verzichtet werden muß.

BBA 184/1-121 (mit BBA 465)

Es schließt sich als vierte Stufe eine Fassung des zweiten und dritten Buches an (BBA 184/1-121); das dritte Buch, das hier erstmals ausformuliert wurde, ist bereits zu diesem Zeitpunkt in die drei Teile gegliedert, die in der

Druckfassung vorliegen (vgl. 14, 1313 f.; 1315-1327; 1327-1347). Alle maschinenschriftlichen Teile sind von Steffin niedergelegt worden, handschriftliche Ergänzungen stammen von ihr und von Brecht selbst. – Wie gesagt, gehören insbesondere die dem dritten Buch zuzurechnenden Teile aus den »BLÄTTERN DER 1. FASSUNG« (BBA 465) zu dieser vierten Fassung.

BBA 137/1-163

Die fünfte Stufe der Fassungsgeschichte wird gebildet durch eine die ersten drei Bücher zusammenhängend darbietende Fassung (BBA 137/1-163), die gleichzeitig weitestgehend mit der Druckfassung (14, 1167ff.) übereinstimmt; auch hier ist der maschinenschriftliche Text von Steffin geschrieben, zu dem wiederum eine Reihe von Einführungen, Korrekturen etc. Brechts und Steffins kommen und zusätzlich solche von Stefan Brecht. Diese Stufe entspricht dem Stand der Arbeit im Mai 1938, einem Zeitpunkt, an dem sie dann gleichzeitig ins Stocken gerät; die Notizen Stefan Brechts in dieser Fassung sind möglicherweise späteren Datums: es gibt zwar mehrere, aber undatierte Äußerungen von ihm zum Roman, doch erwähnt Brecht selbst die Lektüre des Sohnes erst im Februar 1941 (AJ, 241; 4. 2. 1941).

BBA 185/1-29 und BBA 185/30-53 (mit BBA 138/23-48)

Letzte Stufe der Fassungsgeschichte, die gleichzeitig die Wiederaufnahme der Arbeit am Roman in der Zeit um den Jahreswechsel 1939/40 dokumentiert, ist schließlich die Fassung des vierten Buches (BBA 185/1-29); zu dieser von Brecht selbst geschriebenen und handschriftlich korrigierten bzw. ergänzten Fassung gibt es außerdem eine maschinenschriftliche Abschrift Margarete Steffins, in der nochmals handschriftliche Einfügungen von ihr zu finden sind (BBA 185/30-52). Grundlage dieser Fassung des vierten Buches ist ebenfalls eine Sammlung von Bruchstücken (BBA 138/23-48).

Druckfassung des Zweiten Buchs

Zu Lebzeiten Brechts wurde nur das Zweite Buch des *Caesar*-Romans gedruckt, und zwar im ersten, ihm gewidmeten Sonderheft der Zeitschrift *Sinn und Form* (1949) anläßlich seiner Übersiedlung nach Ostberlin. Diese Druckfassung ist weitgehend identisch mit der letzten Stufe dieses Romanteils, dem Zweiten Buch, wie es in der fünften Fassung (BBA 137/39-128) vorliegt.

Druckfassung des Dritten Buchs und des Romanfragments

Erst posthum wurde 1957 im zweiten Sonderheft für Brecht, das die Zeitschrift *Sinn und Form* als Nachruf herausbrachte, das Dritte Buch publiziert. Sie ist identisch mit der letzten Fassung dieses Buches (BBA 137/129-163).

Die ebenfalls 1957 erschienene Druckfassung des gesamten Romanfragments setzt sich zusammen aus den jeweils letzten Fassungen der einzelnen Teile in der fünften bzw. sechsten Stufe der Fassungsgeschichte: BBA 137/1-163 (Erstes bis Drittes Buch, mit Berücksichtigung des Erstdrucks des Zweiten Buchs von 1949) und BBA 185/30-52 (Viertes Buch).

Texte aus dem Nachlaß

In: Herbert Claas, *Die politische Ästhetik Bertolt Brechts vom Baal zum Caesar*, Frankfurt 1977 (edition suhrkamp 832), S. 179-235.
Die Texte sind geordnet nach den Gesichtspunkten:

A. Gesamtplanung;
B. Die Bücher IV bis VI;
C. Materialien zu den vorliegenden Büchern I bis III;
D. Vorstudien;
E. Reflexionen über Geschichtsschreibung;
F. Über Kunst und Literatur;
G. Reflexion und Kritik.

In der Reihenfolge der Archiv-Numerierung werden bei Claas folgende Texte abgedruckt (die in eckigen Klammern nachgestellten Ziffern 1, 2, 3 benennen die Abschnitte der jeweiligen Texte):

BBA	Claas, S.	BBA	Claas, S.
187/02-05	= 181-184	187/52	= 202
187/07	= 217	187/53	= 201
187/08	= 218	187/54	= 204
187/11	= 189	187/71	= 198
187/30	= 193	187/72	= 230
187/33	= 201	187/78 [2]	= 205
187/34	= 232	187/79	= 206
187/35	= 226	187/81	= 200
187/36	= 213	187/82	= 187
187/43-45	= 221-224	187/83	= 186
187/46 [2]	= 205	187/85	= 234
187/47	= 208	187/90	= 185
187/48	= 231	187/92	= 203
187/51	= 202	187/97	= 203

BBA	Claas, S.
187/99	= 204
187/100	= 229
187/102	= 201
188/09	= 204
188/10	= 195
188/12	= 216
188/13-16	= 181-184
188/17[1+2]	= 199, 188
188/21	= 190
188/22	= 227
188/23	= 227
188/31	= 219
188/32	= 213
188/41	= 228
189/10	= 198
189/11	= 191
189/12	= 187
189/18	= 211
189/19	= 209
189/20	= 209
189/21	= 211
189/22[1+3]	= 209
189/23	= 207
189/40	= 200
189/58	= 190
189/59	= 196

BBA	Claas, S.
189/66 [1]	= 195
189/71	= 192
189/72	= 193
189/73	= 192
189/77 [1]	= 189
189/80	= 199
189/82	= 196
189/83	= 206
189/85	= 195
190/12	= 218
190/14	= 216
[= 188/11]	
190/16	= 185
190/32	= 214
465/11-12	= 224-226
465/21	= 219
465/50	= 230
[= 187/101]	
465/86	= 215
465/87	= 215
465/139	= 218
159/14	= 233
348/07	= 232
610/44	= 181 ff.
2176/08	= 189

Übersicht zu den Fassungen

1. Stufe	2. Stufe	3. Stufe	4. Stufe	5. Stufe	6. Stufe	7. Stufe	8. Stufe	9. Stufe	10. Stufe
Dez. 1937/ Jan. 1938	Febr./März 1938	April 1938	Mai 1938	Ende Mai 1938	Dez. 1939 (Jan. 1940)	1949	1957	1957	1977
BBA 186/1-21	BBA 358/1-114 (+ BBA 359, 360)	BBA 183/1-126 (+ BBA 465)	BBA 184/1-121 (+ BBA 465)	BBA 137/1-163	BBA 185/1-29 BBA 185/30-53 (+ BBA 138/23-48)	SuF (Sonderheft BB)	SuF (Sonderheft BB)	Verlag Gebrüder Weiß Aufbau Verlag	Claas
1. Buch		1. Buch		1. Buch				*Druckfass.* 1. Buch	*Material* 1. Buch
	2. Buch	2. Buch 1. Band	2. Buch	2. Buch		*Druckfass.* 2. Buch		2. Buch	2. Buch
			3. Buch	3. Buch			*Druckfass.* 3. Buch	3. Buch	3. Buch
					4. Buch			4. Buch	4. Buch
									5. Buch
									6. Buch
									Sonst.

Materialien

Neben diesen Fassungen (BBA 186, 358, 183, 184, 137, 185) und den dazu gehörenden Sammlungen mit Bruchstücken (BBA 359, 360, 465, 138) gibt es vier Mappen (BBA 187-190) mit Materialien zum *Caesar*-Projekt (und zwar zu Stück, Roman, Geschichten und Filmexposés); darüber hinaus noch eine aus dem gesamten Nachlaß zusammengestellte Sammelmappe, die weitere Notizen etc. zum *Caesar*-Projekt vereint, die bei den Materialien zu den vielen parallel entstandenen anderen Arbeiten abgelegt waren (Mappe Caesar-15).

Wesentliche Vorarbeit bezüglich der Sichtung dieser Materialien hat Herbert Claas geleistet. Die bei ihm zusammengestellten Materialien können aus Platzgründen nicht alle wiederholt werden; dafür steht hier die Übersicht der bei Claas publizierten Texte in der Reihenfolge ihrer Numerierung, wie sie vom BBA vorgenommen wurde. Neben wichtigen bereits veröffentlichten Texten sollen hier auch bislang unbekannte Texte zugänglich gemacht werden.

Vorarbeiten zum Roman-Projekt

Die Vielzahl der Notizen zur herangezogenen Literatur, die hier mit anzuführen wäre, wird bei der Vorstellung der Quellen und Vorlagen berücksichtigt.

BBA 187/43-45
DIE GESCHAEFTE DES HERRN JULIUS CAESAR
bei dem interesse, das unsere zeit freiwillig oder unfreiwillig an den diktatoren nimmt, und das uns die berichte über die kleinsten einzelheiten ihres tageslaufs von der zusammensetzung ihres frühstücks bis zu der ihrer bibliothek verschlingen lässt, wäre sicher auch manchem eine kurze abhandlung über die geschäftliche seite ihrer existenz/unternehmungen willkommen. jedoch sind da angaben nur schwer zu bekommen. sie überlassen es meist der nachwelt, sich einige klarheit über ihre geschäfte zu verschaffen. und selbst der nachwelt scheinen sie noch zu diktieren. selbst über die geschäfte der lange vermoderten herrscht ein eigentümliches schweigen. die geschichtsbücher, angefüllt mit den berichten von ihren feldzügen und staatsstreichen, vermelden nahezu nichts von ihrem privaten finanzgebahren[!]. sie scheinen nur gesetzbücher und nicht auch rechnungsbücher verfasst zu haben.

über die eigenschaften des großen CAESAR finden wir in der römischen geschichte des berühmten mommsen, die 21 kapitel umfasst, ein ganzes kapitel, aber nicht eine zeile über sein einkommen. wir sind schon dankbar, wenn wir an unbedeutenden stellen 2 (zwei) ziffern erfahren: einmal, dass er bevor seiner prätorschaft (692) schulden im betrag von 25 millionen sesterzien, ein andermal, dass er nach dem bürgerkrieg [nicht entzifferbares handschriftliches Wort] ersparnisse von 100 millionen sesterzien hatte. und das sind summen, die der rede wert sind, denn ein handwerker verdiente zu jener zeit im tag nicht mehr als 3 sesterzien.

so sind wir, eifrig, über diese grossen möglichst viel zu erfahren, angewiesen auf vermutungen und damit wehrlos gegen jene, die uns der ungenauigkeit beschuldigen. als ob wir und nicht caesar wegen des wegräumens von fakten da schuldig zu sprechen wären! es muss uns genügen, die wahrheit wenigstens zu vermuten. immerhin sind es fakten, die wir uns da zu deuten bemühen. wie es scheint, hat caesar, nachdem er sich zum verschuldetsten mann roms gemacht hatte, sich doch bemüht, seine schulden los zu werden. er unterstützte, wie die ciceronischen auslassungen durchblicken lassen, den jungen catilina, der mit plebejischem anhang in einem staatsstreich versuchte, die macht an sich zu reissen, um für sich und seinen anhang eine radikale schuldenstreichung durchzuführen. man muss caesar soviel weitblick zutrauen, dass er, geld in solchem umfang aufnehmend mit dieser streichung gerechnet haben muss. wenn er, im hinblick auf catilinas plan, die in der sullaschen restaurationsperiode aufgehobenen kornspenden an die bürgerschaft wieder einzuführen, sich an der baissespekulation in getreide, die man vermuten muss, beteiligt hat (mit geld, das er nicht zurückzahlen zu müssen hoffte) hat er sich wohl verspekuliert; denn der senat bewilligte listigerweise die kornspenden selber und brach gerade dadurch auch den catilinarischen aufruhr.

der drohenden untersuchung begegnete caesar dadurch, dass er prätor wurde und als solcher selbst untersuchte, ob er in den catilinarischen aufruhr verwickelt war. die untersuchung ergab ein negatives resultat, der senat liess es zu, dass einige briefe belastender art nicht zur verlesung kamen, weil er in sehr schwierigen und prekären verhandlungen mit dem pompejus stand, der mit seinen legionen sich eben aus dem syrischen krieg heimzukehren anschickte und grosse forderungen anmeldete. aber caesar wusste, dass er den senat nur solange nicht zu fürchten hatte, als dieser den pompejus fürchtete und unterstützte mit aller kraft die forderungen des pompejus, obwohl er sich auch bei diesem verdächtigt gemacht hatte, indem er sich bei der aufrichtung einer diktatur beteiligte, denn alle wussten alles.

dann ereilte ihn im herbst 92 die schreckensnachricht, dass pompejus, auf italischem boden angelangt, entlassen habe, angeblich weil das gesetz dies vorschrieb, in wirklichkeit, weil die demokraten sich mit catilina eingelassen hatten und selbst die plebejer durch die greuelnachrichten verschreckt waren, die der senat über catilinas pläne allem besitz gegenüber ausgestreut hatte. war pompejus ohne heer, so war der mann, der sich auf seine seite gestellt hatte, schutzlos der willkür der gerechtigkeit ausgeliefert.

als prätor hatte der verzweifelte anspruch auf eine provinz, denn darin bestand das geschäft: die prätorschaft war teuer, aber die provinz danach war gewinnbringend. nur war es schwierig, in diese provinz zu gelangen, die gläubiger belagerten sein haus und verhinderten seine abreise und nichts konnte die gerichte mehr davon abhalten, gegen ihn einzuschreiten an dem tag, an dem er nicht mehr ihr herr war.

nur mit hilfe des publius clodius, den er in der hand hatte, weil dieser mit seiner frau pompeja ehebruch getrieben hatte, verschaffte er sich von dem bankier crassus ein darlehen, das seine gläubiger besänftigte.

dann bewiess[!] sich wieder seine tüchtigkeit. in einem kurzen jahr holte er aus der provinz spanien so viel heraus, dass seine gläubiger nur mit scham daran sich erinnerten, wie sie ihn seiner schulden wegen gedrängt haben. dieselben leute, die dem vermögenslosen das ihm geliehene aufkündigten, gaben ihm nun gern weitere kredite. es ist anzunehmen, dass er mit diesem geld grundstücke kaufte.

denn nun sehen wir ihn eifrig dabei, den pompejus in seinen forderungen nach siedlungsland für seine veteranen zu bestärken, das ihm der senat verweigerte. er brachte crassus in das geschäft mit und das triumvirat (aus dem general, dem bankier und dem demagogen) beschloss, dem caesar das consulat zu kaufen, damit dieser dem pompejus das siedlungsland für die veteranen zuschanzen könne. das consulat war nicht billig. allein der erste wahlgang kostete durch den stimmenkauf und andere bestechungsverpflichtungen 10 millionen sesterzien. als provinz nach dem consulat wählte caesar sich gallien. jedoch versprach caesar dem crassus die wiederbesetzung der geschworenengerichte durch den ritterstand, der sich aus mitgliedern der hochfinanz rekrutierte.

damit ging die kontrolle der provinzverwaltung vom senat an die finanz über.

das programm des consuls julius caesar mit seiner beschränkung der befugnisse des senats, damit des grundbesitz- und beamtenadels und seinem ackergesetz, das aus soldaten kleine selbständige bauern machte, war durchaus demokratisch. an die spitze der verteilungskommission traten pompejus und crassus. sie waren so ermächtigt, für den staat grundstücke aufzukaufen und es ist, wie erwähnt, anzunehmen, dass caesar solche grundstücke zu verkaufen hatte. der senat ließ caesar jedoch nicht im zweifel, dass eingehende untersuchungen angestellt werden würden, wenn das consulatsjahr zu ende sein würde. nicht nur die vorgänge bei seiner wahl, sondern auch gewisse fehlbeträge in den kassen des jupitertempels würden öffentlich behandelt werden müssen.

BBA 187/46
der fortschritt war gewaltig. das elend schritt fort und der reichtum schritt fort. der luxus wurde grösser, ebenso die entbehrung. die bildung verbreitete sich und die verkommenheit nahm zu. die zivilisation breitete sich aus mit dem imperium wie eine seuche sich ausbreitet. mehr und mehr völker kamen mit einander ins gespräch und sie sprachen über die unterdrückung.

der adel wird besiegt als adel, aber er herrscht weiter als grossbürgertum, dh er besitzt weiter und herrscht durch den besitz.

man kann dem C. die vernunft nicht absprechen. er war ein geschickter organisator, praktisch in seinen massnahmen, hurtig in seinen entscheidungen. aber die vernunft spielte keine allzugrosse rolle. er vertrat kein produktives prinzip. das imperium breitete sich aus, vor ihm und nach ihm, durch ihn und gegen ihn. der begriff der vernunft, von leuten seines schlages abgezogen, ist ein primitiver, zurückgebliebener begriff. burschen wie ihn gross zu nennen, ist unseres jahrhunderts nicht würdig. das käme den zurückgebliebensten, rohesten, korruptesten leuten zu gute. innerhalb der römischen geschichte kann man ihn gut gross nennen; man muss dann den begriff der grösse an die elendigkeit und barbarei des systems römisches imperium binden. so kann man von grossen kurpfuschern reden, von grossen alchimisten, von grossinquisitoren.

C. bezeichnet den höhepunkt der sklaverei. die sklaverei, um ihre grösste entfaltung zu gewinnen, bemächtigt sich der herren. nunmehr sind alle sklaven. der senat, die kaufmannschaft, das volk, alles versklavt sich. und der alleinherrscher zeigt neben den zügen des befehlenden alle züge des sklaven. am ende steigt eine sklavenreligion, das christentum auf und beseelt alle, den caesar eingeschlossen.

wichtig: das hinüberwechseln der gutsbesitzer zum handel während der ciceronischen epoche zeigen! die gallische handelsgesellschaft mit grundbesitzer (senatorialem) kapital! nicht die bankleute siegen mit C., sondern das bankgeschäft siegt. (ciceros verschmelzung der ordines war eine goldverschmelzung)

BBA 187/34
so sind die bodenspekulationen C.s nirgen[d]s bezeugt, jedoch weist FERRERO auf die aktien der asiatischen steuergesellschaften hin, die C. (nach CICERO) für die herabsetzung der pachtbeträge erhielt. jeder geschäftsmann, der von einer solchen wanderung eines aktienbündels von einer gesellschaft zu einem politiker anlässlich eines von diesem erlassenen gesetzes hört, wird sich auch ein gesetz wie das bodengesetz (die LEX JULIA) kaum als sauberer vorstellen können.

einige leute, denen ich von C.s geschäften erzählte, bezweifelten die 8stöckigen Häuser, die steuerpachtgesellschaften mit ihren aktien und direktoren, die sterbekassenvereine der plebs usw usw, alles was »so modern wirkt« und hielten das für erfindung. sie dachten, ich hüllte zeitereignisse in »antikes gewand«. wenn ich das gewollt hätte, hätte ich natürlich die antike nicht so benützt, wie sie war, oder wie wir wenigstens nach der überlieferung annehmen müssen, dass sie war, sondern so wie sie von unsern volksschulen und romanciers geschildert wird (mit marmorhallen und politischem ehrgeiz). aber ich habe nicht die geschäfte des herrn MUSSOLINI beschrieben und mir dazu ein antikes gewand aus dem maskengeschäft der gymnasialbildung ausgeliehen. man kann also die 8stöckigen Häuser ruhig entgegennehmen und auch die anderen details. vieles mag freilich immer noch ungenau sein, wir sehen immer besser das [was] unsern verhältnissen entspricht, als das, was ihnen nicht entspricht. andrerseits sind wir auch bei der beurteilung geschichtlicher epochen darauf angewiesen dass unsere epoche gewisse phänomene reproduziert. MOMMSEN zb kannte die arbeitslosigkeit noch nicht als ein in die geschichte eingreifendes phänomen. sonst hätte er, trotz seiner gehässigkeit gegen die plebs, die bevölkerung roms, die beinahe vollzählig aus der produktion geschleudert war, [nicht] einfach als arbeitsscheu hinstellen können.

BBA 187/35
alles was hier angeführt wurde, betraf die rein geschäftliche seite seiner Unternehmungen und ob hier zu weit gegangen wurde oder zu wenig weit, jedenfalls ist diese seite weder die beste, noch auch die schlechteste. diese geschäftlichen verschmolzen sich in seinem leben immer mehr mit den politischen unternehmungen und die welt billigt ja denen, die blut vergiessen immer mehr ideale zu als denen, die geld einnehmen. so hebt ein vergehen das andere auf. nach der aussage des herrn hull gehen eben die truppen über die grenzen, welche die waren nicht frei passieren lassen und das macht es schwierig, zu entscheiden, ob die truppen oder die waren mehr verwüstungen anrichten. hätte caesar seine geschäftlichen unternehmungen nicht in einem politischen rahmen getätigt, so wäre er kaum zu ruhm gekommen; aber er konnte seine politischen unternehmungen auch nicht tätigen ohne die geschäftlichen. das entschuldigt ihn, indem es die schuld auf den zustand des staates schiebt, immerhin soweit, dass wir ihm eine allgemeine bewunderung seiner klugheit, energie und tüchtigkeit nicht zu versagen brauchen.

BBA 188/22-23
ENTDECKUNGEN
das »willenlose, politisch indifferente römische proletariat« dieser haufe almosen und amusements erstrebender faullenzer [!], der mir in allen historien geschildert wurde, machte mir lange kopfzerbrechen. die zensuslisten geben für das Jahr 703 (51) die zahl der römischen bevölkerung mit 320000 an. bei eduard meyer (CAESARS MONARCHIE UND DAS PRINZIPAT DES POMPEJUS) finde ich, dass caesar die zahl der almosenempfänger in rom von 320000 leuten auf 150000 herabsetzte. die gesamte bevölkerung roms scheint aus almosenempfängern bestanden zu haben, als sie sich anschickte, den erdball zu beherrschen. die almosenempfänger waren arbeitslose. die dezimierung der italischen bauernschaft durch die kriegsdienste und die damit verbundenen sklavenimporte (2/3 der italischen bevölkerung bestand aus sklaven) äusserte sich in einer gigantischen arbeitslosigkeit. wie steht es mit der »po-

litischen indifferenz« dieses »grosstädtischen[!] pöbels«, den der liberale bismar[c]kfresser MOMMSEN so unermüdlich beschimpft? bei TENNEY FRANK (an economic history of rome) erfahre ich: the workmen formed burial societies which collected small monthly dues. dann: the societie[!] also provided a respectable funeral procession from among its members. im nächsten satz: . . . there were neither slave uprisings nor laborrevolutions in Italy. Aber bei EDWARD MEYER kommen »religiöse kultvereine« vor, die caesar durch ein edikt verbot. das wird so ausgedrückt: »jetzt, wo er monarch geworden war, machte er dem unfug energisch ein ende. alle derartigen vereine . . . wurden aufgehoben, zusammenrottungen des pöbels nicht mehr geduldet, religiöse kultvereine durch ein edikt verboten.« diese »religiösen kultvereine« waren, wie MEYER sagt, von clodius geschaffene vereine, in denen unter der form religiös-sozialer genossenschaften ganz wie in amerikanischen grosstädten[!] die gesammte[!] hauptstädtische bevölkerung organisiert war, . . . dort in amerika für die beherrschung der wahlen, in rom »zugleich« für die aufrechterhaltung der permanenten anarchie mit ihren strassenschlachten und der terrorisierung des senats und der volksversammlungen, also die sterbekassenvereine, in denen »die gesammte[!] hauptstädtische bevölkerung organisiert war«, terrorisierten die volksversammlungen! natürlich fehlt nicht, dass diese vereine »den drahtziehern des politischen getriebes für ihre persönlichen zwecke willenlos und dienstbereit zur verfügung standen«.

um von unseren historikern etwas über die geschichte zu erfahren, muss man immer zugleich mehrere von ihnen lesen. und man muss solange blättern, bis man polemiken findet, die sie gegeneinander spinnen. um irgendeine dumme auffassung einer historischen begebenheit zugunsten einer ebenso dummen oder noch dümmeren zu bekämpfen, bringen sie nämlich mitunter fakten. um von einer verdrehung zu einer anderen verdrehung zu kommen, drehen sie immerhin das ding selber und so wird es, wenn man scharf zusieht, für augenblicke sichtbar. der staub, den sie bei ihren kämpfen aufwirbeln, das ist die wirkliche materie.

BBA 188/41

aber selbst ich, [hier Zeilenausschnitt von 15 Anschlägen vom oberen Blattrand her herausgeschnitten!] las mit erstaunen im plutarch und dann noch einmal im mommsen, dass der pompejus, weil die kornpreisse[!] in diesen jahren so hoch waren, das oberkommando in italien übernommen habe, um ordnung zu schaffen, und bei mommsen hiess es sogar, um die brotversorgung zu regulieren und überlegte lange, wozu er da truppen brauchte. und erst als ich, im sueton, das leben des augustus las und der stelle kam[!] »freigelassene nahm er zu soldaten, wenn man bei teuren kornpreissen[!] unruhen befürchtete«, nachdem ich, noch ohne erinnerung, aber doch schon mit ergriffenheit gelesen hatte, dass der oktavian nach der vernichtung der varischen legionen, alle stadtteile mit soldatenabteilungen besetzen lassen musste, damit kein aufruhr entstehe, ging es mir auf, was es mit der aktion des pompejus, dieser regulierung der brotversorgung, auf sich gehabt haben musste: er hatte die hungernden niederzuwerfen. und ich las diese bücher nur, weil ich die geschäfte der herrschenden klassen zur zeit der ersten grossen diktatur enthüllen wollte, also mit bösen augen! so schwierig ist es, die geschichtsbücher zu entziffern.

BBA 465/11-12
wie uns sowohl plutarch als auch sueton versichert, hat es auch im leben des jungen caesar einen versuch gegeben, einen beruf zu ergreifen und geld zu verdienen. er versuchte sich als anwalt in zwei prozessen, die er im auftrag der demokratischen partei gegen hohe senatsbeamte wegen erpressungsdelikten und anderen[!] amtsmissbrauch in der provinz führte. die reichen kaufleute des ritterstandes sparten nicht an geldern, die gerichtsbarkeit über die verwaltung der provinzen und damit die verrechnung der riesigen einkünfte roms dem adel zu entreißen. sie verurteilten die alten räubermethoden des senats in vollem sittlichen ernst, da der handel sich sehr entwickelt hatte und roms finanzmacht durchaus genügte, auf rein kommerziellem weg den rahm der asiatischen provinzen abzuschöpfen. der senat, fanden sie, schlachtete die kuh, welche die milch gab. caesar scheint jedoch solche fälle übernommen zu haben, für die besonders viel bezahlt wurde, weil sie besonders aussichtlos waren. er verlor die prozesse und musste sogar verreisen, um, wie sueton sich ausdrückt, einer gegen ihn erregten gehässigen stimmung aus dem wege zu gehen. er fuhr nach rhodus, angeblich, um sich in der redekunst zu vervollkommnen. da diese motivierung einer beschleunigten abreise für einen jungen anwalt nicht eben ruhmvoll klingt, muss man annehmen, dass es noch andere motive gab, die noch weniger ruhmvoll geklungen hätten. die

reise scheint aber, wie fast jede flucht dieses mannes, zugleich eine geschäftsreise gewesen zu sein. es wird nämlich berichtet, dass er hierbei ein rencontre mit seeräubern gehabt habe. nun waren die seeräuber bekanntlich keineswegs romantische figuren, sondern ein wohlorganisierter, mit viel kapital versehener geschäftszweig: es handelte sich um sklavenhandel. die verbindungen der sklavenhändler zu den übrigen händlern roms waren eng und wohlgeordnet, sie waren zur zeit caesars kaum mehr ganz legal. man vergleicht sie am besten mit alkoholschmuggel während der amerikanischen prohibition, wenn auch dem sklavenhandel natürlich nicht der üble geruch des alkoholhandels anhaftet. die biografen schildern, wie er die seeräuber übers ohr haute und dass er sie aufhängen liess (da er ihnen dies zuerst im scherz androhte, geriet er übrigens in den geruch des humors); was er mit denen ihnen wohl abgejagten sklaven machte, wird nicht berichtet. jedoch muss das geschäft ein bescheidenes gewesen sein, denn seine finanzielle lage verschlimmerte sich immer mehr.

er konnte ämter, die ihm seiner hohen abkunft wegen zustanden, nur vermittels exorbitant hoher bestechungsgelder erlangen. es mussten natürlich alle bewerber etwas springen lassen, aber einige mehr.

einigen neueren schriftstellern wie mommsen und dessen schülern zufolge hatte caesar hauptsächlich politische motive für seine unterstützung des catilina; aber das heisst sein talent denn doch zu niedrig ansetzen. denn diese sache blieb der übelste fehler seiner ganzen karriere und hing ihm bis nach seinem tod an. er konnte zu keinem zeitpunkt hoffen, der drohenden militärdiktatur des pompejus mit einer demokratischen diktatur zuvorzukommen, wenn diese auch noch gegen den widerstand der reichen kaufleute errichtet werden sollte. nur ganz gewichtige, ja verzweifelte finanzielle gründe können ihn mit dem catilina ins geschäft gebracht haben. das misstrauen der ritter verfolgte von da an[!] und den cicero musste er noch nach vielen jahren mit milde behandeln, weil dieser an sicherem ort einen brief deponiert hatte, der caesars verbindung mit catilina bewiess[!]. diese milde beweisst[!] nicht, wie mommsen meint, caesars menschlichkeit, sondern besser als alles andere seine angst vor der endgültigen enthüllung seines banditentums. solche geschäftlichen motive sind auch dann anzunehmen, wenn er dabei keine besonderen geschäfte machte. so wie crassus zeit seines lebens versuchte, vom geschäft in die politik, so versuchte caesar lange, von der politik ins geschäft zu kommen, wie jener ohne glück. natürlich rechnete er mit der streichung der schulden, wenn er soviel geld aufnahm und man kann sicher sein, dass er mit dem gepumpten geld weiteres geld zu machen versuchte. das catilinarische programm sah die wiedereinführung der in der sullaschen restaurationsperiode aufgehobenen kornspenden an das volk vor und das war gerade die möglichkeit, wie man sich verspekulieren konnte. man brauchte nur auf eine baisse in korn zu spekulieren. denn der senat bewilligte listiger weise die kornspenden selber und brachte gerade dadurch den aufruhr zu fall.

richtig wäre es gewesen, auf eine baisse in korn zu spekulieren. aus dem krach brachte caesar von einem ehrenmann nur die leeren hände heraus. hätte nicht crassus ebenfalls spekuliert (und der jedenfalls auf die kornbaisse), sodass auch crassus allerhand zu befürchten hatte, wäre es mit caesar jetzt aus gewesen. so konnte er der drohenden untersuchung dadurch begegnen,

Zum Gesamtroman

BBA 187/90
1. Buch
Karriere
(Abenteuer) eines vornehmen jungen Mannes
2. Buch:
»Unser Herr C.«
(Die Catilinarische Verschwörung)
der Aufstand der (Banken) City
3. Buch:
Klassische Verwaltung einer Provinz
4. Buch:
Das dreiköpfige Ungeheuer
die Lösung der Bodenfrage
5. Buch:
Der Gallische Krieg
die Gallische Handelsgesellschaft
6. Buch:
Die Überschreitung des Rubikon

BBA 348/07

der roman schildert die gründung eines imperiums und die etablierung einer diktatur, übrigens auf streng historischer grundlage, das ganze ist keine verkleidete hitler- oder mussolini-biographie. für den heutigen leser herauskommen wird, hoffe ich, ausser einigem wissenswerten über kriege, demokratie usw., ein bild davon, wie die aufrechterhaltung der sklaverei zu einer versklavung allgemeinster art, d.h. aller klassen der gesellschaft, führt. der roman beginnt mit der niederschlagung des catilina-aufstandes und schliesst (nach einer beschreibung des gallischen kriegs) mit dem marsch auf rom, d.h. dem übergang über den rubikon. der gallische krieg, aber auch vieles andere, wird für den französischen leser »pikant« genug sei[n], immerhin hat der die gründung des zweiten italienischen imperiums zu fürchten.

BBA 189/17

caesars politik

er kommt zwischen den klassen der plebejer und der patrizier empor, zu beginn erleidet er eine niederlage, als er sich an dem versuch des catilina beteiligt, mit andern verschuldeten patriziern den staat umzuwälzen und dabei gegen die reichen plebejer (die ritter) steht (welche diese patrizier in finanzielle abhängigkeit gebracht haben). dieser aufstand hatte keine basis. die plebejischen handwerker, kleinhändler und bauern konnten das imperium nicht führen. das spätere beamtenkaisertum verschmolz den ritterstand mit dem patrizierstand und hielt sich zwischen den reichen und den armen, dem senat und der armee. der aufstieg der ritter erfolgte aus dem grossartigen ausbau der sklavenwirtschaft und der ekonomischen[!] durchdringung der ausseritalischen provinzen. sie benötigten das beamtenkaisertum.

die »milde« des caesarischen regimes ist das übergehen von politischer zu ekonomischer[!] herrschaft. (siehe des gracchus umwandlung hispanischer getreidetribute in bezahlte lieferungen und überhaupt die verwandlung der provinzen aus tributpflichtigem land in eigentum, der bundesgenossen in schuldner mit der juristischen form, dass das bürgerrecht allgemein wird.)

Zu den einzelnen Büchern

Zum ersten Buch

BBA 187/83
1. Buch:
Abenteuer eines vornehmen jungen Mannes
Erwerbung eines Manuscripts / Ein junger demokratischer Anwalt / Familiensinn / Caesar und die Seeräuber / Interview mit einem Veteranen / Heroische Opfer der Demokratie / [. . .]

BBA 188/32
historisches
Cs politische tätigkeit als demokrat bevor dem abschluss des triumvirats: cinna
a) C lehnt ab, seine frau zu verstossen, die aus der mariusklique stammt
b) als quästor veranstaltet er totenfeiern für sie und marius witwe
c) mit cicero unterstützt er die gabinischen anträge (gegen den senat)
d) er unterstützt den catilina (gegen den pompejus?)
e) die catilinarier gegen cicero
f) (vor a): 2 prozesse gegen korrupte beamte in den provinzen

führer im klassenkampf:
cato des senats, des beamten- u. grundbesitzadels
cicero der equites, der reichen plebejer
clodius der kleinen plebejer
catilina der kleinen plebejer und des proletariats
pompejus der equites (»unpolitisch«, zunächst republikaner)
caesar der equites, jedoch mit dem catilina gegen die patrizier verbündet.

pompejus findet bei den equites mehr anklang für seine diktatorengelüste als bei den patriziern. sie brauchen auch seine kriege mehr. und, wie später bei den hungerunruhen in italien, sein heer daheim. wenn er seinen übergang zu den patriziern vollzieht, holt er den cicero zurück, um die equites gegen caesar zu mobilisieren.

crassus ist patrizier des linken flügels, den equites nahestehend.

caesar greift tiefer als cicero (und clodius) und verstärkt die drohung gegen die equites, aber er lässt es niemals wie catilina zum bruch kommen. andrerseits paktiert er niemals wie cicero mit dem senat. am schluß verrät er die demokratie vollständig, indem er die politik der equites durchführt, diese aber in schach hält zwischen senat und plebs. er schafft also eine beamtenhierarchie, die sich auf das heer stützt und relativ unabhängig ist.

Zum zweiten Buch

BBA 187/83
[. . .]
2. Buch
Die Catilinarische Verschwörung
Rom füllt sich mitten im Sommer / Sklavenimporte und Catilina / Der Bibliothekar des Crassus / Amouröses / Die ungelöste Bodenfrage / Heimliche Besuche / Der Gerichtsvollzieher schlägt zu / Liebeskummer / Eine Wahl / Kouverts / Souper mit Herrn Cicero / Der bewaffnete Aufstand / Grundstückskäufe / Der Herr aus Asien / Pfändungen im Haus des Oberpriesters / Eine Rede in der Handelskammer / Die verhängnisvollen Kornspenden / Revolutionäre City /

BBA 187/16
a) WAHL
b) radikalisierung und grundstückskäufe
c) geldknappheit
d) DER GESANDTE DES POMPEJUS
– d')
e) drohungen in der handelskammer
f) KORNSPENDEN
g) 2000 S
h) Pulcher befiehlt
i) DIE VERHAFTUNG
k) schwarzer Freitag

---

d') Senat schliesst mit Fachver[band] + Crassus ab.
gegen Pompejus

BBA 465/87

9. 11.	Cat flieht	börse
11. 11.	Nepos	
13. 11.	Nepos tribun	werte fallen
19. 11.	Antonius feldherr	werte steigen etwas
23. 11.	getreidespenden	
25. 11.	Pulcher	werte fallen
26.		
27.		
28.		
29.		
30.		
1.		werte steigen wieder
2.		
3. 12.	verhaftung des Cat	

BBA 465/86
C.s MACHINATIONEN VOM 9. 11. (FLUCHT CATILINAS) – 3. 12.
(VERHAFTUNG DER CATILINARIER IN ROM.)
von der city angetrieben organisiert C., nachdem er auf ihren wunsch die wahl Catilinas hintertrieben hat, den BEWAFFNETEN AUFSTAND. ausserdem kauft er grundstücke. er hofft auf einen erfolg Catilinas oder der city (dh ihrer erpressung des senats). jedoch soll der aufstand nicht vor dem 10. 12. ausbrechen, noch vor diesem datum zusammenbrechen. (an diesem tag tritt metellus nepos das volkstribunat an.) die catonischen GETREIDESPENDEN machen den aufstand zu einer absoluten utopie. C. verlangt von den banken, dass man ihm seine grundstückspekulation liquidieren hilft. das wird ihm verweigert: Crassus hat sogar seine schuldscheine an die banken abgetreten. in dieser lage greift C., da er von den catilinariern zum aufstand gedrängt wird, zur DENUNZIERUNG DES BEWAFFNETEN AUFSTANDS. die city zwingt ihn jedoch, die katilinarier im senat zu verteidigen und so seine beteiligung am putschplan selber zuzugeben.

BBA 190/14 = BBA 188/11
buch 2
während des catilinarischen putsches vollzieht C seinen übergang vom kleinbürgertum zum grossbürgertum. er erkennt, dass das

kleinbürgertum niemals das subjekt der politik sein kann. von jetzt ab wird er es an das grossbürgertum verkaufen. besser gesagt: ausleihen.

catilina ist zu weit links gegangen, cicero zu weit rechts, um für das grossbürgertum (das allein subjekt und exekutor der imperialen politik sein kann) noch etwas wert zu sein. der eine bedeutet die herrschaft der plebs, der andere die der patres. caesar ist die mitte, der käufliche erpresser, der mit der zuchtrute droht, sie aber auch ausleiht. der jede konzession der patres an die plebs zu einer goldgrube für die ritter macht. das kleinbürgertum wird unter den caesaren eine macht: als armee; aber nur eine einsetzbare, überall einsetzbare, käufliche, instrumentarische macht.

BBA 188/12
buch 2
die herrschenden klassen
während des CATILINARISCHEN putsches gehört caesar zu der wahlmaschinerie der demokratischen klubs, zusammen mit clodius, dem führer der militärisch aufgezogenen hundertschaften (strassenklubs), alexander, dem bibliothekar des crassus und publius niger, dem obmann der distriktswahlleiter.

die city spielt ein gefährliches spiel um die asiatische beute aus dem krieg des pompejus. sie bietet einerseits dem senat ein bündnis an durch cicero, andererseits dem pompejus die diktatur. dagegen arbeitet crassus auf einer eigenen linie. er wünscht das bündnis mit dem (geschwächten) senat und unterstützt dafür (zur schwächung des senats) den catilina.

Caesar wird nun wechselseitig gekauft. er hält sich für den einsatz ebenso bereit wie die prostituierte fulvia.

das volk
das proletariat in rom verfällt schon durch die sklavenimporte des pompejus immer mehr der chronischen arbeitslosigkeit. dazu kommen die opfer des krieges. verlustlisten. rückkehrende verwundete. das forum füllt sich mit krüppeln. die landwirtschaft leidet unter mangel an arbeitskräften. die allgemeine verschuldung der landwirte und handwerker nimmt zu.
die opfer des catilinaputsches.
durch die kornspenden sinkt der getreidepreiss. [!]

der wendepunkt (3. 11.)
die city wünscht den catilinaputsch zu liquidieren. sie hat kalte füsse bekommen. den cicero zwingt sie, die catilinarier hinzurichten (hoch die demokratie!), den caesar, die hinrichtung zu verhindern. (man ist weder mit dem senat, noch mit dem pompejus fertig).

caesar
will geld verdienen, seine grundstücksspekulation läuft auf den 2 linien, die von der city verfolgt werden durch den catilinaputsch, sowohl pompejus als auch der senat werden, wenn besiegt von der city, kolonisieren müssen, da die city, den putsch selber fürchtend, besiegt wird, ist caesar ruiniert.

BBA 187/07
die politischen konzeptionen im herbst 92 [d.h.: 91!]
1
konzeption CICERO: die gefahr für die republik bilden die diktatorengelüste der catilina und pompejus. notwendig der block der city mit dem senat. für die city reicht zur kontrolle der asiatischen geschäfte die wiedereinführung der equitesgerichte völlig aus. alle unruhe von links muss schonungslos unterdrückt werden. in cicero drückt sich die ständige, kurzsichtige, aktuelle tagesangst vor der revolution aus.
2
konzeption CRASSUS: die gefahr bildet die diktatur des pompejus. diese abwenden kann ein von der city beherrschter catilina. pompejus steht praktisch zum senat bis vor den WAHLEN. erst unter dieser drohung gibt er nach. darauf geht CRASSUS zum senat über, gegen die city, die mit pompejus liiert ist (und ihn von ihren verhandlungen ausschliesst). CRASSUS erpresst zuerst den CATILINA, dann den senat.

BBA 187/08
NACH DER WAHL
crassus braucht noch einen druck gegen den senat, mit dem er sich jetzt einigen will. er verhandelt zusammen mit den fachvereinen mit dem senat wegen KORNSPENDEN. er wirft nocheinmal eine bestimmte summe aus. jedoch will er Catilina aus der stadt.
caesar verschafft sich übersicht über die radikalisierung und die

stimmung gegen ihn bei den demokratischen wählern. mit clodius beschliesst er aufziehen der strassenklubs und entfernung des Catilina.
NACH CATILINAS ABREISE
zunehmende radikalisierung. versiegen des geldes. Crassus will insolvent sein. die banken verweigern die gefolgschaft. Caesar beschließt den bewaffneten aufstand. 14. 11.

BBA 465/139
vor den KORNSPENDEN
C. droht den banken mit dem bewaffneten aufstand. er entdeckt, dass sie seine schuldscheine in händen haben.
nach den KORNSPENDEN:
sie befehlen ihm den aufstand weiter zu treiben bis 10. 12.
der BÖRSENKRACH findet, einen tag nach dem ersten antrag des Metellus Nepos, statt am 13. 12.: der antrag wurde abgelehnt, Pompejus hilfe nicht mehr nötig. katastrophales fallen der bodenpreise, da jetzt asiatische goldbeute hereinkommt.

BBA 190/12
die haltung des Crassus ist für viele ein rätsel. alexander, sein bibliothekar, der es wissen muss, erklärt sie ziemlich einfach. er sagt: Crassus überschätzt die gefahr, die von Pompejus droht, er argwöhnt, ein teil der city, von dem er nicht weiss, wie gross er ist, liebäugelt mit Pompejus, verhandelt womöglich sogar mit ihm. Crassus unterstützt die catilinarische bewegung, um den senat zu zugeständnissen zu zwingen. gewährt der senat die zugeständnisse, welche die demokraten in den sattel bringen, dh konzediert der senat die ökonomi[s]che führung der demokratischen partei bei der ausbeutung des asiatischen feldzuges, dann will Crassus mit dem senat gegen Pompejus' machtansprüche vorgehen. das schlimme ist, dass der senat zu konzessionen nicht bereit scheint. je magerer das resultat seiner ständigen verhandlungen mit dem senat ist, desto mehr verliert Crassus natürlich die kontrolle über die von ihm mitinspirierte und mitfinanzierte volksbewegung.

BBA 190/32
wahrheit:
ziel der city: militärdiktatur des pompejus. daher erregung von unruhe, drohung mit anarchie (kapitalflucht, teurung). unglück: die

verhandlungen mit pompejus ziehen sich hin. die city bekommt kalte füsse, da catilinas erfolg zu gross ist. sie kann den aufstand nicht durchhalten bis pompejus zurückkommt. die niederkämpfung des catilina wird das werk des senats. (massnahmen gegen kapitalflucht, kornspenden, militärische massnahmen.) pompejus findet eine city ohne massenbasis. (keine diktatur, keine asiatischen privilegien.)

BBA 465/21
las nachts lange meine AUFZEICHNUNGEN vom september durch, wo zwischen Caebio und mir noch alles in ordnung schien. um von den trüben gedanken los zu kommen, überflog ich auch die tagesnotizen. eigentlich merkwürdig, was aus gewissen doktrinen wird in der rauhen wirklichkeit! C. hat schliesslich nichts anderes gemacht, als Alexanders rat zu beherzigen, dem senat demokratische zugeständnisse zu erpressen. zunächst kam für ihn ein geschlossenes kouvert heraus und jetzt für das volk kornspenden. diese kornspenden drohen jetzt den bewaffneten aufstand lahmzulegen, der allein, ein anderer rat Alexanders, die demokratische lösung der bodenfrage erzwingen kann. in der hand von leuten wie C. führen die besten doktrinen zu den schlimmsten niederlagen.

Zum dritten Buch

BBA 188/31
klassenkämpfe
cicero, an der spitze der equites, erschreckt über den catilinarischen aufruhr, in dem die plebs ihre ansprüche anmeldet und ihren preiss [!] für die hilfe gegen den sullanischen senat nennt, entscheidet sich für pompejus, und schlägt ihm den »block der herrschenden klassen« vor. caesar geht viel weiter. er verlangt, zusammen mit nepos, dem tribunen des jahres und mann des pompejus, für pompejus militärisches kommando in italien »zur unterdrückung des noch unter der asche liegenden catilinarismus«!

(das sind die beiden führer der plebs! reiche und arme plebejer vereinigen sich gegen die freigelassenen und sklaven.)

Übersicht zum vierten bis sechsten Buch

BBA 187/02-05 = BBA 188/13-16
Inhalt der noch unfertigen letzten drei Bücher des Romans

Die zweite Hälfte des Romans schildert in weiteren drei Büchern den unaufhaltsamen Aufstieg der »großen Usance«. Julius Caesars Flucht vor dem Gerichtsvollzieher in die Diktatur. Im vierten Buch bringt sein Konsulat eine generöse Verwirklichung des demokratischen Programms, die geniale »Lösung« der Bodenfrage und des Arbeitslosenproblems. Die Lösung der Bodenfrage durch die berühmte lex julia (das caesarische Ackergesetz) zeigt sich als eine gigantische Grundstücksspekulation des historischen Triumvirats, bestehend aus dem Bankier Crassus, dem General Pompejus und dem Demagogen Caesar. Sie hat neben interessanten geschäftlichen auch ergiebige »rein menschliche« Hintergründe. Pompejus entdeckt, daß seine Frau, während er selber in Asien Krieg führt, mit Caesar ein Verhältnis begonnen und ein grosses Vermögen in dessen Grundstücksspekulationen gesteckt hat. Dies animiert ihn natürlich weit mehr als die Versprechungen, die er seinen Veteranen gemacht hat, die demokratische Bodenverteilung in Angriff zu nehmen.

Frauengeschichten nehmen in diesem Buch überhaupt einen ziemlichen Platz ein. Caesar gelingt es, dem Hahnrei Pompejus seine Tochter Julia zur Frau zu geben und dadurch die Beziehungen noch intimer zu gestalten.

Inzwischen wachsen jedoch trotz genialstem Amtsmissbrauch Caesars Schulden unaufhörlich. Er hat es nicht mehr nötig, nur seiner finanziellen Bedürfnisse wegen Politik zu machen, aber er ist gezwungen, aus all seinen politischen Unternehmungen Münze zu schlagen. Jedoch hat seine Politik nun schon den grossen und allgemeinen Charakter, welchen die Betreuung der Interessen der Herrschenden eben hat. Indem er seine Gewaltaktionen übrigens beinahe immer im legalen Rahmen verübt, zeigt sich überraschend klar der »Wert« dieser Legalität. Die Republik gebiert fast ohne Geburtswehen die Diktatur.

Die römische Bürgerschaft, die sich seit dem Überhandnehmen der Sklaverei durch die Eroberung des Ostens in einen riesenhaften Haufen von Arbeitslosen verwandelt hat, verlumpt immer mehr. Die Siedlung ist ein gutes Geschäft für die City, aber für die Arbeitslosenheere kaum ein Tropfen auf den heissen Stein. Immer neue Bestechungen dieser verelendeten Massen werden nötig. Nur ein neuer Krieg kann die Summen bringen für die enormen Volksspeisungen und öffentlichen Bauten.

Caesar erzeugt in der Hauptstadt Panik durch geschickte Nachrichten von dem bevorstehenden Einfall gallischer Volksstämme in Italien und verschafft sich (durch gewaltige Bestechungen und einen Giftmord) die Statthalterschaft der beiden Gallien. Es hat sich für die herrschenden Klassen (repräsentiert in City und Senat) als unmöglich herausgestellt, über die Teilung der asiatischen Beute handelseinig zu werden: jetzt wird die GALLISCHE HANDELSGESELLSCHAFT gegründet. Da Caesar befürchten muss, dass in dem Augenblick, wo er das Konsulat abzulegen hat, eine Flut von Anklagen und finanziellen Forderungen über ihn hereinbrechen wird, reist er vorzeitig in seine neue Provinz ab, um den Krieg zu eröffnen.

Das vierte Buch besteht wieder aus Aufzeichnungen des Sekretärs Rarus und berichtet auch dessen weitere private Erlebnisse. Nach dem Tod des Caebio hat er zwei neue Freunde gewonnen, den Kutscher Pistus und den Jungen Faebula, einen Legionär des Pompejus. Der Kutscher Pistus ist durch die enormen asiatischen Sklavenimporte arbeitslos geworden und hat sich auf Wetten bei Hunderennen geworfen, in denen er die einzige Chance eines römischen Bürgers erblickt. Faebula, ein Bauernsohn, will Siedler werden, jedoch bringt es die »Ungunst der Verhältnisse« mit sich, daß er wieder Legionär wird, diesmal des Caesar. Es spiegelt sich in den Schicksalen der Beiden[!] das Schicksal des römischen Volkes dieser Epoche des Zusammenbruchs der Republik.

In den Gesprächen des Feldherrn Lucullus, des Bibliothekars Alexander und des totkranken[!] Dichters Lukrez ertönt der Nekrolog der bürgerlichen Freiheit.

Das fünfte Buch behandelt den GALLISCHEN KRIEG. Seite an Seite mit seinem Bankier Mummlius Spicer reitet Caesar in die reichen und blühenden Gefilde Galliens ein. Der Bankier belehrt den Feldherrn, dass sein Hauptgewinn nicht aus den Taschen Galliens, sondern aus denen Roms fliessen wird. Er wird an jedem Kriegslieferungskontrakt und an jedem Soldaten verdienen. In die Kriegslasten teilen sich natürlich mit den unteren Schichten des Siegervolkes die unteren Schichten des besiegten, und in die Gewinne teilen sich die herrschenden Schichten des Siegervolkes ebenfalls mit denen des besiegten.

Der Krieg beginnt mit einem Feldzug der Römer gegen die Germanen, der allerdings, da die letzteren den Rhein überschritten haben, mitten in Gallien stattfindet. Die Gallier machen Nichtinterventionspolitik. Die allgemeine Volkserhebung, zu der es schließlich in Gallien unter Verzingetorix kommt, wird von den gallischen Fürsten verraten. Sie werden an den Geschäften der römischen City beteiligt.

Caesar selber verdient, da er seine Feldzüge nach dem Rat des Bankiers Spicer führt, gut. Er führt die Tribute der unterworfenen Stämme pünktlich nach Rom ab, aber er zieht Profite aus den Schwankungen des Goldpreises, und durch die Hände seines Bankiers gehen die hochverzinslichen Anleihen, welche die GALLISCHE HANDELSGESELLSCHAFT in Rom den besiegten Fürsten gewährt, damit sie die Tribute entrichten können. Auch ist er imstande, in Capua gewaltige Sklavenschulen zu errichten. Aber seine Ausgaben sind ungeheuer. Nur durch Ausführung enormer Bauten in Rom kann er seine Stellung aufrechterhalten und den Krieg in die Länge ziehen.

Von den sechs Büchern des Romans ist das fünfte das idyllischste. Im Felde erschließen sich dem Grossstädter die Schönheiten der Landschaft. Der überfeinerte Aesthet lernt mit Interesse die Kriegsmaschinerie kennen [. . .] die Verhandlungen mit der gallischen Aristokratie. Caesar liebt Verhandlungen über alles.

Das Buch besteht aus einer grossen Erzählung des Bankiers und früheren Gerichtsvollziehers Spicer und einer kleinen Sammlung von Briefen des Legionärs Faebula an den Sekretär Rarus in Rom. Faebula fällt in der Schlacht bei Aduatuca, wo zwei römische Legionen bis auf den letzten Mann vernichtet werden, weil Caesar, um Zwischengewinne bei der Fouragierung zu machen, die Truppen zum Zwecke der Selbstversorgung in weit verstreuten feindlichen Gebieten stationiert hatte. Es ist Faebula schon nicht gelungen, sein Ziel, ein Stückchen Land, zu erreichen. Jedoch zeigt das Schicksal jenes anderen caesarischen Veteranen, dem wir im ersten Buch begegneten, das Los derjenigen, die das Ziel erreichten: sein kleiner Besitz wird von Bankschulden aufgefressen.

Die ersten drei Bücher des Romans schilderten, wie die Eroberung des Ostens durch Pompejus halb Rom und halb Italien ruinierte, die letzten drei Bücher, wie die Eroberung des Westens durch Caesar den Ruin des römischen Volkes, der Bauern und Handwerker vervollständigte. Wurde im zweiten Buch die Wirkung des pompejischen Kriegs auf Rom, so wird im sechsten die Wirkung Roms im caesarischen Krieg sichtbar.

Der Krieg in Gallien ist noch nicht zu Ende und er könnte nach Ansicht des Herrn Spicer noch Jahrzehnte dauern, als die Verhältnisse in Rom Caesar zwingen, zurückzukehren. Pompejus ist zum Senat übergegangen. In Caesars Feldlager am Rubikon sammelt sich die bankrotte und von der Gegenrevolution des pompejischen Senats bedrohte City und ersucht ihn flehentlich, seine siegreichen Adler zum Schutze ihrer Wechslerbuden gegen Rom zu führen. Gleichzeitig schickt der Senat ihm seine Absetzungsurkunde. Dennoch zögert der überschuldete und aller nur möglichen Verbrechen bezichtigte Mann, den Marsch auf Rom anzutreten. Wochenlang handeln die Bankiers die neue Staatsform mit ihm aus. Nach einem totalen Nervenzusammenbruch wird er endlich in halb bewußtlosem Zustand über den Rubikon getragen.

Aber nicht nur Caesar, auch die City blickt trübe in die Zukunft. Um sich von Caesar ihre Herrschaft über die Sklaven sichern zu lassen, muß die City durch ihre eigene Versklavung Caesars Herrschaft sichern. Die Aufrechterhaltung der Sklaverei als Grundlage der Wirtschaft wird zu einer Versklavung allgemeinster Art, d. h. aller Schichten der Gesellschaft, führen.

Zum vierten Buch

BBA 187/82

Viertes Buch

1. TRIUMPF[!] UND KONSULATSWAHL 694
2. DAS TRIUMVIRAT

   Clodius

3. LEX JULIA → *das goldene Zeitalter*

   10 Reden 695

4. HEIRATEN UND ANDERE RACKETS (brief)
5. DIE GALLISCHE HANDELSGESELLSCHAFT
6. KRIEGERISCHE SCHWEIZER

BBA 189/77
IV, 1+2
P schuldet dem bankhaus Oppius große summen für seine asiatischen spekulationen.

Oppius unterstützt C. bei der wahl, aber C. muß Mucias grundstücke abgeben. dafür verpflichtet sich Oppius, den Pomp. zur unterstützung der lex Julia beizutreiben. [...]

BBA 187/85
KRITIK IV, 1
steff hat schwierigkeiten mit den namen. (meint allerdings, es käme davon, daß er lang pausierte zwischen buch III und buch IV. er hatte aber auch damals schwierigkeiten)
die personen müssen also deutlicher werden und zwar beinahe alle.
RARUS muss stadtklatsch beisteuern.
ausserdem braucht man ein *NAMENSREGISTER*.

der dispens.
wo sind die soldaten, die zum triumpf[!] kampieren? sie werden geschädigt.

die geldaffairen.
dass C.s spanische gewinnste dazu dienen sollen, triumpf[!] und consulat zu finanzieren. C. will nur spanische papiere beleihen, Pulcher will sie abkaufen. Pulcher siegt. C. tröstet sich damit, dass er noch die grundstücke hat.

die einleitung.
der historiker nicht genügend widerlegt.

BBA 189/12
IV, 2
das vermögen des pompejus
die frau des crassus
caesars lieblingspferd
clodius und die sterbekassen
der asiatische bankerott (CRASSUS)
beseitigung der arbeitslosigkeit
zurück zur natur. das stille landleben.
alexander und lukrez

BBA 188/82-85:

188/82

1 *wie man römischer konsul wird*

---

2 *das dreiköpfige ungeheuer*

das kranke leibpferd

---

3 *demokratie und lösung der bodenfrage*

---

4 *bankerotte und heiraten* [ein brief]

---

5 die gallische handelsgesellschaft

---

6 *der bankier und sein feldherr ziehen in den krieg*

188/83

[1] C. verliert seine spanischen packte[!]

wahlparole: friede

---

[2] C. verliert seine grundstücke an P.

↓

---

[3] C. gewinnt asiatische packte [!]

---

[4]

---

[5]

---

[6] krieg kriegslieferungskontrakte

188/84

[1]

---

[2] die plebs wird wichtig

---

[3] C. versucht, die plebs zu verkaufen
der senat kauft nicht.
⟨die legalität der ersten monate⟩

---

[4]

---

[5]

---

[6]

188/85

[1]

---

[2] die City

---

[3] faevula soll land bekommen

---

[4]

---

[5]

---

[6] faevula wird legionär

BBA 189/11
IV,2
Julia, C.s tochter aus erster ehe, besuchte dieser tage ihre grossmutter. da sie sich mit Pompeja, ihrer stiefmutter nicht vertrug, lebte sie auf ihrem landgut bei ostia. jetzt brachte sie ihren verlobten mit, den jungen Servilius. er klagt sehr über die schlechten zeiten. die politische laufbahn ist beinahe unerschwinglich geworden. die banken geben keine anleihen mehr für den wahlkampf, wenn als sicherungen nur die ämter selber gestellt werden. die city glaubt nicht, dass die senatorischen familien sich noch sehr lange auf die alte bequeme weise durch staatsämter bereichern können. und der grundbesitz wirft nicht mehr allzuviel ab. Servilius hat grosse schafsweiden in apulien. sie ergeben kaum 6% rente. die klagen von reisenden und lokalen behörden aus dieser gegend hören nicht auf darüber, dass die viehhirden[!] sich wie strassenräuber benehmen. aber, sagt Servilius, was sollen sie anderes machen, wenn ich ihnen – es sind natürlich sklaven – bei der miserablen verzinsung den bescheidensten unterhalt nicht mehr garantieren kann? julia, die für ihre erziehung sehr tüchtig ist, und selber ihr erbteil, ein umfangreiches landgut, bewirtschaftet, erklärte ihrer grossmutter ausführlich, wie sie ihr gut zumindest teilweise vom getreidebau zum öl- und weinbau umstellen will. getreide bringt nichts mehr ein. die fracht zu land ist so viel teurer als die zur see, sodass das sizilische korn, gegen das in italien auch keine zölle bestehen, konkurrenzlos ist. dazu sind die preisse[!] ruiniert durch die kornspenden Catos, über den sie sehr erbost ist. weinbau ergibt 17% rente, aber wein und öl mit sklaven anzubauen ist sehr teuer. sie arbeiten achtlos und ruinieren die reben.

BBA 189/71
IV,3
für Oppius (kleinasiatische bank) ein exposé über die rentabilität landwirtschaftlicher kleinbetriebe ausgearbeitet. hauptpunkte: krise der italienischen landwirtschaft. übergang vom waizen-[!] zum wein- und ölbau. weizenbau nur noch auf riesenfarmen mit sehr vielen sklaven rentabel. preisse[!] ruiniert durch den zehntenweizen der provinzen. für wein- und ölbau kommen, mindestens in der ersten zeit der anpflanzung, sklaven unter aufsehern nicht in betracht. sie sind rohe arbeit gewöhnt und persönlich uninteressiert. besser der persönlich interessierte kleinbesitzer, der mit gan-

zer familie und wenigen, ständig beaufsichtigten und in den familienverband aufgenommenen sklaven arbeitet. wichtiger punkt: wein- und ölbau rentieren sich erst nach geraumer zeit. während die pflanzungen aufwachsen, kann der kleinbesitzer die kosten tragen, dh borgen und das geld normal verzinsen. sind die pflanzungen gross und finden ernten statt, besitzt die das geld vorstreckende bank in form der angelaufenen verschuldung eine feste kontrolle der pflanzungen. hinweiss[!] auf asiatisches kapital, das verzinsung sucht. hinweiss[!] auf die politische seite. die city sichert sich einen stamm von mindestens 20000 zuverlässigen, von ihr finanziell abhängigen kleinfarmern. ideelle gesichtspunkte.

losungen für die bürgerversammlung, das ackergesetz betreffend: jedem römer römischen boden! – ackerland ist kein almosen, akkerland ist euer recht, eroberer asiens! – italische bauern, schenkt dem lande wein und öl! – weg von dem steinigen pflaster der stadt, hinaus auf den fruchtbaren ackerboden! – ihr habt das schwert geführt, führt jetzt den spaten! – wir versprechen dir nicht den wein, wir geben dir den weinstock! –

BBA 187/30
IV,3
ausschnitte aus reden über die LEX JULIA
die stadt platzt. der römische bürger hat 22 reiche erobert in den letzten 10 jahren und wohnt zu fünft in einem kleinen zimmer mit einem fenster. während er am maeotischen, am kaspischen und am roten meer den römischen adler aufpflanzte, wurde ihm sein arbeitsplatz in rom entrissen und in einer bäckerei oder schusterwerkstatt pflanzte der gerichtsvollzieher den kukuk[!] auf. (gelächter) zurückkehrend fand der bäcker bäckereien vor, die im tag 2000 laibe brot backen. sie werden von sklaven betrieben und haben mühlen, die von pferden betrieben werden. weder die sklaven noch die pferde kann er kaufen, die kupferwerkstätten haben tausende von sklaven und der kleine kupferschmied zahlt für das rohe kupfer mehr als diese betriebe für ihre becher verlangen. der krieg war ein wahnsinn. (CLODIUS vor den obleuten der sterbekassen)

eine neue aera des wohlstands kündigt sich an. der weinstock und die olive schreien nach unternehmenden männern, bereit italien in einen garten zu verwandeln. mit widerwilligen und ungebildeten sklaven kann wein- und ölbau nicht gefördert werden. rom ruft seine bürger. (BALBUS in der handelskammer) keinen fussbreit! (bekannter SENATOR in bajä)

der bodenpreis, der in den letzten jahren ständig gesunken ist, zieht erheblich an, seit von bodenverteilung gesprochen wird. (mitglied der ostas. HANDELSBANK)

legt zölle auf das sizilische korn und streicht die kornspenden und eure güter verzinsen sich sofort wieder! (SENATOR)

her mit dem boden und wenn wir einigen senatoren die arme ausreissen müssen! (SOLDAT in einer versammlung der STERBEKASSEN)

die herren CAESAR und BALBUS beabsichtigen eine revolution, nichts weniger. (CATO)

Ihnen droht nicht eine revolution, Ihnen winkt ein geschäft! (Antwort eines SENATORS an CATO)

man gebärdet sich, als verlangten wir pfründen! wir verlangen die erlaubnis, unseren schweiss zu vergiessen und aus schafsweide löhaine[!] zu machen! (mitglied der STERBEKASSEN)

BBA 189/54
IV
erweiterung des büros
das grundstücksracket
die banken bringen des P. antrag auf länderverteilung zu fall. schlappe des P und sinken des grundstückspreisses[!].
P bedauert die ablehnung wegen seiner soldaten
P bedauert die ablehnung wegen seinem zaster
P ärgert sich über C wegen des ehebruchs
P ärgert sich über C wegen des grundstücksgeschäfts
wein und öl schreien nach dem individuum, dem pächter!

BBA 2176/08
IV
a) die city will die regelung der asiatischen steuerpachten wo möglich ohne CAESAR, dh ohne die strasse. (schlimmsten falls mit einem caesar, der triumphiert hat.) pompejus verhandelt im senat und bringt dann, da er nicht weiterkommt, das ackergesetz ein, das durchfällt, da die city nicht interessiert ist. (die plebs muss auch für dieses gesetz bestochen werden, statt dass sie durch es bestochen wird.)

d) kathastrophale[!] rechenschaftsberichte aus asien, bankerott des oppius. da[s] führt zur

e) gallischen handelsgesellschaft.

in den folgenden jahren verpachten die grundbesitzer ihre grundstücke, um nicht zu verkrachen und um plebs darauf sitzen zu haben. umstellung auf wein- u. olivenbau während des GALLISCHEN KRIEGS.

BBA 189/58

TRIUMVIRAT 694

WAS BEKOMMT CRASSUS?

1. ratifizierung der asiatischen steuerkontrakte des Pompejus mit der city.

2. vergrösserung der gewinnspanne um ein drittel. auf 10 jahre. anteile an den spanischen minen.

POMPEJUS?

1. wie oben 1)

2. landverteilung an seine veteranen

3. oberaufsicht über das städtische verpflegungswesen.

CAESAR?

1. lösung der bodenfrage.

2. gallien.

BBA 188/21

SCHEMA DER VERRAETEREIEN DES JAHRES 694

die senatspartei wickelt ihre kapitalsverwertungsgeschäfte über die banken ab. sie tritt so die politische herrschaft gegen beteiligung an finanzieller herrschaft ab. sie stemmt sich gegen die LEX JULIA, beteiligt sich aber an der GALLISCHEN HANDELSGESELLSCHAFT.

die city verschleppt, verwässert, verrät die LEX JULIA zugunsten der GALLISCHEN HANDELSGESELLSCHAFT.

die niedere plebs verlumpt völlig. die fachvereine gehen über die STERBEKASSEN in die terroristischen clodiusbanden über, die die plebs in abhängigkeit vom gallischen krieg bringen, indem sie anteile für die plebs erpressen.

die verwaltung wird in plutokratische rackets verwandelt. ämterschacher tritt an stelle patriarchalischen nepotismuses [!]. die bürgerliche verwaltung tritt an in ihrer niedrigsten, primitivsten form, als reine korruption. ihre höhere form wird unter den caesaren erreicht werden. schrei nach dem starken mann.

im triumvirat erfolgt im grunde schon der von CICERO angestrebte zusammenschlu[ss] der herrschenden klassen. mit POMPEJUS geht ein teil des senats zu der neuen kombination über.

nocheinmal erfolgt, mit zuhilfenahme frechster demagogie ein gewaltiger ausbeutungsakt an der plebs, die überführung der getreidewirtschaft in die öl- und weinkultur bringt den kleinen mann noch einmal in den brennpunkt der politik. die kleinwirtschaft wird dann durch die caesaren wieder liquidiert werden. die 10 jahre gallischer krieg braucht die rebe und der ölbaum.

BBA 188/17

sinn der imperialistischen vorstösse

ausbeutung fremder proletariate durch unterstützung fremder bourgeo[i]sien. der vorstoss des P hat das italische proletariat enteignet und erschöpft durch abwanderung und verteuerung des römischen kapitals, das sich im osten besser verzinst und durch den gigantischen sklavenimport, ausserdem direkt, da die werbe- und aushebungsbeamten die italische provinz der hauptstadt vorziehen. die städtische bevölkerung ist unterernährt und übergebildet. der vorstoss des C nach dem westen vollendet diese Niederwerfung des italischen proletariats, das durch nationale zusammenfassung völlig geknechtet wird, und sichert dem römischen kapital neue anteile an den gewinnen der westlichen bourgeoisie.

IV

die arbeitslosigkeit, verursacht durch die asiatischen feldzüge, erzeugt, zusammen mit den manövern der city, eine revolutionäre spannung. es wird das demokratische programm akut. der weg der massen wird bezeichnet durch die namen Catilina und Clodius. die ständigen unruhen bedrohen die geschäfte. gegen den senat braucht die city den kleinen mann. ausserdem handelt es sich darum, die landwirtschaft auf obst- wein und ölbau umzustellen und dazu sind die kleinen besitzer gut. ihnen vorgestrecktes geld ist nicht verloren. die bodenpreisse[!] sind ruiniert (durch billigen zehntenwaizen[!] und die ausländischen mit sklaven bewirtschafteten riesenfarmen). viel kapital sucht nach anlageplätzen. die lex Julia ist ein geschäft von nationalem ausmass.

politisch sichert sich die city einen stamm von ihr abhängiger wähler, der mindestens 20000 menschen umfaßt.

BBA 187/11
C. hofft, der landverteilungsantrag des P. geht durch. dann will er seinen triumpf[!] halten und sein land verkaufen. lucceius (pulchergruppe) soll das consulat bekommen. er will sich nicht exponieren, gerade seiner bodenkäufe wegen. aber der antrag des P. fällt durch.

wichtigkeit des triumpfes[!]. unbekanntheit seiner kriegerischen leistungen. raunen seiner gegner, er habe nicht gekämpft. alles schiebungen.

BBA 189/73
und sie kann keine freien landarbeiter bekommen. als sie voriges jahr für ein wenig ungesunde gegenden, in die sie nicht die teuren sklaven schicken konnte, landarbeiter in rom anheuern lassen wollte, sagte ihr die agentur, es ginge niemand mehr aufs land, seit jeder vom staat gratis brot bekomme. so züchtet der staat die faulheit! [Lücke im Text] »jetzt fehlt der bauer«, sagte Julia. »auf meinen 4 gütern, die einmal 135 bauernfamilien ernährten, sitze jetzt mit 50 sklaven ich allein.« »nicht mehr lang allein«, sagte Servilius verliebt.

BBA 189/72
Alexander hat eine ausgezeichnete plackette[!] entworfen: eine weinrebe, die sich um ein schwert rankt. sie wird in silber ausgeführt und gratis verteilt. in den schankstätten hängen schon die bilder der KLEINBESITZ-GESELLSCHAFT des Oppius. ein veteran, einen weinstock pflanzend, kinder an seinen knieen. hinter sich eine aufgehende sonne. alles in hübschen farben. auf dem forum ist das modell eines kleinbesitzes aufgestellt, alles ganz winzig, das häuschen, das stückchen land am sonnigen abhang, man sieht sogar die spaten. ein wahres kunstwerk!

BBA 189/85
alexander wirft C. vor, er habe das ackergesetz nur eingebracht um sich persönlich zu bereichern. zum ersten mal wurde ich wirklich wütend. nichts verdienen und dann noch korrupt genannt werden, das ist zuviel. kann er sich tatsächlich keine tat eines staatsmanns vorstellen, für die politische motive massgebend sind?

BBA 189/66

der gastgeber bestand darauf, dass alexander sich bewegung machen sollte. wir bestiegen ein paar sänften und liessen uns in den park tragen. es war eine warme nacht und, einige lampenträger vor und hinter uns, gingen wir unter den hohen, schwarzen sykomoren auf und ab, der kleine dürre feldherr am stock, der fette bibliothekar des Crassus watschelnd zu seiner linken und zu seiner rechten der magere, lange Lukrez, hustend.

der erste schreiber Pulchers sagt mir, dass der halbe senat in asiatischen papieren spekuliert. die herren wissen, dass sie sinken müssen, solang sie die abmachungen des Pompejus mit den cityfirmen nicht gutheissen. jetzt, wo sie ganz unten sind, kaufen die herrn übrigens.

Cato tobt, dass aus senatorenkreisen nicht[s] mehr gegen die kandidatur C.s gemacht wird. er beschuldigt namentlich senatoren, sie hätten asiatische papiere gekauft und wünschten jetzt dem C. das konsulat, damit er ihnen die papiere hochtreibe.

die geldsammlung für C.s konsulatskandidatur begegnet noch starken widerständen. auf dem forum sagt man: C., das ist wieder der strassenpöbel. wir haben 92 erfahren, was daraus wird. nie wieder die strasse!

man will vor allem abwarten, ob nicht Pompejus mit seinen anträgen auf siedlungsland für seine veteranen durchkommt, das würde für die demokratie einen enormen machtzuwachs bedeuten und womöglich bei den wahlen ausschlaggebend sein.

BBA 189/82

abends langes philosophisches gespräch zwischen Alexander und Lukrez angehört. über den untergang der kultur und der sklaverei. nach Lukrez, der übrigens jetzt sehr schlecht aussieht, steht er unmittelbar bevor. »ihr erlebt ihn wahrscheinlich noch«, sagte er düster. »es wird alles zusammenbrechen; denn wir können nichts als das herrschen und ihr alles, ausser dem herrschen. aristoteles wird nie mehr über den staat schreiben, nicht nur, weil es so ein ding nicht mehr geben wird, sondern auch, weil er sich sein essen kochen und seinen fussboden aufwaschen muss. höhere gebäude als solche, deren dach man mit hochgestrecktem arm berühren kann, werden kaum noch aufgeführt werden. zunächst würde jeder baumeister werden wollen und keiner maurer. später wird keiner mehr irgendetwas werden wollen, denn wie soll es gut geben, wenn es nicht schlecht gibt? gute verse sind verse, die besser sind als schlechte. ein guter mensch ist ein mensch, der besser ist als ein schlechter. ein grosser mann könnte überhaupt nicht mehr entstehen. wer sollte seine pläne ausführen? die grossen opfer bringt doch nicht das opfertier, sondern der opferer? die bewohner der stadt werden lauter konsule sein und dann wird bald keine stadt mehr sein. das reich wird als erstes verfallen.« Alexander stimmte ihm bei. »der bauer, ohne sklaven gelassen, wird wieder barfuss, denn er kann schon heute nicht mehr leder herstellen noch beschneiden, ein winziges stück acker umgraben und grade genug haben, seine familie zu ernähren. die städte werden aussterben, denn sie tun ja nichts, um sich zu ernähren. wer wird strassen bauen, wer schiffe? kein römer wird mehr den fuss über die stadtgrenze setzen, soll er zu fuss nach griechenland gehen, um etwas zu lernen? kein buch kann geschrieben werden in mehr als einem exemplar. es wird nichts mehr gelehrt werden, denn alles wissen wird von den sklaven gewusst und die werden wieder auf die jagd gehen müssen oder sich rüben aus dem feld graben müssen, um ihren hunger zu stillen. jetzt kann ich über dem bodengesetz sitzen, da mir das essen hingesetzt wird. rollo kocht es.« Alexander kommt in letzter zeit, von was er auch ausgehen mag, immer am schluss auf das essen. er sagt selber von sich: »früher war ich sklave des Crassus, jetzt bin ich der sklave des Rollo.«

BBA 189/59
Lukullus sagt: das ganze reich befindet sich in auflösung. in allen erdteilen siege, jedes jahr ein triumpf[!] und alles wankt in den grundfesten. nehmen Sie die asiatische frage! es ist noch keine 2 jahre her, dass wir die city in den staub geduckt haben und aus dem asiatischen geschäft herausgeworfen und schon wieder macht sie uns die grössten schwierigkeiten. an diesem Pompejus können Sie die neuen verhältnisse studieren. kein vernünftiger mensch hätte es ihm missgönnt, wenn er seine 50 oder 70 oder auch 100 millionen aus seinem feldzug herausgeholt hätte. das ist durchaus üblich. aber was tat er? er machte bankgeschäfte. er legte dem könig von [Lücke im Text] einen tribut auf und lieh ihm das geld dafür zu einem wahnsinnigen zinsfuss. die sache wird über die banken der city abgewickelt! ist das noch ein feldherr? von ihrem herrn Caesar und seinem spanischen feldzug will ich gar nicht reden. das ist ein

angestellter des herrn Pulcher. es wird abend über dem römischen reich, Alexander.

BBA 187/71
als ich heute in gegenwart des alten Hysios meine aufzeichnungen vom vergangenen jahr nach irgend einer einzelheit durchsuchte, sagte er lächelnd: wenn irgendjemand, so könntest du die biographie des gefeierten Jukius [sic!] schreiben. wenn man von jedem konsul einer übergangszeit die biografie schreiben wollte, antwortete ich ihm, hätten die historiker viel zu tun. ausserdem ergeben geschäftsberichte keine biografie. »doch, sagte er, die biografie von geschäftsleuten und die ihrer beauftragten.« »aber wie sollte jemals eine gestalt draus werden?« fragte ich. »oh, sagte er nachdenklich, aus diesem deinem Julius würde auch kein anderer bericht eine gestalt machen können. er ist kein xbeliebiger konsul. er hat ebensoviel karakter und eigenart wie eine gesellschaft zur ausbeutung der sardinischen silberminen. könnte man von solch einer gesellschaft sagen, sie sei klug oder mutig oder sie habe schlechte manieren?« »aber er macht doch überall eindruck!« »macht sie keinen?« ich blieb dabei, dass in allen meinen aufzeichnungen der vergangenen jahre nur eine einzige wirkliche gestalt auftaucht und das ist mein unvergesslicher Caebio.

BBA 189/10
gespräch mit dem alten Hysios über die frage, ob C. an der ermordung des Metellus beteiligt war. »für mich, sagte er, ist dein herr keine einzelperson, sondern nur der sichtbarste teil eines kräftigen, bösartigen, sein aussehen übrigens immerfort wechselnden wesens. es lebt von den lastern und krankheiten dieses staates und hat einen fuss in jeder morastischen lücke, hat also tausend füsse. so hat es auch ein auge in jeder kasse oder tasche, hat also tausend augen. dein herr muss keineswegs jede schandtat ausdenken, die für dieses wesen günstig ist, selbst wenn er selbst nie eine ausdächte, würden sie doch ständig vorkommen, denn alle einzelnen glieder dieses wesens haben keine existenz ausserhalb und stürben schnell weg mit ihm. du musst bemerkt haben, wie er sich mit lauter leuten umgibt – oder besser gesagt, wie lauter leute sich ihm gesellen, welche »die schiffe hinter sich verbrannt haben«, wofür man wieder besser sagen könnte, dass sie niemals schiffe hatten, wohl aber auf dem lande bedroht werden.«

tatsächlich beklagte sich C. laut über den mord an Metellus, der ihm ungelegenheiten bereitet, aber zuvor hat er sich bei seinen leuten genug über die ungelegenheiten beklagt, die ihm Metellus bereitete.

BBA 188/10
DIE HUNDEWETTEN DES PISTUS
bei seiner nachsuche nach dem leichnam des Caebio auf dem schlachtfeld von faesulae lernt RARUS den kutscher PISTUS kennen und schätzen. später erscheint es, als ob Rarus in der nacht, wo sie den leichnam entdeckten, in seiner verzweiflung sich dem Pistus hingegeben hätte. dieser quält ihn infolgedessen in der folge mit seiner unsinnigen eifersucht.

während der kämpfe um die weltherrschaft in rom versucht Pistus sich eine existens [!] durch hundewetten zu schaffen. er spekuliert sogar von gallien aus, wohin ihn Caesar verschleppt hat. seine hoffnungen sind nicht ganz so unsinnig wie die vieler anderer römischer bürger, sich ein leben zu machen.

er resumiert am ende, dass er aussicht gehabt hätte, ein kleines vermögen zu erwerben, wenn er nicht durch feldzüge, politik usw, für die er in anspruch genommen wurde, immerfort abgehalten worden wäre, seine wetten anzulegen. PISTUS ist ein vitaler, lustiger und wendiger südländer, voll von triks [!], skepsis und savoir vivre.

natürlich hat er favorits unter den hunden. jedoch verhindern die schiebungen klare sicht.

Zum fünften Buch

BBA 187/33
V.
betr. GALLISCHER KRIEG
hatten die gallischen fürsten stehende heere? ausbildungszeit?
gab es eine römische überlegenheit im waffenhandwerk (bessere waffen)?
römische und gallische eisenproduktion, lederproduktion, fouragewesen?
römischer bauer und handwerker und gallischer bauer und handwerker?

ingenieurkunst (lager, befestigung, ponton, strassenbau)
löhnung und dienstverhältnis?
sklaven? woher bezogen? sklavenwirtschaft völlig ausgebildet?
offizierskader?
strategie?
finanzierung?
zentralisierung des befehls? politische faktoren dazu?

lafargue behauptet, CAESAR sei der geist der gleichheit unter den germanen aufgefallen. sie hatten güterteilung. was mit den galliern?

BBA 187/53
CAESAR, GALLISCHER KRIEG
in gallien haben die rechten den ariovist zu hilfe gerufen, die linken die helvetier. C. greift die helvetier an, nachdem er zuerst ihren marsch freundlich aufgenommen hat. er treibt sie zurück und rettet nunmehr gallien vor ariovist.

roms bündnisse mit den äduern und den germanen widersprechen sich keineswegs. die äduer dh die äduanischen grundbesitzer und rheder [!] riefen beide staaten gegen ihre untertanen und die demokratischen nachbarstaaten zu hilfe. (FLANDINUS).

BBA 189/13
V der gallische krieg
ich habe mir sagen lassen, sie hätten keinerlei städte, nicht einmal dörfer, sondern wohnten in einzelgehöften. als einsiedler kämpften sie auch. jeder kämpfte im grund für sich und brauchte unglaublich viel platz dazu, ausserdem formten sie ihre haufen nach bekanntschaften und verwandtschaften und kamen ihren onkeln oder schwägern in der schlacht zu hilfe. jeder war gewohnt, alle arbeiten allein zu machen, trug eine axt zum holzschlagen bei sich, die er dann auch zum schädelspalten verwendete, warf einen wurfspiess, schlug damit zu, solange er ihn noch nicht geworfen hatte usw. unsere handwerker und bauern, die sklavenarbeit kannten, formten ihre praktischen rotten und bewegten sich im gefecht wie im weinberg oder wie beim schiffeausladen im hafen

BBA 187/51
die tagebücher des RARUS setzen im V. buch aus, da er nicht mit im krieg war. es werden nur spärliche stellen zitiert über den gang

der geschäfte in rom, das bauprogramm. dieses dient zur maskierung der bestechungen. er berichtet auch nur wenig über die kornspekulation des pompejus.
vor dem übergang über den rubikon kommt RARUS mit andern, fliehenden wieder zu C. nach transpadanien und man hört wieder seine tagebücher zitiert.

BBA 187/102
keine regierung kann es mit ihrer ehre vereinbaren, wenn nachbarvölker mit reichen bodenschätzen einen anmassenden ton anschlagen.

BBA 189/80
die ungeheuren kämpfe um die asiatische beute sind noch nicht ausgekämpft und schon gehen gerüchte um, die beute sei gar nicht so gross, asien sei durch die dauernden kriege erschöpft, Pompejus habe in seinem triumpf [!] die milchkuh selber nach rom geführt, es werde nicht viel weiter nachfolgen. sollte man wieder nur geraubt haben? wird jetzt asien veröden wie einst afrika, nach den punischen kriegen? die city jedenfalls lenkt die blicke schon nach dem westen.

BBA 189/40
krieg ist unpopulär, da er sklaven bringt und dem pächter und kleinen bauern, der sich eben auf wein und öl umstellt, zeit nimmt. die OPPIUSgruppe gegen den krieg: sie finanziert die lex Julia. die PULCHERgruppe für den krieg: sie finanziert ihn.

BBA 187/81
FABER, der sich mit dem kutscher PISTUS, seinem freund, des RARUS wegen entzweit, ist bäcker, wird aber brotlos nach dem asiatischen krieg infolge der sklavenimporte des Pompejus. er wird legionär des Caesar. er strebt nach einem kleinen landgut (als belohnung des kriegsdienstes). im V. buch wird die beschreibung der eroberung galliens unterbrochen durch die beschreibung des schiksals [!] des veteranen CASALLA, der diese belohnung erhalten hat. so stellt die eroberung galliens das TANTAE MOLIS ERAT für die sorgen des landwirts CASALLA dar.

BBA 187/52
als ich am nachmittag wiederkam, fand ich den alten im gespräch mit seinem gärtner, einen jungen birnenbaum in seiner großen faltigen hand. er übergab ihn mit einigen anweisungen dem sklaven und bat mich, in die pergola vorauszugehen. ein junge brachte die karaffe mit wein und spicer hatte eine verwaschene pergamentrolle unterm arm, als er aus der tür der bibliothek trat. »das ist sein GALLISCHER KRIEG, sagte er, sie zwischen die gläser legend. ich habe es heute nacht wieder überflogen. nicht schlecht. sehr militärisch. ich habe das manuscript damals sehr genau durchgegangen, bevor es ausgeschrieben wurde. ich glaube nicht, daß irgend etwas interessantes darin stehen geblieben ist.

wir gaben es 703 heraus, als in rom der stunk losbrach, weil wir das heer ständig vergrösserten. man behauptete, wir führten nur angriffskriege. wir bewiesen natürlich das gegenteil, aber wir überzeugten niemand von etwas anderem als davon, dass wir einen guten stil schrieben. mit unserer bauerei hatten wir selbstverständlich ganz anderen erfolg gehabt, da hatten wir so und so vielen leuten die taschen gefüllt. wir schrieben das buch nur, weil uns die mittel zu ausreichenden bestechungen ausgingen. ein buch wirkt immer viel schwächer als ein kouvert.

Zum sechsten Buch

BBA 187/97
C. sagte einmal melancholisch: Crassus und ich sind tragische gestalten. Crassus hat immer vom geschäft in die politik gewollt, ich wollte immer von der politik ins geschäft. wir scheiterten beide.

beginn von VI wie II statt osten westen

BBA 187/54

kämpfe um das konsulat flucht nach gallien gallien wird zivilisiert

sieg über pompejus
die krone
caesar macht seine karriere mit hilfe des volkes. den rubiko[n] überschreitend verrät er das volk und macht seinen frieden mit dem senat (der adeligen). der bürgerkrieg wird geführt, während sie die

bedingungen aushandeln. als diktator greift er auf das volk zurück, aber es ist nicht mehr das volk, seine drohungen, nach unten zu fliehen, werden von den adeligen jetzt schon verlacht. immerhin wird noch immer bezahlt.

BBA 189/23
da ist der krieg im osten, der nie gegangen ist und nie gehen wird, er weiss es. auch der gallische ging nicht, es ist eben jetzt wieder krieg dort. die NEUE ORDNUNG funktioniert nicht. die griechischen kaufleute haben griechenland verraten, die gallischen gallien, die syrischen syrien, aber jetzt herrscht doch überall anarchie, die römische. der krieg im osten wird auch nur die anarchie verstärken. aber rom ist arbeitslos und verdient werden kann nur an den kriegsrüstungen (nicht etwa am krieg). also krieg, der größte aller kriege! der KRIEG IM OSTEN.

die grosse stadt ist unbewohnbar geworden. terror, konspiration, hunger und unsicherheit, die früchte des regimes der ordnung, treiben alle aus ihr: der krieg ist eine emigration.

in dieser stadt ist niemand mehr frei, nicht ein plebejer, nicht ein senator. der niedrigste sklave ist der diktator.

er ist nicht mehr zu schützen. ein gardebataillon nach dem andern hat er aufgelöst, weil anschläge entdeckt wurden. jetzt geht er ohne wache aus, da er so wenigstens die wache nicht zu fürchten braucht.

seinen tod sagen nicht nur die wahrsager bevor; jeder barbier profezeit ihn. aber C. scheint ihn nicht mehr zu fürchten, wenn er etwas will, was fraglich ist, will er ihn beschleunigen.

dann kann die nächste phase anbrechen, von der niemand glaubt, daß sie besser sein wird, die aber immerhin die nächste sein wird und nicht schlechter sein kann.

das gesellschaftliche leben steht in fieberhafter blüte. die huren kämpfen um die militärischen posten für ihre liebhaber, die bankiers tätigen die kriegslieferungskontrakte, der kleine mann wettet auf den hunderennen.

BBA 189/18
er besass ohne zweifel persönlichen mut. ausser den banken fürchtete er wenig. den tod hielt er gelegentlich gegenüber dem bankrott für das kleinere übel. allerdings darf man sein persönliches eingreifen in einigen schlachten nicht allzu hoch anschlagen. man darf

nicht vergessen, dass er diese schlachten nicht verlieren durfte. Lukullus konnte eine schlacht verlieren und ruhig nach rom heimreisen. niemand erhob eine hand gegen ihn. wenn C. die schlacht verlor, konnte er nirgen[d]s hin. man hätte ihn überall wie einen hund erschlagen. so war es auch mit Catilina, mit dem er überhaupt die meiste ähnlichkeit aufweist.

man preisst[!] seine milde. man betont, dass er den ooo [drei Nullen zwischen mehreren Leeranschlägen] die hände nicht im zorn, sondern lediglich aus berechnung abhauen liess. dabei vergisst man, dass er durch lächerliche fehler, durch völlig falsche berechnung, in eine lage gekommen war, wo eine solche massnahme die einzige rettung zu sein schien. nach der schlacht bei pharsalos liess er die gesamte post, die er beim geschlagenen feind erbeutete, ungelesen ins feuer werfen. eine grosse geste, nicht wahr? er wusste, dass sein ganzes heer im briefwechsel mit dem feind stand. die meisten briefe hatte er gelesen, bevor sie abgeschickt wurden, seine polizei war ausgezeichnet. und wie hätte er es anstellen sollen, es sich selber zu verheimlichen, dass seine anhänger grösstenteils aus lumpen bestanden? mit anständigen leuten hätte er gar nichts anfangen können, er verwickelte sie alle in verbrechen.

BBA 187/92
gründe für den raschen einfall in italien
die wirtschaft ist umgestellt auf wein- und olivenbau. der bauer fürchtet den bürgerkrieg und wird, um seine bäume und rebstöcke zu retten, den kandidaten unterstützen, der italien besitzt und den krieg in die provinzen trägt.

die veteranen des POMPEJUS sind enttäuscht, da sie boden bekommen haben und schulden abzahlen. er verlegt den krieg lieber nach asien. den CAESAR kennen sie noch nicht.

die wahlmaschinerie und der organisatorische apparat der city wird für C besser arbeiten als für P.

BBA 188/09
die sklavenwirtschaft veraltet?
jetzt schleppen sie diese sklavenhorden herein, jetzt! wo die sklavenwirtschaft völlig veraltet ist, überholt, blödsinnig! was man noch brauchen kann, sind gut gedrillte köche, kammerdiener, ärzte und schauspieler. aber die grossen güter haben sich überlebt, das weiss jedes kind. der ölbaum und der weinstock verdorren un-

ter ihren händen. sie zertrampeln die schösslinge, wenn sie in trupps über die schonungen getrieben werden. die zeit des kleinen bauern kommt wieder, der sein stück erde hat und etwas daraus macht. der die götter bittet in der nacht um gnade, wenn er den schweren regen hört. der zehn jahre warten kann und seinen kindern die schalen nur halb voll gießt, damit er stöcke für die reben kaufen kann.

aber soll der arbeitslose in den mietskasernen des Crassus einen koch kaufen oder einen arzt? soll das alte weib am tor einen syrischen kammerdiener ausschicken damit er ihr speisereste aus irgend einer tonne fischt? brauchen die unter den brückenbögen einen architekten aus delos?

BBA 189/83
ich habe nach langer zeit den bibliothekar des Crassus wiedergesehen. mit ihm ist eine merkwürdige veränderung vorgegangen. er leidet unter einem ständigen drang nach speisen und ist infolgedessen sehr dick geworden. er hat sich eine art philosophie dazu zugelegt, wie es bei ihm ja nicht zu verwundern ist, und der schwamm hat ihn mit Lukullus zusammengebracht. sie haben sich angefreundet und sitzen jetzt fressend und darüber philosophierend zusammen. Alexander spricht nur noch sehr ungern über politik.

Alexander ist jetzt sehr fett und kommt aus seinem zimmerchen kaum noch heraus. zum ersten mal seit langem sprach er wieder über politik, dh er machte einige bemerkungen über die demokratische politik des jahres 92, während der catilinarischen unruhen. sie waren merkwürdig genug und zeigen den zunehmenden verfall dieses einmal so glänzenden geistes. er mißt sich nämlich jetzt selber die schuld an dem zu, was er »das scheitern der einzigen wirklichen volkserhebung, die aussicht auf erfolg hatte« nennt. und zwar wegen seiner stellung zur sklavenfrage! er sagt ungefähr: »wie konnte ich das nicht sehen, dass die einzige aussicht der bauern und handwerker, oder wollen wir sagen, der arbeitslosen, denn sie sind arbeitslos, oder werden es sein, in ihrer vereinigung mit den sklaven bestand? ich bin selbst sklave und habe es nicht gesehen. einmal bin ich sogar gegangen und habe C. gewarnt vor der sklavengefahr! sie war die große aussicht. alles wird zusammenbrechen, wenn an die sklaverei gerührt wird, sagen sie. niemand wird mehr arbeiten ohne diese peitsche. welch ein unsinn! lesen Sie hier, was [Lücke im Text] über den sklavenaufstand in sizilien schreibt. die sklaven, dort zur macht gekommen, erwiesen der arbeit die allergrößte achtung. sie schonten und förderten jeden freien, der arbeitete. der römische handwerker sässe heute frei in seiner werkstatt, der bauer frei auf seinem acker, wenn sie mit den sklaven gegangen wären. ohne die sklaven hatte ihre politik keine basis und keine stosskraft. catilina war gewiss korrupt, aber er war aus korruptheit bereit, diese grosse lösung zu versuchen: ich war aus korruptheit bereit, sie zu vereiteln, wer ist da besser? bei der aufrechterhaltung der sklaverei werden alle schichten in sklaverei versinken. alle. selbst die besitzenden. es fängt schon an.« spekulationen eines kranken gehirns!

BBA 189/22
VI
und Lucceius sagte: wir wissen doch, was wir mit dem burschen auf uns nehmen. er wird uns kujonieren noch und noch. es wird kein mann mit gradem rückrad[!] mehr das forum hinaufgehen, bevor es zerfällt, spicer. haben Sie seine leute gesehen? da drinnen? das werden seine beamten sein. abschaum ist kein ausdruck für sowas.

Lucceius: ich weiss nicht, was über diese stadt gekommen ist, seit sie diese sklavenherden hereingetrieben haben aus allen himmelsrichtungen. solche menschen wie dieser Catilina und dieser Caesar sind früher nicht geboren worden. und jetzt werden bald keine andern mehr geboren.

wenn er unten durch ist, komme ich unter den hammer. (RARUS)

gewiss, er ist eine riesige intelligenz. aber was ist das in einer solchen stadt? ich sage Ihnen, während der letzten 10 jahre hat niemand sich ausgekannt hier. er schon überhaupt nicht. er weiss nicht, was heute abend passieren wird. wenn einer von seinen ministern eine kleine aber sichere stellung irgendwo in der provinz bekommen könnte, wo man ihn nicht kennt, er hinge in diesem augenblick die toga an den nagel. C. weiss das genau, er nimmt keine andern. aber sonst weiss er nichts, nichts, nichts. Scaurus, der mit den fis[c]hsaucen sagt ihm vielleicht morgen, ob er nach rom marschieren soll oder wo anders hin.

mit seiner ganzen gerühmten klugheit kann er nicht herausbringen, ob sie ihn in rom, wenn er bis dorthin kommt, verhaften oder zum könig ausrufen werden, was beinahe auf dasselbe hinausläuft.

natürlich, man wird die verwaltung reformieren, die pläne liegen ja schon vor, alles ist ausgehandelt bis zum letzten tüpfchen. das wird mit ihm geschehen oder ohne ihn. er wird, falls es mit ihm geschieht, einiges beisteuern können, korrupt wie er ist. für geschäftliches hat er keinen schlechten griff. ein juristisches gehirn, wie viele kriminelle.

BBA 189/19-20
natürlich, man braucht einen fähigen mann. meistens muss man mehrere ausprobieren, bis man den richtigen hat. in unserm fall war es weder marius, noch sertorius, von den gracchen nicht zu reden, die zu früh kamen. es war auch nicht catilina. immerhin, mit catilina war man dem idealen typ ziemlich nahe gekommen. ein heruntergekommener aristokrat, praktisch in der hand derer, die geld hatten, ihm zu leihen. fähig, die wahlmaschine zu handhaben. auch fähig, ein heer zu führen. skrupellos. redegewandt. mit kinderstube. zugleich unten im ruf eines tollen burschen. der mann reichte nicht ganz aus, aber bei dem typ konnte man bleiben. also wurde es caesar.

Sie können mir glauben, er brauchte eine ganze menge schliff. und ganz so wie gewünscht wurde er nie, irgendetwas inferiores blieb da immer noch. er arbeitete nicht schlecht in gallien, aber er wurde nicht annähernd fertig damit. die verwaltung, die er einsetzte, war jammervoll. und auch mit dem bürgerkrieg wurde er nicht fertig. man brauchte keinen krieg, um ihn zu erledigen, es genügte ein mord. er war so unmenschlich unpopulär. wenn er, als diktator, ein theater betrat, herrschte eisige stille. obwohl alle an ihm verdienten. jeden witz eines schauspielers über ihn beklatschten sie minuten lang. er sass und konnte seine aufregung nicht verbergen. den literaten stopfte er geld hinein wo er konnte, aber sie schrieben nur schmähungen auf ihn. sie wagten nichts anderes. er war der erste, der in solchem umfang bestach und er war auch der erste, der die zensur einführen musste.

dabei ging er so vorsichtig zu werk wie er nur konnte. seine gegner, den pompejus, den cato und den cicero, schaffte er aus dem weg, ohne ausdrückliches urteil. es war so gemacht, dass es scheinen musste, er wisse von nichts. er verfolgte sogar die mörder. aber er täuschte niemanden.

natürlich, da war nicht viel zu verstecken. die zensorischen volkszählungslisten zeigten einen rückgang der römischen bürger um ein volles drittel. er liess sie nicht mehr veröffentlichen, nur, was sollte das helfen, wenn eben von je 3 menschen einer fehlte? dass der römische bauer so gut wie verschwand schob man ihm in die schuhe. dabei war es vollständig richtig und fortschrittlich, das korn von den grossen, mit sklaven betriebenen kornfabriken der provinzen zu beziehen, aber die blutige arbeit, die zu diesem zweck gemacht werden musste, besorgte eben er.

seine ermordung war tatsächlich kein heroischer akt. es genügte, ihn bei irgend einer gelegenheit abzustechen. niemand im senat rührte eine hand, ihm zu helfen. die er in den senat hineingebracht hatte, hatten ihre hände alle in ihren eigenen oder in anderer leute taschen. er wurde erschlagen wie ein hund ohne herr. in der tat, die kaufmannschaft war kaum ärgerlich. die börse schloss zuversichtlich.

er wusste genau, dass es so enden würde. am schluss war er mit den nerven so herunten, dass ihm alles gleichgültig war. am tag der ermordung war er gewarnt. man sagte nachher, er hätte zu hause bleiben können. aber er fühlte sich nicht sicher zu hause. man sagte dann, er hätte eine schutzwache nehmen sollen. aber er misstraute jeder schutzwache. der senat schien ihm noch der sicherste ort.

BBA 189/21

wenn man davon ausging, was der mann so in einem tag leistete, hätte man annehmen müssen, er sei zu schwächlich, einen schreibstift zu halten. aber er nahm jeden morgen eine fechtstunde und hatte einen körper, drahtig wie ein at[h]let. und so war sein gedächtnis. ich war mir von anfang an klar darüber, dass man aus solch einem mann etwas machen konnte, wenn man sich die mühe nahm.

ein gefährlicher bursche! er bekam etwas grünliches in die augen, wenn er gereizt wurde. nur seine willensstärke bewahrte ihn davor, dass er über einen gegner sogleich herfiel. er wusste natürlich, dass er dem pompejus nicht die zähne in die wade schlagen durfte. aber ich habe mit ihm in gallien mehr als einmal die grössten schwierigkeiten gehabt, ihn davon abzuhalten, dass er städte glatt ausrottete. er lernte gut, lernen war seine große fähigkeit. er lernte, was ihm garnicht lag, sogar ehrlichkeit, sogar milde. aber seine milde, von der man heute noch lesen kann, verwüstete ganze landstriche. er wandte sie erst an, als er ausfindig machte, dass drauflosgehen nur einige ortschaften verwüstet hätte.

BBA 187/47

fatalismus der deterministen

die geschichtsforscher müssen mit vorsicht genossen werden. sie sind verpflichtet, nachzuweisen, warum alles so kam, wie es kam. je vollzähliger sie ihre gründe zusammenhaben, desto wohler muss ihnen zumute sein. aber desto entsetzlicher wird der fatalismus, der ihren werken entströmt wie ein fauliger aasgeruch. natürlich gibt es genügend gründe dafür, dass die sklaverei aufrecht erhalten wird, sonst würde sie nicht aufrecht erhalten werden, nichtwahr? aber muss sie aufrecht erhalten werden? musste sie es? das kann ich nicht einsehen, aber die notwendige arbeit kann ohne sie nicht geschafft werden? nun, wo die sklaven siegten, in sizilien, im vorigen jahrhundert, wurde die arbeit auch geschafft. und in massenhafter weise, wie vorher. diodoros, der geschichtsschreiber, berichtet doch ausdrücklich und erstaunt genug, dass die siegreichen sklaven jeder arbeit die grösste achtung erwiessen[!], natürlich, gerade sie taten das. und da sagt man, sie würden, gerade sie, auseinanderlaufen und die ackergeräte hinwerfen, wenn die peitsche fehlte! sie würden nur den nichtarbeitenden nicht das essen hinstellen! die arbeit würde also allgemeiner statt seltener, geachteter, statt verachteter! die römer haben dann von aussen her den aufstand unterdrückt, mit einem heer oder vielme[h]r vielen heeren bestehend aus römischen bauern und handwerkern. sie wurden unterstützt von den sizilischen bauern und handwerkern, von innen her. ihre kinder und kindeskinder, die der herbeigeeilten und die der ansässigen, sind heute hungerndes gesindel, völlig unterworfen, ein ungeheurer haufe hungernder schmarotzer. aristoteles sagt: wenn die webstühle von selber liefen und die pflüge aus eigener kraft über die äcker rollten, dann dächte niemand daran, sklaverei aufrecht zu erhalten. ich weiss nicht recht.

5. Die Quellen und Vorlagen

Antike Quellen

Appian's römische Geschichte, Hg. v. F. W. J. Dillenius, Frankfurt a. M. 1793.

Auch wenn sich dieser Band in Brechts Nachlaß-Bibliothek befindet, hat Brecht Appian kaum benutzt; die vorhandenen Verweise in den Materialien gehen auf Meyer (*Caesars Monarchie*) zurück, der sich auf Appian bezieht (s. hier S. 334f.).

C. *Iulii Caesaris Commentarii*, Venedig: Aldus Manitus 1662.

Daß weder dieser Band Caesars aus Brechts Nachlaß-Bibliothek noch speziell *De bello Gallico* und *De bello civile* als Quellen des Romans gedient haben, kann als sicher gelten. Denn: »Er hatte sogar selber Bücher geschrieben, um uns zu täuschen« (14, 1171). Als solches ›Scheindokument‹ taucht *Der Gallische Krieg* in den Materialien zum nicht ausgeführten Teil des Romans auf (BBA 187/52). Bei Notierungen zum *Caesar*-Stück hatte Brecht daraus den Einleitungssatz zitiert und angefügt: »die interessensphären« (BBA 188/44).

Die Angaben zu Caesars »buch über grammatik« (BBA 187/72), d. h. *De analogia*, und zu der Jugenddichtung *Das Lob des Herkules* (vgl. 14, 1244f.) hat Brecht Sueton entnommen (s. hier S. 329f.; 1922, 65f.).

Marcus Portius Cato, *De agricultura*.

Brecht hat Catos Ausführungen zur Landwirtschaft nicht direkt herangezogen. Die Angaben zu Cato hat er aus Max Webers *Römischer Agrargeschichte* entnommen, möglicherweise auch aus der Arbeit von Tenney Frank (s. hier S. 332).

M. Tullii Ciceronis Orationes. Tomus Primus, Parisiis: Apud J. Barbou, via Mathurinensium 1768.
M. T. Cicero, *Vier Reden gegen Catilina*, In dt. Übers. neu hg. v. Curt Woyte, Stuttgart 1967 (= RUB 1236).

Die lateinische Ausgabe von Ciceros Reden befindet sich in Brechts Nachlaß-Bibliothek. – Neben den Reden *Über den Oberbefehl des Cn. Pompejus, Für Murena, Für Sulla, Gegen Verres,* die die Forschung genannt hat

(Witzmann, 65), ohne einzelne Übernahmen nachweisen zu können, nutzt Brecht insbesondere die *Reden gegen Catilina:* so gehen die Rarus-Aufzeichnungen vom 8. 11. 691 (14, 1255 f.) auf Ciceros erste *Rede gegen Catilina* zurück (16. Kap.; 1967, S. 19), die Aufzeichnungen vom 29. 11. (14, 1289ff.) auf die dritte Rede (12. Kap.; 1967, S. 52). – Daneben ist an die Erwähnungen Ciceros in BBA 187/34 (s. hier S. 285) und BBA 187/43 (s. hier S. 282) zu erinnern.

Ciceros *Briefe* hat Brecht kaum herangezogen: die benutzten Ausgaben waren ihm insbesondere wegen der Anhänge wichtig (s. Bardt; Übersicht über die wichtigsten Realien; s. hier S. 330f.).

Lucius Iunius Moderatus Columella, *De re rustica.*

Wie die Hinweise auf Cato gehen auch die zu Columella auf die Lektüre von Max Webers *Römischer Agrargeschichte* (s. hier S. 337) zurück; Columella wurde nicht direkt herangezogen.

Cassius Dio's Römische Geschichte, Übers. v. Leonhard Tafel, Drittes Bändchen, Stuttgart: J. B. Metzler 1831.

Dio Cassius wurde besonders bei den Vorarbeiten zum *Caesar*-Stück herangezogen. Brecht bezieht sich dabei auf die Bücher 37 und 38 (BBA 188/72); die Kapitel 1-8 des 38. Buchs behandeln die *Uneinigkeit zwischen Cäsar und Bibulus,* die Kapitel 31-50 *Cäsars Krieg gegen die Helvetier und den Ariovist* (1831, S. 316ff.). Das 37. Buch geht ein auf die Proprätur in Lusitanien und auf die gesamte Catilina-Geschichte sowie auf Caesars Prätur. Caesars »berühmteste zivilisatorische Maßnahme«, die »Ansiedlung der lusitanischen Bergbevölkerung« (14, 1343 f.) geht wohl auf Dio Cassius zurück (37. Buch, Kap. 52f.), genauso der Oppius-Ausspruch vom 24. 7. 694 (14, 1378; 38. Buch, Kap. 8).

Diodoros Siculus, *Geschichts-Bibliothek.*

Diodoros wird in den Materialien an einer Stelle (BBA 187/47) erwähnt im Zusammenhang mit der Sklavenarbeit; auch hier ist anzunehmen, daß Brecht die Angaben der historiographischen Literatur entnommen hat.

Aulus Gellius, *Noctes Atticae.*

Im 10. Kapitel des 11. Buchs von Gellius' Werk ist das Gracchus-Zitat über die drei Richtungen im Senat (14, 1202) enthalten. Da es in der Literatur an mehreren Stellen genannt ist, brauchte Brecht wohl nicht auf diese Quelle zurückzugreifen.

Titus Livius, *Römische Geschichte*, Übers. v. Oertel, Stuttgart: Scheible, Rieger & Sattler 1840, Bd. 1-2 [von 8] (= Livius, Buch 1-7).

Brecht besaß diese Ausgabe. Livius' *Ab urbe condita* konnte jedoch nicht als Quelle dienen, da die Teile, die die in Frage kommende Zeit behandeln, nicht überliefert sind; es gibt nur rekonstruierende Zusammenfassungen aus zweiter Hand.

Cornelius Nepos, *Kurzbiographien und Fragmente*, Lat. u. dt., Hg. v. Hans Färber, München: Heimeran 1952.

Spicer spricht vom Historiker Nepos (14, 1345) im Zusammenhang mit Caesars ›Spendenbefehl‹; in der *Atticus*-Biographie von Nepos heißt es (1952, S. 140):

Andererseits war die Neutralität des Atticus dem Caesar sehr willkommen; während er daher als Sieger [hier: des Bürgerkriegs] von den Privatleuten schriftlich Zahlungen erpreßte, belästigte er den Atticus nicht.

Wahrscheinlicher ist aber, daß Brecht Nepos nicht direkt, sondern durch die Vermittlung der übrigen Literatur zur Kenntnis genommen hat.

Plutarchs vergleichende Lebensbeschreibungen, Nach der Übers. v. [Johann Friedrich Salomon] Kaltwasser hg. v. Otto Gühling, 12 Bde., Leipzig: Reclam o. J. [zuerst ca. 1888 ff.; 2., berichtigte Aufl. ca. 1920 ff.]. (Im folgenden zitiert als *Reclam-Ausgabe* mit Bandnummer und Seitenzahl.)
Plutarch, *Lebensbeschreibungen*, Mit Anmerkungen nach der Übers. von [J. F. S.] Kaltwasser bearb. v. Hanns Floerke, 6 Bde., München u. Leipzig: Georg Müller 1913 (= Klassiker des Altertums, 2. Reihe, 1.-6. Bd.). (Im weiteren *Müller-Ausgabe* genannt mit Band- und Seitenzahlen.)

Plutarchs *Lebensbeschreibungen* sind *eine* der wichtigsten antiken Quellen, wenngleich auch sie nicht *die* Quelle sind. In den einzelnen Biographien findet Brecht folgende Punkte:

Solon: Die Erwähnung Solons (14, 1173) kann als Hinweis gelten, daß Brecht diese Biographie benutzt hat. Die dort beschriebene Gesetzesinitiative für eine allgemeine Schuldenaufhebung und die ›spontanen‹ Grundstückskäufe eingeweihter Freunde dürfte eine Vorlage für Caesars sonst nicht belegte Bodenspekulationen und die Lex julia gewesen sein (Müller-Ausgabe, I, 218, 222).

Cajus Julius Caesar: Caesars »historischer Ausspruch« (14, 1346) stammt aus dem 11. Kapitel dieser Plutarch-Biographie (Reclam-Ausgabe, IX, 118). Die Seeräubergeschichte (14, 1187ff.) behandelt Plutarch in seinem 2. Kapitel (Reclam-Ausgabe, IX, 106f.), Clodius' Religionsschändung (14, 1336f.) in den Kapiteln 9 und 10, Caesars Verwaltungstätigkeit in Spanien (14, 1342ff.) in den Kapiteln 11 und 12, die Entscheidung für das Konsulat und gegen den Triumph (14, 1351ff.) im 13. Kapitel (Reclam-Ausgabe, IX, 110-119).

Pompejus: Insbesondere die Propagierung von Pompejus' erneutem Oberbefehl geht auf diese Biographie zurück (Reclam-Ausgabe, VIII, 191f.) sowie das ›ausschweifende‹ Leben Mucias (14, 1225ff.) während der Abwesenheit des Pompejus nach Plutarchs 47. Kapitel.

Marcus Tullius Cicero: Aus dieser Biographie wird insbesondere die Darstellung der Catilina-Verschwörung in den Kapiteln 14-22 herangezogen (Müller-Ausgabe, V, 456-469), um gemeinsam mit den anderen Darstellungen dieser Vorgänge berücksichtigt zu werden.

Daneben können Plutarchs Biographien zu *Marcus Portius Cato, dem Jüngeren* und zu *Marcus Brutus* als Quelle für den Brief der Servilia (14, 1299f.) angesehen werden (Reclam XII, 191f.; XII, 64). Plutarchs Biographien zu Cato, zu Marcus Crassus, Lukullus, Lentulus und Clodius mögen insgesamt die Charakterisierungen dieser Personen durch Rarus beeinflußt haben.

Sallust, *Die Verschwörung des Catilina,* Übers. u. eingel. v. Ludwig Rumpel, Leipzig: Reclam o. J. – Sallust, *Von der Zusammenrottung des Catilina,* Übers. v. Thomas Abbt, Frankfurt am Mayn 1767.

Sallust, *Die Verschwörung des Catilina,* Übers., Nachw. u. Anm. v. Karl Büchner, Stuttgart 1967 (= RUB 889). (Danach im folgenden zitiert.)

Die beiden erstgenannten Ausgaben befinden sich in Brechts Nachlaßbibliothek. Auf Sallust zurückgehen können Rarus' Bericht über Ciceros Rede gegen Catilina (14, 1255f.; Sallust 31), Rarus' Tagebucheintragung vom 29. 11. 691 (14, 1289ff.) zum Catilina-Brief an Lentulus (Sallust 44, 3-6), der Bericht über die Reise aufs Schlachtfeld von Pistoria (14, 1322-1326) auf die Kapitel 56-61 von Sallust. Zu beachten bleibt aber auch die Kritik an Sallust im Roman selbst (14, 1329f.).

Sueton, *Die zwölf Cäsaren,* Nach der Übers. v. Adolf Stahr, 2., neu durchges. Aufl., Berlin: Propyläen 1922 (= Klassiker des Altertums, 1. Reihe, 12. Bd.).

Brecht benutzte diese Ausgabe, die sich noch in der Nachlaß-Bibliothek befindet. Mit Plutarch zusammen ist Sueton und vor allem dessen Caesar-Biographie eine der wichtigsten antiken Grundlagen des Romans, und zwar inhaltlich wie auch für die Art der Darstellung. An Einzelheiten seien hier genannt: Caesars schriftstellerische Tätigkeiten (14, 1244 f.) gehen auf Suetons 56. Kapitel zurück, die Seeräubergeschichte (14, 1187 ff.) u. a. auf das 15. Kapitel. Neben Suetons Caesar-Biographie zieht Brecht dessen Vespasian-Biographie heran im Zusammenhang mit dem anregenden Geruch des Geldes (14, 1255) bzw. die Augustus-Biographie für den scheinbar unlogischen Zusammenhang von hohen Kornpreisen und Pompejus' Kommandoübernahme.

Cornelius Tacitus, *Die Annalen*, Übers. v. Wilhelm Bötticher, Neue Ausg. bes. v. Ernst Otto, Bd. 1 [= Buch I-IV], Leipzig: Reclam o. J. [1890] (= RUB 2642–45).

Auf das 70. Kapitel des 1. Buchs (1890, S. 58 f.) geht die Episode von den römischen Kohorten zurück, die einen Meeresarm für einen ausgetrockneten Flußlauf halten (14, 1344). Brecht hat diese Episode auch in anderen Arbeiten verwertet.

Marcus Terentius Varro, *Das dreiköpfige Ungeheuer*.

Daß der Titel des vierten Buchs (14, 1349) direkt auf diese Original-Quelle, Varros Satire auf die Triumvirn, zurückgeht, ist sehr unwahrscheinlich, da dieser Titel in der historiographischen Literatur sehr beliebt ist, auch dort als Überschrift eingesetzt wird (Ferrero, s. hier S. 331 f.) oder zumindest zitiert wird (Meyer, Mommsen, s. hier S. 334-336).

Gaius Velleius Paterculus, *Römische Geschichte*.

Die Catulus-Anekdote (14, 1192 f.) könnte auf Velleius' *Römische Geschichte* zurückgehen (Übers. u. m. Anm. v. W. Götte, Erstes Bändchen, Stuttgart 1833: 2. Buch, Kap. 32, S. 90 f.). Sie wird jedoch auch in der *Pompejus*-Biographie Plutarchs wiedergegeben (Kap. 25), und nur dort kommt der abstürzende Rabe (14, 1193) vor, so daß Velleius als Quelle ausgeschieden werden kann.

Historiographische Quellen

[Anonym,] Übersicht über die wichtigsten Realien, in: Cicero, *Briefe*, Leipzig: Teubner o. J.

Diesen Anhang der Cicero-Ausgabe hat Brecht aus dem Buch herausgetrennt und zu seinen Arbeitsunterlagen gelegt (BBA 190/63-70); er nutzte diese Datensammlung als Nachschlagewerk.

Carl Bardt (Hg.), *Ausgewählte Briefe aus ciceronischer Zeit*, Leipzig: Teubner 1930.

Auch an diesem Band ist Brecht nur der Anhang wichtig, den er ebenfalls herausgetrennt hat (BBA 188/95-139). Die in diesem Anhang enthaltene *Chronologische Übersicht [der Jahre] 63-43*, das *Namensverzeichnis*, das *Verzeichnis der Cognomina* und die *Zeittafel* nutzte Brecht insbesondere für die Zeit- und Datumsangaben im *Caesar*-Roman.

Georg Brandes, *Cajus Julius Caesar* [dän.], 2. Bde., Kobenhavn og Kristina: Gyldendalske Boghandel 1921.
Deutsche Übersetzung: Georg Brandes, *Cajus Julius Caesar*, 2 Bde., Autor. Übers. v. Erwin Magnus, Berlin: Erich Reiss 1924 (4./5. Aufl. 1925). Brandes wird im folgenden zitiert nach der 4. Auflage mit Band- und Seitenzahl.

Brecht steht nur die dänische Ausgabe zur Verfügung; Anstreichungen im ersten Band zeigen aber, daß Brecht bzw. Margarete Steffin auch aus dieser Untersuchung Informationen gezogen haben: interessant sind die Kapitel *Die Großfinanz* (231 ff.), *Caesar als Politiker* (130 ff.) für die Verwaltungspraxis in Spanien (vgl. aber auch Plutarch und Mommsen) und *Zeitverhältnisse in Caesars Jugend* (57 ff.), auf das möglicherweise das »Pontifikalessen« (14, 1270 ff.) zurückgeht (60).

Jérôme Carcopino, *César*, Paris: Les Presses Universitaires de France 1936 (= Histoire Générale, publiée sous la direction de Gustave Glotz: Histoire Ancienne, Troisième Partie: Histoire Romaine, Tome II: La République Romaine de 133 a 44 avant J.-C.). Kap. 17: *L'ascension de César*, S. 591-693.

Carcopinos Caesar-Monographie gehörte zwar zum Hand-Apparat während der Arbeit am Roman, weist aber »keine Spuren der Benutzung« auf (Claas, 268); auch in den Materialien gibt es keine Hinweise auf diesen Band. Brechts Dank an Martin Domke für die Besorgung dieses Bandes läßt sich auch nicht als Beleg für seine Berücksichtigung anführen.

Guglielmo Ferrero, *Größe und Niedergang Roms*, 6 Bde., Stuttgart: Julius Hoffmann 1908 ff.

Brecht stehen nur die ersten drei Bände zur Verfügung: 1. *Wie Rom Weltreich wurde*, 1908, ²1913; 2. *Julius Caesar*, 1908, ²1914; 3. *Das Ende des alten Freistaats*, 1912. – Details entnimmt Brecht vor allem dem ersten Band (Seitenangaben zur 2. Auflage): aus dem sechsten Kapitel, *Julius Caesars erstes Auftreten* (I, 128-154), zum Thema Sklaven (14, 1188ff.), aus dem zehnten Kapitel (I, 221f.) zu Crassus' Feuerwehr (14, 1222), aus dem elften Kapitel (I, 236ff.) zum Thema Pompejus und die Seeräuber (14, 1192ff.). Pompejus' Triumphzug (14, 1354ff.) wird bei Ferrero im 17. Kapitel beschrieben (I, 331ff.); der Abschnitt ist überschrieben mit *Das dreiköpfige Ungeheuer* (vgl. 14, 1349).

William Warde Fowler, *Julius Caesar and the foundation of the Roman imperial system*, New York 1892.

Dieser in Brechts Nachlaß-Bibliothek vorhandene Band kann als Quelle für den Roman weitgehend ausgeschieden werden: außer einem vereinzelten Hinweis in den Materialien zum *Caesar*-Stück (BBA 188/65) mit dem Seitenverweis »ste 89« gibt es keine Belege für die Heranziehung dieses Bandes, was nicht zu verwundern braucht: Brecht charakterisiert Fowler als »Oxfordprofessor, sehr schwach« (*Briefe*, 349).

Tenney Frank, *An Economic History of Rome*, London: Jonathan Cape 1927.

Bei dieser recht ausgiebig benutzten Quelle sind besonders die Kapitel *The Laborer* (324ff.), *The Plebs Urbana* (202ff.), *Public Finances* (186ff.) und *The First Decade of the Empire* (347ff.) wichtig. Aus ihnen entnimmt Brecht Informationen über das Alltagsleben der Arbeiter und Sklaven (Ernährung, Preise usw.) sowie über Grundbesitzverhältnisse und Landverteilungen. Auch die Sklavenumsatzzahlen für Delos (14, 1189) gehen wohl auf Frank zurück (210).

Wilhelm Kroll, *Die Kultur der ciceronischen Zeit*, 2 Bde., Leipzig: Dieterich 1933 (= Das Erbe der Alten, 2. Reihe, Heft XXII und XXIII). Fotomech. Nachdruck beider Teile, Darmstadt: Wiss. Buchges. 1963.

In den Materialien gibt es z.B. die Notiz (vgl. 14, 1246f.):

BBA 187/27
QUELLEN
C.s STELLUNG ZU DEN KLUBS. Cic. Rede gegen Catilina. »ich erkläre, dass in der letzten nacht Catilina und Antonius sich

mit ihren mittelsmännern im hause eines vornehmen und auf diesem gebiete der bestechung viel genannten und bekannten mannes getroffen haben.«
(W. Kroll, »Kultur der Cic. Zeit«) [Bd. I, S. 53]
DIE KLUBS. Les Corporations Professionelles chez les Romains. Waltzing.

Daneben ist Krolls Kapitel *Die private Geldwirtschaft* wichtig (vgl. BBA 465/88): Brecht findet dort Grundstücks- und Sklavenpreise (I, 93 und 147). Kroll beschreibt außerdem das Wahlmanöver der »coitio«, das »Bündnis zwischen zwei Mitbewerbern zum Zwecke des Ausschlusses eines Dritten« (I, 52 ff.; vgl. 14, 1365 ff.).

Paul Lafargue, *Die Entwicklung des Eigenthums,* A. d. Frz. v. E. Bernstein, Berlin: Verlag der Expedition des »Vorwärts« Berliner Volksblatt 1893 (Nachdruck Frankfurt: Ferdinand Keip 1970).

Brecht erwähnt den Namen Lafargues an einer Stelle in den Materialien (BBA 187/33) im Zusammenhang mit dem »geist der gleichheit unter den germanen«. Er könnte sich damit auf diesen Band beziehen, in dem an mehreren Stellen darauf eingegangen wird (S. 7, 14, 16).

Niccolo Machiavelli, *Sämmtliche Werke* [in 8 Bänden], A. d. Ital. übers. v. Joh[ann] Ziegler, Karlsruhe: Christian Theodor Groos 1832-1841. (Erster Band: *Vom Staate oder Betrachtungen über die ersten zehn Bücher des Tit. Livius,* 1832; Zweiter Band: *Der Fürst,* [*und*] *die kleinern politischen Schriften und Gesandschaft bei dem Herzog von Valentinois,* 1833; in Brechts Nachlaß-Bibliothek.)

Brecht hat unter der Überschrift *Machiavelli* acht kürzere Abschnitte notiert, die nicht als ›reine‹ Zitate gelten können. Auf welche Passagen er sich dabei bezieht, konnte im einzelnen nicht ermittelt werden. Auch Romanstellen, die unmittelbar auf Machiavelli zurückgehen, lassen sich nicht angeben. Unter Berücksichtigung der *Arbeitsjournal*-Eintragung vom 8. 10. 1941 – also nach dem Abbruch der Arbeit am Roman – über den Streit mit Feuchtwanger über die »omnipotenz der geschichtsschreiber« an den Beispielen Machiavelli und Mommsen (AJ, 299) läßt sich jedoch feststellen, daß Brecht Machiavelli durchaus berücksichtigt hat, denn er weiß: »um von unseren historikern etwas über die geschichte zu erfahren, muss man immer zugleich mehrere von ihnen lesen [. . .]« (BBA 188/23). Und es geht ihm nicht ausschließlich um die Sammlung von Einzeldaten.

BBA 188/37
MACHIAVELLI
er war den freunden wert, den feinden schrecklich, gerecht gegen die untertanen, treulos gegen die treulosen, und nie versuchte er durch gewalt zu siegen, wo er es durch betrug vermochte; denn der sieg, sagte er, nicht die art des sieges bringt dir ruhm

*

der schmeichler sagte hierauf: »um einen kleinen fisch zu fangen, lassen sich die fischer ganz vom meere benetzen; ich werde mich doch wohl durch ein wenig speichel benetzen lassen, um einen wallfisch[!] zu fangen.«

*

als ihn einer um eine gnade bat und castruccio tat, als höre er ihn nicht, warf sich dieser vor ihm auf die kniee[!], und als ihm castruccio dies verwies, sprach er: »du bist selbst schuld, weil du deine ohren an den füssen hast.«

*

als ihn jemand fragte, wie er einst begraben sein wollte, antwortete er: »mit dem gesicht abwärts, denn ich weiss, dass wie ich tot bin, das ganze land umgekehrt werden wird.«

*

gefragt, wann man essen solle um gesund zu bleiben, antwortete er: »wer reich ist, wann er hunger hat; wer arm ist, wann er kann.«

*

sie sind eher verschlagen als klug. sie kümmern sich nicht viel darum, was man von ihnen schreibt oder spricht. sie sind noch geiziger mit ihrem geld als mit ihrem blut. sie sind nur freigiebig in den audienzen.

*

marc aurel sagte zu einem angeber, die kaiser mühten sich umsonst ab, denn keiner tödte[!] je seinen nachfolger.

*

man muss die untertanen von siebenzehn bis dreissig jahren als soldaten üben, dann in die reserve setzen; denn nach dieser zeit fehlt den menschen die gelehrigkeit, und sie wollen nicht mehr gehorchen, sie nehmen an bosheit zu, und an kräften ab.

Eduard Meyer, *Caesars Monarchie und das Principat des Pompejus. Innere Geschichte Roms von 66 bis 44 v. Chr.*, Stuttgart u. Berlin: Cotta, 2., verb. Aufl. 1919.

BBA 187/28
eduard meyer ›CAESARS MONARCHIE ...‹
lex julia
Cicero erhält die nachricht spät abends am 29. 4. durch seinen verleger. er kann nicht schlafen. er tröstet sich, wenn jeder kolonist 10 morgen erhalten sollte, könnten nur 5000 menschen angesiedelt werden, die übrige masse würde caesar entfremdet werden.

C. hatte aber 20 000 ansiedler in aussicht genommen und für sie war, wenn jeder 10 morgen erheitl[!] (insgesamt 200 000 morgen sind 504 qkm) reichlich platz vorhanden [63 f.]. was aus den bisherigen be-bauern dieses gebietes wurde, wissen wir nicht, vermutlich werden sie meist wie bisher im dienst der staatspächter, so jetzt in dem der neuen eigentümer als landarbeiter die felder bestellt haben [S. 64 f.].
flavisches ackergesetz
es kam so weit, dass flavius den konsul metellus (bruder des nepos) ins gefängnis setzte und dem senat, als dieser ihn hier aufsuchen wollte, den zutritt dadurch versperrte, dass er seine tribunenbank in die tür stellte. darauf ordnete metellus an, die mauer zu durchbrechen, damit die senatoren eintreten könnten, während er ein einschreiten der anderen regierungsfreundlichen tribunen stolz ablehnte. pompejus musste nachgeben und flavius veranlassen, den konsul freizugeben [vgl. S. 54].

wer sich C. anschloss, wusste, dass er sich auf ihn verlassen konnte.

Diese Exzerpte stammen aus Meyers Kapitel *Caesars Consulat;* andere Notizen Brechts zeigen, daß er sich bei Meyer über die verschiedenen Währungseinheiten und die entsprechenden Umrechnungsangaben informiert hat (BBA 190/47). Von Bedeutung ist außerdem das Kapitel *Caesars Gesetzgebung im Jahre 46* (410 ff.) und Meyers Ausführungen zum Proletariat (416 ff.); hinzu kommen generell Meyers Darstellung der Catilina-Verschwörung und die der Verbindung von Oppius und Balbus zu Caesar. Nicht zuletzt ist Meyers Übersicht *Caesar bei den neueren Historikern* wichtig (321 ff.). Meyer gehört zu den ausgiebig genutzten Quellen des Romans.

Theodor Mommsen, *Römische Geschichte,* Bd. 1-3, 5, Berlin: Weidmannsche Buchhandlung 1854-1885. (Bd. 1: *Bis zur Schlacht von Pydna,* 1854, ²1856; Bd. 2: *Von der Schlacht bei Pydna bis auf Sullas Tod,* 1855, ²1857; Bd. 3: *Von Sullas Tode bis zur Schlacht von*

Thapsus, 1856, ²1857; Bd. 4: nicht erschienen; Bd. 5: *Die Provinzen von Caesar bis Diocletian*, 1885, ²1885.)
Theodor Mommsen, *Römische Geschichte*, Vollständige Ausgabe in acht Bänden, München 1976 (= dtv 6053-6060).

Aus diesem ›Standardwerk‹ wird insbesondere das elfte Kapitel aus dem dritten Band wichtig: *Die alte Republik und die neue Monarchie*. Da Brecht nicht von Anfang an eine eigene Ausgabe besaß, gibt es (unverhältnismäßig) viele Notizen, Exzerpte usw., die er anhand verschiedener Ausgaben und Auflagen angefertigt hat (bes. BBA 190/49-55, BBA 187/58). Auch dabei geht es um die Themen Besoldung und Armenversorgung, Verdienste der Tagelöhner und der gemeinen Soldaten, Preise, Mieten und Zinsen, es geht um Caesars Schulden, die allgemeine Insolvenz, die ›Ehrlichkeit‹. Bei Mommsen gibt es außerdem die Hinweise auf die »Pferde- und Hundeliebhaber« (vgl. 14, 1211, 1230 bzw. 14, 1357f.). Mommsens *Römische Geschichte* ist für Brecht sicher eine der wichtigen Quellen, es bleibt aber auch seine Einschätzung dieses Historikers zu berücksichtigen: »er [Mommsen] ist solch ein Spießer« (*Briefe*, 347).

Michael Rostovtzeff [Michail Ivanovic Rostovcev], *Gesellschaft und Wirtschaft im römischen Kaiserreich*, Übers. v. Lothar Wikkert, 2 Bde., Leipzig: Quelle & Meyer o. J. [1930].

Auf diese mögliche Quelle gibt es nur einen Hinweis: die bibliographischen Angaben zu diesem Band von Margarete Steffin – auf der Rückseite eines Bibliotheks-Leihscheins (BBA 426/74-75). Durch die bei Rostovtzeff behandelte Zeit, die Steffin mit dem Stichwort »Caesars Tod« kennzeichnet (BBA 426/74), scheidet dieser Band als Quelle aus; dieser sollte im Roman nicht behandelt werden.

J.-P. Waltzing, *Étude Historique sur les Corporations Professionnelles chez les Romains depuis les origines jusqu'à la chute de l'Empire d'Occident*, Tome I-IV, Louvain: Charles Peeters 1885-1900. (Bd. 1: *Le droit d'association à Rome. Les collèges professionnels considérés comme associations privées*, 1895; Bd. 2: *Les collèges professionnels considérés comme institutions officielles*, 1895; Bd. 3: *Recueil des Inscriptions grecques et latines relatives aux Corporations des Romains*, 1899 [Detaillierte Sammlung der griechischen und römischen Namen dieser Verbände]; Bd. 4: *Indices* [. . .], 1900.)

Zu diesem vierbändigen Werk gibt es in den Materialien ebenfalls nur die Notierung der bibliographischen Angaben (BBA 187/27). Da er es nicht selbst besaß – die Notiz geht wahrscheinlich auf Hinweise Martin Domkes zurück –, wäre er für eine Benutzung auf Bibliotheksexemplare angewiesen gewesen; dann müßte es aber weitere Notizen oder Exzerpte geben, die jedoch nicht vorliegen, so daß eine Berücksichtigung ausgeschlossen werden kann (vgl. dagegen Claas, 152f.).

Max Weber, *Die römische Agrargeschichte in ihrer Bedeutung für das Staats- und Privatrecht,* Stuttgart: Ferdinand Enke 1891.

Auch zu diesem Band gibt es in den Materialien eine bibliographische Notiz, die allerdings von einer »Augurgeschichte« (BBA 465/79) spricht. Schon beim Stück-Projekt hat Brecht darauf verwiesen (BBA 187/37) im Zusammenhang mit den Sklaven in der Landwirtschaft. Weber stützt seine Ausführungen insbesondere auf Cato und Columella, so daß – wie gesagt – Brecht die Angaben zu diesen antiken Quellen von Weber übernehmen konnte.

Max Weber, *Agrarverhältnisse im Altertum,* in: *Handwörterbuch der Staatswissenschaften,* Hg. v. J. Conrad [u. a.], Dritte, gänzlich umgearb. Aufl., Jena: Gustav Fischer 1909, Bd. 1, S. 52-187. – Auch in M. W., *Gesammelte Aufsätze zur Sozial- und Wirtschaftsgeschichte,* Tübingen: Mohr 1924, S. 1-288.

Dieser Titel ist ebenfalls von geringer Bedeutung – wenn überhaupt. Margarete Steffin hatte ihn zusammen mit den Angaben zu Rostovtzeff auf einer Leihschein-Rückseite notiert (BBA 426/74-75) und angefügt: »Kapitel Rom«. Dies verweist auf Webers 6. Kapitel *Rom* (190ff.). Weitere Bezugnahmen darauf gibt es in den Materialien nicht.

Sonstige Quellen

Daneben gibt es in den Materialien eine Vielzahl von Plänen und Karten: eine Grundrißskizze zum römischen Atrium-Haus (BBA 189/02), einen Stadtplan zum antiken Rom (BBA 189/113), eine Karte über *Bodenschätze in Spanien* (BBA 190/62), eine Karte *Gaul in Caesar's Time* (BBA 189/122) u. a. m. sowie mehrere Straßenkarten von Norditalien (BBA 187/107-114).

Hinzu kommen verschiedene Abbildungen, Fotos aus Zeitungen etc. von römischen Skulpturen (BBA 189/106-111) und Pompejus-Büsten (BBA 1046/256-257, BBA 183/01).

Den bei Mommsen gefundenen Hinweis über die Pferde- und Hundeliebhaber (Mommsen, 1. Aufl., 3, 484; BBA 190/54), die auch in den Roman Eingang finden (14, 1237f.), ergänzt Brecht durch aktuelle Zeitungsberichte über »Greyhound Racing« (BBA 187/104-106) bzw. durch einen Artikel über Fußballwetten in England:

BBA 187/103
Der Bürgermeister von Douglas, Walter Craine, behauptet, laut »Manchester Guardian«, daß die Fußball-Pools – (private Fußball-Wettunternehmungen) – das Sicherheitsventil des britischen Volkes seien. Wenn die arbeitenden Schichten der Hoffnung beraubt würden, auf diese Weise materielle Unabhängigkeit erlangen zu können, würden sie auf den gleichen Weg geraten wie in Rußland, Italien und Deutschland.

Die Aktualität der Schlagworte vom ›Kampf im Westen‹ durch Caesar und vom ›Kampf im Osten‹ durch Pompejus findet ihren aktuellen Niederschlag in Meldungen über *Europas Schicksalskampf im Osten,* den der *Völkische Beobachter* am 7. 9. 1938 anläßlich der »geschichtlichen Schau zum Reichsparteitag« vermeldet (BBA 187/115).

6. Anregungen und Bezüge

Neben diesen Quellen und Vorlagen, die Brecht zur Eruierung der historischen Daten herangezogen hat, sind nun weitere Anregungen und Bezüge zu berücksichtigen, die insbesondere die Auswahl und Einschätzung dieser Daten bestimmt haben.

Brechts eigene Tradition

Hier ist zunächst an das dem Roman vorangehende Stück-Projekt *Die Geschäfte des Herrn Julius Caesar* zu erinnern (s. S. 264 ff.). Darüber hinaus sind im Zusammenhang mit seinem Romanschreiben von den frühen Projekten insbesondere *Flucht Karls des Kühnen nach der Schlacht bei Murten* und *Das Renommee* anzuführen und nicht zuletzt der *Dreigroschenroman* mit den jeweils dabei herangezogenen Stoffen, ihrer Darbietung etc.

Beim *Karl*-Projekt wird erstmals in einem Roman ein historischer Stoff behandelt und in einer Art dargeboten, die bereits vieles von der Darstellungsweise im *Caesar*-Roman vorwegnimmt: Auch dort ist die ›Hauptperson‹ im Titel in den Genitiv gesetzt, Karl ist nur einer unter vielen, dem jedoch auch das Versinken in Anonymität versagt bleibt. Er wird dargestellt von einem »ununterrichteten mann«, wie auch Rarus und die anderen ›Augenzeugen‹ jeweils nur eine Perspektive bieten können. Brecht legt in dem frühen Projekt Wert auf die Außensicht und den »geruch eines eisenbahnunglücks«, die den Mythos um die ›Hauptfigur‹ gar nicht erst entstehen läßt. Beim Boxerroman *Das Renommee* hatte Brecht festgestellt, daß die Hauptsache nicht das Boxen sein solle, sondern das »wie ein Mann ›sich macht‹« und wie er »gemacht wird«. Auch beim *Caesar*-Roman sind es nicht einzig die Geschäfte Caesars, sondern die von vielen Geschäftemachern; und wenn diese sich einen Vorteil davon erwarten, kann auch Herr C. ›etwas‹ werden.

Die Bezüge zum *Dreigroschenroman* ergeben sich neben verschiedenen Einzelheiten insbesondere in der Verbindung von Politik und Geschäft. Gerade dazu hat Brecht während der Arbeit am *Caesar*-Roman folgende Überlegungen notiert:

BBA 189/44
die verquickung von politik und geschäft macht eine entwicklung durch. zunächst 1) haben wir geschäfte, welche einige politik erfordern, mitunter nicht einmal eigene politik. die politik gewisser

gruppen, oft fernstehender, wird einfach zu geschäftlichen zwekken ausgenutzt. (aufstand des catilina) dann 2) haben wir eine politik, welche geschäfte fördert. (die prätorschaft) dann 3) eine politik, welche geschäftliche momente nicht ausser acht lässt und dann 4) den übergang zur grossen politik, welche grosses geschäft ist. (der bürgerkrieg)

1) politik als geschäft. (politische engagements)

[...]

2) geschäfte vermittels der politik (beteiligungen)

Cs. Grundstücke

3) politik, welche geschäfte fördert (a) anderer

(b) die eigenen

Spanien, lex Julia, gall. Krieg.

4) politik, welche vermittels geschäften gemacht wird

5) grosse politik, welche grosses geschäft ist.

Darüber hinaus bestehen Verbindungen zum *Dreigroschenroman* durch die Einbeziehung gleicher Vorlagen (z.B.: H. G. Wells), durch die Thematisierung des Gegensatzes antiquiert – modern oder auch durch einzelne Begriffe wie Führer oder »herausholen«:

BBA 187/84

system rothschild: unerwartete ehrlichkeit. in gallien durch spicer angewandt.

BBA 187/101 = BBA 465/50

seine berühmte anklage gegen verres geht auf einen streit zurück, den die beiden in sizilien hatten. sie waren beide grosse kunstliebhaber. cicero fand bei einem durch die römer ruinierten kleinen gutsbesitzer eine faustgrosse sphinx aus korinthischem erz und wollte sie sich von einer grossen getreidefirma, der er als gouvernör[!] gute dienste geleistet hatte, zum präsent machen lassen. verres fischte sie ihm weg, indem er sie einfach von einem steuerexekutor holen liess. Sie sehen den unterschied der beiden methoden des kunstsammel[n]s. die des cicero war die moderne.

es gab noch eine dritte, sagt alder lächelnd. an dieser starb verres, der ciceros reden überstanden hatte. er lebte im exil, als marcus antonius ihn ächtete. und er wurde hingerichtet, weil er sich weigerte, dem antonius seine kunstschätze, die er mit solchem geschmack gesammelt hatte, auszuliefern.

BBA 189/50
caesar und pompejus
es ist ein jammer, dass die gegebenen führer der demokratie, p[o]mpejus und caesar, persönlich verfeindet sind. in der tat gibt es kaum grössere gegensätze als diese beiden bedeutenden männer. schon was die herkunft betrifft: caesar mögen abgründe der politischen überzeugung von einem konservativen wie Cato trennen und doch wird er in diesem den spross einer alten und hochstehenden familie anerkennen und von ihm als ein ebenbürtiger anerkannt werden. pompejus ist für C. ein emporkömmling und wenn das nicht der fall wäre, so müsste pompejus es doch glauben.

BBA 189/94
[...] »Es ist viel schwieriger«, sagt er, »aus einem Ochsen ein anständiges Filet herauszuholen, als aus einer Stadt einen Tribut! Mit der blossen Macht ist einem Ochsen gegenüber nichts getan.«

Vergleiche und Bezüge zur Literatur

Samuel Butler, *Der Weg allen Fleisches.*

Brecht lobte an diesem Roman die Thematisierung des Geldes und seiner Bedeutung im bürgerlichen Leben (18, 73 ff.). Hinzu kommt die Form des Romans, der als Augenzeugenbericht geschrieben ist, eine Möglichkeit, die Brecht im *Caesar*-Roman einsetzt. Jedoch bleibt es nicht bei einem Zeugen und auch nicht nur bei derartigen Berichten allein.

R. L. Stevenson, *Der Junker von Ballantrae.*

An diesem Roman hatte Brecht die »filmische Optik« hervorgehoben (18, 24 f.), die er in seinen Romanen insgesamt mit der Betonung der Außensicht und der Einbeziehung filmischer Darstellungsmöglichkeiten einsetzt. Auch das Gegeneinanderstellen der Lebensbeschreibung durch einen Feind und einer »sehr beschönigenden Fassung« von anderer Hand bei Stevenson ist wichtig, wenn deutlich bleibt, daß es im *Caesar*-Roman die dazu vorausgesetzte ›Hauptperson‹ nicht gibt. *Der Junker von Ballantrae* ist auch ein Vorbild für die Benutzung von Anmerkungen in einem Roman.

Frank Harris, *Mein Leben. Selbstbiographie.*
Harry Graf Kessler, *Tagebücher.*
Samuel Pepys, *Das geheime Tagebuch.*

Aus der Vielzahl von Biographien und Tagebüchern sind in der Forschung insbesondere diese drei Beispiele als Vorbilder für den Roman insgesamt bzw. die Rarus-Aufzeichnungen angegeben worden. Wenn bei Harris vorgeführt wird, »wie sich eine [. . .] Figur für den Konkurrenzkampf rüstet« (Claas, 134), so ist damit noch am ehesten ein Anknüpfungspunkt genannt. Dennoch (man denke an *Das Renommee*) ist ein direkter Bezug schwer auszumachen, steht doch im *Caesar*-Roman der Konkurrenzkampf selbst im Mittelpunkt. – Die Tagebücher von Kessler und Pepys sind zwei Vertreter dieser Gattung; da nicht nachweisbar ist, daß Brecht sie überhaupt gekannt hat, könnten sie genauso durch andere Beispiele ersetzt werden.

Geschichtsschreibung

G. W. F. Hegel, *Vorlesungen über die Philosophie der Geschichte*
G. W. F. Hegel, *Ästhetik*

Brechts Hegelstudien, die durch seine Anstreichungen und Randnotizen in diesen Bänden dokumentiert sind sowie durch seine *Arbeitsjournal*-Eintragung vom Februar 1939 (AJ, 42, s. hier S. 257) bzw. in seinen *Notizen zu Heinrich Manns »Mut«* (19, 475 ff.), hat Claas (157 ff.) ausführlich vorgestellt.

Karl Marx, *Der Achtzehnte Brumaire des Louis Bonaparte.*

Hier sind es u.a. die vorgestellten Unterschiede zwischen Bonapartismus (Napoleon III.) und Caesarismus. Claas (165 ff.) ist darauf eingegangen. Hegel wie Marx sind jedoch, gerade auch mit ihren Äußerungen zu Caesar, nicht als Quellen für den Roman anzusehen; sie haben jedoch die Bewertung der antiken und historiographischen Quellen bei Brecht beeinflußt.

Wirtschaft

Gustavus Myers, *Geschichte der großen amerikanischen Vermögen.*
Bouck White, *Das Buch des Daniel Drew.*
George Horace Lorimer, *Briefe eines Dollar-Königs an seinen Sohn.*
H. G. Wells, *Arbeit, Wohlstand und das Glück der Menschheit.*

Auch diese, insbesondere bei der Arbeit am *Dreigroschenroman* herangezogenen – und dort auch durchaus als Quellen genutzten – Arbeiten konnten beim *Caesar*-Roman und dem historischen Stoff nicht als Quellen dienen. Jedoch haben auch sie die Beurteilung der Quellen geprägt und die ›Rekonstruktion‹ des in den Quellen Ausgelassenen – etwa die nicht bezeugten Bodenspekulationen Caesars – begünstigt. – Einzig die auf Wells zurückgehende »Ehrlichkeit«, mit der im *Dreigroschenroman* operiert wurde und die auch im zweiten Teil des *Caesar*-Romans Eingang finden sollte (BBA 187/84: »system rothschild: unerwartete ehrlichkeit. in gallien durch spicer angewandt«), ist auch als Vorlage zu betrachten.

Einzelheiten

Aus ihrer Vielzahl seien nur zwei Bereiche herausgegriffen:

Einmal gibt es verschiedene Namen – neben Rarus, dem »Seltenen«, und Mummlius Spicer, dem »mumifizierten Würger« (Claas, 119f.) –, die sich auf reale Personen beziehen lassen. Unschwer läßt sich die Verbindung von den Historikern Brandus und Nepos (14, 1345) zu den Historikern Georg Brandes und Cornelius Nepos ziehen. Andererseits läßt sich in der Vorstellung von Vastius Alder (14, 1327) eine Anspielung auf Gabriele d'Annunzio erkennen und dessen Prunkvilla am Gardasee, einschließlich des Kanonenboots im Park. Dahlke (152) sieht in dem Namen Mutius Ger (14, 1378) eine Ableitung von Gerhard von Mutius. Daneben gibt es die ›Verfremdung‹ »Cruppulus« (14, 1220f.). In den Roman-Materialien findet sich außerdem der Hinweis auf »herrn hull« (BBA 187/35), d.h. den US-Außenminister Cordell Hull, dessen »aussage« über die grenzüberschreitenden Truppen und Waren (vgl. AJ, 40) im Roman durch Carbo aufgegriffen wird (14, 1201). – Die Reihe wäre fortzusetzen durch die in den Materialien zum zweiten Romanteil genannten Figuren Lucullus, Lukrez, Aristoteles etc. etc.

Ein zweiter Punkt ist das Wandgemälde »Diana auf dem blauen Pferd« (14, 1230; 1232;1252) mit der Anspielung auf Franz Marcs *Turm der blauen Pferde* (vgl. 18, 269).

7. Ankündigungen des Romans und erste Kritiken

Deutsche Volks-Zeitung, März 1938

Berthold[!] Brecht arbeitet gegenwärtig an einem satirischen Roman *Die Geschäfte des Herrn Julius Cäsar;* das Vorbild vieler Diktatoren und der Gründer des ersten europäischen Imperiums tritt in diesem Roman als Geschäfts[mann auf. Der Roman wie die] *Dramen Brechts* erscheint im Malikverlag – London.

Internacional'naja literatura, Mai 1938

Ein neues Buch von Brecht
Nach einer Meldung der *Deutschen Volkszeitung* arbeitet Brecht gegenwärtig an einem satirischen Roman *Die Geschäfte Julius Cäsars.* Der Roman wird im Malik-Verlag, London, erscheinen.

Internationale Literatur, Juni 1938

Seit 1936 habe ich folgendes geschrieben:
Die Rundköpfe und die Spitzköpfe (Stück)
Die Gewehre der Frau Carrar (Stück)
Gedichte im Exil (Gedichtband)
Deutsche Satiren (für den deutschen Freiheitssender)
und gegenwärtig arbeite ich an einem satirischen Roman *Die Geschäfte des Herrn Julius Caesar.* Caesar, das Vorbild vieler Diktatoren und der Gründer des ersten europäischen Imperiums, tritt in diesem Roman als Geschäftsmann vor das Publikum.

Ernst Niekisch
Heldendämmerung

Bemerkungen zu Bertolt Brechts Roman »Die Geschäfte des Herrn Julius Cäsar«

I

Man hat es den Kammerdienern immer etwas verübelt, daß es vor ihren Augen keine Helden gäbe; es wurde ihnen als das eigentliche kammerdienerliche Manko angekreidet, kein Organ für die besondere Größe zu haben, die den Helden macht. Goethe hat seinen Finger strafend gegen den Kammerdiener erhoben, und Hegel hat es Goethe vorgerechnet, daß er, der Philosoph, dem Dichter darin um einige Jahre zuvorgekommen war.

Aber muß nun in der Tat das Manko beim Kammerdiener liegen, und muß unter allen Umständen ›er‹ es sein, der unrecht hat? Der Kammerdiener steht mit dem Helden in täglichem Umgang, erlebt ihn aus nächster Nähe, so wie er wirklich ist. Wenn der Kammerdiener nur einigen Sinn für Psychologie hat, kommt er hinter den seelischen Mechanismus seines heldischen Herrn; er spürt den wahren und letzten Antrieb seines Heldentums auf und weiß am Ende in jedem Falle, wie der bewunderte Mann reagieren wird. Der Kammerdiener sieht, was unmittelbar an dem Helden ist; er, der die Dauerpleite seines Herrn kennt, sträubt sich aus besserem Wissen dagegen, dem Helden den Kredit zu geben, den diesem die übrigen Menschen aufdrängen. Ist nicht das, was die Welt dem bewunderten Manne zuschreibt, wie das blendende Gefieder eines Vogels? Ein Märchenwesen aus Tausendundeiner Nacht scheint so ein Kolibri zu sein, außerhalb der Natur und ihrer unausweichlichen Gesetze zu stehen. Nimm dem Vogel die Federn und du hältst einen Körper aus Haut, Knochen, Fleisch in der Hand, wie sie eben Warmblütern eigen sind, nur vielleicht häßlicher noch als viele andere es sind. Der Kammerdiener sieht den Helden in gerupftem Zustand; er läßt sich von dem Schein der Federn, an den sich die Welt hält, nicht blenden.

Erinnere man sich der Aufstiegszeiten der bürgerlich-kapitalistischen Ordnung! Welch große Worte wurden damals gemacht! Trunken wurde der Freiheit, dem schönen Götterfunken, zugejubelt. Der Humanität wurde ein eigener Kult, der Kult der Freimaurerei, gewidmet. Die Brüderlichkeit schien verwirklicht, alle Menschen wurden Brüder, die Zeit der Gleichheit alles dessen, was Menschenantlitz trägt, schien angebrochen zu sein. Man stand mit den leuchtendsten Ideen und höchsten Idealen auf vertrautestem Fuße; es war, als seien sie in den Alltagsverkehr eingegangen. Der philosophische Idealismus war das Pfauenrad des Bürgers: wer bewunderte hier nicht!

Inzwischen sind wir dahintergekommen, welche Häßlichkeit sich hinter dem schimmernden Glanz des bürgerlichen Idealismus verbarg: Menschen wurden versklavt, ein wüster Egoismus tobte sich aus, die Geschäfte schritten über Berge von Leichen. Ist es ein Zufall, daß der Fortschritt des künstlerischen Realismus darin besteht, plötzlich das Häßliche zu sehen? Man bekommt die Realität in Sicht, sobald man aufhört zu ›beschönigen‹. Die Skandale in den Bildergalerien vor Gemälden, die das Häßliche zeigten, waren mehr als snobistische Wichtigtuereien: es ging um entscheidende gesellschaftliche Angelegenheiten. Es ist eine Lebensbedingung jeder herrschenden Schicht, daß sie in beschönigendem und verklärendem Lichte gesehen wird. Die alten Aristokraten kleideten sich in Samt, Seide und Purpur, setzten sich edelsteingeschmückte Baretts, ja goldene Krönchen aufs Haupt. Nie benahmen sie sich vor den Augen der Öffentlichkeit natürlich, immer spielten sie Theater. Sie gingen nicht, sondern sie schritten, sie setzten sich nicht, sondern sie nahmen Platz, sie kamen nicht zum Essen, sondern sie erschienen zur Tafel, sie aßen nicht, sondern sie speisten. Die Formen des geselligen Verkehrs wollten Merkmale einer hohen menschlichen Qualität sein; wer sie beherrschte, war ein vornehmes, feines Wesen. Man beachtete diese Formen, wo man sich vor den Augen der Öffentlichkeit zeigte; sich gehen zu lassen, wäre nicht bloß Nachlässigkeit gegen sich selbst, sondern zugleich Versündigung an seinem Stand gewesen, denn diesem Stande, der eine höhere Ebene des Menschseins darstellte, war man die Formen, die man übte, schuldig; man war immer Repräsentationsperson, wo man in der Öffentlichkeit auftrat. Jeder Schritt, den man tat, war auf starke Wirkung und eindrucksvollen Schein berechnet; man hatte nicht weniger, als der Schauspieler es tut, darauf zu achten, daß man eine gute Figur machte und dem Publikum imponierte.

Nun gehört aber der Kammerdiener nicht zum Publikum; er sieht den Helden, wenn das Spiel aus ist, der Held sich abgeschminkt und sein Prunkgewand abgelegt hat. Das schöne Gefieder ist weg, und er hat jetzt mit dem zu tun, was hinter der ganzen Kulisserie wirklich steckt. Nur seinen Blicken tut sich auch die Fülle des Häßlichen auf, das vor den Augen der Welt mit äußerster Sorgfalt maskiert wird.

2

Darf man wirklich dem Kammerdiener einen Vorwurf daraus machen, daß er, vor dem und für den Blendwerk gar nicht aufgeführt wird, sich dadurch nicht bestochen zeigt? Wer ist der Wahrheit und Wirklichkeit näher, der Kammerdiener oder der Panegyriker? Alle Helden haben den Blick der Unbestechlichkeit zu fürchten, keiner besteht vor ihm. Sie wehren sich dagegen, sie wollen ihn abtun, indem sie ihn als ›den Blick des Kammerdieners‹ verächtlich machen. Liegt nicht vielleicht eine Selbstverteidigungsmaßnahme des Helden darin, das Bild, das der Kammerdiener von ihm hat, in Verruf zu bringen, es als ein schlechtes, herabgestimmtes, unzulängliches, irreführendes Bild zu verleumden?

Ach, macht es euch nicht zu leicht mit diesen Kammerdienern: eines Tages fassen sie Mut zu ihrer besseren Wahrheit und realistischeren Sicht – und dann ist die Revolution da. Erinnert euch des prächtigen Burschen Figaro: »Will der Herr Graf ein Tänzlein wagen?« Man verachtete einst die Bettler, die Vagabunden, die schimpflich Gekreuzigten, und siehe da: es kam der Tag, an dem die Menschheit umlernen und gerade in ihnen die wahren Gottessöhne entdecken mußte; ähnlich hat die bürgerliche Revolution in Figaro den Kammerdiener als den Mann zu Ehren gebracht, der das eigentliche und echteste Verhältnis zur Realität habe. Als das französische Bürgertum die großen aristokratischen Herren mit den Augen des Figaro zu betrachten und zu messen begann, da währte es nicht mehr lange, bis der Ruf ertönte: »An die Laternen mit ihnen!«

Nachdem der Bürger auf dem Sessel Platz genommen hatte, von dem er den Aristrokraten hatte aufstehen heißen, wollte er den selbstbewußten Figaro wieder in seine Schranken weisen. Der Bürger bekam heldische Bedürfnisse; er wollte Ausnahmemensch sein, um seine Eigentumsvorrechte mit gutem Gewissen genießen zu können. Aber wenn er sich als Held aufputzte, brauchte auch er Rampenlicht: er schlug sich für große Ideen. Was er auch treiben mochte – im Grunde ging es ihm stets um »Freiheit und Menschlichkeit«. Figaro, mit dem er im revolutionären Angriff gegen die ständische Gesellschaft im Bunde stand, wurde ihm zum lästigen Mohren, der seine Schuldigkeit getan hatte und mit einem Fußtritt abgespeist werden sollte. Dem unbestechlichen Blick, der jeglicher Ehrfurcht Eintrag tut, sollte wieder ein schlechter Leumund angehängt werden. Wo so große Dinge in Frage standen, wie es die bürgerlichen Ideen waren, schickte es sich nicht, daß der Proletarier als den eigentlichen Kern des bürgerlichen Bombastes Ausbeutung, Ausplünderung, Profitsucht denunzierte. Man versündigte sich an der Menschheit großen Gegenständen, wenn man die schmutzigen Geschäfte aufdeckte, in denen der Bürger seine Finger stecken hatte. Hier hatte man begreiflicherweise Entlarver, Entheroisierer zu scheuen. Unglückseligerweise für den Bürger fanden sich solche Entlarver: es waren Marx, Engels, Lenin. Die Folgen für den Bürger waren katastrophal; kein Mensch glaubte ihm mehr seinen Idealismus.

3

Wer ist nun eigentlich ein Held? Held ist der, welcher die großen Dinge der Geschichte ausschließlich seinem Konto gutschreibt. Mit einem Volke geht es aufwärts; sein König sagt: das habe ich gemacht. Eine Schlacht nimmt einen glücklichen Ausgang; der Feldherr behauptet, das sei das Verdienst seines Genies gewesen.

Da sind die Helden der Brachialgewalt, die physischen Helden. Ihr Verdienst ist es, unersättliche Schlagetots zu sein. Sie brauchen wenig Verstand; man tötet um so unbeschwerter, je weniger Gehirn man hat. An sie dachte Ernst Toller, als er sagte: »Das Heldenideal ist das dümmste aller Ideale.« Es sind die Ajaxe, die wie Raubtiere der Wildnis wüten, die selbst nur Raubtiere in Menschengestalt sind, Bestien, die im Ernste nur jemand bewundern kann, der in seiner Brust den Hang zur Bestialität trägt.

Die eigentlichen Helden aber, die Helden par excellence, sind jene Könige, Feldherren, Staatsmänner und Politiker, auf denen der Glanz außerordentlicher geschichtlicher Ereignisse und Taten ruht. Sie bilden die Kategorie der Glückshelden, denn es war ihr Glück gewesen, in einem besonderen Augenblick als Repräsentationsfiguren oder als Symbole auf einem ausgezeichneten gesellschaftlichen Posten zur Stelle gewesen zu sein. Innerhalb der Auseinandersetzung großer gesellschaftlicher Mächte marschierten sie zufällig in einer entscheidenden Situation an der Spitze. Zu sieghaften Helden wurden sie, wenn sie richtig lagen, wenn sie sich der stärkeren Macht angeschlossen hatten. Der Erfolg der stärkeren Macht wird dem Geschick der führenden Gestalt zugeschrieben, diese wird zum ›großen Mann‹. Das Übergewicht sachlicher Verhältnisse, dem der ›große Mann‹ alles verdankt, übergießt ihn mit einem Strahlenkranz, der ihn mehr scheinen läßt, als er ist: niemand will mehr bemerken, daß es fremde Federn sind, mit denen er sich schmückt.

Das Verdienst des ›großen Mannes‹ beruht darin, zur rechten Stunde und am rechten Fleck dabeigewesen zu sein. In seinem überwältigenden Roman »Krieg und Frieden« schildert Tolstoi – als ein sehr kluger Figaro – napoleonische Schlachten. Der Sieg fällt dem Kaiser zu, obschon sein Plan nicht durchgeführt wird, seine Anordnungen teils falsch sind, teils nie im rechten Augenblick dort eintreffen, wo sie beachtet werden sollten. Der einfache Soldat und der Unterführer entscheiden alles allein. Aber der Ruhm krönt Napoleons Stirn. In Cromwells Wort, man komme nie weiter, als wenn man nicht wisse, wohin man gehe, lebt etwas von der Ahnung, wieviel Glück dazu gehört, ein ›großer Mann‹, ein Held zu werden. Die Gründung des Deutschen Reiches war ein Werk, das die großen europäischen Entwicklungstendenzen des 19. Jahrhunderts dem deutschen Volke einfach abverlangten; die Bismarcksche Lösung war gewiß die schlechteste aller denkbaren Lösungen gewesen; aber daß er die Verantwortung dafür übernahm, machte ihn zum ›großen Mann‹. Nach 1871, als die günstige Konstellation vorbei war, glückte ihm nichts mehr; der Ruhm, den er gewonnen hatte, blendete aller Augen so sehr, daß niemand sah, wie fragwürdig die Machtstellung des Reiches bereits unter seiner Kanzlerschaft geworden war.

Verstand zu besitzen ist für die Helden solcher Art ein nützliches Mittel, eine Notwendigkeit aber ist diese Beigabe für sie nicht. Hindenburg war nicht der erste hirnlose Tölpel, der zum Rang des Helden emporgestiegen ist. Wilhelm I., der Heldenkaiser, hatte nicht viel mehr Geist gehabt, und der Faschismus eröffnete sogar wahnsinnigen Verbrechernaturen die heroische Karriere. Die entzügelte Dynamik der deutschen Selbstzerstörungstendenz hatte in Hitler ihr schauerliches Instrument, ihren ›Helden‹, gefunden.

Das Wesen all dieser Helden ist, Werkzeug für gesellschaftliche und wirtschaftliche Mächte zu sein. Hier sind sie Condottieri, dort

Spezialisten für das Ressort ›Politik‹; außerdem sind sie auch die Popanze, nach denen es die Masse verlangt und die gerade über den wirklichen Gehalt und Sinn des Geschehens irreführen sollen. Wo man den Heroismus zum Gegenstand einer besonderen Propaganda macht, wie es von seiten Carlyles oder Nietzsches geschehen ist, darf man sicher sein, daß im Hintergrunde gegen das Wohl der Massen schwarze und gefährliche Anschläge vorbereitet und zuletzt in Gang gebracht werden.

4

Aber warum sollten nicht König, Feldherr und Staatsmann die unmittelbare, ausschließliche Urheberschaft ihrer Taten ebenso in Anspruch nehmen dürfen, wie dies Dichter, Musiker, Künstler und Philosophen für ihre Werke zu tun pflegen? Ist nicht der geistig schöpferische Mensch der Mann, der nachweisbar ganz aus eigenen Reserven bildet? Das ist ein interessantes Problem, dem wir jedoch hier nicht auf den Grund gehen wollen. Es sei nur gefragt, ob nicht ein großer Zeitgehalt, ob nicht machtvolle Zeittendenzen vorhanden sein müssen, um einem Kunstwerk rechtes Gewicht zu verleihen. Ist nicht Mozart das in Musik gesetzte Rokoko, in das dann schon die ersten Lichter der französischen Revolution hineinblitzen? Ist nicht Goethe die ganze Problematik des großen Bürgertums, das sich mit dem mittelalterlichen Gehäuse auseinandersetzt, innerhalb dessen es sich seit Jahrhunderten eingenistet gehabt hatte?

Eines ist unbestreitbar: der geistige ›Held‹, der Dichter und Künstler, kann es nicht zu dem bringen, was er ist, ohne Talent zu haben. Den Stoff gibt ihm seine Zeit, die gestalterische Kraft ist seine Gabe, die allein ihm gehört. Neben ihm kann auch der moralische Held bestehen, jener Tapfere, dessen moralische Kraft genügt, als Einsamer einer Gesinnung, einer Wahrheit die Treue bis zum Tode zu halten. Wenn man auf Helden durchaus nicht verzichten will, so sind es nur die großen Geister, Künstler, Schöpfer und die moralisch Starken und Unerschütterlichen, welche sich als Helden retten lassen. Ihnen und ihrem Ruhme wird kein Kammerdiener gefährlich: einmal bringen sie es in der Regel zu keinem solchen, zum anderen entgeht kein Figaro dem Zwang, sich vor der Macht des Geistes, sobald er sie verspürt hat, in Ehrfurcht zu beugen.

5

Es ist seit jeher Bertolt Brechts Stärke, dem Heldischen auf die Schliche gekommen zu sein. Er wittert Schwindel und Betrug, wo man das Pathos liebt, er wird mißtrauisch, wo man in gehobener – und das ist in hochgeschraubter, auf jeden Fall also geschraubter – Sprache redet, ihn gelüstet es, Federn auszureißen, wo ein Hahn sich selbstgefällig plustert, weil er durch seinen ersten Schrei die Sonne über den Horizont gerufen zu haben glaubt. Er ist ein Entwahner großen Stils, aber er ist es nicht aus bloß zerstörerischem Hange. Aus ihm wirkt ein ungeheures Grunderlebnis, das den meisten unserer Zeitgenossen noch fehlt. Er hat erfaßt, daß der ›Held‹ gar nicht mehr das eigentliche und erste Subjekt der Geschichte ist; die Masse selbst ist es, die als Subjekt auf der geschichtlichen Bühne agiert. Eine der größten Wendungen aller Zeiten hat sich hier ereignet, und nur wenige Künstler haben diese Wendung bisher mit solch eindringlicher Kraft signalisiert, wie Bertolt Brecht das tut. Wenn Brecht dem Helden den Prozeß macht, handelt es sich um eine höchst prinzipielle Angelegenheit. Die Funktion der Helden war bisher, der Masse den Kopf so sehr zu verdrehen, daß sie blind in die Fallen rannte, die bösartige Beutejäger heimtückisch aufgestellt hatten. Man muß der Masse den Kopf überhaupt erst geradesetzen; es ist noch weit bis dahin, daß sie alles natürlich sieht und auch mit klarem Blick die Gefahren erkennt, die auf ihrem Wege lauern.

Das Lehrstück ist für Brecht keine Marotte; noch wirken aus der Vergangenheit so viele schiefe Gesichtswinkel nach, daß immer wieder gezeigt werden muß, wie sich die Dinge ausnehmen, wenn sie ins rechte Lot gebracht sind.

Immer hat als der geschichtliche Hauptheld, der Held aller Helden, Julius Cäsar gegolten. Sein Genie, so sagte man, rettete Rom im letzten Augenblick vor dem Untergange. Er hob Rom sogar auf eine hohe Stufe geschichtlicher Existenz: auf die Stufe des Imperiums. Seine Verordnungen und Gesetze, seine Institutionen und Taten seien Wunder an politischer Weisheit gewesen. Man sagte das, obschon das römische Imperium gar nicht nach den Regeln des Julius Cäsar, sondern denen seines Nachfolgers Oktavian Augustus fortlebte. Als Feldherr, Staatsmann, Politiker, sogar als Geschichtsschreiber, Stilist, Grammatiker habe er nicht seinesgleichen gehabt. Seine menschliche Größe allein schon sei hinreißend gewesen.

Seitdem die moderne bürgerlich-kapitalistische Gesellschaftsordnung ihrem imperialistischen Stadium zustrebte, wurde das Cäsarbild in besonderem Maße aktuell. Napoleon III. hat eine Cäsarbiographie hinterlassen. Der römische Diktator war sein Vorbild. Schon seinem Oheim, Napoleon I., war Cäsar vor Augen gestanden. Epoche hat das Cäsarbild Mommsens gemacht. Mommsen ist ein freisinniger Geschichtsschreiber, in dessen Lichte sich die römischen Patrizier wie preußische Junker, die römischen plebejischen Ritter wie liberale Großbourgeois ausnehmen. Sobald aber Mommsen auf Cäsar stößt, ist es mit allem Freisinn vorbei. Ein Lobgesang ohnegleichen erhebt sich zur Ehre dieses Diktators, der sich ebenso eine bewaffnete Macht wie willige Straßenbanden geschaffen hatte, um mit ihrer Hilfe die Alleinherrschaft an sich zu reißen, zur Ehre dieses Herrn, der sich auf Demagogie so glänzend verstand wie auf guten Stil. Mommsens Cäsarbild ließ vorausahnen, wie klein der Schritt von einem deutschen Liberalen zum Nationalsozialisten sei; wer schon als Freisinniger zur Cäsarbegeisterung erzogen war, war daraufhin präpariert, Heil zu rufen, wenn ein Hitler erschien. Noch Shakespeare war in diesem Punkt kritischer gewesen. Ihm war Cäsar unheimlich, und er beeilte sich, ihn bereits im dritten Akte loszuwerden, so daß hier ein Drama abläuft, das sich für seine beiden letzten Akte von der Last seines Helden befreit hat. Die ganze Antike schwärmte für Tyrannenmörder, und kaum verbirgt Shakespeare, daß auch für ihn Brutus der Mann seiner Sympathie ist.

Seit Jahren arbeitet Brecht an einem Cäsarroman: »Die Geschäfte des Herrn Julius Cäsar«. Schon der Titel verrät den Dolch des Brutus; es soll mit dem weltgeschichtlichen Heldenideal überhaupt reiner Tisch gemacht werden. Der Sklave Rarus – wieder ein Kammerdiener, aber welch ein scharfäugiger Kammerdiener! – notiert sachlich, kühl, nüchtern in sein Tagebuch, was er beobachtet und über seinen Herrn erfährt. Er stellt fest, wie diese Söhne alter Adelsfamilien es für ihr selbstverständliches Recht halten, daß andere Menschen für ihren Unterhalt aufzukommen haben. Sie zahlen ihren Schneider nicht und fühlen sich nicht entehrt, wenn der Gerichtsvollzieher täglich ins Haus kommt; sie finden nichts dabei, wenn man ihnen Schecks schickt, um die Gefälligkeiten zu honorieren, die sie leisteten, indem sie ihre guten gesellschaftlichen

Beziehungen für irgendwelche üblen Dinge ins Spiel brachten. Cäsar ist ein ebenso waghalsiger Abenteurer wie dunkler Ehrenmann, der eine feine Nase dafür hat, daß die Zeit der adligen Grundherrschaft vorbei, daß der Tag der großen Finanzbourgeoisie angebrochen sei. Er verbündet sich mit den Geldmännern, er setzt in seinen politischen Spekulationen auf sie – und er gewinnt. Die Geldmänner brauchen ein politisches und militärisches Werkzeug, um ihre Interessen gegen die alten, verknöcherten, traditionellen, junkerlichen Senatoren durchzusetzen, und Cäsar verkauft sich als solches Werkzeug. So macht er, besonders nachdem er sich in den Jahren seiner spanischen Statthalterschaft als intelligentes Instrument der Interessen des römischen Finanzkapitals bewährt hat, seinen raschen Aufstieg.

Brechts Cäsarbiographie wäre um ihr ganzes zeitsymbolisches Gewicht gebracht, wenn auch nur ein Zug daran erfunden wäre. Der Geltung des Heldenideals an sich würde es keinen Eintrag tun, wenn lediglich phantasievoll zurechtgemachte und pamphletisch zubereitete Heldenbilder entlarvt würden. Derselbe überlieferte geschichtliche Stoff, der bisher dem heldischen Cäsarbild zugrunde lag, muß neu überprüft werden; der Dichter muß in der Haltung des Wissenschaftlers an seinen Gegenstand herantreten. Nur auf quellenmäßig verbürgte Unterlagen darf er sich stützen. Wo er neu interpretiert, muß er mit äußerster Sorgfalt und Strenge gegen sich verfahren. Den gesellschaftswissenschaftlichen und gesellschaftspsychologischen Erfahrungsschatz, den die Menschheit inzwischen gesammelt hat, mag er dabei zu Rate ziehen; die einzige Leidenschaft, die ihm erlaubt ist, ist die, zu sehen, was ist, und auszusprechen, was ist. Wo die alten heroisierenden Interpretationsweisen beiseitegeschoben werden, darf es nicht geschehen, ohne daß zuvor ein bestimmtes gesellschaftliches Interesse aufgespürt wurde, das auf die beschönigende, verklärende, ja legendarisierende Fehlinterpretation hingedrängt hatte.

Soviel die vorliegenden Bruchstücke des Romans erkennen lassen, ist Brecht in diesem Punkte durchaus zuverlässig. So entsteht denn auch der Eindruck äußerster Verdichtetheit und Realitätsmacht: der Fall Cäsar scheint endgültig geklärt.

Cäsar ist in den großen Gegensatz der Finanzoligarchie und des grundherrlichen Patriziats hineingestellt; hier eröffnen sich seine Chancen, und von dieser Basis aus wird er, da er sich den zukunftsreichen Tendenzen verschrieben hat, in die Höhe getragen. Nicht ohne Pikanterie ist es, zu sehen, wie früh er dahinterkommt, welchen Nutzen es gewährt, legendarisiert zu werden. Er weiß, daß es dem Prestige keines Diktators zuträglich ist, wenn man erkennt, daß er nur das politische Faktotum von Bankherren ist, die hinter den Kulissen ihre Kassen füllen, während er sich vor den Kulissen als starker Mann produziert. Die berühmte Seeräubergeschichte entblättert Brecht auf eine meisterhafte und zugleich mustergültige Weise. Cäsars Trieb, andere zu lehren, ihn falsch zu sehen, ist von Brecht in sehr feiner Weise symbolisiert. In seiner Reitschule zeigt Cäsar stolz ein Gemälde der Danae, auf dem auch blaue Pferde erscheinen. Blaue Pferde? Auch uns blieben sie nicht fern. Blaue Pferde sind mehr als nur ein artistisches Experiment. Blaue Pferde sind eine Verführung der Augen zu falscher Sicht. Wer dazu gebracht werden kann, blaue Pferde zu akzeptieren, den hat man bald soweit, die schwärzesten Seiten des Kapitalismus rosig zu sehen.

Indem Brecht das Räderwerk eines gesellschaftlichen Mechanismus bloßlegt, trifft er auf ein Typisches, das sich zu allen Zeiten wiederholt. Es gab im Ablauf der Geschichte mehr als einmal Situationen, in denen Finanzmänner einen Diktator brauchten, der die politische Apparatur auf die Bedürfnisse der großen Geschäftemacher zurechtformte. So erinnert man sich, wenn von Cäsar berichtet wird, zwangsläufig auch an Napoleon III. oder Mussolini oder Hitler. Die Methoden, die Tricks blieben die gleichen: »C. (Cäsar) leitete die Unterredung mit der dürren Feststellung ein, daß das römische Volk genug von den Umtrieben des Forums habe und der fruchtlosen, trügerischen Wählerei müde sei. Im Schoße der Bevölkerung regten sich völlig neue Kräfte. Das Wiederaufleben der Straßenklubs beweise, daß der römische Bürger darangehe, die Leitung des Staates selber in die Hand zu nehmen.«

Vor allen Dingen werden Ideen mißbraucht, wo Geldmächte auf Beute ausgehen. Wo die Leidenschaft für Ideen aufgerührt wird, pflegen im Hintergrunde große Finanzoperationen und Finanztransaktionen vorbereitet zu werden: »Asien ist *das* Geschäft der City. Ohne Steuerpachten in Asien keine Demokratie in Rom, sagt Celer.«

Eine besondere Anziehungskraft besteht zwischen der Geldmacht und der demokratischen Form; die Geldmacht fühlt sich legitimiert, wenn sie sich auf den Willen derselben Masse berufen kann, die sie sich zuvor gekauft hat: »Es bestand bei uns allzu lange die Ansicht«, sagte er (Cäsar) ernst, »Wählerstimmen seien Waffen. Das stimmt: Stimmen sind Waffen, aber nicht für den Wähler. Für den Wähler ist seine Stimme eine Ware. Sie ist für ihn eine Waffe, wie das Schwert für den Waffenschmied eine Waffe ist. Er benützt sie nicht, er verkauft sie. Wenn der Kunde das Schwert gekauft hat, kann er damit den Verkäufer ohne weiteres niederstoßen. Der Wahlakt ist durch und durch korrumpiert, die Demokratie kann ihn nicht mehr brauchen.« – »Man will C. (Cäsar) jetzt ziemliche Summen für die Kampagne zur Verfügung stellen. Als die Leute weg waren, sagte er aufgeräumt: ›Humane Politik lohnt sich mitunter doch!‹«

Nicht selten steigern sich Brechts gesellschaftspsychologische Einsichten zu Balzacscher Kraft: »Die Art, mit der er die Papiere handhabte, bewies seinen Beruf. Geldleute lesen gründlicher als Bücherliebhaber. Sie wissen besser, was für Nachteile aus flüchtiger Lektüre entstehen können.«

Die Entlarvungsliteratur, die sich antike Helden auserkoren hat, ist nicht neu; schon Offenbachs Operetten sind Beispiele dafür. Giono, Anouilh, Giraudoux, auch Sartre mit seinen »Fliegen«, gehören dazu. Julius Cäsar selbst wurde bereits von Shaw aufs Korn genommen. Aber Brecht ist nicht einfach dieser Reihe zuzuordnen. Er entlarvt nicht, indem er das Menschliche bloßstellt und tragische Figuren in komische verwandelt. Er sieht nicht seine Eigenart darin, keck und unverfroren dort zu sein, wo man bisher respektvoll war; er ist nicht der Lausbub, der gegen eine altehrwürdige Autorität die Zunge herausstreckt. Er will weder mit tiefenpsychologischen Leckerbissen Effekt machen, noch seinen Spott mit einer überlebten Grandezza treiben. Das schließt nicht aus, daß auch er gelegentlich mit feinen psychologischen Aperçus entzückt: »Vor die Erkenntnis der wahren Beweggründe ihrer Taten haben die großen Männer den Schweiß gesetzt.« Brecht ist sehr viel tiefer, er wartet nicht mit einer neuen Psychologie, sondern mit einem neuen Weltbild, einer neuen Weltsicht auf. Er deckt den gesellschaftlichen Mechanismus selbst auf; es ergibt sich dabei zwangsläufig, daß man die Fäden sieht, an denen die Männer zappeln, die man, solange die Fäden verborgen blieben, die ›großen Männer‹ genannt hat.

Die Funktion der großen Worte und der großen Werte fällt unmittelbar ins Auge. Brecht befriedigt kein Ressentiment, treibt mit nichts Scherz, klagt nicht an, ist nicht schadenfroh, will nicht kompromittieren: er registriert bloß, wie es ist, wenn man sich nichts vormachen läßt. Er führt in die Gründe der Sache selbst hinab, und das macht es, daß er nicht nur ein sehr großer Dichter überhaupt, sondern der Dichter dieser Zeit im besonderen ist. Er trifft ihr Grundanliegen, und dieses Grundanliegen ist das große und immer wiederkehrende Thema seiner Dichtung.

Die Tage der Helden, der Einzelnen, auch die der autoritären Eliten – der grundherrschaftlichen ebenso wie der kapitalherrschaftlichen – sind vorbei. Der Dolchstoß des Brutus gegen die Brust Cäsars war nur eine Episode, ein menschlich-anekdotischer Zwischenfall gewesen. Cäsar, das zufällige Individuum, fiel, der Typus Cäsar hingegen lebte noch jahrtausendelang fort. Nun aber schlug auch die Stunde des Typus Cäsar. Nicht unzeitgemäße Menschen, sondern gesellschaftliche Existenzformen werden beiseitegeschafft. Die »Geschäfte des Herren Julius Cäsar« sind ein Dolch, der einen gesellschaftlichen Typus, für den es keine Wiederauferstehung mehr gibt, zu Boden streckt. Brutus hatte die Tradition für sich, die wirklichen Zeittendenzen gegen sich gehabt: so entging er nicht seinem Philippi. Brecht ist ein Brutus, der die Notwendigkeit der Zeit und den Zwang der geschichtlichen Entwicklung für sich hat. Er ist ein Tyrannenmörder, der nicht, wie der alte Brutus es tat, ein Ressentiment abgewirtschafteter Herren befriedigt, sondern einen Auftrag der kommenden Dinge erfüllt.

Richard Kerren
Brecht kontra Cäsar

Der große Julius Cäsar, Lateinschülern durch seinen Gallischen Krieg und Kulturbeflissenen durch Shakespeares Schauspiel bekannt, zudem eingegangen in die deutsche Sprache durch das Wort Kaiser und endlich berühmt als der erste Imperator europäischen Ausmaßes; dieser Cäsar hat wenig Gnade gefunden vor Bertolt Brechts Feder. Der Mensch, der uns in dem leider Fragment gebliebenen Roman vorgestellt wird, ist ein ehrgeiziger, kluger und kalt berechnender junger Mann aus einer der vornehmsten Familien Roms, dem Politik nichts bedeutet als Geschäftemacherei und der bereit ist, seine Überzeugungen so vorteilhaft wie möglich zu verkaufen. So, in knappen Worten umrissen, riecht der Roman zweifellos nach kabarettistisch oder gar boshaft verzerrter Historie.

Wer Brechts Interpretation außerdem mit Thorton Wilders »Iden des März« vergleicht, wird zunächst verwirrt sein ob der so unterschiedlichen Funde, die zwei profilierte Schriftsteller der Gegenwart bei der Suche nach Cäsars Leben machen. Das Argument der literarischen Freiheit reicht nicht hin, um die so grundsätzlichen Differenzen zu klären. Denn sowohl Wilder wie erst recht Brecht zwingen ihre Leser zur Stellungnahme. Die Entscheidung für Wilder ist dabei noch verhältnismäßig unverbindlich, da sich seine Interpretation letztlich als eine nur wohlwollend-menschliche, nicht und niemals zu ergründende Sicht des Lebens präsentiert.

Die Biographie des Helden Cäsar aus der Perspektive Brechts aber engagiert den Leser schon weitaus mehr. Brechts Auffassung vom Lauf der Welt, dargelegt am Modellfall des Herrn C., verlangt die Entschiedenheit einer Weltanschauung, die für eine vage Versöhnung mit dem unergründlichen Schicksal keinen Platz hat. Im Rahmen einer klaren Handlung, die immer wieder von historischen Tatsachen untermauert ist und darum auch in ihren ärgsten Spitzen kaum anfechtbar sein dürfte, erzählt uns Brecht mit seinem Bericht über das Leben Cäsars eine Parabel vom Mächtigen, der nur darum die Macht hat, weil er Besitz hat und zu verführen weiß. Ohne in simple Analogien zu verfallen, wird im politischen Ränkespiel um das aufblühende römische Imperium etwas von unserer letztvergangenen Gegenwart sichtbar. Ja, die Figur Cäsars, des Auguren und Hohepriesters, des Imperators, Finanzphänomens und Pseudo-Demokraten, ist vertauschbar gegen so manchen Kopf unserer politischen Gegenwart.

Die richtige Interpretation

Aber den Roman nur unter dem Aspekt solch platter Bezüglichkeiten sehen, hieße seinen Wert verringern. Es geht um eine Korrektur jener Geschichtsinterpretation, die uns glauben machen möchte, daß ein einzelner Weltreiche schafft und zerstört. Daß dabei mancher Lorbeer zerpflückt wird und viele Glorien fallen müssen, wird am Beispiel Cäsars deutlich. Nicht seine demokratische Gesinnung oder sein politischer Instinkt gibt ihm die Kraft, sich zum Imperator durchzuboxen, sondern sein Zusammenspiel mit Banken und Börsen und die recht profitreichen Geschäfte im Wallstreetmaßstab – nicht umsonst ist von der »City« die Rede! – machen aus dem verschuldeten Lebemann den Großen Cäsar. Mit Hilfe seiner Geldgeber lenkt er die Begeisterung des Volkes auf sich; mit Hilfe des Volkes macht er sich von seinen Geldgebern frei. Nicht politischer Weitblick und Verantwortungsgefühl, sondern Bauernschläue und Volksverführung ebnen ihm den Weg zur Machtergreifung. Der Leser kann sich der Figur Cäsars nicht entziehen, er dringt so stark ins Bewußtsein, daß nicht einmal bewußt wird, daß er ja eigentlich gar nicht auftritt. Brecht wendet da einen erzählerischen Kunstgriff an, der durch eine doppelte Distanz von seinem Helden eine scheinbar um so engere Begegnung mit ihm möglich macht. Da ist zunächst ein junger Mann, der etwa zwanzig Jahre nach dem Tode des Imperators bemerkt, daß bislang noch eine erschöpfende Biographie Cäsars fehlt. Er fühlt sich nun berufen, diese pädagogisch-politische Lücke zu schließen und der Nachwelt ein Bild des großen Julius Cäsar zu zeichnen, an dem unsere Altphilologen noch heute ihre Freude haben würden.

Auf der Suche nach authentischem Material gerät er an den Bankier des Imperators, den früheren Gerichtsvollzieher Spicer. Dieser ehrenwerte Mann, der zugleich mit Cäsar seine fette Beute gemacht hat, raubt ihm schon etliche seiner heroischen Vorstellungen. Die Tagebuchnotizen des Sklaven Rarus, Cäsars Sekretär, tun dann ein übriges. Diese Aufzeichnungen, in denen sich Persönliches und Politisches so prächtig vermengen, lassen den jungen Mann, der auszog, einen Helden zu finden, ebenso desillusioniert zurück wie den Leser.

Trotz des trockenen Titels aber ist das Buch alles andere als ein Börsenbericht und hat jene Totalität, die einen guten Roman ausmacht. Ja, seine glänzende Darstellung der Unmoral im Politischen, Sozialen und Privaten läßt fast vergessen, daß man es mit einer zutiefst moralischen Geschichte zu tun hat.

Hier wird angeprangert. Nicht zwar mit erhobenem Zeigefinger und lärmender Polemik, dafür aber mit Meisterschaft, die ihren Zorn in verfremdende Ironie verpackt, ohne deswegen Zweifel an ihren erzieherischen Absichten aufkommen zu lassen. Demagogie, sagt Brecht bitter – und zur Not läßt sich sein Roman auf diese natürlich nicht erschöpfende Formel bringen –, Demgagogie ist noch nicht Politik, aber bei hinreichendem Ehrgeiz und genügender Charakterlosigkeit immerhin ein, wenn auch schmutziges, Geschäft.

Walter Jens
Cäsar als Börsianer

Bert Brechts Romanfragment »*Die Geschäfte des Herrn Julius Cäsar*«, eine imaginäre Biographie aus der Perspektive des Sklaven, folgt, auf den ersten Blick, jener Tradition der Mythenentzauberung, der sich die Moderne, von *Giraudoux* bis *Thornton Wilder*, immer noch verpflichtet weiß. Während aber *Anouilh, Shaw* und *Wilder* sich damit begnügen, das Menschlich-Allzumenschliche eines Idols zu beleuchten, in amüsanter Weise private Pikanterien enthüllen und scheinbare Fakten als legendäre Täuschungen decouvrieren, geht Brecht einen Schritt weiter. Statt sich beim reizvollen Wechselspiel zwischen Privatem und Öffentlichem, Bürger-Dasein und Helden-Attitüde aufzuhalten, sucht er zu beweisen, daß der Held *selber* eine Fiktion ist: Cäsar, von der Antike über Napoleon bis zu den Georgianern immer als die Inkarnation des Genialischen betrachtet, verwandelt sich unter Brechts Händen in einen Durchschnittsmenschen, dessen einzige Begabungen ein untrüglicher Geschäftssinn und eine bis ins letzte verfeinerte Witterung für die merkantilen Tendenzen seiner Zeit sind.

Dabei geht Brecht so vor, daß er den Erzähler als einen überzeugten Cäsarianer beginnen läßt, der erst nach und nach von der Haltlosigkeit seiner Ansichten überzeugt wird. Wen er auch befragt: Gerichtsvollzieher oder Sklaven, Legionäre oder Dichter – alle sind der gleichen Ansicht, und es spielt keine Rolle, ob der Tadel, direkt, aus dem Mund enttäuschter Soldaten kommt oder sich, indirekt, aus dem Preislied der *city manager* ergibt. Stein fügt sich zu Stein, Aussage zu Aussage, Erkenntnis zu Erkenntnis; am Ende ist das Mosaik, wie es die Praxis der imaginären Biographie verlangt, lückenlos zusammengesetzt, und der Held Julius Cäsar erscheint dem Erzähler, der sich bei seinem Urteil auf die Kammerdiener-Memoiren des Sklaven Rarus stützen darf, als typischer Exponent der römischen Finanzpolitik.

Man sieht, »Die Geschäfte des Herrn Julius Cäsar« sind in Wahrheit ein an antikem Vorbild demonstrierter Traktat über gesellschaftswissenschaftliche Probleme. Das römische Beispiel hat dabei für Brecht allein die Funktion, einige Grundstrukturen der modernen kapitalistischen Ordnung zu veranschaulichen. Machenschaften der City, Politik der Straßenklubs und Fachvereine, Kämpfe zwischen Pöbel und Aristokratie (im Hintergrund der

Diktator) . . . das alles wird, mit sicherem Instinkt, am Modell der katilinarischen Verschwörung abgehandelt, deren Ausmaß ja in der Tat auf wirtschaftlichen Voraussetzungen, nicht zuletzt der Sklavenfrage, dem Problem der Landverteilung und der Arbeitslosennot beruht . . . wobei freilich zu berücksichtigen ist, daß sich der Romancier Brecht niemals das Mäntelchen eines Historikers umhängt, sondern, mit Ausnahme einiger kühn interpretierter Fakten, durchaus der eigenen Imagination folgt: selbst die Daten sind, sicherlich mit Absicht, verändert worden.

Wichtig ist dem Autor allein der Nachweis, daß sich in der kapitalistischen Gesellschaftsordnung nicht der Klügste, schon gar nicht der Lauterste, sondern allein der Gerissenste am Ende durchsetzt . . . ein Mann wie Cäsar also. Er allein versteht es, die einzelnen Gruppen, allen Rückschlägen zum Trotz, so gegeneinander auszuspielen, daß jede bei der Verfolgung cäsarianischer Politik ihre ureigensten Ziele zu verwirklichen glaubt.

Kein Zweifel, daß man den ausgeklügelten Manipulationen eines von Hause aus keineswegs zur Weltherrschaft prädestinierten, vielmehr ängstlichen Mannes anfangs mit einer Art von ingrimmigem Vergnügen zuschaut: Erleichterung und Bedauern folgen den Schilderungen seiner Niederlagen ebenso wie der Darstellung seiner Erfolge. Aber nach einer Weile, gegen Ende des zweiten Buches, wird man der ewigen Wiederholungen müde. Man weiß zur Genüge, daß Cäsar, je nach der Lage der Dinge, mit den extremsten Flügeln zusammenarbeitet, man ist sich über seine »demokratischen« Spielregeln durchaus im klaren und kennt seine Praktiken zu gut, als daß man sich noch dafür zu interessieren vermöchte, wer nun jedesmal zu welchem Zweck benutzt wird.

Kurzum: die Tatsache, daß für den Politiker Cäsar alle Figuren vertauschbar sind, nimmt man am Anfang voll Spannung zur Kenntnis; aber beim vierten oder fünften Male beginnt das Gähnen, und zum Schluß erscheint noch das Fragment zu lang. Man erwartet eine Story, und findet am Ende viel Räsonnement und wenig Poesie . . . ein Einwand, der übrigens nur für das Tagebuch selber, nicht für die meisterlich gefügte, von kunstreichen Variationen bestimmte Rahmenhandlung gilt: Hier sprüht es nur so von Geist und akkuratem Witz, hier ist alles erfüllt von Atmosphäre und zarter Schattierung, hier waltet Ironie und parodistischer Scherz – der Bankier Mummlius Spicer spricht mit Rockefellers Wallstreet-Akzent; Vastius Alder, der Poet, zergliedert seine Perioden wie ein leibhaftiger Thomas Mann; und der Kronjurist Afranius Carbo, eine ganz köstliche Gestalt, deklamiert mit dem Pathos eines puritanischen Kaufherrn aus Birmingham oder Basel: »Die Katapulte des Scipio Africanus stehen ruhmbedeckt in unseren Zeughäusern? Aber wo sind die Planwagen unserer ersten Kaufleute? Sind sie nicht sehenswert? . . . Warum sollen Ahnenbücher eher aufgehoben werden als Rechnungsbücher?«

Auch im Detail ist alles vortrefflich. Epigrammatisch zugespitzte Erkenntnisse (»Geldleute lesen gründlicher als Bücherliebhaber – sie wissen besser, was für Nachteile aus flüchtiger Lektüre entstehen könnten«), Pointen und Maximen, elegante Verfremdungen (»Vitturius schlug in seinem Büro am Schwarzen Brett an, es möge sich ein Angestellter melden, der bereit sei, ihn zu töten – alle meldeten sich«), geistreich formulierte Aperçus und Sentenzen von martialischer Knappheit verbinden sich mit prägnanten gesellschaftskritischen Thesen, wie zum Beispiel: wenn eine Fischfrau ihren Korb mit drei Fischen fallen läßt und bei dem Versuch, ihn wieder aufzuheben, unter die Hufe der Polizeipferde kommt, muß man dem Volk zunächst einmal den Korb wegnehmen; denn dieser Korb könnte schnell zur Reliquie einer Trauerprozession werden, die sich ihrerseits in eine Protestdemonstration verwandeln wird – und das alles wegen eines Korbes . . .

Dennoch, trotz aller Meisterschaft im Detail, ist das Kernstück des Buches, der »Anti-Mommsen-Traktat« des Kammerdieners Rarus, ungenügend komponiert – so ungenügend, daß ich der Ansicht zuneige, Brecht selber hätte das Ganze in einer endgültigen Fassung noch einmal radikal überarbeitet.

Der erste entscheidende Einwand richtet sich gegen die Tatsache, daß die Manipulationen Cäsars und seiner City-Kumpane sich nicht, indirekt, aus der Handlung ergeben, sondern von vornherein interpretiert und damit als abstrakte Vorgänge gekennzeichnet werden. Farbe und Anschaulichkeit, Duft und Atmosphäre gewinnt das Tagebuch allein dort, wo der Sklave Rarus über Caebio, seinen Geliebten, spricht. Hier, im Privaten, erhält das Politische plötzlich die Konturenschärfe einer Realität; hier, in der Brechung, erscheint es unbarmherziger als in der allzu direkten Aussage. (Leider stirbt der Geliebte schon im dritten Buch. Schade, ein längeres Leben hätte auch den Atem des Romans verlängert . . .)

Eine zweite, vielleicht noch bedenklichere Frage wird nach den Gegenspielern Cäsars fragen müssen. Wir haben Cato, Crassus,

Cicero und Catilina, alles gut und schön, aber wo bleibt die andere Seite? Wo sind die kleinen Leute, die Fischer und Gerber, Kesselschmiede und Bauern? Warum treten sie immer nur als Chor und Masse auf?

Seltsam, wie sich an diesem postumen Fragment zeigt, daß es Brecht beim besten Willen nicht gelang (oder nicht gelingen wollte?), einen wirklichen Proletarier zu zeichnen. Kapitalisten wie der Fleischkönig Mauler aus der »Heiligen Johanna der Schlachthöfe«, der Gutsbesitzer Puntila oder der Börsianer Cäsar lagen ihm trefflich; auch Randfiguren aus niederem Milieu, der zynische Schankwirt Glubb (aus »Trommeln in der Nacht«) oder die am Krieg gewinnende Courage wurden ebenso anschaulich wie der pfiffige Bediente, Knecht Matti und Sklave Rarus. Nur im »Verhör des Lukullus« sprechen die armen Leute selber, der Lehrer und das Fischweib, der Bäcker und die Kurtisane – aber gerade sie werden als Schatten eingeführt und entbehren der lebendigen Gestalt.

Beim Überdenken solcher Probleme erweist es sich schnell, wie Fabel und Darstellung der »Geschäfte des Herrn Julius Cäsar«, im Treffen wie im Verfehlen, ihren Autor charakterisieren ... den Schriftsteller Bertolt Brecht, der in diesen Tagen, am 10. Februar 1958, sechzig Jahre alt geworden wäre. Wir alle wissen, daß die Welt nach seinem Tode ärmer als zuvor ist. Welcher Schriftsteller könnte von sich sagen, er habe nicht bei ihm gelernt? Wer wagte zu behaupten, er bediene sich nicht noch, wenn er ihn kritisiert, seiner Methode und gäbe damit nur zurück, was er einmal aus den Händen Bertolt Brechts empfing?

Herbert M. Schönfeld
Cäsar und die »Koofmichs«

Zu Bertolt Brechts nachgelassenem Roman

Das Heroenbild in der Geschichte zu stürzen, war seit einigen Generationen bereits das Ziel sehr verschiedenartiger Strömungen in Literatur und Wissenschaft. Dazu hätte es keines Bertolt *Brecht* bedurft. Mag man an den Psychologismus Freuds und Adlers denken, an den Ironiker Shaw, an die plumpmassiven und verfeinerten Lehren aus der Marx-Nachfolge. Sie alle decouvrierten den historischen Helden und desillusionierten die Vorstellungen der Öffentlichkeit über ihn. Kein Zweifel, daß Geniekult und Heroenverherrlichung einmal so blind und hochgezogen waren, daß eine Ernüchterung kommen mußte. Von Zeit zu Zeit wendet sich dann wieder das Blatt. Hatte der George-Kreis durch seine wissenschaftlichen Vertreter das Bild großer Männer wieder ins Mythisch-Gestalthafte erhöht, so ist unter dem Einfluß des Ostens das Bild erneut nach der Gegenseite ausgeschlagen. Wir sprechen von Bertolt Brechts »Die Geschäfte des Herrn Julius Cäsar«, Romanfragment.

Brecht legt sein Unternehmen nicht ungeschickt an. Er läßt seinen Erzähler, einen jungen römischen Historiker, den Bankier Mummlius Spicer in seiner Villa auf dem Lande besuchen. Dieser war einst Gerichtsvollzieher und bei Cäsar (vor dem Consulat) täglich ungebetener Gast, um die Forderungen seiner Auftraggeber einzutreiben. Spicer bewahrt bei sich die Aufzeichnungen von Cäsars Sekretär Rarus auf, die haarklein von den Finanznöten und -manövern seines Herrn berichten. Was sie nicht enthalten, ergänzt der Bankier aus seiner Erinnerung. Hiernach war Cäsar ein skrupelloser, verschuldeter, vornehmlich in Spekulationen, Transaktionen, Intrigen, Abhängigkeiten verwickelter Politiker. Von Geschäften zu reden, ist beinahe zu viel, weil sie meist negativ verlaufen. Seine Beteiligung an der katilinarischen Verschwörung erscheint als eine große, gut getarnte Fehlinvestition, deren Folgen er gerade noch entrinnt. Erst die spanische Statthalterschaft bringt die Sanierung, das Consulat die Macht. Da endet der Roman. Cäsar erweist sich in ihm labilen Charakters, einmal lethargisch, einmal höchst aktiv, einmal Demokrat und Börsianer, dann Frauenheld, im ganzen ein den Finanzmächten verbundener Demagoge und Agitator.

Brecht ist natürlich nicht so ungeschickt gewesen, derartige Züge an Cäsar zu erfinden. Es ist richtig, daß der spätere Diktator oft in Geldnöten war, einmal, weil er privaten Luxus liebte, zum anderen, weil er das Geld für Bestechung und Massenbeeinflussung spielen ließ. Mommsen spricht von einer »fürstlichen Verschuldung«, die um das Jahr 62 herum 25 Millionen Sesterzen = 1,9 Millionen Thaler betragen habe. Es mag zutreffen, daß vor allem Cäsars Gläubiger ein Interesse an seinem Aufstieg haben mußten, weil sie anders nie ausbezahlt worden wären. Unzweifelhaft auch hatte Cäsars Streben zur Macht sich zeitweise zu teilen mit seiner Vorliebe für schöne Frauen, und es mag sein, daß er mitunter, namentlich in prekären Situationen, von einer göttlichen Unbekümmertheit sein konnte. Umstritten ist aber bereits Cäsars Beteiligung an der catilinarischen Verschwörung, die Brecht als gegeben annimmt. Was bedeutende Kenner, etwa Eduard Meyer, für möglich hielten, forderte Hans Delbrücks heftigen Widerspruch heraus. Er hält ein solches Zusammengehen für völlig ausgeschlossen. Sei dem Dichter die poetische Freiheit vergönnt. Nicht zulässig aber ist die tendenziöse Veränderung einer historischen Gestalt, die zur Entstellung wird. Cäsar wird bei Brecht gesehen aus der Lakaien- und Domestikenperspektive als nicht sehr erfolgreicher Manager, der mit Preisstürzen, Kursbewegungen, Kreditbeschaffungen und -entziehungen, Beteiligungen und Kündigungen steigt und fällt. Es fehlte nicht viel, er wäre selbst »Koofmich«, wie Brecht ihn die Geldgeber nennen läßt.

Die Abkürzung C., die Brecht gebraucht, schließt tatsächlich eine Verkürzung des Cäsarbildes ein. Man muß daneben einmal in Delbrücks Weltgeschichte den Vergleich Cäsars mit Alexander und Napoleon nachlesen, jener ein Romantiker, ein Opfer der Hybris wie Napoleon, Cäsar ein Mann der Besonnenheit, der Reife, der Nüchternheit, der Bildung, selbst ein Klassiker der Literatur, ein Staatsmann ebenso wie ein Feldherr. »Bei Cäsar vereinigt sich alles.« Darum nennt ihn Delbrück den »größten aller Staatsmänner und Feldherren, die je gelebt haben«. Eine so sublime neuere Untersuchung wie Otto Seels »Cicero« stellt in feinsinniger Charakterisierung die Porträts des Cäsar, des Cicero und des Pompejus nebeneinander. Cäsar sticht hervor an »Genialität, Konzentration, weltmännischer Noblesse, geistiger Zucht, ganzen Einsatz der Persönlichkeit, an Glück, Charisma, göttlicher Auserwähltheit und moderatio (Mäßigung)«, darum auch sein Ende echte Tragik enthält. Für Ranke, um noch einen Kronzeugen anzuführen, war Cäsars Herrschaft »weder Königtum noch Republik, sondern eine höchste Gewalt eigener Prägung, die dann unter dem Namen Kaisertum in der Geschichte Kontinuität erlangte«.

All das muß sich vergegenwärtigen, wer Brecht ohne snobistisches Engagement beurteilen will, muß seine Darstellung als schlau aber ärmlich, gekonnt aber einseitig, raffiniert aber dünn empfinden. Es ist wirklich kein Hängen in den Maschen eines überlebten Heroenkults, sondern es wird dem Gesamtphänomen gerecht, wenn man Brechts Cäsarbild ein linientreues, verlogenes Klischee, eine »Verfremdung«, eine Transformation geschichtlicher Potenz erster Ordnung in die Funktionärstypologie benennt. Aber zeitweise entgleitet selbst ihm seine Hauptfigur in naivem Staunen, wenn Sklave, Geldgeber und Umgebung sich immer wieder gestehen müssen, daß sie ihn nicht begreifen. Am Unfaßbaren einer divinatorischen Sicherheit, die sie als Leichtsinn verstehen, einer das Überlegene ausmachenden Unberührbarkeit wird das Unzureichende und letztlich Ungemäße der Brechtschen Maßstäbe und Kategorien deutlich. Es ist nicht einmal grandiose, sondern ebenso virtuose wie flache Einengung und Umkehrung historischen Verständnisses.

8. Verzeichnisse

Die deutschsprachigen Ausgaben

1949: *Die Geschäfte des Herrn Julius Cäsar, Zweites Buch: Unser Herr C*, in: Sinn und Form, [Erstes] Sonderheft Bertolt Brecht, 1, 1949, S. 181-258, 265.

1957: *Die Geschäfte des Herrn Julius Cäsar, Drittes Buch: Klassische Verwaltung einer Provinz*, in: Sinn und Form. Zweites Sonderheft Bertolt Brecht, 9, 1957, H. 1-3, S. 391-418, 628

1957: *Die Geschäfte des Herrn Julius Caesar. Romanfragment*, Berlin-Schöneberg: Gebrüder Weiß.

1957: *Die Geschäfte des Herrn Julius Caesar*. Romanfragment, Berlin/DDR: Aufbau.

1964: *Die Geschäfte des Herrn Julius Caesar. Romanfragment*, Reinbek bei Hamburg: Rowohlt. 123. Tsd. 1978.

1965: *Die Geschäfte des Herrn Julius Caesar. Romanfragment*, Frankfurt: Suhrkamp (= Prosa 4).

1967: *Die Geschäfte des Herrn Julius Caesar*, in: Bertolt Brecht, *Gesammelte Werke in 20 Bänden*, Frankfurt: Suhrkamp, Bd. 14, S. 1167-1379.

1969: *Die Geschäfte des Herrn Julius Caesar. Romanfragment*, Frankfurt: Suhrkamp (= edition suhrkamp 332).

1980: *Die Geschäfte des Herrn Julius Caesar*, in: Bertolt Brecht, *Prosa in vier Bänden*, Frankfurt: Suhrkamp, Bd. 4, S. 1167-1379 (= edition suhrkamp 185).

Wichtige Übersetzungen

1954: *The Affairs of Mr. Julius Caesar. 2nd vol. Our Mr. C*, Englische Übersetzung von Dorothy Alexander und Eric Paice (BBA 1828/1-86, 2. Exemplar: BBA 1848/6-74; Bestandsverzeichnis Nr. 20901). [Wahrscheinlich die Grundlage für den Druck von 1958.]

1954: *The Transactions of Mr. Julius Caesar*, Übersetzungsentwurf von Barbara Brecht (BBA 1848/05, Bestandsverzeichnis Nr. 20902).

1957: *Les Affaires de Monsieur Jules César (Extraits)* [Auszüge aus dem 2. Buch], Traduit par Gilbert Badia, in: *Europe. Revue Mensuelle* 35, Nr. 133/134, Jan.-Febr. 1957, S. 217-237. [Mit einer Einleitung von G. B., ebd., S. 215f.]

1958: [*Die Geschäfte des Herrn Julius Cäsar*], Partial translation by Dorothy Alexander, in: Nimbus, London, February. [Die Zeitschrift ist in der Bundesrepublik nicht nachgewiesen.]

1959: *Les Affaires de Monsieur Jules César*, Texte français de Gilbert Badia, Paris: Éditions de l'Arche.
1959: *Gli affari del Signor Giulio Cesare* [e *Storia da calendario*], Italienische Übersetzung v. L. Bassi, Turin: Einaudi.
1960: *Dela gospodina Julia Cezarja. Fragment romana*, Vorwort v. Ilja Fradkin, Moskau.
1966: *Julius Caesars forretninger*, Oslo.

Ankündigungen und frühe Rezensionen (Auswahl)

[Anonym,] *Notizen* [Ankündigung zu *Die Geschäfte des Herrn Julius Cäsar*], in: Deutsche Volkszeitung. La Voix du peuple allemand, Paris-Prag-Kopenhagen 3, 1938, Nr. 11, 13. 3. 1938, S. 5.
[Anonym,] *Novaja kniga Brechta* [*Ein neues Buch von Brecht*], in: Internacional'naja literatura 1938, Nr. 5, S. 251.

Niekisch, Ernst, *Heldendämmerung. Bemerkungen zu Bertolt Brechts Roman ›Die Geschäfte des Herrn Julius Cäsar‹*, in: Sinn und Form, [Erstes] Sonderheft Bertolt Brecht (= Sinn und Form 1, 1949), S. 170-180.
Brück, Max von, *Zweimal Cäsar. Gesichtet von Bert Brecht und von Thornton Wilder*, in: Die Gegenwart, Freiburg i. Br. V, 5, 1. 3. 1950, S. 15-17.
Grözinger, Wolfgang, *Bert Brecht zwischen Ost und West*, in: Hochland 43, 1950/51, H. 1, Oktober 1950, S. 80-86.
Jäkel, Werner, *Der Wahrheitssager Brecht*, in: Die Sammlung 13, 1958, S. 495-499.
St.-e., *Cäsar, der Hasardeur von Rom. Leseprobe aus Brechts »Die Geschäfte des Herrn Julius Cäsar«*, in: Hamburger Echo, 11. 1. 1958 [Rubrik: Das bunte Bücherbrett. Leseproben und Besprechungen].
Kerren, Richard, *Brecht contra Cäsar*, in: Deutsche Volkszeitung, 1. 2. 1958.
Jens, Walter, *Cäsar als Börsianer*, in: Die Zeit, 13. 2. 1958.
Schönfeld, Herbert M., *Cäsar und die »Koofmichs«. Zu Bertolt Brechts nachgelassenem Roman*, in: Nordwest-Zeitung, Oldenburg (i. O.), 6. 3. 1958.
M., H., *Ein Cäsar-Roman Bertolt Brechts. Materialistisches Geschichtsbild mit falschen Jahreszahlen unterbaut*, in: Die Rheinpfalz, Ludwigshafen, 11. 4. 1958.

Die Aufnahme in Frankreich

Zur auszugsweisen Übersetzung des Zweiten Buchs (1957)

Badia, Gilbert, [Vorwort zu: *Les Affaires de Monsieur Jules César (Extraits)*, Traduit par G. B.], in: Europe. Revue Mensuelle 35, Nr. 133/134, Jan.-Febr. 1957, S. 215 f.

Gisselbrecht, André, *Ainsi va le monde et il ne va pas bien*, in: Europe. Revue Mensuelle 35, 1957, Nr. 133/134, Jan.-Febr. 1957, S. 67-111 (hier: S. 71-74).

Zur Übersetzung des Fragments (1959)

Guette, Jean, *Les Affaires de M. Jules César. Roman de Bertolt Brecht*, in: Les Lettres nouvelles, 30. 12. 1959, S. 15-18.

Dort, Bernard, *Lecture de Brecht*, Paris, 1960, S. 178-182.

Simon-Strowski, Dominique, *Bertolt Brecht et »Les Affaires de Monsieur Jules César«*, in: Revue politique et parlementaire 228, 1960, S. 662-664.

Weideli, Walter, *Bertolt Brecht*, Paris 1961, S. 131-134.

Wintzen, René, *Bertolt Brecht*, Paris 1964, S. 132-136.

Literatur

Benjamin, Walter, *Briefe 1 und 2*, Hg. u. m. Anm. vers. v. Gershom Scholem u. Theodor W. Adorno, Frankfurt 1978.

Bunge, Hans, *Fragen Sie mehr über Brecht. Hanns Eisler im Gespräch*, Nachwort v. Stefan Hermlin, München 1970 (= Passagen).

Bunge, Hans/Hecht, Werner/Rülicke-Weiler, Käthe, *Bertolt Brecht. Sein Leben und Werk*, Berlin/DDR 1969 (= Schriftsteller der Gegenwart. 10).

Claas, Herbert, *Die politische Ästhetik Bertolt Brechts vom Baal zum Caesar*, Frankfurt 1977 (= es 832).

Claas, Herbert, *Bertolt Brechts Schreibweisen der Wahrheit*, in: *Antifaschistische Literatur. Programme, Autoren, Werke*, Hg. v. Lutz Winckler, Kronberg/Ts. 1977 (= Literatur im historischen Prozeß. 11), Bd. 2, S. 101-124.

Claas, Herbert, *Satirische Gesellschaftsromane mit historischem Stoff bei Lion Feuchtwanger und Bertolt Brecht*, in: *Antifaschistische Literatur. Prosaformen*, Hg. v. Lutz Winckler, Kronberg/Ts. 1979 (= Literatur im historischen Prozeß. 12), Bd. 3, S. 202-226.

Dahlke, Hans, *Cäsar bei Brecht. Eine vergleichende Betrachtung*, Berlin/Weimar 1968.

Dahlke, Hans, *Geschichtsroman und Literaturkritik im Exil*, Berlin/Weimar 1976.

Fradkin, Ilja, *Bertolt Brecht. Weg und Methode*, Frankfurt 1977 (= Röderberg-Tb. 32).

Geppert, Hans Vilmar, *Der »andere« historische Roman. Theorie und Strukturen einer diskontinuierlichen Gattung*, Tübingen 1976 (= Studien zur deutschen Literatur. 42).

Gersch, Wolfgang, *Film bei Brecht. Bertolt Brechts praktische und theoretische Auseinandersetzung mit dem Film*, Berlin/DDR 1975.

Grimm, Reinhold, *Bertolt Brecht. Die Struktur seines Werks*, Nürnberg (5. Aufl.) 1968.

Grimm, Reinhold, *Zwei Brecht-Miszellen*, in: Germanisch-Romanische Monatsschrift 10, 1960, S. 448-453.

Grözinger, Wolfgang, *Geschichtsbewußtsein und Geschichtsroman*, in: Frankfurter Hefte 17, 1962, H. 12, S. 840-846.

Hoffmann, Ludwig, u.a., *Exil in der Tschechoslowakei, in Großbritannien, Skandinavien und in Palästina*, Frankfurt 1981, bes. S. 482-506 (= Kunst und Literatur im antifaschistischen Exil 1933–1945, Bd. 5).

Jeske, Wolfgang, *Bertolt Brechts Poetik des Romans*, Frankfurt 1984, S. 218-313.

Knopf, Jan, *Bertolt Brecht. Ein kritischer Forschungsbericht. Fragwürdiges in der Brecht-Forschung*, Frankfurt 1974 (= FAT 2028).

Knopf, Jan, *Ohnmacht der Macht oder Buchhaltung ohne Geschäftsführer. Historiographie in Brechts Cäsar-Fragment*, in: Der Deutschunterricht 27, 1975, H. 3, S. 18-32.

Knopf, Jan, *Brecht und die Naturwissenschaften. Reflexionen über den Zusammenhang von Natur- und Geisteswissenschaften*, in: *Brecht-Jahrbuch 1978*, Hg. v. John Fuegi, Reinhold Grimm u. Jost Hermand [. . .], Frankfurt 1978 (= es 956), S. 13-38.

Korsch, Karl, *Briefe an Paul Partos, Paul Mattick und Bert Brecht. 1934-1939*, Ausgewählt u. hg. v. Michael Buckmiller u. Götz Langkau, in: *Jahrbuch Arbeiterbewegung, Bd. 2: Marxistische Revolutionstheorien* [. . .], Hg. v. Claudio Pozzoli, Frankfurt 1974 (= Fischer-Tb. 6606), S. 117-249.

Lehmann, Elmar, *Dreimal Caesar. Versuch über den modernen historischen Roman*, in: Poetica 9, 1977, S. 352-369.

Mayer, Hans, *Brecht in der Geschichte. Drei Versuche*, Frankfurt 1971 (= BS 284).

Müller, Klaus-Detlef, *Die Funktion der Geschichte im Werk Bertolt Brechts. Studien zum Verhältnis von Marxismus und Ästhetik*, Tübingen 1972 (= Studien zur deutschen Literatur. 7).

Müller, Klaus-Detlef, *Brecht-Kommentar zur erzählenden Prosa*, München 1980 (= Brecht-Kommentar. II), S. 236-285.

Nyssen, Elke, *Geschichtsbewußtsein und Emigration. Der historische Roman der deutschen Antifaschisten 1933-1945*, München 1974.
Rasch, Wolfdietrich, *Bertolt Brechts marxistischer Lehrer. Zum ungedruckten Briefwechsel zwischen Brecht und Karl Korsch*, in: Merkur 8, 1963, H. 10 (= Merkur 188), S. 998-1003. – Erweiterte Fassung in: W. R., *Zur deutschen Literatur seit der Jahrhundertwende. Gesammelte Aufsätze*, Stuttgart 1967, S. 243-273, 315-317.
Schoeps, Karl-Heinz, *Bertolt Brecht und Bernard Shaw*, Bonn 1974 (= Abhandlung zur Germanistik, Anglistik und Komparatistik. 26), S. 85-95.
Schröter, Klaus, *Der historische Roman. Zur Kritik einer spätbürgerlichen Erscheinung*, in: *Exil und innere Emigration. Third Wisconsin Workshop*, Hg. v. Reinhold Grimm u. Jost Hermand, Frankfurt 1972 (= Wissenschaftliche Paperbacks Literaturwissenschaft. 17), S. 111-151.
Schumacher, Ernst, *Drama und Geschichte. Bertolt Brechts »Leben des Galilei« und andere Stücke*, Berlin/DDR 1965.
Spaethling, Robert H., *Zu Bertolt Brechts Cäsar-Fragment*, in: Neophilologus XLV, 1961, S. 213-217.
Sternberg, Fritz, *Der Dichter und die Ratio. Erinnerungen an Bertolt Brecht*, Göttingen 1963 (= Schriften zur Literatur. 2), S. 33-38.
Völker, Klaus, *Brecht-Chronik. Daten zu Leben und Werk*, München 1971.
Werner, Renate, *Transparente Kommentare. Überlegungen zu historischen Romanen deutscher Exilautoren*, in: Poetica 9, 1977, S. 324-351.
Witzmann, Peter, *Antike Tradition im Werk Bertolt Brechts*, Berlin/DDR 1964 (= Lebendiges Altertum. 15).

S. 16: *tazitus annalen.* C. Tacitus, *Die Annalen,* Buch I, Kap. 70.
S. 18-21: BBA 462/82-85. Abgedruckt in: Bertolt Brecht, *Über die bildenden Künste,* hg. v. Jost Hermand, Frankfurt 1983 (= es 691), S. 44-49, 231f.
S. 19: *Rilkes Fantasie.* R. M. Rilke, *Die Aufzeichnungen des Malte Laurids Brigge,* Frankfurt 1982 (= it 630), S. 149-156.
S. 22: Elisabeth Hauptmann, *Julia ohne Romeo,* Berlin und Weimar 1977, S. 169 (= Notizen über Brechts Arbeit 1926).
S. 41: *Brief 180.* Die erste Fassung des Vertrags stammt vom 7. 7. 1933; der endgültige Vertrag wurde im August 1933 abgeschlossen.
S. 41: *Brief 186.* Der Verlag hatte in einem Brief vom 25. 8. 1933 darauf hingewiesen, daß er keine gegen die deutsche Regierung gerichteten Texte veröffentliche.
S. 41ff.: *Brief 192.* Brechts Reaktion auf einen Brief Kestens vom 15. 12. 1933, in dem dieser aus seiner Sicht das Gespräch vom Vortag in einem Pariser Hotel zusammenfaßt.
S. 43ff.: *Brief 199.* Für den Schutzumschlag wurde das Aquarell von Caspar Neher benutzt.
S. 45: *Brief 212.* Der Verlag lehnt in einem Brief vom 29. 6. 1934 Illustrationen ab, weil sich »auf diese Weise der Herstellungspreis [. . .] zu sehr erhöht« (Glaeser, 950).
S. 46: *Brief 218.* Elias Alexander, Inhaber der Agentur European Books Ltd. in London, hatte den Vertrag mit Allert de Lange vermittelt. – Wegen einer französischen Übersetzung wurde mit verschiedenen Verlagen verhandelt; sie kam jedoch nicht zustande, weil man keinen geeigneten Übersetzer fand (vgl. auch die Briefe Walter Benjamins, hier S. 61f.). Als erste Übersetzung erschien 1935 die dänische Ausgabe des Romans.
S. 48: *Brief 222.* Man entschied sich für »Bloomsbury«. – Die hier nochmals erwähnten Anfangszeilen der Abschnitte wurden in der Erstausgabe nicht eingerückt.
S. 50f.: *Brief 240.* Kantorowicz' Rezension, siehe hier S. 162ff. – *Verein:* Tarnbezeichnung der Emigranten für die Kommunistische Partei. – In einem Brief vom 9. 1. 1935 versicherte Brentano, daß sich sein Spott nur auf Kantorowicz bezog.
S. 52-54: *Brief 246.* Zur Zeichnung Storm Petersens siehe S. 53. – Der dänische Titel lautete *Tolvskillingsromanen,* also *Dreigroschenroman.*
S. 54: *Brief 284.* Brecht verhandelte bei seinem New York-Aufenthalt Ende 1935 mit dem Verlag Simon & Schuster ergebnislos über die amerikanische Ausgabe. Sie erschien erst 1938 bei Hillman & Curl.
S. 54: *Brief 301.* 1935 war bei der VEGAAR in Moskau die zweite deutschsprachige Ausgabe des Romans erschienen (Schutzumschlag siehe S. 55).
S. 54f.: *Briefe 319, 320.* Desmond I. Vesey, einer der englischen Überset-

zer, hatte Brecht in einem Brief vom 12. 3. 1937 um diese Erklärung gebeten. Nachdem auch sie die Gerüchte um Auslassungen in der englischen Ausgabe nicht verstummen ließ, veröffentlichte der Verlag in Zeitungen Anzeigen und setzte eine Belohnung von 100 £ aus für den Nachweis solcher Auslassungen (BBA 1396/39; siehe S. 179).

S. 56: Brechts Briefe an M. Steffin. Die Auszüge sind entnommen: *Exil in der Tschechoslowakei, in Großbritannien, Skandinavien und Palästina*, Frankfurt 1981, S. 486, 488.

S. 57: Margarete Steffin. Literatur-Archive der Akademie der Künste der DDR, Teilnachlaß Walter Benjamin, 23/102. Zitiert nach: *Exil in der Tschechoslowakei [. . .]*, S. 487.

S. 57-60: Korsch-Brief vom 17. 3. 1934. Zitiert nach: *Jahrbuch Arbeiterbewegung 2*, Hg. v. C. Pozzoli, Frankfurt 1974, S. 123-126, 236. Korrekturen gehen auf den Vergleich des Drucktextes, der auf einer schlecht lesbaren Kopie basiert, mit dem Original (BBA 294/66-73, Brief-Nr. 5346B) zurück, für den ich Herta Ramthun danke.

S. 57: *Einführung zum Kapital I:* Karl Marx, *Das Kapital*, Mit einem Geleitwort von Karl Korsch, Berlin 1932, S. 27. Vgl. *MEW*, Bd. 23, S. 326f., 514, 609f.

S. 58: *Exposé über Abtreibungsmittel:* Ein solches Papier ist im Nachlaß Brechts nicht vorhanden.

S. 58: *Herbert Levi:* Ein Arzt, der Ende der zwanziger, Anfang der dreißiger Jahre zum engeren Kreis der Korschgruppe gehörte.

S. 60: Korsch-Brief vom 15. 3. 1935. Zitiert nach: *Jahrbuch Arbeiterbewegung 2* [. . .], S. 130.

S. 61: Benjamin-Brief vom 9. 1. 1935. Zitiert nach: Walter Benjamin, *Versuche über Brecht*, Frankfurt 1981 (erweiterte Ausgabe), S. 130f.

S. 61: Benjamin-Brief vom 5. 3. 1935. Zitiert nach: W. B., *Versuche über Brecht*, 1981, S. 131f. – *Besprechung:* Benjamin hatte seine Rezension (W. B., *Versuche über Brecht*, 1981, S. 54-63), für die ihm Brecht bereits vorliegende Besprechungen überlassen hatte, an die von Klaus Mann herausgegebene Zeitschrift *Die Sammlung* geschickt; nachdem er ein unangemessen geringes Honorar abgelehnt hatte, schickte ihm Mann das Manuskript zurück. Die Besprechung erschien erstmals 1960 im *Dreigroschenbuch;* sie bleibt deshalb bei der Übersicht zur veröffentlichten zeitgenössischen Kritik unberücksichtigt (vgl. S. 152ff.).

S. 61: Benjamin-Brief von Ende September 1936: Zitiert nach: W. B., *Versuche über Brecht*, 1981, S. 134. – Pierre Klossowski übersetzte u.a. Benjamins *Das Kunstwerk im Zeitalter seiner technischen Reproduzierbarkeit.*

S. 61f.: Benjamin-Brief vom 20. 12. 1936. Zitiert nach: W. B., *Versuche über Brecht*, 1981, S. 135. – Benjamins Bemühungen um eine französische Übersetzung des Dreigroschenromans blieben erfolglos. – *Moussignac:* Léon M. – *ESI:* Editions socialistes internationales, Pariser Verlag.

S. 62: Gesprächsnotiz von etwa 1936: BBA 2060/23. Zitiert nach: Walter

Benjamin, *Versuche über Brecht*, Frankfurt 1981 (erweiterte Ausgabe), S. 164.

S. 72-75: BBA 295/50-54: Diese Stichpunkte sind auf großformatigen Blättern, die im Querformat beschrieben sind, nebeneinander notiert; für jedes Kapitel eine Spalte.

S. 79: BBA 295/31-32 (»kombination«) ist zusammengesetzt aus den Punkten, die Brecht zum »transportschiffegeschäft« (BBA 294/120) und zum »besitzwechsel« (BBA 295/24) notiert hatte (siehe S. 77f.); die Reihenfolge der Punkte »6« und »7« beim »besitzwechsel« wird hier vertauscht.

S. 84f.: BBA 294/63, BBA 294/62, BBA 294/81: Brechts Notizen zur englischen Justiz basieren auf den Informationen Karl Korschs (siehe S. 58 ff.). Die Abkürzungen »B« und »E« in BBA 294/62 und BBA 294/81 stehen für *be*lastende bzw. *ent*lastende Aussagen oder Tatsachen.

S. 86: BBA 295/18: Die von Brecht notierten Punkte der »kritik« dürften von Margarete Steffin stammen (vgl. Brechts diesbezügliche Bitte an sie; siehe S. 56). Er nannte die Mitarbeiterin Grete; das »(G)« dürfte ein abgekürzter Hinweis auf sie sein.

S. 88: Victor Klemperer, *LTI [Lingua Tertii Imperii, Sprache des Dritten Reichs]. Notizbuch eines Philologen*, Frankfurt 1975 (= Röderberg Tb. 35), S. 47.

S. 88: Frank Harris, *Mein Leben. Selbstbiographie*, Berlin: S. Fischer 1926, S. 209. Vgl. Brechts Rezension zu diesem Buch (18, 48f.).

S. 107: Das von Goethe angesprochene Gedicht ist nicht erhalten.

S. 114: Wichtige Selbstzitate, auch aus der *Dreigroschenoper*, habe ich zusammengestellt in meiner Darstellung über *Bertolt Brechts Poetik des Romans*, Frankfurt 1984, S. 141-144.

S. 115-127: Die Reden Hitlers sind zitiert nach: Max Domarus, *Hitler. Reden und Proklamationen 1932-1945, Kommentiert von einem deutschen Zeitgenossen*, Bd. 1, Würzburg 1962 (Rede vom 27. 1. 1932, S. 69 f., 75 f.; Rede vom 17. 5. 1933, S. 271 ff.; Rede vom 14. 10. 1933, S. 308 ff.).

S. 122: Petroleusen nannte man Angehörige der Pariser Kommune, die 1871 mit Petroleum öffentliche Gebäude in Brand steckten.

S. 127: Gottfried Feder, Staatssekretär im Reichswirtschaftsministerium, *Nationalsozialistische Wirtschaftsgestaltung*, in: *Die nationale Wirtschaft*, Berlin, IV, 2 vom 5. 4. 1934, S. 117–120. Korsch schickte Brecht mit seinem Brief vom 14. 5. 1934 eine Abschrift dieses fett gedruckten Abschnitts (S. 118 = BBA 295/48).

S. 138-141: Hans Buchner, *Warenhauspolitik und Nationalsozialismus*, München 1931 (= Nationalsozialistische Bibliothek, H. 13), S. 3f.

S. 141-144: Heinrich Uhlig, *Die Warenhäuser im Dritten Reich*, Köln/Opladen 1956, S. 27–35.

S. 145 ff.: Die Texte zum Thema § 218 sind entnommen aus: *»Cyankali« von Friedrich Wolf. Eine Dokumentation*, Hg. v. Emmi Wolf u. Klaus

Hammer, Berlin/Weimar 1978 (Klauber, S. 82f.; Gesetzesentwurf, S. 84-86; Casti connubii, S. 278f.).

S. 152-157: *Wilhelm Stefan.* Aus: *Europäische Hefte,* Prag, 1, 1934, Nr. 30, 8. 11. 1934, S. 526–529. – Wilhelm Stefan ist das Pseudonym von Willy Siegfried (bzw. William S.) Schlamm.

S. 157f.: *Alexander Moritz Frey.* Aus: [*Basler*] *National-Zeitung,* Nr. 546, 25. 11. 1934, Bücherseite der N.-Z. – Vgl. *Briefe,* Nr. 232, hier S. 50.

S. 158-161: *[Anonym].* Aus: *Deutsche Stimmen. Beilage zur »Deutschen Freiheit«,* Saarbrücken, 29. 11. 1934. Es folgen Zitate aus den Kursivpassagen WA 13, S. 949f., 998f., 1083, 1099. – Das Saarland wurde (erst) am 13. 1. 1935 durch die Saarabstimmung ins Deutsche Reich ›zurückgegliedert‹. – Stavisky: Die betrügerischen Finanzgeschäfte von Serge Alexandre Stavisky (1886–1934) wurden im Dezember 1933 durch den Bankrott der Städtischen Bank von Bayonne bekannt. Allein für diese Bank hatte Stavisky Schuldverschreibungen im Wert von 200 Mio. Francs ausgestellt. Daß er lange unentdeckt wirken konnte, lag an seinen ›guten Verbindungen‹ zu Polizei und Justiz, aber auch zu Politikern. Nach der Entdeckung seiner Betrügereien, seiner Flucht und dem Auffinden von Staviskys Leiche in Chamonix – sein Tod wurde als Selbstmord ausgegeben, doch die Vermutung, er sei von der Polizei getötet worden, um die in den Skandal Verwikkelten zu schützen, verstummte nicht – kommt es durch das Bekanntwerden der Verwicklung von Ministern am 27. 1. 1934 zum Rücktritt der Regierung Chautemps.

S. 161f.: *Leo Lania.* Aus: *Pariser Tageblatt,* 2. 12. 1934.

S. 162-164: *Alfred Kantorowicz.* Aus: *Unsere Zeit* 7, 1934, H. 12 (Dezember), S. 61f.: Rubrik »Bücher des Monats«. – Vgl. hierzu die Erwiderungen von P. Haland (hier S. 172ff.) und B. Uhse (hier S. 170ff.) sowie die Äußerungen Brechts (*Briefe,* Nr. 239-240, hier S. 50ff.).

S. 164-167: *Alexander Moritz Frey.* Aus: *Neue Deutsche Blätter,* Prag, 2, 1935, 3. 1. 1935, S. 178-180.

S. 167-170: *Werner Türk.* Aus: *Die neue Weltbühne* 3, 1935, Nr. 12 vom 21. 3. 1935, S. 370-372.

S. 170-172: *Bodo Uhse.* Aus: *Unsere Zeit* 8, 1935, H. 2/3 (April), S. 65f. – Der Text erschien zusammen mit den Äußerungen P. Halands (hier S. 172ff.) und war mit folgendem redaktionellen Hinweis versehen: »Wir veröffentlichen nachstehend über das neue Werk von Brecht zwei Aeusserungen, die uns in Erwiderung auf die Besprechung Alfred Kantorowiczs zugegangen sind.«

S. 172-174: *Paul Haland.* Aus: *Unsere Zeit* 8, 1935, H. 2/3 (April), S. 66f. – Vgl. die Besprechung von Bodo Uhse.

S. 187: Brief 259. *Schriftstellerkongreß.* Erster Internationaler Schriftstellerkongreß zur Verteidigung der Kultur, Paris, 21.-25. 6. 1935.

S. 193: Die »hübsche tuigeschichte« ist ein Zeitungsausschnitt, den Brecht in sein *Arbeitsjournal* geklebt hat.

S. 195: Walter Benjamin, *Tagebuchaufzeichnungen*, in: W.B., *Versuche über Brecht*, Frankfurt 1981 (erweiterte Ausgabe), S. 160.

S. 196-198: Hans Bunge, *Fragen Sie mehr über Brecht. Hanns Eisler im Gespräch*, Frankfurt [u.a.] 1971.

S. 196f.: Mit Weill bzw. (Hermanus) Weyl ist jeweils Felix Weil gemeint.

S. 205: BBA 560/18. *»Wie ich es schafftete«.* Gemeint ist damit Hitlers *Mein Kampf;* vgl. auch 12, 663.

S. 206: BBA 148/06. *definition des ... ka-an.* In Kants *Metaphysik der Sitten* heißt es: »Die Ehe [ist] die Verbindung zweier Personen verschiedenen Geschlechts zum lebenswierigen wechselseitigen Besitz ihrer Geschlechtseigenschaften [...].« Vgl. auch BBA 560/97 (hier S. 207).

S. 248: Martin Domke, ein nach Paris emigrierter Berliner Rechtsanwalt, scheint – aufgrund seiner Veröffentlichungen – als Wirtschaftsrechtler spezialisiert gewesen zu sein: *Die Veräußerung von Handelsgeschäften. Ein rechtsvergleichender Beitrag zur Lehre vom kaufmännischen Unternehmen* (Marburg 1922); *La législation allemande sur les devises en droit international privé* (Paris 1937); u.a. Deshalb Brechts Bitte um Notizen an ihn, was die wirtschaftliche Seite betrifft. Auch fast alle anderen Adressaten können zumindest als ›Zulieferer‹ von Material zum Caesar-Projekt gelten.

S. 248ff.: Zu den Literaturverweisen vgl. hier den Abschnitt *Quellen und Vorlagen.*

S. 253: Brief 370. Exposé der fehlenden drei Kapitel: vgl. hier S. 299-302.

S. 254: Brief 400. Proletarische Leser. Vgl. die *Arbeitsjournal*-Eintragung vom 7. 12. 1939, hier S. 257f.

S. 254: Brief 415. Kleiner satirischer Roman. Wahrscheinlich die *Flüchtlingsgespräche.*

S. 257: Hegels *Philosophie der Geschichte.* Vgl. die Zusammenstellung der Anstreichungen und die Zitate von Randbemerkungen in Brechts Ausgabe bei Claas, S. 157-165.

S. 259: Benjamins letzte Arbeit. *Über den Begriff der Geschichte,* in: *Gesammelte Schriften,* Bd. I.2 (wa 2), Frankfurt 1980, S. 691-704.

S. 262: *Briefe von Margarete Steffin:* Literatur-Archiv der Akademie der Künste der DDR, Teilnachlaß Walter Benjamin, Bestand 23.

S. 262: Brief vom 10. 5. 1936: Zitiert nach: *Exil in der Tschechoslowakei, in Großbritannien, Skandinavien und Palästina.* Von Ludwig Hoffmann u.a., Frankfurt 1981, S. 490. Die ›tiefen Gründe‹ für Latein sind wohl als sehr früher Beleg des Cäsar-Projekts zu betrachten.

S. 262: Brief vom 1. 2. 1938: Zitiert nach: Klaus Völker, *Brecht-Chronik,* München 1971, S. 70.

S. 262: Brief vom 17. 11. 1938: Zitiert nach: *Exil in der Tschechoslowakei* [...], S. 496. Brecht schließt den Galilei am 23. 11. 1938 nach drei Wochen ab (AJ, 35).

S. 262: Brief von Ende April 1939: Zitiert nach: *Exil in der Tschechoslowakei* [...], S. 498. Brecht selbst schreibt am 15. 3. 1939: »vor ein paar tagen habe ich den alten entwurf von DER GUTE MENSCH VON SEZUAN wieder hervorgezogen (in berlin begonnen als DIE WARE LIEBE).« (AJ, 45)

S. 263: *Briefe von Karl Korsch:* Zitiert nach: *Karl Korsch: Briefe an Paul Partos, Paul Mattick und Bert Brecht. 1934–1939*, Ausgewählt und hg. v. Michael Buckmiller u. Götz Langkau, in: *Jahrbuch Arbeiterbewegung 2*, Frankfurt 1974, S. 117–249.

S. 263: Brief vom 17. 4. 1939: Korsch, *Briefe*, S. 212. Der Bühnenbildner Auerbach gehörte schon in den dreißiger Jahren zum Korschkreis in Berlin. – Dies gilt auch für den Arzt Herbert Levi, den Korsch um ein Gutachten über Abtreibung im Zusammenhang mit dem *Dreigroschenroman* gebeten hatte.

S. 263: Brief vom 12. 6. 1939: Korsch, *Briefe*, S. 219.

S. 263: Brief vom 31. 7. 1939: Korsch, *Briefe*, S. 233. Mit Herbert ist wiederum der Arzt Herbert Levi gemeint.

S. 274: BBA 187/37. *weber, röm. agrargesch.* Hinweis auf Max Webers *Die römische Agrargeschichte in ihrer Bedeutung für das Staats- und Privatrecht*, Stuttgart 1891. S. hier S. 337.

S. 339f.: *BBA 189/44.* Im ersten Abschnitt dieses Textes hat Brecht die Zahlen mit Hand nachgetragen; den Satz unter »1)«: »haben wir geschäfte, welche einige politik erfordern, mitunter nicht einmal eigene politik«, hat er eingeklammert und einen Pfeil zu »2)« gezogen.

S. 344: »Deutsche Volkszeitung. La Voix du peuple allemand«, Paris-Prag-Kopenhagen, Jg. 3, 1938, Nr. 11 vom 13. 3. 1938, S. 5, in der Rubrik »Notizen«. – Die ergänzte Lücke entsteht durch das Fehlen einer Zeile im Druck beim Übergang in die nächste Zeitungsspalte.

S. 344: Fradkin (S. 469) hat auf eine sowjetische Zeitungsmeldung hingewiesen. In »Internacional'naja literatura« (1938, Nr. 5, S. 251) erschien »Novaja kniga Brechta«. Die Übersetzung wurde mir von Herta Ramthun besorgt.

S. 344: Brechts Beitrag zur »Autobibliographie«, die in *Internationale Literatur* (Moskau), Jg. 1938, Heft 6, S. 153, veröffentlicht wurde.

S. 345-356: Ernst Niekisch, *Heldendämmerung*. Sinn und Form, [Erstes] Sonderheft Bertolt Brecht 1949, S. 170-180.

S. 356-358: Richard Kerren, *Brecht contra Cäsar.* Deutsche Volkszeitung, 1. 2. 1958.

S. 359-362: Walter Jens, *Cäsar als Börsianer.* Die Zeit, 13. 2. 1958.

S. 362-365: Herbert M. Schönfeld, *Cäsar und die »Koofmichs«.* Nordwest-Zeitung, Oldenburg, 6. 3. 1958.

S. 364: Hans Delbrück, *Weltgeschichte,* 5 Bände, 1923-1928.

S. 364: Otto Seel, *Cicero. Wort, Staat, Welt,* Stuttgart 1953.

Rechte-Vermerke

Der Verlag dankt für die Genehmigung zum Wiederabdruck

der Auszüge aus: Herbert George Wells, *Arbeit, Wohlstand und das Glück der Menschheit* (© Paul Zsolnay Verlag Gesellschaft m.b.H., Wien/Hamburg 1932) dem Paul Zsolnay Verlag, Wien/Hamburg,

der Rezension des *Dreigroschenromans* von Alfred Kantorowicz Frau Professor Ingrid Kantorowicz, Hamburg,

der Auszüge aus: Hans Bunge, *Fragen Sie mehr über Brecht. Hanns Eisler im Gespräch,* dem Verlag Rogner & Bernhard, München,

des Auszugs aus der Rezension zum *Tui-Roman* von Klaus Völker dem Autor,

des Auszugs aus der Rezension zum *Tui-Roman* von Urs Jenny dem Autor,

der Rezension des *Caesar*-Romans von Walter Jens dem Autor.

Die Rechte für die Texte von Walter Benjamin und Gershom Scholem liegen beim Suhrkamp Verlag, Frankfurt am Main.

Der Abdruck der bislang unveröffentlichten Texte von Bertolt Brecht erfolgt mit freundlicher Genehmigung der Erben Bertolt Brecht. Copyright Stefan S. Brecht 1984. Alle Rechte vorbehalten durch Suhrkamp Verlag, Frankfurt am Main.

Leider war es der Redaktion trotz ausdauernder Bemühungen nicht in jedem Fall möglich, die Inhaber des Urheberrechts zu ermitteln. Diese sind gegebenenfalls freundlich gebeten, sich mit dem Verlag in Verbindung zu setzen.

suhrkamp taschenbücher materialien

st 2001 Brechts »Leben des Galilei«
Herausgegeben von Werner Hecht

Erstmals vor fast zwei Jahrzehnten erstellte Werner Hecht einen Materialienband zu Bertolt Brechts *Leben des Galilei.* Daß die Rezeption eines literarischen Werkes Bestandteil seiner Geschichte, seines Fortlebens in der Zeit sei, gilt heute wie damals. Die Neubearbeitung des alten Materialienbandes unternimmt die Verbindung des Aktuellen mit der Tradition, indem sie einerseits das Verbürgte und Beständige wieder bezeugt, andererseits Veränderungen in der Einschätzung, Entwicklungen in Forschung und Theaterpraxis sowie neuen philologischen Funden gerecht wird.

st 2016 Brechts »Mutter Courage und ihre Kinder«
Herausgegeben von Klaus-Detlef Müller

Mutter Courage und ihre Kinder ist Brechts vermutlich erfolgreichstes, mit Sicherheit aber folgenreichstes Stück. Der neue Materialienband mit dem Bestreben, »Einschüchterung durch Klassizität« zu verhindern, ersetzt und ergänzt die ältere Sammlung von Werner Hecht (edition suhrkamp 50). Der Offenheit und Aktualität von Brechts Werk wird er gerecht durch den Abdruck weiterer Dokumente zur Entstehung des Stücks und bisher unveröffentlichter Varianten, eine Zusammenstellung von Äußerungen Brechts zum Werk und zur Aufführung, eine Dokumentation zur Rezeption, den Wiederabdruck wichtiger Deutungen, Bibliographie und Aufführungsverzeichnis. Er versteht sich als Anregung zu erneuter Auseinandersetzung mit dem Stück in Theater, Universität und Schule.

st 2017 Brechts »Gewehre der Frau Carrar«
Herausgegeben von Klaus Bohnen

Die Gewehre der Frau Carrar gehören zu Brechts weniger zitierten, wohl aber meistgespielten Stücken. Im Blick auf das Gesamtwerk ist seine Bedeutung die einer Zwischenstellung: in der Nachfolge der »Lehrstücke« (engeren Sinnes) und als Vorbereitung der späteren »klassischen« Werke. – Der von Klaus Bohnen herausgegebene Materialienband geht über die Kommentare Brechts und seiner Mitarbeiter sowie die Sammlung vorliegender sekundärliterarischer Interpretationen hinaus: Exemplarisch werden hier, indem die historische Lage auf der Basis des von Brecht selbst gesammelten Materials dokumentiert ist, Verarbeitungsprozesse im Werdegang eines Dramas einsichtig. Zugleich gibt eine Untersuchung der Varianten des Stücks einen nicht unwesentlichen Hinweis darauf, wie Brecht die im marxistischen Denkmodell signifikante Klassenkampf-Typologie während der Überarbeitung dem dramatischen Anschauungsbild erst im nachhinein aufsetzt.

2021 Brechts »Guter Mensch von Sezuan«
Herausgegeben von Jan Knopf

Neben die gänzlich neu gearbeiteten Bände zu Stücken Brechts, die bisher nicht in der edition suhrkamp mit Materialiensammlungen zu finden waren, treten Bearbeitungen jener Materialienbände zu den großen klassischen Stücken, die über Jahre hinweg ihr Publikum gefunden und sich selbst den Rang von Klassikern erworben haben. Nach *Brechts Leben des Galilei* und *Mutter Courage* präsentiert sich auch *Brechts Guter Mensch von Sezuan* in neuem Gewand. Wie in jenen Bänden werden die Selbstäußerungen durch bislang nicht publizierte Texte aus dem Nachlaß ergänzt, sind neue Forschungsansätze und Beiträge der letzten Jahre vertreten, wird die Rezeption des Theaters mit ihren Weiterungen in verstärktem Maße berücksichtigt. Ein aktualisierter Bild- und Dokumentarteil gemeinsam mit einer neuen Bibliographie machen das theoretisch Erörterte sinnfällig und prädestinieren den Band für das weiterführende wissenschaftliche wie das allgemeiner interessierte Studium.

st 2023 Brechts »Mann ist Mann«
Herausgegeben von Carl Wege

Kaum ein anderes Stück Brechts ist zugleich so sehr Dokument seiner Entwicklung, ist so oft, je nach »Lebensphase« und den zugehörigen Ansichten des Autors, wieder umgebaut worden, kaum ein anderes auch wurde so oft und so weitgehend mißverstanden.

Zum ersten Mal nach Druck und Uraufführung von 1926 macht daher der Materialienband von Carl Wege die Erstfassung des Stücks wieder zugänglich, zum ersten Mal überhaupt bietet er Auszüge aus dem sogenannten Hauptmann-Manuskript, jener frühesten, 1924 in Zusammenarbeit mit Elisabeth Hauptmann entstandenen Rohfassung. Hinzu tritt ergänzend eine Dokumentation der Vorarbeiten zum selben Thema: so etwa des Galgei-Fragments und bislang unveröffentlichter Notizen und Anmerkungen.

Die Auseinandersetzung mit Stoff und Entstehungsprozeß des Stückes in

Äußerungen von Freunden und Mitarbeitern Brechts wird im zweiten Teil des Bandes belegt, ergänzt durch zeitgenössische Theaterkritiken von Alfred Kerr und Herbert Ihering.

st 2029 Brechts »Aufhaltsamer Aufstieg des Arturo Ui«
Herausgegeben von Raimund Gerz

Brechts *Aufhaltsamer Aufstieg des Arturo Ui,* diese Verhüllung als Enthüllung, hat mit ihrer zupackenden Verbindung von Gangster-Story und hohem Stil der Tragödie theatralische Wirksamkeit unter Beweis gestellt. Der Materialienband geht hinter die unleugbaren Oberflächeneffekte des Stücks zurück; er konfrontiert die letzte Textfassung mit den von Brecht gesammelten und der ersten (im Nachlaß überlieferten) Fassung eingeklebten dokumentarischen Fotos; er bietet unter den Materialien zum Stück neben Brechts ›Anmerkungen‹ und Eintragungen ins Arbeitsjournal verstreute Texte aus dem Nachlaß und die *Geschichte des Giacomo Ui,* umfaßt in einem Kapitel zur Rezeption Kritiken der Aufführungen in Stuttgart und Berlin. Ausgewählte ›Texte zur Erläuterung des historischen Hintergrunds‹, darunter Auszüge aus den Braunbüchern und aus Hitlers Reden, erfassen den historischen Kontext und belegen dessen Bezugspunkte für Brechts dramatische Arbeit.

st 2031 Brechts »Tage der Commune«
Herausgegeben von Wolf Siegert

Als Brecht 1949 in der Schweiz den Entwurf seines Stückes *Die Tage der Commune* mit der Absicht fertiggestellt hatte, ihn baldmöglichst in Berlin auf die Bühne zu bringen, während alle Kräfte für den Wiederaufbau mobilisiert wurden, ging es zugleich um die Frage, ob eine wirkliche Revolutionierung der Verhältnisse ohne einen Volksaufstand möglich sei. Daß in der damaligen Zeitlage eine Aufführung des Stücks, dieser »kämpferischen Morgengabe für das Selbstverständnis des neuen [Berliner] Ensembles wie seines Publikums« (Ernst Schumacher), nicht möglich war, mag im Rückblick wie ein Omen künftiger Theaterpraxis erscheinen. Ihre verschüttete Aktualität beweisen die *Tage der Commune* gleichwohl immer wieder dort, wo sie als engagierte Literatur auf die Zeitläufte bezogen werden: aus Anlaß ihrer Frankfurter Inszenierung 1977 ebenso wie vor dem Hintergrund der Ereignisse im Chile des Septembers 1973. Der Materialienband von Wolf Siegert stellt dementsprechend die Dokumentation der Theaterarbeit in den Mittelpunkt seines Interesses. Wie die anderen Materialienbücher zu

Brecht bietet er darüber hinaus Zusammenstellungen der Selbstäußerungen Brechts, der Aussagen seiner Freunde und Mitarbeiter, der wichtigsten Analysen sowie eine exemplarische synoptische Konfrontation des Stückes und seiner Genese mit den ihnen zugrundeliegenden Quellen.

In Vorbereitung sind:

Brechts »Dreigroschenoper«
Herausgegeben von Werner Hecht

Brechts »Aufstieg und Fall der Stadt Mahagonny«
Herausgegeben von Fritz Hennenberg

Brechts »Kaukasischer Kreidekreis«
Herausgegeben von Werner Hecht

Brechts »Herr Puntila und sein Knecht Matti«
Herausgegeben von Hans-Peter Neureuter

Brechts »Schriften zum Theater«
Herausgegeben von Werner Hecht

suhrkamp taschenbücher materialien

2001 Brechts »Leben des Galilei« (hg. Werner Hecht)
2002 Thomas Bernhard, Werkgeschichte (hg. Jens Dittmar)
2003 Martin Walser (hg. Klaus Siblewski)
2004 Peter Handke (hg. Raimund Fellinger)
2005 Ödön von Horváth (hg. Traugott Krischke)
2006 Geschichte als Schauspiel (hg. Walter Hinck)
2007 Ludwig Hohl (hg. Johannes Beringer)
2010 Rilkes »Duineser Elegien«, Bd. 2 (hg. Ulrich Fülleborn und Manfred Engel)
2011 Rilkes »Duineser Elegien«, Bd. 3 (hg. Ulrich Fülleborn und Manfred Engel)
2012 Literarische Utopie-Entwürfe (hg. Hiltrud Gnüg)
2013 Plenzdorfs »Neue Leiden des jungen W.« (hg. Peter J. Brenner)
2014 Horváths »Der Fall E.« oder Die Lehrerin von Regensburg (hg. Jürgen Schröder)
2015 Herbert Achternbusch (hg. Jörg Drews)
2016 Brechts »Mutter Courage und ihre Kinder« (hg. Klaus-Detlef Müller)
2017 Brechts »Gewehre der Frau Carrar« (hg. Klaus Bohnen)
2018 Weimars Ende (hg. Thomas Koebner)
2019 Horváths »Geschichten aus dem Wiener Wald« (hg. Traugott Krischke)

suhrkamp taschenbücher materialien

2020 Ernst Weiß
(hg. Peter Engel)
2021 Brechts »Guter Mensch von Sezuan«
(hg. Jan Knopf)
2022 E. Y. Meyer
(hg. Beatrice von Matt)
2023 Brechts »Mann ist Mann«
(hg. Carl Wege)
2024 Brasilianische Literatur
(hg. Mechtild Strausfeld)
2025 Karl May
(hg. Helmut Schmiedt)
2026 Kafka. Der Schaffensprozeß
von Hartmut Binder
2027 Horváths ›Jugend ohne Gott‹
(hg. Traugott Krischke)
2028 Frischs ›Homo faber‹
(hg. Walter Schmitz)
2029 Brechts ›Tage der Commune‹
(hg. Wolf Siegert)
2030 Die deutsche Kalendergeschichte
Ein Arbeitsbuch von Jan Knopf
2031 Brechts ›Aufhaltsamer Aufstieg des Arturo Ui‹
(hg. Raimund Gerz)